Petits *C*lassiques
L A R

Collection
Agrégé d

Bel-Ami

Guy de **Maupassant**

Roman

Édition présentée,
annotée et commentée
par Marcelle BILON,
agrégée de lettres classiques,
docteur ès lettres

SOMMAIRE

Avant d'aborder l'œuvre

Bel-Ami

Guy de Maupassant

Pour approfondir

AVANT D'ABORDER
L'ŒUVRE

Fiche d'identité de l'auteur

Guy de Maupassant

Nom : Guy de Maupassant.

Naissance : le 5 août 1850 à Miromesnil.

Famille : mère, Laure Le Poittevin (vieille famille normande) ; père, Gustave de Maupassant (noblesse récente). Séparés dès 1856, enfants à Étretat avec leur mère.

Formation : premiers rudiments au petit séminaire d'Yvetot, puis exclusion de Guy pour « irréligion et scandales ». Classe de rhétorique au collège de Rouen. Rencontre avec Flaubert dont l'influence sera déterminante.

Début de carrière (1870-1880) : emplois médiocres dans les ministères de la Marine et de l'Instruction publique. Parution des premières nouvelles.

Premiers succès : en 1880, *Boule de suif*, nouvelle parue dans *Les Soirées de Médan*, sous la direction de Zola. Approbation de Flaubert.

Évolution de la carrière littéraire : démission du ministère et collaboration journalistique au *Gaulois*, à *Gil Blas*, au *Figaro*, à *L'Écho de Paris*.
En 1883, publication de nombreux contes fantastiques et de son premier roman, *Une vie*, dont la rédaction a duré quatre ans.
En 1885, trois recueils de contes et nouvelles, puis son roman le plus célèbre, *Bel-Ami*.
De 1886 à 1890, nombreux recueils de contes et de nouvelles (dont *Le Horla*) ; quatre romans : *Mont-Oriol* (1887), *Pierre et Jean* (1888), *Fort comme la mort* (1889), *Notre cœur* (1890).
Production journalistique toujours aussi intense. Maupassant est un écrivain célèbre, reçu dans tous les salons de la haute société parisienne.

Mort : santé dégradée, suicide manqué en 1891, internement, mort le 6 juillet 1893.

Portrait de Guy de Maupassant.

Repères chronologiques

Vie et œuvre de Maupassant	Événements politiques et culturels
1850 Naissance de Guy de Maupassant le 5 août.	**1850** Mort de Balzac.
1856 Séparation des époux Maupassant. Installation à Étretat.	**1857** Baudelaire, *Les Fleurs du mal*. **Procès et condamnation pour immoralité.** Flaubert, *Madame Bovary*. **Procès et acquittement.**
1863 Entrée en 6ᵉ au séminaire d'Yvetot.	**1862** Hugo, *Les Misérables*.
1867 Exclusion de l'adolescent. Collège de Rouen. **Rencontre avec Flaubert**.	**1867** Karl Marx, *Le Capital*.
1869 Maupassant bachelier à l'issue de la classe de rhétorique. En novembre, étudiant en droit à Paris.	**1869** Flaubert, *L'Éducation sentimentale*. Lautréamont, *Les Chants de Maldoror*.
1870-1871 Maupassant mobilisé à Rouen durant la guerre entre la France et la Prusse.	**1870** **Défaite française de Sedan. Chute de Napoléon III. Proclamation de la IIIᵉ République. Siège de Paris.**
1873-1880 Maupassant fonctionnaire à Paris dans différents ministères.	**1871** Verlaine, *La Bonne Chanson*. Zola, *La Fortune des Rougon*. **Armistice. Commune de Paris.**
	1874 Exposition des impressionnistes.
1880 **Succès de** *Boule de suif*, **nouvelle parue dans** *Les Soirées de Médan*, **sous la direction de Zola, louée par Flaubert.**	**1880** Zola, *Nana* et *Le Roman expérimental*. Mort de Flaubert. Soulèvement dans le sud de l'Algérie. Amnistie des communards.

Vie et œuvre de Maupassant	Événements politiques et culturels
1881 Troubles de santé. Voyages en Afrique du Nord et articles pour *Le Gaulois*. Intense activité journalistique au *Gaulois*, à *Gil Blas*, au *Figaro*, à *L'Écho de Paris*. Démission du ministère.	**1881** Renoir, *Le Déjeuner de canotiers*. Manet, *Le Déjeuner sur l'herbe*. Loi libérale sur la presse. Loi sur l'instruction primaire de Jules Ferry : obligation, gratuité. Protectorat sur la Tunisie.
1883 *Une vie*, premier roman.	**1882** Krach de l'Union générale, banque d'affaire. Crise économique depuis les débuts de la IIIᵉ République malgré l'essor du capitalisme et de l'industrialisation. Loi sur la laïcité de l'école.
1885 **Bel-Ami, roman.** **Maupassant est un écrivain célèbre, fêté dans les salons de Paris.**	
1886-1891 Activité dans les journaux parisiens, publication de contes et de nouvelles.	**1884** Loi sur la liberté syndicale.
1887 *Le Horla.* *Mont-Oriol*, roman.	**1885** **Zola, Germinal.** Laforgue, *Complaintes*. Mort d'Hugo. Après la conquête du Tonkin de 1883, revers et chute de Ferry.
1889 *Fort comme la mort*, roman.	**1886** Rimbaud, *Les Illuminations*.
1890 *Notre cœur*, roman.	**1887** Mallarmé, *Poésies*.
1891-1893 Maladie (paralysé par la syphilis).	
1893 Mort le 6 juillet.	**1889** Exposition universelle. Inauguration de la tour Eiffel.

Fiche d'identité de l'œuvre

Bel-Ami

Genre :
roman.

Auteur :
Guy de Maupassant,
en 1885.

Registres :
ironique, pathétique,
délibératif.

Objets d'étude :
le narratif,
le réalisme, le roman
et ses personnages.

Structure : première partie : 8 chapitres ; deuxième
partie : 10 chapitres.

Forme : récit en prose.

Principaux personnages : Georges Duroy, dit Bel-Ami,
arriviste ; Charles Forestier, journaliste ;
Madeleine, femme de Forestier puis de Duroy,
journaliste ; Clotilde de Marelle, Madame Walter,
maîtresses de Duroy ; Monsieur Walter, patron
du journal, financier véreux ; Suzanne, sa riche
héritière ; Laroche-Mathieu, ministre ; Norbert
de Varenne, journaliste.

Sujet : Duroy, ancien militaire, erre sans argent
dans Paris. Il rencontre un ancien camarade de classe,
Forestier, qui le lance dans le journalisme, mais
c'est la femme de Forestier, Madeleine, qui
le forme. Forestier meurt. Malgré sa liaison avec
Clotilde de Marelle, Duroy épouse civilement
la jeune et belle veuve. Par intérêt,
elle le trompe avec des amants riches ou influents.
Son mari juge que, après l'avoir aidé, elle le
compromet. Il décide de divorcer pour épouser
la jeune et riche Suzanne, fille de Walter, son
« patron », et de sa femme Virginie. Celle-ci, qui
est la maîtresse de Duroy, est folle de désespoir.
Ce mariage constitue l'apothéose de Du Roy de Cantel.

Lectures de l'œuvre : roman très étudié dans
les lycées, bien reçu par les élèves pour la clarté
du style, « l'actualité » des thèmes. Le roman
a été adapté plusieurs fois au cinéma.

GUY DE MAUPASSANT

Bel-Ami

Illustrations
DE
FERDINAND BAC

PARIS
PAUL OLLENDORFF, ÉDITEUR
28 *bis*, RUE DE RICHELIEU, 28 *bis*

Illustration de Ferdinand Bac pour la couverture de l'édition de 1886,
Bibliothèque nationale de France, Paris.

L'œuvre dans son siècle

Maupassant, témoin de son siècle

Maupassant naît sous la présidence de Louis Napoléon Bonaparte, grandit sous le second Empire, est soldat lors de la chute de l'empereur, puis assiste à la naissance de la IIIe République, en 1870. Journaliste, il vit avec une grande acuité les crises politiques et les scandales de son époque, et meurt juste avant l'affaire Dreyfus.

Les dix dernières années de l'Empire (1860-1870) voient grandir l'opposition à Napoléon III, qui, en 1863, consent à quelques concessions en faveur de la libéralisation de la presse. Puis en 1870, à Sedan, la défaite de la France dans la guerre franco-allemande entraîne la chute de l'Empire. La IIIe République, proclamée par Gambetta, forme un gouvernement dont le chef provisoire est Thiers. Celui-ci signe la paix et, en 1871, réprime la Commune de Paris, soulèvement populaire, dans le sang. Il est alors nommé président de la République, mais en 1873, il doit céder la place à un monarchiste, le général Mac-Mahon. Celui-ci ne parvient pas à restaurer la royauté et démissionne en 1879. C'est la victoire de la « République des républicains », parlementaire et démocratique.

Sous Jules Ferry, président du Conseil de 1879 à 1885, des lois sociales sont votées : enseignement secondaire pour les filles (1880), obligation de l'enseignement primaire, gratuit pour tous (1881), droit à la liberté syndicale, au divorce (1884). (C'est pourquoi le héros de Bel-Ami peut divorcer.) Parallèlement, la colonisation se développe, essentiellement pour des motifs économiques : la France a besoin de marchés. Le protectorat de la Tunisie, où les menées spéculatives françaises continuent de se développer, est fondé en 1881. Puis l'entreprise coloniale du Tonkin débute en 1883, et la France consolide ses positions en Afrique noire et occupe Madagascar. C'est pourtant en raison de cette politique coloniale et du revers essuyé au Tonkin que Ferry tombe en 1885.

Après lui, la République est conservatrice et peu sociale. Malgré l'industrialisation massive, des crises dues à l'économie libérale, à l'essor du capitalisme et à la spéculation éclatent.

Ce contexte politique et social vécu par Maupassant est présent dans son œuvre, mais d'autres romanciers y ont été sensibles.

Influence du contexte politique et social sur les romanciers engagés

Hugo, que l'on classe dans les romanciers romantiques, a publié un grand roman social, *Les Misérables* (1862), qui dénonce les injustices sociales, politiques et économiques.

Par ailleurs, tous les romanciers réalistes et naturalistes ont des préoccupations communes. Lors du procès de Stendhal, le héros du *Rouge et le Noir* (1830), Julien Sorel, est érigé en symbole de la contestation sociale. Dans *La maison Nucingen* (1838), Balzac dénonce l'argent qui fonde le pouvoir et les mécanismes du capitalisme financier de 1830. Zola prend des positions courageuses contre l'oppression des ouvriers mineurs du Nord dans *Germinal* (1885), et vitupère contre l'argent « pourrisseur » dans *L'Argent* (1890).

À côté d'eux, Maupassant paraît politiquement indifférent, mais ce point de vue doit être nuancé.

Maupassant, la politique et la société de son temps

Même si Maupassant paraît moins préoccupé par la politique de son temps, il est intéressant d'analyser dans son œuvre l'écho du contexte politique et social.

Dans certains de ses articles, il fait part de son mépris pour le suffrage universel : « le grand nombre imbécile seul est puissant » (*Le Gaulois*, 8 novembre 1881), et n'accorde donc aucune confiance au parlementarisme. Dans *Bel-Ami*, il peint le député Laroche-Mathieu, devenu ministre, et Du Roy, futur député, comme des opportunistes dénués de scrupules, corrompus par la « bande à Walter », alliée aux financiers. De même, Maupassant tient pour honteuse la spéculation, jeu de bourse interdit par les lois. L'« affaire tunisienne » devient dans *Bel-Ami* « l'affaire du Maroc », où il révèle la scandaleuse collusion des journalistes, des affairistes et des hommes politiques. Ainsi, dans ce roman même, en cette fin de siècle, sont dénoncés les méfaits du libéralisme, et la toute-puissance de l'argent.

La politique coloniale de la France en Afrique du Nord est aussi condamnée dans la « Lettre d'Afrique » (20 août 1861), où on lit : « Le régime civil [...] imposé aux Arabes est le signal de leur extermination » (*Le Gaulois*, 1881). De même, dans *Bel-Ami* , l'attitude des militaires français qui spolient et tuent en Algérie est illustrée par Duroy et son « sourire cruel » au souvenir des vols et des assassinats qu'il a commis. Cette attitude suscite la réprobation d'un narrateur très critique vis-à-vis de la gestion coloniale de la IIIe République.

Pourtant, on note chez l'écrivain une attitude de plus en plus conservatrice. Il écrit d'abord pour *Gil Blas,* journal de centre gauche mondain (qui correspond dans le roman à *La Vie française,* dirigée par Walter), puis pour *Le Gaulois,* qui hésite entre le centre gauche et le parti conservateur. Enfin, à partir de 1880, Maupassant participe à la rédaction de *L'Écho de Paris* et du *Figaro*, presse conservatrice. On constate la même évolution dans ses romans : *Notre cœur* (1890) a pour cadre la haute aristocratie parisienne dont il fréquente alors les salons.

Maupassant et les événements littéraires de son époque

F LAUBERT ET ZOLA sont les grands romanciers qui ont marqué l'œuvre de Maupassant. Celui-ci a chéri Flaubert comme un père et l'a révéré comme un maître à penser. Le refus de l'appartenance à une école littéraire caractérise Flaubert comme Maupassant, mais aussi d'autres écrivains comme les frères Goncourt. En revanche, les lieux du roman, la Normandie natale, l'évolution des deux héroïnes, commune aux deux romanciers, le désenchantement d'Emma (*Madame Bovary*, 1857) et celui de Jeanne (*Une vie,* 1883) présentent bien des similitudes.

Maupassant fut aussi un fervent admirateur de Zola. Il assistait régulièrement à ses réunions littéraires et, en 1880, c'est dans un recueil des *Soirées de Médan* que paraît *Boule de suif*. Zola prononça l'éloge de l'écrivain lors de ses obsèques en 1893.

Le courant positiviste et les romanciers réalistes et naturalistes

D URANT CETTE PÉRIODE, les sciences, notamment les sciences naturelles, progressent et entraînent le développement de l'esprit positiviste. Le positivisme, qui se veut rationaliste et matérialiste, se réclame de la connaissance des faits et de l'expérience scientifique. Selon Auguste Comte, « l'explication des faits, réduite alors à ses termes réels, n'est plus désormais que la liaison établie entre les divers phénomènes particuliers et quelques faits généraux dont les progrès de la science tendent de plus en plus à diminuer le nombre ». (*Cours de philosophie positiviste*, 1830-1842).

Le courant positiviste a une influence sur la création littéraire et picturale. Les biologistes intéressent les romanciers réalistes et naturalistes. Ainsi, Geoffroy Saint-Hilaire (1772-1844), naturaliste français prédarwinien, qui découvre l'unité organique de tous les êtres et déclare que tout changement de milieu est suivi d'une modification de l'être, influence Balzac. En 1880, Zola se réfère à Darwin (1809-1882) pour ce qui concerne la transmission héréditaire, le déterminisme, et à Claude Bernard (1813-1878) pour la méthode. Pour lui, « le romancier est fait d'un observateur et d'un expérimentateur ». Dans ses romans, il part de l'observation d'un fait social (alcoolisme, prostitution...) et invente une situation pour contrôler l'observation : c'est l'hypothèse. Le dénouement est le résultat de l'hypothèse. L'*Assommoir*, parmi d'autres romans de la série des *Rougon-Macquart*, répond à ce schéma. L'alcoolisme sévit à Paris dans la classe ouvrière qui boit pour oublier ses conditions de vie très pénibles (hypothèse). La courageuse Gervaise, déterminée par son hérédité, et surtout entraînée par son mari qui, tombé d'un toit, se met à boire, sombre elle aussi dans l'alcoolisme (invention d'une situation). Coupeau meurt ravagé par l'absinthe, Gervaise se réfugie sous l'escalier de son immeuble où on retrouve son cadavre décomposé (résultat). Bien que Zola soit très attaché au travail de l'écriture, il affirme : « Je ne suis qu'un savant. » À ce propos, Maupassant réagit avec ironie : « "Je ne suis qu'un savant." Rien que cela ! cela est pyramidal !!! Et on ne rit pas. » (lettre du 24 avril 1873 adressée à Flaubert).

Le courant positiviste et les peintres

C'EST D'ABORD LE SOUCI DU RÉALISME qui inspire Courbet, Millet, et les peintres de l'École de Barbizon. Ainsi, Courbet représente le réel dans ses détails, exprime le pittoresque et nomme son exposition de 1855 « Du réalisme... ». Ses tableaux : *Enterrement à Ornans* (1850), *Le Déjeuner sur l'herbe* (1863), représentent une femme nue, et *La Naissance du monde,* où il exhibe un sexe féminin, déclenchèrent des scandales.

L'œuvre dans son siècle

Mais à la fin du xixe siècle a lieu une évolution du rapport au réel : il ne s'agit plus de tenter de le reproduire le plus fidèlement possible, mais d'exprimer des impressions personnelles que suscitent les objets et la lumière. C'est ainsi que du titre donné par Monet à son tableau de 1874, *Impression soleil levant,* naquit le nom donné à un courant artistique qui englobe aussi Sisley, Degas et Renoir.

Pour Maupassant, peintres et écrivains doivent « voir : tout est là, et voir juste. Il faut trouver aux choses une signification qui n'a pas encore été découverte et tâcher de l'exprimer d'une façon personnelle » (Maupassant, Lettre à un ami, Monsieur Vaucaire) et être sensible aux changements de la couleur selon la lumière. Dans ses chroniques de 1886, il célèbre Monet pour la façon dont il saisit les variations de la couleur en fonction de l'écoulement des heures de la journée, comme dans sa série de tableaux de la cathédrale de Rouen. De même, Maupassant utilise souvent dans ses descriptions des touches de lumière qui rappellent la technique impressionniste : l'arrivée sur Rouen, décrite comme « un peu noyée dans la brume matinale avec des éclats de soleil sur ses toits… », en est un exemple (*Bel-Ami,* deuxième partie, chapitre I).

Paris, lieu de tous les espoirs

Une longue tradition littéraire fait de Paris une ville mythique. Les romanciers réalistes du xixe siècle subiront cette fascination. Le jeune héros provincial qui gagne Paris pour parvenir est l'un des thèmes les plus récurrents de cette littérature. Ainsi Julien Sorel connaît à Paris un moment de gloire (Stendhal, *Le Rouge et le Noir,* 1830). Rastignac s'y promet un rude combat : « À nous deux maintenant ! » (Balzac, *Le Père Goriot,* 1835). Lucien de Rubempré y rencontre le succès puis l'effondrement (Balzac, *Les Illusions perdues,* 1837-1843). Aristide Saccard, monté de Plassans pour conquérir la Bourse de Paris, y fait fortune, puis est ruiné (Zola, *L'Argent,* 1890).

Paris fascine aussi Maupassant. L'ascension sociale de son héros Georges Duroy a essentiellement pour cadre le Paris haussmannien, les VIIIe, IXe et XVIIe arrondissements, où vivent tous ceux qui portent un nom et réussissent. Les lieux qu'il habite successivement marquent sa rapide et prodigieuse réussite professionnelle et sociale.

À Paris naît une nouvelle société mêlant l'ancienne noblesse, l'aristocratie de l'argent, les intellectuels et les artistes. Paris est la ville de tous les plaisirs, à condition d'être riche, et il y règne la plus grande corruption.

La réception de Bel-Ami à sa parution

APRÈS LE SUCCÈS de *Boule de suif* en 1880, Maupassant continue à écrire de nombreux articles de journaux, ainsi que des contes et des nouvelles. Il publie son premier roman, *Une vie,* en 1884, après quatre ans de travail. *Bel-Ami,* commencé en 1884, est achevé en huit mois. Il paraît en feuilleton dans *Gil Blas* du 6 avril au 30 mai 1885, puis sous forme de roman chez Victor Havard en mai. Parallèlement, il est traduit en russe et publié dans *Le Messager de l'Europe* à Saint-Pétersbourg. 13 000 exemplaires ont été vendus dans 27 éditions, ce qui représente un grand succès à l'époque.

L'une des raisons de ce succès est que *Bel-Ami* touche un lectorat assez divers. Ainsi, la concordance du temps de l'histoire et du temps de l'écriture séduit les lecteurs du Tout-Paris mondain ou politique, qui se livrent au jeu des « clefs » : Walter est-il Arthur Mayer, directeur du *Gaulois,* ou Auguste Dumont, directeur de *Gil Blas* ? Deux noms d'emprunt sont attribués à deux grands journalistes : le personnage de Garin serait inspiré par Albert Wolff, et celui de Montel par Aurélien Scholl. Laroche-Mathieu pourrait être Rochefort qui, à la Chambre, stigmatisait la politique tunisienne, ou encore Clémenceau, qui s'opposait à la ratification du traité du Bardo.

Quant aux critiques littéraires, ils sont sensibles au réalisme et à l'actualité politique de *Bel-Ami.* Ils admirent aussi la construction du récit, la vigueur du personnage et les qualités de l'écriture, en particulier sa simplicité toute classique.

Cependant, certains reprochent au roman de sécréter le pessimisme, et surtout de porter atteinte à la « bonne moralité ». Ainsi Francisque Sarcey, dans *La Nouvelle Revue* de juin 1885, foudroie le héros « sans aucun talent », « répugnant », déplore la présence de « vilaines gens », « gredins et coquines infâmes ». Il dénonce aussi l'invraisemblance du récit et la peinture exagérée du journalisme. Ses critiques sont cependant assez ambivalentes pour qualifier *Bel-Ami* d'œuvre « attirante et malsaine », « très puissante mais aussi d'une vérité cruelle ». Ces attaques n'ont donc rien à voir avec le procès intenté en 1857 à Flaubert pour l'immoralité de *Madame Bovary.*

Lire l'œuvre aujourd'hui

Lire Bel-Ami pour sa « morale » agnostique et hédoniste ?

À CAUSE DES ADULTÈRES répétés d'Emma, héroïne de *Madame Bovary* (1857), Flaubert est condamné. Trente ans après, Maupassant, bien que Georges Duroy, héros de *Bel-Ami*, soit tout aussi infidèle, n'est pas attaqué en justice. Pourtant, Georges cède à ses penchants – érotisme, cupidité, arrivisme – sans aucun remords. Alors pourquoi peut-il être plus immoral et avide de plaisirs physiques que la pauvre Emma aux rêves brisés ? Est-ce dû, en cette fin de siècle, à une perte progressive des valeurs chrétiennes et de leur austère morale liée aux interdits sur le sexe (féminin en particulier) ?

Aujourd'hui, nulle censure sur les romans : avec l'évolution des mentalités liée à la « modernité » dont Baudelaire fut le premier représentant, au milieu du XIXe siècle, certaines des valeurs liées au plaisir incarnées par *Bel-Ami* sont reçues de manière positive.

Un roman toujours d'actualité

▌ *Le personnage complexe de Madeleine Forestier*

Les personnages féminins de *Bel-Ami* sont avant tout des instruments pour le héros. Seule Madeleine, « politicienne », femme libérée, féministe avant l'heure, lutte, et rebondit toujours. Plus qu'un instrument, elle est un Pygmalion pour Duroy, et présente à ce titre un intérêt pour les lecteurs d'aujourd'hui.

Maupassant a richement doté ce personnage féminin, mais il a aussi programmé son échec, puisqu'elle sera écrasée par le personnage qu'elle a modelé. Il semble que ce soit lié à la misogynie de l'écrivain, qui s'exprimait clairement dans une chronique du *Gil Blas* (10 décembre 1881) : « Tout d'abord, l'esprit des femmes s'adapte mal aux arts libéraux, [...] mais il s'adapte bien à la politique, où le flair instinctif, la rouerie naturelle, la séduction, l'habileté, les finesses et les subtilités triomphent sans cesse [...] de la force, la fermeté, la logique » des hommes.

Or cette misogynie est moins facilement avouée mais toujours sous-jacente dans la société d'aujourd'hui. Pourtant, en plus d'un siècle, de grands changements ont eu lieu pour les « politiciennes ». Pour la première fois, en 2007, une femme a été présente au second tour de l'élection présidentielle, la parité a été respectée au Conseil des ministres et sur l'inscription des listes électorales, et la Commission européenne travaille actuellement pour l'égalité des salaires entre hommes et femmes.

La peur obsédante de la mort

Atteint dès 1881 par la syphilis, Maupassant a la hantise de la dégradation, physique comme mentale, et de la mort, tel Forestier agonisant. Il l'exprime encore dans le roman par la voix pathétique de Norbert de Varenne, athée comme lui : « Vivre [...] c'est mourir ! [...] Toutes les religions sont stupides, avec leur morale puérile et leurs promesses égoïstes, monstrueusement bêtes. » (première partie, chapitre VI, p. 132).

Maupassant a cependant dévoré la vie et lutté contre la mort et le néant. Il a mis beaucoup de lui-même dans son personnage : l'appétit de vivre de Georges est lié sans doute à sa peur terrifiante, obsédante de la mort.

Enfin, certaines réalités sociales et économiques décrites dans *Bel-Ami* sont encore d'actualité. Par exemple, Maupassant a été le premier à signaler la collusion entre journalistes et politiciens, qui persiste encore aujourd'hui malgré l'instauration d'un code de déontologie.

L'originalité de l'écriture dans **Bel-Ami**

LE NARRATEUR OMNISCIENT a souvent une fonction informative : ainsi décrit-il souvent des intérieurs, l'appartement des Forestier, le vestibule de l'hôtel des Walter, etc. Mais il abandonne souvent le point de vue omniscient, c'est-à-dire la focalisation zéro (voir « Outils de lecture » p. 394) pour emprunter l'œil de Duroy (focalisation interne). En voici un exemple : « Et il regarda Madame Forestier [...]. Elle était vêtue d'une robe de cachemire bleu pâle... » (première partie, chapitre II, p. 39). On aime donc particulièrement *Bel-Ami* pour l'effacement du narrateur au profit du point de vue de ses personnages, le plus souvent celui de Duroy (et parfois d'une des quatre femmes).

De la même façon, dans l'ensemble du roman, Maupassant n'emploie que très peu d'énoncés au style indirect, qui suppose une relative présence du narrateur. En revanche, le style direct abonde, souvent

Lire l'œuvre aujourd'hui

introduit par le verbe *murmurer*. Non seulement les personnages se parlent beaucoup, mais Duroy se parle aussi à lui-même, ce qui permet à l'écrivain d'introduire des registres de langue variés (familier, vulgaire...). Comme ses paroles, les pensées de Duroy sont souvent rapportées au style direct. Cinquante ans avant Céline, Maupassant introduit « le parlé-écrit », l'émotion dans l'écrit. Par ailleurs, le style indirect libre, qui implique lui aussi une relative présence du narrateur, est très rarement utilisé dans *Bel-Ami*, sauf vers la fin du roman. Et contrairement à ce qui se passe chez Flaubert, il ne sert jamais à introduire une hésitation sur l'origine de l'énonciateur ; la voix du narrateur et celle d'un personnage ne s'entremêlent pas : « c'est toujours le personnage qui s'exprime sans aucune ambiguïté possible » (Joël Malrieu, *Bel-Ami de Guy de Maupassant*, Gallimard, 2002).

Tous ces procédés d'extrême subjectivité contribuent à créer un effet de réel, à transformer, pour les lecteurs, les personnages en personnes. Maupassant a dit son désir d'une narration sobre, d'une « prose claire, logique, nerveuse », et précisé sa poétique qui plaît encore beaucoup aux lecteurs d'aujourd'hui : « Ayons moins de mots et de verbes aux sens presque insaisissables, plus de phrases diversement construites, ingénieusement coupées, pleines de sonorités et de rythmes savants. » (« Préface » de *Pierre et Jean*, 1888.)

La réception de l'œuvre de Maupassant aujourd'hui

Maupassant jouit aujourd'hui de la ferveur des lecteurs et des amateurs de cinéma. Il a laissé de multiples *Contes* et *Nouvelles* très lus. Ces œuvres, bien que plus que centenaires, paraissent toujours d'actualité, et sont facilement adaptables au cinéma. Ainsi, de nombreuses nouvelles ont été récemment mises en scène à la télévision par des réalisateurs reconnus, dont *La Parure* par Claude Chabrol. Elles ont été très bien suivies et accueillies par les spectateurs.

On s'étonne un peu que *Bel-Ami* ait moins la faveur des cinéastes et qu'aucun des films adaptés du roman n'ait connu un franc et durable succès.

En revanche, trois des romans de Maupassant, grâce à un style accessible aux élèves, sont très lus et très étudiés dans le second cycle : *Une vie*, *Bel-Ami* et *Pierre et Jean*.

Bel-Ami

Guy de **Maupassant**

Roman (1885)

Première partie

I

QUAND la caissière lui eut rendu la monnaie de sa pièce de cent sous, Georges Duroy sortit du restaurant.

Comme il portait beau par nature et par pose d'ancien sous-officier, il cambra sa taille, frisa sa moustache d'un geste militaire et familier, et jeta sur les dîneurs attardés un regard rapide et circulaire, un de ces regards de joli garçon, qui s'étendent comme des coups d'épervier[1].

Les femmes avaient levé la tête vers lui, trois petites ouvrières, une maîtresse de musique entre deux âges, mal peignée, négligée, coiffée d'un chapeau toujours poussiéreux et vêtue toujours d'une robe de travers, et deux bourgeoises avec leurs maris, habituées de cette gargote à prix fixe.

Lorsqu'il fut sur le trottoir, il demeura un instant immobile, se demandant ce qu'il allait faire. On était au 28 juin, et il lui restait juste en poche trois francs quarante pour finir le mois. Cela représentait deux dîners sans déjeuners, ou deux déjeuners sans dîners, au choix. Il réfléchit que les repas du matin étant de vingt-deux sous, au lieu de trente que coûtaient ceux du soir, il lui resterait, en se contentant des déjeuners, un franc vingt centimes de boni, ce qui représentait encore deux collations au pain et au saucisson, plus deux bocks sur le boulevard. C'était là sa grande dépense et son grand plaisir des nuits ; et il se mit à descendre la rue Notre-Dame-de-Lorette.

Il marchait ainsi qu'au temps où il portait l'uniforme des hussards, la poitrine bombée, les jambes un peu entrouvertes comme s'il venait de descendre de cheval ; et il avançait brutalement dans la rue pleine de monde, heurtant les épaules, poussant les gens pour ne point se déranger de sa route. Il inclinait légèrement sur l'oreille son chapeau à haute forme assez défraîchi, et battait le pavé de son

---

1. **Épervier :** l'épervier est un oiseau rapace diurne. Il était autrefois très employé pour la chasse. C'est aussi un filet de pêche de forme conique qu'on lance à la main. Il y a ici contamination entre le sens propre et le sens figuré.

talon. Il avait l'air de toujours défier quelqu'un, les passants, les maisons, la ville entière, par chic[1] de beau soldat tombé dans le civil.

Quoique habillé d'un complet[2] de soixante francs, il gardait une
certaine élégance tapageuse, un peu commune, réelle cependant.
Grand, bien fait, blond, d'un blond châtain vaguement roussi, avec
une moustache retroussée, qui semblait mousser sur sa lèvre, des
yeux bleus, clairs, troués d'une pupille toute petite, des cheveux
frisés naturellement, séparés par une raie au milieu du crâne, il ressemblait bien au mauvais sujet des romans populaires[3].

C'était une de ces soirées d'été où l'air manque dans Paris. La ville,
chaude comme une étuve, paraissait suer dans la nuit étouffante.
Les égouts soufflaient par leurs bouches de granit leurs haleines
empestées, et les cuisines souterraines jetaient à la rue, par leurs
fenêtres basses, les miasmes infâmes des eaux de vaisselle et des
vieilles sauces.

Les concierges, en manches de chemise, à cheval sur des chaises
en paille, fumaient la pipe sous des portes cochères, et les passants
allaient d'un pas accablé, le front nu, le chapeau à la main.

Quand Georges Duroy parvint au boulevard, il s'arrêta encore,
indécis sur ce qu'il allait faire. Il avait envie maintenant de gagner
les Champs-Élysées et l'avenue du Bois-de-Boulogne pour trouver
un peu d'air frais sous les arbres ; mais un désir aussi le travaillait,
celui d'une rencontre amoureuse.

Comment se présenterait-elle ? Il n'en savait rien, mais il l'attendait
depuis trois mois, tous les jours, tous les soirs. Quelquefois cependant, grâce à sa belle mine et à sa tournure galante, il volait, par-ci,
par-là, un peu d'amour, mais il espérait toujours plus et mieux.

---

1. **Chic :** mot familier pour désigner une élégance hardie. « *Chic* fut à l'origine un
terme militaire ; avoir du chic signifie avoir de la tenue à une époque où l'officier
allemand passait pour un modèle de maintien sinon d'élégance. » (A. Dauzat, *Les
Argots*). Le mot passa, au XIXᵉ siècle, de l'argot des militaires à celui des peintres.
2. **Complet :** la redingote doublée de soie, le pantalon, le gilet de soie, le chapeau
de soie. Un complet ordinaire coûte de 35 francs, au *Pont neuf*, à 49 francs, à la
Redingote grise.
3. **Le mauvais sujet des romans populaires :** c'était un personnage séduisant,
content de lui, doué d'une tournure de sous-officier redevenu un civil. Les romans
célèbres sont *Le Maître de forges* (1882), *La Porteuse de pain*, de X. de Montépin
(1883).

Première partie

La poche vide et le sang bouillant, il s'allumait au contact des rôdeuses[1] qui murmurent à l'angle des rues : « Venez-vous chez moi, joli garçon ? » mais il n'osait les suivre, ne les pouvant payer ; et il attendait aussi autre chose, d'autres baisers, moins vulgaires.

Il aimait cependant les lieux où grouillent les filles publiques, leurs bals, leurs cafés, leurs rues ; il aimait les coudoyer, leur parler, les tutoyer, flairer leurs parfums violents, se sentir près d'elles. C'étaient des femmes enfin, des femmes d'amour. Il ne les méprisait point du mépris inné des hommes de famille.

Il tourna vers la Madeleine et suivit le flot de foule qui coulait accablé par la chaleur. Les grands cafés, pleins de monde, débordaient sur le trottoir, étalant leur public de buveurs sous la lumière éclatante et crue de leur devanture illuminée. Devant eux, sur de petites tables carrées ou rondes, les verres contenaient des liquides rouges, jaunes, verts, bruns, de toutes les nuances ; et dans l'intérieur des carafes on voyait briller les gros cylindres transparents de glace qui refroidissaient la belle eau claire.

Duroy avait ralenti sa marche, et l'envie de boire lui séchait la gorge.

Une soif chaude, une soif de soir d'été le tenait, et il pensait à la sensation délicieuse des boissons froides coulant dans la bouche. Mais s'il buvait seulement deux bocks dans la soirée, adieu le maigre souper du lendemain, et il les connaissait trop, les heures affamées de la fin du mois.

Il se dit : « Il faut que je gagne dix heures et je prendrai mon bock à l'Américain. Nom d'un chien ! que j'ai soif tout de même ! » Et il regardait tous ces hommes attablés et buvant, tous ces hommes qui pouvaient se désaltérer tant qu'il leur plaisait. Il allait, passant devant les cafés d'un air crâne et gaillard, et il jugeait d'un coup d'œil, à la mine, à l'habit, ce que chaque consommateur devait porter d'argent sur lui. Et une colère l'envahissait contre ces gens assis et tranquilles. En fouillant leurs poches, on trouverait de l'or, de la monnaie blanche et des sous. En moyenne, chacun devait avoir au moins deux louis ; ils étaient bien une centaine au café ; cent fois deux louis font quatre mille francs ! Il murmurait : « Les cochons ! » tout en se dandinant avec grâce. S'il avait pu en tenir un au coin d'une rue, dans l'ombre bien noire, il lui aurait tordu le cou, ma foi,

---

1. **Rôdeuses :** désigne les prostituées.

sans scrupule, comme il faisait aux volailles des paysans, aux jours de grandes manœuvres.

95 Et il se rappelait ses deux années d'Afrique, la façon dont il rançonnait les Arabes dans les petits postes du Sud. Et un sourire cruel et gai passa sur ses lèvres au souvenir d'une escapade qui avait coûté la vie à trois hommes de la tribu des Ouled-Alane et qui leur avait valu, à ses camarades et à lui, vingt poules, deux moutons et 100 de l'or, et de quoi rire pendant six mois.

On n'avait jamais trouvé les coupables, qu'on n'avait guère cherchés d'ailleurs, l'Arabe étant un peu considéré comme la proie naturelle du soldat.

À Paris, c'était autre chose. On ne pouvait pas marauder genti- 105 ment, sabre au côté et revolver au poing, loin de la justice civile, en liberté, il se sentait au cœur tous les instincts du sous-off lâché en pays conquis. Certes il les regrettait, ses deux années de désert. Quel dommage de n'être pas resté là-bas ! Mais voilà, il avait espéré mieux en revenant. Et maintenant !... Ah ! oui, c'était du propre, 110 maintenant !

Il faisait aller sa langue dans sa bouche, avec un petit claquement, comme pour constater la sécheresse de son palais.

La foule glissait autour de lui, exténuée et lente, et il pensait toujours : « Tas de brutes ! tous ces imbéciles-là ont des sous dans le 115 gilet. » Il bousculait les gens de l'épaule, et sifflotait des airs joyeux. Des messieurs heurtés se retournaient en grognant ; des femmes prononçaient : « En voilà un animal ! »

Il passa devant le Vaudeville[1], et s'arrêta en face du café Américain[2], se demandant s'il n'allait pas prendre son bock, tant la soif le tortu- 120 rait. Avant de se décider, il regarda l'heure aux horloges lumineuses, au milieu de la chaussée. Il était neuf heures un quart. Il se connaissait : dès que le verre plein de bière serait devant lui, il l'avalerait. Que ferait-il ensuite jusqu'à onze heures ?

Il passa. « J'irai jusqu'à la Madeleine, se dit-il, et je reviendrai tout 125 doucement. »

---

1. **Vaudeville :** le théâtre de Vaudeville, spécialisé dans les comédies légères, était situé à l'angle de la chaussée d'Antin et du boulevard des Capucines. Il fut remplacé par le cinéma *Paramount* en 1925.
2. **Café Américain :** café des Grands Boulevards.

Première partie

Comme il arrivait au coin de la place de l'Opéra, il croisa un gros jeune homme, dont il se rappela vaguement avoir vu la tête quelque part.

Il se mit à le suivre en cherchant dans ses souvenirs, et répétant à mi-voix : « Où diable ai-je connu ce particulier-là ? »

Il fouillait dans sa pensée, sans parvenir à se le rappeler ; puis tout d'un coup, par un singulier phénomène de mémoire, le même homme lui apparut moins gros, plus jeune, vêtu d'un uniforme de hussard[1]. Il s'écria tout haut : « Tiens, Forestier ! » et, allongeant le pas, il alla frapper sur l'épaule du marcheur. L'autre se retourna, le regarda, puis dit :

« Qu'est-ce que vous me voulez, monsieur ? »

Duroy se mit à rire :

« Tu ne me reconnais pas ?

– Non.

– Georges Duroy du 6e hussards. »

Forestier tendit les deux mains :

« Ah ! mon vieux ! comment vas-tu ?

– Très bien et toi ?

– Oh ! moi, pas trop ; figure-toi que j'ai une poitrine de papier mâché maintenant ; je tousse six mois sur douze, à la suite d'une bronchite que j'ai attrapée à Bougival, l'année de mon retour à Paris, voici quatre ans maintenant.

– Tiens ! tu as l'air solide, pourtant. »

Et Forestier, prenant le bras de son ancien camarade, lui parla de sa maladie, lui raconta les consultations, les opinions et les conseils des médecins, la difficulté de suivre leurs avis dans sa position. On lui ordonnait de passer l'hiver dans le Midi ; mais le pouvait-il ? Il était marié et journaliste, dans une belle situation.

« Je dirige la politique à *La Vie française*. Je fais le Sénat au *Salut*, et, de temps en temps, des chroniques littéraires pour *La Planète*[2]. Voilà, j'ai fait mon chemin. »

Duroy, surpris, le regardait. Il était bien changé, bien mûri. Il avait maintenant une allure, une tenue, un costume d'homme posé, sûr de lui, et un ventre d'homme qui dîne bien. Autrefois il était maigre,

---

1. **Hussard :** soldat de la cavalerie légère, créée au xviie siècle, dont l'uniforme fut emprunté aux Hongrois.
2. *La Vie française, Le Salut, La Planète :* journaux imaginaires. Prudent, Maupassant ne voulait pas faire des allusions directes.

mince et souple, étourdi, casseur d'assiettes, tapageur et toujours en
160 train. En trois ans Paris en avait fait quelqu'un de tout autre, de gros
et de sérieux, avec quelques cheveux blancs sur les tempes, bien
qu'il n'eût pas plus de vingt-sept ans.

Forestier demanda :

« Où vas-tu ? »

165 Duroy répondit :

« Nulle part, je fais un tour avant de rentrer.

– Eh bien, veux-tu m'accompagner à *La Vie française*, où j'ai des
épreuves à corriger ; puis nous irons prendre un bock ensemble.

– Je te suis. »

170 Et ils se mirent à marcher en se tenant par le bras avec cette familiarité facile qui subsiste entre compagnons d'école et entre camarades de régiment.

« Qu'est-ce que tu fais à Paris ? » dit Forestier.

Duroy haussa les épaules :

175 « Je crève de faim, tout simplement. Une fois mon temps fini,
j'ai voulu venir ici pour... pour faire fortune ou plutôt pour vivre à
Paris ; et voilà six mois que je suis employé aux bureaux du chemin
de fer du Nord, à quinze cents francs par an, rien de plus. »

Forestier murmura :

180 « Bigre, ça n'est pas gras.

– Je te crois. Mais comment veux-tu que je m'en tire ? Je suis seul,
je ne connais personne, je ne peux me recommander à personne. Ce
n'est pas la bonne volonté qui me manque, mais les moyens. »

Son camarade le regarda des pieds à la tête, en homme pratique,
185 qui juge un sujet, puis il prononça d'un ton convaincu :

« Vois-tu, mon petit, tout dépend de l'aplomb, ici. Un homme un
peu malin devient plus facilement ministre que chef de bureau. Il
faut s'imposer et non pas demander. Mais comment diable n'as-tu
pas trouvé mieux qu'une place d'employé au Nord ? »

190 Duroy reprit :

« J'ai cherché partout, je n'ai rien découvert. Mais j'ai quelque
chose en vue en ce moment, on m'offre d'entrer comme écuyer au
manège Pellerin. Là, j'aurai, au bas mot, trois mille francs. »

Forestier s'arrêta net !

195 « Ne fais pas ça, c'est stupide, quand tu devrais gagner dix mille
francs. Tu te fermes l'avenir du coup. Dans ton bureau, au moins, tu es

caché, personne ne te connaît, tu peux en sortir, si tu es fort, et faire ton chemin. Mais une fois écuyer[1], c'est fini. C'est comme si tu étais maître d'hôtel dans une maison où tout Paris va dîner. Quand tu auras donné
200 des leçons d'équitation aux hommes du monde ou à leurs fils, ils ne pourront plus s'accoutumer à te considérer comme leur égal. »

Il se tut, réfléchit quelques secondes, puis demanda :

« Es-tu bachelier ?

– Non. J'ai échoué deux fois.

205 – Ça ne fait rien, du moment que tu as poussé tes études jusqu'au bout. Si on parle de Cicéron ou de Tibère, tu sais à peu près ce que c'est ?

– Oui, à peu près.

– Bon, personne n'en sait davantage, à l'exception d'une vingtaine
210 d'imbéciles qui ne sont pas fichus de se tirer d'affaire. Ça n'est pas difficile de passer pour fort, va ; le tout est de ne pas se faire pincer en flagrant délit d'ignorance. On manœuvre, on esquive la difficulté, on tourne l'obstacle, et on colle les autres au moyen d'un diction-naire. Tous les hommes sont bêtes comme des oies et ignorants
215 comme des carpes. »

Il parlait en gaillard tranquille qui connaît la vie, et il souriait en regardant passer la foule. Mais tout d'un coup il se mit à tousser, et s'arrêta pour laisser finir la quinte, puis, d'un ton découragé :

« N'est-ce pas assommant de ne pouvoir se débarrasser de cette
220 bronchite ? Et nous sommes en plein été. Oh ! cet hiver, j'irai me guérir à Menton. Tant pis, ma foi, la santé avant tout. »

Ils arrivèrent au boulevard Poissonnière, devant une grande porte vitrée, derrière laquelle un journal ouvert était collé sur les deux faces. Trois personnes arrêtées le lisaient.

225 Au-dessus de la porte s'étalait, comme un appel, en grandes lettres de feu dessinées par des flammes de gaz : *La Vie française*. Et les pro-meneurs passant brusquement dans la clarté que jetaient ces trois mots éclatants apparaissaient tout à coup en pleine lumière, visibles, clairs et nets comme au milieu du jour, puis rentraient aussitôt dans l'ombre.

230 Forestier poussa cette porte : « Entre », dit-il. Duroy entra, monta un escalier luxueux et sale que toute la rue voyait, parvint dans une antichambre, dont les deux garçons de bureau saluèrent son cama-

---

1. **Écuyer :** instructeur d'équitation.

rade, puis s'arrêta dans une sorte de salon d'attente, poussiéreux et fripé, tendu de faux velours d'un vert pisseux, criblé de taches et
5   rongé par endroits, comme si des souris l'eussent grignoté.

« Assieds-toi, dit Forestier, je reviens dans cinq minutes. »

Et il disparut par une des trois sorties qui donnaient dans ce cabinet.

Une odeur étrange, particulière, inexprimable, l'odeur des salles de rédaction, flottait dans ce lieu. Duroy demeurait immobile, un peu
40   intimidé, surpris surtout. De temps en temps des hommes passaient devant lui, en courant, entrés par une porte et partis par l'autre avant qu'il eût le temps de les regarder.

C'étaient tantôt des jeunes gens, très jeunes, l'air affairé, et tenant à la main une feuille de papier qui palpitait au vent de leur course ;
45   tantôt des ouvriers compositeurs, dont la blouse de toile tachée d'encre laissait voir un col de chemise bien blanc et un pantalon de drap pareil à celui des gens du monde ; et ils portaient avec précaution des bandes de papier imprimé, des épreuves fraîches, tout humides. Quelquefois un petit monsieur entrait, vêtu avec une élégance trop
250   apparente, la taille trop serrée dans la redingote, la jambe trop moulée sous l'étoffe, le pied étreint dans un soulier trop pointu, quelque reporter mondain apportant les échos de la soirée.

D'autres encore arrivaient, graves, importants, coiffés de hauts chapeaux à bords plats, comme si cette forme les eût distingués du
255   reste des hommes.

Forestier reparut tenant par le bras un grand garçon maigre, de trente à quarante ans, en habit noir et en cravate blanche, très brun, la moustache roulée en pointes aiguës, et qui avait l'air insolent et content de lui.

Forestier lui dit :
260   « Adieu, cher maître. »

L'autre lui serra la main :

« Au revoir, mon cher », et il descendit l'escalier en sifflotant, la canne sous le bras.

Duroy demanda :
265   « Qui est-ce ?

– C'est Jacques Rival, tu sais, le fameux chroniqueur, le duelliste. Il vient de corriger ses épreuves. Garin, Montel[1] et lui sont les trois pre-

---

1. **Garin, Montel :** deux noms imaginaires substitués à ceux de deux journalistes en vogue, Albert Wolf et Aurélien Scholl.

miers chroniqueurs d'esprit et d'actualité que nous ayons à Paris. Il gagne ici trente mille francs par an pour deux articles par semaine. »

270   Et comme ils s'en allaient, ils rencontrèrent un petit homme à longs cheveux, gros, d'aspect malpropre, qui montait les marches en soufflant.

Forestier salua très bas.

« Norbert de Varenne, dit-il, le poète, l'auteur des *Soleils morts*, encore un homme dans les grands prix. Chaque conte qu'il nous

275 donne coûte trois cents francs, et les plus longs n'ont pas deux cents lignes. Mais entrons au Napolitain, je commence à crever de soif. »

Dès qu'ils furent assis devant la table du café, Forestier cria : « Deux bocks ! » et il avala le sien d'un seul trait, tandis que Duroy buvait la bière à lentes gorgées, la savourant et la dégustant, comme

280 une chose précieuse et rare.

Son compagnon se taisait, semblait réfléchir, puis tout à coup : « Pourquoi n'essaierais-tu pas du journalisme ? »

L'autre, surpris, le regarda ; puis il dit :

« Mais... c'est que... je n'ai jamais rien écrit.

285 – Bah ! on essaie, on commence. Moi, je pourrais t'employer à aller me chercher des renseignements, à faire des démarches et des visites. Tu aurais, au début, deux cent cinquante francs et tes voitures payées. Veux-tu que j'en parle au directeur ?

– Mais certainement que je veux bien,

290 – Alors, fais une chose, viens dîner chez moi demain ; j'ai cinq ou six personnes seulement, le patron, M. Walter, sa femme, Jacques Rival et Norbert de Varenne, que tu viens de voir, plus une amie de Mme Forestier. Est-ce entendu ? »

Duroy hésitait, rougissant, perplexe. Il murmura enfin :

295 « C'est que... je n'ai pas de tenue convenable. »

Forestier fut stupéfait :

« Tu n'as pas d'habit ? Bigre ! en voilà une chose indispensable pourtant. À Paris, vois-tu, il vaudrait mieux n'avoir pas de lit que pas d'habit. »

Puis, tout à coup, fouillant dans la poche de son gilet, il en tira

300 une pincée d'or, prit deux louis[1], les posa devant son ancien camarade, et, d'un ton cordial et familier :

---

1. **Louis :** pièce française en or de 20 francs (c'était le tarif d'une prostituée). Actuellement, sa valeur varie avec le cours de l'or.

« Tu me rendras ça quand tu pourras. Loue ou achète au mois, en donnant un acompte, les vêtements qu'il te faut ; enfin arrange-toi, mais viens dîner à la maison, demain, sept heures et demie, 17, rue Fontaine. »

Duroy, troublé, ramassait l'argent en balbutiant :

« Tu es trop aimable, je te remercie bien, sois certain que je n'oublierai pas... »

L'autre l'interrompit : « Allons, c'est bon. Encore un bock, n'est-ce pas ? » Et il cria : « Garçon, deux bocks ! »

Puis, quand ils les eurent bus, le journaliste demanda :

« Veux-tu flâner un peu, pendant une heure ?

– Mais certainement. »

Et ils se remirent en marche vers la Madeleine.

« Qu'est-ce que nous ferions bien ? demanda Forestier. On prétend qu'à Paris un flâneur peut toujours s'occuper ; ça n'est pas vrai. Moi, quand je veux flâner, le soir, je ne sais jamais où aller. Un tour au Bois n'est amusant qu'avec une femme, et on n'en a pas toujours une sous la main ; les cafés-concerts peuvent distraire mon pharmacien et son épouse, mais pas moi. Alors, quoi faire ? Rien. Il devrait y avoir ici un jardin d'été, comme le parc Monceau, ouvert la nuit, où on entendrait de la très bonne musique en buvant des choses fraîches sous les arbres. Ce ne serait pas un lieu de plaisir, mais un lieu de flâne ; et on paierait cher pour entrer, afin d'attirer les jolies dames. On pourrait marcher dans des allées bien sablées, éclairées à la lumière électrique, et s'asseoir quand on voudrait pour écouter la musique de près ou de loin. Nous avons eu à peu près ça autrefois chez Musard, mais avec un goût de bastringue et trop d'airs de danse, pas assez d'étendue, pas assez d'ombre, pas assez de sombre. Il faudrait un très beau jardin, très vaste. Ce serait charmant. Où veux-tu aller ? »

Duroy, perplexe, ne savait que dire ; enfin, il se décida :

« Je ne connais pas les Folies-Bergère[1]. J'y ferais volontiers un tour. »

Son compagnon s'écria :

« Les Folies-Bergère, bigre ? nous y cuirons comme dans une rôtissoire. Enfin, soit, c'est toujours drôle. »

---

1. **Folies-Bergère :** théâtre, inauguré en 1869, qui présente des revues à grand spectacle. Cette salle était surtout connue comme « un vaste capharnaüm du vice élégant et de la galanterie tarifiée ».

Première partie

Et ils pivotèrent sur leurs talons pour gagner la rue du Faubourg-Montmartre.

La façade illuminée de l'établissement jetait une grande lueur dans les quatre rues qui se joignent devant elle. Une file de fiacres attendait la sortie.

340 Forestier entrait, Duroy l'arrêta :

« Nous oublions de passer au guichet. »

L'autre répondit d'un ton important :

« Avec moi on ne paie pas. »

345 Quand il s'approcha du contrôle, les trois contrôleurs le saluèrent. Celui du milieu lui tendit la main. Le journaliste demanda :

« Avez-vous une bonne loge ?

– Mais certainement, monsieur Forestier. »

Il prit le coupon qu'on lui tendait, poussa la porte matelassée, à 350 battants garnis de cuir, et ils se trouvèrent dans la salle.

Une vapeur de tabac voilait un peu, comme un très fin brouillard, les parties lointaines, la scène et l'autre côté du théâtre. Et s'élevant sans cesse, en minces filets blanchâtres, de tous les cigares et de toutes les cigarettes que fumaient tous ces gens, cette brume légère 355 montait toujours, s'accumulait au plafond, et formait, sous le large dôme, autour du lustre, au-dessus de la galerie du premier chargée de spectateurs, un ciel ennuagé de fumée.

Dans le vaste corridor d'entrée qui mène à la promenade circulaire, où rôde la tribu parée des filles, mêlée à la foule sombre des 360 hommes, un groupe de femmes attendait les arrivants devant un des trois comptoirs où trônaient, fardées et défraîchies, trois marchandes de boissons et d'amour.

Les hautes glaces, derrière elles, reflétaient leurs dos et les visages des passants.

365 Forestier ouvrait les groupes, avançait vite, en homme qui a droit à la considération.

Il s'approcha d'une ouvreuse.

« La loge 17 ? dit-il.

– Par ici, monsieur. »

370 Et on les enferma dans une petite boîte en bois, découverte, tapissée de rouge, et qui contenait quatre chaises de même couleur, si rapprochées qu'on pouvait à peine se glisser entre elles. Les deux amis s'assirent : et, à droite comme à gauche, suivant une longue

ligne arrondie aboutissant à la scène par les deux bouts, une suite
de cases semblables contenait des gens assis également et dont on
ne voyait que la tête et la poitrine.

Sur la scène, trois jeunes hommes en maillot collant, un grand, un
moyen, un petit, faisaient, tour à tour, des exercices sur un trapèze.

Le grand s'avançait d'abord, à pas courts et rapides, en souriant, et
saluait avec un mouvement de la main comme pour envoyer un baiser.

On voyait, sous le maillot, se dessiner les muscles des bras et des
jambes ; il gonflait sa poitrine pour dissimuler son estomac trop
saillant ; et sa figure semblait celle d'un garçon coiffeur, car une raie
soignée ouvrait sa chevelure en deux parties égales, juste au milieu
du crâne. Il atteignait le trapèze d'un bond gracieux, et, pendu par les
mains, tournait autour comme une roue lancée ; ou bien, les bras raides, le corps droit, il se tenait immobile, couché horizontalement dans
le vide, attaché seulement à la barre fixe par la force des poignets.

Puis il sautait à terre, saluait de nouveau en souriant sous les
applaudissements de l'orchestre, et allait se coller contre le décor, en
montrant bien, à chaque pas, la musculature de sa jambe.

Le second, le moins haut, plus trapu, s'avançait à son tour et
répétait le même exercice, que le dernier recommençait encore, au
milieu de la faveur plus marquée du public.

Mais Duroy ne s'occupait guère du spectacle, et, la tête tournée, il
regardait sans cesse derrière lui le grand promenoir plein d'hommes
et de prostituées.

Forestier lui dit :

« Remarque donc l'orchestre : rien que des bourgeois avec leurs
femmes et leurs enfants, de bonnes têtes stupides qui viennent
pour voir. Aux loges, des boulevardiers ; quelques artistes, quelques
filles de demi-choix ; et, derrière nous, le plus drôle de mélange qui
soit dans Paris. Quels sont ces hommes ? Observe-les. Il y a de tout,
de toutes les castes, mais la crapule domine. Voici des employés,
employés de banque, de magasin, de ministère, des reporters, des
souteneurs, des officiers en bourgeois, des gommeux en habit, qui
viennent de dîner au cabaret et qui sortent de l'Opéra avant d'entrer
aux Italiens[1], et puis encore tout un monde d'hommes suspects qui

---

1. **Italiens** : le théâtre des Italiens est le lointain héritier des troupes italiennes qui se
produisaient à Paris au XVIIe siècle.

défient l'analyse. Quant aux femmes, rien qu'une marque : la sou-
410 peuse de l'Américain, la fille à un ou deux louis qui guette l'étranger
de cinq louis et prévient ses habitués quand elle est libre. On les
connaît toutes depuis six ans ; on les voit tous les soirs, toute l'année,
aux mêmes endroits, sauf quand elles font une station hygiénique à
Saint-Lazare ou à Lourcine[1]. »

415 Duroy n'écoutait plus. Une de ces femmes, s'étant accoudée à leur
loge, le regardait. C'était une grosse brune à la chair blanchie par la
pâte, à l'œil noir, allongé, souligné par le crayon, encadré sous des
sourcils énormes et factices. Sa poitrine, trop forte, tendait la soie
sombre de sa robe ; et ses lèvres peintes, rouges comme une plaie,
420 lui donnaient quelque chose de bestial, d'ardent, d'outré, mais qui
allumait le désir cependant.

Elle appela, d'un signe de tête, une de ses amies qui passait, une
blonde aux cheveux rouges, grasse aussi, et elle lui dit d'une voix
assez forte pour être entendue :

425 « Tiens, v'là un joli garçon : s'il veut de moi pour dix louis, je ne
dirai pas non. »

Forestier se retourna, et, souriant, il tapa sur la cuisse de Duroy :

« C'est pour toi, ça : tu as du succès, mon cher. Mes compliments. »

L'ancien sous-off avait rougi ; et il tâtait, d'un mouvement machi-
430 nal du doigt, les deux pièces d'or dans la poche de son gilet.

Le rideau s'était baissé ; l'orchestre maintenant jouait une valse.

Duroy dit :

« Si nous faisions un tour dans la galerie ? »

– Comme tu voudras. »

435 Ils sortirent, et furent aussitôt entraînés dans le courant des pro-
meneurs. Pressés, poussés, serrés, ballottés, ils allaient, ayant devant
les yeux un peuple de chapeaux. Et les filles, deux par deux, passaient dans cette foule d'hommes, la traversaient avec facilité, glis-
saient entre les coudes, entre les poitrines, entre les dos, comme si
440 elles eussent été bien chez elles, bien à l'aise, à la façon des poissons
dans l'eau, au milieu de ce flot de mâles.

---

1. **À Saint-Lazare ou à Lourcine :** la prison de femmes Saint-Lazare, à laquelle était
adjoint un dépôt pour les prostituées, et l'hôpital de Lourcine (Broca, en 1983) soi-
gnaient les femmes atteintes de maladies vénériennes (la syphilis était à l'époque
un fléau).

Duroy ravi, se laissait aller, buvait avec ivresse l'air vicié par le tabac, par l'odeur humaine et les parfums des drôlesses. Mais Forestier suait, soufflait, toussait.

445 « Allons au jardin », dit-il.

Et, tournant à gauche, ils pénétrèrent dans une espèce de jardin couvert, que deux grandes fontaines de mauvais goût rafraîchissaient. Sous des ifs et des thuyas en caisse, des hommes et des femmes buvaient sur des tables de zinc.

450 « Encore un bock ? demanda Forestier.
– Oui, volontiers. »

Ils s'assirent en regardant passer le public.

De temps en temps, une rôdeuse s'arrêtait, puis demandait avec un sourire banal : « M'offrez-vous quelque chose, monsieur ? » Et
455 comme Forestier répondait : « Un verre d'eau à la fontaine », elle s'éloignait en murmurant : « Va donc, mufle ! »

Mais la grosse brune qui s'était appuyée tout à l'heure derrière la loge des deux camarades reparut, marchant arrogamment, le bras passé sous celui de la grosse blonde. Cela faisait vraiment une belle
460 paire de femmes, bien assorties.

Elle sourit en apercevant Duroy, comme si leurs yeux se fussent dit déjà des choses intimes et secrètes ; et, prenant une chaise, elle s'assit tranquillement en face de lui et fit asseoir son amie, puis elle commanda d'une voix claire : « Garçon, deux grenadines ! » Forestier,
465 surpris, prononça : « Tu ne te gênes pas, toi ! »

Elle répondit :

« C'est ton ami qui me séduit. C'est vraiment un joli garçon. Je crois qu'il me ferait faire des folies ! »

Duroy, intimidé, ne trouvait rien à dire. Il retroussait sa moustache
470 frisée en souriant d'une façon niaise. Le garçon apporta les sirops, que les femmes burent d'un seul trait ; puis elles se levèrent, et la brune, avec un petit salut amical de la tête et un léger coup d'éventail sur le bras, dit à Duroy : « Merci, mon chat. Tu n'as pas la parole facile. »

Et elles partirent en balançant leur croupe.

475 Alors Forestier se mit à rire :

« Dis donc, mon vieux, sais-tu que tu as vraiment du succès auprès des femmes ? Il faut soigner ça. Ça peut te mener loin. »

Il se tut une seconde, puis reprit, avec ce ton rêveur des gens qui pensent tout haut :

480 « C'est encore par elles qu'on arrive le plus vite. »

Et comme Duroy souriait toujours sans répondre, il demanda :

« Est-ce que tu restes encore ? Moi, je vais rentrer, j'en ai assez. »

L'autre murmura :

« Oui, je reste encore un peu. Il n'est pas tard. »

485 Forestier se leva :

« Eh bien, adieu, alors. À demain. N'oublie pas ? 17, rue Fontaine, sept heures et demie.

– C'est entendu ; à demain. Merci. »

Ils se serrèrent la main, et le journaliste s'éloigna.

490 Dès qu'il eut disparu, Duroy se sentit libre, et de nouveau il tâta joyeusement les deux pièces d'or dans sa poche ; puis, se levant, il se mit à parcourir la foule qu'il fouillait de l'œil.

Il les aperçut bientôt, les deux femmes, la blonde et la brune, qui voyageaient toujours de leur allure fière de mendiantes, à travers la 495 cohue des hommes.

Il alla droit sur elles, et quand il fut tout près, il n'osa plus.

La brune lui dit :

« As-tu retrouvé ta langue ? »

Il balbutia : « Parbleu », sans parvenir à prononcer autre chose que 500 cette parole.

Ils restaient debout tous les trois, arrêtés, arrêtant le mouvement du promenoir, formant un remous autour d'eux.

Alors, tout à coup, elle demanda :

« Viens-tu chez moi ? »

505 Et lui, frémissant de convoitise, répondit brutalement :

« Oui, mais je n'ai qu'un louis dans ma poche. »

Elle sourit avec indifférence :

« Ça ne fait rien. »

Et elle prit son bras en signe de possession.

510 Comme ils sortaient, il songeait qu'avec les autres vingt francs il pourrait facilement se procurer, en location, un costume de soirée pour le lendemain.

II

« MONSIEUR Forestier, s'il vous plaît ?

– Au troisième[1], la porte à gauche. »

515 Le concierge avait répondu cela d'une voix aimable où apparaissait une considération pour son locataire. Et Georges Duroy monta l'escalier.

Il était un peu gêné, intimidé, mal à l'aise. Il portait un habit pour la première fois de sa vie, et l'ensemble de sa toilette l'inquiétait. Il la sentait défectueuse en tout, par les bottines non vernies mais assez 520 fines cependant, car il avait la coquetterie du pied, par la chemise de quatre francs cinquante achetée le matin même au Louvre, et dont le plastron trop mince se cassait déjà. Ses autres chemises, celles de tous les jours, ayant des avaries plus ou moins graves, il n'avait pu utiliser même la moins abîmée.

525 Son pantalon, un peu trop large, dessinait mal la jambe, semblait s'enrouler autour du mollet, avait cette apparence fripée que prennent les vêtements d'occasion sur les membres qu'ils recouvrent par aventure. Seul, l'habit n'allait pas mal, s'étant trouvé à peu près juste pour la taille.

530 Il montait lentement les marches, le cœur battant, l'esprit anxieux, harcelé surtout par la crainte d'être ridicule ; et, soudain, il aperçut en face de lui un monsieur en grande toilette qui le regardait. Ils se trouvaient si près l'un de l'autre que Duroy fit un mouvement en arrière, puis il demeura stupéfait : c'était lui-même[2], reflété par une 535 haute glace en pied qui formait sur le palier du premier une longue perspective de galerie. Un élan de joie le fit tressaillir, tant il se jugea mieux qu'il n'aurait cru.

---

1. **Au troisième :** au XIXe siècle, les étages les moins élevés étaient réputés les plus nobles. Les Forestier habitent donc encore un appartement qui suscite de la considération.

2. **Un monsieur en grande toilette qui le regardait [...] c'était lui-même :** le thème du double dans un miroir est un motif cher à Maupassant. Dans *Bel-Ami*, le miroir sert à révéler, non plus un envoûtement par l'autre qui est en nous, mais les transformations du personnage de Duroy en baron Du Roy de Cantel, son épanouissement, qui va du petit miroir de la chambre meublée de la rue Boursault jusqu'à la glace qui reflète « des millionnaires qui passent ».

N'ayant chez lui que son petit miroir à barbe, il n'avait pu se
contempler entièrement, et comme il n'y voyait que fort mal les
540 diverses parties de sa toilette improvisée, il s'exagérait les imperfec-
tions, s'affolait à l'idée d'être grotesque.

Mais voilà qu'en s'apercevant brusquement dans la glace, il ne
s'était pas même reconnu ; il s'était pris pour un autre, pour un
homme du monde, qu'il avait trouvé fort bien, fort chic, au premier
545 coup d'œil.

Et maintenant, en se regardant avec soin, il reconnaissait que,
vraiment, l'ensemble était satisfaisant.

Alors il s'étudia comme font les acteurs pour apprendre leurs
rôles. Il se sourit, se tendit la main, fit des gestes, exprima des sen-
550 timents : l'étonnement, le plaisir, l'approbation ; et il chercha les
degrés du sourire et les intentions de l'œil pour se montrer galant
auprès des dames, leur faire comprendre qu'on les admire et qu'on
les désire.

Une porte s'ouvrit dans l'escalier. Il eut peur d'être surpris et il se
555 mit à monter fort vite et avec la crainte d'avoir été vu, minaudant
ainsi, par quelque invité de son ami.

En arrivant au second étage, il aperçut une autre glace et il ralen-
tit sa marche pour se regarder passer. Sa tournure lui parut vraiment
élégante. Il marchait bien. Et une confiance immodérée en lui-même
560 emplit son âme. Certes, il réussirait avec cette figure-là et son désir
d'arriver, et la résolution qu'il se connaissait et l'indépendance de
son esprit. Il avait envie de courir, de sauter en gravissant le dernier
étage. Il s'arrêta devant la troisième glace, frisa sa moustache d'un
mouvement qui lui était familier, ôta son chapeau pour rajuster sa
565 chevelure, et murmura à mi-voix, comme il faisait souvent : « Voilà
une excellente invention. » Puis, tendant la main vers le timbre, il
sonna.

La porte s'ouvrit presque aussitôt, et il se trouva en présence d'un
valet en habit noir, grave, rasé, si parfait de tenue que Duroy se trou-
570 bla de nouveau sans comprendre d'où lui venait cette vague émotion : d'une inconsciente comparaison, peut-être, entre la coupe de
leurs vêtements. Ce laquais, qui avait des souliers vernis, demanda
en prenant le pardessus que Duroy tenait sur son bras par peur de
montrer les taches :
575 « Qui dois-je annoncer ? »

Et il jeta le nom derrière une porte soulevée, dans un salon où il fallait entrer.

Mais Duroy, tout à coup perdant son aplomb, se sentit perclus de crainte, haletant. Il allait faire son premier pas dans l'existence attendue, rêvée. Il s'avança, pourtant. Une jeune femme blonde était debout qui l'attendait, toute seule, dans une grande pièce bien éclairée et pleine d'arbustes, comme une serre.

Il s'arrêta net, tout à fait déconcerté. Quelle était cette dame qui souriait ? Puis il se souvint que Forestier était marié ; et la pensée que cette jolie blonde élégante devait être la femme de son ami acheva de l'effarer.

Il balbutia : « Madame, je suis... » Elle lui tendit la main : « Je le sais, monsieur. Charles m'a raconté votre rencontre d'hier soir, et je suis très heureuse qu'il ait eu la bonne inspiration de vous prier de dîner avec nous aujourd'hui. »

Il rougit jusqu'aux oreilles, ne sachant plus que dire ; et il se sentait examiné, inspecté des pieds à la tête, pesé, jugé.

Il avait envie de s'excuser, d'inventer une raison pour expliquer les négligences de sa toilette ; mais il ne trouva rien, et n'osa pas toucher à ce sujet difficile.

Il s'assit sur un fauteuil qu'elle lui désignait, et quand il sentit plier sous lui le velours élastique et doux du siège, quand il se sentit enfoncé, appuyé, étreint par ce meuble caressant dont le dossier et les bras capitonnés le soutenaient délicatement, il lui sembla qu'il entrait dans une vie nouvelle et charmante, qu'il prenait possession de quelque chose de délicieux, qu'il devenait quelqu'un, qu'il était sauvé ; et il regarda Mme Forestier dont les yeux ne l'avaient point quitté.

Elle était vêtue d'une robe de cachemire bleu pâle qui dessinait bien sa taille souple et sa poitrine grasse.

La chair des bras et de la gorge sortait d'une mousse de dentelle blanche dont étaient garnis le corsage et les courtes manches ; et les cheveux relevés au sommet de la tête, frisant un peu sur la nuque, faisaient un léger nuage de duvet blond au-dessus du cou.

Duroy se rassurait sous son regard, qui lui rappelait, sans qu'il sût pourquoi, celui de la fille rencontrée la veille aux Folies-Bergère. Elle avait les yeux gris, d'un gris azuré qui en rendait étrange l'expression, le nez mince, les lèvres fortes, le menton un peu charnu, une figure irrégulière et séduisante, pleine de gentillesse et de malice.

C'était un de ces visages de femme dont chaque ligne révèle une
615 grâce particulière, semble avoir une signification, dont chaque mouvement paraît dire ou cacher quelque chose.

Après un court silence, elle lui demanda :

« Vous êtes depuis longtemps à Paris ? »

Il répondit, en reprenant peu à peu possession de lui :

620 « Depuis quelques mois seulement, madame. J'ai un emploi dans
les chemins de fer ; mais Forestier m'a laissé espérer que je pourrais,
grâce à lui, pénétrer dans le journalisme. »

Elle eut un sourire plus visible, plus bienveillant ; et elle murmura
en baissant la voix : « Je sais. »

625 Le timbre avait tinté de nouveau. Le valet annonça :

« Mme de Marelle. »

C'était une petite brune, de celles qu'on appelle des brunettes.

Elle entra d'une allure alerte ; elle semblait dessinée, moulée des
pieds à la tête dans une robe sombre toute simple.

630 Seule une rose rouge, piquée dans ses cheveux noirs, attirait l'œil
violemment, semblait marquer sa physionomie, accentuer son caractère spécial, lui donner la note vive et brusque qu'il fallait.

Une fillette en robe courte la suivait. Mme Forestier s'élança :

« Bonjour, Clotilde.

635 — Bonjour, Madeleine. »

Elles s'embrassèrent. Puis l'enfant tendit son front avec une assurance de grande personne, en prononçant :

« Bonjour, cousine. »

Mme Forestier la baisa ; puis fit les présentations :

640 « M. Georges Duroy, un bon camarade de Charles.

« Mme de Marelle, mon amie, un peu ma parente. »

Elle ajouta :

« Vous savez, nous sommes ici sans cérémonie, sans façon et sans
pose. C'est entendu, n'est-ce pas ? »

645 Le jeune homme s'inclina.

Mais la porte s'ouvrit de nouveau, et un petit gros monsieur, court
et rond, parut, donnant le bras à une grande et belle femme, plus
haute que lui, beaucoup plus jeune, de manières distinguées et
d'allure grave. M. Walter, député, financier, homme d'argent et d'affaires,
650 juif et méridional, directeur de *La Vie française*, et sa femme, née
Basile-Ravalau, fille du banquier de ce nom.

Puis parurent, coup sur coup, Jacques Rival, très élégant, et Norbert de Varenne, dont le col d'habit luisait, un peu ciré par le frottement des longs cheveux qui tombaient jusqu'aux épaules, et semaient dessus quelques grains de poussière blanche.

Sa cravate, mal nouée, ne semblait pas à sa première sortie. Il s'avança avec des grâces de vieux beau et, prenant la main de Mme Forestier, mit un baiser sur son poignet. Dans le mouvement qu'il fit en se baissant, sa longue chevelure se répandit comme de l'eau sur le bras nu de la jeune femme.

Et Forestier entra à son tour en s'excusant d'être en retard. Mais il avait été retenu au journal par l'affaire Morel. M. Morel, député radical, venait d'adresser une question au ministère sur une demande de crédit relative à la colonisation de l'Algérie.

Le domestique cria :

« Madame est servie ! »

Et on passa dans la salle à manger.

Duroy se trouvait placé entre Mme de Marelle et sa fille. Il se sentait de nouveau gêné, ayant peur de commettre quelque erreur dans le maniement conventionnel de la fourchette, de la cuiller ou des verres. Il y en avait quatre, dont un légèrement teinté de bleu. Que pouvait-on boire dans celui-là ?

On ne dit rien pendant qu'on mangeait le potage, puis Norbert de Varenne demanda : « Avez-vous lu ce procès Gauthier ? Quelle drôle de chose ! »

Et on discuta sur le cas d'adultère compliqué de chantage[1]. On n'en parlait point comme on parle, au sein des familles, des événements racontés dans les feuilles publiques, mais comme on parle d'une maladie entre médecins ou de légumes entre fruitiers. On ne s'indignait pas, on ne s'étonnait pas des faits ; on en cherchait les causes profondes, secrètes, avec une curiosité professionnelle et une indifférence absolue pour le crime lui-même. On tâchait d'expliquer nettement les origines des actions, de déterminer tous les phénomènes cérébraux dont était né le drame, résultat scientifique

---

1. **Et on discuta sur le cas d'adultère compliqué de chantage :** le passage présente un intérêt certain parce qu'adultère et chantage posent des problèmes mis en scène dans la suite du roman, problèmes auxquels s'intéressait Maupassant, comme le prouve une *Chronique* du 14 avril 1884. On y voit aussi sa passion pour les faits divers.

685 d'un état d'esprit particulier. Les femmes aussi se passionnaient à cette poursuite, à ce travail. Et d'autres événements récents furent examinés, commentés, tournés sous toutes leurs faces, pesés à leur valeur, avec ce coup d'œil pratique et cette manière de voir spéciale des marchands de nouvelles, des débitants de comédie humaine à la
690 ligne, comme on examine, comme on retourne et comme on pèse, chez les commerçants, les objets qu'on va livrer au public.

Puis il fut question d'un duel, et Jacques Rival prit la parole. Cela lui appartenait : personne autre ne pouvait traiter cette affaire,

Duroy n'osait point placer un mot. Il regardait parfois sa voisine,
695 dont la gorge ronde le séduisait. Un diamant tenu par un fil d'or pendait au bas de l'oreille, comme une goutte d'eau qui aurait glissé sur la chair. De temps en temps, elle faisait une remarque qui éveillait toujours un sourire sur les lèvres. Elle avait un esprit drôle, gentil, inattendu, un esprit de gamine expérimentée qui voit les choses avec
700 insouciance et les juge avec un scepticisme léger et bienveillant.

Duroy cherchait en vain quelque compliment à lui faire, et, ne trouvant rien, il s'occupait de sa fille, lui versait à boire, lui tenait ses plats, la servait. L'enfant, plus sévère que sa mère, remerciait avec une voix grave, faisait de courts saluts de la tête : « Vous êtes bien
705 aimable, monsieur », et elle écoutait les grandes personnes d'un petit air réfléchi.

Le dîner était fort bon, et chacun s'extasiait. M. Walter mangeait comme un ogre, ne parlait presque pas, et considérait d'un regard oblique, glissé sous ses lunettes, les mets qu'on lui présentait.
710 Norbert de Varenne lui tenait tête et laissait tomber parfois des gouttes de sauce sur son plastron de chemise.

Forestier, souriant et sérieux, surveillait, échangeait avec sa femme des regards d'intelligence, à la façon de compères accomplissant ensemble une besogne difficile et qui marche à souhait.
715 Les visages devenaient rouges, les voix s'enflaient. De moment en moment, le domestique murmurait à l'oreille des convives : « Corton – Château-Laroze ? »

Duroy avait trouvé le corton de son goût et il laissait chaque fois emplir son verre. Une gaieté délicieuse entrait en lui ; une gaieté
720 chaude, qui lui montait du ventre à la tête, lui courait dans les membres, le pénétrait tout entier. Il se sentait envahi par un bien-être complet, un bien-être de vie et de pensée, de corps et d'âme.

Et une envie de parler lui venait, de se faire remarquer, d'être écouté, apprécié comme ces hommes dont on savourait les moindres expressions.

Mais la causerie qui allait sans cesse, accrochant les idées les unes aux autres, sautant d'un sujet à l'autre sur un mot, un rien, après avoir fait le tour des événements du jour et avoir effleuré, en passant, mille questions, revint à la grande interpellation de M. Morel sur la colonisation en Algérie[1].

M. Walter, entre deux services, fit quelques plaisanteries, car il avait l'esprit sceptique et gras. Forestier raconta son article du lendemain. Jacques Rival réclama un gouvernement militaire avec des concessions de terre accordées à tous les officiers après trente années de service colonial.

« De cette façon, disait-il, vous créerez une société énergique, ayant appris depuis longtemps à connaître et à aimer le pays, sachant sa langue et au courant de toutes ces graves questions locales auxquelles se heurtent infailliblement les nouveaux venus. »

Norbert de Varenne l'interrompit :

« Oui... ils sauront tout, excepté l'agriculture. Ils parleront l'arabe, mais ils ignoreront comment on repique des betteraves et comment on sème du blé. Ils seront même forts en escrime, mais très faibles sur les engrais. Il faudrait au contraire ouvrir largement ce pays neuf à tout le monde. Les hommes intelligents s'y feront une place, les autres succomberont. C'est la loi sociale. »

Un léger silence suivit. On souriait.

Georges Duroy ouvrit la bouche et prononça, surpris par le son de sa voix, comme s'il ne s'était jamais entendu parler :

« Ce qui manque le plus là-bas, c'est la bonne terre. Les propriétés vraiment fertiles coûtent aussi cher qu'en France, et sont achetées, comme placements de fonds, par des Parisiens très riches. Les vrais colons, les pauvres, ceux qui s'exilent faute de pain, sont rejetés dans le désert, où il ne pousse rien, par manque d'eau. »

Tout le monde le regardait. Il se sentit rougir. M. Walter demanda :

« Vous connaissez l'Algérie, monsieur ? »

Il répondit :

---

1. **Algérie :** Maupassant lui-même connaissait l'Algérie, il s'y était rendu dans les mois de juillet et août 1881.

« Oui, monsieur, j'y suis resté vingt-huit mois, et j'ai séjourné dans les trois provinces. »

760 Et brusquement, oubliant la question Morel, Norbert de Varenne l'interrogea sur un détail de mœurs qu'il tenait d'un officier[1]. Il s'agissait du Mzab[2], cette étrange petite république arabe née au milieu du Sahara, dans la partie la plus desséchée de cette région brûlante.

Duroy avait visité deux fois le Mzab, et il raconta les mœurs de ce 765 singulier pays, où les gouttes d'eau ont la valeur de l'or, où chaque habitant est tenu à tous les services publics, où la probité commerciale est poussée plus loin que chez les peuples civilisés.

Il parla avec une certaine verve hâbleuse, excité par le vin et par le désir de plaire ; il raconta des anecdotes de régiment, des traits de 770 la vie arabe, des aventures de guerre. Il trouva même quelques mots colorés pour exprimer ces contrées jaunes et nues, interminablement désolées sous la flamme dévorante du soleil.

Toutes les femmes avaient les yeux sur lui. Mme Walter murmura de sa voix lente : « Vous feriez avec vos souvenirs une charmante 775 série d'articles. » Alors Walter considéra le jeune homme par-dessus le verre de ses lunettes, comme il faisait pour bien voir les visages. Il regardait les plats par-dessous.

Forestier saisit le moment :

« Mon cher patron, je vous ai parlé tantôt de M. Georges Duroy, en 780 vous demandant de me l'adjoindre pour le service des informations politiques. Depuis que Marambot nous a quittés, je n'ai personne pour aller prendre des renseignements urgents et confidentiels, et le journal en souffre. »

Le père Walter devint sérieux et releva tout à fait ses lunettes pour 785 regarder Duroy bien en face. Puis il dit :

---

1. **Officier :** l'auteur renvoie à lui-même. G. Delaisement a retrouvé dans *Le Gaulois* deux chroniques intitulées « Lettres d'Afrique » et signées « Un officier ». Il s'agit donc d'une auto-citation.

2. **Mzab :** c'est un groupe d'oasis, dans la partie septentrionale du Sahara, dont la ville principale est Ghardaïa. Cette petite république berbère cessa d'être autonome en 1853, date de l'occupation de Ghardaïa par les Français. Maupassant publia une chronique, « Les oasis du Mzab », et en remania certains passages dans la nouvelle *Au soleil*. Le Mzab fait aujourd'hui partie de la république démocratique et populaire d'Algérie.

« Il est certain que M. Duroy a un esprit original. S'il veut bien venir causer avec moi, demain à trois heures, nous arrangerons ça. »

Puis, après un silence, et se tournant tout à fait vers le jeune homme :

« Mais faites-nous tout de suite une petite série fantaisiste sur l'Algérie. Vous raconterez vos souvenirs, et vous mêlerez à ça la question de la colonisation, comme tout à l'heure. C'est d'actualité, tout à fait d'actualité, et je suis sûr que ça plaira beaucoup à nos lecteurs. Mais dépêchez-vous ! Il me faut le premier article pour demain ou après-demain, pendant qu'on discute à la Chambre, afin d'amorcer le public. »

Mme Walter ajouta, avec cette grâce sérieuse qu'elle mettait en tout et qui donnait un air de faveurs à ses paroles :

« Et vous avez un titre charmant : *Souvenirs d'un chasseur d'Afrique* ; n'est-ce pas, monsieur Norbert ? »

Le vieux poète, arrivé tard à la renommée, détestait et redoutait les nouveaux venus. Il répondit d'un air sec :

« Oui, excellent, à condition que la suite soit dans la note, car c'est là la grande difficulté ; la note juste, ce qu'en musique on appelle le ton. »

Mme Forestier couvrait Duroy d'un regard protecteur et souriant, d'un regard de connaisseur qui semblait dire : « Toi, tu arriveras. » Mme de Marelle s'était, à plusieurs reprises, tournée vers lui, et le diamant de son oreille tremblait sans cesse, comme si la fine goutte d'eau allait se détacher et tomber.

La petite fille demeurait immobile et grave, la tête baissée sur son assiette.

Mais le domestique faisait le tour de la table, versant dans les verres bleus du vin de Johannisberg ; et Forestier portait un toast en saluant M. Walter : « À la longue prospérité de *La Vie française* ! »

Tout le monde s'inclina vers le Patron, qui souriait, et Duroy, gris de triomphe, but d'un trait. Il aurait vidé de même une barrique entière, lui semblait-il ; il aurait mangé un bœuf, étranglé un lion. Il se sentait dans les membres une vigueur surhumaine, dans l'esprit une résolution invincible et une espérance infinie. Il était chez lui, maintenant, au milieu de ces gens ; il venait d'y prendre position, d'y conquérir sa place. Son regard se posait sur les visages avec une assurance nouvelle, et il osa, pour la première fois, adresser la parole à sa voisine :

825 « Vous avez, madame, les plus jolies boucles d'oreilles que j'aie jamais vues. »

Elle se tourna vers lui en souriant :

« C'est une idée à moi de pendre des diamants comme ça, simplement au bout du fil. On dirait vraiment de la rosée, n'est-ce pas ? »

Il murmura, confus de son audace et tremblant de dire une sottise :

830 « C'est charmant... mais l'oreille aussi fait valoir la chose. »

Elle le remercia d'un regard, d'un de ces clairs regards de femme qui pénètrent jusqu'au cœur.

Et comme il tournait la tête, il rencontra encore les yeux de Mme Forestier, toujours bienveillants, mais il crut y voir une gaieté 835 plus vive, une malice, un encouragement.

Tous les hommes maintenant parlaient en même temps, avec des gestes et des éclats de voix ; on discutait le grand projet du chemin de fer métropolitain. Le sujet ne fut épuisé qu'à la fin du dessert, chacun ayant une quantité de choses à dire sur la lenteur des com-840 munications dans Paris, les inconvénients des tramways, les ennuis des omnibus et la grossièreté des cochers de fiacre.

Puis on quitta la salle à manger pour aller prendre le café. Duroy, par plaisanterie, offrit son bras à la petite fille. Elle le remercia gravement, et se haussa sur la pointe des pieds pour arriver à poser la 845 main sur le coude de son voisin.

En entrant dans le salon, il eut de nouveau la sensation de pénétrer dans une serre[1]. De grands palmiers ouvraient leurs feuilles élégantes dans les quatre coins de la pièce, montaient jusqu'au plafond, puis s'élargissaient en jets d'eau.

850 Des deux côtés de la cheminée, des caoutchoucs, ronds comme des colonnes, étageaient l'une sur l'autre leurs longues feuilles d'un vert sombre, et sur le piano deux arbustes inconnus, ronds et couverts de fleurs, l'un tout rose et l'autre tout blanc, avaient l'air de plantes factices, invraisemblables, trop belles pour être vraies.

855 L'air était frais et pénétré d'un parfum vague, doux, qu'on n'aurait pu définir, dont on ne pouvait dire le nom.

---

1. **Serre :** élément du décor à la mode dans les riches demeures. Sa touffeur et son exubérance l'associent au désir amoureux, non seulement dans *Bel-ami*, mais aussi dans *La Curée*, de Zola. C'est dans une serre qu'auront lieu les derniers entretiens de Mme Walter et de Duroy.

Et le jeune homme, plus maître de lui, considéra avec attention l'appartement. Il n'était pas grand ; rien n'attirait le regard en dehors des arbustes ; aucune couleur vive ne frappait ; mais on se sentait à son aise dedans, on se sentait tranquille, reposé ; il enveloppait doucement, il plaisait, mettait autour du corps quelque chose comme une caresse.

Les murs étaient tendus avec une étoffe ancienne d'un violet passé, criblée de petites fleurs de soie jaune, grosses comme des mouches.

Des portières en drap bleu gris, en drap de soldat, où l'on avait brodé quelques œillets de soie rouge, retombaient sur les portes ; et les sièges, de toutes les formes, de toutes les grandeurs, éparpillés au hasard dans l'appartement, chaises longues, fauteuils énormes ou minuscules, poufs et tabourets, étaient couverts de soie Louis XVI ou du beau velours d'Utrecht, fond crème à dessins grenat.

« Prenez-vous du café, monsieur Duroy ? »

Et Mme Forestier lui tendait une tasse pleine, avec ce sourire ami qui ne quittait point sa lèvre.

« Oui, madame, je vous remercie. »

Il reçut la tasse, et comme il se penchait plein d'angoisse pour cueillir avec la pince d'argent un morceau de sucre dans le sucrier que portait la petite fille, la jeune femme lui dit à mi-voix :

« Faites donc votre cour à Mme Walter. »

Puis elle s'éloigna avant qu'il eût pu répondre un mot.

Il but d'abord son café qu'il craignait de laisser tomber sur le tapis ; puis, l'esprit plus libre, il chercha un moyen de se rapprocher de la femme de son nouveau directeur et d'entamer une conversation.

Tout à coup il s'aperçut qu'elle tenait à la main sa tasse vide ; et, comme elle se trouvait loin d'une table, elle ne savait où la poser. Il s'élança :

« Permettez, madame.

– Merci, monsieur. »

Il emporta la tasse, puis il revint :

« Si vous saviez, madame, quels bons moments m'a fait passer *La Vie française* quand j'étais là-bas dans le désert. C'est vraiment le seul journal qu'on puisse lire hors de France, parce qu'il est plus littéraire, plus spirituel et moins monotone que tous les autres. On trouve de tout là-dedans. »

895 Elle sourit avec une indifférence aimable, et répondit gravement :
« M. Walter a eu bien du mal pour créer ce type de journal, qui
répondait à un besoin nouveau. »

Et ils se mirent à causer. Il avait la parole facile et banale, du
charme dans la voix, beaucoup de grâce dans le regard et une
900 séduction irrésistible dans la moustache[1]. Elle s'ébouriffait sur
sa lèvre, crépue, frisée, jolie, d'un blond teinté de roux avec une
nuance plus pâle dans les poils hérissés des bouts.

Ils parlèrent de Paris, des environs, des bords de la Seine, des villes
d'eaux, des plaisirs de l'été, de toutes les choses courantes sur les-
905 quelles on peut discourir indéfiniment sans se fatiguer l'esprit.

Puis, comme M. Norbert de Varenne s'approchait, un verre de
liqueur à la main, Duroy s'éloigna par discrétion.

Mme de Marelle, qui venait de causer avec Forestier, l'appela :
« Eh bien, monsieur, dit-elle brusquement, vous voulez donc tâter
910 du journalisme ? »

Alors il parla de ses projets, en termes vagues, puis recommença
avec elle la conversation qu'il venait d'avoir avec Mme Walter ; mais,
comme il possédait mieux son sujet, il s'y montra supérieur, répétant comme de lui des choses qu'il venait d'entendre. Et sans cesse
915 il regardait dans les yeux sa voisine, comme pour donner à ce qu'il
disait un sens profond.

Elle lui raconta à son tour des anecdotes, avec un entrain facile
de femme qui se sait spirituelle et qui veut toujours être drôle ; et,
devenant familière, elle posait la main sur son bras, baissait la voix
920 pour dire des riens, qui prenaient ainsi un caractère d'intimité. Il
s'exaltait intérieurement à frôler cette jeune femme qui s'occupait
de lui. Il aurait voulu tout de suite se dévouer pour elle, la défendre,
montrer ce qu'il valait, et les retards qu'il mettait à lui répondre indi-
quaient la préoccupation de sa pensée.

925 Mais tout à coup, sans raison, Mme de Marelle appelait : « Laurine ! »
et la petite fille s'en vint.

« Assieds-toi là, mon enfant, tu aurais froid près de la fenêtre. »

Et Duroy fut pris d'une envie folle d'embrasser la fillette, comme si
quelque chose de ce baiser eût dû retourner à la mère.

---

1. **Moustache :** « La moustache est indispensable à une physionomie virile »
(Maupassant, *La Moustache*).

Il demanda d'un ton galant et paternel :

« Voulez-vous me permettre de vous embrasser, mademoiselle ? »

L'enfant leva les yeux sur lui d'un air surpris. Mme de Marelle dit en riant :

« Réponds : "Je veux bien, monsieur, pour aujourd'hui ; mais ce ne sera pas toujours comme ça." »

Duroy, s'asseyant aussitôt, prit sur son genou Laurine, puis effleura des lèvres les cheveux ondés et fins de l'enfant,

La mère s'étonna :

« Tiens, elle ne s'est pas sauvée ; c'est stupéfiant. Elle ne se laisse d'ordinaire embrasser que par les femmes. Vous êtes irrésistible, monsieur Duroy. »

Il rougit, sans répondre, et d'un mouvement léger il balançait la petite fille sur sa jambe.

Mme Forestier s'approcha, et, poussant un cri d'étonnement :

« Tiens, voilà Laurine apprivoisée, quel miracle ! »

Jacques Rival aussi s'en venait, un cigare à la bouche, et Duroy se leva pour partir, ayant peur de gâter par quelque mot maladroit la besogne faite, son œuvre de conquête commencée.

Il salua, prit et serra doucement la petite main tendue des femmes, puis secoua avec force la main des hommes. Il remarqua que celle de Jacques Rival était sèche et chaude et répondait cordialement à sa pression ; celle de Norbert de Varenne, humide et froide et fuyait en glissant entre les doigts ; celle du père Walter, froide et molle, sans énergie, sans expression ; celle de Forestier, grasse et tiède. Son ami lui dit à mi-voix :

« Demain, trois heures, n'oublie pas.

– Oh ! non, ne crains rien. »

Quand il se retrouva sur l'escalier, il eut envie de descendre en courant, tant sa joie était véhémente, et il s'élança, enjambant les marches deux par deux ; mais tout à coup, il aperçut, dans la grande glace du second étage, un monsieur pressé qui venait en gambadant à sa rencontre, et il s'arrêta net, honteux comme s'il venait d'être surpris en faute.

Puis il se regarda longuement, émerveillé d'être vraiment aussi joli garçon ; puis il se sourit avec complaisance ; puis, prenant congé de son image, il se salua très bas, avec cérémonie, comme on salue les grands personnages.

III

QUAND Georges Duroy se retrouva dans la rue, il hésita sur ce qu'il ferait. Il avait envie de courir, de rêver, d'aller devant lui en songeant à l'avenir et en respirant l'air doux de la nuit ; mais la pensée de la série d'articles demandés par le père Walter le poursuivait, et il se décida à rentrer tout de suite pour se mettre au travail.

Il revint à grands pas, gagna le boulevard extérieur, et le suivit jusqu'à la rue Boursault[1] qu'il habitait. Sa maison, haute de six étages, était peuplée par vingt petits ménages ouvriers et bourgeois, et il éprouva en montant l'escalier, dont il éclairait avec des allumettes-bougies les marches sales où traînaient des bouts de papiers, des bouts de cigarettes, des épluchures de cuisine, une écœurante sensation de dégoût et une hâte de sortir de là, de loger comme les hommes riches, en des demeures propres, avec des tapis. Une odeur lourde de nourriture, de fosse d'aisances et d'humanité, une odeur stagnante de crasse et de vieille muraille, qu'aucun courant d'air n'eût pu chasser de ce logis, l'emplissait du haut en bas.

La chambre du jeune homme, au cinquième étage, donnait, comme sur un abîme profond, sur l'immense tranchée du chemin de fer de l'Ouest, juste au-dessus de la sortie du tunnel, près de la gare des Batignolles. Duroy ouvrit sa fenêtre et s'accouda sur l'appui de fer rouillé.

Au-dessous de lui, dans le fond du trou sombre, trois signaux rouges immobiles avaient l'air de gros yeux de bête ; et plus loin on en voyait d'autres, et encore d'autres, encore plus loin. À tout instant des coups de sifflet prolongés ou courts passaient dans la nuit, les uns proches, les autres à peine perceptibles, venus de là-bas, du côté d'Asnières. Ils avaient des modulations comme des appels de voix. Un d'eux se rapprochait, poussant toujours son cri plaintif qui grandissait de seconde en seconde, et bientôt une grosse lumière jaune apparut, courant avec un grand bruit ; et Duroy regarda le long chapelet des wagons s'engouffrer sous le tunnel.

---

1. **Rue Boursault :** elle est située dans le quartier des Batignolles, fort modestement habité en cette fin de siècle. Cependant, quelques peintres impressionnistes y eurent leur atelier.

Puis il se dit : « Allons, au travail ! » Il posa sa lumière sur sa table ; mais au moment de se mettre à écrire, il s'aperçut qu'il n'avait chez lui qu'un cahier de papier à lettres.

Tant pis, il l'utiliserait en ouvrant la feuille dans toute sa grandeur. Il trempa sa plume dans l'encre et écrivit en tête, de sa plus belle écriture :

Souvenirs d'un chasseur d'Afrique.

Puis il chercha le commencement de la première phrase.

Il restait le front dans sa main, les yeux fixés sur le carré blanc déployé devant lui.

Qu'allait il dire ? Il ne trouvait plus rien maintenant de ce qu'il avait raconté tout à l'heure, pas une anecdote, pas un fait, rien. Tout à coup il pensa : « Il faut que je débute par mon départ. » Et il écrivit : « C'était en 1874, aux environs du 15 mai, alors que la France épuisée se reposait après les catastrophes de l'année terrible... »

Et il s'arrêta net, ne sachant comment amener ce qui suivrait, son embarquement, son voyage, ses premières émotions.

Après dix minutes de réflexions il se décida à remettre au lendemain la page préparatoire du début, et à faire tout de suite une description d'Alger.

Et il traça sur son papier : « Alger est une ville toute blanche... » sans parvenir à énoncer autre chose. Il revoyait en souvenir la jolie cité claire, dégringolant, comme une cascade de maisons plates, du haut de sa montagne dans la mer, mais il ne trouvait plus un mot pour exprimer ce qu'il avait vu, ce qu'il avait senti.

Après un grand effort, il ajouta : « Elle est habitée en partie par des Arabes... » Puis il jeta sa plume sur la table et se leva.

Sur son petit lit de fer, où la place de son corps avait fait un creux, il aperçut ses habits de tous les jours jetés là, vides, fatigués, flasques, vilains comme des hardes de la Morgue. Et, sur une chaise de paille, son chapeau de soie, son unique chapeau, semblait ouvert pour recevoir l'aumône.

Ses murs, tendus d'un papier gris à bouquets bleus, avaient autant de taches que de fleurs, des taches anciennes, suspectes, dont on n'aurait pu dire la nature, bêtes écrasées ou gouttes d'huile, bouts de doigts graissés de pommade ou écume de la cuvette projetée

1035 pendant les lavages. Cela sentait la misère honteuse, la misère en garni de Paris. Et une exaspération le souleva contre la pauvreté de sa vie. Il se dit qu'il fallait sortir de là, tout de suite, qu'il fallait en finir dès le lendemain avec cette existence besogneuse.

Une ardeur de travail l'ayant soudain ressaisi, il se rassit devant
1040 sa table, et recommença à chercher des phrases pour bien raconter la physionomie étrange et charmante d'Alger, cette antichambre de l'Afrique mystérieuse et profonde, l'Afrique des Arabes vagabonds et des nègres inconnus, l'Afrique inexplorée et tentante, dont on nous montre parfois, dans les jardins publics, les bêtes invraisemblables
1045 qui semblent créées pour des contes de fées, les autruches, ces poules extravagantes, les gazelles, ces chèvres divines, les girafes surprenantes et grotesques, les chameaux graves, les hippopotames monstrueux, les rhinocéros informes, et les gorilles, ces frères effrayants de l'homme.

1050 Il sentait vaguement des pensées lui venir ; il les aurait dites, peutêtre, mais il ne les pouvait point formuler avec des mots écrits. Et son impuissance l'enfiévrant, il se leva de nouveau, les mains humides de sueur et le sang battant aux tempes.

Et ses yeux étant tombés sur la note de sa blanchisseuse, mon-
1055 tée, le soir même, par le concierge, il fut saisi brusquement par un désespoir éperdu. Toute sa joie disparut en une seconde avec sa confiance en lui et sa foi dans l'avenir. C'était fini ; tout était fini, il ne ferait rien ; il ne serait rien ; il se sentait vide, incapable, inutile, condamné.

1060 Et il retourna s'accouder à la fenêtre, juste au moment où un train sortait du tunnel avec un bruit subit et violent. Il s'en allait là-bas, à travers les champs et les plaines, vers la mer. Et le souvenir de ses parents entra au cœur de Duroy.

Il allait passer près d'eux, ce convoi, à quelques lieues seulement
1065 de leur maison. Il la revit, la petite maison, au haut de la côte, dominant Rouen et l'immense vallée de la Seine, à l'entrée du village de Canteleu.

Son père et sa mère tenaient un petit cabaret, une guinguette où les bourgeois des faubourgs venaient déjeuner le dimanche : *À la*
1070 *Belle-Vue*. Ils avaient voulu faire de leur fils un monsieur et l'avaient mis au collège. Ses études finies et son baccalauréat manqué, il était parti pour le service avec l'intention de devenir officier, colonel,

général. Mais dégoûté de l'état militaire bien avant d'avoir fini ses
cinq années, il avait rêvé de faire fortune à Paris.

5 Il y était venu, son temps expiré, malgré les prières du père et
de la mère, qui, leur songe envolé, voulaient le garder maintenant.
À son tour, il espérait un avenir ; il entrevoyait le triomphe au
moyen d'événements encore confus dans son esprit, qu'il saurait
assurément faire naître et seconder.

80 Il avait eu au régiment des succès de garnison, des bonnes fortunes faciles et même des aventures dans un monde plus élevé,
ayant séduit la fille d'un percepteur, qui voulait tout quitter pour
le suivre, et la femme d'un avoué, qui avait tenté de se noyer par
désespoir d'être délaissée.

85 Ses camarades disaient de lui : « C'est un malin, c'est un roublard,
c'est un débrouillard qui saura se tirer d'affaire. » Et il s'était promis
en effet d'être un malin, un roublard et un débrouillard.

Sa conscience native de Normand, frottée par la pratique quoti-
dienne de l'existence de garnison, distendue par les exemples de
90 maraudages en Afrique, de bénefs illicites, de supercheries suspectes, fouettée aussi par les idées d'honneur qui ont cours dans
l'armée, par les bravades militaires, les sentiments patriotiques, les
histoires magnanimes racontées entre sous-offs et par la gloriole du
métier, était devenue une sorte de boîte à triple fond où l'on trouvait
95 de tout.

Mais le désir d'arriver y régnait en maître.

Il s'était remis, sans s'en apercevoir, à rêvasser, comme il faisait
chaque soir. Il imaginait une aventure d'amour magnifique qui
l'amenait, d'un seul coup, à la réalisation de son espérance. Il épou-
100 sait la fille d'un banquier ou d'un grand seigneur rencontrée dans la
rue et conquise à première vue.

Le sifflet strident d'une locomotive qui, sortie toute seule du tunnel, comme un gros lapin de son terrier, et courant à toute vapeur
sur les rails, filait vers le garage des machines, où elle allait se repo-
105 ser, le réveilla de son songe.

Alors, ressaisi par l'espoir confus et joyeux qui hantait toujours
son esprit, il jeta, à tout hasard, un baiser dans la nuit, un baiser
d'amour vers l'image de la femme attendue, un baiser de désir vers
la fortune convoitée. Puis il ferma sa fenêtre et commença à se dévê-
110 tir en murmurant :

« Bah, je serai mieux disposé demain matin. Je n'ai pas l'esprit libre ce soir. Et puis, j'ai peut-être aussi un peu trop bu. On ne travaille pas bien dans ces conditions-là. »

Il se mit au lit, souffla la lumière, et s'endormit presque aussitôt.

Il se réveilla de bonne heure, comme on s'éveille aux jours d'espérance vive ou de souci, et, sautant du lit, il alla ouvrir sa fenêtre pour avaler une bonne tasse d'air frais, comme il disait.

Les maisons de la rue de Rome, en face, de l'autre côté du large fossé du chemin de fer, éclatantes dans la lumière du soleil levant, semblaient peintes avec de la clarté blanche. Sur la droite, au loin, on apercevait les coteaux d'Argenteuil, les hauteurs de Sannois et les moulins d'Orgemont dans une brume bleuâtre et légère, semblable à un petit voile flottant et transparent qui aurait été jeté sur l'horizon.

Duroy demeura quelques minutes à regarder la campagne lointaine, et il murmura : « Il ferait bougrement bon, là-bas, un jour comme ça. » Puis il songea qu'il lui fallait travailler, et tout de suite, et aussi envoyer, moyennant dix sous, le fils de sa concierge dire à son bureau qu'il était malade.

Il s'assit devant sa table, trempa sa plume dans l'encrier, prit son front dans sa main et chercha des idées. Ce fut en vain. Rien ne venait.

Il ne se découragea pas cependant. Il pensa : « Bah, je n'en ai pas l'habitude. C'est un métier à apprendre comme tous les métiers. Il faut qu'on m'aide les premières fois. Je vais trouver Forestier, qui me mettra mon article sur pied en dix minutes. »

Et il s'habilla. Quand il fut dans la rue, il jugea qu'il était encore trop tôt pour se présenter chez son ami qui devait dormir tard. Il se promena donc, tout doucement, sous les arbres du boulevard extérieur.

Il n'était pas encore neuf heures, et il gagna le parc Monceau tout frais de l'humidité des arrosages.

S'étant assis sur un banc, il se remit à rêver. Un jeune homme allait et venait devant lui, très élégant, attendant une femme sans doute.

Elle parut, voilée, le pied rapide, et, ayant pris son bras, après une courte poignée de main, ils s'éloignèrent.

Un tumultueux besoin d'amour entra au cœur de Duroy, un besoin d'amours distinguées, parfumées, délicates. Il se leva et se remit en route en songeant à Forestier. Avait-il de la chance, celui-là !

Il arriva devant sa porte au moment où son ami sortait.

« Te voilà ! à cette heure-ci ! que me voulais-tu ? »

Duroy, troublé de le rencontrer ainsi comme il s'en allait, balbutia :

« C'est que... c'est que... je ne peux pas arriver à faire mon article, tu sais, l'article que M. Walter m'a demandé sur l'Algérie. Ça n'est pas bien étonnant, étant donné que je n'ai jamais écrit. Il faut de la pratique pour ça comme pour tout. Je m'y ferai bien vite, j'en suis sûr, mais, pour débuter, je ne sais pas comment m'y prendre. J'ai bien les idées, je les ai toutes, et je ne parviens pas à les exprimer, »

Il s'arrêta, hésitant un peu. Forestier souriait avec malice :

« Je connais ça. »

Duroy reprit :

« Oui, ça doit arriver à tout le monde en commençant. Eh bien, je venais... je venais te demander un coup de main... En dix minutes tu me mettrais ça sur pied, toi, tu me montrerais la tournure qu'il faut prendre. Tu me donnerais là une bonne leçon de style, et sans toi, je ne m'en tirerais pas. »

L'autre souriait toujours d'un air gai. Il tapa sur le bras de son ancien camarade et lui dit :

« Va-t'en trouver ma femme, elle t'arrangera ton affaire aussi bien que moi. Je l'ai dressée à cette besogne-là. Moi, je n'ai pas le temps ce matin, sans quoi je l'aurais fait bien volontiers. »

Duroy, intimidé soudain, hésitait, n'osait point :

« Mais à cette heure-ci, je ne peux pas me présenter devant elle ?... – Si, parfaitement. Elle est levée. Tu la trouveras dans mon cabinet de travail, en train de mettre en ordre des notes pour moi. »

L'autre refusait de monter.

« Non... ça n'est pas possible... »

Forestier le prit par les épaules, le fit pivoter sur ses talons, et le poussant vers l'escalier :

« Mais, va donc, grand serin, quand je te dis d'y aller. Tu ne vas pas me forcer à regrimper mes trois étages pour te présenter et expliquer ton cas. »

Alors Duroy se décida :

« Merci, j'y vais. Je lui dirai que tu m'as forcé, absolument forcé à venir la trouver.

– Oui. Elle ne te mangera pas, sois tranquille. Surtout, n'oublie pas tantôt trois heures.

– Oh ! ne crains rien. »

1190   Et Forestier s'en alla de son air pressé, tandis que Duroy se mit à monter lentement, marche à marche, cherchant ce qu'il allait dire et inquiet de l'accueil qu'il recevrait.

Le domestique vint lui ouvrir. Il avait un tablier bleu et tenait un balai dans ses mains.

1195   « Monsieur est sorti », dit-il, sans attendre la question.

Duroy insista :

« Demandez à Mme Forestier si elle peut me recevoir, et prévenez-la que je viens de la part de son mari, que j'ai rencontré dans la rue. »

1200   Puis il attendit. L'homme revint, ouvrit une porte à droite, et annonça :

« Madame attend monsieur. »

Elle était assise sur un fauteuil de bureau, dans une petite pièce dont les murs se trouvaient entièrement cachés par des livres bien 1205 rangés sur des planches de bois noir. Les reliures de tons différents, rouges, jaunes, vertes, violettes, et bleues, mettaient de la couleur et de la gaieté dans cet alignement monotone de volumes.

Elle se retourna, souriant toujours, enveloppée d'un peignoir blanc garni de dentelle ; et elle tendit sa main, montrant son bras nu dans 1210 la manche largement ouverte.

« Déjà ? » dit-elle ; puis elle reprit : « Ce n'est point un reproche, c'est une simple question. »

Il balbutia :

« Oh ! madame, je ne voulais pas monter ; mais votre mari, que j'ai 1215 rencontré en bas, m'y a forcé. Je suis tellement confus que je n'ose pas dire ce qui m'amène. »

Elle montrait un siège :

« Asseyez-vous et parlez. »

Elle maniait entre deux doigts une plume d'oie en la tournant agi 1220 lement ; et, devant elle, une grande page de papier demeurait écrite à moitié, interrompue à l'arrivée du jeune homme.

Elle avait l'air chez elle devant cette table de travail, à l'aise comme dans son salon, occupée à sa besogne ordinaire. Un parfum léger s'envolait du peignoir, le parfum frais de la toilette récente. Et Duroy cherchait à deviner, croyait voir le corps jeune et clair, gras et chaud, doucement enveloppé dans l'étoffe moelleuse.

Elle reprit, comme il ne parlait pas :

« Eh bien, dites, qu'est-ce que c'est ? »

Il murmura, en hésitant :

« Voilà... mais vraiment... je n'ose pas... C'est que j'ai travaillé hier soir très tard... et ce matin... très tôt... pour faire cet article sur l'Algérie que M. Walter m'a demandé... et je n'arrive à rien de bon... j'ai déchiré tous mes essais... Je n'ai pas l'habitude de ce travail-là, moi ; et je venais demander à Forestier de m'aider... pour une fois... »

Elle l'interrompit, en riant de tout son cœur, heureuse, joyeuse et flattée :

« Et il vous a dit de venir me trouver ?... C'est gentil ça...

– Oui, madame. Il m'a dit que vous me tireriez d'embarras mieux que lui... Mais, moi, je n'osais pas, je ne voulais pas. Vous comprenez ? »

Elle se leva :

« Ça va être charmant de collaborer comme ça. Je suis ravie de votre idée. Tenez, asseyez-vous à ma place, car on connaît mon écriture au journal. Et nous allons vous tourner un article, mais là, un article à succès. »

Il s'assit, prit une plume, étala devant lui une feuille de papier et attendit.

Mme Forestier, restée debout, le regardait faire ses préparatifs ; puis elle atteignit une cigarette sur la cheminée et l'alluma :

« Je ne puis pas travailler sans fumer, dit-elle. Voyons, qu'allez-vous raconter ? »

Il leva la tête vers elle avec étonnement.

« Mais je ne sais pas, moi, puisque je suis venu vous trouver pour ça. »

Elle reprit :

« Oui, je vous arrangerai la chose. Je ferai la sauce, mais il me faut le plat. »

Il demeurait embarrassé ; enfin il prononça avec hésitation :

« Je voudrais raconter mon voyage depuis le commencement... »

Alors elle s'assit, en face de lui, de l'autre côté de la grande table, et le regardant dans les yeux :

« Eh bien, racontez-le-moi d'abord, pour moi toute seule, vous entendez, bien doucement, sans rien oublier, et je choisirai ce qu'il faut prendre. »

Mais comme il ne savait par où commencer, elle se mit à l'interroger comme aurait fait un prêtre au confessionnal, posant des
1265 questions précises qui lui rappelaient des détails oubliés, des personnages rencontrés, des figures seulement aperçues.

Quand elle l'eut contraint à parler ainsi pendant un petit quart
d'heure, elle l'interrompit tout à coup :

« Maintenant, nous allons commencer. D'abord, nous supposons
1270 que vous adressez à un ami vos impressions, ce qui vous permet de
dire un tas de bêtises, de faire des remarques de toute espèce, d'être
naturel et drôle, si nous pouvons. Commencez :

"Mon cher Henry, tu veux savoir ce que c'est que l'Algérie, tu le sauras. Je vais t'envoyer, n'ayant rien à faire dans la petite case de boue
1275 sèche qui me sert d'habitation, une sorte de journal de ma vie, jour
par jour, heure par heure. Ce sera un peu vif quelquefois, tant pis, tu
n'es pas obligé de le montrer aux dames de ta connaissance..." »

Elle s'interrompit pour rallumer sa cigarette éteinte, et, aussitôt, le
petit grincement criard de la plume d'oie sur le papier s'arrêta.
1280 « Nous continuons, dit-elle.

« L'Algérie est un grand pays français sur la frontière des grands
pays inconnus qu'on appelle le désert, le Sahara, l'Afrique centrale,
etc., etc.

« Alger est la porte, la porte blanche et charmante de cet étrange
1285 continent.

« Mais d'abord il faut y aller, ce qui n'est pas rose pour tout le
monde. Je suis, tu le sais, un excellent écuyer, puisque je dresse
les chevaux du colonel, mais on peut être bon cavalier et mauvais
marin. C'est mon cas.

1290 « Te rappelles-tu le major Simbretas, que nous appelions le docteur
Ipéca ? Quand nous nous jugions mûrs pour vingt-quatre heures
d'infirmerie, pays béni, nous passions à la visite.

« Il était assis sur sa chaise, avec ses grosses cuisses ouvertes dans
son pantalon rouge, les mains sur ses genoux, les bras formant pont,
1295 le coude en l'air, et il roulait ses gros yeux de loto en mordillant sa
moustache blanche.

« Tu te rappelles sa prescription :

"Ce soldat est atteint d'un dérangement d'estomac. Administrez-
lui le vomitif n° 3 selon ma formule, puis douze heures de repos ; il
1300 ira bien."

« Il était souverain, ce vomitif, souverain et irrésistible. On l'avalait donc, puisqu'il le fallait. Puis, quand on avait passé par la formule du docteur Ipéca, on jouissait de douze heures de repos bien gagné.

« Eh bien, mon cher, pour atteindre l'Afrique, il faut subir, pendant quarante heures, une autre sorte de vomitif irrésistible, selon la formule de la Compagnie Transatlantique. »

Elle se frottait les mains, tout à fait heureuse de son idée.

Elle se leva et se mit à marcher, après avoir allumé une autre cigarette, et elle dictait, en soufflant des filets de fumée qui sortaient d'abord tout droit d'un petit trou rond au milieu de ses lèvres serrées, puis s'élargissant, s'évaporaient en laissant par places, dans l'air, des lignes grises, une sorte de brume transparente, une buée pareille à des fils d'araignée. Parfois, d'un coup de sa main ouverte, elle effaçait ces traces légères et plus persistantes ; parfois aussi elle les coupait d'un mouvement tranchant de l'index et regardait ensuite, avec une attention grave, les deux tronçons d'imperceptible vapeur disparaître lentement.

Et Duroy, les yeux levés, suivait tous ses gestes, toutes ses attitudes, tous les mouvements de son corps et de son visage occupés à ce jeu vague qui ne prenait point sa pensée.

Elle imaginait maintenant les péripéties de la route, portraiturait des compagnons de voyage inventés par elle, et ébauchait une aventure d'amour avec la femme d'un capitaine d'infanterie qui allait rejoindre son mari.

Puis, s'étant assise, elle interrogea Duroy sur la topographie de l'Algérie, qu'elle ignorait absolument. En dix minutes, elle en sut autant que lui, et elle fit un petit chapitre de géographie politique et coloniale pour mettre le lecteur au courant et le bien préparer à comprendre les questions sérieuses qui seraient soulevées dans les articles suivants.

Puis elle continua par une excursion dans la province d'Oran, une excursion fantaisiste, où il était surtout question des femmes, des Mauresques, des Juives, des Espagnoles.

« Il n'y a que ça qui intéresse », disait-elle.

Elle termina par un séjour à Saïda, au pied des hauts plateaux, et par une jolie petite intrigue entre le sous-officier Georges Duroy et une ouvrière espagnole employée à la manufacture d'alfa de Aïn-el-Hadjar. Elle racontait les rendez-vous, la nuit, dans la montagne

pierreuse et nue, alors que les chacals, les hyènes et les chiens arabes
1340   crient, aboient et hurlent au milieu des rocs.

Et elle prononça d'une voix joyeuse : « La suite à demain ! » Puis,
se relevant : « C'est comme ça qu'on écrit un article, mon cher monsieur. Signez, s'il vous plaît. »

Il hésitait.

1345   « Mais signez donc ! »

Alors, il se mit à rire, et écrivit au bas de la page :

« Georges Duroy. »

Elle continuait à fumer en marchant ; et il la regardait toujours,
ne trouvant rien à dire pour la remercier, heureux d'être près d'elle,
1350   pénétré de reconnaissance et du bonheur sensuel de cette intimité
naissante. Il lui semblait que tout ce qui l'entourait faisait partie
d'elle, tout, jusqu'aux murs couverts de livres. Les sièges, les meubles,
l'air où flottait l'odeur du tabac avaient quelque chose de particulier,
de bon, de doux, de charmant, qui venait d'elle.

1355   Brusquement elle demanda :

« Qu'est-ce que vous pensez de mon amie Mme de Marelle ? »

Il fut surpris :

« Mais... je la trouve... je la trouve très séduisante.

– N'est-ce pas ?

1360   – Oui, certainement. »

Il avait envie d'ajouter : « Mais pas autant que vous. » Il n'osa
point.

Elle reprit :

« Et si vous saviez comme elle est drôle, originale, intelligente !
1365   C'est une bohème, par exemple, une vraie bohème. C'est pour cela
que son mari ne l'aime guère. Il ne voit que le défaut et n'apprécie
point les qualités. »

Duroy fut stupéfait d'apprendre que Mme de Marelle était mariée.
C'était bien naturel, pourtant.

1370   Il demanda :

« Tiens... elle est mariée ? Et qu'est-ce que fait son mari ? »

Mme Forestier haussa tout doucement les épaules et les sourcils,
d'un seul mouvement plein de significations incompréhensibles.

« Oh ! il est inspecteur de la ligne du Nord. Il passe huit jours par
1375   mois à Paris. Ce que sa femme appelle "le service obligatoire", ou
encore "la corvée de semaine", ou encore "la semaine sainte". Quand

vous la connaîtrez mieux, vous verrez comme elle est fine et gentille. Allez donc la voir un de ces jours. »

Duroy ne pensait plus à partir ; il lui semblait qu'il allait rester toujours, qu'il était chez lui.

Mais la porte s'ouvrit sans bruit, et un grand monsieur s'avança, qu'on n'avait point annoncé.

Il s'arrêta en voyant un homme. Mme Forestier parut gênée une seconde, puis elle dit, de sa voix naturelle, bien qu'un peu de rose lui fût monté des épaules au visage :

« Mais entrez donc, mon cher. Je vous présente un bon camarade de Charles, M. Georges Duroy, un futur journaliste. »

Puis, sur un ton différent, elle annonça :

« Le meilleur et le plus intime de nos amis, le comte de Vaudrec. »

Les deux hommes se saluèrent en se regardant au fond des yeux, et Duroy tout aussitôt se retira.

On ne le retint pas. Il balbutia quelques remerciements, serra la main tendue de la jeune femme, s'inclina encore devant le nouveau venu, qui gardait un visage froid et sérieux d'homme du monde, et il sortit tout à fait troublé, comme s'il venait de commettre une sottise.

En se retrouvant dans la rue, il se sentit triste, mal à l'aise, obsédé par l'obscure sensation d'un chagrin voilé. Il allait devant lui, se demandant pourquoi cette mélancolie subite lui était venue ; il ne trouvait point, mais la figure sévère du comte de Vaudrec, un peu vieux déjà, avec des cheveux gris, l'air tranquille et insolent d'un particulier très riche et sûr de lui, revenait sans cesse dans son souvenir.

Et il s'aperçut que l'arrivée de cet inconnu, brisant un tête-à-tête charmant où son cœur s'accoutumait déjà, avait fait passer en lui cette impression de froid et de désespérance qu'une parole entendue, une misère entrevue, les moindres choses parfois suffisent à nous donner.

Et il lui semblait aussi que cet homme, sans qu'il devinât pourquoi, avait été mécontent de le trouver là.

Il n'avait plus rien à faire jusqu'à trois heures ; et il n'était pas encore midi. Il lui restait en poche six francs cinquante : il alla déjeuner au bouillon Duval[1]. Puis il rôda sur le boulevard ; et comme trois heures sonnaient, il monta l'escalier-réclame de *La Vie française*.

---

1. **Bouillon Duval :** chaîne de restaurants économiques. Au début, on y offrait du bouillon et de la viande de bœuf pour 30 à 40 sous, puis la carte s'est ensuite élargie.

Première partie

Les garçons de bureau, assis sur une banquette, les bras croisés, attendaient, tandis que, derrière une sorte de petite chaire de professeur, un huissier classait la correspondance qui venait d'arriver. La
1415 mise en scène était parfaite, pour en imposer aux visiteurs. Tout le monde avait de la tenue, de l'allure, de la dignité, du chic, comme il convenait dans l'antichambre d'un grand journal.

Duroy demanda :

« M. Walter, s'il vous plaît ? »

1420 L'huissier répondit :

« M. le directeur est en conférence. Si monsieur veut bien s'asseoir un peu. »

Et il indiqua le salon d'attente, déjà plein de monde.

On voyait là des hommes graves, décorés, importants, et des hommes
1425 négligés, au linge invisible, dont la redingote, fermée jusqu'au col, portait sur la poitrine des dessins de taches rappelant les découpures des continents et des mers sur les cartes de géographie. Trois femmes étaient mêlées à ces gens. Une d'elles était jolie, souriante, parée, et avait l'air d'une cocotte ; sa voisine, au masque tragique,
1430 ridée, parée aussi d'une façon sévère, portait ce quelque chose de fripé, d'artificiel qu'ont, en général, les anciennes actrices, une sorte de fausse jeunesse éventée, comme un parfum d'amour ranci.

La troisième femme, en deuil, se tenait dans un coin, avec une allure de veuve désolée. Duroy pensa qu'elle venait demander
1435 l'aumône.

Cependant on ne faisait entrer personne, et plus de vingt minutes s'étaient écoulées.

Alors Duroy eut une idée, et, retournant trouver l'huissier :

« M. Walter m'a donné rendez-vous à trois heures, dit-il. En tout
1440 cas, voyez si mon ami M. Forestier n'est pas ici. »

Alors on le fit passer par un long corridor qui l'amena dans une grande salle où quatre messieurs écrivaient autour d'une large table verte.

Forestier, debout devant la cheminée, fumait une cigarette en
1445 jouant au bilboquet. Il était très adroit à ce jeu et piquait à tous coups la bille énorme en buis jaune sur la petite pointe de bois. Il comptait : « Vingt-deux, – vingt-trois, – vingt-quatre, – vingt-cinq. »

Duroy prononça : « Vingt-six. » Et son ami leva les yeux, sans arrêter le mouvement régulier de son bras.

450 « Tiens, te voilà ! – Hier, j'ai fait cinquante-sept coups de suite. Il n'y a que Saint-Potin qui soit plus fort que moi ici. As-tu vu le patron ? Il n'y a rien de plus drôle que de regarder cette vieille bedole[1] de Norbert jouer au bilboquet[2]. Il ouvre la bouche comme pour avaler la boule. »

455 Un des rédacteurs tourna la tête vers lui :

« Dis donc, Forestier, j'en connais un à vendre, un superbe, en bois des Îles. Il a appartenu à la reine d'Espagne, à ce qu'on dit. On en réclame soixante francs. Ça n'est pas cher. »

Forestier demanda : « Où loge-t-il ? » Et comme il avait manqué 460 son trente-septième coup, il ouvrit une armoire où Duroy aperçut une vingtaine de bilboquets superbes, rangés et numérotés comme des bibelots dans une collection. Puis ayant posé son instrument à sa place ordinaire, il répéta :

« Où loge-t-il, ce joyau ? »

465 Le journaliste répondit :

« Chez un marchand de billets du Vaudeville. Je t'apporterai la chose demain, si tu veux.

– Oui, c'est entendu. S'il est vraiment beau, je le prends, on n'a jamais trop de bilboquets. »

470 Puis se tournant vers Duroy :

« Viens avec moi, je vais t'introduire chez le patron, sans quoi tu pourrais moisir jusqu'à sept heures du soir. »

Ils retraversèrent le salon d'attente, où les mêmes personnes demeuraient dans le même ordre. Dès que Forestier parut, la jeune 475 femme et la vieille actrice, se levant vivement, vinrent à lui.

Il les emmena, l'une après l'autre, dans l'embrasure de la fenêtre, et, bien qu'ils prissent soin de causer à voix basse, Duroy remarqua qu'il les tutoyait l'une et l'autre.

Puis, ayant poussé deux portes capitonnées, ils pénétrèrent chez 480 le directeur.

La conférence, qui durait depuis une heure, était une partie d'écarté avec quelques-uns de ces messieurs à chapeaux plats que Duroy avait remarqués la veille.

---

1. **Bedole :** baderne, vieille chose qui ne peut plus servir.
2. **Bilboquet :** jouet formé d'une boule percée d'un trou et relié par une cordelette à un petit bâton pointu, sur lequel il faut l'enfiler.

Première partie

M. Walter tenait les cartes et jouait avec une attention concentrée
et des mouvements cauteleux, tandis que son adversaire abattait,
relevait, maniait les légers cartons coloriés avec une souplesse, une
adresse et une grâce de joueur exercé. Norbert de Varenne écrivait
un article, assis dans le fauteuil directorial, et Jacques Rival, étendu
tout au long sur un divan, fumait un cigare, les yeux fermés.

On sentait là-dedans le renfermé, le cuir des meubles, le vieux
tabac et l'imprimerie ; on sentait cette odeur particulière des salles
de rédaction que connaissent tous les journalistes.

Sur la table en bois noir aux incrustations de cuivre, un incroyable
amas de papiers gisait : lettres, cartes, journaux, revues, notes de
fournisseurs, imprimés de toute espèce.

Forestier serra les mains des parieurs debout derrière les joueurs,
et sans dire un mot regarda la partie ; puis, dès que le père Walter
eut gagné, il présenta :

« Voici mon ami Duroy. »

Le directeur considéra brusquement le jeune homme de son coup
d'œil glissé par-dessus le verre des lunettes, puis il demanda :

« M'apportez-vous mon article ? Ça irait très bien aujourd'hui, en
même temps que la discussion Morel. »

Duroy tira de sa poche les feuilles de papier pliées en quatre :

« Voici, monsieur. »

Le patron parut ravi, et, souriant :

« Très bien, très bien. Vous êtes de parole. Il faudra me revoir ça,
Forestier ? »

Mais Forestier s'empressa de répondre :

« Ce n'est pas la peine, monsieur Walter : j'ai fait la chronique avec
lui pour lui apprendre le métier. Elle est très bonne. »

Et le directeur qui recevait à présent les cartes données par un
grand monsieur maigre, un député du centre gauche, ajouta avec
indifférence : « C'est parfait, alors. » Forestier ne le laissa pas commencer sa nouvelle partie ; et, se baissant vers son oreille : « Vous
savez que vous m'avez promis d'engager Duroy pour remplacer
Marambot. Voulez-vous que je le retienne aux mêmes conditions ?
– Oui, parfaitement. »

Et prenant le bras de son ami, le journaliste l'entraîna pendant que
M. Walter se remettait à jouer.

Norbert de Varenne n'avait pas levé la tête, il semblait n'avoir pas vu ou reconnu Duroy. Jacques Rival, au contraire, lui avait serré la main avec une énergie démonstrative et voulue de bon camarade sur qui on peut compter en cas d'affaire.

Ils retraversèrent le salon d'attente, et comme tout le monde levait les yeux, Forestier dit à la plus jeune des femmes, assez haut pour être entendu des autres patients : « Le directeur va vous recevoir tout à l'heure. Il est en conférence en ce moment avec deux membres de la commission du budget. »

Puis il passa vivement, d'un air important et pressé, comme s'il allait rédiger aussitôt une dépêche de la plus extrême gravité.

Dès qu'ils furent rentrés dans la salle de rédaction, Forestier retourna prendre immédiatement son bilboquet, et, tout en se remettant à jouer et en coupant ses phrases pour compter les coups, il dit à Duroy :

« Voilà. Tu viendras ici tous les jours à trois heures et je te dirai les courses et les visites qu'il faudra faire, soit dans le jour, soit dans la soirée, soit dans la matinée. – Un, – je vais te donner d'abord une lettre d'introduction pour le chef du premier bureau de la préfecture de police, – deux, – qui te mettra en rapport avec un de ses employés. Et tu t'arrangeras avec lui pour toutes les nouvelles importantes – trois, – du service de la préfecture, les nouvelles officielles et quasi officielles, bien entendu. Pour tout le détail, tu t'adresseras à Saint-Potin, qui est au courant, – quatre, – tu le verras tout à l'heure ou demain. Il faudra surtout t'accoutumer à tirer les vers du nez des gens que je t'enverrai voir, – cinq, – et à pénétrer partout malgré les portes fermées, – six. – Tu toucheras pour cela deux cents francs par mois de fixe, plus deux sous la ligne pour les échos intéressants de ton cru, – sept, – plus deux sous la ligne également pour les articles qu'on te commandera sur des sujets divers, – huit. »

Puis il ne fit plus attention qu'à son jeu, et il continua à compter lentement, – neuf, – dix, – onze, – douze, – treize. – Il manqua le quatorzième, et, jurant :

« Nom de Dieu de treize ! il me porte toujours la guigne, ce bougre-là. Je mourrai un treize certainement. »

Un des rédacteurs qui avait fini sa besogne prit à son tour un bilboquet dans l'armoire ; c'était un tout petit homme qui avait l'air d'un enfant, bien qu'il fût âgé de trente-cinq ans ; et plusieurs autres

journalistes étant entrés, ils allèrent l'un après l'autre chercher le
1560 joujou qui leur appartenait. Bientôt ils furent six, côte à côte, le dos
au mur, qui lançaient en l'air, d'un mouvement pareil et régulier, les
boules rouges, jaunes ou noires, suivant la nature du bois. Et une
lutte s'étant établie, les deux rédacteurs qui travaillaient encore se
levèrent pour juger les coups.

1565 Forestier gagna de onze points. Alors le petit homme à l'air
enfantin, qui avait perdu, sonna le garçon de bureau et commanda : « Neuf bocks. » Et ils se remirent à jouer en attendant les
rafraîchissements.

Duroy but un verre de bière avec ses nouveaux confrères, puis il
1570 demanda à son ami :

« Que faut-il que je fasse ? » L'autre répondit : « Je n'ai rien pour toi
aujourd'hui. Tu peux t'en aller si tu veux.

– Et... notre... notre article... est-ce ce soir qu'il passera ?

– Oui, mais ne t'en occupe pas : je corrigerai les épreuves. Fais la
1575 suite pour demain, et viens ici à trois heures, comme aujourd'hui. »

Et Duroy, ayant serré toutes les mains sans savoir même le nom
de leurs possesseurs, redescendit le bel escalier, le cœur joyeux et
l'esprit allègre.

IV

GEORGES DUROY dormit mal, tant l'excitait le désir de voir imprimé
son article. Dès que le jour parut, il fut debout, et il rôdait dans la
rue bien avant l'heure où les porteurs de journaux vont, en courant,
de kiosque en kiosque.

Alors il gagna la gare Saint-Lazare, sachant bien que *La Vie française* y arriverait avant de parvenir dans son quartier. Comme il était
encore trop tôt, il erra sur le trottoir.

Il vit arriver la marchande, qui ouvrit sa boutique de verre, puis
il aperçut un homme portant sur sa tête un tas de grands papiers
pliés. Il se précipita : c'étaient *Le Figaro*, le *Gil-Blas*, *Le Gaulois*[1],
L'Événement, et deux ou trois autres feuilles du matin ; mais *La Vie
française* n'y était pas.

Une peur le saisit. « Si on avait remis au lendemain *les Souvenirs
d'un chasseur d'Afrique*, ou si, par hasard, la chose n'avait pas plu, au
dernier moment, au père Walter ? »

En redescendant vers le kiosque, il s'aperçut qu'on vendait le journal, sans qu'il l'eût vu apporter. Il se précipita, le déplia, après avoir
jeté les trois sous, et parcourut les titres de la première page. – Rien.
Son cœur se mit à battre ; il ouvrit la feuille, et il eut une forte émotion en lisant, au bas d'une colonne, en grosses lettres : « Georges
Duroy. » Ça y était ! quelle joie !

Il se mit à marcher, sans penser, le journal à la main, le chapeau
sur le côté, avec une envie d'arrêter les passants pour leur dire :
« Achetez ça – achetez ça ! Il y a un article de moi. » – Il aurait voulu
pouvoir crier de tous ses poumons, comme font certains hommes,
le soir, sur les boulevards : « Lisez *La Vie française*, lisez l'article de
Georges Duroy : *les Souvenirs d'un chasseur d'Afrique*. » Et, tout à
coup, il éprouva le désir de lire lui-même cet article, de le lire dans
un endroit public, dans un café, bien en vue. Et il chercha un établissement qui fût déjà fréquenté. Il lui fallut marcher longtemps. Il

---

1. ***Le Figaro*, le *Gil Blas*, *Le Gaulois* :** il existe quatre grands journaux parisiens. *Le Figaro*,
conservateur, est le journal du boulevard ; *Le Gaulois* est l'organe du royalisme mondain ; le *Gil Blas* est un peu moins conservateur ; *Les Échos* n'est pas mentionné.

s'assit enfin devant une espèce de marchand de vin où plusieurs
1610 consommateurs étaient déjà installés, et il demanda : « Un rhum »,
comme il aurait demandé : « Une absinthe », sans songer à l'heure.
Puis il appela : « Garçon, donnez-moi *La Vie française*. »

Un homme à tablier blanc accourut :

« Nous ne l'avons pas, monsieur, nous ne recevons que *Le Rappel,
1615 Le Siècle, La Lanterne*, et *Le Petit Parisien*. »

Duroy déclara, d'un ton furieux et indigné : « En voilà une boîte !
Alors, allez me l'acheter. » Le garçon y courut, la rapporta. Duroy se
mit à lire son article ; et plusieurs fois il dit, tout haut : *Très bien, très
bien !* pour attirer l'attention des voisins et leur inspirer le désir de
1620 savoir ce qu'il y avait dans cette feuille. Puis il la laissa sur la table
en s'en allant. Le patron s'en aperçut, le rappela :

« Monsieur, monsieur, vous oubliez votre journal ! »

Et Duroy répondit :

« Je vous le laisse, je l'ai lu. Il y a d'ailleurs aujourd'hui, dedans,
1625 une chose très intéressante. »

Il ne désigna pas la chose, mais il vit, en s'en allant, un de ses voisins prendre *La Vie française* sur la table où il l'avait laissée.

Il pensa : « Que vais-je faire, maintenant ? » Et il se décida à aller
à son bureau toucher son mois et donner sa démission. Il tressaillait
1630 d'avance de plaisir à la pensée de la tête que feraient son chef et ses
collègues. L'idée de l'effarement du chef, surtout, le ravissait.

Il marchait lentement pour ne pas arriver avant neuf heures et
demie, la caisse n'ouvrant qu'à dix heures.

Son bureau était une grande pièce sombre, où il fallait tenir le
1635 gaz allumé presque tout le jour en hiver. Elle donnait sur une cour
étroite, en face d'autres bureaux. Ils étaient huit employés là-dedans,
plus un sous-chef dans un coin, caché derrière un paravent.

Duroy alla d'abord chercher ses cent dix-huit francs vingt-cinq
centimes, enfermés dans une enveloppe jaune et déposés dans le
1640 tiroir du commis chargé des paiements, puis il pénétra d'un air
vainqueur dans la vaste salle de travail où il avait déjà passé tant de
jours.

Dès qu'il fut entré, le sous-chef, M. Potel, l'appela :

« Ah ! c'est vous, monsieur Duroy ? Le chef vous a déjà demandé
1645 plusieurs fois. Vous savez qu'il n'admet pas qu'on soit malade deux
jours de suite sans attestation du médecin. »

Duroy, qui se tenait debout au milieu du bureau, préparant son effet, répondit d'une voix forte :

« Je m'en fiche un peu, par exemple ! »

Il y eut parmi les employés un mouvement de stupéfaction, et la tête de M. Potel apparut, effarée, au-dessus du paravent qui l'enfermait comme une boîte.

Il se barricadait là-dedans, par crainte des courants d'air, car il était rhumatisant. Il avait seulement percé deux trous dans le papier pour surveiller son personnel.

On entendait voler les mouches. Le sous-chef, enfin, demanda avec hésitation :

« Vous avez dit ?

– J'ai dit que je m'en fichais un peu. Je ne viens aujourd'hui que pour donner ma démission. Je suis entré comme rédacteur à *La Vie française* avec cinq cents francs par mois, plus les lignes. J'y ai même débuté ce matin. »

Il s'était pourtant promis de faire durer le plaisir, mais il n'avait pu résister à l'envie de tout lâcher d'un seul coup.

L'effet, du reste, était complet. Personne ne bougeait.

Alors Duroy déclara :

« Je vais prévenir M. Perthuis, puis je viendrai vous faire mes adieux. »

Et il sortit pour aller trouver le chef, qui s'écria en l'apercevant :

« Ah ! vous voilà. Vous savez que je ne veux pas... »

L'employé lui coupa la parole :

« Ce n'est pas la peine de gueuler comme ça... »

M. Perthuis, un gros homme rouge comme une crête de coq, demeura suffoqué par la surprise.

Duroy reprit :

« J'en ai assez de votre boutique. J'ai débuté ce matin dans le journalisme, où on me fait une très belle position. J'ai bien l'honneur de vous saluer. »

Et il sortit. Il était vengé.

Il alla en effet serrer la main de ses anciens collègues, qui osaient à peine lui parler, par peur de se compromettre, car on avait entendu sa conversation avec le chef, la porte étant restée ouverte.

Et il se retrouva dans la rue avec son traitement dans sa poche. Il se paya un déjeuner succulent dans un bon restaurant à prix

¹⁶⁸⁵ modérés qu'il connaissait ; puis, ayant encore acheté et laissé *La Vie française* sur la table où il avait mangé, il pénétra dans plusieurs magasins où il acheta de menus objets, rien que pour les faire livrer chez lui et donner son nom – Georges Duroy. – Il ajoutait : « Je suis le rédacteur de *La Vie française*. »

¹⁶⁹⁰ Puis il indiquait la rue et le numéro, en ayant soin de stipuler : « Vous laisserez chez le concierge. »

Comme il avait encore du temps, il entra chez un lithographe qui fabriquait des cartes de visite à la minute, sous les yeux des passants ; et il s'en fit faire immédiatement une centaine, qui portaient, ¹⁶⁹⁵ imprimée sous son nom, sa nouvelle qualité.

Puis il se rendit au journal.

Forestier le reçut de haut, comme on reçoit un inférieur :

« Ah ! te voilà, très bien. J'ai justement plusieurs affaires pour toi. Attends-moi dix minutes. Je vais d'abord finir ma besogne. »

¹⁷⁰⁰ Et il continua une lettre commencée.

À l'autre bout de la grande table, un petit homme très pâle, bouffi, très gras, chauve, avec un crâne tout blanc et luisant, écrivait, le nez sur son papier, par suite d'une myopie excessive.

Forestier lui demanda :

¹⁷⁰⁵ « Dis donc, Saint-Potin, à quelle heure vas-tu interviewer nos gens ?

– À quatre heures.

– Tu emmèneras avec toi le jeune Duroy ici présent, et tu lui dévoileras les arcanes du métier.

¹⁷¹⁰ – C'est entendu. »

Puis, se tournant vers son ami, Forestier ajouta :

« As-tu apporté la suite sur l'Algérie ? Le début de ce matin a eu beaucoup de succès. »

Duroy, interdit, balbutia :

¹⁷¹⁵ « Non, – j'avais cru avoir le temps dans l'après-midi, – j'ai eu un tas de choses à faire, – je n'ai pas pu... »

L'autre leva les épaules d'un air mécontent :

« Si tu n'es pas plus exact que ça, tu rateras ton avenir, toi. Le père Walter comptait sur ta copie. Je vais lui dire que ce sera pour ¹⁷²⁰ demain. Si tu crois que tu seras payé pour ne rien faire, tu te trompes. »

Puis, après un silence, il ajouta :

« On doit battre le fer quand il est chaud, que diable ! »

Saint-Potin se leva :

5 « Je suis prêt », dit-il.

Alors Forestier, se renversant sur sa chaise, prit une pose presque solennelle pour donner ses instructions, et, se tournant vers Duroy :

« Voilà. Nous avons à Paris depuis deux jours le général chinois Li-Theng-Fao, descendu au Continental, et le rajah Taposahib
30 Ramaderao Pali, descendu à l'hôtel Bristol. Vous allez leur prendre une conversation. »

Puis, se tournant vers Saint-Potin :

« N'oublie point les principaux points que je t'ai indiqués. Demande au général et au rajah leur opinion sur les menées de l'Angleterre
35 dans l'Extrême-Orient, leurs idées sur son système de colonisation et de domination, leurs espérances relatives à l'intervention de l'Europe, et de la France en particulier, dans leurs affaires. »

Il se tut, puis il ajouta, parlant à la cantonade :

« Il sera on ne peut plus intéressant pour nos lecteurs de savoir en
740 même temps ce qu'on pense en Chine et dans les Indes sur ces questions, qui passionnent si fort l'opinion publique en ce moment. »

Il ajouta, pour Duroy :

« Observe comment Saint-Potin s'y prendra, c'est un excellent reporter, et tâche d'apprendre les ficelles pour vider un homme en
745 cinq minutes. »

Puis il recommença à écrire avec gravité, avec l'intention évidente de bien établir les distances, de bien mettre à sa place son ancien camarade et nouveau confrère.

Dès qu'ils eurent franchi la porte, Saint-Potin se mit à rire et dit à
750 Duroy :

« En voilà un faiseur ! Il nous la fait à nous-mêmes. On dirait vraiment qu'il nous prend pour ses lecteurs. »

Puis ils descendirent sur le boulevard, et le reporter demanda :

« Buvez-vous quelque chose ?

1755 – Oui, volontiers. Il fait très chaud. »

Ils entrèrent dans un café et se firent servir des boissons fraîches. Et Saint-Potin se mit à parler. Il parla de tout le monde et du journal avec une profusion de détails surprenants.

« Le patron ? Un vrai juif ! Et vous savez, les juifs on ne les chan-
1760 gera jamais. Quelle race ! » Et il cita des traits étonnants d'avarice,

de cette avarice particulière aux fils d'Israël, des économies de dix centimes, des marchandages de cuisinière, des rabais honteux demandés et obtenus, toute une manière d'être d'usurier, de prêteur à gages.

1765 « Et avec ça, pourtant, un bon zig qui ne croit à rien et roule tout le monde. Son journal, qui est officieux, catholique, libéral, républicain, orléaniste, tarte à la crème et boutique à treize, n'a été fondé que pour soutenir ses opérations de bourse et ses entreprises de toute sorte. Pour ça, il est très fort, et il gagne des millions au moyen 1770 de sociétés qui n'ont pas quatre sous de capital... »

Il allait toujours, appelant Duroy « mon cher ami ».

« Et il a des mots à la Balzac, ce grigou. Figurez-vous que, l'autre jour, je me trouvais dans son cabinet avec cette antique bedole de Norbert, et ce Don Quichotte de Rival, quand Montelin, notre admi-1775 nistrateur, arrive, avec sa serviette en maroquin sous le bras, cette serviette que tout Paris connaît. Walter leva le nez et demanda : "Quoi de neuf ?" »

« Montelin répondit avec naïveté : "Je viens de payer les seize mille francs que nous devions au marchand de papier."

1780 « Le patron fit un bond, un bond étonnant.

« "– Vous dites ?

« – Que je viens de payer M. Privas.

« – Mais vous êtes fou !

« – Pourquoi ?

1785 « – Pourquoi... pourquoi... pourquoi..."

« Il ôta ses lunettes, les essuya. Puis il sourit, d'un drôle de sourire qui court autour de ses grosses joues chaque fois qu'il va dire quelque chose de malin ou de fort, et avec un ton gouailleur et convaincu, il prononça : "Pourquoi ? Parce que nous pouvions obte-1790 nir là-dessus une réduction de quatre à cinq mille francs."

« Montelin, étonné, reprit : "Mais, monsieur le directeur, tous les comptes étaient réguliers, vérifiés par moi et approuvés par vous..."

« Alors le patron, redevenu sérieux, déclara : "On n'est pas naïf comme vous. Sachez, monsieur Montelin, qu'il faut toujours accumu-1795 ler ses dettes pour transiger." »

Et Saint-Potin ajouta avec un hochement de tête de connaisseur :

« Hein ? Est-il à la Balzac, celui-là ? »

Duroy n'avait pas lu Balzac, mais il répondit avec conviction :

« Bigre oui. »

Puis le reporter parla de Mme Walter, une grande dinde, de Norbert de Varenne, un vieux raté, de Rival, une resucée de Fervacques. Puis il en vint à Forestier :

« Quant à celui-là, il a de la chance d'avoir épousé sa femme, voilà tout. »

Duroy demanda :

« Qu'est-ce au juste que sa femme ? »

Saint-Potin se frotta les mains :

« Oh ! une rouée, une fine mouche. C'est la maîtresse d'un vieux viveur nommé Vaudrec, le comte de Vaudrec, qui l'a dotée et mariée... »

Duroy sentit brusquement une sensation de froid, une sorte de crispation nerveuse, un besoin d'injurier et de gifler ce bavard. Mais il l'interrompit simplement pour lui demander :

« C'est votre nom, Saint-Potin ? »

L'autre répondit avec simplicité :

« Non, je m'appelle Thomas. C'est au journal qu'on m'a surnommé Saint-Potin. »

Et Duroy, payant les consommations, reprit :

« Mais il me semble qu'il est tard et que nous avons deux nobles seigneurs à visiter. »

Saint-Potin se mit à rire :

« Vous êtes encore naïf, vous ! Alors vous croyez comme ça que je vais aller demander à ce Chinois et à cet Indien ce qu'ils pensent de l'Angleterre ? Comme si je ne le savais pas mieux qu'eux, ce qu'ils doivent penser pour les lecteurs de *La Vie française*. J'en ai déjà interviewé cinq cents de ces Chinois, Persans, Hindous, Chiliens, Japonais et autres. Ils répondent tous la même chose, d'après moi. Je n'ai qu'à reprendre mon article sur le dernier venu et à le copier mot pour mot. Ce qui change, par exemple, c'est leur tête, leur nom, leurs titres, leur âge, leur suite. Oh ! là-dessus, il ne faut pas d'erreur, parce que je serais relevé raide par *Le Figaro* ou *Le Gaulois*. Mais sur ce sujet le concierge de l'hôtel Bristol et celui du Continental m'auront renseigné en cinq minutes. Nous irons à pied jusque-là en fumant un cigare. Total : cent sous de voiture à réclamer au journal. Voilà, mon cher, comment on s'y prend quand on est pratique. »

Duroy demanda :

« Ça doit rapporter bon d'être reporter dans ces conditions-là. »

Le journaliste répondit avec mystère :

« Oui, mais rien ne rapporte autant que les échos, à cause des réclames déguisées. »

1840 Ils s'étaient levés et suivaient le boulevard, vers la Madeleine. Et Saint-Potin, tout à coup, dit à son compagnon :

« Vous savez, si vous avez à faire quelque chose, je n'ai pas besoin de vous, moi. »

Duroy lui serra la main, et s'en alla.

1845 L'idée de son article à écrire dans la soirée le tracassait, et il se mit à y songer. Il emmagasina des idées, des réflexions, des jugements, des anecdotes, tout en marchant, et il monta jusqu'au bout de l'avenue des Champs-Élysées, où on ne voyait que de rares promeneurs, Paris étant vide par ces jours de chaleur.

1850 Ayant dîné chez un marchand de vin auprès de l'arc de triomphe de l'Étoile, il revint lentement à pied chez lui par les boulevards extérieurs, et il s'assit devant sa table pour travailler.

Mais dès qu'il eut sous les yeux la grande feuille de papier blanc, tout ce qu'il avait amassé de matériaux s'envola de son esprit, 1855 comme si sa cervelle se fût évaporée. Il essayait de ressaisir des bribes de souvenirs et de les fixer : ils lui échappaient à mesure qu'il les reprenait, ou bien ils se précipitaient pêle-mêle, et il ne savait comment les présenter, les habiller, ni par lequel commencer.

Après une heure d'efforts et cinq pages de papier noircies par des 1860 phrases de début qui n'avaient point de suite, il se dit : « Je ne suis pas encore assez rompu au métier. Il faut que je prenne une nouvelle leçon. » Et tout de suite la perspective d'une autre matinée avec Mme Forestier, l'espoir de ce long tête-à-tête intime, cordial, si doux, le firent tressaillir de désir. Il se coucha bien vite, ayant presque peur 1865 à présent de se remettre à la besogne et de réussir tout à coup.

Il ne se leva, le lendemain, qu'un peu tard, éloignant et savourant d'avance le plaisir de cette visite.

Il était dix heures passées quand il sonna chez son ami.

Le domestique répondit :

1870 « C'est que monsieur est en train de travailler. »

Duroy n'avait point songé que le mari pouvait être là. Il insista cependant : « Dites-lui que c'est moi, pour une affaire pressante. »

Après cinq minutes d'attente, on le fit entrer dans le cabinet où il avait passé une si bonne matinée.

875 À la place occupée par lui, Forestier maintenant était assis et écrivait, en robe de chambre, les pieds dans ses pantoufles, la tête couverte d'une petite toque anglaise, tandis que sa femme, enveloppée du même peignoir blanc, et accoudée à la cheminée, dictait, une cigarette à la bouche.

880 Duroy, s'arrêtant sur le seuil, murmura :

« Je vous demande bien pardon ; je vous dérange ? »

Et son ami, ayant tourné la tête, une tête furieuse, grogna :

« Qu'est-ce que tu veux encore ? Dépêche-toi, nous sommes pressés. »

885 L'autre interdit, balbutiait :

« Non, ce n'est rien, pardon. »

Mais Forestier, se fâchant :

« Allons, sacrebleu ! ne perds pas de temps ; tu n'as pourtant pas forcé ma porte pour le plaisir de nous dire bonjour. »

890 Alors, Duroy, fort troublé, se décida :

« Non... voilà... c'est que... je n'arrive pas encore à faire mon article... et tu as été... vous avez été si... si... gentils la dernière fois que... que j'espérais... que j'ai osé venir... »

Forestier lui coupa la parole :

895 « Tu te fiches du monde, à la fin ! Alors tu t'imagines que je vais faire ton métier, et que tu n'auras qu'à passer à la caisse au bout du mois. Non ! elle est bonne, celle-là ! »

La jeune femme continuait à fumer, sans dire un mot, souriant toujours d'un vague sourire qui semblait un masque aimable sur

900 l'ironie de sa pensée.

Et Duroy, rougissant, bégayait : « Excusez-moi... j'avais cru... j'avais pensé... » Puis brusquement, d'une voix claire :

« Je vous demande mille fois pardon, madame, en vous adressant encore mes remerciements les plus vifs pour la chronique si char-

905 mante que vous m'avez faite hier. »

Puis il salua, dit à Charles :

« Je serai à trois heures au journal », et il sortit.

Il retourna chez lui, à grands pas, en grommelant : « Eh bien, je m'en vais la faire celle-là, et tout seul, et ils verront... »

910 À peine rentré, la colère l'excitant, il se mit à écrire.

Il continua l'aventure commencée par Mme Forestier, accumulant des détails de roman-feuilleton, des péripéties surprenantes et des descriptions ampoulées, avec une maladresse de style de collégien et des formules de sous-officier. En une heure, il eut terminé une chronique qui ressemblait à un chaos de folies, et il la porta, avec assurance, à *La Vie française*.

La première personne qu'il rencontra fut Saint-Potin qui, lui serrant la main avec une énergie de complice, demanda :

« Vous avez lu ma conversation avec le Chinois et avec l'Hindou. Est-ce assez drôle ? Ça a amusé tout Paris. Et je n'ai pas vu seulement le bout de leur nez. »

Duroy, qui n'avait rien lu, prit aussitôt le journal, et il parcourut de l'œil un long article intitulé « Inde et Chine », pendant que le reporter lui indiquait et soulignait les passages les plus intéressants.

Forestier survint, soufflant, pressé, l'air effaré :

« Ah ! bon, j'ai besoin de vous deux. »

Et il leur indiqua une série d'informations politiques qu'il fallait se procurer pour le soir même.

Duroy lui tendit son article.

« Voici la suite sur l'Algérie.

– Très bien, donne : je vais la remettre au patron. »

Ce fut tout.

Saint-Potin entraîna son nouveau confrère, et, lorsqu'ils furent dans le corridor, il lui dit :

« Avez-vous passé à la caisse ?

– Non. Pourquoi ?

– Pourquoi ? Pour vous faire payer. Voyez-vous, il faut toujours prendre un mois d'avance. On ne sait pas ce qui peut arriver.

– Mais... je ne demande pas mieux.

– Je vais vous présenter au caissier. Il ne fera point de difficultés. On paie bien ici. »

Et Duroy alla toucher ses deux cents francs, plus vingt-huit francs pour son article de la veille, qui, joints à ce qui lui restait de son traitement du chemin de fer, lui faisaient trois cent quarante francs en poche.

Jamais il n'avait tenu pareille somme, et il se crut riche pour des temps indéfinis.

Puis Saint-Potin l'emmena bavarder dans les bureaux de quatre ou cinq feuilles rivales, espérant que les nouvelles qu'on l'avait chargé de recueillir avaient été prises déjà par d'autres, et qu'il saurait bien les leur souffler, grâce à l'abondance et à l'astuce de sa conversation.

Le soir venu, Duroy, qui n'avait plus rien à faire, songea à retourner aux Folies-Bergère, et, payant d'audace, il se présenta au contrôle :

« Je m'appelle Georges Duroy, rédacteur à *La Vie française*. Je suis venu l'autre jour avec M. Forestier, qui m'avait promis de demander mes entrées. Je ne sais s'il y a songé. »

On consulta un registre. Son nom ne s'y trouvait pas inscrit. Cependant le contrôleur, homme très affable, lui dit :

« Entrez toujours, monsieur, et adressez vous-même votre demande à M. le directeur, qui y fera droit assurément. »

Il entra, et presque aussitôt, il rencontra Rachel, la femme emmenée le premier soir.

Elle vint à lui :

« Bonjour, mon chat. Tu vas bien ?

— Très bien, et toi ?

— Moi, pas mal. Tu ne sais pas, j'ai rêvé deux fois de toi depuis l'autre jour. »

Duroy sourit, flatté :

« Ah ! ah ! et qu'est-ce que ça prouve ?

— Ça prouve que tu m'as plu, gros serin, et que nous recommencerons quand ça te dira.

— Aujourd'hui si tu veux.

— Oui, je veux bien.

— Bon, mais écoute... » Il hésitait, un peu confus de ce qu'il allait faire : « C'est que, cette fois, je n'ai pas le sou : je viens du cercle, où j'ai tout claqué. »

Elle le regardait au fond des yeux, flairant le mensonge avec son instinct et sa pratique de fille habituée aux roueries et aux marchandages des hommes. Elle dit :

« Blagueur ! Tu sais, ça n'est pas gentil avec moi cette manière-là. »

Il eut un sourire embarrassé :

« Si tu veux dix francs, c'est tout ce qui me reste. »

Elle murmura avec un désintéressement de courtisane qui se paie un caprice :

« Ce qui te plaira, mon chéri : je ne veux que toi. »

Et levant ses yeux séduits vers la moustache du jeune homme, elle prit son bras et s'appuya dessus amoureusement :

« Allons boire une grenadine d'abord. Et puis nous ferons un tour ensemble. Moi, je voudrais aller à l'Opéra, comme ça, avec toi, pour te montrer. Et puis nous rentrerons de bonne heure, n'est-ce pas ? »

Première partie

Il dormit tard chez cette fille. Il faisait jour quand il sortit, et la
pensée lui vint aussitôt d'acheter *La Vie française*. Il ouvrit le journal
d'une main fiévreuse ; sa chronique n'y était pas ; et il demeurait
debout sur le trottoir, parcourant anxieusement de l'œil les colonnes
imprimées avec l'espoir d'y trouver enfin ce qu'il cherchait.

Quelque chose de pesant tout à coup accablait son cœur, car,
après la fatigue d'une nuit d'amour, cette contrariété tombant sur sa
lassitude avait le poids d'un désastre.

Il remonta chez lui et s'endormit tout habillé sur son lit.

En entrant quelques heures plus tard dans les bureaux de la
rédaction, il se présenta devant M. Walter :

« J'ai été tout surpris ce matin, monsieur, de ne pas trouver mon
second article sur l'Algérie. »

Le directeur leva la tête, et d'une voix sèche :

« Je l'ai donné à votre ami Forestier, en le priant de le lire ; il ne l'a
pas trouvé suffisant ; il faudra me le refaire. »

Duroy, furieux, sortit sans répondre un mot, et, pénétrant brusquement dans le cabinet de son camarade :

« Pourquoi n'as-tu pas fait paraître, ce matin, ma chronique ? »

Le journaliste fumait une cigarette, le dos au fond de son fauteuil
et les pieds sur sa table, salissant de ses talons un article commencé.
Il articula tranquillement avec un son de voix ennuyé et lointain,
comme s'il parlait du fond d'un trou :

« Le patron l'a trouvé mauvais, et m'a chargé de te le remettre
pour le recommencer. Tiens, le voilà. »

Et il indiquait du doigt les feuilles dépliées sous un presse-papiers.

Duroy, confondu, ne trouva rien à dire, et, comme il mettait sa
prose dans sa poche, Forestier reprit :

« Aujourd'hui tu vas te rendre d'abord à la préfecture... »

Et il indiqua une série de courses d'affaires, de nouvelles à
recueillir. Duroy s'en alla, sans avoir pu découvrir le mot mordant
qu'il cherchait.

Il rapporta son article le lendemain. Il lui fut rendu de nouveau.
L'ayant refait une troisième fois, et le voyant refusé, il comprit qu'il allait
trop vite et que la main de Forestier pouvait seule l'aider dans sa route.

Il ne parla donc plus des *Souvenirs d'un chasseur d'Afrique*, en se
promettant d'être souple et rusé, puisqu'il le fallait, et de faire, en
attendant mieux, son métier de reporter avec zèle.

Il connut les coulisses des théâtres et celles de la politique, les corridors et le vestibule des hommes d'État et de la Chambre des députés, les figures importantes des attachés de cabinet et les mines renfrognées des huissiers endormis.

Il eut des rapports continus avec des ministres, des concierges, des généraux, des agents de police, des princes, des souteneurs, des courtisanes, des ambassadeurs, des évêques, des proxénètes, des rastaquouères, des hommes du monde, des grecs, des cochers de fiacre, des garçons de café et bien d'autres, étant devenu l'ami intéressé et indifférent de tous ces gens, les confondant dans son estime, les toisant à la même mesure, les jugeant avec le même œil, à force de les voir tous les jours, à toute heure, sans transition d'esprit, et de parler avec eux tous des mêmes affaires concernant son métier. Il se comparait lui-même à un homme qui goûterait coup sur coup les échantillons de tous les vins, et ne distinguerait bientôt plus le château-margaux de l'argenteuil.

Il devint en peu de temps un remarquable reporter, sûr de ses informations, rusé, rapide, subtil, une vraie valeur pour le journal, comme disait le père Walter, qui s'y connaissait en rédacteurs.

Cependant, comme il ne touchait que dix centimes la ligne, plus ses deux cents francs de fixe, et comme la vie de boulevard, la vie de café, la vie de restaurant coûte cher, il n'avait jamais le sou et se désolait de sa misère.

C'est un truc à saisir, pensait-il, en voyant certains confrères aller la poche pleine d'or, sans jamais comprendre quels moyens secrets ils pouvaient bien employer pour se procurer cette aisance. Et il soupçonnait avec envie des procédés inconnus et suspects, des services rendus, toute une contrebande acceptée et consentie. Or, il lui fallait pénétrer le mystère, entrer dans l'association tacite, s'imposer aux camarades qui partageaient sans lui.

Et il rêvait souvent le soir, en regardant de sa fenêtre passer les trains, aux procédés qu'il pourrait employer.

V

DEUX MOIS s'étaient écoulés ; on touchait à septembre, et la fortune
rapide que Duroy avait espérée lui semblait bien longue à venir. Il
s'inquiétait surtout de la médiocrité morale de sa situation et ne
voyait pas par quelle voie il escaladerait les hauteurs où l'on trouve
la considération et l'argent. Il se sentait enfermé dans ce métier
médiocre de reporter, muré là-dedans à n'en pouvoir sortir. On
l'appréciait, mais on l'estimait selon son rang. Forestier même, à qui
il rendait mille services, ne l'invitait plus à dîner, le traitait en tout
comme un inférieur, bien qu'il le tutoyât comme un ami.

De temps en temps, il est vrai, Duroy, saisissant une occasion,
plaçait un bout d'article, et ayant acquis par ses échos une souplesse de plume et un tact qui lui manquaient lorsqu'il avait écrit sa
seconde chronique sur l'Algérie, il ne courait plus aucun risque de
voir refuser ses actualités. Mais de là à faire des chroniques au gré
de sa fantaisie ou à traiter, en juge, les questions politiques, il y avait
autant de différence qu'à conduire dans les avenues du Bois étant
cocher, ou à conduire étant maître. Ce qui l'humiliait surtout, c'était
de sentir fermées les portes du monde, de n'avoir pas de relations à
traiter en égal, de ne pas entrer dans l'intimité des femmes, bien que
plusieurs actrices connues l'eussent parfois accueilli avec une familiarité intéressée.

Il savait d'ailleurs, par expérience, qu'elles éprouvaient pour lui,
toutes, mondaines ou cabotines, un entraînement singulier, une
sympathie instantanée, et il ressentait, de ne point connaître celles dont
pourrait dépendre son avenir, une impatience de cheval entravé.

Bien souvent il avait songé à faire une visite à Mme Forestier ;
mais la pensée de leur dernière rencontre l'arrêtait, l'humiliait, et il
attendait, en outre, d'y être engagé par le mari. Alors le souvenir lui
vint de Mme de Marelle et, se rappelant qu'elle l'avait prié de la venir
voir, il se présenta chez elle un après-midi qu'il n'avait rien à faire.

« J'y suis toujours jusqu'à trois heures », avait-elle dit.

Il sonnait à sa porte à deux heures et demie.

Elle habitait rue de Verneuil, au quatrième.

Au bruit du timbre, une bonne vint ouvrir, une petite servante
dépeignée qui nouait son bonnet en répondant :

« Oui, madame est là, mais je ne sais pas si elle est levée. »

Et elle poussa la porte du salon qui n'était point fermée.

Duroy entra. La pièce était assez grande, peu meublée et d'aspect négligé. Les fauteuils, défraîchis et vieux, s'alignaient le long des murs, selon l'ordre établi par la domestique, car on ne sentait en rien le soin élégant d'une femme qui aime le chez soi. Quatre pauvres tableaux, représentant une barque sur un fleuve, un navire sur la mer, un moulin dans une plaine et un bûcheron dans un bois, pendaient au milieu des quatre panneaux, au bout de cordons inégaux, et tous les quatre accrochés de travers. On devinait que depuis longtemps ils restaient penchés ainsi sous l'œil négligent d'une indifférente.

Duroy s'assit et attendit. Il attendit longtemps. Puis une porte s'ouvrit, et Mme de Marelle entra en courant, vêtue d'un peignoir japonais en soie rose où étaient brodés des paysages d'or, des fleurs bleues et des oiseaux blancs, et elle s'écria :

« Figurez-vous que j'étais encore couchée. Que c'est gentil à vous de venir me voir ! J'étais persuadée que vous m'aviez oubliée. »

Elle tendit ses deux mains d'un geste ravi, et Duroy, que l'aspect médiocre de l'appartement mettait à son aise, les ayant prises, en baisa une, comme il avait vu faire à Norbert de Varenne.

Elle le pria de s'asseoir ; puis, le regardant des pieds à la tête :

« Comme vous êtes changé ! Vous avez gagné de l'air. Paris vous fait du bien. Allons, racontez-moi les nouvelles. »

Et ils se mirent à bavarder tout de suite, comme s'ils eussent été d'anciennes connaissances, sentant naître entre eux une familiarité instantanée, sentant s'établir un de ces courants de confiance, d'intimité et d'affection qui font amis, en cinq minutes, deux êtres de même caractère et de même race.

Tout à coup, la jeune femme s'interrompit, et s'étonnant :

« C'est drôle comme je suis avec vous. Il me semble que je vous connais depuis dix ans. Nous deviendrons, sans doute, bons camarades. Voulez-vous ? »

Il répondit : « Mais, certainement », avec un sourire qui en disait plus.

Il la trouvait tout à fait tentante, dans son peignoir éclatant et doux, moins fine que l'autre dans son peignoir blanc, moins chatte, moins délicate, mais plus excitante, plus poivrée.

Quand il sentait près de lui Mme Forestier, avec son sourire immobile et gracieux qui attirait et arrêtait en même temps, qui semblait dire : « Vous me plaisez » et aussi : « Prenez garde », dont on ne comprenait jamais le sens véritable, il éprouvait surtout le désir de se coucher à ses pieds, ou de baiser la fine dentelle de son corsage et d'aspirer lentement l'air chaud et parfumé qui devait sortir de là, glissant entre les seins. Auprès de Mme de Marelle, il sentait en lui un désir plus brutal, plus précis, un désir qui frémissait dans ses mains devant les contours soulevés de la soie légère.

Elle parlait toujours, semant en chaque phrase cet esprit facile dont elle avait pris l'habitude, comme un ouvrier saisit le tour de main qu'il faut pour accomplir une besogne réputée difficile et dont s'étonnent les autres. Il l'écoutait, pensant : « C'est bon à retenir tout ça. On écrirait des chroniques parisiennes charmantes en la faisant bavarder sur les événements du jour. »

Mais on frappa doucement, tout doucement à la porte par laquelle elle était venue ; et elle cria : « Tu peux entrer, mignonne. » La petite fille parut, alla droit à Duroy et lui tendit la main.

La mère étonnée murmura : « Mais c'est une conquête. Je ne la reconnais plus. » Le jeune homme, ayant embrassé l'enfant, la fit asseoir à côté de lui, et lui posa, avec un air sérieux, des questions gentilles sur ce qu'elle avait fait depuis qu'ils ne s'étaient vus. Elle répondait de sa petite voix de flûte, avec son air grave de grande personne.

La pendule sonna trois heures. Le journaliste se leva.

« Venez souvent, demanda Mme de Marelle, nous bavarderons comme aujourd'hui, vous me ferez toujours plaisir. Mais pourquoi ne vous voit-on plus chez les Forestier ? »

Il répondit :

« Oh ! pour rien. J'ai eu beaucoup à faire. J'espère bien que nous nous y retrouverons un de ces jours. »

Et il sortit, le cœur plein d'espoir, sans savoir pourquoi.

Il ne parla pas à Forestier de cette visite.

Mais il en garda le souvenir, les jours suivants, plus que le souvenir, une sorte de sensation de la présence irréelle et persistante de cette femme. Il lui semblait avoir pris quelque chose d'elle, l'image de son corps restée dans ses yeux et la saveur de son être moral restée en son cœur. Il demeurait sous l'obsession de son image, comme il arrive quelquefois quand on a passé des heures charmantes auprès d'un être. On dirait qu'on subit une possession étrange, intime, confuse, troublante et exquise parce qu'elle est mystérieuse.

170   Il fit une seconde visite au bout de quelques jours.

La bonne l'introduisit dans le salon, et Laurine parut aussitôt. Elle tendit, non plus sa main, mais son front, et dit :

« Maman m'a chargée de vous prier de l'attendre. Elle en a pour un quart d'heure, parce qu'elle n'est pas habillée. Je vous tiendrai compagnie. »

175   Duroy, qu'amusaient les manières cérémonieuses de la fillette, répondit : « Parfaitement, mademoiselle, je serai enchanté de passer un quart d'heure avec vous : mais je vous préviens que je ne suis point sérieux du tout, moi, je joue toute la journée ; je vous propose donc de faire une partie de chat perché. »

180   La gamine demeura saisie, puis elle sourit, comme aurait fait une femme, de cette idée qui la choquait un peu et l'étonnait aussi ; et elle murmura :

« Les appartements ne sont pas faits pour jouer. »

Il reprit :

185   « Ça m'est égal : moi je joue partout. Allons, attrapez-moi. »

Et il se mit à tourner autour de la table, en l'excitant à le poursuivre, tandis qu'elle s'en venait derrière lui, souriant toujours avec une sorte de condescendance polie, et étendant parfois la main pour le toucher, mais sans s'abandonner jusqu'à courir.

190   Il s'arrêtait, se baissait, et, lorsqu'elle approchait, de son petit pas hésitant, il sautait en l'air comme les diables enfermés en des boîtes, puis il s'élançait d'une enjambée à l'autre bout du salon. Elle trouvait ça drôle, finissait par rire, et, s'animant, commençait à trottiner derrière lui, avec de légers cris joyeux et craintifs, quand elle avait cru

195   le saisir. Il déplaçait les chaises, en faisait des obstacles, la forçait à pivoter pendant une minute autour de la même, puis, quittant celle-là, en saisissait une autre. Laurine courait maintenant, s'abandonnait tout à fait au plaisir de ce jeu nouveau et, la figure rose, elle se précipitait d'un grand élan d'enfant ravie, à chacune des fuites, à chacune

200   des ruses, à chacune des feintes de son compagnon.

Brusquement, comme elle s'imaginait l'atteindre, il la saisit dans ses bras, et, l'élevant jusqu'au plafond, il cria : « Chat perché ! »

La fillette enchantée agitait ses jambes pour s'échapper et riait de tout son cœur.

205   Mme de Marelle entra et, stupéfaite :

« Ah ! Laurine... Laurine qui joue... Vous êtes un ensorceleur, monsieur. »

Première partie

Il reposa par terre la gamine, baisa la main de la mère, et ils s'assirent, l'enfant entre eux. Ils voulurent causer : mais Laurine, grisée, si muette d'ordinaire, parlait tout le temps, et il fallut l'envoyer à sa chambre.

Elle obéit sans répondre, mais avec des larmes dans les yeux.

Dès qu'ils furent seuls, Mme de Marelle baissa la voix :

« Vous ne savez pas, j'ai un grand projet, et j'ai pensé à vous. Voilà. Comme je dîne toutes les semaines chez les Forestier, je leur rends ça, de temps en temps, dans un restaurant. Moi, je n'aime pas à avoir du monde chez moi, je ne suis pas organisée pour ça, et, d'ailleurs, je n'entends rien aux choses de la maison, rien à la cuisine, rien à rien. J'aime vivre à la diable. Donc je les reçois de temps en temps au restaurant, mais ça n'est pas gai quand nous ne sommes que nous trois, et mes connaissances à moi ne vont guère avec eux. Je vous dis ça pour vous expliquer une invitation peu régulière. Vous comprenez, n'est-ce pas, que je vous demande d'être des nôtres samedi, au café Riche[1], sept heures et demie. Vous connaissez la maison ? »

Il accepta avec bonheur. Elle reprit :

« Nous serons tous les quatre seulement, une vraie partie carrée. C'est très amusant ces petites fêtes-là, pour nous autres femmes qui n'y sommes pas habituées. »

Elle portait une robe marron foncé, qui moulait sa taille, ses hanches, sa gorge, ses bras d'une façon provocante et coquette ; et Duroy éprouvait un étonnement confus, presque une gêne dont il ne saisissait pas bien la cause, du désaccord de cette élégance soignée et raffinée avec l'insouci visible pour le logis qu'elle habitait.

Tout ce qui vêtait son corps, tout ce qui touchait intimement et directement sa chair, était délicat et fin, mais ce qui l'entourait ne lui importait plus.

Il la quitta, gardant, comme l'autre fois, la sensation de sa présence continuée dans une sorte d'hallucination de ses sens. Et il attendit le jour du dîner avec une impatience grandissante.

Ayant loué pour la seconde fois un habit noir, ses moyens ne lui permettant point encore d'acheter un costume de soirée, il arriva le premier au rendez-vous, quelques minutes avant l'heure.

---

1. **Café Riche :** un des restaurants les plus célèbres de Paris. Le menu choisi par Mme de Marelle coûte 30 francs par convive. Employé au ministère, Duroy touchait 118,25 francs par mois.

On le fit monter au second étage, et on l'introduisit dans un petit salon[1] de restaurant, tendu de rouge et ouvrant sur le boulevard son unique fenêtre.

Une table carrée, de quatre couverts, étalait sa nappe blanche, si luisante qu'elle semblait vernie ; et les verres, l'argenterie, le réchaud brillaient gaiement sous la flamme de douze bougies portées par deux hauts candélabres.

Au dehors on apercevait une grande tache d'un vert clair que faisaient les feuilles d'un arbre, éclairées par la lumière vive des cabinets particuliers.

Duroy s'assit sur un canapé très bas, rouge comme les tentures des murs, et dont les ressorts fatigués, s'enfonçant sous lui, lui donnèrent la sensation de tomber dans un trou. Il entendait dans toute cette vaste maison une rumeur confuse, ce bruissement des grands restaurants fait du bruit des vaisselles et des argenteries heurtées, du bruit des pas rapides des garçons adouci par le tapis des corridors, du bruit des portes un moment ouvertes et qui laissent échapper le son des voix de tous ces étroits salons où sont enfermés des gens qui dînent. Forestier entra et lui serra la main avec une familiarité cordiale qu'il ne lui témoignait jamais dans les bureaux de *La Vie française*.

« Ces deux dames vont arriver ensemble, dit-il ; c'est très gentil ces dîners-là ! »

Puis il regarda la table, fit éteindre tout à fait un bec de gaz qui brûlait en veilleuse, ferma un battant de la fenêtre, à cause du courant d'air, et choisit sa place bien à l'abri en déclarant : « Il faut que je fasse grande attention ; j'ai été mieux pendant un mois, et me voici repris depuis quelques jours. J'aurai attrapé froid mardi en sortant du théâtre. »

On ouvrit la porte et les deux jeunes femmes parurent, suivies d'un maître d'hôtel, voilées, cachées, discrètes, avec cette allure de mystère charmant qu'elles prennent en ces endroits où les voisinages et les rencontres sont suspects.

Comme Duroy saluait Mme Forestier, elle le gronda fort de n'être pas revenu la voir ; puis elle ajouta, avec un sourire, vers son amie :

---

1. **Petit salon :** cabinet particulier où l'on peut recevoir ses amis ou ses amants. Dans *La Curée*, de Zola, Renée Saccard y devient la maîtresse de son beau-fils Maxime.

« C'est ça, vous me préférez Mme de Marelle, vous trouvez bien le temps pour elle. »

Puis on s'assit, et le maître d'hôtel ayant présenté à Forestier la carte des vins, Mme de Marelle s'écria :

« Donnez à ces messieurs ce qu'ils voudront ; quant à nous du champagne frappé, du meilleur, du champagne doux par exemple, rien autre chose. »

Et l'homme étant sorti, elle annonça avec un rire excité :

« Je veux me pocharder ce soir, nous allons faire une noce, une vraie noce. »

Forestier, qui paraissait n'avoir pas entendu, demanda :

« Cela ne vous ferait-il rien qu'on fermât la fenêtre ? J'ai la poitrine un peu prise depuis quelques jours.

— Non, rien du tout. »

Il alla donc pousser le battant resté entrouvert et il revint s'asseoir avec un visage rasséréné, tranquillisé.

Sa femme ne disait rien, paraissait absorbée ; et, les yeux baissés vers la table, elle souriait aux verres, de ce sourire vague qui semblait promettre toujours pour ne jamais tenir.

Les huîtres d'Ostende furent apportées, mignonnes et grasses, semblables à de petites oreilles enfermées en des coquilles, et fondant entre le palais et la langue ainsi que des bonbons salés.

Puis, après le potage, on servit une truite rose comme de la chair de jeune fille ; et les convives commencèrent à causer.

On parla d'abord d'un cancan qui courait les rues, l'histoire d'une femme du monde surprise, par un ami de son mari, soupant avec un prince étranger en cabinet particulier.

Forestier riait beaucoup de l'aventure ; les deux femmes déclaraient que le bavard indiscret n'était qu'un goujat et qu'un lâche. Duroy fut de leur avis et proclama bien haut qu'un homme a le devoir d'apporter en ces sortes d'affaires, qu'il soit acteur, confident ou simple témoin, un silence de tombeau. Il ajouta :

« Comme la vie serait pleine de choses charmantes si nous pouvions compter sur la discrétion absolue les uns des autres. Ce qui arrête souvent, bien souvent, presque toujours les femmes, c'est la peur du secret dévoilé. »

Puis il ajouta, souriant :

« Voyons, n'est-ce pas vrai ? »

« Combien y en a-t-il qui s'abandonneraient à un rapide désir, au caprice brusque et violent d'une heure, à une fantaisie d'amour, si elles ne craignaient de payer par un scandale irrémédiable et par des larmes douloureuses un court et léger bonheur ! »

Il parlait avec une conviction contagieuse, comme s'il avait plaidé une cause, sa cause, comme s'il eût dit : « Ce n'est pas avec moi qu'on aurait à craindre de pareils dangers. Essayez pour voir. »

Elles le contemplaient toutes les deux, l'approuvant du regard, trouvant qu'il parlait bien et juste, confessant par leur silence ami que leur morale inflexible de Parisiennes n'aurait pas tenu long-temps devant la certitude du secret.

Et Forestier, presque couché sur le canapé, une jambe repliée sous lui, la serviette glissée dans son gilet pour ne point maculer son habit, déclara tout à coup, avec un rire convaincu de sceptique :

« Sacristi oui, on s'en paierait si on était sûr du silence. Bigre de bigre ! les pauvres maris. »

Et on se mit à parler d'amour. Sans l'admettre éternel, Duroy le comprenait durable, créant un lien, une amitié tendre, une confiance ! L'union des sens n'était qu'un sceau à l'union des cœurs. Mais il s'indignait des jalousies harcelantes, des drames, des scènes, des misères qui, presque toujours, accompagnent les ruptures.

Quand il se tut, Mme de Marelle soupira :

« Oui, c'est la seule bonne chose de la vie, et nous la gâtons sou-vent par des exigences impossibles. »

Mme Forestier, qui jouait avec un couteau, ajouta :

« Oui... oui... c'est bon d'être aimée... »

Et elle semblait pousser plus loin son rêve, songer à des choses qu'elle n'osait point dire.

Et comme la première entrée n'arrivait pas, ils buvaient de temps en temps une gorgée de champagne en grignotant des croûtes arra-chées sur le dos des petits pains ronds. Et la pensée de l'amour, lente et envahissante, entrait en eux, enivrait peu à peu leur âme, comme le vin clair, tombé goutte à goutte en leur gorge, échauffait leur sang et troublait leur esprit.

On apporta des côtelettes d'agneau, tendres, légères, couchées sur un lit épais et menu de pointes d'asperges.

« Bigre ! la bonne chose ! » s'écria Forestier. Et ils mangeaient avec len-teur, savourant la viande fine et le légume onctueux comme une crème.

Duroy reprit :

« Moi, quand j'aime une femme, tout disparaît du monde autour
d'elle. »

Il disait cela avec conviction, s'exaltant à la pensée de cette jouissance de table qu'il goûtait.

Mme Forestier murmura, avec son air de n'y point toucher :

« Il n'y a pas de bonheur comparable à la première pression des
mains, quand l'un demande : "M'aimez-vous ?" et quand l'autre
répond : "Oui, je t'aime." »

Mme de Marelle, qui venait de vider d'un trait une nouvelle flûte
de champagne, dit gaiement en reposant son verre :

« Moi, je suis moins platonique. »

Et chacun se mit à ricaner, l'œil allumé, en approuvant cette
parole.

Forestier s'étendit sur le canapé, ouvrit les bras, les appuya sur des
coussins et d'un ton sérieux :

« Cette franchise vous honore et prouve que vous êtes une femme
pratique. Mais peut-on vous demander quelle est l'opinion de M. de
Marelle ? »

Elle haussa les épaules lentement, avec un dédain infini, pro-
longé ; puis, d'une voix nette :

« M. de Marelle n'a pas d'opinion en cette matière. Il n'a que des...
que des abstentions. »

Et la causerie, descendant des théories élevées sur la tendresse,
entra dans le jardin fleuri des polissonneries distinguées.

Ce fut le moment des sous-entendus adroits, des voiles levés par
des mots, comme on lève des jupes, le moment des ruses de langage,
des audaces habiles et déguisées, de toutes les hypocrisies impudiques,
de la phrase qui montre des images dévêtues avec des expressions
couvertes, qui fait passer dans l'œil et dans l'esprit la vision rapide
de tout ce qu'on ne peut pas dire, et permet aux gens du monde une
sorte d'amour subtil et mystérieux, une sorte de contact impur des
pensées par l'évocation simultanée, troublante et sensuelle comme
une étreinte, de toutes les choses secrètes, honteuses et désirées
de l'enlacement. On avait apporté le rôti, des perdreaux flanqués
de cailles, puis des petits pois, puis une terrine de foie gras accom-
pagnée d'une salade aux feuilles dentelées, emplissant comme une
mousse verte un grand saladier en forme de cuvette. Ils avaient

mangé de tout cela sans y goûter, sans s'en douter, uniquement pré-occupés de ce qu'ils disaient, plongés dans un bain d'amour.

Les deux femmes, maintenant, en lançaient de roides, Mme de Marelle avec une audace naturelle qui ressemblait à une provoca-tion, Mme Forestier avec une réserve charmante, une pudeur dans le ton, dans la voix, dans le sourire, dans toute l'allure, qui soulignait, en ayant l'air de les atténuer, les choses hardies sorties de sa bouche.

Forestier, tout à fait vautré sur les coussins, riait, buvait, mangeait sans cesse et jetait parfois une parole tellement osée ou tellement crue que les femmes, un peu choquées par la forme et pour la forme, prenaient un petit air gêné qui durait deux ou trois secondes. Quand il avait lâché quelque polissonnerie trop grosse, il ajoutait :

« Vous allez bien, mes enfants. Si vous continuez comme ça, vous finirez par faire des bêtises. »

Le dessert vint, puis le café ; et les liqueurs versèrent dans les esprits excités un trouble plus lourd et plus chaud.

Comme elle l'avait annoncé en se mettant à table, Mme de Marelle était pocharde, et elle le reconnaissait, avec une grâce gaie et bavarde de femme qui accentue, pour amuser ses convives, une pointe d'ivresse très réelle.

Mme Forestier se taisait maintenant, par prudence peut-être ; et Duroy, se sentant trop allumé pour ne pas se compromettre, gardait une réserve habile.

On alluma des cigarettes, et Forestier, tout à coup, se mit à tousser. Ce fut une quinte terrible qui lui déchirait la gorge ; et, la face rouge, le front en sueur, il étouffait dans sa serviette. Lorsque la crise fut calmée, il grogna, d'un air furieux : « Ça ne me vaut rien, ces parties-là : c'est stupide. » Toute sa bonne humeur avait disparu dans la terreur du mal qui hantait sa pensée.

« Rentrons chez nous », dit-il.

Mme de Marelle sonna le garçon et demanda l'addition. On la lui apporta presque aussitôt. Elle essaya de la lire ; mais les chiffres tournaient devant ses yeux, et elle passa le papier à Duroy : « Tenez, payez pour moi, je n'y vois plus, je suis trop grise. »

Et elle lui jeta en même temps sa bourse dans les mains.

Le total montait à cent trente francs. Duroy contrôla et vérifia la note, puis donna deux billets, et reprit la monnaie, en demandant, à mi-voix :

« Combien faut-il laisser aux garçons ?

2430 – Ce que vous voudrez, je ne sais pas. »

Il mit cinq francs sur l'assiette, puis rendit la bourse à la jeune femme, en lui disant :

« Voulez-vous que je vous reconduise à votre porte ?

– Mais certainement. Je suis incapable de retrouver mon adresse. »

2435 On serra les mains des Forestier, et Duroy se trouva seul avec Mme de Marelle dans un fiacre qui roulait.

Il la sentait contre lui, si près, enfermée avec lui dans cette boîte noire, qu'éclairaient brusquement, pendant un instant, les becs de gaz des trottoirs. Il sentait, à travers sa manche, la chaleur de son
2440 épaule, et il ne trouvait rien à lui dire, absolument rien, ayant l'esprit paralysé par le désir impérieux de la saisir dans ses bras.

« Si j'osais, que ferait-elle ? » pensait-il. Et le souvenir de toutes les polissonneries chuchotées pendant le dîner l'enhardissait, mais la peur du scandale le retenait en même temps.

2445 Elle ne disait rien non plus, immobile, enfoncée en son coin. Il eût pensé qu'elle dormait s'il n'avait vu briller ses yeux chaque fois qu'un rayon de lumière pénétrait dans la voiture.

« Que pensait-elle ? » Il sentait bien qu'il ne fallait point parler, qu'un mot, un seul mot, rompant le silence, emporterait ses chances ;
2450 mais l'audace lui manquait, l'audace de l'action brusque et brutale.

Tout à coup il sentit remuer son pied. Elle avait fait un mouvement, un mouvement sec, nerveux, d'impatience ou d'appel peut-être. Ce geste, presque insensible, lui fit courir, de la tête aux pieds, un grand frisson sur la peau, et, se tournant vivement, il se jeta sur
2455 elle, cherchant la bouche avec ses lèvres et la chair nue avec ses mains.

Elle jeta un cri, un petit cri, voulut se dresser, se débattre, le repousser ; puis elle céda, comme si la force lui eût manqué pour résister plus longtemps.

2460 Mais la voiture s'étant arrêtée bientôt devant la maison qu'elle habitait, Duroy, surpris, n'eut point à chercher des paroles passionnées pour la remercier, la bénir et lui exprimer son amour reconnaissant. Cependant elle ne se levait pas, elle ne remuait point, étourdie par ce qui venait de se passer. Alors il craignit que le cocher n'eût
2465 des doutes, et il descendit le premier pour tendre la main à la jeune femme.

Elle sortit enfin du fiacre en trébuchant et sans prononcer une parole. Il sonna, et, comme la porte s'ouvrait, il demanda, en tremblant : « Quand vous reverrai-je ? »

Elle murmura si bas qu'il entendit à peine : « Venez déjeuner avec moi demain. » Et elle disparut dans l'ombre du vestibule en repoussant le lourd battant, qui fit un bruit de coup de canon.

Il donna cent sous au cocher et se mit à marcher devant lui, d'un pas rapide et triomphant, le cœur débordant de joie.

Il en tenait une, enfin, une femme mariée ! une femme du monde ! du vrai monde ! du monde parisien ! Comme ça avait été facile et inattendu !

Il s'était imaginé jusque-là que pour aborder et conquérir une de ces créatures tant désirées, il fallait des soins infinis, des attentes interminables, un siège habile fait de galanteries, de paroles d'amour, de soupirs et de cadeaux. Et voilà que tout d'un coup, à la moindre attaque, la première qu'il rencontrait s'abandonnait à lui, si vite qu'il en demeurait stupéfait.

« Elle était grise, pensait-il ; demain, ce sera une autre chanson. J'aurai les larmes. » Cette idée l'inquiéta, puis il se dit : « Ma foi, tant pis. Maintenant que je la tiens, je saurai bien la garder. »

Et, dans le mirage confus où s'égaraient ses espérances, espérances de grandeur, de succès, de renommée, de fortune et d'amour, il aperçut tout à coup, pareille à ces guirlandes de figurantes qui se déroulent dans le ciel des apothéoses, une procession de femmes élégantes, riches, puissantes, qui passaient en souriant pour disparaître l'une après l'autre au fond du nuage doré de ses rêves.

Et son sommeil fut peuplé de visions.

Il était un peu ému, le lendemain, en montant l'escalier de Mme de Marelle. Comment allait-elle le recevoir ? Et si elle ne le recevait pas ? Si elle avait défendu l'entrée de sa demeure ? Si elle racontait ?... Mais non, elle ne pouvait rien dire sans laisser deviner la vérité tout entière. Donc il était maître de la situation.

La petite bonne ouvrit la porte. Elle avait son visage ordinaire. Il se rassura, comme s'il se fût attendu à ce que la domestique lui montrât une figure bouleversée.

Il demanda :

« Madame va bien ? »

Elle répondit :

2505 « Oui, monsieur, comme toujours. »

Et elle le fit entrer dans le salon.

Il alla droit à la cheminée pour constater l'état de ses cheveux et de sa toilette ; et il rajustait sa cravate devant la glace, quand il aperçut dedans la jeune femme qui le regardait debout sur le seuil de la
2510 chambre.

Il fit semblant de ne l'avoir point vue, et ils se considérèrent quelques secondes, au fond du miroir, s'observant, s'épiant avant de se trouver face à face.

Il se retourna. Elle n'avait point bougé, et semblait attendre. Il
2515 s'élança, balbutiant : « Comme je vous aime ! comme je vous aime ! » Elle ouvrit les bras et tomba sur sa poitrine ; puis, ayant levé la tête vers lui, ils s'embrassèrent longtemps.

Il pensait : « C'est plus facile que je n'aurais cru. Ça va très bien. » Et, leurs lèvres s'étant séparées, il souriait, sans dire un mot, en
2520 tâchant de mettre dans son regard une infinité d'amour.

Elle aussi souriait, de ce sourire qu'elles ont pour offrir leur désir, leur consentement, leur volonté de se donner. Elle murmura :

« Nous sommes seuls. J'ai envoyé Laurine déjeuner chez une camarade. »
2525 Il soupira, en lui baisant les poignets :

« Merci, je vous adore. »

Alors elle lui prit le bras, comme s'il eût été son mari, pour aller jusqu'au canapé où ils s'assirent côte à côte.

Il lui fallait un début de causerie habile et séduisant ; ne le décou-
2530 vrant point à son gré, il balbutia :

« Alors, vous ne m'en voulez pas trop ? »

Elle lui mit une main sur la bouche :

« Tais-toi ! »

Ils demeurèrent silencieux les regards mêlés, les doigts enlacés et
2535 brûlants.

« Comme je vous désirais ! » dit-il.

Elle répéta : « Tais-toi. »

On entendait la bonne remuer les assiettes dans la salle, derrière le mur.
2540 Il se leva :

« Je ne veux pas rester si près de vous. Je perdrais la tête. »

La porte s'ouvrit :

« Madame est servie. »

Et il offrit son bras avec gravité

Ils déjeunèrent face à face, se regardant et se souriant sans cesse, occupés uniquement d'eux, tout enveloppés par le charme si doux d'une tendresse qui commence. Ils mangeaient, sans savoir quoi. Il sentit un pied, un petit pied, qui rôdait sous la table. Il le prit entre les siens et l'y garda, le serrant de toute sa force.

La bonne allait, venait, apportait et enlevait les plats d'un air nonchalant, sans paraître rien remarquer.

Quand ils eurent fini de manger, ils rentrèrent dans le salon et reprirent leur place sur le canapé, côte à côte.

Peu à peu, il se serrait contre elle, essayant de l'étreindre. Mais elle le repoussait avec calme :

« Prenez garde, on pourrait entrer. »

Il murmura :

« Quand pourrai-je vous voir bien seule pour vous dire comme je vous aime ? »

Elle se pencha vers son oreille, et prononça tout bas :

« J'irai vous faire une petite visite chez vous un de ces jours. »

Il se sentit rougir :

« C'est que... chez moi... c'est... c'est bien modeste. »

Elle sourit :

« Ça ne fait rien. C'est vous que j'irai voir et non pas l'appartement. »

Alors il la pressa pour savoir quand elle viendrait. Elle fixa un jour éloigné de la semaine suivante, et il la supplia d'avancer la date, avec des paroles balbutiées, des yeux luisants, en lui maniant et lui broyant les mains, le visage rouge, enfiévré, ravagé de désir, de ce désir impétueux qui suit les repas en tête à tête.

Elle s'amusait de le voir l'implorer avec cette ardeur, et cédait un jour, de temps en temps. Mais il répétait : « Demain... dites... demain. »

Elle y consentit à la fin :

« Oui. Demain. Cinq heures. »

Il poussa un long soupir de joie ; et ils causèrent presque tranquillement, avec des allures d'intimité, comme s'ils se fussent connus depuis vingt ans.

Un coup de timbre les fit tressaillir ; et, d'une secousse, ils s'éloignèrent l'un de l'autre.

Elle murmura : « Ce doit être Laurine. »

L'enfant parut, puis s'arrêta interdite, puis courut vers Duroy en battant des mains, transportée de plaisir en l'apercevant, et elle cria : « Ah ! Bel-Ami ! »

2585   Mme de Marelle se mit à rire :

« Tiens ! Bel-Ami ! Laurine vous a baptisé ! C'est un bon petit nom d'amitié pour vous, ça ; moi aussi je vous appellerai Bel-Ami ! »

Il avait pris sur ses genoux la fillette, et il dut jouer avec elle à tous les petits jeux qu'il lui avait appris.

2590   Il se leva à trois heures moins vingt minutes, pour se rendre au journal ; et sur l'escalier, par la porte entrouverte, il murmura encore du bout des lèvres : « Demain. Cinq heures. »

La jeune femme répondit : « Oui », d'un sourire, et disparut.

Dès qu'il eut fini sa besogne journalière, il songea à la façon dont
2595   il arrangerait sa chambre pour recevoir sa maîtresse et dissimuler le mieux possible la pauvreté du local. Il eut l'idée d'épingler sur les murs de menus bibelots japonais, et il acheta pour cinq francs toute une collection de crépons, de petits éventails et de petits écrans, dont il cacha les taches trop visibles du papier. Il appliqua
2600   sur les vitres de la fenêtre des images transparentes représentant des bateaux sur des rivières, des vols d'oiseaux à travers des ciels rouges, des dames multicolores sur des balcons et des processions de petits bonshommes noirs dans les plaines remplies de neige.

Son logis, grand tout juste pour y dormir et s'y asseoir, eut bientôt
2605   l'air de l'intérieur d'une lanterne de papier peint. Il jugea l'effet satisfaisant, et il passa la soirée à coller sur le plafond des oiseaux découpés dans des feuilles coloriées qui lui restaient.

Puis il se coucha, bercé par le sifflet des trains.

Il rentra de bonne heure le lendemain, portant un sac de gâteaux
2610   et une bouteille de madère achetée chez l'épicier. Il dut ressortir pour se procurer deux assiettes et deux verres ; et il disposa cette collation sur sa table de toilette, dont le bois sale fut caché par une serviette, la cuvette et le pot à l'eau étant dissimulés par-dessous.

Puis il attendit.

2615   Elle arriva vers cinq heures un quart, et, séduite par le papillotement coloré des dessins, elle s'écria :

« Tiens, c'est gentil chez vous. Mais il y a bien du monde dans l'escalier. »

Il l'avait prise dans ses bras, et il baisait ses cheveux avec emportement, entre le front et le chapeau, à travers le voile.

Une heure et demie plus tard, il la reconduisit à la station de fiacres
de la rue de Rome. Lorsqu'elle fut dans la voiture, il murmura :
« Mardi, à la même heure. »

Elle dit : « À la même heure, mardi. » Et, comme la nuit était
venue, elle attira sa tête dans la portière et le baisa sur les lèvres.
Puis, le cocher ayant fouetté sa bête, elle cria : « Adieu, Bel-Ami » et
le vieux coupé s'en alla au trot fatigué d'un cheval blanc.

Pendant trois semaines, Duroy reçut ainsi Mme de Marelle tous les
deux ou trois jours, tantôt le matin, tantôt le soir.

Comme il l'attendait, un après-midi, un grand bruit, dans l'escalier,
l'attira sur sa porte. Un enfant hurlait. Une voix furieuse, celle d'un
homme, cria : « Qu'est-ce qu'il a encore à gueuler, ce bougre-là ? » La
voix glapissante et exaspérée d'une femme répondit : « C'est ct'e sale
cocotte qui vient chez l'journaliste d'en haut qu'a renversé Nicolas
sur l'palier. Comme si on devrait laisser des roulures comme ça qui
n'font seulement pas attention aux enfants dans les escaliers ! »

Duroy, éperdu, se recula, car il entendait un rapide frôlement de
jupes et un pas précipité gravissant l'étage au-dessous de lui.

On frappa bientôt à sa porte, qu'il venait de refermer. Il ouvrit,
et Mme de Marelle se jeta dans la chambre, essoufflée, affolée,
balbutiant :

« As-tu entendu ? »

Il fit semblant de ne rien savoir.

« Non, quoi ?

– Comme ils m'ont insultée ?

– Qui ça ?

– Les misérables qui habitent au-dessous.

– Mais non, qu'est-ce qu'il y a, dis-moi ? »

Elle se mit à sangloter sans pouvoir prononcer un mot.

Il dut la décoiffer, la délacer, l'étendre sur le lit, lui tapoter les tempes
avec un linge mouillé ; elle suffoquait ; puis, quand son émotion se
fut un peu calmée, toute sa colère indignée éclata.

Elle voulait qu'il descendît tout de suite, qu'il se battît, qu'il les tuât.

Il répétait : « Mais ce sont des ouvriers, des rustres. Songe qu'il
faudrait aller en justice, que tu pourrais être reconnue, arrêtée, perdue. On ne se commet pas avec des gens comme ça. »

Elle passa à une autre idée : « Comment ferons-nous, maintenant ? Moi, je ne peux pas rentrer ici. » Il répondit : « C'est bien simple, je vais déménager. »

2660 Elle murmura : « Oui, mais ce sera long. » Puis, tout d'un coup, elle imagina une combinaison, et rassérénée brusquement :

« Non, écoute, j'ai trouvé, laisse-moi faire, ne t'occupe de rien. Je t'enverrai un petit bleu demain matin. »

Elle appelait des « petits bleus » les télégrammes fermés circulant 2665 dans Paris.

Elle souriait maintenant, ravie de son invention, qu'elle ne voulait pas révéler ; et elle fit mille folies d'amour.

Elle était bien émue cependant, en redescendant l'escalier, et elle s'appuyait de toute sa force sur le bras de son amant, tant elle sen-2670 tait fléchir ses jambes.

Ils ne rencontrèrent personne.

Comme il se levait tard, il était encore au lit, le lendemain vers onze heures, quand le facteur du télégraphe lui apporta le petit bleu promis.

2675 Duroy l'ouvrit et lut :

« Rendez-vous tantôt, cinq heures, rue de Constantinople, 127. Tu te feras ouvrir l'appartement loué par Mme Duroy.

« CLO t'embrasse. »

2680 À cinq heures précises, il entrait chez le concierge d'une grande maison meublée et demandait :

« C'est ici que Mme Duroy a loué un appartement ?

– Oui, monsieur.

– Voulez-vous m'y conduire, s'il vous plaît ? »

2685 L'homme, habitué sans doute aux situations délicates où la pru-dence est nécessaire, le regardant dans les yeux, puis, choisissant dans la longue file de clefs :

« Vous êtes bien M. Duroy ?

– Mais oui, parfaitement. »

2690 Et il ouvrit un petit logement composé de deux pièces et situé au rez-de-chaussée, en face de la loge.

Le salon, tapissé de papier ramagé, assez frais, possédait un meuble d'acajou recouvert en reps verdâtre à dessins jaunes, et un maigre tapis à fleurs, si mince que le pied sentait le bois par-dessous.

695 La chambre à coucher était si exiguë que le lit l'emplissait aux trois quarts. Il tenait le fond, allant d'un mur à l'autre, un grand lit de maison meublée, enveloppé de rideaux bleus et lourds, également en reps, et écrasé sous un édredon de soie rouge maculé de taches suspectes.

700 Duroy, inquiet et mécontent, pensait : « Ça va me coûter un argent fou, ce logis-là. Il va falloir que j'emprunte encore. C'est idiot, ce qu'elle a fait. »

La porte s'ouvrit, et Clotilde se précipita en coup de vent, avec un grand bruit de robe, les bras ouverts. Elle était enchantée.

705 « Est-ce gentil, dis, est-ce gentil ? Et pas à monter, c'est sur la rue, au rez-de-chaussée ! On peut entrer et sortir par la fenêtre sans que le concierge vous voie. Comme nous nous aimerons, là-dedans. »

Il l'embrassait froidement, n'osant faire la question qui lui venait aux lèvres.

710 Elle avait posé un gros paquet sur le guéridon, au milieu de la pièce. Elle l'ouvrit et en tira un savon, une bouteille d'eau de Lubin, une éponge, une boîte d'épingles à cheveux, un tire-bouchon et un petit fer à friser pour rajuster les mèches de son front qu'elle défaisait toutes les fois.

715 Et elle joua à l'installation, cherchant la place de chaque chose, s'amusant énormément.

Elle parlait tout en ouvrant les tiroirs :

« Il faudra que j'apporte un peu de linge, pour pouvoir en changer à l'occasion. Ce sera très commode. Si je reçois une averse,
720 par hasard, en faisant des courses, je viendrai me sécher ici. Nous aurons chacun notre clef, outre celle laissée dans la loge pour le cas où nous oublierions les nôtres. J'ai loué pour trois mois, à ton nom, bien entendu, puisque je ne pouvais donner le mien. »

Alors il demanda :

725 « Tu me diras quand il faudra payer ? »

Elle répondit simplement :

« Mais c'est payé, mon chéri ! »

Il reprit :

« Alors, c'est à toi que je le dois ?

730 – Mais non, mon chat, ça ne te regarde pas, c'est moi qui veux faire cette petite folie. »

Il eut l'air de se fâcher :

Première partie

« Ah ! mais non, par exemple. Je ne le permettrai point. »

Elle vint à lui suppliante, et, posant les mains sur ses épaules :

2735 « Je t'en prie, Georges, ça me fera tant de plaisir, tant de plaisir que ce soit à moi, notre nid, rien qu'à moi ! Ça ne peut pas te froisser ? En quoi ? Je voudrais apporter ça dans notre amour. Dis que tu veux bien, mon petit Géo, dis que tu veux bien ?... » Elle l'implorait du regard, de la lèvre, de tout son être.

2740 Il se fit prier, refusant avec des mines irritées, puis il céda, trouvant cela juste, au fond.

Et quand elle fut partie, il murmura, en se frottant les mains et sans chercher dans les replis de son cœur d'où lui venait, ce jour-là, cette opinion : « Elle est gentille, tout de même. »

2745 Il reçut quelques jours plus tard un autre petit bleu qui lui disait :

« Mon mari arrive ce soir, après six semaines d'inspection. Nous aurons donc relâche huit jours. Quelle corvée, mon chéri !

« Ta Clo. »

Duroy demeura stupéfait. Il ne songeait vraiment plus qu'elle était
2750 mariée. En voilà un homme dont il aurait voulu voir la tête, rien qu'une fois, pour le connaître.

Il attendit avec patience cependant le départ de l'époux, mais il passa aux Folies-Bergère deux soirées qui se terminèrent chez Rachel.

2755 Puis, un matin, nouveau télégramme contenant quatre mots :

« Tantôt, cinq heures. – Clo. »

Ils arrivèrent tous les deux en avance au rendez-vous. Elle se jeta dans ses bras avec un grand élan d'amour, le baisant passionnément à travers le visage ; puis elle lui dit :

2760 « Si tu veux, quand nous nous serons bien aimés, tu m'emmèneras dîner quelque part. Je me suis faite libre. »

On était justement au commencement du mois, et bien que son traitement fût escompté longtemps d'avance, et qu'il vécût au jour le jour d'argent cueilli de tous les côtés, Duroy se trouvait par hasard
2765 en fonds ; et il fut content d'avoir l'occasion de dépenser quelque chose pour elle.

Il répondit :

« Mais oui, ma chérie, où tu voudras. »

Ils partirent donc vers sept heures et gagnèrent le boulevard extérieur. Elle s'appuyait fortement sur lui et lui disait, dans l'oreille : « Si tu savais comme je suis contente de sortir à ton bras, comme j'aime te sentir contre moi ! »

Il demanda :

« Veux-tu aller chez le père Lathuille ? »

Elle répondit : « Oh ! non, c'est trop chic. Je voudrais quelque chose de drôle, de commun, comme un restaurant, où vont les employés et les ouvrières ; j'adore les parties dans les guinguettes ! Oh ! si nous avions pu aller à la campagne ! »

Comme il ne connaissait rien en ce genre dans le quartier, ils errèrent le long du boulevard, et ils finirent par entrer chez un marchand de vin qui donnait à manger dans une salle à part. Elle avait vu, à travers la vitre, deux fillettes en cheveux attablées en face de deux militaires.

Trois cochers de fiacre dînaient dans le fond de la pièce étroite et longue, et un personnage, impossible à classer dans aucune profession, fumait sa pipe, les jambes allongées, les mains dans la ceinture de sa culotte, étendu sur sa chaise et la tête renversée en arrière par-dessus la barre. Sa jaquette semblait un musée de taches, et dans les poches gonflées comme des ventres on apercevait le goulot d'une bouteille, un morceau de pain, un paquet enveloppé dans un journal, et un bout de ficelle qui pendait. Il avait des cheveux épais, crépus, mêlés, gris de saleté ; et sa casquette était par terre, sous sa chaise.

L'entrée de Clotilde fit sensation par l'élégance de sa toilette. Les deux couples cessèrent de chuchoter, les trois cochers cessèrent de discuter, et le particulier qui fumait, ayant ôté sa pipe de sa bouche et craché devant lui, regarda en tournant un peu la tête.

Mme de Marelle murmura : « C'est très gentil ! Nous serons très bien ; une autre fois, je m'habillerai en ouvrière. » Et elle s'assit sans embarras et sans dégoût en face de la table de bois vernie par la graisse des nourritures, lavée par les boissons répandues et torchée d'un coup de serviette par le garçon. Duroy, un peu gêné, un peu honteux, cherchait une patère pour y pendre son haut chapeau. N'en trouvant point, il le déposa sur une chaise.

Ils mangèrent un ragoût de mouton, une tranche de gigot et une salade. Clotilde répétait : « Moi, j'adore ça. J'ai des goûts canailles. Je m'amuse mieux ici qu'au café Anglais. » Puis elle dit : « Si tu veux me faire tout à fait plaisir, tu me mèneras dans un bastringue[1]. J'en connais un très drôle près d'ici qu'on appelle *La Reine Blanche*. »

2810   Duroy, surpris, demanda :

« Qui est-ce qui t'a menée là ? »

Il la regardait et il la vit rougir, un peu troublée, comme si cette question brusque eût éveillé en elle un souvenir délicat. Après une de ces hésitations féminines si courtes qu'il les faut deviner, elle

2815   répondit : « C'est un ami... », puis, après un silence, elle ajouta : « qui est mort. » Et elle baissa les yeux avec une tristesse bien naturelle.

Et Duroy, pour la première fois, songea à tout ce qu'il ne savait point dans la vie passée de cette femme, et il rêva. Certes elle avait eu des amants, déjà, mais de quelle sorte ? de quel monde ? Une

2820   vague jalousie, une sorte d'inimitié s'éveillait en lui contre elle, une inimitié pour tout ce qu'il ignorait, pour tout ce qui ne lui avait point appartenu dans ce cœur et dans cette existence. Il la regardait, irrité du mystère enfermé dans cette tête jolie et muette et qui son-geait, en ce moment-là même peut-être, à l'autre, aux autres, avec

2825   des regrets. Comme il eût aimé regarder dans ce souvenir, y fouiller, et tout savoir, tout connaître !...

Elle répéta :

« Veux-tu me conduire à *La Reine Blanche* ? Ce sera une fête complète. »

2830   Il pensa : « Bah ! qu'importe le passé ? Je suis bien bête de me troubler de ça. » Et, souriant, il répondit :

« Mais certainement, ma chérie. »

Lorsqu'ils furent dans la rue, elle reprit, tout bas, avec ce ton mys-térieux dont on fait les confidences :

2835   « Je n'osais point te demander ça, jusqu'ici ; mais tu ne te figures pas comme j'aime ces escapades de garçon dans tous ces endroits où les femmes ne vont pas. Pendant le carnaval je m'habillerai en collé-gien. Je suis drôle comme tout en collégien. »

Quand ils pénétrèrent dans la salle de bal, elle se serra contre lui,

2840   effrayée et contente, regardant d'un œil ravi les filles et les soute-neurs et, de temps en temps, comme pour se rassurer contre un

---

1. **Bastringue :** le bastringue *La Reine Blanche* était un bal populaire situé boulevard de Clichy. À sa place s'élève actuellement *Le Moulin-Rouge*.

danger possible, elle disait, en apercevant un municipal grave et immobile : « Voilà un agent qui a l'air solide. » Au bout d'un quart d'heure, elle en eut assez, et il la reconduisit chez elle.

Alors commença une série d'excursions dans tous les endroits louches où s'amuse le peuple ; et Duroy découvrit dans sa maîtresse un goût passionné pour ce vagabondage d'étudiants en goguette.

Elle arrivait au rendez-vous habituel vêtue d'une robe de toile, la tête couverte d'un bonnet de soubrette, de soubrette de vaudeville ; et, malgré la simplicité élégante et cherchée de la toilette, elle gardait ses bagues, ses bracelets et ses boucles d'oreilles en brillants, en donnant cette raison, quand il la suppliait de les ôter : « Bah ! on croira que ce sont des cailloux du Rhin. »

Elle se jugeait admirablement déguisée, et, bien qu'elle fût en réalité cachée à la façon des autruches, elle allait dans les tavernes les plus mal famées.

Elle avait voulu que Duroy s'habillât en ouvrier ; mais il résista et garda sa tenue correcte de boulevardier, sans vouloir même changer son haut chapeau contre un chapeau de feutre mou.

Elle s'était consolée de son obstination par ce raisonnement : « On pense que je suis une femme de chambre en bonne fortune avec un jeune homme du monde. » Et elle trouvait délicieuse cette comédie.

Ils entraient ainsi dans les caboulots populaires et allaient s'asseoir au fond du bouge enfumé, sur des chaises boiteuses, devant une vieille table de bois. Un nuage de fumée âcre où restait une odeur de poisson frit du dîner emplissait la salle ; des hommes en blouse gueulaient en buvant des petits verres ; et le garçon étonné dévisageait ce couple étrange, en posant devant lui deux cerises à l'eau-de-vie.

Elle, tremblante, apeurée et ravie, se mettait à boire le jus rouge des fruits, à petits coups, en regardant autour d'elle d'un œil inquiet et allumé. Chaque cerise avalée lui donnait la sensation d'une faute commise, chaque goutte du liquide brûlant et poivré descendant en sa gorge lui procurait un plaisir âcre, la joie d'une jouissance scélérate et défendue.

Puis elle disait à mi-voix : « Allons-nous-en. » Et ils partaient. Elle filait vivement, la tête basse, d'un pas menu, d'un pas d'actrice qui quitte la scène, entre les buveurs accoudés aux tables qui la regardaient passer d'un air soupçonneux et mécontent ; et quand elle

2880 avait franchi la porte, elle poussait un grand soupir, comme si elle venait d'échapper à quelque danger terrible.

Quelquefois elle demandait à Duroy, en frissonnant :

« Si on m'injuriait dans ces endroits-là, qu'est-ce que tu ferais ? »

Il répondait d'un ton crâne :

2885 « Je te défendrais, parbleu ! »

Et elle lui serrait le bras avec bonheur, avec le désir confus peut-être d'être injuriée et défendue, de voir des hommes se battre pour elle, même ces hommes-là, avec son bien-aimé.

Mais ces excursions, se renouvelant deux ou trois fois par semaine, 2890 commençaient à fatiguer Duroy, qui avait grand mal d'ailleurs, depuis quelque temps, à se procurer le demi-louis qu'il lui fallait pour payer la voiture et les consommations.

Il vivait maintenant avec une peine infinie, avec plus de peine qu'aux jours où il était employé du Nord, car, ayant dépensé large-2895 ment, sans compter, pendant ses premiers mois de journalisme, avec l'espoir constant de gagner de grosses sommes le lendemain, il avait épuisé toutes ses ressources et tous les moyens de se procurer de l'argent.

Un procédé fort simple, celui d'emprunter à la caisse, s'était 2900 trouvé bien vite usé, et il devait déjà au journal quatre mois de son traitement, plus six cents francs sur ses lignes. Il devait, en outre, cent francs à Forestier, trois cents francs à Jacques Rival, qui avait la bourse large, et il était rongé par une multitude de petites dettes inavouables de vingt francs ou de cent sous.

2905 Saint-Potin, consulté sur les méthodes à employer pour trouver encore cent francs, n'avait découvert aucun expédient, bien qu'il fût un homme d'invention ; et Duroy s'exaspérait de cette misère, plus sensible maintenant qu'autrefois, parce qu'il avait plus de besoins. Une colère sourde contre tout le monde couvait en lui, et une irri-2910 tation incessante, qui se manifestait à tout propos, à tout moment, pour les causes les plus futiles.

Il se demandait parfois comment il avait fait pour dépenser une moyenne de mille livres par mois, sans aucun excès ni aucune fantaisie ; et il constatait qu'en additionnant un déjeuner de huit francs 2915 avec un dîner de douze pris dans un grand café quelconque du boulevard, il arrivait tout de suite à un louis, qui, joint à une dizaine de francs d'argent de poche, de cet argent qui coule sans qu'on sache comment, formait un total de trente francs. Or, trente francs par jour donnent neuf cents francs à la fin du mois. Et il ne comptait pas là-dedans tous les frais d'habillement, de chaussure, de linge, de blanchissage, etc.

Donc, le 14 décembre, il se trouva sans un sou dans sa poche et sans un moyen dans l'esprit pour obtenir quelque monnaie.

Il fit, comme il avait fait souvent jadis, il ne déjeuna point et il passa l'après-midi au journal à travailler, rageant et préoccupé.

Vers quatre heures, il reçut un petit bleu de sa maîtresse, qui lui disait : « Veux-tu que nous dînions ensemble ? nous ferons ensuite une escapade. »

Il répondit aussitôt : « Impossible dîner. » Puis il réfléchit qu'il serait bien bête de se priver des moments agréables qu'elle pourrait lui donner, et il ajouta : « Mais je t'attendrai, à neuf heures, dans notre logis. »

Et ayant envoyé un des garçons porter ce mot, afin d'économiser le prix du télégramme, il réfléchit à la façon dont il s'y prendrait pour se procurer le repas du soir.

À sept heures, il n'avait encore rien inventé ; et une faim terrible lui creusait le ventre. Alors il eut recours à un stratagème de désespéré. Il laissa partir tous ses confrères, l'un après l'autre, et, quand il fut seul, il sonna vivement. L'huissier du patron, resté pour garder les bureaux, se présenta.

Duroy debout, nerveux, fouillait ses poches, et d'une voix brusque :

« Dites donc, Foucart, j'ai oublié mon portefeuille chez moi, et il faut que j'aille dîner au Luxembourg. Prêtez-moi cinquante sous pour payer ma voiture. »

L'homme tira trois francs de son gilet, en demandant :

« Monsieur Duroy ne veut pas davantage ?

– Non, non, cela me suffit. Merci bien. »

Et, ayant saisi les pièces blanches, Duroy descendit en courant l'escalier, puis alla dîner dans une gargote où il échouait aux jours de misère.

À neuf heures, il attendait sa maîtresse, les pieds au feu dans le petit salon.

Elle arriva, très animée, très gaie, fouettée par l'air froid de la rue :

« Si tu veux, dit-elle, nous ferons d'abord un tour, puis nous rentrerons ici à onze heures. Le temps est admirable pour se promener. »

Il répondit d'un ton grognon :

« Pourquoi sortir ? On est très bien ici. »

Elle reprit, sans ôter son chapeau :

« Si tu savais, il fait un clair de lune merveilleux. C'est un vrai bon-
2960 heur de se promener, ce soir.

– C'est possible, mais moi je ne tiens pas à me promener. »

Il avait dit cela d'un air furieux. Elle en fut saisie, blessée, et
demanda :

« Qu'est-ce que tu as ? pourquoi prends-tu ces manières-là ? J'ai le
2965 désir de faire un tour, je ne vois pas en quoi cela peut te fâcher. »

Il se souleva, exaspéré.

« Cela ne me fâche pas. Cela m'embête. Voilà. »

Elle était de celles que la résistance irrite et que l'impolitesse
exaspère.

2970 Elle prononça, avec dédain, avec une colère froide :

« Je n'ai pas l'habitude qu'on me parle ainsi. Je m'en irai seule,
alors ; adieu ! »

Il comprit que c'était grave, et s'élançant vivement vers elle, il lui
prit les mains, les baisa, en balbutiant :

2975 « Pardonne-moi, ma chérie, pardonne-moi, je suis très nerveux, ce
soir, très irritable. C'est que j'ai des contrariétés, des ennuis, tu sais,
des affaires de métier. »

Elle répondit, un peu adoucie, mais non calmée :

« Cela ne me regarde pas, moi ; et je ne veux point supporter le
2980 contrecoup de votre mauvaise humeur. »

Il la prit dans ses bras, l'attira vers le canapé :

« Écoute, ma mignonne, je ne voulais point te blesser ; je n'ai point
songé à ce que je disais. »

Il l'avait forcée à s'asseoir, et s'agenouillant devant elle :

2985 « M'as-tu pardonné ? Dis-moi que tu m'as pardonné. »

Elle murmura, d'une voix froide : « Soit, mais ne recommence
pas. » Et, s'étant relevée, elle ajouta :

« Maintenant, allons faire un tour. »

Il était demeuré à genoux, entourant les hanches de ses deux
2990 bras ; il balbutia :

« Je t'en prie, restons ici. Je t'en supplie. Accorde-moi cela.
J'aimerais tant à te garder ce soir, pour moi tout seul, là, près du feu.
Dis "oui", je t'en supplie, dis "oui". »

Elle répliqua nettement, durement :

2995 « Non, je tiens à sortir, et je ne céderai pas à tes caprices. »

Il insista :

« Je t'en supplie, j'ai une raison, une raison très sérieuse... »

Elle dit de nouveau :

« Non. Et si tu ne veux pas sortir avec moi, je m'en vais. Adieu. »

3000 Elle s'était dégagée d'une secousse, et gagnait la porte. Il courut vers elle, l'enveloppa dans ses bras :

« Écoute, Clo, ma petite Clo, écoute, accorde-moi cela... » Elle faisait non, de la tête, sans répondre, évitant ses baisers et cherchant à sortir de son étreinte pour s'en aller.

3005 Il bégayait :

« Clo, ma petite Clo, j'ai une raison. »

Elle s'arrêta en le regardant en face :

« Tu mens... laquelle ? »

Il rougit, ne sachant que dire. Et elle reprit, indignée :

3010 « Tu vois bien que tu mens... sale bête... » Et avec un geste rageur, les larmes aux yeux, elle lui échappa.

Il la prit encore une fois par les épaules, et désolé, prêt à tout avouer pour éviter cette rupture, il déclara avec un accent désespéré :

« Il y a que je n'ai pas le sou... Voilà. »

3015 Elle s'arrêta net, et le regardant au fond des yeux pour y lire la vérité :

« Tu dis ? »

Il avait rougi jusqu'aux cheveux : « Je dis que je n'ai pas le sou. Comprends-tu ? Mais pas vingt sous, pas dix sous, pas de quoi payer un verre de cassis dans le café où nous entrerons. Tu me forces à confesser

3020 des choses honteuses. Il ne m'était pourtant pas possible de sortir avec toi, et quand nous aurions été attablés devant deux consommations, de te raconter tranquillement que je ne pouvais pas les payer... »

Elle le regarda toujours en face :

« Alors... c'est bien vrai... ça ? »

3025 En une seconde, il retourna toutes ses poches, celles du pantalon, celles du gilet, celles de la jaquette, et il murmura :

« Tiens... es-tu contente... maintenant ? »

Brusquement, ouvrant ses deux bras avec un élan passionné, elle lui sauta au cou, en bégayant :

3030 « Oh ! mon pauvre chéri... mon pauvre chéri... si j'avais su ! Comment cela t'est-il arrivé ? »

Elle le fit asseoir, et s'assit elle-même sur ses genoux, puis le tenant par le cou, le baisant à tout instant, baisant sa moustache, sa bouche, ses yeux, elle le força à raconter d'où lui venait cette infortune.

3035 Il inventa une histoire attendrissante. Il avait été obligé de venir en aide à son père qui se trouvait dans l'embarras. Il lui avait donné non seulement toutes ses économies, mais il s'était endetté gravement.

Il ajouta :

« J'en ai pour six mois au moins à crever de faim, car j'ai épuisé 3040 toutes mes ressources. Tant pis, il y a des moments de crise dans la vie. L'argent, après tout, ne vaut pas qu'on s'en préoccupe. »

Elle lui souffla dans l'oreille :

« Je t'en prêterai, veux-tu ? »

Il répondit avec dignité :

3045 « Tu es bien gentille, ma mignonne, mais ne parlons plus de ça, je te prie. Tu me blesserais. »

Elle se tut ; puis, le serrant dans ses bras, elle murmura :

« Tu ne sauras jamais comme je t'aime. »

Ce fut une de leurs meilleures soirées d'amour.

3050 Comme elle allait partir, elle reprit en souriant :

« Hein ! quand on est dans ta situation, comme c'est amusant de retrouver de l'argent oublié dans une poche, une pièce qui avait glissé dans la doublure. »

Il répondit avec conviction :

3055 « Ah ! ça oui, par exemple. »

Elle voulut rentrer à pied sous prétexte que la lune était admirable, et elle s'extasiait en le regardant.

C'était une nuit froide et sereine du commencement de l'hiver. Les passants et les chevaux allaient vite, piqués par une claire gelée. Les 3060 talons sonnaient sur les trottoirs.

En le quittant, elle demanda :

« Veux-tu nous revoir après-demain ?

— Mais oui, certainement.

— À la même heure ?

3065 — À la même heure.

— Adieu, mon chéri. »

Et ils s'embrassèrent tendrement.

Puis il revint à grands pas, se demandant ce qu'il inventerait le lendemain, afin de se tirer d'affaire. Mais comme il ouvrit la porte de sa chambre, il fouilla dans la poche de son gilet pour y trouver des allumettes, et il demeura stupéfait de rencontrer une pièce de monnaie qui roulait sous son doigt.

Dès qu'il eut de la lumière, il saisit cette pièce pour l'examiner. C'était un louis de vingt francs !

Il se pensa devenu fou.

Il le tourna, le retourna, cherchant par quel miracle cet argent se trouvait là. Il n'avait pourtant pas pu tomber du ciel dans sa poche.

Puis, tout à coup, il devina, et une colère indignée le saisit. Sa maîtresse avait parlé, en effet, de monnaie glissée dans la doublure et qu'on retrouvait aux heures de pauvreté. C'était elle qui lui avait fait cette aumône.

Quelle honte !

Il jura : « Ah bien ! je vais la recevoir après-demain ! Elle en passera un joli quart d'heure ! »

Et il se mit au lit, le cœur agité de fureur et d'humiliation.

Il s'éveilla tard. Il avait faim. Il essaya de se rendormir pour ne se lever qu'à deux heures ; puis il se dit : « Cela ne m'avance à rien, il faut toujours que je finisse par découvrir de l'argent. » Puis il sortit, espérant qu'une idée lui viendrait dans la rue.

Il ne lui en vint pas, mais en passant devant chaque restaurant, un désir ardent de manger lui mouillait la bouche de salive. À midi, comme il n'avait rien imaginé, il se décida brusquement : « Bah ! je vais déjeuner sur les vingt francs de Clotilde. Cela ne m'empêchera pas de les lui rendre demain. »

Il déjeuna donc dans une brasserie pour deux francs cinquante. En entrant au journal il remit encore trois francs à l'huissier. « Tenez, Foucart, voici ce que vous m'avez prêté hier soir pour ma voiture. »

Et il travailla jusqu'à sept heures. Puis il alla dîner et prit de nouveau trois francs sur le même argent. Les deux bocks de la soirée portèrent à neuf francs trente centimes sa dépense du jour.

Mais comme il ne pouvait se refaire un crédit ni se recréer des ressources en vingt-quatre heures, il emprunta encore six francs cinquante le lendemain sur les vingt francs qu'il devait rendre le soir même, de sorte qu'il vint au rendez-vous convenu avec quatre francs vingt dans sa poche.

Il était d'une humeur de chien enragé et se promettait bien de faire nette tout de suite la situation. Il dirait à sa maîtresse : « Tu sais, j'ai

trouvé les vingt francs que tu as mis dans ma poche l'autre jour. Je ne
te les rends pas aujourd'hui parce que ma position n'a point changé,
3110 et que je n'ai pas eu te temps de m'occuper de la question d'argent.
Mais je te les remettrai la première fois que nous nous verrons. »

Elle arriva, tendre, empressée, pleine de craintes. Comment allait-
il la recevoir ? Et elle l'embrassa avec persistance pour éviter une
explication dans les premiers moments.

3115 Il se disait, de son côté : « Il sera bien temps tout à l'heure d'aborder la question. Je vais chercher un joint. »

Il ne trouva pas de joint et ne dit rien, reculant devant les premiers
mots à prononcer sur ce sujet délicat.

Elle ne parla point de sortir et fut charmante de toute façon.

3120 Ils se séparèrent vers minuit, après avoir pris rendez-vous seulement pour le mercredi de la semaine suivante, car Mme de Marelle
avait plusieurs dîners en ville de suite.

Le lendemain, en payant son déjeuner, comme Duroy cherchait les
quatre pièces de monnaie qui devaient lui rester, il s'aperçut qu'elles
3125 étaient cinq, dont une en or.

Au premier moment il crut qu'on lui avait rendu, la veille, vingt
francs par mégarde, puis il comprit, et il sentit une palpitation de
cœur sous l'humiliation de cette aumône persévérante.

Comme il regretta de n'avoir rien dit ! S'il avait parlé avec énergie,
3130 cela ne serait point arrivé.

Pendant quatre jours il fit des démarches et des efforts aussi nombreux qu'inutiles pour se procurer cinq louis, et il mangea le second
de Clotilde.

Elle trouva moyen – bien qu'il lui eût dit, d'un air furieux : « Tu
3135 sais, ne recommence pas la plaisanterie des autres soirs, parce que je
me fâcherais » – de glisser encore vingt francs dans la poche de son
pantalon la première fois qu'ils se rencontrèrent.

Quand il les découvrit, il jura « Nom de Dieu ! » et il les transporta
dans son gilet pour les avoir sous la main, car il se trouvait sans un
3140 centime.

Il apaisait sa conscience par ce raisonnement : « Je lui rendrai le
tout en bloc. Ce n'est en somme que de l'argent prêté. »

Enfin le caissier du journal, sur ses prières désespérées, consentit
à lui donner cent sous par jour. C'était tout juste assez pour manger,
3145 mais pas assez pour restituer soixante francs.

Or, comme Clotilde fut reprise de sa rage pour les excursions nocturnes dans tous les lieux suspects de Paris, il finit par ne plus s'irriter outre mesure de trouver un jaunet dans une de ses poches, un jour même dans sa bottine, et un autre jour dans la boîte de sa montre, après leurs promenades aventureuses. Puisqu'elle avait des envies qu'il ne pouvait satisfaire dans le moment, n'était-il pas naturel qu'elle les payât plutôt que de s'en priver ?

Il tenait compte d'ailleurs de tout ce qu'il recevait ainsi, pour le lui restituer un jour.

Un soir elle lui dit : « Croiras-tu que je n'ai jamais été aux Folies-Bergère ? Veux-tu m'y mener ? » Il hésita, dans la crainte de rencontrer Rachel. Puis il pensa : « Bah ! je ne suis pas marié, après tout. Si l'autre me voit, elle comprendra la situation et ne me parlera pas. D'ailleurs, nous prendrons une loge. »

Une raison aussi le décida. Il était bien aise de cette occasion d'offrir à Mme de Marelle une loge au théâtre sans rien payer. C'était là une sorte de compensation.

Il laissa d'abord Clotilde dans la voiture pour aller chercher le coupon afin qu'elle ne vît pas qu'on le lui offrait, puis il la vint prendre et ils entrèrent, salués par les contrôleurs.

Une foule énorme encombrait le promenoir. Ils eurent grand-peine à passer à travers la cohue des hommes et des rôdeuses. Ils atteignirent enfin leur case et s'installèrent, enfermés entre l'orchestre immobile et le remous de la galerie.

Mais Mme de Marelle ne regardait guère la scène, uniquement préoccupée des filles qui circulaient derrière son dos ; et elle se retournait sans cesse pour les voir, avec une envie de les toucher, de palper leur corsage, leurs joues, leurs cheveux, pour savoir comment c'était fait, ces êtres-là.

Elle dit soudain :

« Il y a une grosse brune qui nous regarde tout le temps. J'ai cru tout à l'heure qu'elle allait nous parler. L'as-tu vue ? »

Il répondit : « Non. Tu dois te tromper. » Mais il l'avait aperçue depuis longtemps déjà. C'était Rachel qui rôdait autour d'eux avec une colère dans les yeux et des mots violents sur les lèvres.

Duroy l'avait frôlée tout à l'heure en traversant la foule, et elle lui avait dit : « Bonjour » tout bas avec un clignement d'œil qui signifiait : « Je comprends. » Mais il n'avait point répondu à cette

gentillesse dans la crainte d'être vu par sa maîtresse, et il avait passé
3185 froidement, le front haut, la lèvre dédaigneuse. La fille, qu'une jalousie inconsciente aiguillonnait déjà, revint sur ses pas, le frôla de nouveau et prononça d'une voix plus forte : « Bonjour, Georges. »

Il n'avait encore rien répondu. Alors elle s'était obstinée à être
reconnue, saluée, et elle revenait sans cesse derrière la loge, atten-
3190 dant un moment favorable.

Dès qu'elle s'aperçut que Mme de Marelle la regardait, elle toucha
du bout du doigt l'épaule de Duroy :

« Bonjour. Tu vas bien ? »

Mais il ne se retourna pas.

3195 Elle reprit :

« Eh bien ? es-tu devenu sourd depuis jeudi ? »

Il ne répondit point, affectant un air de mépris qui l'empêchait de
se compromettre, même par un mot, avec cette drôlesse.

Elle se mit à rire, d'un rire de rage et dit : « Te voilà donc muet ?
3200 Madame t'a peut-être mordu la langue ? »

Il fit un geste furieux, et d'une voix exaspérée :

« Qui est-ce qui vous permet de parler ? Filez ou je vous fais arrêter. »

Alors, le regard enflammé, la gorge gonflée, elle gueula :

« Ah ! c'est comme ça ! Va donc, mufle ! Quand on couche avec
3205 une femme, on la salue au moins. C'est pas une raison parce que t'es
avec une autre pour ne pas me reconnaître aujourd'hui. Si tu m'avais
seulement fait un signe quand j'ai passé contre toi, tout à l'heure, je
t'aurais laissé tranquille. Mais t'as voulu faire le fier, attends, va ! Je
vais te servir, moi ! Ah ! tu ne me dis seulement pas bonjour quand
3210 je te rencontre... »

Elle aurait crié longtemps, mais Mme de Marelle avait ouvert la
porte de la loge et elle se sauvait, à travers la foule, cherchant éperdument la sortie.

Duroy s'était élancé derrière elle et s'efforçait de la rejoindre.

3215 Alors Rachel les voyant fuir, hurla, triomphante :

« Arrêtez-la ! Arrêtez-la ! Elle m'a volé mon amant. »

Des rires coururent dans le public. Deux messieurs, pour plaisan-
ter, saisirent par les épaules la fugitive et voulurent l'emmener en
cherchant à l'embrasser. Mais Duroy l'ayant rattrapée, la dégagea
3220 violemment et l'entraîna dans la rue.

V

Elle s'élança dans un fiacre vide arrêté devant l'établissement. Il y sauta derrière elle, et comme le cocher demandait : « Où faut-il aller, bourgeois ? » il répondit : « Où vous voudrez. »

La voiture se mit en route lentement, secouée par les pavés. Clotilde en proie à une sorte de crise nerveuse, les mains sur sa face, étouffait, suffoquait ; et Duroy ne savait que faire ni que dire. À la fin, comme il l'entendait pleurer, il bégaya : « Écoute, Clo, ma petite Clo, laisse-moi t'expliquer ! Ce n'est pas ma faute... J'ai connu cette femme-là autrefois... dans les premiers temps... »

Elle dégagea brusquement son visage, et saisie par une rage de femme amoureuse et trahie, une rage furieuse qui lui rendit la parole, elle balbutia, par phrases rapides, hachées, en haletant : « Ah !... misérable... misérable... quel gueux tu fais !... Est-ce possible ?... quelle honte !... Oh ! mon Dieu !... quelle honte !... »

Puis, s'emportant de plus en plus, à mesure que les idées s'éclaircissaient en elle et que les arguments lui venaient : « C'est avec mon argent que tu la payais, n'est-ce pas ? Et je lui donnais de l'argent... pour cette fille... Oh ! le misérable !... »

Elle sembla chercher, pendant quelques secondes, un autre mot plus fort qui ne venait point, puis soudain, elle expectora, avec le mouvement qu'on fait pour cracher : « Oh !... cochon... cochon... cochon... Tu la payais avec mon argent... cochon... cochon !... »

Elle ne trouvait plus autre chose et répétait : « Cochon... cochon... »

Tout à coup, elle se pencha dehors, et, saisissant le cocher par sa manche : « Arrêtez ! » puis, ouvrant la portière, elle sauta dans la rue.

Georges voulut la suivre, mais elle cria : « Je te défends de descendre ! » d'une voix si forte que les passants se massèrent autour d'elle ; et Duroy ne bougea point par crainte d'un scandale.

Alors elle tira sa bourse de sa poche et chercha de la monnaie à la lueur de la lanterne, puis ayant pris deux francs cinquante, elle les mit dans les mains du cocher, en lui disant d'un ton vibrant : « Tenez... voilà votre heure... C'est moi qui paie... Et reconduisez-moi ce salop-là rue Boursault, aux Batignolles. »

Une gaieté s'éleva dans le groupe qui l'entourait. Un monsieur dit : « Bravo, la petite ! » et un jeune voyou arrêté entre les roues du fiacre, enfonçant sa tête dans la portière ouverte, cria avec un accent suraigu : « Bonsoir, Bibi ! »

Puis la voiture se remit en marche, poursuivie par des rires.

VI

GEORGES DUROY eut le réveil triste, le lendemain.

Il s'habilla lentement, puis s'assit devant sa fenêtre et se mit à réfléchir. Il se sentait, dans tout le corps, une espèce de courbature, comme s'il avait reçu, la veille, une volée de coups de bâton.

Enfin, la nécessité de trouver de l'argent l'aiguillonna et il se rendit chez Forestier.

Son ami le reçut, les pieds au feu, dans son cabinet.

« Qu'est-ce qui t'a fait lever si tôt ?

– Une affaire très grave. J'ai une dette d'honneur.

– De jeu ? »

Il hésita, puis avoua :

« De jeu.

– Grosse ?

– Cinq cents francs ! »

Il n'en devait que deux cent quatre-vingts.

Forestier, sceptique, demanda :

« À qui dois-tu ça ? »

Duroy ne put pas répondre tout de suite.

« ... Mais à... à... à un monsieur de Carleville.

– Ah ! Et où demeure-t-il ?

– Rue... rue... »

Forestier se mit à rire : « Rue du Cherche-Midi à quatorze heures, n'est-ce pas ? Je connais ce monsieur-là, mon cher. Si tu veux vingt francs, j'ai encore ça à ta disposition, mais pas davantage. »

Duroy accepta la pièce d'or.

Puis il alla, de porte en porte, chez toutes les personnes qu'il connaissait, et il finit par réunir, vers cinq heures, quatre-vingts francs.

Comme il lui en fallait trouver encore deux cents, il prit son parti résolument, et, gardant ce qu'il avait recueilli, il murmura : « Zut, je ne vais pas me faire de bile pour cette garce-là. Je la paierai quand je pourrai. »

Pendant quinze jours il vécut d'une vie économe, réglée et chaste, l'esprit plein de résolutions énergiques. Puis il fut pris d'un grand

désir d'amour. Il lui semblait que plusieurs années s'étaient écoulées
depuis qu'il n'avait tenu une femme dans ses bras, et, comme le
95 matelot qui s'affole en revoyant la terre, toutes les jupes rencontrées
le faisaient frissonner.

Alors il retourna, un soir, aux Folies-Bergère, avec l'espoir d'y trouver Rachel. Il l'aperçut, en effet, dès l'entrée, car elle ne quittait guère
cet établissement.

300 Il alla vers elle souriant, la main tendue. Mais elle le toisa de la
tête aux pieds :

« Qu'est-ce que vous me voulez ? »

Il essaya de rire :

« Allons, ne fais pas ta poire. »

305 Elle lui tourna les talons en déclarant :

« Je ne fréquente pas les dos verts[1]. »

Elle avait cherché la plus grossière injure. Il sentit le sang lui
empourprer la face, et il rentra seul.

Forestier, malade, affaibli, toussant toujours, lui faisait, au journal,
310 une existence pénible, semblait se creuser l'esprit pour lui trouver
des corvées ennuyeuses. Un jour même, dans un moment d'irritation nerveuse, et après une longue quinte d'étouffement, comme
Duroy ne lui apportait point un renseignement demandé, il grogna :
« Cristi, tu es plus bête que je n'aurais cru. »

315 L'autre faillit le gifler, mais il se contint et s'en alla en murmurant :
« Toi, je te rattraperai. » Une pensée rapide lui traversa l'esprit, et il
ajouta : « Je vais te faire cocu, mon vieux. » Et il s'en alla en se frottant les mains, réjoui par ce projet.

Il voulut, dès le jour suivant, en commencer l'exécution. Il fit à
320 Mme Forestier une visite en éclaireur.

Il la trouva qui lisait un livre, étendue tout au long sur un canapé.

Elle lui tendit la main, sans bouger, tournant seulement la tête, et
elle dit : « Bonjour, Bel-Ami. » Il eut la sensation d'un soufflet reçu :
« Pourquoi m'appelez-vous ainsi ? »

325 Elle répondit en souriant :

« J'ai vu Mme de Marelle l'autre semaine, et j'ai su comment on
vous avait baptisé chez elle. »

---

1. **Dos vert :** souteneur, en argot « maquereau ». Au sens propre, poisson dont le dos
est vert ; au sens figuré, homme qui vit de l'argent que gagnent ses prostituées.

Il se rassura devant l'air aimable de la jeune femme. Comment aurait-il pu craindre, d'ailleurs ?

3330 Elle reprit :

« Vous la gâtez ! Quant à moi, on me vient voir quand on y pense, les trente-six du mois, ou peu s'en faut ? »

Il s'était assis près d'elle et il la regardait avec une curiosité nouvelle, une curiosité d'amateur qui bibelote. Elle était charmante, 3335 blonde d'un blond tendre et chaud, faite pour les caresses ; et il pensa : « Elle est mieux que l'autre, certainement. » Il ne doutait point du succès, il n'aurait qu'à allonger la main, lui semblait-il, et à la prendre, comme on cueille un fruit.

Il dit résolument :

3340 « Je ne venais point vous voir parce que cela valait mieux. »

Elle demanda, sans comprendre :

« Comment ? Pourquoi ?

– Pourquoi ? Vous ne devinez pas.

– Non, pas du tout.

3345 – Parce que je suis amoureux de vous... oh ! un peu, rien qu'un peu... et que je ne veux pas le devenir tout à fait... »

Elle ne parut ni étonnée, ni choquée, ni flattée ; elle continuait à sourire du même sourire indifférent, et elle répondit avec tranquillité :

3350 « Oh ! vous pouvez venir tout de même. On n'est jamais amoureux de moi longtemps. »

Il fut surpris du ton plus encore que des paroles, et il demanda :

« Pourquoi ?

– Parce que c'est inutile et que je le fais comprendre tout de suite. Si 3355 vous m'aviez raconté plus tôt votre crainte, je vous aurais rassuré et engagé au contraire à venir le plus possible. »

Il s'écria, d'un ton pathétique :

« Avec ça qu'on peut commander aux sentiments ! »

Elle se tourna vers lui :

3360 « Mon cher ami, pour moi un homme amoureux est rayé du nombre des vivants. Il devient idiot, pas seulement idiot, mais dangereux. Je cesse, avec les gens qui m'aiment d'amour, ou qui le prétendent, toute relation intime, parce qu'ils m'ennuient d'abord, et puis parce qu'ils me sont suspects comme un chien enragé qui peut 3365 avoir une crise. Je les mets donc en quarantaine morale jusqu'à ce que leur maladie soit passée. Ne l'oubliez point. Je sais bien que chez vous l'amour n'est autre chose qu'une espèce d'appétit, tandis que chez moi ce serait, au contraire, une espèce de... de... de communion des âmes qui n'entre pas dans la religion des hommes. Vous en comprenez la lettre, et moi l'esprit. Mais... regardez-moi bien en face... »

Elle ne souriait plus. Elle avait un visage calme et froid et elle dit en appuyant sur chaque mot :

« Je ne serai jamais, jamais votre maîtresse, entendez-vous. Il est donc absolument inutile, il serait même mauvais pour vous de persister dans ce désir... Et maintenant que... l'opération est faite... voulez-vous que nous soyons amis, bons amis, mais là, de vrais amis, sans arrière-pensée ? »

Il avait compris que toute tentative resterait stérile devant cette sentence sans appel. Il en prit son parti tout de suite, franchement, et, ravi de pouvoir se faire cette alliée dans l'existence, il lui tendit les deux mains :

« Je suis à vous, madame, comme il vous plaira. »

Elle sentit la sincérité de la pensée dans la voix, et elle donna ses mains.

Il les baisa, l'une après l'autre, puis il dit simplement en relevant la tête : « Cristi, si j'avais trouvé une femme comme vous, avec quel bonheur je l'aurais épousée ! »

Elle fut touchée, cette fois, caressée par cette phrase comme les femmes le sont par les compliments qui trouvent leur cœur, et elle lui jeta un de ces regards rapides et reconnaissants qui nous font leurs esclaves.

Puis, comme il ne trouvait pas de transition pour reprendre la conversation, elle prononça, d'une voix douce, en posant un doigt sur son bras :

« Et je vais commencer tout de suite mon métier d'amie. Vous êtes maladroit, mon cher... »

Elle hésita, et demanda :

« Puis-je parler librement ?

– Oui.

– Tout à fait ?

– Tout à fait.

– Eh bien, allez donc voir Mme Walter, qui vous apprécie beaucoup, et plaisez-lui. Vous trouverez à placer par là vos compliments, bien

qu'elle soit honnête, entendez-moi bien, tout à fait honnête. Oh !
³⁴⁰⁵ pas d'espoir de... de maraudage non plus de ce côté. Vous y pourrez
trouver mieux, en vous faisant bien voir. Je sais que vous occupez
encore dans le journal une place inférieure. Mais ne craignez rien,
ils reçoivent tous les rédacteurs avec la même bienveillance. Allez-y,
croyez-moi. »

³⁴¹⁰ Il dit, en souriant : « Merci, vous êtes un ange... un ange gardien. »
Puis ils parlèrent de choses et d'autres.

Il resta longtemps, voulant prouver qu'il avait plaisir à se trouver
près d'elle ; et, en la quittant, il demanda encore :

« C'est entendu, nous sommes des amis ?

³⁴¹⁵ – C'est entendu. »

Comme il avait senti l'effet de son compliment, tout à l'heure, il
l'appuya, ajoutant :

« Et si vous devenez jamais veuve, je m'inscris. »

Puis il se sauva bien vite pour ne point lui laisser le loisir de se
³⁴²⁰ fâcher.

Une visite à Mme Walter gênait un peu Duroy, car il n'avait point
été autorisé à se présenter chez elle, et il ne voulait pas commettre
de maladresse. Le patron lui témoignait de la bienveillance, appréciait ses services, l'employait de préférence aux besognes difficiles ;
³⁴²⁵ pourquoi ne profiterait-il pas de cette faveur pour pénétrer dans la
maison ?

Un jour donc, s'étant levé de bonne heure, il se rendit aux halles
au moment des ventes, et il se procura, moyennant une dizaine de
francs, une vingtaine d'admirables poires. Les ayant ficelées avec
³⁴³⁰ soin dans une bourriche pour faire croire qu'elles venaient de loin,
il les porta chez le concierge de la patronne avec sa carte où il avait
écrit :

Georges Duroy
Prie humblement Mme Walter d'accepter ces quelques fruits qu'il a
³⁴³⁵ *reçus ce matin de Normandie.*

Il trouva le lendemain dans sa boîte aux lettres, au journal, une
enveloppe contenant, en retour, la carte de Mme Walter « *qui remerciait bien vivement M. Georges Duroy, et restait chez elle tous les
samedis* ».

Le samedi suivant, il se présenta.

M. Walter habitait, boulevard Malesherbes[1], une maison double lui appartenant, et dont une partie était louée, procédé économique de gens pratiques. Un seul concierge, gîté entre les deux portes cochères, tirait le cordon pour le propriétaire et pour le locataire, et donnait à chacune des entrées un grand air d'hôtel riche et comme il faut par sa belle tenue de suisse d'église, ses gros mollets emmaillotés en des bas blancs, et son vêtement de représentation à boutons d'or et à revers écarlates.

Les salons de réception étaient au premier étage, précédés d'une antichambre tendue de tapisseries et enfermée par des portières. Deux valets sommeillaient sur des sièges. Un d'eux prit le pardessus de Duroy, et l'autre s'empara de sa canne, ouvrit une porte, devança de quelques pas le visiteur, puis, s'effaçant, le laissa passer en criant son nom dans un appartement vide.

Le jeune homme, embarrassé, regardait de tous les côtés, quand il aperçut dans une glace des gens assis et qui semblaient fort loin. Il se trompa d'abord de direction, le miroir ayant égaré son œil, puis il traversa encore deux salons vides pour arriver dans une sorte de petit boudoir tendu de soie bleue à boutons d'or où quatre dames causaient à mi-voix autour d'une table ronde qui portait des tasses de thé.

Malgré l'assurance qu'il avait gagnée dans son existence parisienne et surtout dans son métier de reporter qui le mettait incessamment en contact avec des personnages marquants, Duroy se sentait un peu intimidé par la mise en scène de l'entrée et par la traversée des salons déserts.

Il balbutia : « Madame, je me suis permis... » en cherchant de l'œil la maîtresse de la maison.

Elle lui tendit la main, qu'il prit en s'inclinant, et lui ayant dit : « Vous êtes fort aimable, monsieur, de venir me voir », elle lui montra un siège où, voulant s'asseoir, il se laissa tomber, l'ayant cru beaucoup plus haut.

On s'était tu. Une des femmes se remit à parler. Il s'agissait du froid qui devenait violent, pas assez cependant pour arrêter l'épi-

---

1. **Boulevard Malesherbes :** percé en 1840, il est habité par des gens riches.

3475 démie de fièvre typhoïde[1] ni pour permettre de patiner. Et chacune donna son avis sur cette entrée en scène de la gelée à Paris ; puis elles exprimèrent leurs préférences dans les saisons, avec toutes les raisons banales qui traînent dans les esprits comme la poussière dans les appartements.

3480 Un bruit léger de porte fit retourner la tête de Duroy, et il aperçut, à travers deux glaces sans tain, une grosse dame qui s'en venait. Dès qu'elle apparut dans le boudoir, une des visiteuses se leva, serra les mains, puis partit ; et le jeune homme suivit du regard, par les autres salons, son dos noir où brillaient des perles de jais.

3485 Quand l'agitation de ce changement de personnes se fut calmée, on parla spontanément, sans transition, de la question du Maroc[2] et de la guerre en Orient, et aussi des embarras de l'Angleterre à l'extrémité de l'Afrique.

Ces dames discutaient ces choses de mémoire, comme si elles eussent 3490 récité une comédie mondaine et convenable, répétée bien souvent.

Une nouvelle entrée eut lieu, celle d'une petite blonde frisée, qui détermina la sortie d'une grande personne sèche, entre deux âges.

Et on parla des chances qu'avait M. Linet pour entrer à l'Académie. La nouvelle venue pensait fermement qu'il serait battu par 3495 M. Cabanon-Lebas, l'auteur de la belle adaptation en vers français de *Don Quichotte* pour le théâtre.

« Vous savez que ce sera joué à l'Odéon l'hiver prochain !
– Ah ! vraiment. J'irai certainement voir cette tentative très littéraire. »

Mme Walter répondait gracieusement, avec calme et indifférence, 3500 sans hésiter jamais sur ce qu'elle devait dire, son opinion étant toujours prête d'avance.

Mais elle s'aperçut que la nuit venait et elle sonna pour les lampes, tout en écoutant la causerie qui coulait comme un ruisseau de guimauve, et en pensant qu'elle avait oublié de passer chez le graveur 3505 pour les cartes d'invitation du prochain dîner.

Elle était un peu trop grasse, belle encore, à l'âge dangereux où la débâcle est proche. Elle se maintenait à force de soins, de précautions, d'hygiène et de pâtes pour la peau. Elle semblait sage en

---

1. **Typhoïde :** le bacille de la typhoïde n'a été isolé qu'en 1881.
2. **Maroc :** derrière l'affaire du Maroc dans la fiction, il faut voir l'affaire tunisienne de 1881.

tout, modérée et raisonnable, une de ces femmes dont l'esprit est
aligné comme un jardin français. On y circule sans surprise, tout
en y trouvant un certain charme. Elle avait de la raison, une raison
fine, discrète et sûre, qui lui tenait lieu de fantaisie, de la bonté,
du dévouement, et une bienveillance tranquille, large pour tout le
monde et pour tout.

Elle remarqua que Duroy n'avait rien dit, qu'on ne lui avait point
parlé, et qu'il semblait un peu contraint ; et comme ces dames
n'étaient point sorties de l'Académie, ce sujet préféré les retenant
toujours longtemps, elle demanda :

« Et vous qui devez être renseigné mieux que personne, monsieur
Duroy, pour qui sont vos préférences ? »

Il répondit sans hésiter :

« Dans cette question, madame, je n'envisagerais jamais le mérite,
toujours contestable, des candidats, mais leur âge et leur santé. Je
ne demanderais point leurs titres, mais leur mal. Je ne recherche-
rais point s'ils ont fait une traduction rimée de Lope de Vega, mais
j'aurais soin de m'informer de l'état de leur foie, de leur cœur, de
leurs reins et de leur moelle épinière. Pour moi, une bonne hyper-
trophie, une bonne albuminurie, et surtout un bon commencement
d'ataxie locomotrice vaudraient cent fois mieux que quarante volumes
de digressions sur l'idée de patrie dans la poésie barbaresque. »

Un silence étonné suivit cette opinion.

Mme Walter, souriant, reprit : « Pourquoi donc ? » Il répondit :
« Parce que je ne cherche jamais que le plaisir qu'une chose peut
causer aux femmes. Or, madame, l'Académie[1] n'a vraiment d'intérêt
pour vous que lorsqu'un académicien meurt. Plus il en meurt, plus
vous devez être heureuses. Mais pour qu'ils meurent vite, il faut les
nommer vieux et malades. »

Comme on demeurait un peu surpris, il ajouta : « Je suis comme
vous d'ailleurs et j'aime beaucoup lire dans les échos de Paris le
décès d'un académicien. Je me demande tout de suite : "Qui va le
remplacer ?" Et je fais ma liste. C'est un jeu, un petit jeu très gentil auquel on joue dans tous les salons parisiens à chaque trépas
d'immortel : "Le jeu de la mort et des quarante vieillards." »

---

1. **L'Académie :** Maupassant a développé les mêmes idées dans un article de *Gil Blas*,
« Les Académies », du 23 décembre 1884.

Ces dames, un peu déconcertées encore, commençaient cependant à sourire, tant était juste sa remarque.

Il conclut, en se levant : « C'est vous qui les nommez, mesdames, et vous ne les nommez que pour les voir mourir. Choisissez-les donc vieux, très vieux, le plus vieux possible, et ne vous occupez jamais du reste. »

Puis il s'en alla avec beaucoup de grâce.

Dès qu'il fut parti, une des femmes déclara : « Il est drôle, ce garçon. Qui est-ce ? » Mme Walter répondit : « Un de nos rédacteurs, qui ne fait encore que la menue besogne du journal, mais je ne doute pas qu'il arrive vite. »

Duroy descendait le boulevard Malesherbes gaiement, à grands pas dansants, content de sa sortie et murmurant : « Bon départ. »

Il se réconcilia avec Rachel, ce soir-là.

La semaine suivante lui apporta deux événements. Il fut nommé chef des Échos[1] et invité à dîner chez Mme Walter. Il vit tout de suite un lien entre les deux nouvelles.

La Vie française était avant tout un journal d'argent, le patron étant un homme d'argent à qui la presse et la députation avaient servi de leviers. Se faisant de la bonhomie une arme, il avait toujours manœuvré sous un masque souriant de brave homme, mais il n'employait à ses besognes, quelles qu'elles fussent, que des gens qu'il avait tâtés, éprouvés, flairés, qu'il sentait retors, audacieux et souples. Duroy, nommé chef des Échos, lui semblait un garçon précieux.

Cette fonction avait été remplie jusque-là par le secrétaire de la rédaction, M. Boisrenard, un vieux journaliste correct, ponctuel et méticuleux comme un employé. Depuis trente ans il avait été secrétaire de la rédaction de onze journaux différents, sans modifier en rien sa manière de faire ou de voir. Il passait d'une rédaction dans une autre comme on change de restaurant, s'apercevant à peine que la cuisine n'avait pas tout à fait le même goût. Les opinions politiques et religieuses lui demeuraient étrangères. Il était dévoué au journal quel qu'il fût, entendu dans la besogne, et précieux par son expérience. Il travaillait comme un aveugle qui ne voit rien, comme

---

1. **Chef des Échos :** le chef des Échos devait, grâce à des rabatteurs bien choisis, obtenir des renseignements politiques, littéraires, artistiques et mondains très récents et les transmettre à ses lecteurs.

un sourd qui n'entend rien, et comme un muet qui ne parle jamais de rien. Il avait cependant une grande loyauté professionnelle, et ne se fût point prêté à une chose qu'il n'aurait pas jugée honnête, loyale et correcte au point de vue spécial de son métier.

M. Walter, qui l'appréciait cependant, avait souvent désiré un autre homme pour lui confier les Échos, qui sont, disait-il, la moelle du journal. C'est par eux qu'on lance les nouvelles, qu'on fait courir les bruits, qu'on agit sur le public et sur la rente. Entre deux soirées mondaines, il faut savoir glisser, sans avoir l'air de rien, la chose importante, plutôt insinuée que dite. Il faut, par des sous-entendus, laisser deviner ce qu'on veut, démentir de telle sorte que la rumeur s'affirme, ou affirmer de telle manière que personne ne croie au fait annoncé. Il faut que, dans les échos, chacun trouve chaque jour une ligne au moins qui l'intéresse, afin que tout le monde les lise. Il faut penser à tout et à tous, à tous les mondes, à toutes les professions, à Paris et à la Province, à l'Armée et aux Peintres, au Clergé et à l'Université, aux Magistrats et aux Courtisanes.

L'homme qui les dirige et qui commande au bataillon des reporters doit être toujours en éveil, et toujours en garde, méfiant, prévoyant, rusé, alerte et souple, armé de toutes les astuces et doué d'un flair infaillible pour découvrir la nouvelle fausse du premier coup d'œil, pour juger ce qui est bon à dire et bon à celer, pour deviner ce qui portera sur le public ; et il doit savoir le présenter de telle façon que l'effet en soit multiplié.

M. Boisrenard, qui avait pour lui une longue pratique, manquait de maîtrise et de chic ; il manquait surtout de la rouerie native qu'il fallait pour pressentir chaque jour les idées secrètes du patron.

Duroy devait faire l'affaire en perfection, et il complétait admirablement la rédaction de cette feuille « qui naviguait sur les fonds de l'État et sur les bas-fonds de la politique », selon l'expression de Norbert de Varenne.

Les inspirateurs et véritables rédacteurs de *La Vie française* étaient une demi-douzaine de députés intéressés dans toutes les spéculations que lançait ou que soutenait le directeur. On les nommait à la Chambre « la bande à Walter », et on les enviait parce qu'ils devaient gagner de l'argent avec lui et par lui.

Forestier, rédacteur politique, n'était que l'homme de paille de ces hommes d'affaires, l'exécuteur des intentions suggérées par eux. Ils lui soufflaient ses articles de fond, qu'il allait toujours écrire chez lui pour être tranquille, disait-il.

Mais, afin de donner au journal une allure littéraire et parisienne, on y avait attaché deux écrivains célèbres en des genres différents, Jacques Rival, chroniqueur d'actualité, et Norbert de Varenne, poète et chroniqueur fantaisiste, ou plutôt conteur, suivant la nouvelle école.

Puis on s'était procuré, à bas prix, des critiques d'art, de peinture, de musique, de théâtre, un rédacteur criminaliste et un rédacteur hippique, parmi la grande tribu mercenaire des écrivains à tout faire. Deux femmes du monde, « Domino rose » et « Patte blanche », envoyaient des variétés mondaines, traitaient les questions de mode, de vie élégante, d'étiquette, de savoir-vivre, et commettaient des indiscrétions sur les grandes dames.

Et *La Vie française* « naviguait sur les fonds et bas-fonds », manœuvrée par toutes ces mains différentes.

Duroy était dans toute la joie de sa nomination aux fonctions de chef des Échos quand il reçut un petit carton gravé, où il lut : « M. et Mme Walter prient Monsieur Georges Duroy de leur faire le plaisir de venir dîner chez eux le jeudi 20 janvier. »

Cette nouvelle faveur, tombant sur l'autre, l'emplit d'une telle joie qu'il baisa l'invitation comme il eût fait d'une lettre d'amour. Puis il alla trouver le caissier pour traiter la grosse question des fonds.

Un chef des Échos a généralement son budget sur lequel il paie ses reporters et les nouvelles, bonnes ou médiocres, apportées par l'un ou l'autre, comme les jardiniers apportent leurs fruits chez un marchand de primeurs.

Douze cents francs par mois, au début, étaient alloués à Duroy, qui se proposait bien d'en garder une forte partie.

Le caissier, sur ses représentations pressantes, avait fini par lui avancer quatre cents francs. Il eut, au premier moment, l'intention formelle de renvoyer à Mme de Marelle les deux cent quatre-vingts francs qu'il lui devait, mais il réfléchit presque aussitôt qu'il ne lui resterait plus entre les mains que cent vingt francs, somme tout à fait insuffisante pour faire marcher, d'une façon convenable, son nouveau service, et il remit cette restitution à des temps plus éloignés.

Pendant deux jours, il s'occupa de son installation, car il héritait d'une table particulière et de casiers à lettres, dans la vaste pièce com-

mune à toute la rédaction. Il occupait un bout de cette pièce, tandis
que Boisrenard, dont les cheveux d'un noir d'ébène, malgré son âge,
étaient toujours penchés sur une feuille de papier, tenait l'autre bout.

La longue table du centre appartenait aux rédacteurs volants.
Généralement elle servait de banc pour s'asseoir, soit les jambes
pendantes le long des bords, soit à la turque sur le milieu. Ils étaient
quelquefois cinq ou six accroupis sur cette table, et jouant au bilboquet avec persévérance, dans une pose de magots chinois.

Duroy avait fini par prendre goût à ce divertissement, et il commençait à devenir fort, sous la direction et grâce aux conseils de
Saint-Potin.

Forestier, de plus en plus souffrant, lui avait confié son beau bilboquet en bois des Îles, le dernier acheté, qu'il trouvait un peu lourd,
et Duroy manœuvrait d'un bras vigoureux la grosse boule noire
au bout de sa corde, en comptant tout bas : « Un – deux – trois –
quatre – cinq – six. »

Il arriva justement, pour la première fois, à faire vingt points de
suite, le jour même où il devait dîner chez Mme Walter. « Bonne
journée, pensa-t-il, j'ai tous les succès. » Car l'adresse au bilboquet
conférait vraiment une sorte de supériorité dans les bureaux de *La
Vie française*.

Il quitta la rédaction de bonne heure pour avoir le temps de s'habiller,
et il remontait la rue de Londres quand il vit trotter devant lui une
petite femme qui avait la tournure de Mme de Marelle. Il sentit une
chaleur lui monter au visage, et son cœur se mit à battre. Il traversa
la rue pour la regarder de profil. Elle s'arrêta pour traverser aussi. Il
s'était trompé ; il respira.

Il s'était souvent demandé comment il devrait se comporter en la
rencontrant face à face. La saluerait-il, ou bien aurait-il l'air de ne la
point voir ?

« Je ne la verrais pas », pensa-t-il.

Il faisait froid, les ruisseaux gelés gardaient des empâtements de
glace. Les trottoirs étaient secs et gris sous la lueur du gaz.

Quand le jeune homme entra chez lui, il songea : « Il faut que je
change de logement. Cela ne me suffit plus maintenant. » Il se sentait nerveux et gai, capable de courir sur les toits, et il répétait tout
haut, en allant de son lit à la fenêtre : « C'est la fortune qui arrive !
c'est la fortune ! Il faudra que j'écrive à papa. »

Première partie

De temps en temps, il écrivait à son père ; et la lettre apportait toujours une joie vive dans le petit cabaret normand, au bord de la route, au haut de la grande côte d'où l'on domine Rouen et la large vallée de la Seine.

De temps en temps aussi il recevait une enveloppe bleue dont l'adresse était tracée d'une grosse écriture tremblée, et il lisait infailliblement les mêmes lignes au début de la lettre paternelle :

« Mon cher fils, la présente est pour te dire que nous allons bien, ta mère et moi. Pas grand-chose de nouveau dans le pays. Je t'apprendrai cependant... »

Et il gardait au cœur un intérêt pour les choses du village, pour les nouvelles des voisins et pour l'état des terres et des récoltes.

Il se répétait, en nouant sa cravate blanche devant sa petite glace : « Il faut que j'écrive à papa dès demain. S'il me voyait, ce soir, dans la maison où je vais, serait-il épaté, le vieux ! Sacristi, je ferai tout à l'heure un dîner comme il n'en a jamais fait. » Et il revit brusquement la cuisine noire de là-bas, derrière la salle de café vide, les casseroles jetant des lueurs jaunes le long des murs, le chat dans la cheminée, le nez au feu, avec sa pose de Chimère accroupie, la table de bois graissée par le temps et par les liquides répandus, une soupière fumant au milieu, et une chandelle allumée entre deux assiettes. Et il les aperçut aussi l'homme et la femme, le père et la mère, les deux paysans aux gestes lents, mangeant la soupe à petites gorgées. Il connaissait les moindres plis de leurs vieilles figures, les moindres mouvements de leurs bras et de leur tête. Il savait même ce qu'ils se disaient, chaque soir, en soupant face à face.

Il pensa encore : « Il faudra pourtant que je finisse par aller les voir. » Mais comme sa toilette était terminée, il souffla sa lumière et descendit.

Le long du boulevard extérieur, des filles l'accostèrent. Il leur répondait en dégageant son bras : « Fichez-moi donc la paix ! » avec un dédain violent, comme si elles l'eussent insulté, méconnu... Pour qui le prenaient-elles ? Ces rouleuses-là ne savaient donc point distinguer les hommes ? La sensation de son habit noir endossé pour aller dîner chez des gens très riches, très connus, très importants lui donnait le sentiment d'une personnalité nouvelle, la conscience d'être devenu un autre homme, un homme du monde, du vrai monde.

3730 Il entra avec assurance dans l'antichambre éclairée par les hautes torchères de bronze et il remit, d'un geste naturel, sa canne et son pardessus aux deux valets qui s'étaient approchés de lui.

Tous les salons étaient illuminés. Mme Walter recevait dans le second, le plus grand. Elle l'accueillit avec un sourire charmant, et

3735 il serra la main des deux hommes arrivés avant lui, M. Firmin et M. Laroche-Mathieu, députés, rédacteurs anonymes de *La Vie française*. M. Laroche-Mathieu avait dans le journal une autorité spéciale provenant d'une grande influence sur la Chambre. Personne ne doutait qu'il ne fût ministre un jour.

3740 Puis arrivèrent les Forestier, la femme en rose, et ravissante. Duroy fut stupéfait de la voir intime avec les deux représentants du pays. Elle causa tout bas, au coin de la cheminée, pendant plus de cinq minutes, avec M. Laroche-Mathieu. Charles paraissait exténué. Il avait beaucoup maigri depuis un mois, et il toussait sans cesse en

3745 répétant : « Je devrais me décider à aller finir l'hiver dans le Midi. »

Norbert de Varenne et Jacques Rival apparurent ensemble. Puis une porte s'étant ouverte au fond de l'appartement, M. Walter entra avec deux grandes jeunes filles de seize à dix-huit ans, une laide et l'autre jolie.

3750 Duroy savait pourtant que le patron était père de famille, mais il fut saisi d'étonnement. Il n'avait jamais songé aux filles de son directeur que comme on songe aux pays lointains qu'on ne verra jamais. Et puis il se les était figurées toutes petites et il voyait des femmes. Il en ressentait le léger trouble moral que produit un changement à vue.

3755 Elles lui tendirent la main, l'une après l'autre, après la présentation, et elles allèrent s'asseoir à une petite table qui leur était sans doute réservée, où elles se mirent à remuer un tas de bobines de soie dans une bannette.

On attendait encore quelqu'un, et on demeurait silencieux, dans

3760 cette sorte de gêne qui précède les dîners entre gens qui ne se trouvent pas dans la même atmosphère d'esprit, après les occupations différentes de leur journée. Duroy ayant levé par désœuvrement les yeux vers le mur, M. Walter lui dit, de loin, avec un désir visible de faire valoir son bien : « Vous regardez *mes* tableaux[1] ? » – Le *mes* sonna.

---

1. **Mes tableaux :** en 1880, Walter ignore totalement les impressionnistes. Ses tableaux ne correspondent pas aux œuvres picturales admirées en l'an 2000.

3765 — « Je vais vous les montrer. » Et il prit une lampe pour qu'on pût distinguer tous les détails.

« Ici les paysages », dit-il.

Au centre du panneau on voyait une grande toile de Guillemet,
une plage de Normandie sous un ciel d'orage. Au-dessous, un bois
3770 de Harpignies, puis une plaine d'Algérie, par Guillaumet, avec un
chameau à l'horizon, un grand chameau sur ses hautes jambes,
pareil à un étrange monument.

M. Walter passa au mur voisin et annonça, avec un ton sérieux,
comme un maître de cérémonies : « La grande peinture. » C'étaient
3775 quatre toiles : une « Visite d'hôpital », par Gervex ; une « Moisson-
neuse », par Bastien-Lepage ; une « Veuve », par Bouguereau, et une
« Exécution », par Jean-Paul Laurens. Cette dernière œuvre représentait un prêtre vendéen fusillé contre le mur de son église par un
détachement de Bleus.

3780 Un sourire passa sur la figure grave du patron en indiquant le
panneau suivant : « Ici les fantaisistes. » On apercevait d'abord une
petite toile de Jean Béraud, intitulée : « Le Haut et le Bas. » C'était
une jolie Parisienne montant l'escalier d'un tramway en marche. Sa
tête apparaissait au niveau de l'impériale, et les messieurs assis sur
3785 les bancs découvraient, avec une satisfaction avide, le jeune visage
qui venait vers eux, tandis que les hommes debout sur la plate-
forme du bas considéraient les jambes de la jeune femme avec une
expression différente de dépit et de convoitise.

M. Walter tenait la lampe à bout de bras, et répétait en riant d'un
3790 rire polisson : « Hein ? Est-ce drôle ? est-ce drôle ? »

Puis il éclaira : un « Sauvetage », par Lambert.

Au milieu d'une table desservie, un jeune chat, assis sur son derrière, examinait avec étonnement et perplexité une mouche se noyant
dans un verre d'eau. Il avait une patte levée, prêt à cueillir l'insecte
3795 d'un coup rapide. Mais il n'était point décidé. Il hésitait. Que ferait-il ?

Puis le patron montra un Detaille : « La Leçon », qui représentait
un soldat dans une caserne, apprenant à un caniche à jouer du tam-
bour, et il déclara : « En voilà de l'esprit ! »

Duroy riait d'un rire approbateur et s'extasiait : « Comme c'est
3800 charmant, comme c'est charmant, char... »

Il s'arrêta net, en entendant derrière lui la voix de Mme de Marelle
qui venait d'entrer.

Le patron continuait à éclairer les toiles, en les expliquant.

Il montrait maintenant une aquarelle de Maurice Leloir :
« L'Obstacle. » C'était une chaise à porteurs arrêtée, la rue se trouvant barrée par une bataille entre deux hommes du peuple, deux gaillards luttant comme des hercules. Et on voyait sortir par la fenêtre de la chaise un ravissant visage de femme qui regardait... qui regardait... sans impatience, sans peur, et avec une certaine admiration le combat de ces deux brutes.

M. Walter disait toujours : « J'en ai d'autres dans les pièces suivantes, mais ils sont de gens moins connus, moins classés. Ici c'est mon Salon carré. J'achète des jeunes en ce moment, des tout jeunes, et je les mets en réserve dans les appartements intimes, en attendant le moment où les auteurs seront célèbres. » Puis il prononça tout bas : « C'est l'instant d'acheter des tableaux. Les peintres crèvent de faim. Ils n'ont pas le sou, pas le sou... »

Mais Duroy ne voyait rien, entendait sans comprendre. Mme de Marelle était là, derrière lui. Que devait-il faire ? S'il la saluait, n'allait-elle point lui tourner le dos ou lui jeter quelque insolence ? S'il ne s'approchait pas d'elle, que penserait-on ?

Il se dit : « Je vais toujours gagner du temps. » Il était tellement ému qu'il eut l'idée un moment de simuler une indisposition subite qui lui permettrait de s'en aller.

La visite des murs était finie. Le patron alla reposer sa lampe et saluer la dernière venue, tandis que Duroy recommençait tout seul l'examen des toiles comme s'il ne se fût pas lassé de les admirer.

Il avait l'esprit bouleversé. Que devait-il faire ? Il entendait les voix, il distinguait la conversation. Mme Forestier l'appela : « Dites donc, monsieur Duroy. » Il courut vers elle. C'était pour lui recommander une amie qui donnait une fête et qui aurait bien voulu une citation dans les Échos de *La Vie française*.

Il balbutiait : « Mais certainement, madame, certainement... »

Mme de Marelle se trouvait maintenant tout près de lui. Il n'osait point se retourner pour s'en aller. Tout à coup, il se crut devenu fou ; elle avait dit, à haute voix :

« Bonjour, Bel-Ami. Vous ne me reconnaissez donc plus ? »

Il pivota sur ses talons avec rapidité. Elle se tenait debout devant lui, souriante, l'œil plein de gaieté et d'affection. Et elle lui tendit la main.

Première partie

Il la prit en tremblant, craignant encore quelque ruse et quelque perfidie. Elle ajouta avec sérénité :

« Que devenez-vous ? On ne vous voit plus. »

Il bégayait, sans parvenir à reprendre son sang-froid :

3845 « Mais j'ai eu beaucoup à faire, madame, beaucoup à faire. M. Walter m'a confié un nouveau service qui me donne énormément d'occupation. »

Elle répondit, en le regardant toujours en face, sans qu'il pût découvrir dans son œil autre chose que de la bienveillance : « Je le

3850 sais. Mais ce n'est pas une raison pour oublier vos amis. »

Ils furent séparés par une grosse dame qui entrait, une grosse dame décolletée, aux bras rouges, aux joues rouges, vêtue et coiffée avec prétention, et marchant si lourdement qu'on sentait, à la voir aller, le poids et l'épaisseur de ses cuisses.

3855 Comme on paraissait la traiter avec beaucoup d'égards, Duroy demanda à Mme Forestier :

« Quelle est cette personne ? »

– La vicomtesse de Percemur, celle qui signe : "Patte blanche" ».

Il fut stupéfait et saisi par une envie de rire :

3860 « Patte blanche ! Patte blanche ! Moi qui voyais, en pensée, une jeune femme comme vous ! C'est ça, Patte blanche ? Ah ! elle est bien bonne ! bien bonne ! »

Un domestique apparut dans la porte et annonça :

« Madame est servie. »

3865 Le dîner fut banal et gai, un de ces dîners où l'on parle de tout sans rien dire. Duroy se trouvait entre la fille aînée du patron, la laide, Mlle Rose, et Mme de Marelle. Ce dernier voisinage le gênait un peu, bien qu'elle eût l'air fort à l'aise et causât avec son esprit ordinaire. Il se trouva d'abord contraint, hésitant, comme un musicien qui a perdu

3870 le ton. Peu à peu, cependant, l'assurance lui revenait, et leurs yeux, se rencontrant sans cesse, s'interrogeaient, mêlaient leurs regards d'une façon intime, presque sensuelle, comme autrefois.

Tout à coup, il crut sentir, sous la table, quelque chose effleurer son pied. Il avança doucement la jambe et rencontra celle de sa

3875 voisine qui ne recula point à ce contact. Ils ne parlaient pas, en ce moment, tournés tous deux vers leurs autres voisins.

Duroy, le cœur battant, poussa un peu plus son genou. Une pression légère lui répondit. Alors il comprit que leurs amours recommençaient.

Que dirent-ils ensuite ? Pas grand-chose ; mais leurs lèvres frémissaient chaque fois qu'ils se regardaient.

Le jeune homme, cependant, voulant être aimable pour la fille de son patron, lui adressait une phrase de temps en temps. Elle y répondait, comme l'aurait fait sa mère, n'hésitant jamais sur ce qu'elle devait dire.

À la droite de M. Walter, la vicomtesse de Percemur prenait des allures de princesse ; et Duroy, s'égayant à la regarder, demanda tout bas à Mme de Marelle :

« Est-ce que vous connaissez l'autre, celle qui signe : "Domino rose" ?

– Oui, parfaitement ; la baronne de Livar !

– Est-elle du même cru ?

– Non. Mais aussi drôle. Une grande sèche, soixante ans, frisons faux, dents à l'anglaise, esprit de la Restauration, toilettes même époque.

– Où ont-ils déniché ces phénomènes de lettres ?

– Les épaves de la noblesse sont toujours recueillies par les bourgeois parvenus.

– Pas d'autre raison ?

– Aucune autre. »

Puis une discussion politique commença entre le patron, les deux députés, Norbert de Varenne et Jacques Rival ; et elle dura jusqu'au dessert.

Quand on fut retourné dans le salon, Duroy s'approcha de nouveau de Mme de Marelle, et, la regardant au fond des yeux :

« Voulez-vous que je vous reconduise, ce soir ?

– Non.

– Pourquoi ?

– Parce que M. Laroche-Mathieu, qui est mon voisin, me laisse à ma porte chaque fois que je dîne ici.

– Quand vous verrai-je ?

– Venez déjeuner avec moi, demain. »

Et ils se séparèrent sans rien dire de plus.

Duroy ne resta pas tard, trouvant monotone la soirée. Comme il descendait l'escalier, il rattrapa Norbert de Varenne qui venait aussi de partir. Le vieux poète lui prit le bras. N'ayant plus de rivalité à redouter dans le journal, leur collaboration étant essentiellement

différente, il témoignait maintenant au jeune homme une bienveillance d'aïeul.

« Eh bien, vous allez me reconduire un bout de chemin ? » dit-il.

3920 Duroy répondit : « Avec joie, cher maître. »

Et ils se mirent en route, en descendant le boulevard Malesherbes,
à petits pas.

Paris était presque désert cette nuit-là, une nuit froide, une de ces
nuits qu'on dirait plus vastes que les autres, où les étoiles sont plus
3925 hautes, où l'air semble apporter dans ses souffles glacés quelque
chose venu de plus loin que les astres.

Les deux hommes ne parlèrent point dans les premiers moments.
Puis Duroy, pour dire quelque chose, prononça :

« Ce M. Laroche-Mathieu a l'air fort intelligent et fort instruit. »

3930 Le vieux poète murmura : « Vous trouvez ? »

Le jeune homme, surpris, hésitait : « Mais oui ; il passe d'ailleurs
pour un des hommes les plus capables de la Chambre.

– C'est possible. Dans le royaume des aveugles les borgnes sont rois.
Tous ces gens-là, voyez-vous, sont des médiocres, parce qu'ils ont
3935 l'esprit entre deux murs, – l'argent et la politique. – Ce sont des cuistres,
mon cher, avec qui il est impossible de parler de rien, de rien de ce
que nous aimons. Leur intelligence est à fond de vase, ou plutôt à
fond de dépotoir, comme la Seine à Asnières.

« Ah ! c'est qu'il est difficile de trouver un homme qui ait de l'espace
3940 dans la pensée, qui vous donne la sensation de ces grandes haleines
du large qu'on respire sur les côtes de la mer. J'en ai connu quelques-
uns, ils sont morts. »

Norbert de Varenne parlait d'une voix claire, mais retenue, qui
aurait sonné dans le silence de la nuit s'il l'avait laissée s'échapper.
3945 Il semblait surexcité et triste, d'une de ces tristesses qui tombent
parfois sur les âmes et les rendent vibrantes comme la terre sous la
gelée.

Il reprit :

« Qu'importe, d'ailleurs, un peu plus ou un peu moins de génie,
3950 puisque tout doit finir ! »

Et il se tut. Duroy, qui se sentait le cœur gai, ce soir-là, dit, en
souriant :

« Vous avez du noir, aujourd'hui, cher maître. »

Le poète répondit :

3955 « J'en ai toujours, mon enfant, et vous en aurez autant que moi dans quelques années. La vie est une côte. Tant qu'on monte, on regarde le sommet, et on se sent heureux ; mais, lorsqu'on arrive en haut, on aperçoit tout d'un coup la descente, et la fin qui est la mort[1]. Ça va lentement quand on monte, mais ça va vite quand on

3960 descend. À votre âge, on est joyeux. On espère tant de choses, qui n'arrivent jamais d'ailleurs. Au mien, on n'attend plus rien... que la mort. »

Duroy se mit à rire :

« Bigre, vous me donnez froid dans le dos. »

3965 Norbert de Varenne reprit :

« Non, vous ne me comprenez pas aujourd'hui, mais vous vous rappellerez plus tard ce que je vous dis en ce moment.

« Il arrive un jour, voyez-vous, et il arrive de bonne heure pour beaucoup, où c'est fini de rire, comme on dit, parce que derrière tout

3970 ce qu'on regarde, c'est la mort qu'on aperçoit.

« Oh ! vous ne comprenez même pas ce mot-là, vous, la mort. À votre âge, ça ne signifie rien. Au mien, il est terrible.

« Oui, on le comprend tout d'un coup, on ne sait pas pourquoi ni à propos de quoi, et alors tout change d'aspect, dans la vie. Moi,

3975 depuis quinze ans, je la sens qui me travaille comme si je portais en moi une bête rongeuse. Je l'ai sentie peu à peu, mois par mois, heure par heure, me dégrader ainsi qu'une maison qui s'écroule. Elle m'a défiguré si complètement que je ne me reconnais pas. Je n'ai plus rien de moi, de moi l'homme radieux, frais et fort que j'étais à trente

3980 ans. Je l'ai vue teindre en blanc mes cheveux noirs, et avec quelle lenteur savante et méchante ! Elle m'a pris ma peau ferme, mes muscles, mes dents, tout mon corps de jadis, ne me laissant qu'une âme désespérée qu'elle enlèvera bientôt aussi.

« Oui, elle m'a émietté, la gueuse, elle a accompli doucement

3985 et terriblement la longue destruction de mon être, seconde par seconde. Et maintenant je me sens mourir en tout ce que je fais. Chaque pas m'approche d'elle, chaque mouvement, chaque souffle

---

1. **Mort :** les réflexions de Norbert de Varenne sur la mort sont directement l'expression du pessimisme de Maupassant. On peut lire, daté de 1883, ce fragment d'une lettre à sa mère : « J'ai peur de l'hiver qui vient, je me sens seul, et mes longues soirées de solitude sont parfois terribles. »

hâte son odieuse besogne. Respirer, dormir, boire, manger, travailler, rêver, tout ce que nous faisons, c'est mourir. Vivre enfin, c'est mourir !

« Oh ! vous saurez cela ! Si vous réfléchissiez seulement un quart d'heure, vous la verriez.

« Qu'attendez-vous ? De l'amour ? Encore quelques baisers, et vous serez impuissant.

« Et puis, après ? De l'argent ? Pour quoi faire ? Pour payer des femmes ? Joli bonheur ? Pour manger beaucoup, devenir obèse et crier des nuits entières sous les morsures de la goutte ?

« Et puis encore ? De la gloire ? À quoi cela sert-il quand on ne peut plus la cueillir sous forme d'amour ?

« Et puis, après ? Toujours la mort pour finir.

« Moi, maintenant, je la vois de si près que j'ai souvent envie d'étendre les bras pour la repousser. Elle couvre la terre et emplit l'espace. Je la découvre partout. Les petites bêtes écrasées sur les routes, les feuilles qui tombent, le poil blanc aperçu dans la barbe d'un ami me ravagent le cœur et me crient : "La voilà !"

« Elle me gâte tout ce que je fais, tout ce que je vois, ce que je mange et ce que je bois, tout ce que j'aime, les clairs de lune, les levers de soleil, la grande mer, les belles rivières, et l'air des soirs d'été, si doux à respirer ! »

Il allait doucement, un peu essoufflé, rêvant tout haut, oubliant presque qu'on l'écoutait.

Il reprit : « Et jamais un être ne revient, jamais... On garde les moules des statues, les empreintes qui refont toujours des objets pareils ; mais mon corps, mon visage, mes pensées, mes désirs ne reparaîtront jamais. Et pourtant il naîtra des millions, des milliards d'êtres qui auront dans quelques centimètres carrés un nez, des yeux, un front, des joues et une bouche comme moi, et aussi une âme comme moi, sans que jamais je revienne, moi, sans que jamais même quelque chose de moi reconnaissable reparaisse dans ces créatures innombrables et différentes, indéfiniment différentes bien que pareilles à peu près.

« À quoi se rattacher ? Vers qui jeter des cris de détresse ? À quoi pouvons-nous croire ?

« Toutes les religions sont stupides, avec leur morale puérile et leurs promesses égoïstes, monstrueusement bêtes.

« La mort seule est certaine. »

Il s'arrêta, prit Duroy par les deux extrémités du col de son pardessus, et, d'une voix lente :

« Pensez à tout cela, jeune homme, pensez-y pendant des jours, des mois et des années, et vous verrez l'existence d'une autre façon. Essayez donc de vous dégager de tout ce qui vous enferme, faites cet effort surhumain de sortir vivant de votre corps, de vos intérêts, de vos pensées et de l'humanité tout entière, pour regarder ailleurs, et vous comprendrez combien ont peu d'importance les querelles des romantiques et des naturalistes, et la discussion du budget. »

Il se remit à marcher d'un pas rapide.

« Mais aussi vous sentirez l'effroyable détresse des désespérés. Vous vous débattrez, éperdu, noyé, dans les incertitudes. Vous crierez "À l'aide" de tous les côtés, et personne ne vous répondra. Vous tendrez les bras, vous appellerez pour être secouru, aimé, consolé, sauvé ; et personne ne viendra.

« Pourquoi souffrons-nous ainsi ? C'est que nous étions nés sans doute pour vivre davantage selon la matière et moins selon l'esprit ; mais, à force de penser, une disproportion s'est faite entre l'état de notre intelligence agrandie et les conditions immuables de notre vie.

« Regardez les gens médiocres : à moins de grands désastres tombant sur eux ils se trouvent satisfaits, sans souffrir du malheur commun. Les bêtes non plus ne le sentent pas. »

Il s'arrêta encore, réfléchit quelques secondes, puis d'un air las et résigné :

« Moi, je suis un être perdu. Je n'ai ni père, ni mère, ni frère, ni sœur, ni femme, ni enfants, ni Dieu. »

Il ajouta, après un silence : « Je n'ai que la rime. »

Puis, levant la tête vers le firmament, où luisait la face pâle de la pleine lune, il déclama :

Et je cherche le mot de cet obscur problème
Dans le ciel noir et vide où flotte un astre blême.

Ils arrivaient au pont de la Concorde, ils le traversèrent en silence, puis ils longèrent le Palais-Bourbon. Norbert de Varenne se remit à parler :

« Mariez-vous, mon ami, vous ne savez pas ce que c'est que de vivre seul, à mon âge. La solitude, aujourd'hui, m'emplit d'une

angoisse horrible ; la solitude dans le logis, auprès du feu, le soir. Il me semble alors que je suis seul sur la terre, affreusement seul, mais entouré de dangers vagues, de choses inconnues et terribles ; et la
4065 cloison, qui me sépare de mon voisin que je ne connais pas, m'éloigne de lui autant que des étoiles aperçues par ma fenêtre. Une sorte de fièvre m'envahit, une fièvre de douleur et de crainte, et le silence des murs m'épouvante. Il est si profond et si triste, le silence de la chambre où l'on vit seul. Ce n'est pas seulement un silence autour
4070 du corps, mais un silence autour de l'âme, et, quand un meuble craque, on tressaille jusqu'au cœur, car aucun bruit n'est attendu dans ce morne logis. »

Il se tut encore une fois, puis ajouta :

« Quand on est vieux, ce serait bon, tout de même, des enfants ! »
4075 Ils étaient arrivés vers le milieu de la rue de Bourgogne. Le poète s'arrêta devant une haute maison, sonna, serra la main de Duroy, et lui dit :

« Oubliez tout ce rabâchage de vieux, jeune homme, et vivez selon votre âge ; adieu ! »
4080 Et il disparut dans le corridor noir.

Duroy se remit en route, le cœur serré. Il lui semblait qu'on venait de lui montrer quelque trou plein d'ossements, un trou inévitable où il lui faudrait tomber un jour. Il murmura : « Bigre, ça ne doit pas être gai, chez lui. Je ne voudrais pas un fauteuil de balcon pour
4085 assister au défilé de ses idées, nom d'un chien ! »

Mais, s'étant arrêté pour laisser passer une femme parfumée qui descendait de voiture et rentrait chez elle, il aspira d'un grand souffle avide la senteur de verveine et d'iris envolée dans l'air. Ses poumons et son cœur palpitèrent brusquement d'espérance et de
4090 joie ; et le souvenir de Mme de Marelle qu'il reverrait le lendemain l'envahit des pieds à la tête.

Tout lui souriait, la vie l'accueillait avec tendresse. Comme c'était bon, la réalisation des espérances.

Il s'endormit dans l'ivresse et se leva de bonne heure pour faire un
4095 tour à pied, dans l'avenue du Bois-de-Boulogne, avant d'aller à son rendez-vous.

Le vent ayant changé, le temps s'était adouci pendant la nuit, et il faisait une tiédeur et un soleil d'avril. Tous les habitués du Bois étaient sortis ce matin-là, cédant à l'appel du ciel clair et doux.

100 Duroy marchait lentement, buvant l'air léger, savoureux comme une friandise de printemps. Il passa l'arc de triomphe de l'Étoile et s'engagea dans la grande avenue, du côté opposé aux cavaliers. Il les regardait, trottant ou galopant, hommes et femmes, les riches du monde, et c'est à peine s'il les enviait maintenant. Il les connaissait
105 presque tous de nom, savait le chiffre de leur fortune et l'histoire secrète de leur vie, ses fonctions ayant fait de lui une sorte d'almanach des célébrités et des scandales parisiens.

Les amazones passaient, minces et moulées dans le drap sombre de leur taille, avec ce quelque chose de hautain et d'inabordable
110 qu'ont beaucoup de femmes à cheval ; et Duroy s'amusait à réciter à mi-voix, comme on récite des litanies dans une église, les noms, titres et qualités des amants qu'elles avaient eus ou qu'on leur prêtait ; et, quelquefois même, au lieu de dire :

Baron de Tanquelet,
115 *Prince de la Tour-Enguerrand ;*

il murmurait : Côté Lesbos[1]

Louise Michot, du Vaudeville,
Rose Marquetin, de l'Opéra.

Ce jeu l'amusait beaucoup, comme s'il eût constaté, sous les sévères
120 apparences, l'éternelle et profonde infamie de l'homme, et que cela l'eût réjoui, excité, consolé.

Puis il prononça tout haut : « Tas d'hypocrites ! » et chercha de l'œil les cavaliers sur qui couraient les plus grosses histoires.

Il en vit beaucoup soupçonnés de tricher au jeu, pour qui les
125 cercles, en tout cas, étaient la grande ressource, la seule ressource, ressource suspecte à coup sûr.

D'autres, fort célèbres, vivaient uniquement des rentes de leurs femmes, c'était connu ; d'autres, des rentes de leurs maîtresses, on

---

1. **Côté Lesbos :** allusion perfide et désobligeante de Bel-Ami, séducteur de femmes. Lesbos est une île grecque où vivait au Ve siècle av. J.-C. Sapho, poétesse lyrique qui aimait les femmes, homosexuelles (nommées parfois lesbiennes).

l'affirmait. Beaucoup avaient payé leurs dettes (acte honorable),
⁴¹³⁰ sans qu'on eût jamais deviné d'où leur était venu l'argent nécessaire
(mystère bien louche). Il vit des hommes de finance dont l'immense
fortune avait un vol pour origine, et qu'on recevait partout, dans les
plus nobles maisons, puis des hommes si respectés que les petits
bourgeois se découvraient sur leur passage, mais dont les tripotages
⁴¹³⁵ effrontés, dans les grandes entreprises nationales, n'étaient un mystère pour aucun de ceux qui savaient les dessous du monde.

Tous avaient l'air hautain, la lèvre fière, l'œil insolent, ceux à favoris et ceux à moustaches.

Duroy riait toujours, répétant : « C'est du propre, tas de crapules,
⁴¹⁴⁰ tas d'escarpes ! »

Mais une voiture passa, découverte, basse et charmante, traînée
au grand trot par deux minces chevaux blancs dont la crinière et la
queue voltigeaient, et conduite par une petite jeune femme blonde,
une courtisane connue qui avait deux grooms assis derrière elle.
⁴¹⁴⁵ Duroy s'arrêta, avec une envie de saluer et d'applaudir cette parvenue de l'amour qui étalait avec audace dans cette promenade et à
cette heure des hypocrites aristocrates, le luxe crâne gagné sur ses
draps. Il sentait peut-être vaguement qu'il y avait quelque chose de
commun entre eux, un lien de nature, qu'ils étaient de même race,
⁴¹⁵⁰ de même âme, et que son succès aurait des procédés audacieux de
même ordre.

Il revint plus doucement, le cœur chaud de satisfaction, et il
arriva, un peu avant l'heure, à la porte de son ancienne maîtresse.

Elle le reçut, les lèvres tendues, comme si aucune rupture n'avait
⁴¹⁵⁵ eu lieu, et elle oublia même, pendant quelques instants, la sage pru-
dence qu'elle opposait, chez elle, à leurs caresses. Puis elle lui dit, en
baisant les bouts frisés de ses moustaches :

« Tu ne sais pas l'ennui qui m'arrive, mon chéri ? J'espérais une
bonne lune de miel, et voilà mon mari qui me tombe sur le dos pour
⁴¹⁶⁰ six semaines ; il a pris congé. Mais je ne veux pas rester six semaines
sans te voir, surtout après notre petite brouille, et voilà comment j'ai
arrangé les choses. Tu viendras me demander à dîner lundi, je lui ai
déjà parlé de toi. Je te présenterai. »

Duroy hésitait, un peu perplexe, ne s'étant jamais trouvé encore
⁴¹⁶⁵ en face d'un homme dont il possédait la femme. Il craignait que
quelque chose le trahît, un peu de gêne, un regard, n'importe quoi.

Il balbutiait : « Non, j'aime mieux ne pas faire la connaissance de ton mari. » Elle insista, fort étonnée, debout devant lui et ouvrant des yeux naïfs : « Mais pourquoi ? quelle drôle de chose ? Ça arrive tous les jours, ça ! Je ne t'aurais pas cru si nigaud, par exemple. »

Il fut blessé :

« Eh bien, soit, je viendrai dîner lundi. »

Elle ajouta :

« Pour que ce soit bien naturel, j'aurai les Forestier. Ça ne m'amuse pourtant pas de recevoir du monde chez moi. »

Jusqu'au lundi, Duroy ne pensa plus guère à cette entrevue ; mais voilà qu'en montant l'escalier de Mme de Marelle, il se sentit étrangement troublé, non pas qu'il lui répugnât de prendre la main de ce mari, de boire son vin et de manger son pain, mais il avait peur de quelque chose, sans savoir de quoi.

On le fit entrer dans le salon, et il attendit, comme toujours. Puis la porte de la chambre s'ouvrit, et il aperçut un grand homme à barbe blanche, décoré, grave et correct, qui vint à lui avec une politesse minutieuse :

« Ma femme m'a souvent parlé de vous, monsieur, et je suis charmé de faire votre connaissance. »

Duroy s'avança en tâchant de donner à sa physionomie un air de cordialité expressive et il serra avec une énergie exagérée la main tendue de son hôte. Puis, s'étant assis, il ne trouva rien à lui dire.

M. de Marelle remit un morceau de bois au feu, et demanda :

« Voici longtemps que vous vous occupez de journalisme ? »

Duroy répondit :

« Depuis quelques mois seulement.

– Ah ! vous avez marché vite.

– Oui, assez vite » ; – et il se mit à parler au hasard, sans trop songer à ce qu'il disait, débitant toutes les banalités en usage entre gens qui ne se connaissent point. Il se rassurait maintenant et commençait à trouver la situation fort amusante. Il regardait la figure sérieuse et respectable de M. de Marelle, avec une envie de rire sur les lèvres, en pensant : « Toi, je te fais cocu, mon vieux, je te fais cocu. » Et une satisfaction intime, vicieuse, le pénétrait, une joie de voleur qui a réussi et qu'on ne soupçonne pas, une joie fourbe, délicieuse. Il avait envie, tout à coup, d'être l'ami de cet homme, de gagner sa confiance, de lui faire raconter les choses secrètes de sa vie.

Première partie

⁴²⁰⁵ Mme de Marelle entra brusquement, et les ayant couverts d'un coup d'œil souriant et impénétrable, elle alla vers Duroy qui n'osa point, devant le mari, lui baiser la main, ainsi qu'il le faisait toujours.

Elle était tranquille et gaie comme une personne habituée à tout, qui trouvait cette rencontre naturelle et simple, en sa rouerie native ⁴²¹⁰ et franche. Laurine apparut, et vint, plus sagement que de coutume, tendre son front à Georges, la présence de son père l'intimidant. Sa mère lui dit : « Eh bien, tu ne l'appelles plus Bel-Ami, aujourd'hui. » Et l'enfant rougit, comme si on venait de commettre une grosse indiscrétion, de révéler une chose qu'on ne devait pas dire, de dévoi-⁴²¹⁵ler un secret intime et un peu coupable de son cœur.

Quand les Forestier arrivèrent, on fut effrayé de l'état de Charles. Il avait maigri et pâli affreusement en une semaine et il toussait sans cesse. Il annonça d'ailleurs qu'ils partaient pour Cannes le jeudi sui-vant, sur l'ordre formel du médecin.

⁴²²⁰ Ils se retirèrent de bonne heure, et Duroy dit en hochant la tête :

« Je crois qu'il file un bien mauvais coton. Il ne fera pas de vieux os. » Mme de Marelle affirma avec sérénité : « Oh ! il est perdu ! En voilà un qui avait eu de la chance de trouver une femme comme la sienne. »

⁴²²⁵ Duroy demanda :

« Elle l'aide beaucoup ?

– C'est-à-dire qu'elle fait tout. Elle est au courant de tout, elle connaît tout le monde sans avoir l'air de voir personne ; elle obtient ce qu'elle veut, comme elle veut, et quand elle veut. Oh ! elle est ⁴²³⁰ fine, adroite et intrigante comme aucune, celle-là. En voilà un trésor pour un homme qui veut parvenir. »

Georges reprit :

« Elle se remariera bien vite, sans doute ? »

Mme de Marelle répondit :

⁴²³⁵ « Oui. Je ne serais même pas étonnée qu'elle eût en vue quelqu'un... un député... à moins que... qu'il ne veuille pas..., car... car... il y aurait peut-être de gros obstacles... moraux... Enfin, voilà. Je ne sais rien. »

M. de Marelle grommela avec une lente impatience :

« Tu laisses toujours soupçonner un tas de choses que je n'aime ⁴²⁴⁰ pas. Ne nous mêlons jamais des affaires des autres. Notre conscience nous suffit à gouverner. Ce devrait être une règle pour tout le monde. »

Duroy se retira, le cœur troublé et l'esprit plein de vagues combinaisons.

Il alla le lendemain faire une visite aux Forestier et il les trouva terminant leurs bagages. Charles, étendu sur un canapé, exagérait la fatigue de sa respiration et répétait : « Il y a un mois que je devrais être parti », puis il fit à Duroy une série de recommandations pour le journal, bien que tout fût réglé et convenu avec M. Walter.

Quand Georges s'en alla, il serra énergiquement les mains de son camarade : « Eh bien, mon vieux, à bientôt ! » Mais, comme Mme Forestier le reconduisait jusqu'à la porte, il lui dit vivement : « Vous n'avez pas oublié notre pacte ? Nous sommes des amis et des alliés, n'est-ce pas ? Donc, si vous avez besoin de moi, en quoi que ce soit, n'hésitez point. Une dépêche ou une lettre, et j'obéirai. »

Elle murmura : « Merci, je n'oublierai pas. » Et son œil lui dit : « Merci », d'une façon plus profonde et plus douce.

Comme Duroy descendait l'escalier, il rencontra, montant à pas lents, M. de Vaudrec, qu'une fois déjà il avait vu chez elle. Le comte semblait triste – de ce départ, peut-être ?

Voulant se montrer homme du monde, le journaliste le salua avec empressement.

L'autre rendit avec courtoisie, mais d'une manière un peu fière.

Le ménage Forestier partit le jeudi soir.

VII

4265 LA DISPARITION de Charles donna à Duroy une importance plus grande dans la rédaction de *La Vie française*. Il signa quelques articles de fond, tout en signant aussi ses échos, car le patron voulait que chacun gardât la responsabilité de sa copie. Il eut quelques polémiques dont il se tira avec esprit ; et ses relations constantes avec
4270 les hommes d'État le préparaient peu à peu à devenir à son tour un rédacteur politique adroit et perspicace.

Il ne voyait qu'une tache dans tout son horizon. Elle venait d'un petit journal frondeur qui l'attaquait constamment, ou plutôt qui attaquait en lui le chef des Échos de *La Vie française*, le chef des
4275 échos à surprises de M. Walter, disait le rédacteur anonyme de cette feuille appelée : *La Plume*. C'étaient, chaque jour, des perfidies, des traits mordants, des insinuations de toute nature.

Jacques Rival dit un jour à Duroy : « Vous êtes patient. »

L'autre balbutia : « Que voulez-vous, il n'y a pas d'attaque directe. »
4280 Or, un après-midi, comme il entrait dans la salle de rédaction, Boisrenard lui tendit le numéro de *La Plume* :

« Tenez, il y a encore une note désagréable pour vous.

– Ah ! à propos de quoi ?

– À propos de rien, de l'arrestation d'une dame Aubert par un agent
4285 des mœurs. »

Georges prit le journal qu'on lui tendait, et lut, sous ce titre :

Duroy s'amuse.

« L'illustre reporter de *La Vie française* nous apprend aujourd'hui que la dame Aubert, dont nous avons annoncé l'arrestation par un
4290 agent de l'odieuse brigade des mœurs, n'existe que dans notre imagination. Or, la personne en question demeure 18, rue de l'Écureuil, à Montmartre. Nous comprenons trop, d'ailleurs, quel intérêt ou quels intérêts peuvent avoir les agents de la banque Walter à soutenir ceux du préfet de police qui tolère leur commerce. Quant au repor-
4295 ter dont il s'agit, il ferait mieux de nous donner quelqu'une de ces bonnes nouvelles à sensation dont il a le secret : nouvelles de morts

démenties le lendemain, nouvelles de batailles qui n'ont pas eu lieu, annonce de paroles graves prononcées par des souverains qui n'ont rien dit, toutes les informations enfin qui constituent les "Profits Walter", ou même quelqu'une des petites indiscrétions sur des soirées de femmes à *succès*, ou sur l'excellence de certains produits qui sont d'une grande *ressource* à quelques-uns de nos confrères. »

Le jeune homme demeurait interdit, plus qu'irrité, comprenant seulement qu'il y avait là-dedans quelque chose de fort désagréable pour lui.

Boisrenard reprit :

« Qui vous a donné cet écho ? »

Duroy cherchait, ne se rappelant plus. Puis, tout à coup, le souvenir lui revint :

« Ah ! oui, c'est Saint-Potin. » Puis il relut l'alinéa de *La Plume*, et il rougit brusquement, révolté par l'accusation de vénalité.

Il s'écria : « Comment, on prétend que je suis payé pour... »

Boisrenard l'interrompit :

« Dame, oui. C'est embêtant pour vous. Le patron est fort sur l'œil à ce sujet. Ça pourrait arriver si souvent dans les échos... »

Saint-Potin, justement, entrait. Duroy courut à lui :

« Vous avez vu la note de *La Plume* ?

– Oui, et je viens de chez la dame Aubert. Elle existe parfaitement, mais elle n'a pas été arrêtée. Ce bruit n'a aucun fondement. »

Alors Duroy s'élança chez le patron qu'il trouva un peu froid, avec un œil soupçonneux. Après avoir écouté le cas, M. Walter répondit : « Allez vous-même chez cette dame et démentez de façon qu'on n'écrive plus de pareilles choses sur vous. Je parle de ce qui suit. C'est fort ennuyeux pour le journal, pour moi et pour vous. Pas plus que la femme de César, un journaliste ne doit être soupçonné. »

Duroy monta en fiacre avec Saint-Potin pour guide, et il cria au cocher : « 18, rue de l'Écureuil, à Montmartre. »

C'était dans une immense maison dont il fallut escalader les six étages. Une vieille femme en caraco de laine vint lui ouvrir : « Qu'est-ce que vous me r'voulez ? » dit-elle en apercevant Saint-Potin.

Il répondit :

« Je vous amène monsieur, qui est inspecteur de police et qui voudrait bien savoir votre affaire. »

Alors elle les fit entrer, en racontant :

4335 « Il en est encore r'venu deux d'puis vous pour un journal, je n'sais point l'quel. » Puis, se tournant vers Duroy : « Donc, c'est monsieur qui désire savoir ?

– Oui. Est-ce que vous avez été arrêtée par un agent des mœurs ? »

Elle leva les bras :

4340 « Jamais d'la vie, mon bon monsieur, jamais d'la vie. Voilà la chose. J'ai un boucher qui sert bien mais qui pèse mal. Je m'en ai aperçu souvent sans rien dire, mais comme je lui demandais deux livres de côtelettes, vu que j'aurais ma fille et mon gendre, je m'aperçois qu'il me pèse des os de déchet, des os de côtelettes, c'est vrai, mais pas

4345 des miennes. J'aurais pu en faire du ragoût, c'est encore vrai, mais quand je demande des côtelettes, c'est pas pour avoir le déchet des autres. Je refuse donc, alors y me traite de vieux rat, je lui réplique vieux fripon ; bref, de fil en aiguille, nous nous sommes chamaillés qu'il y avait plus de cent personnes devant la boutique et qui riaient,

4350 qui riaient ! Tant qu'enfin un agent fut attiré et nous invita à nous expliquer chez le commissaire. Nous y fûmes, et on nous renvoya dos à dos. Moi, depuis, je m'sers ailleurs, et je n'passe même pu devant la porte, pour éviter des esclandres. »

Elle se tut. Duroy demanda :

4355 « C'est tout ?

– C'est toute la vérité, mon cher monsieur » et, lui ayant offert un verre de cassis, qu'il refusa de boire, la vieille insista pour qu'on parlât dans le rapport des fausses pesées du boucher.

De retour au journal, Duroy rédigea sa réponse :

4360 « Un écrivaillon anonyme de *La Plume*, s'en étant arraché une, me cherche noise au sujet d'une vieille femme qu'il prétend avoir été arrêtée par un agent des mœurs, ce que je nie. J'ai vu moi-même la dame Aubert, âgée de soixante ans au moins, et elle m'a raconté par le menu sa querelle avec un boucher, au sujet d'une pesée de

4365 côtelettes, ce qui nécessita une explication devant le commissaire de police.

« Voilà toute la vérité.

« Quant aux autres insinuations du rédacteur de *La Plume*, je les méprise. On ne répond pas, d'ailleurs, à de pareilles choses, quand

4370 elles sont écrites sous le masque.

« Georges Duroy. »

M. Walter et Jacques Rival, qui venait d'arriver, trouvèrent cette note suffisante, et il fut décidé qu'elle passerait le jour même, à la suite des échos.

Duroy rentra tôt chez lui, un peu agité, un peu inquiet. Qu'allait répondre l'autre ? Qui était-il ? Pourquoi cette attaque brutale ? Avec les mœurs brusques des journalistes, cette bêtise pouvait aller loin, très loin. Il dormit mal.

Quand il relut sa note dans le journal, le lendemain, il la trouva plus agressive imprimée que manuscrite. Il aurait pu, lui semblait-il, atténuer certains termes.

Il fut fiévreux tout le jour et il dormit mal encore la nuit suivante. Il se leva dès l'aurore pour chercher le numéro de *La Plume* qui devait répondre à sa réplique.

Le temps s'était remis au froid ; il gelait dur. Les ruisseaux, saisis comme ils coulaient encore, déroulaient le long des trottoirs deux rubans de glace.

Les journaux n'étaient point arrivés chez les marchands, et Duroy se rappela le jour de son premier article : *Les Souvenirs d'un chasseur d'Afrique*. Ses mains et ses pieds s'engourdissaient, devenaient douloureux, au bout des doigts surtout ; et il se mit à courir en rond autour du kiosque vitré, où la vendeuse, accroupie sur sa chaufferette, ne laissait voir, par la petite fenêtre, qu'un nez et des joues rouges dans un capuchon de laine.

Enfin le distributeur de feuilles publiques passa le paquet attendu par l'ouverture du carreau, et la bonne femme tendit à Duroy *La Plume* grande ouverte. Il chercha son nom d'un coup d'œil et ne vit rien d'abord. Il respirait déjà, quand il aperçut la chose entre deux tirets :

« Le sieur Duroy, de *La Vie française*, nous donne un démenti ; et, en nous démentant, il ment. Il avoue cependant qu'il existe une femme Aubert, et qu'un agent l'a conduite à la police. Il ne reste donc qu'à ajouter deux mots : "des mœurs" après le mot "agent" et c'est dit.

« Mais la conscience de certains journalistes est au niveau de leur talent.

« Et je signe : Louis Langremont. »

Alors le cœur de Georges se mit à battre violemment, et il rentra chez lui pour s'habiller, sans trop savoir ce qu'il faisait. Donc, on

l'avait insulté, et d'une telle façon qu'aucune hésitation n'était possible. Pourquoi ? Pour rien. À propos d'une vieille femme qui s'était
4410 querellée avec son boucher.

Il s'habilla bien vite et se rendit chez M. Walter, quoiqu'il fût à peine huit heures du matin.

M. Walter, déjà levé, lisait *La Plume*.

« Eh bien, dit-il avec un visage grave, en apercevant Duroy, vous
4415 ne pouvez pas reculer[1] ? »

Le jeune homme ne répondit rien. Le directeur reprit :

« Allez tout de suite trouver Rival qui se chargera de vos intérêts. »

Duroy balbutia quelques mots vagues et sortit pour se rendre chez le chroniqueur, qui dormait encore. Il sauta du lit, au coup de
4420 sonnette, puis ayant lu l'écho :

« Bigre, il faut y aller. Qui voyez-vous comme autre témoin ?

– Mais, je ne sais pas, moi.

– Boisrenard ? – Qu'en pensez-vous ?

– Oui, Boisrenard.

4425 – Êtes-vous fort aux armes ?

– Pas du tout.

– Ah ! diable ! Et au pistolet ?

– Je tire un peu.

– Bon. Vous allez vous exercer pendant que je m'occuperai de tout.
4430 Attendez-moi une minute. »

Il passa dans son cabinet de toilette et reparut bientôt, lavé, rasé, correct.

« Venez avec moi », dit-il.

Il habitait au rez-de-chaussée d'un petit hôtel, et il fit descendre
4435 Duroy dans la cave, une cave énorme, convertie en salle d'armes et en tir, toutes les ouvertures sur la rue étant bouchées.

Après avoir allumé une ligne de becs de gaz conduisant jusqu'au fond d'un second caveau, où se dressait un homme de fer peint en rouge et en bleu, il posa sur une table deux paires de pistolets d'un

---

1. **Vous ne pouvez pas reculer :** Duroy ne peut pas reculer devant un duel. En effet, bien qu'il fût pourchassé et réprimé par la police, le duel existait encore à cette époque. Divulgué dans la presse, il sert de réclame à ces journalistes sans scrupules.

système nouveau chargeant par la culasse, et il commença les commandements d'une voix brève comme si on eût été sur le terrain.

Prêt ?

Feu ! – un, deux, trois.

Duroy, anéanti, obéissait, levait les bras, visait, tirait, et comme il atteignait souvent le mannequin en plein ventre, car il s'était beaucoup servi dans sa première jeunesse d'un vieux pistolet d'arçon de son père pour tuer des oiseaux dans la cour, Jacques Rival, satisfait, déclarait : « Bien – très bien – très bien – vous irez – vous irez. »

Puis il le quitta :

« Tirez comme ça jusqu'à midi. Voilà des munitions, n'ayez pas peur de les brûler. Je viendrai vous prendre pour déjeuner et vous donner des nouvelles. »

Et il sortit.

Resté seul, Duroy tira encore quelques coups, puis il s'assit et se mit à réfléchir.

Comme c'était bête tout de même, ces choses-là. Qu'est-ce que ça prouvait ? Un filou était-il moins un filou après s'être battu ? Que gagnait un honnête homme insulté à risquer sa vie contre une crapule ? Et son esprit vagabondant dans le noir se rappela les choses dites par Norbert de Varenne sur la pauvreté d'esprit des hommes, la médiocrité de leurs idées et de leurs préoccupations, la niaiserie de leur morale !

Et il déclara tout haut : « Comme il a raison, sacristi ! »

Puis il sentit qu'il avait soif, et ayant entendu un bruit de gouttes d'eau derrière lui, il aperçut un appareil à douches et il alla boire au bout de la lance. Puis il se remit à songer. Il faisait triste dans cette cave, triste comme dans un tombeau. Le roulement lointain et sourd des voitures semblait un tremblement d'orage éloigné. Quelle heure pouvait-il être ? Les heures passaient là-dedans comme elles devaient passer au fond des prisons, sans que rien les indique et que rien les marque, sauf les retours du geôlier portant les plats. Il attendit, longtemps, longtemps.

Puis tout d'un coup il entendit des pas, des voix, et Jacques Rival reparut, accompagné de Boisrenard. Il cria dès qu'il aperçut Duroy : « C'est arrangé ! »

L'autre crut l'affaire terminée par quelque lettre d'excuses ; son cœur bondit, et il balbutia :

« Ah !... merci. »

Le chroniqueur reprit :

« Ce Langremont est très carré, il a accepté toutes nos conditions. Vingt-cinq pas, une balle au commandement en levant le pistolet. On a le bras beaucoup plus sûr ainsi qu'en l'abaissant. Tenez, Boisrenard, voyez ce que je vous disais. »

Et prenant des armes il se mit à tirer en démontrant comment on conservait bien mieux la ligne en levant le bras.

Puis il dit :

« Maintenant, allons déjeuner, il est midi passé. »

Et ils se rendirent dans un restaurant voisin. Duroy ne parlait plus guère. Il mangea pour n'avoir pas l'air d'avoir peur, puis dans le jour il accompagna Boisrenard au journal et il fit sa besogne d'une façon distraite et machinale. On le trouva crâne.

Jacques Rival vint lui serrer la main vers le milieu de l'après-midi ; et il fut convenu que ses témoins le prendraient chez lui en landau, le lendemain à sept heures du matin, pour se rendre au bois du Vésinet où la rencontre aurait lieu.

Tout cela s'était fait inopinément, sans qu'il y prît part, sans qu'il dît un mot, sans qu'il donnât son avis, sans qu'il acceptât ou refusât, et avec tant de rapidité qu'il demeurait étourdi, effaré, sans trop comprendre ce qui se passait.

Il se retrouva chez lui vers neuf heures du soir après avoir dîné chez Boisrenard, qui ne l'avait point quitté de tout le jour par dévouement.

Dès qu'il fut seul, il marcha pendant quelques minutes, à grands pas vifs, à travers sa chambre. Il était trop troublé pour réfléchir à rien. Une seule idée emplissait son esprit : – Un duel demain, – sans que cette idée éveillât en lui autre chose qu'une émotion confuse et puissante. Il avait été soldat, il avait tiré sur des Arabes, sans grand danger pour lui, d'ailleurs, un peu comme on tire sur un sanglier, à la chasse.

En somme, il avait fait ce qu'il devait faire. Il s'était montré ce qu'il devait être. On en parlerait, on l'approuverait, on le féliciterait. Puis il prononça à haute voix, comme on parle dans les grandes secousses de pensée :

« Quelle brute que cet homme ! »

Il s'assit et se mit à réfléchir. Il avait jeté sur sa petite table une carte de son adversaire remise par Rival, afin de garder son adresse.

Il la relut comme il l'avait déjà lue vingt fois dans la journée. *Louis Langremont, 176, rue Montmartre.* Rien de plus.

Il examinait ces lettres assemblées qui lui paraissaient mystérieuses, pleines de sens inquiétants. « Louis Langremont », qui était cet homme ? De quel âge ? De quelle taille ? De quelle figure ? N'était-ce pas révoltant qu'un étranger, un inconnu, vînt ainsi troubler notre vie, tout d'un coup, sans raison, par pur caprice, à propos d'une vieille femme qui s'était querellée avec son boucher ?

Il répéta encore une fois, à haute voix : « Quelle brute ! »

Et il demeura immobile, songeant, le regard toujours planté sur la carte. Une colère s'éveillait en lui contre ce morceau de papier, une colère haineuse où se mêlait un étrange sentiment de malaise. C'était stupide, cette histoire-là ! Il prit une paire de ciseaux à ongles qui traînaient et il les piqua au milieu du nom imprimé comme s'il eût poignardé quelqu'un.

Donc il allait se battre, et se battre au pistolet ? Pourquoi n'avait-il pas choisi l'épée ! Il en aurait été quitte pour une piqûre au bras ou à la main, tandis qu'avec le pistolet on ne savait jamais les suites possibles.

Il dit : « Allons, il faut être crâne. »

Le son de sa voix le fit tressaillir, et il regarda autour de lui. Il commençait à se sentir fort nerveux. Il but un verre d'eau, puis se coucha.

Dès qu'il fut au lit, il souffla sa lumière et ferma les yeux.

Il avait très chaud dans ses draps, bien qu'il fît très froid dans sa chambre, mais il ne pouvait parvenir à s'assoupir. Il se tournait et se retournait, demeurait cinq minutes sur le dos, puis se plaçait sur le côté gauche, puis se roulait sur le côté droit.

Il avait encore soif. Il se releva pour boire, puis une inquiétude le saisit : « Est-ce que j'aurais peur ? »

Pourquoi son cœur se mettait-il à battre follement à chaque bruit connu de sa chambre ? Quand son coucou allait sonner, le petit grincement du ressort lui faisait faire un sursaut ; et il lui fallait ouvrir la bouche pour respirer pendant quelques secondes, tant il demeurait oppressé.

Il se mit à raisonner en philosophe sur la possibilité de cette chose : « Aurais-je peur ? »

Non certes il n'aurait pas peur puisqu'il était résolu à aller jusqu'au bout, puisqu'il avait cette volonté bien arrêtée de se battre,

de ne pas trembler. Mais il se sentait si profondément ému qu'il se
4555 demanda : « Peut-on avoir peur malgré soi ? » Et ce doute l'envahit,
cette inquiétude, cette épouvante ! Si une force plus puissante que
sa volonté, dominatrice, irrésistible, le domptait, qu'arriverait-il ?
Oui, que pouvait-il arriver ?

Certes il irait sur le terrain puisqu'il voulait y aller. Mais s'il trem-
4560 blait ? Mais s'il perdait connaissance ? Et il songea à sa situation, à sa
réputation, à son avenir.

Et un singulier besoin le prit tout à coup de se relever pour se
regarder dans la glace. Il ralluma sa bougie. Quand il aperçut son
visage reflété dans le verre poli, il se reconnut à peine, et il lui sem-
4565 bla qu'il ne s'était jamais vu. Ses yeux lui parurent énormes ; et il
était pâle, certes, il était pâle, très pâle.

Tout d'un coup, cette pensée entra en lui à la façon d'une balle :
« Demain, à cette heure-ci, je serai peut-être mort. » Et son cœur se
remit à battre furieusement.

4570 Il se retourna vers sa couche et il se vit distinctement étendu sur
le dos dans ces mêmes draps qu'il venait de quitter. Il avait ce visage
creux qu'ont les morts et cette blancheur des mains qui ne remue-
ront plus.

Alors il eut peur de son lit, et afin de ne plus le voir il ouvrit la
4575 fenêtre pour regarder dehors.

Un froid glacial lui mordit la chair de la tête aux pieds, et il se
recula, haletant.

La pensée lui vint de faire du feu. Il l'attisa lentement sans se
retourner. Ses mains tremblaient un peu d'un frémissement nerveux
4580 quand elles touchaient les objets. Sa tête s'égarait ; ses pensées tour-
noyantes, hachées, devenaient fuyantes, douloureuses ; une ivresse
envahissait son esprit comme s'il eût bu.

Et sans cesse il se demandait : « Que vais-je faire ? que vais-je
devenir ? »

4585 Il se remit à marcher, répétant, d'une façon continue, machinale :
« Il faut que je sois énergique, très énergique. »

Puis il se dit : « Je vais écrire à mes parents, en cas d'accident. »

Il s'assit de nouveau, prit un cahier de papier à lettres, traça :
« Mon cher papa, ma chère maman... »

4590 Puis il jugea ces termes trop familiers dans une circonstance aussi
tragique. Il déchira la première feuille, et recommença : « Mon cher

père, ma chère mère ; je vais me battre au point du jour, et comme il peut arriver que... »

Il n'osa pas écrire le reste et se releva d'une secousse.

4595 Cette pensée l'écrasait maintenant. « Il allait se battre en duel. Il ne pouvait plus éviter cela. Que se passait-il donc en lui ? Il voulait se battre ; il avait cette intention et cette résolution fermement arrêtées ; et il lui semblait, malgré tout l'effort de sa volonté, qu'il ne pourrait même pas conserver la force nécessaire pour aller jusqu'au lieu de la rencontre. »

4600 De temps en temps ses dents s'entrechoquaient dans sa bouche avec un petit bruit sec ; et il demandait :

« Mon adversaire s'est-il déjà battu ? a-t-il fréquenté les tirs ? est-il connu ? est-il classé ? » Il n'avait jamais entendu prononcer ce nom. Et cependant si cet homme n'était pas un tireur au pistolet remar- 4605 quable, il n'aurait point accepté ainsi, sans hésitation, sans discussion, cette arme dangereuse.

Alors Duroy se figurait leur rencontre, son attitude à lui et la tenue de son ennemi. Il se fatiguait la pensée à imaginer les moindres détails du combat ; et tout à coup il voyait en face de lui ce petit 4610 trou noir et profond du canon dont allait sortir une balle.

Et il fut pris brusquement d'une crise de désespoir épouvantable. Tout son corps vibrait, parcouru de tressaillements saccadés. Il serrait les dents pour ne pas crier, avec un besoin fou de se rouler par terre, de déchirer quelque chose, de mordre. Mais il aperçut un verre 4615 sur sa cheminée et il se rappela qu'il possédait dans son armoire un litre d'eau-de-vie presque plein ; car il avait conservé l'habitude militaire de *tuer le ver* chaque matin.

Il saisit la bouteille et but, à même le goulot, à longues gorgées, avec avidité. Et il la reposa seulement lorsque le souffle lui manqua. 4620 Elle était vide d'un tiers.

Une chaleur pareille à une flamme lui brûla bientôt l'estomac, se répandit dans ses membres, raffermit son âme en l'étourdissant.

Il se dit : « Je tiens le moyen. » Et comme il se sentait maintenant la peau brûlante, il rouvrit la fenêtre.

4625 Le jour naissait, calme et glacial. Là-haut, les étoiles semblaient mourir au fond du firmament éclairci, et dans la tranchée profonde du chemin de fer les signaux verts, rouges et blancs pâlissaient.

Les premières locomotives sortaient du garage et s'en venaient en sifflant chercher les premiers trains. D'autres, dans le lointain,

4630 jetaient des appels aigus et répétés, leurs cris de réveil, comme font les coqs dans les champs.

Duroy pensait : « Je ne verrai peut-être plus tout ça. » Mais comme il sentit qu'il allait de nouveau s'attendrir sur lui-même, il réagit violemment : « Allons, il ne faut songer à rien jusqu'au moment de la

4635 rencontre, c'est le seul moyen d'être crâne. »

Et il se mit à sa toilette. Il eut encore, en se rasant, une seconde de défaillance en songeant que c'était peut-être la dernière fois qu'il regardait son visage.

Il but une nouvelle gorgée d'eau-de-vie, et acheva de s'habiller.

4640 L'heure qui suivit fut difficile à passer. Il marchait de long en large en s'efforçant en effet d'immobiliser son âme. Lorsqu'il entendit frapper à sa porte, il faillit s'abattre sur le dos, tant la commotion fut violente. C'étaient ses témoins.

« Déjà ! »

4645 Ils étaient enveloppés de fourrures. Rival déclara, après avoir serré la main de son client :

« Il fait un froid de Sibérie. » Puis il demanda :

« Ça va bien ?

– Oui, très bien.

4650 – On est calme ?

– Très calme.

– Allons, ça ira. Avez-vous bu et mangé quelque chose ?

– Oui, je n'ai besoin de rien. »

Boisrenard, pour la circonstance, portait une décoration étrangère,

4655 vert et jaune, que Duroy ne lui avait jamais vue.

Ils descendirent. Un monsieur les attendait dans le landau. Rival nomma : « Le docteur Le Brument. » Duroy lui serra la main en balbutiant : « Je vous remercie », puis il voulut prendre place sur la banquette du devant et il s'assit sur quelque chose de dur qui le fit rele-

4660 ver comme si un ressort l'eût redressé. C'était la boîte aux pistolets.

Rival répétait : « Non ! Au fond le combattant et le médecin, au fond ! » Duroy finit par comprendre et il s'affaissa à côté du docteur.

Les deux témoins montèrent à leur tour et le cocher partit. Il savait où on devait aller.

4665 Mais la boîte aux pistolets gênait tout le monde, surtout Duroy, qui eût préféré ne pas la voir. On essaya de la placer derrière le dos ; elle cassait les reins ; puis on la mit debout entre Rival et

Boisrenard ; elle tombait tout le temps. On finit par la glisser sous les pieds

4670 La conversation languissait, bien que le médecin racontât des anecdotes. Rival seul répondait. Duroy eût voulu prouver de la présence d'esprit, mais il avait peur de perdre le fil de ses idées, de montrer le trouble de son âme ; et il était hanté par la crainte torturante de se mettre à trembler.

4675 La voiture fut bientôt en pleine campagne. Il était neuf heures environ. C'était une de ces rudes matinées d'hiver où toute la nature est luisante, cassante et dure comme du cristal. Les arbres, vêtus de givre, semblent avoir sué de la glace ; la terre sonne sous les pas ; l'air sec porte au loin les moindres bruits : le ciel bleu paraît brillant

4680 à la façon des miroirs et le soleil passe dans l'espace, éclatant et froid lui-même, jetant sur la création gelée des rayons qui n'échauffent rien.

Rival disait à Duroy :

« J'ai pris les pistolets chez Gastine-Renette. Il les a chargés lui-

4685 même. La boîte est cachetée. On les tirera au sort, d'ailleurs, avec ceux de notre adversaire. »

Duroy répondit machinalement :

« Je vous remercie. »

Alors Rival lui fit des recommandations minutieuses, car il tenait

4690 à ce que son client ne commît aucune erreur. Il insistait sur chaque point plusieurs fois : « Quand on demandera : "Êtes-vous prêts, messieurs ?" vous répondrez d'une voix forte : "Oui !" Quand on commandera "Feu !" vous élèverez vivement le bras, et vous tirerez avant qu'on ait prononcé trois. »

4695 Et Duroy se répétait mentalement : « Quand on commandera feu, j'élèverai le bras, – quand on commandera feu, j'élèverai le bras, – quand on commandera feu, j'élèverai le bras. »

Il apprenait cela comme les enfants apprennent leurs leçons, en le murmurant à satiété pour se le bien graver dans la tête. « Quand on

4700 commandera feu, j'élèverai le bras. »

Le landau entra sous un bois, tourna à droite dans une avenue, puis encore à droite. Rival, brusquement, ouvrit la portière pour crier au cocher : « Là, par ce petit chemin. » Et la voiture s'engagea dans une route à ornières entre deux taillis où tremblotaient des

4705 feuilles mortes bordées d'un liséré de glace.

Duroy marmottait toujours :

« Quand on commandera feu, j'élèverai le bras. » Et il pensa qu'un accident de voiture arrangerait tout. « Oh ! si on pouvait verser, quelle chance ! s'il pouvait se casser une jambe !... »

4710 Mais il aperçut au bout d'une clairière une autre voiture arrêtée et quatre messieurs qui piétinaient pour s'échauffer les pieds ; et il fut obligé d'ouvrir la bouche tant sa respiration devenait pénible.

Les témoins descendirent d'abord, puis le médecin et le combattant. Rival avait pris la boîte aux pistolets et il s'en alla avec
4715 Boisrenard vers deux des étrangers qui venaient à eux. Duroy les vit se saluer avec cérémonie puis marcher ensemble dans la clairière en regardant tantôt par terre et tantôt dans les arbres, comme s'ils avaient cherché quelque chose qui aurait pu tomber ou s'envoler. Puis ils comptèrent des pas et enfoncèrent avec grand-peine deux
4720 cannes dans le sol gelé. Ils se réunirent ensuite en groupe et ils firent les mouvements du jeu de pile ou face, comme des enfants qui s'amusent.

Le docteur Le Brument demandait à Duroy :

« Vous vous sentez bien ? Vous n'avez besoin de rien ?
4725 – Non, de rien, merci. »

Il lui semblait qu'il était fou, qu'il dormait, qu'il rêvait, que quelque chose de surnaturel était survenu qui l'enveloppait.

Avait-il peur ? Peut-être ? Mais il ne savait pas. Tout était changé autour de lui.

4730 Jacques Rival revint et lui annonça tout bas avec satisfaction :

« Tout est prêt. La chance nous a favorisés pour les pistolets. »

Voilà une chose qui était indifférente à Duroy.

On lui ôta son pardessus. Il se laissa faire. On tâta les poches de sa redingote pour s'assurer qu'il ne portait point de papiers ni de porte-
4735 feuille protecteur.

Il répétait en lui-même, comme une prière : « Quand on commandera feu, j'élèverai le bras. »

Puis on l'amena jusqu'à une des cannes piquées en terre et on lui remit son pistolet. Alors il aperçut un homme debout, en face de lui,
4740 tout près, un petit homme ventru, chauve, qui portait des lunettes. C'était son adversaire.

Il le vit très bien, mais il ne pensait à rien qu'à ceci : « Quand on commandera feu, j'élèverai le bras et je tirerai. » Une voix résonna dans le grand silence de l'espace, une voix qui semblait venir de très loin, et elle demanda :

« Êtes-vous prêts, messieurs ? »

Georges cria :

« Oui. »

Alors la même voix ordonna :

« Feu ! »

Il n'écouta rien de plus, il ne s'aperçut de rien, il ne se rendit compte de rien, il sentit seulement qu'il levait le bras en appuyant de toute sa force sur la gâchette.

Et il n'entendit rien.

Mais il vit aussitôt un peu de fumée au bout du canon de son pistolet ; et comme l'homme en face de lui demeurait toujours debout, dans la même posture également, il aperçut aussi un autre petit nuage blanc qui s'envolait au-dessus de la tête de son adversaire.

Ils avaient tiré tous les deux. C'était fini.

Ses témoins et le médecin le touchaient, le palpaient, déboutonnaient ses vêtements en demandant avec anxiété :

« Vous n'êtes pas blessé ? » Il répondit au hasard :

« Non, je ne crois pas. »

Langremont d'ailleurs demeurait aussi intact que son ennemi, et Jacques Rival murmura d'un ton mécontent :

« Avec ce sacré pistolet, c'est toujours comme ça, on se rate ou on se tue. Quel sale instrument ! »

Duroy ne bougeait point, paralysé de surprise et de joie : « C'était fini ! » Il fallut lui enlever son arme qu'il tenait toujours serrée dans sa main. Il lui semblait maintenant qu'il se serait battu contre l'univers entier. C'était fini. Quel bonheur ! il se sentait brave tout à coup à provoquer n'importe qui.

Tous les témoins causèrent quelques minutes, prenant rendez-vous dans le jour pour la rédaction du procès-verbal, puis on remonta dans la voiture, et le cocher, qui riait sur son siège, repartit en faisant claquer son fouet.

Ils déjeunèrent tous les quatre sur le boulevard, en causant de l'événement. Duroy disait ses impressions.

« Ça ne m'a rien fait, absolument rien. Vous avez dû le voir du reste ? »

Rival répondit :

« Oui, vous vous êtes bien tenu. »

Quand le procès-verbal fut rédigé, on le présenta à Duroy qui devait l'insérer dans les échos. Il s'étonna de voir qu'il avait échangé deux balles avec M. Louis Langremont, et, un peu inquiet, il interrogea Rival :

« Mais nous n'avons tiré qu'une balle. »

L'autre sourit :

« Oui, une balle... une balle chacun... ça fait deux balles. »

Et Duroy, trouvant l'explication satisfaisante, n'insista pas. Le père Walter l'embrassa :

« Bravo, bravo, vous avez défendu le drapeau de *La Vie française*, bravo ! »

Georges se montra, le soir, dans les principaux grands journaux et dans les principaux grands cafés du boulevard. Il rencontra deux fois son adversaire qui se montrait également.

Ils ne se saluèrent pas. Si l'un des deux avait été blessé, ils se seraient serré les mains. Chacun jurait d'ailleurs avec conviction avoir entendu siffler la balle de l'autre.

Le lendemain, vers onze heures du matin, Duroy reçut un petit bleu : « Mon Dieu, que j'ai eu peur ! Viens donc tantôt rue de Constantinople, que je t'embrasse, mon amour. Comme tu es brave – je t'adore. – Clo. »

Il alla au rendez-vous et elle s'élança dans ses bras, le couvrant de baisers :

« Oh ! mon chéri, si tu savais mon émotion quand j'ai lu les journaux ce matin. Oh ! raconte-moi. Dis-moi tout. Je veux savoir. »

Il dut raconter les détails avec minutie. Elle demandait :

« Comme tu as dû avoir une mauvaise nuit avant le duel !

– Mais non. J'ai bien dormi.

– Moi, je n'aurais pas fermé l'œil. Et sur le terrain, dis-moi comment ça s'est passé. »

Il fit un récit dramatique :

« Lorsque nous fûmes en face l'un de l'autre, à vingt pas, quatre fois seulement la longueur de cette chambre, Jacques, après avoir demandé si nous étions prêts, commanda : "Feu." J'ai élevé mon bras immédiatement, bien en ligne, mais j'ai eu le tort de vouloir viser la tête. J'avais une arme fort dure et je suis accoutumé à des pistolets bien doux, de sorte que la résistance de la gâchette a relevé le coup.

4820 N'importe, ça n'a pas dû passer loin. Lui aussi il tire bien, le gredin. Sa balle m'a effleuré la tempe. J'en ai senti le vent. »

Elle était assise sur ses genoux et le tenait dans ses bras comme pour prendre part à son danger. Elle balbutiait : « Oh ! mon pauvre chéri, mon pauvre chéri... »

4825 Puis, quand il eut fini de conter, elle lui dit :

« Tu ne sais pas, je ne peux plus me passer de toi ! Il faut que je te voie, et, avec mon mari à Paris, ça n'est pas commode. Souvent, j'aurais une heure le matin, avant que tu sois levé, et je pourrais aller t'embrasser, mais je ne veux pas rentrer dans ton affreuse mai-
4830 son. Comment faire ? »

Il eut brusquement une inspiration et demanda :

« Combien paies-tu ici ?

– Cent francs par mois.

– Eh bien, je prends l'appartement à mon compte et je vais l'habiter
4835 tout à fait. Le mien n'est plus suffisant dans ma nouvelle position. »

Elle réfléchit quelques instants, puis répondit :

« Non. Je ne veux pas. »

Il s'étonna :

« Pourquoi ça ?

4840 – Parce que...

– Ce n'est pas une raison. Ce logement me convient très bien. J'y suis. J'y reste. »

Il se mit à rire :

« D'ailleurs, il est à mon nom. »

4845 Mais elle refusait toujours :

« Non, non, je ne veux pas...

– Pourquoi ça, enfin ? »

Alors elle chuchota tout bas, tendrement : « Parce que tu y amène-rais des femmes, et je ne veux pas. »

4850 Il s'indigna :

« Jamais de la vie, par exemple. Je te le promets.

– Non, tu en amènerais tout de même.

– Je te le jure.

– Bien vrai ?

4855 – Bien vrai. Parole d'honneur. C'est notre maison, ça, rien qu'à nous. »

Elle l'étreignit dans un élan d'amour :

« Alors je veux bien, mon chéri. Mais tu sais, si tu me trompes une fois, rien qu'une fois, ce sera fini entre nous, fini pour toujours. »

4860 Il jura encore avec des protestations, et il fut convenu qu'il s'installerait le jour même, afin qu'elle pût le voir quand elle passerait devant la porte.

Puis elle lui dit :

« En tout cas, viens dîner dimanche. Mon mari te trouve charmant. »

4865 Il fut flatté :

« Ah ! vraiment ?...

– Oui, tu as fait sa conquête. Et puis écoute, tu m'as dit que tu avais été élevé dans un château à la campagne, n'est-ce pas ?

– Oui, pourquoi ?

4870 – Alors tu dois connaître un peu la culture ?

– Oui.

– Eh bien, parle-lui de jardinage et de récoltes, il aime beaucoup ça.

– Bon. Je n'oublierai pas. »

Elle le quitta, après l'avoir indéfiniment embrassé, ce duel ayant 4875 exaspéré sa tendresse.

Et Duroy pensait, en se rendant au journal : « Quel drôle d'être ça fait ! Quelle tête d'oiseau ! Sait-on ce qu'elle veut et ce qu'elle aime ? Et quel drôle de ménage ! Quel fantaisiste a bien pu préparer l'accouplement de ce vieux et de cette écervelée ? Quel raisonnement a 4880 décidé cet inspecteur à épouser cette étudiante ? Mystère ! Qui sait ? L'amour, peut-être ? »

Puis il conclut : « Enfin, c'est une bien gentille maîtresse. Je serais rudement bête de la lâcher. »

VIII

SON DUEL avait fait passer Duroy au nombre des chroniqueurs de tête de *La Vie française* ; mais, comme il éprouvait une peine infinie à découvrir des idées, il prit la spécialité des déclamations sur la décadence des mœurs, sur l'abaissement des caractères, l'affaissement du patriotisme et l'anémie de l'honneur français. (Il avait trouvé le mot « anémie » dont il était fier.)

Et quand Mme de Marelle, pleine de cet esprit gouailleur, sceptique et gobeur qu'on appelle l'esprit de Paris, se moquait de ses tirades qu'elle crevait d'une épigramme, il répondait en souriant : « Bah ! ça me fait une bonne réputation pour plus tard. »

Il habitait maintenant rue de Constantinople, où il avait transporté sa malle, sa brosse, son rasoir et son savon, ce qui constituait son déménagement. Deux ou trois fois par semaine, la jeune femme arrivait avant qu'il fût levé, se déshabillait en une minute et se glissait dans le lit, toute frémissante du froid du dehors.

Duroy, par contre, dînait tous les jeudis dans le ménage et faisait la cour au mari en lui parlant agriculture ; et comme il aimait lui-même les choses de la terre, ils s'intéressaient parfois tellement tous les deux à la causerie qu'ils oubliaient tout à fait leur femme sommeillant sur le canapé.

Laurine aussi s'endormait, tantôt sur les genoux de son père, tantôt sur les genoux de Bel-Ami.

Et quand le journaliste était parti, M. de Marelle ne manquait point de déclarer avec ce ton doctrinaire dont il disait les moindres choses : « Ce garçon est vraiment fort agréable. Il a l'esprit très cultivé. »

Février touchait à sa fin. On commençait à sentir la violette dans les rues en passant le matin auprès des voitures traînées par les marchandes de fleurs.

Duroy vivait sans un nuage dans son ciel.

Or, une nuit, comme il rentrait, il trouva une lettre glissée sous sa porte. Il regarda le timbre et il vit « Cannes ». L'ayant ouverte, il lut :

4915   *Cannes, villa Jolie.*

« Cher monsieur et ami, vous m'avez dit, n'est-ce pas, que je pouvais compter sur vous en tout ? Eh bien, j'ai à vous demander un cruel service, c'est de venir m'assister, de ne pas me laisser seule aux derniers moments de Charles qui va mourir. Il ne passera peut-être pas la semaine, bien qu'il se lève encore, mais le médecin m'a prévenue.

« Je n'ai plus la force ni le courage de voir cette agonie jour et nuit. Et je songe avec terreur aux derniers moments qui approchent. Je ne puis demander une pareille chose qu'à vous, car mon mari n'a plus de famille. Vous étiez son camarade ; il vous a ouvert la porte du journal. Venez, je vous en supplie. Je n'ai personne à appeler.

« Croyez-moi votre camarade toute dévouée.

« Madeleine Forestier. »

Un singulier sentiment entra comme un souffle d'air au cœur de Georges, un sentiment de délivrance, d'espace qui s'ouvrait devant lui, et il murmura : « Certes, j'irai. Ce pauvre Charles ! Ce que c'est que de nous, tout de même ! »

Le patron, à qui il communiqua la lettre de la jeune femme, donna en grognant son autorisation. Il répétait :

« Mais revenez vite, vous nous êtes indispensable. »

Georges Duroy partit pour Cannes le lendemain par le rapide de sept heures, après avoir prévenu le ménage de Marelle par un télégramme.

Il arriva, le jour suivant, vers quatre heures du soir.

Un commissionnaire le guida vers la villa Jolie, bâtie à mi-côte, dans cette forêt de sapins peuplée de maisons blanches, qui va du Cannet au golfe Juan.

La maison était petite, basse, de style italien, au bord de la route qui monte en zigzag à travers les arbres, montrant à chaque détour d'admirables points de vue.

Le domestique ouvrit la porte et s'écria :

« Oh ! monsieur, madame vous attend avec bien de l'impatience. »

Duroy demanda :

« Comment va votre maître ?

– Oh ! pas bien, monsieur. Il n'en a pas pour longtemps. »

Le salon où le jeune homme entra était tendu de perse rose à dessins bleus. La fenêtre, large et haute, donnait sur la ville et sur la mer.

Duroy murmurait : « Bigre, c'est chic ici comme maison de campagne. Où diable prennent-ils tout cet argent-là ? »

Un bruit de robe le fit se retourner.

4955 Mme Forestier lui tendait les deux mains : « Comme vous êtes gentil, comme c'est gentil d'être venu ! » Et brusquement elle l'embrassa. Puis ils se regardèrent.

Elle était un peu pâlie, un peu maigrie, mais toujours fraîche, et peut-être plus jolie encore avec son air plus délicat. Elle murmura :

4960 « Il est terrible, voyez-vous, il se sait perdu et il me tyrannise atrocement. Je lui ai annoncé votre arrivée. Mais où est votre malle ? »

Duroy répondit :

« Je l'ai laissée au chemin de fer, ne sachant pas dans quel hôtel vous me conseilleriez de descendre pour être près de vous. »

4965 Elle hésita, puis reprit :

« Vous descendrez ici, dans la villa. Votre chambre est prête, du reste. Il peut mourir d'un moment à l'autre, et si cela arrivait la nuit, je serais seule. J'enverrai chercher votre bagage. »

Il s'inclina :

4970 « Comme vous voudrez.

– Maintenant, montons », dit-elle,

Il la suivit. Elle ouvrit une porte au premier étage, et Duroy aperçut auprès d'une fenêtre, assis dans un fauteuil et enroulé dans des couvertures, livide sous la clarté rouge du soleil couchant, une

4975 espèce de cadavre qui le regardait. Il le reconnaissait à peine ; il devina plutôt que c'était son ami.

On sentait dans cette chambre la fièvre, la tisane, l'éther, le goudron, cette odeur innommable et lourde des appartements où respire un poitrinaire.

4980 Forestier souleva sa main d'un geste pénible et lent.

« Te voilà, dit-il, tu viens me voir mourir. Je te remercie. »

Duroy affecta de rire : « Te voir mourir ! ce ne serait pas un spectacle amusant, et je ne choisirais point cette occasion-là pour visiter Cannes. Je viens te dire bonjour et me reposer un peu. »

4985 L'autre murmura : « Assieds-toi », et il baissa la tête comme enfoncé en des méditations désespérées.

Il respirait d'une façon rapide, essoufflée, et parfois poussait une sorte de gémissement, comme s'il eût voulu rappeler aux autres combien il était malade.

Première partie

4990 Voyant qu'il ne parlait point, sa femme vint s'appuyer à la fenêtre et elle dit en montrant l'horizon d'un coup de tête : « Regardez cela ! Est-ce beau ? »

En face d'eux, la côte semée de villas descendait jusqu'à la ville qui était couchée le long du rivage en demi-cercle, avec sa tête à
4995 droite vers la jetée que dominait la vieille cité surmontée d'un vieux beffroi, et ses pieds à gauche à la pointe de la Croisette, en face des îles de Lérins. Elles avaient l'air, ces îles, de deux taches vertes, dans l'eau toute bleue. On eût dit qu'elles flottaient comme deux feuilles immenses, tant elles semblaient plates de là-haut.

5000 Et, tout au loin, fermant l'horizon de l'autre côté du golfe, au-dessus de la jetée et du beffroi, une longue suite de montagnes bleuâtres dessinait sur un ciel éclatant une ligne bizarre et charmante de sommets tantôt arrondis, tantôt crochus, tantôt pointus, et qui finissait par un grand mont en pyramide plongeant son pied
5005 dans la pleine mer.

Mme Forestier l'indiqua : « C'est l'Estérel. »

L'espace derrière les cimes sombres était rouge, d'un rouge sanglant et doré que l'œil ne pouvait soutenir.

Duroy subissait malgré lui la majesté de cette fin du jour.

5010 Il murmura, ne trouvant point d'autre terme assez imagé pour exprimer son admiration :

« Oh ! oui, c'est épatant, ça ! »

Forestier releva la tête vers sa femme et demanda :

« Donne-moi un peu d'air. »

5015 Elle répondit :

« Prends garde, il est tard, le soleil se couche, tu vas encore attraper froid, et tu sais que ça ne te vaut rien dans ton état de santé. »

Il fit de la main droite un geste fébrile et faible qui aurait voulu être un coup de poing et il murmura avec une grimace de colère,
5020 une grimace de mourant qui montrait la minceur des lèvres, la maigreur des joues et la saillie de tous les os :

« Je te dis que j'étouffe. Qu'est-ce que ça te fait que je meure un jour plus tôt ou un jour plus tard, puisque je suis foutu... »

Elle ouvrit toute grande la fenêtre.

5025 Le souffle qui entra les surprit tous les trois comme une caresse. C'était une brise molle, tiède, paisible, une brise de printemps nourrie déjà par les parfums des arbustes et des fleurs capiteuses qui poussent sur cette côte. On y distinguait un goût puissant de résine et l'âcre saveur des eucalyptus.

030 Forestier la buvait d'une haleine courte et fiévreuse. Il crispa les ongles de ses mains sur les bras de son fauteuil, et dit d'une voix basse, sifflante, rageuse :

« Ferme la fenêtre. Cela me fait mal. J'aimerais mieux crever dans une cave. »

035 Et sa femme ferma la fenêtre lentement, puis elle regarda au loin, le front contre la vitre.

Duroy, mal à l'aise, aurait voulu causer avec le malade, le rassurer. Mais il n'imaginait rien de propre à le réconforter.

Il balbutia :

040 « Alors ça ne va pas mieux depuis que tu es ici ? »

L'autre haussa les épaules avec une impatience accablée : « Tu le vois bien. » Et il baissa de nouveau la tête.

Duroy reprit :

« Sacristi, il fait rudement bon ici, comparativement à Paris. Là-bas

045 on est encore en plein hiver. Il neige, il grêle, il pleut, et il fait sombre à allumer les lampes dès trois heures de l'après-midi. »

Forestier demanda :

« Rien de nouveau au journal ? »

– Rien de nouveau. On a pris pour te remplacer le petit Lacrin

050 qui sort du *Voltaire* ; mais il n'est pas mûr. Il est temps que tu reviennes ! »

Le malade balbutia :

« Moi ? J'irai faire de la chronique à six pieds sous terre maintenant. »

L'idée fixe revenait comme un coup de cloche à propos de tout,

055 reparaissait sans cesse dans chaque pensée, dans chaque phrase.

Il y eut un long silence ; un silence douloureux et profond. L'ardeur du couchant se calmait lentement ; et les montagnes devenaient noires sur le ciel rouge qui s'assombrissait. Une ombre colorée, un commencement de nuit qui gardait des lueurs de bra-

060 sier mourant, entrait dans la chambre, semblait teindre les meubles, les murs, les tentures, les coins avec des tons mêlés d'encre et de pourpre. La glace de la cheminée, reflétant l'horizon, avait l'air d'une plaque de sang.

Mme Forestier ne remuait point, toujours debout, le dos à l'appar-

065 tement, le visage contre le carreau.

Première partie

Et Forestier se mit à parler d'une voix saccadée, essoufflée, déchirante à entendre :

« Combien est-ce que j'en verrai encore, de couchers de soleil ?... huit... dix... quinze ou vingt... peut-être trente, pas plus... Vous avez du temps, vous autres... moi, c'est fini... Et ça continuera... après moi, comme si j'étais là... »

Il demeura muet quelques minutes, puis reprit :

« Tout ce que je vois me rappelle que je ne le verrai plus dans quelques jours... C'est horrible... je ne verrai plus rien... rien de ce qui existe... les plus petits objets qu'on manie... les verres... les assiettes... les lits où l'on se repose si bien... les voitures. C'est bon de se promener en voiture, le soir... Comme j'aimais tout ça. »

Il faisait avec les doigts de chaque main un mouvement nerveux et léger, comme s'il eût joué du piano sur les deux bras de son siège. Et chacun de ses silences était plus pénible que ses paroles, tant on sentait qu'il devait penser à d'épouvantables choses.

Et Duroy tout à coup se rappela ce que lui disait Norbert de Varenne, quelques semaines auparavant :

« Moi, maintenant, je vois la mort de si près que j'ai souvent envie d'étendre le bras pour la repousser... Je la découvre partout. Les petites bêtes écrasées sur les routes, les feuilles qui tombent, le poil blanc aperçu dans la barbe d'un ami, me ravagent le cœur et me crient : "La voilà !" »

Il n'avait pas compris, ce jour-là, maintenant il comprenait en regardant Forestier. Et une angoisse inconnue, atroce, entrait en lui, comme s'il eût senti tout près, sur ce fauteuil où haletait cet homme, la hideuse mort à portée de sa main. Il avait envie de se lever, de s'en aller, de se sauver, de retourner à Paris tout de suite ! Oh ! s'il avait su, il ne serait pas venu.

La nuit maintenant s'était répandue dans la chambre comme un deuil hâtif qui serait tombé sur ce moribond. Seule la fenêtre restait visible encore, dessinant, dans son carré plus clair, la silhouette immobile de la jeune femme.

Et Forestier demanda avec irritation :

« Eh bien, on n'apporte pas la lampe aujourd'hui ? Voilà ce qu'on appelle soigner un malade. »

L'ombre du corps qui se découpait sur les carreaux disparut, et on entendit tinter un timbre électrique dans la maison sonore.

Un domestique entra bientôt qui posa une lampe sur la cheminée.
Mme Forestier dit à son mari :

« Veux-tu te coucher, ou descendras-tu pour dîner ? »

Il murmura :

« Je descendrai. »

Et l'attente du repas les fit demeurer encore près d'une heure
immobiles, tous les trois, prononçant seulement parfois un mot, un
mot quelconque, inutile, banal, comme s'il y eût du danger, un danger mystérieux, à laisser durer trop longtemps ce silence, à laisser se
figer l'air muet de cette chambre, de cette chambre où rôdait la mort.

Enfin le dîner fut annoncé. Il sembla long à Duroy, interminable.
Ils ne parlaient pas, ils mangeaient sans bruit, puis émiettaient du
pain du bout des doigts. Et le domestique faisait le service, marchait,
allait et venait sans qu'on entendît ses pieds, car le bruit des semelles
irritant Charles, l'homme était chaussé de savates. Seul le tic-tac dur
d'une horloge de bois troublait le calme des murs de son mouvement mécanique et régulier.

Dès qu'on eut fini de manger, Duroy, sous prétexte de fatigue, se
retira dans sa chambre, et, accoudé à sa fenêtre, il regardait la pleine
lune au milieu du ciel, comme un globe de lampe énorme, jeter sur
les murs blancs des villas sa clarté sèche et voilée, et semer sur la
mer une sorte d'écaille de lumière mouvante et douce. Et il cherchait une raison pour s'en aller bien vite, inventant des ruses, des
télégrammes qu'il allait recevoir, un appel de M. Walter.

Mais ses résolutions de fuite lui parurent plus difficiles à réaliser,
en s'éveillant le lendemain. Mme Forestier ne se laisserait point
prendre à ses adresses, et il perdrait par sa couardise tout le bénéfice
de son dévouement. Il se dit : « Bah ! c'est embêtant ; eh bien, tant
pis, il y a des passes désagréables dans la vie ; et puis, ça ne sera
peut-être pas long. »

Il faisait un temps bleu, de ce bleu du Midi qui vous emplit le
cœur de joie ; et Duroy descendit jusqu'à la mer, trouvant qu'il serait
assez tôt de voir Forestier dans la journée.

Quand il rentra pour déjeuner, le domestique lui dit :

« Monsieur a déjà demandé monsieur deux ou trois fois. Si monsieur veut monter chez monsieur. »

Il monta. Forestier semblait dormir dans un fauteuil. Sa femme
lisait, allongée sur le canapé.

Le malade releva la tête. Duroy demanda :

« Eh bien, comment vas-tu ? Tu m'as l'air gaillard ce matin. »

L'autre murmura :

« Oui, ça va mieux, j'ai repris des forces. Déjeune bien vite avec Madeleine, parce que nous allons faire un tour en voiture. »

La jeune femme, dès qu'elle fut seule avec Duroy, lui dit :

« Voilà ! aujourd'hui il se croit sauvé. Il fait des projets depuis le matin. Nous allons tout à l'heure au golfe Juan acheter des faïences pour notre appartement de Paris. Il veut sortir à toute force, mais j'ai horriblement peur d'un accident. Il ne pourra pas supporter les secousses de la route. »

Quand le landau fut arrivé, Forestier descendit l'escalier pas à pas, soutenu par son domestique. Mais dès qu'il aperçut la voiture, il voulut qu'on la découvrît.

Sa femme résistait :

« Tu vas prendre froid. C'est de la folie. »

Il s'obstina :

« Non, je vais beaucoup mieux. Je le sens bien. »

On passa d'abord dans ces chemins ombreux qui vont toujours entre deux jardins et qui font de Cannes une sorte de parc anglais, puis on gagna la route d'Antibes, le long de la mer.

Forestier expliquait le pays. Il avait indiqué d'abord la villa du comte de Paris. Il en nommait d'autres. Il était gai, d'une gaieté voulue, factice et débile de condamné. Il levait le doigt, n'ayant point la force de tendre le bras.

« Tiens, voici l'île Sainte-Marguerite et le château dont Bazaine s'est évadé. Nous en a-t-on donné à garder avec cette affaire-là ! »

Puis il eut des souvenirs de régiment ; il nomma des officiers qui leur rappelaient des histoires. Mais, tout à coup, la route ayant tourné, on découvrit le golfe Juan tout entier avec son village blanc dans le fond et la pointe d'Antibes à l'autre bout.

Et Forestier, saisi soudain d'une joie enfantine, balbutia :

« Ah ! l'escadre, tu vas voir l'escadre ! »

Au milieu de la vaste baie, on apercevait, en effet, une demi-douzaine de gros navires qui ressemblaient à des rochers couverts de ramures. Ils étaient bizarres, difformes, énormes, avec des excroissances, des tours, des éperons s'enfonçant dans l'eau comme pour aller prendre racine sous la mer.

180 On ne comprenait pas que cela pût se déplacer, remuer, tant ils semblaient lourds et attachés au fond. Une batterie flottante, ronde, haute, en forme d'observatoire, ressemblait à ces phares qu'on bâtit sur des écueils.

Et un grand trois-mâts passait auprès d'eux pour gagner le large,
185 toutes ses voiles déployées, blanches et joyeuses. Il était gracieux et joli auprès des monstres de guerre, des monstres de fer, des vilains monstres accroupis sur l'eau.

Forestier s'efforçait de les reconnaître. Il nommait : « *Le Colbert, le Suffren, l'Amiral-Duperré, le Redoutable, la Dévastation* », puis il
190 reprenait : « Non, je me trompe, c'est celui-là *la Dévastation*. »

Ils arrivèrent devant une sorte de grand pavillon où on lisait : « Faïences d'art du golfe Juan », et la voiture ayant tourné autour d'un gazon s'arrêta devant la porte.

Forestier voulait acheter deux vases pour les poser sur sa biblio-
5195 thèque. Comme il ne pouvait guère descendre de voiture, on lui apportait les modèles l'un après l'autre. Il fut longtemps à choisir, consultant sa femme et Duroy :

« Tu sais, c'est pour le meuble au fond de mon cabinet. De mon fauteuil, j'ai cela sous les yeux tout le temps. Je tiens à une forme
5200 ancienne, à une forme grecque. »

Il examinait les échantillons, s'en faisait apporter d'autres, repre-nait les premiers. Enfin, il se décida ; et ayant payé, il exigea que l'expédition fût faite tout de suite.

« Je retourne à Paris dans quelques jours », disait-il.

5205 Ils revinrent, mais, le long du golfe, un courant d'air froid les frappa soudain glissé dans le pli d'un vallon, et le malade se mit à tousser.

Ce ne fut rien d'abord, une petite crise ; mais elle grandit, devint une quinte ininterrompue, puis une sorte de hoquet, un râle.

5210 Forestier suffoquait, et chaque fois qu'il voulait respirer la toux lui déchirait la gorge, sortie du fond de sa poitrine. Rien ne la calmait, rien ne l'apaisait. Il fallut le porter du landau dans sa chambre, et Duroy, qui lui tenait les jambes, sentait les secousses de ses pieds, à chaque convulsion de ses poumons.

5215 La chaleur du lit n'arrêta point l'accès qui dura jusqu'à minuit ; puis les narcotiques, enfin, engourdirent les spasmes mortels de la toux. Et le malade demeura jusqu'au jour, assis dans son lit, les yeux ouverts.

Les premières paroles qu'il prononça furent pour demander le barbier, car il tenait à être rasé chaque matin. Il se leva pour cette opération de toilette ; mais il fallut le recoucher aussitôt, et il se mit à respirer d'une façon si courte, si dure, si pénible, que Mme Forestier, épouvantée, fit réveiller Duroy, qui venait de se coucher, pour le prier d'aller chercher le médecin.

Il ramena presque immédiatement le docteur Gavaut qui prescrivit un breuvage et donna quelques conseils ; mais comme le journaliste le reconduisait pour lui demander son avis :

« C'est l'agonie, dit-il. Il sera mort demain matin. Prévenez cette pauvre jeune femme et envoyez chercher un prêtre. Moi, je n'ai plus rien à faire. Je me tiens cependant entièrement à votre disposition. »

Duroy fit appeler Mme Forestier :

« Il va mourir. Le docteur conseille d'envoyer chercher un prêtre. Que voulez-vous faire ? »

Elle hésita longtemps, puis, d'une voix lente, ayant tout calculé :

« Oui, ça vaut mieux... sous bien des rapports... Je vais le préparer, lui dire que le curé désire le voir... Je ne sais quoi, enfin. Vous seriez bien gentil, vous, d'aller m'en chercher un, un curé, et de le choisir. Prenez-en un qui ne nous fasse pas trop de simagrées. Tâchez qu'il se contente de la confession, et nous tienne quittes du reste. »

Le jeune homme ramena un vieil ecclésiastique complaisant qui se prêtait à la situation. Dès qu'il fut entré chez l'agonisant, Mme Forestier sortit, et s'assit, avec Duroy, dans la pièce voisine.

« Ça l'a bouleversé, dit-elle. Quand j'ai parlé d'un prêtre, sa figure a pris une expression épouvantable comme... comme s'il avait senti... senti... un souffle... vous savez... Il a compris que c'était fini, enfin, et qu'il fallait compter les heures... »

Elle était fort pâle. Elle reprit :

« Je n'oublierai jamais l'expression de son visage. Certes, il a vu la mort à ce moment-là. Il l'a vue... »

Ils entendaient le prêtre, qui parlait un peu haut, étant un peu sourd, et qui disait :

« Mais non, mais non, vous n'êtes pas si bas que ça. Vous êtes malade, mais nullement en danger. Et la preuve c'est que je viens en ami, en voisin. »

Ils ne distinguèrent pas ce que répondit Forestier. Le vieillard reprit :

« Non, je ne vous ferai pas communier. Nous causerons de ça quand vous irez bien. Si vous voulez profiter de ma visite pour vous confesser par exemple, je ne demande pas mieux. Je suis un pasteur, moi, je saisis toutes les occasions pour ramener mes brebis. »

Un long silence suivit. Forestier devait parler de sa voix haletante et sans timbre.

Puis tout d'un coup, le prêtre prononça, d'un ton différent, d'un ton d'officiant à l'autel :

« La miséricorde de Dieu est infinie, récitez le *Confiteor*, mon enfant. – Vous l'avez peut-être oublié, je vais vous aider. – Répétez avec moi : *Confiteor Deo omnipotenti... Beatae Mariae semper virgini...* »

Il s'arrêtait de temps en temps pour permettre au moribond de le rattraper. Puis il dit :

« Maintenant, confessez-vous... »

La jeune femme et Duroy ne remuaient plus, saisis par un trouble singulier, émus d'une attente anxieuse.

Le malade avait murmuré quelque chose. Le prêtre répéta :

« Vous avez eu des complaisances coupables... de quelle nature, mon enfant ? »

La jeune femme se leva, et dit simplement :

« Descendons un peu au jardin. Il ne faut pas écouter ses secrets. »

Et ils allèrent s'asseoir sur un banc, devant la porte, au-dessous d'un rosier fleuri, et derrière une corbeille d'œillets qui répandait dans l'air pur son parfum puissant et doux.

Duroy, après quelques minutes de silence, demanda :

« Est-ce que vous tarderez beaucoup à rentrer à Paris ? »

Elle répondit :

« Oh ! non. Dès que tout sera fini je reviendrai.

– Dans une dizaine de jours ?

– Oui, au plus. »

Il reprit :

« Il n'a donc aucun parent ?

– Aucun, sauf des cousins. Son père et sa mère sont morts comme il était tout jeune. »

Ils regardaient tous deux un papillon cueillant sa vie sur les œillets, allant de l'un à l'autre avec une rapide palpitation des ailes qui continuaient à battre lentement quand il s'était posé sur la fleur. Et ils restèrent longtemps silencieux.

Première partie

Le domestique vint les prévenir que « M. le curé avait fini ». Et ils remontèrent ensemble.

Forestier semblait avoir encore maigri depuis la veille.

Le prêtre lui tenait la main.

« Au revoir, mon enfant, je reviendrai demain matin. »

Et il s'en alla.

Dès qu'il fut sorti, le moribond, qui haletait, essaya de soulever ses deux mains vers sa femme et il bégaya :

« Sauve-moi... sauve-moi... ma chérie... je ne veux pas mourir... je ne veux pas mourir... Oh ! sauvez-moi... Dites ce qu'il faut faire, allez chercher le médecin... Je prendrai ce qu'on voudra... Je ne veux pas... Je ne veux pas... »

Il pleurait. De grosses larmes coulaient de ses yeux sur ses joues décharnées ; et les coins maigres de sa bouche se plissaient comme ceux des petits enfants qui ont du chagrin.

Alors ses mains retombées sur le lit commencèrent un mouvement continu, lent et régulier, comme pour recueillir quelque chose sur les draps.

Sa femme qui se mettait à pleurer aussi balbutiait :

« Mais non, ce n'est rien. C'est une crise, demain tu iras mieux, tu t'es fatigué hier avec cette promenade. »

L'haleine de Forestier était plus rapide que celle d'un chien qui vient de courir, si pressée qu'on ne la pouvait point compter, et si faible qu'on l'entendait à peine.

Il répétait toujours :

« Je ne veux pas mourir !... Oh ! mon Dieu... mon Dieu... mon Dieu... qu'est-ce qui va m'arriver ? Je ne verrai plus rien... plus rien... jamais... Oh ! mon Dieu ! »

Il regardait devant lui quelque chose d'invisible pour les autres et de hideux, dont ses yeux fixes reflétaient l'épouvante. Ses deux mains continuaient ensemble leur geste horrible et fatigant.

Soudain il tressaillit d'un frisson brusque qu'on vit courir d'un bout à l'autre de son corps et il balbutia :

« Le cimetière... moi... mon Dieu !... »

Et il ne parla plus. Il restait immobile, hagard et haletant.

Le temps passait ; midi sonna à l'horloge d'un couvent voisin. Duroy sortit de la chambre pour aller manger un peu. Il revint une heure plus tard. Mme Forestier refusa de rien prendre. Le malade n'avait point bougé. Il traînait toujours ses doigts maigres sur le drap comme pour le ramener vers sa face.

La jeune femme était assise dans un fauteuil, au pied du lit. Duroy en prit un autre à côté d'elle, et ils attendirent en silence.

Une garde était venue, envoyée par le médecin ; elle sommeillait près de la fenêtre.

Duroy lui-même commençait à s'assoupir quand il eut la sensation que quelque chose survenait. Il ouvrit les yeux juste à temps pour voir Forestier fermer les siens comme deux lumières qui s'éteignent. Un petit hoquet agita la gorge du mourant, et deux filets de sang apparurent aux coins de sa bouche, puis coulèrent sur sa chemise. Ses mains cessèrent leur hideuse promenade. Il avait fini de respirer.

Sa femme comprit, et, poussant une sorte de cri, elle s'abattit sur les genoux en sanglotant dans le drap. Georges, surpris et effaré, fit machinalement le signe de la croix. La garde, s'étant réveillée, s'approcha du lit : « Ça y est », dit-elle. Et Duroy qui reprenait son sang-froid murmura, avec un soupir de délivrance : « Ça a été moins long que je n'aurais cru. »

Lorsque fut dissipé le premier étonnement, après les premières larmes versées, on s'occupa de tous les soins et de toutes les démarches que réclame un mort. Duroy courut jusqu'à la nuit.

Il avait grand-faim en rentrant. Mme Forestier mangea quelque peu, puis ils s'installèrent tous deux dans la chambre funèbre pour veiller le corps.

Deux bougies brûlaient sur la table de nuit à côté d'une assiette où trempait une branche de mimosa dans un peu d'eau, car on n'avait point trouvé le rameau de buis nécessaire.

Ils étaient seuls, le jeune homme et la jeune femme, auprès de lui, qui n'était plus. Ils demeuraient sans parler, pensant et le regardant.

Mais Georges, que l'ombre inquiétait auprès de ce cadavre, le contemplait obstinément. Son œil et son esprit attirés, fascinés, par ce visage décharné que la lumière vacillante faisait paraître encore plus creux, restaient fixes sur lui. C'était là son ami, Charles Forestier, qui lui parlait hier encore ! Quelle chose étrange et épouvantable que cette fin complète d'un être ! Oh ! il se les rappelait maintenant les paroles de Norbert de Varenne hanté par la peur de la mort. – « Jamais un être ne revient. » Il en naîtrait des millions et des milliards, à peu près pareils, avec des yeux, un nez, une bouche,

5370 un crâne, et dedans une pensée, sans que jamais celui-ci reparût, qui était couché dans ce lit.

Pendant quelques années il avait vécu, mangé, ri, aimé, espéré, comme tout le monde. Et c'était fini, pour lui, fini pour toujours. Une vie ! quelques jours, et puis plus rien ! On naît, on grandit, on

5375 est heureux, on attend, puis on meurt. Adieu ! homme ou femme, tu ne reviendras point sur la terre ! Et pourtant chacun porte en soi le désir fiévreux et irréalisable de l'éternité, chacun est une sorte d'univers dans l'univers, et chacun s'anéantit bientôt complètement dans le fumier des germes nouveaux. Les plantes, les bêtes, les hommes,

5380 les étoiles, les mondes, tout s'anime, puis meurt pour se transformer. Et jamais un être ne revient, insecte, homme ou planète !

Une terreur confuse, immense, écrasante, pesait sur l'âme de Duroy, la terreur de ce néant illimité, inévitable, détruisant indéfiniment toutes les existences si rapides et si misérables. Il courbait déjà le front sous

5385 sa menace. Il pensait aux mouches qui vivent quelques heures, aux bêtes qui vivent quelques jours, aux hommes qui vivent quelques ans, aux terres qui vivent quelques siècles. Quelle différence donc entre les uns et les autres ? Quelques aurores de plus, voilà tout.

Il détourna les yeux pour ne plus regarder le cadavre.

5390 Mme Forestier, la tête baissée, semblait songer aussi à des choses douloureuses. Ses cheveux blonds étaient si jolis sur sa figure triste, qu'une sensation douce comme le toucher d'une espérance passa dans le cœur du jeune homme. Pourquoi se désoler quand il avait encore tant d'années devant lui ?

5395 Et il se mit à la contempler. Elle ne le voyait point, perdue dans sa méditation. Il se disait : « Voilà pourtant la seule chose de la vie : l'amour ! tenir dans ses bras une femme aimée ! Là est la limite du bonheur humain. »

Quelle chance il avait eue, ce mort, de rencontrer cette compagne

5400 intelligente et charmante. Comment s'étaient-ils connus ? Comment avait-elle consenti, elle, à épouser ce garçon médiocre et pauvre ? Comment avait-elle fini par en faire quelqu'un ?

Alors il songea à tous les mystères cachés dans les existences. Il se rappela ce qu'on chuchotait du comte de Vaudrec qui l'avait dotée et

5405 mariée, disait-on.

Qu'allait-elle faire maintenant ? Qui épouserait-elle ? Un député, comme le pensait Mme de Marelle, ou quelque gaillard d'avenir, un Forestier supérieur ? Avait-elle des projets, des plans, des idées arrêtées ? Comme il eût désiré savoir cela ! Mais pourquoi ce souci de ce qu'elle ferait ? Il se le demanda, et s'aperçut que son inquiétude venait d'une de ces arrière-pensées confuses, secrètes, qu'on se cache à soi-même et qu'on ne découvre qu'en allant fouiller au fond de soi.

Oui, pourquoi n'essaierait-il pas lui-même cette conquête ? Comme il serait fort avec elle, et redoutable ! Comme il pourrait aller vite et loin, et sûrement !

Et pourquoi ne réussirait-il pas ? Il sentait bien qu'il lui plaisait, qu'elle avait pour lui plus que de la sympathie, une de ces affections qui naissent entre deux natures semblables et qui tiennent autant d'une séduction réciproque que d'une sorte de complicité muette.

Elle le savait intelligent, résolu, tenace ; elle pouvait avoir confiance en lui.

Ne l'avait-elle pas fait venir en cette circonstance si grave ? Et pourquoi l'avait-elle appelé ? Ne devait-il pas voir là une sorte de choix, une sorte d'aveu, une sorte de désignation ? Si elle avait pensé à lui, juste à ce moment où elle allait devenir veuve, c'est que, peut-être, elle avait songé à celui qui deviendrait de nouveau son compagnon, son allié ?

Et une envie impatiente le saisit de savoir, de l'interroger, de connaître ses intentions. Il devait repartir le surlendemain, ne pouvant demeurer seul avec cette jeune femme dans cette maison. Donc il fallait se hâter, il fallait, avant de retourner à Paris, surprendre avec adresse, avec délicatesse, ses projets, et ne pas la laisser revenir, céder aux sollicitations d'un autre peut-être, et s'engager sans retour.

Le silence de la chambre était profond ; on n'entendait que le balancier de la pendule qui battait sur la cheminée son tic-tac métallique et régulier.

Il murmura :

« Vous devez être bien fatiguée ? »

Elle répondit :

« Oui, mais je suis surtout accablée. »

Le bruit de leur voix les étonna, sonnant étrangement dans cet appartement sinistre. Et ils regardèrent soudain le visage du mort, comme s'ils se fussent attendus à le voir remuer, à l'entendre leur parler, ainsi qu'il faisait, quelques heures plus tôt.

Première partie

Duroy reprit :

« Oh ! c'est un gros coup pour vous, et un changement si complet dans votre vie, un vrai bouleversement du cœur et de l'existence entière. »

5450 Elle soupira longuement sans répondre.

Il continua :

« C'est si triste pour une jeune femme de se trouver seule comme vous allez l'être. »

Puis il se tut. Elle ne dit rien. Il balbutia :

5455 « Dans tous les cas, vous savez le pacte conclu entre nous. Vous pouvez disposer de moi comme vous voudrez. Je vous appartiens. »

Elle lui tendit la main en jetant sur lui un de ces regards mélancoliques et doux qui remuent en nous jusqu'aux moelles des os.

« Merci, vous êtes bon, excellent. Si j'osais et si je pouvais quelque 5460 chose pour vous, je dirais aussi : "Comptez sur moi." »

Il avait pris la main offerte et il la gardait, la serrant, avec une envie ardente de la baiser. Il s'y décida enfin, et l'approchant lentement de sa bouche, il tint longtemps la peau fine, un peu chaude, fiévreuse et parfumée contre ses lèvres.

5465 Puis quand il sentit que cette caresse d'ami allait devenir trop prolongée, il sut laisser retomber la petite main. Elle s'en revint mollement sur le genou de la jeune femme qui prononça gravement :

« Oui, je vais être bien seule, mais je m'efforcerai d'être courageuse. »

5470 Il ne savait comment lui laisser comprendre qu'il serait heureux, bien heureux, de l'avoir pour femme à son tour. Certes il ne pouvait pas le lui dire, à cette heure, en ce lieu, devant ce corps ; cependant il pouvait, lui semblait-il, trouver une de ces phrases ambiguës, convenables et compliquées, qui ont des sens cachés sous les mots, 5475 et qui expriment tout ce qu'on veut par leurs réticences calculées.

Mais le cadavre le gênait, le cadavre rigide, étendu devant eux, et qu'il sentait entre eux. Depuis quelque temps d'ailleurs il croyait saisir dans l'air enfermé de la pièce une odeur suspecte, une haleine pourrie, venue de cette poitrine décomposée, le premier souffle 5480 de charogne que les pauvres morts couchés en leur lit jettent aux parents qui les veillent, souffle horrible dont ils emplissent bientôt la boîte creuse de leur cercueil.

Duroy demanda :

172

« Ne pourrait-on ouvrir un peu la fenêtre ? Il me semble que l'air
est corrompu. »

Elle répondit :

« Mais oui. Je venais aussi de m'en apercevoir. »

Il alla vers la fenêtre et l'ouvrit. Toute la fraîcheur parfumée de la
nuit entra, troublant la flamme des deux bougies allumées auprès
du lit. La lune répandait, comme l'autre soir, sa lumière abondante et
calme sur les murs blancs des villas et sur la grande nappe luisante
de la mer. Duroy, respirant à pleins poumons, se sentit brusquement
assailli d'espérances, comme soulevé par l'approche frémissante du
bonheur.

Il se retourna.

« Venez donc prendre un peu le frais, dit-il, il fait un temps
admirable. »

Elle s'en vint tranquillement et s'accouda près de lui.

Alors il murmura, à voix basse :

« Écoutez-moi, et comprenez bien ce que je veux vous dire. Ne
vous indignez pas, surtout, de ce que je vous parle d'une pareille
chose en un semblable moment, mais je vous quitterai après-
demain, et quand vous reviendrez à Paris il sera peut-être trop
tard. Voilà... Je ne suis qu'un pauvre diable sans fortune et dont la
position est à faire, vous le savez. Mais j'ai de la volonté, quelque
intelligence à ce que je crois, et je suis en route, en bonne route.
Avec un homme arrivé on sait ce qu'on prend ; avec un homme qui
commence on ne sait pas où il ira. Tant pis, ou tant mieux. Enfin je
vous ai dit un jour, chez vous, que mon rêve le plus cher aurait été
d'épouser une femme comme vous. Je vous répète aujourd'hui ce
désir. Ne me répondez pas. Laissez-moi continuer. Ce n'est point
une demande que je vous adresse. Le lieu et l'instant la rendraient
odieuse. Je tiens seulement à ne point vous laisser ignorer que vous
pouvez me rendre heureux d'un mot, que vous pouvez faire de moi
soit un ami fraternel, soit même un mari, à votre gré, que mon cœur
et ma personne sont à vous. Je ne veux pas que vous me répondiez
maintenant ; je ne veux plus que nous parlions de cela, ici. Quand
nous nous reverrons, à Paris, vous me ferez comprendre ce que vous
aurez résolu. Jusque-là plus un mot, n'est-ce pas ? »

Il avait débité cela sans la regarder, comme s'il eût semé ses paroles dans la nuit devant lui. Et elle semblait n'avoir point entendu,

tant elle était demeurée immobile, regardant aussi devant elle, d'un œil fixe et vague, le grand paysage pâle éclairé par la lune.

Ils demeurèrent longtemps côte à côte, coude contre coude, silen-5525 cieux et méditant.

Puis elle murmura :

« Il fait un peu froid », et, s'étant retournée, elle revint vers le lit. Il la suivit.

Lorsqu'il s'approcha, il reconnut que vraiment Forestier commen-5530 çait à sentir ; et il éloigna son fauteuil, car il n'aurait pu supporter longtemps cette odeur de pourriture[1]. Il dit :

« Il faudra le mettre en bière dès le matin. »

Elle répondit :

« Oui, oui, c'est entendu ; le menuisier viendra vers huit heures. »
5535 Et Duroy ayant soupiré : « Pauvre garçon ! », elle poussa à son tour un long soupir de résignation navrée.

Ils le regardaient moins souvent, accoutumés déjà à l'idée de cette mort, commençant à consentir mentalement à cette disparition qui, tout à l'heure encore, les révoltait et les indignait, eux qui étaient
5540 mortels aussi.

Ils ne parlaient plus, continuant à veiller d'une façon convenable, sans dormir. Mais, vers minuit, Duroy s'assoupit le premier. Quand il se réveilla, il vit que Mme Forestier sommeillait également, et ayant pris une posture plus commode, il ferma de nouveau les yeux en
5545 grommelant : « Sacristi ! on est mieux dans ses draps, tout de même. »

Un bruit soudain le fit tressauter. La garde entrait. Il faisait grand jour. La jeune femme, sur le fauteuil en face, semblait aussi surprise que lui. Elle était un peu pâle, mais toujours jolie, fraîche, gentille, malgré cette nuit passée sur un siège.

5550 Alors, ayant regardé le cadavre, Duroy tressaillit et s'écria : « Oh ! sa barbe ! » Elle avait poussé, cette barbe, en quelques heures, sur cette chair qui se décomposait, comme elle poussait en quelques jours sur la face d'un vivant. Et ils demeuraient effarés par cette vie qui continuait sur ce mort, comme devant un prodige affreux,
5555 devant une menace surnaturelle de résurrection, devant une des

---

1. **Pourriture :** pour Maupassant, l'odeur du mort est due à la putréfaction. Il croit que celle-ci contribue au renouveau des êtres. Elle est présente dans plusieurs contes – en particulier dans *Miss Harriet*.

choses anormales, effrayantes qui bouleversent et confondent l'intelligence.

Ils allèrent ensuite tous les deux se reposer jusqu'à onze heures. Puis ils mirent Charles au cercueil, et ils se sentirent aussitôt allégés, rassérénés. Ils s'assirent en face l'un de l'autre pour déjeuner avec une envie éveillée de parler de choses consolantes, plus gaies, de rentrer dans la vie, puisqu'ils en avaient fini avec la mort.

Par la fenêtre, grande ouverte, la douce chaleur du printemps entrait, apportant le souffle parfumé de la corbeille d'œillets fleurie devant la porte.

Mme Forestier proposa à Duroy de faire un tour dans le jardin, et ils se mirent à marcher doucement autour du petit gazon en respirant avec délices l'air tiède plein de l'odeur des sapins et des eucalyptus.

Et tout à coup, elle lui parla, sans tourner la tête vers lui, comme il avait fait pendant la nuit, là-haut. Elle prononçait les mots lentement, d'une voix basse et sérieuse :

« Écoutez, mon cher ami, j'ai bien réfléchi... déjà... à ce que vous m'avez proposé, et je ne veux pas vous laisser partir sans vous répondre un mot. Je ne vous dirai, d'ailleurs, ni oui ni non. Nous attendrons, nous verrons, nous nous connaîtrons mieux. Réfléchissez beaucoup de votre côté. N'obéissez pas à un entraînement trop facile. Mais, si je vous parle de cela, avant même que ce pauvre Charles soit descendu dans sa tombe, c'est qu'il importe, après ce que vous m'avez dit, que vous sachiez bien qui je suis, afin de ne pas nourrir plus longtemps la pensée que vous m'avez exprimée, si vous n'êtes pas d'un... d'un... caractère à me comprendre et à me supporter.

« Comprenez-moi bien. Le mariage pour moi n'est pas une chaîne, mais une association. J'entends être libre, tout à fait libre de mes actes, de mes démarches, de mes sorties, toujours. Je ne pourrais tolérer ni contrôle, ni jalousie, ni discussion sur ma conduite. Je m'engagerais, bien entendu, à ne jamais compromettre le nom de l'homme que j'aurais épousé, à ne jamais le rendre odieux ou ridicule. Mais il faudrait aussi que cet homme s'engageât à voir en moi une égale, une alliée, et non pas une inférieure ni une épouse obéissante et soumise. Mes idées, je le sais, ne sont pas celles de tout le monde, mais je n'en changerai point. Voilà.

175

Première partie

« J'ajoute aussi : Ne me répondez pas, ce serait inutile et incon-
venant. Nous nous reverrons et nous reparlerons peut-être de tout
cela, plus tard.

« Maintenant, allez faire un tour. Moi je retourne près de lui. À ce
soir. »

Il lui baisa longuement la main et s'en alla sans prononcer un mot.

Le soir, ils ne se virent qu'à l'heure du dîner. Puis ils montèrent à
leurs chambres, étant tous deux brisés de fatigue.

Charles Forestier fut enterré le lendemain, sans aucune pompe,
dans le cimetière de Cannes. Et Georges Duroy voulut prendre le
rapide de Paris qui passe à une heure et demie.

Mme Forestier l'avait conduit à la gare. Ils se promenaient tranquillement sur le quai, en attendant l'heure du départ, et parlaient
de choses indifférentes.

Le train arriva, très court, un vrai rapide, n'ayant que cinq wagons.

Le journaliste choisit sa place, puis redescendit pour causer encore
quelques instants avec elle, saisi soudain d'une tristesse, d'un chagrin, d'un regret violent de la quitter, comme s'il allait la perdre pour
toujours.

Un employé criait : « Marseille, Lyon, Paris, en voiture ! » Duroy
monta, puis s'accouda à la portière pour lui dire encore quelques
mots. La locomotive siffla et le convoi doucement se mit en marche.

Le jeune homme, penché hors du wagon, regardait la jeune femme
immobile sur le quai et dont le regard le suivait. Et soudain, comme
il allait la perdre de vue, il prit avec ses deux mains un baiser sur sa
bouche pour le jeter vers elle.

Elle le lui renvoya d'un geste plus discret, hésitant, ébauché
seulement.

Deuxième partie

I

Georges Duroy avait retrouvé toutes ses habitudes anciennes.

Installé maintenant dans le petit rez-de-chaussée de la rue de Constantinople, il vivait sagement, en homme qui prépare une existence nouvelle. Ses relations avec Mme de Marelle avaient même pris une allure conjugale, comme s'il se fût exercé d'avance à l'événement prochain ; et sa maîtresse, s'étonnant souvent de la tranquillité réglée de leur union, répétait en riant : « Tu es encore plus popote que mon mari, ça n'était pas la peine de changer. »

Mme Forestier n'était pas revenue. Elle s'attardait à Cannes. Il reçut une lettre d'elle, annonçant son retour seulement pour le milieu d'avril, sans un mot d'allusion à leurs adieux. Il attendit. Il était bien résolu maintenant à prendre tous les moyens pour l'épouser, si elle semblait hésiter. Mais il avait confiance en sa fortune, confiance en cette force de séduction qu'il sentait en lui, force vague et irrésistible que subissaient toutes les femmes.

Un court billet le prévint que l'heure décisive allait sonner.

« Je suis à Paris. Venez me voir.
« Madeleine Forestier. »

Rien de plus. Il l'avait reçu par le courrier de neuf heures. Il entrait chez elle à trois heures, le même jour.

Elle lui tendit les deux mains, en souriant de son joli sourire aimable ; et ils se regardèrent pendant quelques secondes, au fond des yeux.

Puis elle murmura :

« Comme vous avez été bon de venir là-bas dans ces circonstances terribles. »

Il répondit :

« J'aurais fait tout ce que vous m'auriez ordonné. »

Et ils s'assirent. Elle s'informa des nouvelles, des Walter, de tous les confrères et du journal. Elle y pensait souvent, au journal.

Deuxième partie

« Ça me manque beaucoup, disait-elle, mais beaucoup. J'étais devenue journaliste dans l'âme. Que voulez-vous, j'aime ce métier-là. »

Puis elle se tut. Il crut comprendre, il crut trouver dans son sourire, dans le ton de sa voix, dans ses paroles elles-mêmes, une sorte
35 d'invitation ; et bien qu'il se fût promis de ne pas brusquer les choses,
il balbutia :

« Eh bien... pourquoi... pourquoi ne le reprendriez-vous pas... ce
métier... sous... sous le nom de Duroy ? »

Elle redevint brusquement sérieuse et, posant la main sur son
40 bras, elle murmura :

« Ne parlons pas encore de ça. »

Mais il devina qu'elle acceptait, et tombant à genoux il se mit à lui
baiser passionnément les mains en répétant, en bégayant :

« Merci, merci, comme je vous aime ! »
45 Elle se leva. Il fit comme elle et il s'aperçut qu'elle était fort pâle.
Alors il comprit qu'il lui avait plu, depuis longtemps peut-être ; et
comme ils se trouvaient face à face, il l'étreignit, puis il l'embrassa
sur le front, d'un long baiser tendre et sérieux.

Quand elle se fut dégagée, en glissant sur sa poitrine, elle reprit
50 d'un ton grave :

« Écoutez, mon ami, je ne suis encore décidée à rien. Cependant
il se pourrait que ce fût *oui*. Mais vous allez me promettre le secret
absolu jusqu'à ce que je vous en délie. »

Il jura et partit, le cœur débordant de joie.
55 Il mit désormais beaucoup de discrétion dans les visites qu'il lui
fit et il ne sollicita pas de consentement plus précis, car elle avait
une manière de parler de l'avenir, de dire « plus tard », de faire des
projets où leurs deux existences se trouvaient mêlées, qui répondait
sans cesse, mieux et plus délicatement, qu'une formelle acceptation.
60 Duroy travaillait dur, dépensait peu, tâchait d'économiser quelque
argent pour n'être point sans le sou au moment de son mariage, et il
devenait aussi avare qu'il avait été prodigue.

L'été se passa, puis l'automne, sans qu'aucun soupçon vînt à personne, car ils se voyaient peu, et le plus naturellement du monde.
65 Un soir Madeleine lui dit, en le regardant au fond des yeux :

« Vous n'avez pas encore annoncé notre projet à Mme de Marelle ?
– Non, mon amie. Vous ayant promis le secret je n'en ai ouvert la
bouche à âme qui vive.

– Eh bien, il serait temps de la prévenir. Moi, je me charge des
Walter. Ce sera fait cette semaine, n'est-ce pas ? »

Il avait rougi.

« Oui, dès demain. »

Elle détourna doucement les yeux, comme pour ne point remarquer son trouble, et reprit :

« Si vous le voulez, nous pourrons nous marier au commencement
de mai. Ce serait très convenable.

– J'obéis en tout avec joie.

– Le 10 mai, qui est un samedi, me plairait beaucoup, parce que c'est
mon jour de naissance.

– Soit, le 10 mai.

– Vos parents habitent près de Rouen, n'est-ce pas ? Vous me l'avez
dit du moins.

– Oui, près de Rouen, à Canteleu.

– Qu'est-ce qu'ils font ?

– Ils sont... ils sont petits rentiers.

– Ah ! J'ai un grand désir de les connaître. »

Il hésita, fort perplexe :

« Mais... c'est que, ils sont... »

Puis il prit son parti en homme vraiment fort :

« Ma chère amie, ce sont des paysans, des cabaretiers qui se sont
saignés aux quatre membres pour me faire faire des études. Moi, je
ne rougis pas d'eux, mais leur... simplicité... leur... rusticité pourrait
peut-être vous gêner. »

Elle souriait délicieusement, le visage illuminé d'une bonté douce.

« Non. Je les aimerai beaucoup. Nous irons les voir. Je le veux. Je
vous reparlerai de ça. Moi aussi je suis fille de petites gens... mais
je les ai perdus, moi, mes parents. Je n'ai plus personne au monde...
– elle lui tendit la main et ajouta... – que vous. »

Et il se sentit attendri, remué, conquis comme il ne l'avait pas
encore été par aucune femme.

« J'ai pensé à quelque chose, dit-elle, mais c'est assez difficile à
expliquer. »

Il demanda :

« Quoi donc ?

– Eh bien, voilà, mon cher, je suis comme toutes les femmes, j'ai
mes... mes faiblesses, mes petitesses, j'aime ce qui brille, ce qui

sonne. J'aurais adoré porter un nom noble. Est-ce que vous ne pourriez pas, à l'occasion de notre mariage, vous... vous anoblir un peu ? »

110 Elle avait rougi, à son tour ; comme si elle lui eût proposé une indélicatesse.

Il répondit simplement :

« J'y ai bien souvent songé, mais cela ne me paraît pas facile.

– Pourquoi donc ? »

115 Il se mit à rire :

« Parce que j'ai peur de me rendre ridicule. »

Elle haussa les épaules :

« Mais pas du tout, pas du tout. Tout le monde le fait et personne n'en rit. Séparez votre nom en deux : "Du Roy". Ça va très bien. »

120 Il répondit aussitôt, en homme qui connaît la question :

« Non, ça ne va pas. C'est un procédé trop simple, trop commun, trop connu. Moi j'avais pensé à prendre le nom de mon pays, comme pseudonyme littéraire d'abord, puis à l'ajouter peu à peu au mien, puis même, plus tard, à couper en deux mon nom comme vous me

125 le proposiez. »

Elle demanda :

« Votre pays c'est Canteleu ?

– Oui. »

Mais elle hésitait :

130 « Non. Je n'en aime pas la terminaison. Voyons, est-ce que nous ne pourrions pas modifier un peu ce mot... Canteleu ? »

Elle avait pris une plume sur la table et elle griffonnait des noms en étudiant leur physionomie. Soudain elle s'écria :

« Tenez, tenez, voici. »

135 Et elle lui tendit un papier où il lut « Madame Duroy de Cantel[1]. »

Il réfléchit quelques secondes, puis il déclara avec gravité :

« Oui, c'est très bon. »

Elle était enchantée et répétait :

« Duroy de Cantel, Duroy de Cantel, Madame Duroy de Cantel.

140 C'est excellent, excellent ! »

---

1. **Duroy de Cantel :** l'achat d'une particule nobiliaire, pouvant être payée 100 francs par an – et aussi de titres de noblesse, taxés selon le rang (de baron à prince) –, était une proposition du député Laroche-Joubert (*Le Gaulois* du 19 mars 1882).

Elle ajouta, d'un air convaincu :

« Et vous verrez comme c'est facile à faire accepter par tout le monde. Mais il faut saisir l'occasion. Car il serait trop tard ensuite. Vous allez, dès demain, signer vos chroniques D. de Cantel, et vos échos tout simplement Duroy. Ça se fait tous les jours dans la presse et personne ne s'étonnera de vous voir prendre un nom de guerre. Au moment de notre mariage, nous pourrons encore modifier un peu cela en disant aux amis que vous aviez renoncé à votre *du* par modestie, étant donné votre position, ou même sans rien dire du tout. Quel est le petit nom de votre père ?

– Alexandre. »

Elle murmura deux ou trois fois de suite : « Alexandre, Alexandre », en écoutant la sonorité des syllabes, puis elle écrivit sur une feuille toute blanche :

« Monsieur et Madame Alexandre du Roy de Cantel ont l'honneur de vous faire part du mariage de Monsieur Georges du Roy de Cantel, leur fils, avec Madame Madeleine Forestier. »

Elle regardait son écriture d'un peu loin, ravie de l'effet, et elle déclara :

« Avec un rien de méthode, on arrive à réussir tout ce qu'on veut. »

Quand il se retrouva dans la rue, bien déterminé à s'appeler désormais du Roy, et même du Roy de Cantel, il lui sembla qu'il venait de prendre une importance nouvelle. Il marchait plus crânement, le front plus haut, la moustache plus fière, comme doit marcher un gentilhomme. Il sentait en lui une sorte d'envie joyeuse de raconter aux passants :

« Je m'appelle du Roy de Cantel. »

Mais à peine rentré chez lui, la pensée de Mme de Marelle l'inquiéta et il lui écrivit aussitôt, afin de lui demander un rendez-vous pour le lendemain.

« Ça sera dur, pensait-il. Je vais recevoir une bourrasque de premier ordre. »

Puis il en prit son parti avec l'insouciance naturelle qui lui faisait négliger les choses désagréables de la vie, et il se mit à faire un article fantaisiste sur les impôts nouveaux à établir afin de rassurer l'équilibre du budget.

Il y fit figurer la particule nobiliaire pour cent francs par an, et les titres, depuis baron jusqu'à prince, pour cinq cents jusqu'à mille francs.

Et il signa : D. de Cantel.

Il reçut le lendemain un petit bleu de sa maîtresse annonçant qu'elle arriverait à une heure.

Il l'attendit avec un peu de fièvre, résolu d'ailleurs à brusquer les choses, à tout dire dès le début, puis, après la première émotion, à argumenter avec sagesse pour lui démontrer qu'il ne pouvait pas rester garçon indéfiniment, et que M. de Marelle s'obstinant à vivre, il avait dû songer à une autre qu'elle pour en faire sa compagne légitime.

Il se sentait ému cependant. Quand il entendit le coup de sonnette, son cœur se mit à battre.

Elle se jeta dans ses bras. « Bonjour, Bel-Ami. »

Puis, trouvant froide son étreinte, elle le considéra et demanda :

« Qu'est-ce que tu as ?

– Assieds-toi, dit-il. Nous allons causer sérieusement. »

Elle s'assit sans ôter son chapeau, relevant seulement sa voilette jusqu'au-dessus du front, et elle attendit.

Il avait baissé les yeux ; il préparait son début. Il commença d'une voix lente :

« Ma chère amie, tu me vois fort troublé, fort triste et fort embarrassé de ce que j'ai à t'avouer. Je t'aime beaucoup, je t'aime vraiment du fond du cœur, aussi la crainte de te faire de la peine m'afflige-t-elle plus encore que la nouvelle même que je vais t'apprendre. »

Elle pâlissait, se sentant trembler, et elle balbutia :

« Qu'est-ce qu'il y a ? Dis vite ! »

Il prononça d'un ton triste mais résolu, avec cet accablement feint dont on use pour annoncer les malheurs heureux : « Il y a que je me marie. »

Elle poussa un soupir de femme qui va perdre connaissance, un soupir douloureux venu du fond de la poitrine, et elle se mit à suffoquer, sans pouvoir parler, tant elle haletait.

Voyant qu'elle ne disait rien, il reprit :

« Tu ne te figures pas combien j'ai souffert avant d'arriver à cette résolution. Mais je n'ai ni situation ni argent. Je suis seul, perdu dans Paris. Il me fallait auprès de moi quelqu'un qui fût surtout un conseil, une consolation et un soutien. C'est une associée, une alliée que j'ai cherchée et que j'ai trouvée. »

Il se tut, espérant qu'elle répondrait, s'attendant à une colère furieuse, à des violences, à des injures.

Elle avait appuyé une main sur son cœur comme pour le contenir et elle respirait toujours par secousses pénibles qui lui soulevaient les seins et lui remuaient la tête.

220 Il prit la main restée sur le bras du fauteuil, mais elle la retira brusquement. Puis elle murmura comme tombée dans une sorte d'hébétude :

« Oh !... mon Dieu... »

Il s'agenouilla devant elle, sans oser la toucher cependant,
225 et il balbutia, plus ému par ce silence qu'il ne l'eût été par des emportements :

« Clo, ma petite Clo, comprends bien ma situation, comprends bien ce que je suis. Oh ! si j'avais pu t'épouser, toi, quel bonheur ! Mais tu es mariée. Que pouvais-je faire ? Réfléchis, voyons, réflé-
230 chis ! Il faut que je me pose dans le monde, et je ne le puis pas faire tant que je n'aurai pas d'intérieur. Si tu savais !... Il y a des jours où j'avais envie de tuer ton mari... »

Il parlait de sa voix douce, voilée, séduisante, une voix qui entrait comme une musique dans l'oreille. Il vit deux larmes grossir lente-
235 ment dans les yeux fixes de sa maîtresse, puis couler sur ses joues, tandis que deux autres se formaient déjà au bord des paupières.

Il murmura :

« Oh ! ne pleure pas, Clo, ne pleure pas, je t'en supplie. Tu me fends le cœur. »

240 Alors, elle fit un effort, un grand effort pour être digne et fière ; et elle demanda avec ce ton chevrotant des femmes qui vont sangloter :

« Qui est-ce ? »

Il hésita une seconde, puis, comprenant qu'il le fallait :
245 « Madeleine Forestier. »

Mme de Marelle tressaillit de tout son corps, puis elle demeura muette, songeant avec une telle attention qu'elle paraissait avoir oublié qu'il était à ses pieds.

Et deux gouttes transparentes se formaient sans cesse dans ses
250 yeux, tombaient, se reformaient encore.

Elle se leva. Duroy devina qu'elle allait partir sans lui dire un mot, sans reproches et sans pardon : et il en fut blessé, humilié au fond de l'âme. Voulant la retenir, il saisit à pleins bras sa robe, enlaçant à travers l'étoffe ses jambes rondes qu'il sentit se roidir pour résister.

Deuxième partie

255 Il suppliait :

« Je t'en conjure, ne t'en va pas comme ça. » Alors elle le regarda, de haut en bas, elle le regarda avec cet œil mouillé, désespéré, si charmant et si triste qui montre toute la douleur d'un cœur de femme, et elle balbutia : « Je n'ai... je n'ai rien à dire... je n'ai... rien à
260 faire... Tu... tu as raison... tu... tu... as bien choisi ce qu'il te fallait... »

Et s'étant dégagée d'un mouvement en arrière, elle s'en alla, sans qu'il tentât de la retenir plus longtemps.

Demeuré seul, il se releva, étourdi comme s'il avait reçu un horion[1] sur la tête ; puis prenant son parti, il murmura : « Ma foi,
265 tant pis ou tant mieux. Ça y est... sans scène. J'aime autant ça. » Et, soulagé d'un poids énorme, se sentant tout à coup libre, délivré, à l'aise pour sa vie nouvelle, il se mit à boxer contre le mur en lançant de grands coups de poing, dans une sorte d'ivresse de succès et de force, comme s'il se fût battu contre la Destinée.

270 Quand Mme Forestier lui demanda : « Vous avez prévenu Mme de Marelle ? »

Il répondit avec tranquillité : « Mais oui... »

Elle le fouillait de son œil clair.

« Et ça ne l'a pas émue ?

275 – Mais non, pas du tout. Elle a trouvé ça très bien, au contraire. »

La nouvelle fut bientôt connue. Les uns s'étonnèrent, d'autres prétendirent l'avoir prévu, d'autres encore sourirent en laissant entendre que ça ne les surprenait point.

Le jeune homme qui signait maintenant D. de Cantel ses chro-
280 niques, Duroy ses échos, et du Roy les articles politiques qu'il commençait à donner de temps en temps, passait la moitié des jours chez sa fiancée qui le traitait avec une familiarité fraternelle où entrait cependant une tendresse vraie mais cachée, une sorte de désir dissimulé comme une faiblesse. Elle avait décidé que le
285 mariage se ferait en grand secret, en présence des seuls témoins, et qu'on partirait le soir même pour Rouen. On irait le lendemain embrasser les vieux parents du journaliste, et on demeurerait quelques jours auprès d'eux.

Duroy s'était efforcé de la faire renoncer à ce projet, mais n'ayant
290 pu y parvenir, il s'était soumis, à la fin.

---

1. **Horion :** coup violent.

184

Donc, le 10 mai étant venu, les nouveaux époux, ayant jugé inutiles les cérémonies religieuses[1], puisqu'ils n'avaient invité personne, rentrèrent pour fermer leurs malles, après un court passage à la mairie, et ils prirent à la gare Saint-Lazare le train de six heures du soir
295 qui les emporta vers la Normandie.

Ils n'avaient guère échangé vingt paroles jusqu'au moment où ils se trouvèrent seuls dans le wagon. Dès qu'ils se sentirent en route, ils se regardèrent et se mirent à rire, pour cacher une certaine gêne, qu'ils ne voulaient point laisser voir.

300 Le train traversait doucement la longue gare des Batignolles, puis il franchit la plaine galeuse qui va des fortifications à la Seine.

Duroy et sa femme, de temps en temps, prononçaient quelques mots inutiles, puis se tournaient de nouveau vers la portière.

Quand ils passèrent le pont d'Asnières, une gaieté les saisit à la
305 vue de la rivière couverte de bateaux, de pêcheurs et de canotiers. Le soleil, un puissant soleil de mai, répandait sa lumière oblique sur les embarcations et sur le fleuve calme qui semblait immobile, sans courant et sans remous, figé sous la chaleur et la clarté du jour finissant. Une barque à voile, au milieu de la rivière, ayant tendu sur
310 ses deux bords deux grands triangles de toile blanche pour cueillir les moindres souffles de brise, avait l'air d'un énorme oiseau prêt à s'envoler.

Duroy murmura :

« J'adore les environs de Paris, j'ai des souvenirs de fritures qui
315 sont les meilleurs de mon existence. »

Elle répondit :

« Et les canots ! Comme c'est gentil de glisser sur l'eau au coucher du soleil. »

Puis ils se turent comme s'ils n'avaient point osé continuer ces
320 épanchements sur leur vie passée, et ils demeurèrent muets, savourant peut-être déjà la poésie des regrets.

Duroy, assis en face de sa femme, prit sa main et la baisa lentement.

« Quand nous serons revenus, dit-il, nous irons quelquefois dîner à Chatou. »

---

1. **Ayant jugé inutiles les cérémonies religieuses :** on remarque que le mariage est uniquement civil et qu'ainsi Du Roy, divorcé, pourra épouser religieusement Suzanne Walter.

325 Elle murmura :

« Nous aurons tant de choses à faire ! » sur un ton qui semblait signifier : « Il faudra sacrifier l'agréable à l'utile. »

Il tenait toujours sa main, se demandant avec inquiétude par quelle transition il arriverait aux caresses. Il n'eût point été troublé
330 de même devant l'ignorance d'une jeune fille ; mais l'intelligence alerte et rusée qu'il sentait en Madeleine rendait embarrassée son attitude. Il avait peur de lui sembler niais, trop timide ou trop brutal, trop lent ou trop prompt.

Il serrait cette main par petites pressions, sans qu'elle répondît à
335 son appel. Il dit :

« Ça me semble très drôle que vous soyez ma femme. »

Elle parut surprise :

« Pourquoi ça ?

– Je ne sais pas. Ça me semble drôle. J'ai envie de vous embrasser, et
340 je m'étonne d'en avoir le droit. »

Elle lui tendit tranquillement sa joue, qu'il baisa comme il eût baisé celle d'une sœur.

Il reprit :

« La première fois que je vous ai vue (vous savez bien, à ce dîner
345 où m'avait invité Forestier), j'ai pensé : "Sacristi, si je pouvais découvrir une femme comme ça." Eh bien, c'est fait. Je l'ai. »

Elle murmura :

« C'est gentil. » Et elle le regardait tout droit, finement, de son œil toujours souriant.

350 Il songeait : « Je suis trop froid. Je suis stupide. Je devrais aller plus vite que ça. » Et il demanda :

« Comment aviez-vous donc fait la connaissance de Forestier ? »

Elle répondit, avec une malice provocante :

« Est-ce que nous allons à Rouen pour parler de lui ? »

355 Il rougit : « Je suis bête. Vous m'intimidez beaucoup. »

Elle fut ravie : « Moi ! Pas possible ? D'où vient ça ? »

Il s'était assis à côté d'elle, tout près. Elle cria : « Oh ! un cerf ! »

Le train traversait la forêt de Saint-Germain ; et elle avait vu un chevreuil effrayé franchir d'un bond une allée.

360 Duroy s'étant penché pendant qu'elle regardait par la portière ouverte posa un long baiser, un baiser d'amant dans les cheveux de son cou.

Elle demeura quelques moments immobile ; puis, relevant la tête :
« Vous me chatouillez, finissez. »

Mais il ne s'en allait point, promenant doucement, en une caresse énervante et prolongée, sa moustache frisée sur la chair blanche.

Elle se secoua :

« Finissez donc. »

Il avait saisi la tête de sa main droite glissée derrière elle, et il la tournait vers lui. Puis il se jeta sur sa bouche comme un épervier sur une proie.

Elle se débattait, le repoussait, tâchait de se dégager. Elle y parvint enfin, et répéta :

« Mais finissez donc. »

Il ne l'écoutait, plus, l'étreignant, la baisant d'une lèvre avide et frémissante, essayant de la renverser sur les coussins du wagon.

Elle se dégagea d'un grand effort, et, se levant avec vivacité :

« Oh ! voyons, Georges, finissez. Nous ne sommes pourtant plus des enfants, nous pouvons bien attendre Rouen. »

Il demeurait assis, très rouge, et glacé par ces mots raisonnables ; puis, ayant repris quelque sang-froid :

« Soit, j'attendrai, dit-il avec gaieté, mais je ne suis plus fichu de prononcer vingt paroles jusqu'à l'arrivée. Et songez que nous traversons Poissy.

– C'est moi qui parlerai », dit-elle.

Elle se rassit doucement auprès de lui.

Et elle parla, avec précision, de ce qu'ils feraient à leur retour. Ils devaient conserver l'appartement qu'elle habitait avec son premier mari, et Duroy héritait aussi des fonctions et du traitement de Forestier à *La Vie française*.

Avant leur union, du reste, elle avait réglé, avec une sûreté d'homme d'affaires, tous les détails financiers du ménage.

Ils s'étaient associés sous le régime de la séparation de biens, et tous les cas étaient prévus qui pouvaient survenir : mort, divorce, naissance d'un ou de plusieurs enfants. Le jeune homme apportait quatre mille francs, disait-il, mais, sur cette somme, il en avait emprunté quinze cents. Le reste provenait d'économies faites dans l'année, en prévision de l'événement. La jeune femme apportait quarante mille francs que lui avait laissés Forestier, disait-elle.

Elle revint à lui, citant son exemple :

« C'était un garçon très économe, très rangé, très travailleur. Il aurait fait fortune en peu de temps. »

Duroy n'écoutait plus, tout occupé d'autres pensées.

Elle s'arrêtait parfois pour suivre une idée intime, puis reprenait :

405 « D'ici à trois ou quatre ans, vous pouvez fort bien gagner de trente à quarante mille francs par an. C'est ce qu'aurait eu Charles, s'il avait vécu. »

Georges, qui commençait à trouver longue la leçon, répondit :

« Il me semblait que nous n'allions pas à Rouen pour parler de lui. »

410 Elle lui donna une petite tape sur la joue :

« C'est vrai, j'ai tort. »

Elle riait.

Il affectait de tenir ses mains sur ses genoux, comme les petits garçons bien sages.

415 « Vous avez l'air niais, comme ça », dit-elle.

Il répliqua :

« C'est mon rôle, auquel vous m'avez d'ailleurs rappelé tout à l'heure, et je n'en sortirai plus.

– Pourquoi ?

420 – Parce que c'est vous qui prenez la direction de la maison, et même celle de ma personne. Cela vous regarde, en effet, comme veuve ! »

Elle fut étonnée :

« Que voulez-vous dire au juste ?

– Que vous avez une expérience qui doit dissiper mon ignorance, et

425 une pratique du mariage qui doit dégourdir mon innocence de célibataire, voilà, na ! »

Elle s'écria :

« C'est trop fort ! »

Il répondit :

430 « C'est comme ça. Je ne connais pas les femmes, moi, – na, – et vous connaissez les hommes, vous, puisque vous êtes veuve, – na, – c'est vous qui allez faire mon éducation... ce soir, – na, – et vous pouvez même commencer tout de suite, si vous voulez, – na. »

Elle s'écria, très égayée :

435 « Oh ! par exemple, si vous comptez sur moi pour ça !... »

Il prononça, avec une voix de collégien qui bredouille sa leçon :

« Mais oui, – na, – j'y compte. Je compte même que vous me donnerez une instruction solide... en vingt leçons... dix pour les élé-

ments… la lecture et la grammaire… dix pour les perfectionnements
et la rhétorique… Je ne sais rien, moi – na. »

Elle s'écria, s'amusant beaucoup :

« T'es bête. »

Il reprit :

« Puisque tu commences par me tutoyer, j'imiterai aussitôt cet
exemple, et je te dirai, mon amour, que je t'adore de plus en plus, de
seconde en seconde, et que je trouve Rouen bien loin ! »

Il parlait maintenant avec des intonations d'acteur, avec un jeu
plaisant de figure qui divertissaient la jeune femme habituée aux
manières et aux joyeusetés de la grande bohème des hommes de
lettres.

Elle le regardait de côté, le trouvant vraiment charmant, éprou-
vant l'envie qu'on a de croquer un fruit sur l'arbre, et l'hésitation du
raisonnement qui conseille d'attendre le dîner pour le manger à son
heure.

Alors elle dit, devenant un peu rouge aux pensées qui
l'assaillaient :

« Mon petit élève, croyez mon expérience, ma grande expérience.
Les baisers en wagon ne valent rien. Ils tournent sur l'estomac. »

Puis elle rougit davantage encore, en murmurant :

« Il ne faut jamais couper son blé en herbe. »

Il ricanait, excité par les sous-entendus qu'il sentait glisser dans
cette jolie bouche ; et il fit le signe de la croix avec un marmotte-
ment des lèvres, comme s'il eût murmuré une prière, puis il déclara :

« Je viens de me mettre sous la protection de saint Antoine, patron
des Tentations. Maintenant, je suis de bronze. »

La nuit venait doucement, enveloppant d'ombre transparente,
comme d'un crêpe léger, la grande campagne qui s'étendait à droite.
Le train longeait la Seine, et les jeunes gens se mirent à regarder
dans le fleuve, déroulé comme un large ruban de métal poli à côté
de la voie, des reflets rouges, des taches tombées du ciel que le soleil
en s'en allant avait frotté de pourpre et de feu. Ces lueurs s'étei-
gnaient peu à peu, devenaient foncées, s'assombrissant tristement. Et
la campagne se noyait dans le noir, avec ce frisson sinistre, ce frisson
de mort que chaque crépuscule fait passer sur la terre.

Cette mélancolie du soir entrant par la portière ouverte pénétrait
les âmes, si gaies tout à l'heure, des deux époux devenus silencieux.

Deuxième partie

Ils s'étaient rapprochés l'un de l'autre pour regarder cette agonie du jour, de ce beau jour clair de mai.

À Mantes, on avait allumé le petit quinquet à l'huile qui répandait sur le drap gris des capitons sa clarté jaune et tremblotante.

Duroy enlaça la taille de sa femme et la serra contre lui. Son désir aigu de tout à l'heure devenait de la tendresse, une tendresse alanguie, une envie molle de menues caresses consolantes, de ces caresses dont on berce les enfants.

Il murmura, tout bas :

« Je t'aimerai bien, ma petite Made. »

La douceur de cette voix émut la jeune femme, lui fit passer sur la chair un frémissement rapide, et elle offrit sa bouche, en se penchant vers lui, car il avait posé sa joue sur le tiède appui des seins.

Ce fut un très long baiser, muet et profond, puis un sursaut, une brusque et folle étreinte, une courte lutte essoufflée, un accouplement violent et maladroit. Puis ils restèrent aux bras l'un de l'autre, un peu déçus tous deux, las et tendres encore, jusqu'à ce que le sifflet du train annonçât une gare prochaine.

Elle déclara, en tapotant du bout des doigts les cheveux ébouriffés de ses tempes :

« C'est très bête. Nous sommes des gamins. »

Mais il lui baisait les mains, allant de l'une à l'autre avec une rapidité fiévreuse et il répondit :

« Je t'adore, ma petite Made. »

Jusqu'à Rouen ils demeurèrent presque immobiles, la joue contre la joue, les yeux dans la nuit de la portière où l'on voyait passer parfois les lumières des maisons ; et ils rêvassaient, contents de se sentir si proches et dans l'attente grandissante d'une étreinte plus intime et plus libre.

Ils descendirent dans un hôtel dont les fenêtres donnaient sur le quai, et ils se mirent au lit après avoir un peu soupé, très peu. La femme de chambre les réveilla, le lendemain, lorsque huit heures venaient de sonner.

Quand ils eurent bu la tasse de thé posée sur la table de nuit, Duroy regarda sa femme, puis brusquement avec l'élan joyeux d'un homme heureux qui vient de trouver un trésor, il la saisit dans ses bras, en balbutiant :

« Ma petite Made, je sens que je t'aime beaucoup... beaucoup... beaucoup... »

190

515   Elle souriait de son sourire confiant et satisfait et elle murmura, en lui rendant ses baisers :

« Et moi aussi... peut-être. »

Mais il demeurait inquiet de cette visite à ses parents.

Il avait déjà souvent prévenu sa femme ; il l'avait préparée, ser-
520 monnée. Il crut bon de recommencer.

« Tu sais, ce sont des paysans, des paysans de campagne, et non pas d'opéra-comique. »

Elle riait :

« Mais je le sais, tu me l'as assez dit. Voyons, lève-toi et laisse-moi
525 me lever aussi. »

Il sauta du lit, et mettant ses chaussettes :

« Nous serons très mal à la maison, très mal. Il n'y a qu'un vieux lit à paillasse dans ma chambre. On ne connaît pas les sommiers, à Canteleu. »

Elle semblait enchantée :
530   « Tant mieux. Ce sera charmant de mal dormir... auprès de... auprès de toi... et d'être réveillée par le chant des coqs. »

Elle avait passé son peignoir, un grand peignoir de flanelle blanche, que Duroy reconnut aussitôt. Cette vue lui fut désagréable. Pourquoi ? Sa femme possédait, il le savait bien, une douzaine
535 entière de ces vêtements de matinée. Elle ne pouvait pourtant point détruire son trousseau pour en acheter un neuf ? N'importe, il eût voulu que son linge de chambre, son linge de nuit, son linge d'amour ne fût plus le même qu'avec l'autre. Il lui semblait que l'étoffe moelleuse et tiède devait avoir gardé quelque chose du
540 contact de Forestier.

Et il alla vers la fenêtre en allumant une cigarette. La vue du port, du large fleuve plein de navires aux mâts légers, de vapeurs trapus, que des machines tournantes vidaient à grand bruit sur les quais, le remua, bien qu'il connût cela depuis longtemps. Et il s'écria :
545   « Bigre, que c'est beau ! »

Madeleine accourut et posant ses deux mains sur une épaule de son mari, penchée vers lui dans un geste abandonné, elle demeura ravie, émue. Elle répétait :

« Oh ! que c'est joli ! que c'est joli ! Je ne savais pas qu'il y eût tant
550 de bateaux que ça ? »

Ils partirent une heure plus tard, car ils devaient déjeuner chez les vieux, prévenus depuis quelques jours. Un fiacre découvert et

rouillé les emporta avec un bruit de chaudronnerie secouée. Ils suivirent un long boulevard assez laid, puis traversèrent des prairies où
555   coulait une rivière, puis ils commencèrent à gravir la côte.

Madeleine, fatiguée, s'était assoupie sous la caresse pénétrante du
soleil qui la chauffait délicieusement au fond de la vieille voiture,
comme si elle eût été couchée dans un bain tiède de lumière et d'air
champêtre.

560   Son mari la réveilla.

« Regarde », dit-il.

Ils venaient de s'arrêter aux deux tiers de la montée, à un endroit
renommé pour la vue, où l'on conduit tous les voyageurs.

On dominait l'immense vallée, longue et large, que le fleuve clair
565   parcourait d'un bout à l'autre, avec de grandes ondulations. On le
voyait venir de là-bas, taché par des îles nombreuses et décrivant
une courbe avant de traverser Rouen. Puis la ville apparaissait sur
la rive droite, un peu noyée dans la brume matinale, avec des éclats
de soleil sur ses toits, et ses mille clochers légers, pointus ou trapus,
570   frêles et travaillés comme des bijoux géants, ses tours carrées ou
rondes coiffées de couronnes héraldiques, ses beffrois, ses clochetons, tout le peuple gothique des sommets d'églises que dominait la
flèche aiguë de la cathédrale, surprenante aiguille de bronze, laide,
étrange et démesurée, la plus haute qui soit au monde.

575   Mais en face, de l'autre côté du fleuve, s'élevaient, rondes et ren-
flées à leur faîte, les minces cheminées d'usines du vaste faubourg
de Saint-Sever.

Plus nombreuses que leurs frères les clochers, elles dressaient jusque
dans la campagne lointaine leurs longues colonnes de briques et
580   soufflaient dans le ciel bleu leur haleine noire de charbon.

Et la plus élevée de toutes, aussi haute que la pyramide de
Chéops, le second des sommets dus au travail humain, presque
l'égale de sa fière commère la flèche de la cathédrale, la grande
pompe à feu de la *Foudre* semblait la reine du peuple travailleur et
585   fumant des usines, comme sa voisine était la reine de la foule poin-
tue des monuments sacrés.

Là-bas, derrière la ville ouvrière, s'étendait une forêt de sapins ;
et la Seine, ayant passé entre les deux cités, continuait sa route,
longeait une grande côte onduleuse boisée en haut et montrant par
590   places ses os de pierre blanche, puis elle disparaissait à l'horizon

après avoir encore décrit une longue courbe arrondie. On voyait des navires montant et descendant le fleuve, traînés par des barques à vapeur grosses comme des mouches et qui crachaient une fumée épaisse. Des îles, étalées sur l'eau, s'alignaient toujours l'une au bout de l'autre, ou bien laissant entre elles de grands intervalles, comme les grains inégaux d'un chapelet verdoyant.

Le cocher du fiacre attendait que les voyageurs eussent fini de s'extasier. Il connaissait par expérience la durée de l'admiration de toutes les races de promeneurs.

Mais quand il se remit en marche, Duroy aperçut soudain, à quelques centaines de mètres, deux vieilles gens qui s'en venaient, et il sauta de la voiture, en criant : « Les voilà. Je les reconnais. »

C'étaient deux paysans, l'homme et la femme, qui marchaient d'un pas régulier, en se balançant et se heurtant parfois de l'épaule. L'homme était petit, trapu, rouge et un peu ventru, vigoureux malgré son âge ; la femme, grande, sèche, voûtée, triste, la vraie femme de peine des champs qui a travaillé dès l'enfance et qui n'a jamais ri, tandis que le mari blaguait en buvant avec les pratiques.

Madeleine aussi était descendue de voiture et elle regardait venir ces deux pauvres êtres avec un serrement de cœur, une tristesse qu'elle n'avait point prévue. Ils ne reconnaissaient point leur fils, ce beau monsieur, et ils n'auraient jamais deviné leur bru dans cette belle dame en robe claire.

Ils allaient, sans parler et vite, au-devant de l'enfant attendu, sans regarder ces personnes de la ville que suivait une voiture.

Ils passaient. Georges, qui riait, cria :

« Bonjour, pé Duroy. »

Ils s'arrêtèrent net, tous les deux, stupéfaits d'abord, puis abrutis de surprise. La vieille se remit la première et balbutia, sans faire un pas :

« C'est-i té, not' fieu ? »

Le jeune homme répondit :

« Mais oui, c'est moi, la mé Duroy ! », et marchant à elle, il l'embrassa sur les deux joues, d'un gros baiser de fils. Puis il frotta ses tempes contre les tempes du père, qui avait ôté sa casquette, une casquette à la mode de Rouen, en soie noire, très haute, pareille à celle des marchands de bœufs.

Puis Georges annonça : « Voilà ma femme. » Et les deux campagnards regardèrent Madeleine. Ils la regardèrent comme on regarde

un phénomène, avec une crainte inquiète, jointe à une sorte d'appro-
630 bation satisfaite chez le père, à une inimitié jalouse chez la mère.

L'homme, qui était d'un naturel joyeux, tout imbibé par une gaieté
de cidre doux et d'alcool, s'enhardit et demanda, avec une malice au
coin de l'œil :

« J'pouvons-ti l'embrasser tout d'même ? »
635 Le fils répondit : « Parbleu. » Et Madeleine, mal à l'aise, tendit ses
deux joues aux bécots sonores du paysan qui s'essuya ensuite les
lèvres d'un revers de main.

La vieille, à son tour, baisa sa belle-fille avec une réserve hostile.
Non, ce n'était point la bru de ses rêves, la grosse et fraîche fermière,
640 rouge comme une pomme et ronde comme une jument poulinière.
Elle avait l'air d'une traînée, cette dame-là, avec ses falbalas et son
musc. Car tous les parfums, pour la vieille, étaient du musc.

Et on se remit en marche à la suite du fiacre qui portait la malle
des nouveaux époux.

645 Le vieux prit son fils par le bras, et le retenant en arrière, il
demanda avec intérêt :

« Eh ben, ça va-t-il, les affaires ?
– Mais oui, très bien.
– Allons, suffit, tant mieux ! Dis-mé, ta femme, est-i aisée ? »
650 Georges répondit :

« Quarante mille francs. »
Le père poussa un léger sifflement d'admiration et ne put que
murmurer : « Bougre ! » tant il fut ému par la somme. Puis il ajouta
avec une conviction sérieuse : « Nom d'un nom, c'est une belle
655 femme. » Car il la trouvait de son goût, lui. Et il avait passé pour
connaisseur, dans le temps.

Madeleine et la mère marchaient côte à côte, sans dire un mot. Les
deux hommes les rejoignirent.

On arrivait au village, un petit village en bordure sur la route,
660 formé de dix maisons de chaque côté, maisons de bourg et masures
de fermes, les unes en briques, les autres en argile, celles-ci coiffées
de chaume et celles-là d'ardoise. La café du père Duroy : « À la belle
vue », une bicoque composée d'un rez-de-chaussée et d'un grenier,
se trouvait à l'entrée du pays, à gauche. Une branche de pin, accro-
665 chée sur la porte, indiquait, à la mode ancienne, que les gens altérés
pouvaient entrer.

Le couvert était mis dans la salle du cabaret, sur deux tables rapprochées et cachées par deux serviettes. Une voisine, venue pour aider au service, salua d'une grande révérence en voyant apparaître une aussi belle dame, puis reconnaissant Georges, elle s'écria : « Seigneur Jésus, c'est-i té, petiot ? »

Il répondit gaiement :

« Oui, c'est moi, la mé Brulin ! »

Et il l'embrassa aussitôt comme il avait embrassé père et mère.

Puis il se tourna vers sa femme :

« Viens dans notre chambre, dit-il, tu te débarrasseras de ton chapeau. »

Il la fit entrer par la porte de droite dans une pièce froide, carrelée, toute blanche, avec ses murs peints à la chaux et son lit aux rideaux de coton. Un crucifix au-dessus d'un bénitier, et deux images coloriées représentant Paul et Virginie sous un palmier bleu et Napoléon Ier sur un cheval jaune, ornaient seuls cet appartement propre et désolant.

Dès qu'ils furent seuls, il embrassa Madeleine :

« Bonjour, Made. Je suis content de revoir les vieux. Quand on est à Paris, on n'y pense pas, et puis quand on se retrouve, ça fait plaisir tout de même. »

Mais le père criait en tapant du poing la cloison :

« Allons, allons, la soupe est cuite. »

Et il fallut se mettre à table.

Ce fut un long déjeuner de paysans avec une suite de plats mal assortis, une andouille après un gigot, une omelette après l'andouille. Le père Duroy, mis en joie par le cidre et quelques verres de vin, lâchait le robinet de ses plaisanteries de choix, celles qu'il réservait pour les grandes fêtes, histoires grivoises et malpropres arrivées à ses amis, affirmait-il. Georges, qui les connaissait toutes, riait cependant, grisé par l'air natal, ressaisi par l'amour inné du pays, des lieux familiers dans l'enfance, par toutes les sensations, tous les souvenirs retrouvés, toutes les choses d'autrefois revues, des riens, une marque de couteau dans une porte, une chaise boiteuse rappelant un petit fait, des odeurs de sol, le grand souffle de résine et d'arbres venu de la forêt voisine, les senteurs du logis, du ruisseau, du fumier.

La mère Duroy ne parlait point, toujours triste et sévère, épiant de l'œil sa bru avec une haine éveillée dans le cœur, une haine de

705 vieille travailleuse, de vieille rustique aux doigts usés, aux membres déformés par les dures besognes, contre cette femme de ville qui lui inspirait une répulsion de maudite, de réprouvée, d'être impur fait pour la fainéantise et le péché. Elle se levait à tout moment pour aller chercher les plats, pour verser dans les verres la boisson jaune 710 et aigre de la carafe ou le cidre doux mousseux et sucré des bouteilles dont le bouchon sautait comme celui de la limonade gazeuse.

Madeleine ne mangeait guère, ne parlait guère, demeurait triste avec son sourire ordinaire figé sur les lèvres, mais un sourire morne, résigné. Elle était déçue, navrée. Pourquoi ? Elle avait voulu venir. 715 Elle n'ignorait point qu'elle allait chez des paysans, chez des petits paysans. Comment les avait-elle donc rêvés, elle qui ne rêvait pas d'ordinaire ?

Le savait-elle ? Est-ce que les femmes n'espèrent point toujours autre chose que ce qui est ! Les avait-elle vus de loin plus poé- 720 tiques ? Non, mais plus littéraires peut-être, plus nobles, plus affectueux, plus décoratifs. Pourtant elle ne les désirait point distingués comme ceux des romans. D'où venait donc qu'ils la choquaient par mille choses menues, invisibles, par mille grossièretés insaisissables, par leur nature même de rustres, par ce qu'ils disaient, par leurs gestes 725 et leur gaieté ?

Elle se rappelait sa mère à elle, dont elle ne parlait jamais à personne, une institutrice séduite, élevée à Saint-Denis et morte de misère et de chagrin quand Madeleine avait douze ans. Un inconnu avait fait élever la petite fille. Son père, sans doute ? Qui était-il ? Elle 730 ne le sut point au juste, bien qu'elle eût de vagues soupçons.

Le déjeuner ne finissait pas. Des consommateurs entraient maintenant, serraient les mains du père Duroy, s'exclamaient en voyant le fils, et, regardant de côté la jeune femme, clignaient de l'œil avec malice ; ce qui signifiait : « Sacré mâtin ! elle n'est pas piquée des 735 vers, l'épouse à Georges Duroy. »

D'autres, moins intimes, s'asseyaient devant les tables de bois, et criaient : « Un litre ! – Une chope ! – Deux fines ! – Un raspail ! » Et ils se mettaient à jouer aux dominos en tapant à grand bruit les petits carrés d'os blanc et noir.

740 La mère Duroy ne cessait plus d'aller et de venir, servant les pratiques avec son air lamentable, recevant l'argent, essuyant les tables du coin de son tablier bleu.

La fumée des pipes de terre et des cigares d'un sou emplissait la salle. Madeleine se mit à tousser et demanda : « Si nous sortions ? je n'en puis plus. »

On n'avait point encore fini. Le vieux Duroy fut mécontent. Alors elle se leva et alla s'asseoir sur une chaise, devant la porte, sur la route, en attendant que son beau-père et son mari eussent achevé leur café et leurs petits verres.

Georges la rejoignit bientôt.

« Veux-tu dégringoler jusqu'à la Seine ? » dit-il.

Elle accepta avec joie :

« Oh ! oui. Allons. »

Ils descendirent la montagne, louèrent un bateau à Croisset, et ils passèrent le reste de l'après-midi le long d'une île, sous les saules, somnolents tous deux, dans la chaleur douce du printemps, et bercés par les petites vagues du fleuve.

Puis ils remontèrent à la nuit tombante.

Le repas du soir, à la lueur d'une chandelle, fut plus pénible encore pour Madeleine que celui du matin. Le père Duroy, qui avait une demi-soûlerie, ne parlait plus. La mère gardait sa mine revêche.

La pauvre lumière jetait sur les murs gris les ombres des têtes avec des nez énormes et des gestes démesurés. On voyait parfois une main géante lever une fourchette pareille à une fourche vers une bouche qui s'ouvrait comme une gueule de monstre, quand quelqu'un, se tournant un peu, présentait son profil à la flamme jaune et tremblotante.

Dès que le dîner fut achevé, Madeleine entraîna son mari dehors pour ne point demeurer dans cette salle sombre où flottait toujours une odeur âcre de vieilles pipes et de boissons répandues.

Quand ils furent sortis :

« Tu t'ennuies déjà », dit-il.

Elle voulut protester. Il l'arrêta :

« Non. Je l'ai bien vu. Si tu le désires, nous partirons demain. »

Elle murmura :

« Oui. Je veux bien. »

Ils allaient devant eux doucement. C'était une nuit tiède dont l'ombre caressante et profonde semblait pleine de bruits légers, de frôlements, de souffles. Ils étaient entrés dans une allée étroite, sous des arbres très hauts, entre deux taillis d'un noir impénétrable.

Deuxième partie

Elle demanda :

« Où sommes-nous ? »

Il répondit :

« Dans la forêt.

785 — Elle est grande ?

— Très grande, une des plus grandes de la France. »

Une senteur de terre, d'arbres, de mousse, ce parfum frais et vieux des bois touffus, fait de la sève des bourgeons et de l'herbe morte et moisie des fourrés, semblait dormir dans cette allée. En levant la
790 tête, Madeleine apercevait des étoiles entre les sommets des arbres, et bien qu'aucune brise ne remuât les branches, elle sentait autour d'elle la vague palpitation de cet océan de feuilles.

Un frisson singulier lui passa dans l'âme et lui courut sur la peau ; une angoisse confuse lui serra le cœur. Pourquoi ? Elle ne compre-
795 nait pas. Mais il lui semblait qu'elle était perdue, noyée, entourée de périls, abandonnée de tous, seule, seule au monde, sous cette voûte vivante qui frémissait là-haut.

Elle murmura :

« J'ai un peu peur. Je voudrais retourner.

800 — Eh bien, revenons.

— Et... nous repartirons pour Paris demain ?

— Oui, demain..

— Demain matin ?

— Demain matin, si tu veux. »

805 Ils rentrèrent. Les vieux étaient couchés. Elle dormit mal, réveillée sans cesse par tous les bruits nouveaux pour elle de la campagne, les cris des chouettes, le grognement d'un porc enfermé dans une hutte contre le mur, et le chant d'un coq qui claironna dès minuit.

Elle fut levée et prête à partir aux premières lueurs de l'aurore.

810 Quand Georges annonça aux parents qu'il allait s'en retourner, ils demeurèrent saisis tous deux, puis ils comprirent d'où venait cette volonté.

Le père demanda simplement :

« J 'te r'verrons-ti bientôt ?

815 — Mais oui. Dans le courant de l'été.

— Allons, tant mieux. »

La vieille grogna :

« J' te souhaite de n' point regretter c'que t'as fait. »

Il leur laissa deux cents francs en cadeau, pour calmer leur mécontentement ; et le fiacre, qu'un gamin était allé chercher, ayant paru vers dix heures, les nouveaux époux embrassèrent les vieux paysans et repartirent.

Comme ils descendaient la côte, Duroy se mit à rire :

« Voilà, dit-il, je t'avais prévenue. Je n'aurais pas dû te faire connaître M. et Mme du Roy de Cantel, père et mère. »

Elle se mit à rire aussi, et répliqua :

« Je suis enchantée maintenant. Ce sont de braves gens que je commence à aimer beaucoup. Je leur enverrai des gâteries de Paris. »

Puis elle murmura :

« Du Roy de Cantel... Tu verras que personne ne s'étonnera de nos lettres de faire-part. Nous raconterons que nous avons passé huit jours dans la propriété de tes parents. »

Et, se rapprochant de lui, elle effleura d'un baiser le bout de sa moustache : « Bonjour, Geo ! »

Il répondit : « Bonjour, Made », en passant une main derrière sa taille.

On apercevait au loin, dans le fond de la vallée, le grand fleuve déroulé comme un ruban d'argent sous le soleil du matin, et toutes les cheminées des usines qui soufflaient dans le ciel leurs nuages de charbon, et tous les clochers pointus dressés sur la vieille cité.

II

LES DU ROY étaient rentrés à Paris depuis deux jours et le journaliste avait repris son ancienne besogne en attendant qu'il quittât le service des échos pour s'emparer définitivement des fonctions de Forestier et se consacrer tout à fait à la politique.

845 Il remontait chez lui, ce soir-là, au logis de son prédécesseur, le cœur joyeux, pour dîner, avec le désir éveillé d'embrasser tout à l'heure sa femme dont il subissait vivement le charme physique et l'insensible domination. En passant devant un fleuriste, au bas de la rue Notre-Dame-de-Lorette, il eut l'idée d'acheter un bouquet pour

850 Madeleine et il prit une grosse botte de roses à peine ouvertes, un paquet de boutons parfumés.

À chaque étage de son nouvel escalier il se regardait complaisamment dans cette glace dont la vue lui rappelait sans cesse sa première entrée dans la maison.

855 Il sonna, ayant oublié sa clef, et le même domestique, qu'il avait gardé aussi sur le conseil de sa femme, vint ouvrir.

Georges demanda :

« Madame est rentrée ?

– Oui, monsieur. »

860 Mais en traversant la salle à manger il demeura fort surpris d'apercevoir trois couverts ; et, la portière du salon étant soulevée, il vit Madeleine qui disposait dans un vase de la cheminée une botte de roses toute pareille à la sienne. Il fut contrarié, mécontent, comme si on lui eût volé son idée, son attention et tout le plaisir qu'il en

865 attendait.

Il demanda en entrant :

« Tu as donc invité quelqu'un ? »

Elle répondit sans se retourner, en continuant à arranger ses fleurs : « Oui et non. C'est mon vieil ami le comte de Vaudrec

870 qui a l'habitude de dîner ici tous les lundis, et qui vient comme autrefois. »

Georges murmura :

« Ah ! très bien. »

Il restait debout derrière elle, son bouquet à la main, avec une

875 envie de le cacher, de le jeter. Il dit cependant :

« Tiens, je t'ai apporté des roses ! »

Elle se retourna brusquement, toute souriante, criant :

« Ah ! que tu es gentil d'avoir pensé à ça. »

Et elle lui tendit ses bras et ses lèvres avec un élan de plaisir si vrai
qu'il se sentit consolé.

Elle prit les fleurs, les respira, et, avec une vivacité d'enfant ravie,
les plaça dans le vase resté vide en face du premier. Puis elle murmura en regardant l'effet :

« Que je suis contente ! Voilà ma cheminée garnie maintenant. »

Elle ajouta, presque aussitôt, d'un air convaincu :

« Tu sais, il est charmant, Vaudrec, tu seras tout de suite intime
avec lui. »

Un coup de timbre annonça le comte. Il entra, tranquille, très à
l'aise, comme chez lui. Après avoir baisé galamment les doigts de la
jeune femme il se tourna vers le mari et lui tendit la main avec cordialité en demandant :

« Ça va bien, mon cher Du Roy ? »

Il n'avait plus son air roide, son air gourmé de jadis, mais un
air affable, révélant bien que la situation n'était plus la même. Le
journaliste, surpris, tâcha de se montrer gentil pour répondre à ces
avances. On eût cru, après cinq minutes, qu'ils se connaissaient et
s'adoraient depuis dix ans.

Alors Madeleine, dont le visage était radieux, leur dit :

« Je vous laisse ensemble. J'ai besoin de jeter un coup d'œil à ma
cuisine. » Et elle se sauva, suivie par le regard des deux hommes.

Quand elle revint, elle les trouva causant théâtre, à propos d'une
pièce nouvelle, et si complètement du même avis qu'une sorte
d'amitié rapide s'éveillait dans leurs yeux à la découverte de cette
absolue parité d'idées.

Le dîner fut charmant, tout intime et cordial ; et le comte demeura
fort tard dans la soirée, tant il se sentait bien dans cette maison, dans
ce joli nouveau ménage.

Dès qu'il fut parti, Madeleine dit à son mari :

« N'est-ce pas qu'il est parfait ? Il gagne du tout au tout à être
connu. En voilà un bon ami, sûr, dévoué, fidèle. Ah ! sans lui... »

Elle n'acheva point sa pensée, et Georges répondit :

« Oui, je le trouve fort agréable. Je crois que nous nous entendrons
très bien. »

Mais elle reprit aussitôt :

915 « Tu ne sais pas, nous avons à travailler, ce soir, avant de nous coucher. Je n'ai pas eu le temps de te parler de ça avant le dîner, parce que Vaudrec est arrivé tout de suite. On m'a apporté des nouvelles graves, tantôt, des nouvelles du Maroc. C'est Laroche-Mathieu[1], le député, le futur ministre, qui me les a données. Il faut

920 que nous fassions un grand article, un article à sensation. J'ai des faits et des chiffres. Nous allons nous mettre à la besogne immédiatement. Tiens, prends la lampe. »

Il la prit et ils passèrent dans le cabinet de travail.

Les mêmes livres s'alignaient dans la bibliothèque qui portait

925 maintenant sur son faîte les trois vases achetés au golfe Juan par Forestier, la veille de son dernier jour. Sous la table, la chancelière du mort attendait les pieds de Du Roy, qui s'empara, après s'être assis, du porte-plume d'ivoire, un peu mâché au bout par la dent de l'autre.

930 Madeleine s'appuya à la cheminée, et ayant allumé une cigarette, elle raconta ses nouvelles, puis exposa ses idées, et le plan de l'article qu'elle rêvait.

Il l'écoutait avec attention, tout en griffonnant des notes, et quand il eut fini il souleva des objections, reprit la question, l'agrandit,

935 développa à son tour non plus un plan d'article, mais un plan de campagne contre le ministère actuel. Cette attaque serait le début. Sa femme avait cessé de fumer, tant son intérêt s'éveillait, tant elle voyait large et loin en suivant la pensée de Georges.

Elle murmurait de temps en temps :

940 « Oui... oui... C'est très bon... C'est excellent... C'est très fort... »

Et quand il eut achevé, à son tour, de parler :

« Maintenant écrivons », dit-elle.

Mais il avait toujours le début difficile et il cherchait ses mots avec peine. Alors elle vint doucement se pencher sur son épaule et elle se

945 mit à lui souffler ses phrases tout bas, dans l'oreille.

De temps en temps elle hésitait et demandait :

---

1. **Laroche-Mathieu :** il représente, ainsi que son « secrétaire-journaliste », Du Roy, peut-être Rochefort, qui, à la Chambre, stigmatisait la politique « tunisienne », ou Clemenceau, qui s'opposait à la ratification du traité du Bardo.

« Est-ce bien ça que tu veux dire ? »

Il répondait :

« Oui, parfaitement. »

Elle avait des traits piquants, des traits venimeux de femme pour blesser le chef du Conseil, et elle mêlait des railleries sur son visage à celles sur sa politique, d'une façon drôle qui faisait rire et saisissait en même temps par la justesse de l'observation.

Du Roy, parfois, ajoutait quelques lignes qui rendaient plus profonde et plus puissante la portée d'une attaque. Il savait, en outre, l'art des sous-entendus perfides, qu'il avait appris en aiguisant des échos, et quand un fait donné pour certain par Madeleine lui paraissait douteux ou compromettant, il excellait à le faire deviner et à l'imposer à l'esprit avec plus de force que s'il l'eût affirmé.

Quand leur article fut terminé, Georges le relut tout haut, en le déclamant. Ils le jugèrent admirable d'un commun accord et ils se souriaient, enchantés et surpris, comme s'ils venaient de se révéler l'un à l'autre. Ils se regardaient au fond des yeux, émus d'admiration et d'attendrissement, et ils s'embrassèrent avec élan, avec une ardeur d'amour communiquée de leurs esprits à leurs corps.

Du Roy reprit la lampe : « Et maintenant, dodo », dit-il avec un regard allumé.

Elle répondit :

« Passez, mon maître, puisque vous éclairez la route. »

Il passa, et elle le suivit dans leur chambre en lui chatouillant le cou du bout du doigt, entre le col et les cheveux pour le faire aller plus vite, car il redoutait cette caresse.

L'article parut sous la signature de Georges Du Roy de Cantel, et fit grand bruit. On s'en émut à la Chambre. Le père Walter en félicita l'auteur et le chargea de la rédaction politique de *La Vie française*. Les échos revinrent à Boisrenard.

Alors commença, dans le journal, une campagne habile et violente contre le ministère qui dirigeait les Affaires. L'attaque, toujours adroite et nourrie de faits, tantôt ironique, tantôt sérieuse, parfois plaisante, parfois virulente, frappait avec une sûreté et une continuité dont tout le monde s'étonnait. Les autres feuilles citaient sans cesse *La Vie française*, y coupaient des passages entiers, et les hommes du pouvoir s'informèrent si on ne pouvait pas bâillonner avec une préfecture cet ennemi inconnu et acharné.

Deuxième partie

985 Du Roy devenait célèbre dans les groupes politiques. Il sentait grandir son influence à la pression des poignées de main et à l'allure des coups de chapeau. Sa femme, d'ailleurs, l'emplissait de stupeur et d'admiration par l'ingéniosité de son esprit, l'habileté de ses informations et le nombre de ses connaissances.

990 À tout moment, il trouvait dans son salon, en rentrant chez lui, un sénateur, un député, un magistrat, un général, qui traitaient Madeleine en vieille amie, avec une familiarité sérieuse. Où avait-elle connu tous ces gens ? Dans le monde, disait-elle. Mais comment avait-elle su capter leur confiance et leur affection ? Il ne le compre-
995 nait pas.

« Ça ferait une rude diplomate », pensait-il.

Elle rentrait souvent en retard aux heures des repas, essoufflée, rouge frémissante, et, avant même d'avoir ôté son voile, elle disait :

« J'en ai du nanan, aujourd'hui. Figure-toi que le ministre de la
1000 Justice vient de nommer deux magistrats qui ont fait partie des commissions mixtes. Nous allons lui flanquer un abattage dont il se souviendra. »

Et on flanquait un abattage au ministre, et on lui en reflanquait un autre le lendemain et un troisième le jour suivant. Le député
1005 Laroche-Mathieu qui dînait rue Fontaine tous les mardis, après le comte de Vaudrec qui commençait la semaine, serrait vigoureusement les mains de la femme et du mari avec des démonstrations de joie excessives. Il ne cessait de répéter : « Cristi, quelle campagne. Si nous ne réussissons pas après ça ? »

1010 Il espérait bien réussir en effet à décrocher le portefeuille des Affaires étrangères qu'il visait depuis longtemps.

C'était un de ces hommes politiques à plusieurs faces, sans conviction, sans grands moyens, sans audace et sans connaissances sérieuses, avocat de province, joli homme de chef-lieu, gardant un
1015 équilibre de finaud entre tous les partis extrêmes, sorte de jésuite républicain et de champignon libéral de nature douteuse, comme il en pousse par centaines sur le fumier populaire du suffrage universel.

Son machiavélisme de village le faisait passer pour fort parmi ses
1020 collègues, parmi tous les déclassés et les avortés dont on fait des députés. Il était assez soigné, assez correct, assez familier, assez aimable pour réussir. Il avait des succès dans le monde, dans la

société mêlée, trouble et peu fine des hauts fonctionnaires du moment.

On disait partout de lui : « Laroche sera ministre », et il pensait aussi plus fermement que tous les autres que Laroche serait ministre.

Il était un des principaux actionnaires du journal du père Walter, son collègue et son associé en beaucoup d'affaires de finances.

Du Roy le soutenait avec confiance et avec des espérances confuses pour plus tard. Il ne faisait que continuer d'ailleurs l'œuvre commencée par Forestier, à qui Laroche-Mathieu avait promis la croix, quand serait venu le jour du triomphe. La décoration irait sur la poitrine du nouveau mari de Madeleine ; voilà tout. Rien n'était changé, en somme.

On sentait si bien que rien n'était changé, que les confrères de Du Roy lui montaient une scie dont il commençait à se fâcher.

On ne l'appelait plus que Forestier.

Aussitôt qu'il arrivait au journal, quelqu'un criait : « Dis donc, Forestier. »

Il feignait de ne pas entendre et cherchait les lettres dans son casier. La voix reprenait, avec plus de force : « Hé ! Forestier. » Quelques rires étouffés couraient.

Comme Du Roy gagnait le bureau du directeur, celui qui l'avait appelé l'arrêtait :

« Oh ! pardon ; c'est à toi que je veux parler. C'est stupide, je te confonds toujours avec ce pauvre Charles. Cela tient à ce que tes articles ressemblent bigrement aux siens. Tout le monde s'y trompe. »

Du Roy ne répondait rien, mais il rageait ; et une colère sourde naissait en lui contre le mort.

Le père Walter lui-même avait déclaré, alors qu'on s'étonnait de similitudes flagrantes de tournures et d'inspiration entre les chroniques du nouveau rédacteur politique et celles de l'ancien : « Oui, c'est du Forestier, mais du Forestier plus nourri, plus nerveux, plus viril. »

Une autre fois, Du Roy en ouvrant par hasard l'armoire aux bilboquets avait trouvé ceux de son prédécesseur avec un crêpe autour du manche, et le sien, celui dont il se servait quand il s'exerçait sous la direction de Saint-Potin, était orné d'une faveur rose. Tous avaient été rangés sur la même planche, par rang de taille ; et une pancarte, pareille à celle des musées, portait écrit : « Ancienne collection Forestier et Cie, Forestier-Du Roy, successeur, breveté S.G.D.G. Articles inusables pouvant servir en toutes circonstances, même en voyage. »

Il referma l'armoire avec calme, en prononçant assez haut pour être entendu :

« Il y a des imbéciles et des envieux partout. »

Mais il était blessé dans son orgueil, blessé dans sa vanité, cette vanité et cet orgueil ombrageux d'écrivain, qui produisent cette susceptibilité nerveuse toujours en éveil, égale chez le reporter et chez le poète génial.

Ce mot : « *Forestier* » déchirait son oreille ; il avait peur de l'entendre, et se sentait rougir en l'entendant.

Il était pour lui, ce nom, une raillerie mordante, plus qu'une raillerie, presque une insulte. Il lui criait : « C'est ta femme qui fait ta besogne comme elle faisait celle de l'autre. Tu ne serais rien sans elle. »

Il admettait parfaitement que Forestier n'eût rien été sans Madeleine ; mais quant à lui, allons donc !

Puis, rentré chez lui, l'obsession continuait. C'était la maison tout entière maintenant qui lui rappelait le mort, tout le mobilier, tous les bibelots, tout ce qu'il touchait. Il ne pensait guère à cela dans les premiers temps ; mais la scie montée par ses confrères avait fait en son esprit une sorte de plaie qu'un tas de riens inaperçus jusqu'ici envenimaient à présent.

Il ne pouvait plus prendre un objet sans qu'il crût voir aussitôt la main de Charles posée dessus. Il ne regardait et ne maniait que des choses lui ayant servi autrefois, des choses qu'il avait achetées, aimées et possédées. Et Georges commençait à s'irriter même à la pensée des relations anciennes de son ami et de sa femme.

Il s'étonnait parfois de cette révolte de son cœur, qu'il ne comprenait point, et se demandait : « Comment diable cela se fait-il ? Je ne suis pas jaloux des amis de Madeleine. Je ne m'inquiète jamais de ce qu'elle fait. Elle rentre et sort à son gré, et le souvenir de cette brute de Charles me met en rage ! »

Il ajoutait, mentalement : « Au fond, ce n'était qu'un crétin ; c'est sans doute ça qui me blesse. Je me fâche que Madeleine ait pu épouser un pareil sot. »

Et sans cesse il se répétait : « Comment se fait-il que cette femme-là ait gobé un seul instant un semblable animal ? »

Et sa rancune s'augmentait chaque jour par mille détails insignifiants qui le piquaient comme des coups d'aiguille, par le rappel incessant de l'autre, venu d'un mot de Madeleine, d'un mot du domestique ou d'un mot de la femme de chambre.

Un soir, Du Roy qui aimait les plats sucrés demanda :

« Pourquoi n'avons-nous pas d'entremets ? Tu n'en fais jamais servir. »

La jeune femme répondit gaiement :

« C'est vrai, je n'y pense pas. Cela tient à ce que Charles les avait en horreur... »

Il lui coupa la parole dans un mouvement d'impatience dont il ne fut pas maître.

« Ah ! tu sais, Charles commence à m'embêter. C'est toujours Charles par-ci, Charles par-là. Charles aimait ci, Charles aimait ça. Puisque Charles est crevé, qu'on le laisse tranquille. »

Madeleine regardait son mari avec stupeur, sans rien comprendre à cette colère subite. Puis, comme elle était fine, elle devina un peu ce qui se passait en lui, ce travail lent de jalousie posthume grandissant à chaque seconde par tout ce qui rappelait l'autre.

Elle jugea cela puéril, peut-être, mais elle fut flattée et ne répondit rien.

Il s'en voulut, lui, de cette irritation, qu'il n'avait pu cacher. Or, comme ils faisaient, ce soir-là, après dîner, un article pour le lendemain, il s'embarrassa dans la chancelière. Ne parvenant point à la retourner, il la rejeta d'un coup de pied, et demanda en riant :

« Charles avait donc toujours froid aux pattes ? »

Elle répondit, riant aussi :

« Oh ! il vivait dans la terreur des rhumes ; il n'avait pas la poitrine solide. »

Du Roy reprit avec férocité : « Il l'a bien prouvé, d'ailleurs. » Puis il ajouta avec galanterie : « Heureusement pour moi. » Et il baisa la main de sa femme.

Mais en se couchant, toujours hanté par la même pensée, il demanda encore :

« Est-ce que Charles portait des bonnets de coton pour éviter les courants d'air dans les oreilles ? »

Elle se prêta à la plaisanterie et répondit :

« Non, un madras noué sur le front. »

Georges haussa les épaules et prononça avec un mépris supérieur :

« Quel serin ! »

Dès lors, Charles devint pour lui un sujet d'entretien continuel. Il parlait de lui à tout propos, ne l'appelant plus que : « ce pauvre Charles », d'un air de pitié infinie.

Et quand il revenait du journal, où il s'était entendu deux ou trois fois interpeller sous le nom de Forestier, il se vengeait en poursuivant le mort de railleries haineuses au fond de son tombeau. Il rappelait ses défauts, ses ridicules, ses petitesses, les énumérait avec complaisance, les développant et les grossissant comme s'il eût voulu combattre, dans le cœur de sa femme, l'influence d'un rival redouté.

Il répétait :

« Dis donc, Made, te rappelles-tu le jour où ce cornichon de Forestier a prétendu nous prouver que les gros hommes étaient plus vigoureux que les maigres ? »

Puis il voulut savoir sur le défunt un tas de détails intimes et secrets que la jeune femme, mal à l'aise, refusait de dire. Mais il insistait, s'obstinait.

« Allons, voyons, raconte-moi ça. Il devait être bien drôle dans ce moment-là ? »

Elle murmurait du bout des lèvres :

« Voyons, laisse-le tranquille, à la fin. »

Il reprenait :

« Non, dis-moi ! c'est vrai qu'il devait être godiche au lit, cet animal ! »

Et il finissait toujours par conclure :

« Quelle brute c'était ! »

Un soir, vers la fin de juin, comme il fumait une cigarette à sa fenêtre, la grande chaleur de la soirée lui donna l'envie de faire une promenade.

Il demanda :

« Ma petite Made, veux-tu venir jusqu'au Bois ?

– Mais oui, certainement. »

Ils prirent un fiacre découvert, gagnèrent les Champs-Élysées, puis l'avenue du Bois-de-Boulogne. C'était une nuit sans vent, une de ces nuits d'étuve où l'air de Paris surchauffé entre dans la poitrine comme une vapeur de four. Une armée de fiacres menait sous les arbres tout un peuple d'amoureux. Ils allaient, ces fiacres, l'un derrière l'autre, sans cesse.

Georges et Madeleine s'amusaient à regarder tous ces couples enlacés, passant dans ces voitures, la femme en robe claire et l'homme sombre. C'était un immense fleuve d'amants qui coulait vers le Bois sous le ciel étoilé et brûlant. On n'entendait aucun bruit que le sourd roulement des roues sur la terre. Ils passaient, passaient, les deux êtres de chaque fiacre, allongés sur les coussins, muets, serrés l'un contre l'autre, perdus dans d'hallucination du désir, frémissant dans l'attente de l'étreinte prochaine. L'ombre chaude semblait pleine de baisers. Une sensation de tendresse flottante, d'amour bestial épandu alourdissait l'air, le rendait plus étouffant. Tous ces gens accouplés, grisés de la même pensée, de la même ardeur, faisaient courir une fièvre autour d'eux. Toutes ces voitures chargées d'amour, sur qui semblaient voltiger des caresses, jetaient sur leur passage une sorte de souffle sensuel, subtil et troublant.

Georges et Madeleine se sentirent eux-mêmes gagnés par la contagion de la tendresse. Ils se prirent doucement la main, sans dire un mot, un peu oppressés par la pesanteur de l'atmosphère et par l'émotion qui les envahissait.

Comme ils arrivaient au tournant qui suit les fortifications, ils s'embrassèrent, et elle balbutia un peu confuse :

« Nous sommes aussi gamins qu'en allant à Rouen. »

Le grand courant des voitures s'était séparé à l'entrée des taillis. Dans le chemin des Lacs que suivaient les jeunes gens, les fiacres s'espaçaient un peu, mais la nuit épaisse des arbres, l'air vivifié par les feuilles et par l'humidité des ruisselets qu'on entendait couler sous les branches, une sorte de fraîcheur du large espace nocturne tout paré d'astres, donnaient aux baisers des couples roulants un charme plus pénétrant et une ombre plus mystérieuse.

Georges murmura : « Oh ! ma petite Made », en la serrant contre lui.

Elle lui dit :

« Te rappelles-tu la forêt de chez toi, comme c'était sinistre. Il me semblait qu'elle était pleine de bêtes affreuses et qu'elle n'avait pas de bout. Tandis qu'ici, c'est charmant. On sent des caresses dans le vent, et je sais bien que Sèvres est de l'autre côté du Bois. »

Il répondit :

« Oh ! dans la forêt de chez moi, il n'y avait pas autre chose que
1215 des cerfs, des renards, des chevreuils et des sangliers, et, par-ci, par-
là, une maison de forestier. »

Ce mot, ce nom du mort sorti de sa bouche, le surprit comme si
quelqu'un le lui eût crié du fond d'un fourré, et il se tut brusquement,
ressaisi par ce malaise étrange et persistant, par cette irritation jalouse,
1220 rongeuse, invincible qui lui gâtait la vie depuis quelque temps.

Au bout d'une minute, il demanda :

« Es-tu venue quelquefois ici comme ça, le soir, avec Charles ? »

Elle répondit :

« Mais oui, souvent. »

1225 Et, tout à coup, il eut envie de retourner chez eux, une envie nerveuse qui lui serrait le cœur. Mais l'image de Forestier était rentrée
en son esprit, le possédait, l'étreignait. Il ne pouvait plus penser qu'à
lui, parler que de lui.

Il demanda avec un accent méchant :

1230 « Dis donc, Made ?

– Quoi, mon ami ?

– L'as-tu fait cocu, ce pauvre Charles ? »

Elle murmura, dédaigneuse :

« Que tu deviens bête avec ta rengaine. »

1235 Mais il ne lâchait pas son idée.

« Voyons, ma petite Made, sois bien franche, avoue-le ? Tu l'as fait
cocu, dis ? Avoue que tu l'as fait cocu ? »

Elle se taisait, choquée comme toutes les femmes le sont par ce mot.

Il reprit, obstiné :

1240 « Sacristi, si quelqu'un en avait la tête, c'est bien lui, par exemple.
Oh ! oui, oh ! oui. C'est ça qui m'amuserait de savoir si Forestier était
cocu. Hein ! quelle bonne binette de jobard ? »

Il sentit qu'elle souriait à quelque souvenir peut-être, et il insista :

« Voyons, dis-le. Qu'est-ce que ça fait ? Ce serait bien drôle, au
1245 contraire, de m'avouer que tu l'as trompé, de m'avouer ça, à moi. »

Il frémissait, en effet, de l'espoir et de l'envie que Charles, l'odieux
Charles, le mort détesté, le mort exécré, eût porté ce ridicule honteux.
Et pourtant... pourtant une autre émotion, plus confuse, aiguillon-
nait son désir de savoir.

1250 Il répétait :

« Made, ma petite Made, je t'en prie, dis-le. En voilà un qui ne l'aurait pas volé. Tu aurais eu joliment tort de ne pas lui faire porter ça. Voyons, Made, avoue. »

Elle trouvait plaisante, maintenant, sans doute, cette insistance, car elle riait, par petits rires brefs, saccadés.

Il avait mis ses lèvres tout près de l'oreille de sa femme :

« Voyons... voyons... avoue-le. »

Elle s'éloigna d'un mouvement sec et déclara brusquement :

« Mais tu es stupide. Est-ce qu'on répond à des questions pareilles ? »

Elle avait dit cela d'un ton si singulier qu'un frisson de froid courut dans les veines de son mari et il demeura interdit, effaré, un peu essoufflé, comme s'il avait reçu une commotion morale.

Le fiacre maintenant longeait le lac, où le ciel semblait avoir égrené ses étoiles. Deux cygnes vagues nageaient très lentement, à peine visibles dans l'ombre.

Georges cria au cocher :

« Retournons. » Et la voiture s'en revint, croisant les autres, qui allaient au pas, et dont les grosses lanternes brillaient comme des yeux dans la nuit du Bois.

Comme elle avait dit cela d'une étrange façon ! Du Roy se demandait : « Est-ce un aveu ? » Et cette presque certitude qu'elle avait trompé son premier mari l'affolait de colère à présent. Il avait envie de la battre, de l'étrangler, de lui arracher les cheveux !

Oh ! si elle lui eût répondu : « Mais, mon chéri, si j'avais dû le tromper, c'est avec toi que je l'aurais fait. » Comme il l'aurait embrassée, étreinte, adorée !

Il demeurait immobile, les bras croisés, les yeux au ciel, l'esprit trop agité pour réfléchir encore. Il sentait seulement en lui fermenter cette rancune et grossir cette colère qui couvent au cœur de tous les mâles devant les caprices du désir féminin. Il sentait pour la première fois cette angoisse confuse de l'époux qui soupçonne ! Il était jaloux enfin, jaloux pour le mort, jaloux pour le compte de Forestier ! jaloux d'une étrange et poignante façon, où entrait subitement de la haine contre Madeleine. Puisqu'elle avait trompé l'autre, comment pourrait-il avoir confiance en elle, lui !

Puis, peu à peu, une espèce de calme se fit en son esprit, et se roidissant contre sa souffrance, il pensa : « Toutes les femmes sont des filles, il faut s'en servir et ne rien leur donner de soi. »

Deuxième partie

L'amertume de son cœur lui montait aux lèvres en paroles de
1290 mépris et de dégoût. Il ne les laissa point s'épandre cependant. Il se
répétait : « Le monde est aux forts. Il faut être fort. Il faut être au-
dessus de tout. »

La voiture allait plus vite. Elle repassa les fortifications. Du Roy
regardait devant lui une clarté rougeâtre dans le ciel, pareille à une
1295 lueur de forge démesurée ; et il entendait une rumeur confuse,
immense, continue, faite de bruits innombrables et différents, une
rumeur sourde, proche, lointaine, une vague et énorme palpitation
de vie, le souffle de Paris respirant, dans cette nuit d'été, comme un
colosse épuisé de fatigue.

1300 Georges songeait : « Je serais bien bête de me faire de la bile.
Chacun pour soi. La victoire est aux audacieux. Tout n'est que de
l'égoïsme. L'égoïsme pour l'ambition et la fortune vaut mieux que
l'égoïsme pour la femme et pour l'amour. »

L'arc de triomphe de l'Étoile apparaissait debout à l'entrée de la
1305 ville sur ses deux jambes monstrueuses, sorte de géant informe qui
semblait prêt à se mettre en marche pour descendre la large avenue
ouverte devant lui.

Georges et Madeleine se retrouvaient là dans le défilé des voitures
ramenant au logis, au lit désiré, l'éternel couple, silencieux et enlacé.
1310 Il semblait que l'humanité tout entière glissait à côté d'eux, grise de
joie, de plaisir, de bonheur.

La jeune femme, qui avait bien pressenti quelque chose de ce qui
se passait en son mari, demanda de sa voix douce :

« À quoi songes-tu, mon ami ? Depuis une demi-heure tu n'as
1315 point prononcé une parole. »

Il répondit en ricanant :

« Je songe à tous ces imbéciles qui s'embrassent, et je me dis que,
vraiment, on a autre chose à faire dans l'existence. »

Elle murmura :

1320 « Oui... mais c'est bon quelquefois.

– C'est bon... c'est bon... quand on n'a rien de mieux ! »

La pensée de Georges allait toujours, dévêtant la vie de sa robe de
poésie, dans une sorte de rage méchante : « Je serais bien bête de me
gêner, de me priver de quoi que ce soit, de me troubler, de me tra-
1325 casser, de me ronger l'âme comme je le fais depuis quelque temps. »
L'image de Forestier lui traversa l'esprit sans y faire naître aucune

irritation. Il lui sembla qu'ils venaient de se réconcilier, qu'ils redevenaient amis. Il avait envie de lui crier : « Bonsoir, vieux. »

Madeleine, que ce silence gênait, demanda :

330 « Si nous allions prendre une glace chez Tortoni, avant de rentrer. »

Il la regarda de coin. Son fin profil blond lui apparut sous l'éclat vif d'une guirlande de gaz qui annonçait un café-chantant.

Il pensa : « Elle est jolie ! Eh ! tant mieux. À bon chat bon rat, ma 335 camarade. Mais si on me reprend à me tourmenter pour toi, il fera chaud au pôle Nord. » Puis il répondit : « Mais certainement, ma chérie. » Et, pour qu'elle ne devinât rien, il l'embrassa.

Il sembla à la jeune femme que les lèvres de son mari étaient glacées.

340 Il souriait cependant de son sourire ordinaire en lui donnant la main pour descendre devant les marches du café.

III

E<small>N</small> <small>ENTRANT</small> au journal, le lendemain, Du Roy alla trouver Boisrenard.

« Mon cher ami, dit-il, j'ai un service à te demander. On trouve
1345 drôle depuis quelque temps de m'appeler Forestier. Moi, je commence à trouver ça bête. Veux-tu avoir la complaisance de prévenir doucement les camarades que je giflerai le premier qui se permettra de nouveau cette plaisanterie.

« Ce sera à eux de réfléchir si cette blague-là vaut un coup d'épée.
1350 Je m'adresse à toi parce que tu es un homme calme qui peut empêcher des extrémités fâcheuses, et aussi parce que tu m'as servi de témoin dans notre affaire. »

Boisrenard se chargea de la commission.

Du Roy sortit pour faire des courses, puis revint une heure plus
1355 tard. Personne ne l'appela Forestier.

Comme il rentrait chez lui, il entendit des voix de femmes dans le salon. Il demanda : « Qui est là ? »

Le domestique répondit : « Mme Walter et Mme de Marelle. »

Un petit battement lui secoua le cœur, puis il se dit :
1360 « Tiens, voyons », et il ouvrit la porte.

Clotilde était au coin de la cheminée, dans un rayon de jour venu de la fenêtre. Il sembla à Georges qu'elle pâlissait un peu en l'apercevant. Ayant d'abord salué Mme Walter et ses deux filles assises, comme deux sentinelles aux côtés de leur mère, il se tourna vers
1365 son ancienne maîtresse. Elle lui tendait la main ; il la prit et la serra avec intention comme pour dire : « Je vous aime toujours. » Elle répondit à cette pression.

Il demanda :

« Vous vous êtes bien portée pendant le siècle écoulé depuis notre
1370 dernière rencontre ? »

Elle répondit avec aisance :

« Mais, oui, et vous, Bel-Ami ? »

Puis, se tournant vers Madeleine, elle ajouta :

« Tu permets que je l'appelle toujours Bel-Ami ?
1375 — Certainement, ma chère, je permets tout ce que tu voudras. »

Une nuance d'ironie semblait cachée dans cette parole.

Mme Walter parlait d'une fête qu'allait donner Jacques Rival dans son logis de garçon, un grand assaut d'armes où assisteraient des femmes du monde ; elle disait :

1380 « Ce sera très intéressant. Mais je suis désolée, nous n'avons personne pour nous y conduire, mon mari devant s'absenter à ce moment-là. »

Du Roy s'offrit aussitôt. Elle accepta. « Nous vous en serons très reconnaissantes, mes filles et moi. »

1385 Il regardait la plus jeune des demoiselles Walter, et pensait : « Elle n'est pas mal du tout, cette petite Suzanne, mais pas du tout. » Elle avait l'air d'une frêle poupée blonde, trop petite, mais fine, avec la taille mince, des hanches et de la poitrine, une figure de miniature, des yeux d'émail d'un bleu gris dessinés au pinceau, qui semblaient

1390 nuancés par un peintre minutieux et fantaisiste, de la chair trop blanche, trop lisse, polie, unie, sans grain, sans teinte, et des cheveux ébouriffés, frisés, une broussaille savante, légère, un nuage charmant, tout pareil en effet à la chevelure des jolies poupées de luxe qu'on voit passer dans les bras de gamines beaucoup moins hautes

1395 que leur joujou.

La sœur aînée, Rose, était laide, plate, insignifiante, une de ces filles qu'on ne voit pas, à qui on ne parle pas et dont on ne dit rien.

La mère se leva, et se tournant vers Georges :

« Ainsi je compte sur vous jeudi prochain, à deux heures. »

1400 Il répondit :

« Comptez sur moi, madame. »

Dès qu'elle fut partie, Mme de Marelle se leva à son tour.

« Au revoir, Bel-Ami. »

Ce fut elle alors qui lui serra la main très fort, très longtemps ; et il

1405 se sentit remué par cet aveu silencieux, repris d'un brusque béguin pour cette petite bourgeoise bohème et bon enfant, qui l'aimait vraiment, peut-être.

« J'irai la voir demain », pensa-t-il.

Dès qu'il fut seul en face de sa femme, Madeleine se mit à rire,

1410 d'un rire franc et gai, et le regardant bien en face :

« Tu sais que tu as inspiré une passion à Mme Walter ? »

Il répondit incrédule :

« Allons donc !

Deuxième partie

– Mais oui, je te l'affirme, elle m'a parlé de toi avec un enthousiasme
fou. C'est si singulier de sa part ! Elle voudrait trouver deux maris
comme toi pour ses filles !... Heureusement qu'avec elle ces choses-
là sont sans importance. »

Il ne comprenait pas ce qu'elle voulait dire :

« Comment, sans importance ? »

Elle répondit, avec une conviction de femme sûre de son jugement :

« Oh ! Mme Walter est une de celles dont on n'a jamais rien murmuré, mais tu sais, là, jamais, jamais. Elle est inattaquable sous tous
les rapports. Son mari, tu le connais comme moi. Mais elle, c'est
autre chose. Elle a d'ailleurs assez souffert d'avoir épousé un juif,
mais elle lui est restée fidèle. C'est une honnête femme. »

Du Roy fut surpris :

« Je la croyais juive aussi.

– Elle ? pas du tout. Elle est dame patronnesse de toutes les bonnes
œuvres de la Madeleine. Elle est même mariée religieusement. Je ne
sais plus s'il y a eu un simulacre de baptême du patron, ou bien si
l'Église a fermé les yeux. »

Georges murmura :

« Ah !... alors... elle... me gobe ?

– Positivement, et complètement. Si tu n'étais pas engagé, je te
conseillerais de demander la main de... de Suzanne, n'est-ce pas, plutôt que celle de Rose ? »

Il répondit, en frisant sa moustache :

« Eh ! la mère n'est pas encore piquée des vers. »

Mais Madeleine s'impatienta :

« Tu sais, mon petit, la mère, je te la souhaite. Mais je n'ai pas peur.
Ce n'est point à son âge qu'on commet sa première faute. Il faut s'y
prendre plus tôt. »

Georges songeait : « Si c'était vrai, pourtant, que j'eusse pu épouser Suzanne ?.... »

Puis il haussa les épaules : « Bah !... c'est fou !... Est-ce que le père
m'aurait jamais accepté ? »

Il se promit toutefois d'observer désormais avec plus de soin les
manières de Mme Walter à son égard, sans se demander d'ailleurs
s'il en pourrait jamais tirer quelque avantage.

Tout le soir, il fut hanté par des souvenirs de son amour avec
Clotilde, des souvenirs tendres et sensuels en même temps. Il se

rappelait ses drôleries, ses gentillesses, leurs escapades. Il se répétait à lui-même : « Elle est vraiment bien gentille. Oui, j'irai la voir demain. »

Dès qu'il eut déjeuné, le lendemain, il se rendit en effet rue de Verneuil. La même bonne lui ouvrit la porte, et, familièrement à la façon des domestiques de petits bourgeois, elle demanda :

« Ça va bien, monsieur ? »

Il répondit :

« Mais oui, mon enfant. »

Et il entra dans le salon, où une main maladroite faisait des gammes sur le piano. C'était Laurine. Il crut qu'elle allait lui sauter au cou. Elle se leva gravement, salua avec cérémonie, ainsi qu'aurait fait une grande personne, et se retira d'une façon digne.

Elle avait une telle allure de femme outragée, qu'il demeura surpris. Sa mère entra. Il lui prit et lui baisa les mains.

« Combien j'ai pensé à vous, dit-il.

– Et moi », dit-elle.

Ils s'assirent. Ils se souriaient, les yeux dans les yeux avec une envie de s'embrasser sur les lèvres.

« Ma chère petite Clo, je vous aime.

– Et moi aussi.

– Alors... alors... tu ne m'en as pas trop voulu ?

– Oui et non... Ça m'a fait de la peine, et puis j'ai compris ta raison, et je me suis dit : "Bah ! il me reviendra un jour ou l'autre."

– Je n'osais pas revenir ; je me demandais comment je serais reçu. Je n'osais pas, mais j'en avais rudement envie. À propos, dis-moi donc ce qu'a Laurine. Elle m'a à peine dit bonjour et elle est partie d'un air furieux.

– Je ne sais pas. Mais on ne peut plus lui parler de toi depuis ton mariage. Je crois vraiment qu'elle est jalouse.

– Allons donc !

– Mais oui, mon cher. Elle ne t'appelle plus Bel-Ami, elle te nomme M. Forestier. »

Du Roy rougit, puis, s'approchant de la jeune femme :

« Donne ta bouche. »

Elle la donna.

« Où pourrons-nous nous revoir ? dit-il.

– Mais... rue de Constantinople.

1490 – Ah !... L'appartement n'est donc pas loué ?

– Non, je l'ai gardé !

– Tu l'as gardé ?

– Oui, j'ai pensé que tu y reviendrais. »

Une bouffée de joie orgueilleuse lui gonfla la poitrine. Elle l'aimait
1495 donc, celle-là, d'un amour vrai, constant, profond.

Il murmura : « Je t'adore. » Puis il demanda : « Ton mari va bien ?

– Oui, très bien. Il vient de passer un mois ici ; il est parti d'avant-
hier. »

Du Roy ne put s'empêcher de rire :
1500 « Comme ça tombe ! »

Elle répondit naïvement :

« Oh ! oui, ça tombe bien.

« Mais il n'est pas gênant quand il est ici, tout de même. Tu le
sais !
1505 – Ça c'est vrai. C'est d'ailleurs un charmant homme.

– Et toi, dit-elle, comment prends-tu ta nouvelle vie ?

– Ni bien ni mal. Ma femme est une camarade, une associée.

– Rien de plus ?

– Rien de plus... Quant au cœur...
1510 – Je comprends bien. Elle est gentille, pourtant.

– Oui, mais elle ne me trouble pas. »

Il se rapprocha de Clotilde, et murmura :

« Quand nous reverrons-nous ?

– Mais... demain... si tu veux ?
1515 – Oui. Demain, deux heures ?

– Deux heures. »

Il se leva pour partir, puis il balbutia, un peu gêné :

« Tu sais, j'entends reprendre, seul, l'appartement de la rue de
Constantinople. Je le veux. Il ne manquerait plus qu'il fût payé par
1520 toi. »

Ce fut elle qui baisa ses mains avec un mouvement d'adoration,
en murmurant :

« Tu feras comme tu voudras. Il me suffit de l'avoir gardé pour
nous y revoir. »
1525 Et Du Roy s'en alla, l'âme pleine de satisfaction.

Comme il passait devant la vitrine d'un photographe, le portrait
d'une grande femme aux larges yeux lui rappela Mme Walter :

« C'est égal, se dit-il, elle ne doit pas être mal encore. Comment se fait-il que je ne l'aie jamais remarquée. J'ai envie de voir quelle tête elle me fera jeudi. »

Il se frottait les mains, tout en marchant avec une joie intime, la joie du succès sous toutes ses formes, la joie égoïste de l'homme adroit qui réussit, la joie subtile, faite de vanité flattée et de sensualité contente, que donne la tendresse des femmes.

Le jeudi venu, il dit à Madeleine :

« Tu ne viens pas à cet assaut chez Rival ?

– Oh ! non. Cela ne m'amuse guère, moi ; j'irai à la Chambre des députés. »

Et il alla chercher Mme Walter, en landau découvert, car il faisait un admirable temps.

Il eut une surprise en la voyant, tant il la trouva belle et jeune.

Elle était en toilette claire dont le corsage un peu fendu laissait deviner, sous une dentelle blonde, le soulèvement gras des seins. Jamais elle ne lui avait paru si fraîche. Il la jugea vraiment désirable. Elle avait son air calme et comme il faut, une certaine allure de maman tranquille qui la faisait passer presque inaperçue aux yeux galants des hommes. Elle ne parlait guère d'ailleurs que pour dire des choses connues, convenues et modérées, ses idées étant sages, méthodiques, bien ordonnées, à l'abri de tous les excès.

Sa fille Suzanne, tout en rose, semblait un Watteau frais verni ; et sa sœur aînée paraissait être l'institutrice chargée de tenir compagnie à ce joli bibelot de fillette.

Devant la porte de Rival, une file de voitures était rangée. Du Roy offrit son bras à Mme Walter, et ils entrèrent.

L'assaut[1] était donné au profit des orphelins du sixième arrondissement de Paris, sous le patronage de toutes les femmes des sénateurs et députés qui avaient des relations avec *La Vie française*.

Mme Walter avait promis de venir avec ses filles, en refusant le titre de dame patronnesse, parce qu'elle n'aidait de son nom que les œuvres entreprises par le clergé, non pas qu'elle fût très dévote, mais son mariage avec un Israélite la forçait, croyait-elle, à une certaine tenue religieuse ; et la fête organisée par le journaliste prenait une sorte de signification républicaine qui pouvait sembler anticléricale.

---

1. **L'assaut :** l'« assaut d'armes » confirme l'engouement pour l'escrime en 1881-1882.

Deuxième partie

On avait lu dans les journaux de toutes les nuances, depuis trois
semaines :

« Notre éminent confrère Jacques Rival vient d'avoir l'idée aussi
ingénieuse que généreuse d'organiser, au profit des orphelins du
sixième arrondissement de Paris, un grand assaut dans sa jolie salle
d'armes attenant à son appartement de garçon.

« Les invitations sont faites par Mmes Laloigne, Remontel, Rissolin,
femmes des sénateurs de ce nom, et par Mmes Laroche-Mathieu,
Percerol, Firmin, femmes des députés bien connus. Une simple
quête aura lieu pendant l'entracte de l'assaut, et le montant sera
versé immédiatement entre les mains du maire du sixième arrondissement ou de son représentant. »

C'était une réclame monstre que le journaliste adroit avait imaginé à son profit.

Jacques Rival recevait les arrivants à l'entrée de son logis où un
buffet avait été installé, les frais devant être prélevés sur la recette.

Puis il indiquait, d'un geste aimable, le petit escalier par où on
descendait dans la cave, où il avait installé la salle d'armes et le tir ;
et il disait : « Au-dessous, mesdames, au-dessous. L'assaut a lieu en
des appartements souterrains. »

Il se précipita au-devant de la femme de son directeur ; puis, serrant la main de Du Roy :

« Bonjour, Bel-Ami. »

L'autre fut surpris :

« Qui vous a dit que... »

Rival lui coupa la parole :

« Mme Walter, ici présente, qui trouve ce surnom très gentil. »

Mme Walter rougit :

« Oui, j'avoue que, si je vous connaissais davantage, je ferais
comme la petite Laurine, je vous appellerais aussi Bel-Ami. Ça vous
va très bien. »

Du Roy riait :

« Mais, je vous en prie, madame, faites-le. »

Elle avait baissé les yeux :

« Non. Nous ne sommes pas assez liés. »

Il murmura :

« Voulez-vous me laisser espérer que nous le deviendrons
davantage ?

– Eh bien, nous verrons, alors », dit-elle.

Il s'effaça à l'entrée de la descente étroite qu'éclairait un bec de gaz ; et la brusque transition de la lumière du jour à cette clarté jaune avait quelque chose de lugubre. Une odeur de souterrain montait par cette échelle tournante, une senteur d'humidité chauffée, de murs moisis essuyés pour la circonstance, et aussi des souffles de benjoin qui rappelaient les offices sacrés, et des émanations fémi- nines de Lubin, de verveine, d'iris, de violette.

On entendait dans ce trou un grand bruit de voix, un frémisse- ment de foule agitée.

Toute la cave était illuminée avec des guirlandes de gaz et des lan- ternes vénitiennes cachées en des feuillages qui voilaient les murs de pierre salpêtrés. On ne voyait rien que des branchages. Le plafond était garni de fougères, le sol couvert de feuilles et de fleurs.

On trouvait cela charmant, d'une imagination délicieuse. Dans le petit caveau du fond s'élevait une estrade pour les tireurs, entre deux rangs de chaises pour les juges.

Et dans toute la cave, les banquettes, alignées par dix, autant à droite qu'à gauche, pouvaient porter près de deux cents personnes. On en avait invité quatre cents.

Devant l'estrade, des jeunes gens en costumes d'assaut, minces, avec des membres longs, la taille cambrée, la moustache en croc, posaient déjà devant les spectateurs. On se les nommait, on dési- gnait les maîtres et les amateurs, toutes les notabilités de l'escrime. Autour d'eux causaient des messieurs en redingote, jeunes et vieux, qui avaient un air de famille avec les tireurs en tenue de combat. Ils cherchaient aussi à être vus, reconnus et nommés, c'étaient des princes de l'épée en civil, les experts en coups de bouton.

Presque toutes les banquettes étaient couvertes de femmes, qui faisaient un grand froissement d'étoffes remuées et un grand mur- mure de voix. Elles s'éventaient comme au théâtre, car il faisait déjà une chaleur d'étuve dans cette grotte feuillue. Un farceur criait de temps en temps : « Orgeat ! limonade ! bière ! »

Mme Walter et ses filles gagnèrent leurs places réservées au pre- mier rang. Du Roy les ayant installées allait partir, il murmura :

« Je suis obligé de vous quitter, les hommes ne peuvent accaparer les banquettes. »

Mais Mme Walter répondit en hésitant :

1640 « J'ai bien envie de vous garder tout de même. Vous me nommerez les tireurs. Tenez, si vous restiez debout au coin de ce banc, vous ne gêneriez personne. »

Elle le regardait de ses grands yeux doux. Elle insista : « Voyons, restez avec nous... monsieur... monsieur Bel-Ami. Nous avons besoin 1645 de vous. »

Il répondit :

« J'obéirai... avec plaisir, madame. »

On entendait répéter de tous les côtés : « C'est très drôle, cette cave, c'est très gentil. »

1650 Georges la connaissait bien, cette salle voûtée ! Il se rappelait le matin qu'il y avait passé, la veille de son duel, tout seul, en face d'un petit carton blanc qui le regardait du fond du second caveau comme un œil énorme et redoutable.

La voix de Jacques Rival résonna, venue de l'escalier : « On va 1655 commencer, mesdames. »

Et six messieurs, très serrés en leurs vêtements pour faire saillir davantage le thorax, montèrent sur l'estrade et s'assirent sur les chaises destinées au jury.

Leurs noms coururent : le général de Raynaldi, président, un 1660 petit homme à grandes moustaches ; le peintre Joséphin Rouget, un grand homme chauve à longue barbe ; Matthéo de Ujar, Simon Ramoncel, Pierre de Carvin, trois jeunes hommes élégants, et Gaspard Merleron, un maître.

Deux pancartes furent accrochées aux deux côtés du caveau. Celle 1665 de droite portait : M. Crèvecœur, et celle de gauche : M. Plumeau.

C'étaient deux maîtres, deux bons maîtres de second ordre. Ils apparurent, secs tous deux, avec un air militaire, des gestes un peu raides. Ayant fait le salut d'armes avec des mouvements d'automates, ils commencèrent à s'attaquer, pareils, dans leur costume de toile et de peau 1670 blanche, à deux pierrots-soldats qui se seraient battus pour rire.

De temps en temps, on entendait ce mot : « Touché ! » Et les six messieurs du jury inclinaient la tête en avant d'un air connaisseur. Le public ne voyait rien que deux marionnettes vivantes qui s'agitaient en tendant le bras ; il ne comprenait rien, mais il était content. 1675 Ces deux bonshommes lui semblaient cependant peu gracieux et vaguement ridicules. On songeait aux lutteurs de bois qu'on vend, au jour de l'an, sur les boulevards.

Les deux premiers tireurs furent remplacés par MM. Planton et Carapin, un maître civil et un maître militaire. M. Planton était tout petit et M. Carapin très gros. On eût dit que le premier coup de fleuret dégonflerait ce ballon comme un éléphant de baudruche. On riait. M. Planton sautait comme un singe. M. Carapin ne remuait que son bras, le reste de son corps se trouvant immobilisé par l'embonpoint, et il se fendait toutes les cinq minutes avec une telle pesanteur et un tel effort en avant qu'il semblait prendre la résolution la plus énergique de sa vie. Il avait ensuite beaucoup de mal à se relever.

Les connaisseurs déclarèrent son jeu très ferme et très serré. Et le public, confiant, l'apprécia.

Puis vinrent MM. Porion et Lapalme, un maître et un amateur qui se livrèrent à une gymnastique effrénée, courant l'un sur l'autre avec furie, forçant les juges à fuir en emportant leurs chaises, traversant et retraversant l'estrade d'un bout à l'autre, l'un avançant et l'autre reculant par bonds vigoureux et comiques. Ils avaient de petits sauts en arrière qui faisaient rire les dames, et de grands élans en avant qui émotionnaient un peu cependant. Cet assaut au pas gymnastique fut caractérisé par un titi inconnu qui cria : « Vous éreintez pas, c'est à l'heure ! » L'assistance, froissée par ce manque de goût, fit : « Chut ! » Le jugement des experts circula. Les tireurs avaient montré beaucoup de vigueur et manqué parfois d'à-propos.

La première partie fut clôturée par une fort belle passe d'armes entre Jacques Rival et le fameux professeur belge Lebègue. Rival fut fort goûté des femmes. Il était vraiment beau garçon, bien fait, souple, agile, et plus gracieux que tous ceux qui l'avaient précédé. Il apportait dans sa façon de se tenir en garde et de se fendre une certaine élégance mondaine qui plaisait et faisait contraste avec la manière énergique, mais commune de son adversaire. « On sent l'homme bien élevé », disait-on.

Il eut la belle. On l'applaudit.

Mais depuis quelques minutes, un bruit singulier, à l'étage au-dessus, inquiétait les spectateurs. C'était un grand piétinement accompagné de rires bruyants. Les deux cents invités qui n'avaient pu descendre dans la cave s'amusaient sans doute, à leur façon. Dans le petit escalier tournant une cinquantaine d'hommes étaient tassés. La chaleur devenait terrible en bas. On criait : « De l'air ! » « À boire ! » Le même farceur glapissait sur un ton aigu qui dominait le murmure des conversations :

« Orgeat ! limonade ! bière ! »

Rival apparut très rouge, ayant gardé son costume d'assaut. « Je vais faire apporter des rafraîchissements », dit-il – et il courut dans l'escalier. Mais toute communication était coupée avec le rez-de-chaussée. Il eût été aussi facile de percer le plafond que de traverser la muraille humaine entassée sur les marches.

Rival criait : « Faites passer des glaces pour les dames ! »

Cinquante voix répétaient : « Des glaces ! » Un plateau apparut enfin. Mais il ne portait que des verres vides, les rafraîchissements ayant été cueillis en route.

Une forte voix hurla :

« On étouffe là-dedans, finissons vite et allons-nous-en. »

Une autre voix lança : « La quête ! » Et tout le public, haletant, mais gai tout de même, répéta : « La quête... la quête... »

Alors six dames se mirent à circuler entre les banquettes et on entendit un petit bruit d'argent tombant dans les bourses.

Du Roy nommait les hommes célèbres à Mme Walter. C'étaient des mondains, des journalistes, ceux des grands journaux, des vieux journaux, qui regardaient de haut *La Vie française*, avec une certaine réserve née de leur expérience. Ils en avaient tant vu mourir de ces feuilles politico-financières, filles d'une combinaison louche, et écrasées par la chute d'un ministère. On apercevait aussi là des peintres et des sculpteurs, qui sont, en général, hommes de sport, un poète académicien qu'on montrait, deux musiciens et beaucoup de nobles étrangers dont Du Roy faisait suivre le nom de la syllabe Rast. (ce qui signifiait Rastaquouère), pour imiter, disait-il, les Anglais qui mettent Esq. sur leurs cartes.

Quelqu'un lui cria : « Bonjour, cher ami. » C'était le comte de Vaudrec. S'étant excusé auprès des dames, Du Roy alla lui serrer la main.

Il déclara, en revenant : « Il est charmant, Vaudrec. Comme on sent la race, chez lui. »

Mme Walter ne répondit rien. Elle était un peu fatiguée et sa poitrine se soulevait avec effort à chaque souffle de ses poumons, ce qui attirait l'œil de Du Roy. Et de temps en temps, il rencontrait le regard de « la Patronne » – un regard trouble, hésitant, qui se posait

sur lui et fuyait tout de suite. Et il se disait : « Tiens... tiens... tiens...
755 Est-ce que je l'aurais levée aussi, celle-là ? »

Les quêteuses passèrent. Leurs bourses étaient pleines d'argent
et d'or. Et une nouvelle pancarte fut accrochée sur l'estrade annonçant : « Grrrrande surprise. » Les membres du jury remontèrent à
leurs places. On attendit.

1760 Deux femmes parurent, un fleuret à la main, en costume de salle,
vêtues d'un maillot sombre, d'un très court jupon tombant à la
moitié des cuisses, et d'un plastron si gonflé sur la poitrine qu'il les
forçait à porter haut la tête. Elles étaient jolies et jeunes. Elles souriaient en saluant l'assistance. On les acclama longtemps.

1765 Et elles se mirent en garde au milieu d'une rumeur galante et de
plaisanteries chuchotées.

Un sourire aimable s'était fixé sur les lèvres des juges, qui approu-
vaient les coups par un petit bravo.

Le public appréciait beaucoup cet assaut et le témoignait aux
1770 deux combattantes qui allumaient des désirs chez les hommes et
réveillaient chez les femmes le goût naturel du public parisien pour
les gentillesses un peu polissonnes, pour les élégances du genre
canaille, pour le faux joli et le faux gracieux, les chanteuses de café-
concert et les couplets d'opérette.

1775 Chaque fois qu'une des tireuses se fendait, un frisson de joie courait dans le public. Celle qui tournait le dos à la salle, un dos bien
replet, faisait s'ouvrir les bouches et s'arrondir les yeux ; et ce n'était
pas le jeu de son poignet qu'on regardait le plus.

On les applaudit avec frénésie.

1780 Un assaut de sabre suivit, mais personne ne le regarda, car toute
l'attention fut captivée par ce qui se passait au-dessus. Pendant quelques
minutes on avait écouté un grand bruit de meubles remués, traînés
sur le parquet comme si on déménageait l'appartement. Puis tout à
coup, le son du piano traversa le plafond ; et on entendit distincte-
1785 ment un bruit rythmé de pieds sautant en cadence. Les gens d'en
haut s'offraient un bal, pour se dédommager de ne rien voir.

Un grand rire s'éleva d'abord dans le public de la salle d'armes, puis le
désir de danser s'éveillant chez les femmes, elles cessèrent de s'occuper
de ce qui se passait sur l'estrade et se mirent à parler tout haut.

1790 On trouvait drôle cette idée de bal organisé par les retardataires. Ils
ne devaient pas s'embêter ceux-là. On aurait bien voulu être au-dessus.

Deuxième partie

Mais deux nouveaux combattants s'étaient salués ; et ils tombèrent en garde avec tant d'autorité que tous les regards suivaient leurs mouvements.

1795 Ils se fendaient et se relevaient avec une grâce élastique, avec une vigueur mesurée, avec une telle sûreté de force, une telle sobriété de gestes, une telle correction d'allure, une telle mesure dans le jeu que la foule ignorante fut surprise et charmée.

Leur promptitude calme, leur sage souplesse, leurs mouvements 1800 rapides, si calculés qu'ils semblaient lents, attiraient et captivaient l'œil par la seule puissance de la perfection. Le public sentit qu'il voyait là une chose belle et rare, que deux grands artistes dans leur métier lui montraient ce qu'on pouvait voir de mieux, tout ce qu'il était possible à deux maîtres de déployer d'habileté, de ruse, de 1805 science raisonnée et d'adresse physique.

Personne ne parlait plus, tant on les regardait. Puis, quand ils se furent serré la main, après le dernier coup de bouton, des cris éclatèrent, des hourras. On trépignait, on hurlait. Tout le monde connaissait leurs noms : c'étaient Sergent et Ravignac.

1810 Les esprits exaltés devenaient querelleurs. Les hommes regardaient leurs voisins avec des envies de dispute. On se serait provoqué pour un sourire. Ceux qui n'avaient jamais tenu un fleuret en leur main esquissaient avec leur canne des attaques et des parades.

Mais peu à peu la foule remontait par le petit escalier. On allait 1815 boire, enfin. Ce fut une indignation quand on constata que les gens du bal avaient dévalisé le buffet, puis s'en étaient allés en déclarant qu'il était malhonnête de déranger deux cents personnes pour ne leur rien montrer.

Il ne restait pas un gâteau, pas une goutte de champagne, de 1820 sirop ou de bière, pas un bonbon, pas un fruit, rien, rien de rien. Ils avaient saccagé, ravagé, nettoyé tout.

On se faisait raconter les détails par les servants qui prenaient des visages tristes en cachant leur envie de rire. « Les dames étaient plus enragées que les hommes, affirmaient-ils, et avaient mangé et bu à 1825 s'en rendre malades. » On aurait cru entendre le récit des survivants après le pillage et le sac d'une ville pendant l'invasion.

Il fallut donc s'en aller. Des messieurs regrettaient les vingt francs donnés à la quête ; ils s'indignaient que ceux d'en haut eussent ripaillé sans rien payer.

Les dames patronnesses avaient recueilli plus de trois mille francs. Il resta, tous frais payés, deux cent vingt francs pour les orphelins du sixième arrondissement.

Du Roy, escortant la famille Walter, attendait son landau. En reconduisant la Patronne, comme il se trouvait assis en face d'elle, il rencontra encore une fois son œil caressant et fuyant, qui semblait troublé. Il pensait : « Bigre, je crois qu'elle mord », et il souriait en reconnaissant qu'il avait vraiment de la chance auprès des femmes, car Mme de Marelle, depuis le recommencement de leur tendresse, paraissait l'aimer avec frénésie.

Il rentra chez lui d'un pied joyeux.

Madeleine l'attendait dans le salon.

« J'ai des nouvelles, dit-elle. L'affaire du Maroc se complique. La France pourrait bien y envoyer une expédition d'ici quelques mois. Dans tous les cas on va se servir de ça pour renverser le ministère, et Laroche profitera de l'occasion pour attraper les Affaires étrangères. »

Du Roy, pour taquiner sa femme, feignit de n'en rien croire. On ne serait pas assez fou pour recommencer la bêtise de Tunis.

Mais elle haussait les épaules avec impatience. « Je te dis que si ! Je te dis que si ! Tu ne comprends donc pas que c'est une grosse question d'argent pour eux. Aujourd'hui, mon cher, dans les combinaisons politiques, il ne faut pas dire : "Cherchez la femme", mais : "Cherchez l'affaire." »

Il murmura : « Bah ! » avec un air de mépris, pour l'exciter.

Elle s'irritait :

« Tiens, tu es aussi naïf que Forestier. »

Elle voulait le blesser et s'attendait à une colère. Mais il sourit et répondit :

« Que ce cocu de Forestier ? »

Elle demeura saisie, et murmura :

« Oh ! Georges ! »

Il avait l'air insolent et railleur, et il reprit :

« Eh bien, quoi ? Me l'as-tu pas avoué, l'autre soir, que Forestier était cocu ? »

Et il ajouta : « Pauvre diable ! » sur un ton de pitié profonde.

Madeleine lui tourna le dos, dédaignant de répondre ; puis après une minute de silence, elle reprit :

227

Deuxième partie

« Nous aurons du monde mardi : Mme Laroche-Mathieu viendra dîner avec la comtesse de Percemur. Veux-tu inviter Rival et Norbert de Varenne ? J'irai demain chez Mmes Walter et de Marelle. Peut-être aussi aurons-nous Mme Rissolin. »

Depuis quelque temps, elle se faisait des relations, usant de l'influence politique de son mari, pour attirer chez elle, de gré ou de force, les femmes des sénateurs et des députés qui avaient besoin de l'appui de *La Vie française*.

Du Roy répondit :

« Très bien. Je me charge de Rival et de Norbert. »

Il était content et il se frottait les mains, car il avait trouvé une bonne scie pour embêter sa femme et satisfaire l'obscure rancune, la confuse et mordante jalousie née en lui depuis leur promenade au Bois. Il ne parlerait plus de Forestier sans le qualifier de cocu. Il sentait bien que cela finirait par rendre Madeleine enragée. Et dix fois pendant la soirée il trouva moyen de prononcer avec une bonhomie ironique le nom de ce « cocu de Forestier ».

Il n'en voulait plus au mort ; il le vengeait.

Sa femme feignait de ne pas entendre et demeurait, en face de lui, souriante et indifférente.

Le lendemain, comme elle devait aller adresser son invitation à Mme Walter, il voulut la devancer, pour trouver seule la Patronne et voir si vraiment elle en tenait pour lui. Cela l'amusait et le flattait. Et puis... pourquoi pas... si c'était possible.

Il se présenta boulevard Malesherbes dès deux heures. On le fit entrer dans le salon. Il attendit.

Mme Walter parut, la main tendue avec un empressement heureux.

« Quel bon vent vous amène ?

– Aucun bon vent, mais un désir de vous voir. Une force m'a poussé chez vous, je ne sais pourquoi, je n'ai rien à vous dire. Je suis venu, me voilà ! me pardonnez-vous cette visite matinale et la franchise de l'explication ? »

Il disait cela d'un ton galant et badin, avec un sourire sur les lèvres et un accent sérieux dans la voix.

Elle restait étonnée, un peu rouge, balbutiant :

« Mais... vraiment... je ne comprends pas... vous me surprenez... »

Il ajouta :

« C'est une déclaration sur un air gai, pour ne pas vous effrayer. » Ils s'étaient assis l'un près de l'autre. Elle prit la chose de façon plaisante.

« Alors, c'est une déclaration... sérieuse ?

310 – Mais oui ! Voici longtemps que je voulais vous la faire, très longtemps même. Et puis, je n'osais pas. On vous dit si sévère, si rigide... »

Elle avait retrouvé son assurance. Elle répondit :

« Pourquoi avez-vous choisi aujourd'hui ?

315 – Je ne sais pas. » Puis il baissa la voix : « Ou plutôt, c'est parce que je ne pense qu'à vous, depuis hier. »

Elle balbutia, pâlie tout à coup :

« Voyons, assez d'enfantillages, et parlons d'autre chose. »

Mais il était tombé à ses genoux si brusquement qu'elle eut peur.
320 Elle voulut se lever ; il la tenait assise de force et ses deux bras enlacés à la taille et il répétait d'une voix passionnée :

« Oui, c'est vrai que je vous aime, follement, depuis longtemps. Ne me répondez pas. Que voulez-vous, je suis fou ! Je vous aime... Oh ! si vous saviez, comme je vous aime ! »

325 Elle suffoquait, haletait, essayait de parler et ne pouvait prononcer un mot. Elle le repoussait de ses deux mains, l'ayant saisi aux cheveux pour empêcher l'approche de cette bouche qu'elle sentait venir vers la sienne. Et elle tournait la tête de droite à gauche et de gauche à droite, d'un mouvement rapide, en fermant les yeux pour
330 ne plus le voir.

Il la touchait à travers sa robe, la maniait, la palpait ; et elle défaillait sous cette caresse brutale et forte. Il se releva brusquement et voulut l'étreindre, mais, libre une seconde, elle s'était échappée en se rejetant en arrière, et elle fuyait maintenant de fauteuil en
335 fauteuil.

Il jugea ridicule cette poursuite, et il se laissa tomber sur une chaise, la figure dans ses mains, en feignant des sanglots convulsifs.

Puis il se redressa, cria : « Adieu ! adieu ! » et il s'enfuit.

Il reprit tranquillement sa canne dans le vestibule et gagna la rue
340 en se disant : « Cristi, je crois que ça y est. » Et il passa au télégraphe pour envoyer un petit bleu à Clotilde, lui donnant rendez-vous le lendemain.

En rentrant chez lui, à l'heure ordinaire, il dit à sa femme :

« Eh bien, as-tu tout ton monde pour ton dîner ? »

1945 Elle répondit :

« Oui ; il n'y a que Mme Walter qui n'est pas sûre d'être libre. Elle hésite ; elle m'a parlé de je ne sais quoi, d'engagement, de conscience. Enfin elle m'a eu l'air très drôle. N'importe, j'espère qu'elle viendra tout de même. »

1950 Il haussa les épaules :

« Eh, parbleu oui, elle viendra. »

Il n'en était pas certain, cependant, et il demeura inquiet jusqu'au jour du dîner.

Le matin même, Madeleine reçut un petit mot de la Patronne : « Je
1955 me suis rendue libre à grand-peine et je serai des vôtres. Mais mon mari ne pourra pas m'accompagner. »

Du Roy pensa : « J'ai rudement bien fait de n'y pas retourner. La voilà calmée. Attention. »

Il attendit cependant son entrée avec un peu d'inquiétude. Elle
1960 parut, très calme, un peu froide, un peu hautaine. Il se fit très humble, très discret et soumis.

Mmes Laroche-Mathieu et Rissolin accompagnaient leurs maris. La vicomtesse de Percemur parla du grand monde. Mme de Marelle était ravissante dans une toilette d'une fantaisie singulière, jaune et
1965 noire, un costume espagnol qui moulait bien sa jolie taille, sa poitrine et ses bras potelés, et rendait énergique sa petite tête d'oiseau.

Du Roy avait pris à sa droite Mme Walter, et il ne lui parla, durant le dîner, que de choses sérieuses, avec un respect exagéré. De temps en temps il regardait Clotilde. « Elle est vraiment plus jolie et plus
1970 fraîche », pensait-il. Puis ses yeux revenaient vers sa femme qu'il ne trouvait pas mal non plus, bien qu'il eût gardé contre elle une colère rentrée, tenace et méchante.

Mais la Patronne l'excitait par la difficulté de la conquête, et par cette nouveauté toujours désirée des hommes.

1975 Elle voulut rentrer de bonne heure.

« Je vous accompagnerai », dit-il.

Elle refusa. Il insistait :

« Pourquoi ne voulez-vous pas ? Vous allez me blesser vivement. Ne me laissez pas croire que vous ne m'avez point pardonné. Vous
1980 voyez comme je suis calme. »

Elle répondit :

« Vous ne pouvez pas abandonner ainsi vos invités. »

Il sourit :

« Bah ! je serai vingt minutes absent. On ne s'en apercevra même pas. Si vous me refusez, vous me froisserez jusqu'au cœur. »

Elle murmura :

« Eh bien, j'accepte. »

Mais dès qu'ils furent dans la voiture, il lui saisit la main, et la baisant avec passion :

« Je vous aime, je vous aime. Laissez-moi vous le dire. Je ne vous toucherai pas. Je veux seulement vous répéter que je vous aime. »

Elle balbutiait :

« Oh !... après ce que vous m'avez promis... C'est mal... c'est mal... »

Il parut faire un grand effort, puis il reprit, d'une voix contenue :

« Tenez, vous voyez comme je me maîtrise. Et pourtant... Mais laissez-moi vous dire seulement ceci. Je vous aime... et vous le répéter tous les jours... oui, laissez-moi aller chez vous m'agenouiller cinq minutes à vos pieds pour prononcer ces trois mots, en regardant votre visage adoré. »

Elle lui avait abandonné sa main, et elle répondit en haletant :

« Non, je ne peux pas, je ne veux pas. Songez à ce qu'on dirait, à mes domestiques, à mes filles. Non, non, c'est impossible... »

Il reprit :

« Je ne peux plus vivre sans vous voir. Que ce soit chez vous ou ailleurs, il faut que je vous voie, ne fût-ce qu'une minute tous les jours, que je touche votre main, que je respire l'air soulevé par votre robe, que je contemple la ligne de votre corps, et vos beaux grands yeux qui m'affolent. »

Elle écoutait, frémissante, cette banale musique d'amour et elle bégayait :

« Non... non... c'est impossible. Taisez-vous ! »

Il lui parlait tout bas, dans l'oreille, comprenant qu'il fallait la prendre peu à peu, celle-là, cette femme simple, qu'il fallait la décider à lui donner des rendez-vous, où elle voudrait d'abord, où il voudrait ensuite :

« Écoutez... Il le faut... je vous verrai... je vous attendrai devant votre porte... comme un pauvre... Si vous ne descendez pas, je monterai chez vous... mais je vous verrai... je vous verrai... demain. »

Elle répétait : « Non, non, ne venez pas. Je ne vous recevrai point. Songez à mes filles.

Deuxième partie

2020 – Alors dites-moi où je vous rencontrerai... dans la rue... n'importe où... à l'heure que vous voudrez... pourvu que je vous voie... Je vous saluerai... Je vous dirai : "Je vous aime", et je m'en irai. »

Elle hésitait, éperdue. Et comme le coupé passait la porte de son hôtel, elle murmura très vite :

2025 « Eh bien, j'entrerai à la Trinité[1], demain, à trois heures et demie. »

Puis, étant descendue, elle cria à son cocher :

« Reconduisez M. Du Roy chez lui. »

Comme il rentrait, sa femme lui demanda :

« Où étais-tu donc passé ? »

2030 Il répondit, à voix basse :

« J'ai été jusqu'au télégraphe pour une dépêche pressée. »

Mme de Marelle s'approchait :

« Vous me reconduisez, Bel-Ami, vous savez que je ne viens dîner si loin qu'à cette condition ? »

2035 Puis se tournant vers Madeleine :

« Tu n'es pas jalouse ? »

Mme Du Roy répondit lentement :

« Non, pas trop. »

Les convives s'en allaient. Mme Laroche Mathieu avait l'air d'une
2040 petite bonne de province. C'était la fille d'un notaire, épousée par Laroche qui n'était alors que médiocre avocat. Mme Rissolin, vieille et prétentieuse, donnait l'idée d'une ancienne sage-femme dont l'éducation se serait faite dans les cabinets de lecture. La vicomtesse de Percemur les regardait du haut. Sa « patte blanche » touchait avec
2045 répugnance ces mains communes.

Clotilde, enveloppée de dentelles, dit à Madeleine en franchissant la porte de l'escalier :

« C'était parfait, ton dîner. Tu auras dans quelque temps le premier salon politique de Paris. »

2050 Dès qu'elle fut seule avec Georges, elle le serra dans ses bras :

« Oh ! mon chéri Bel-Ami, je t'aime tous les jours davantage. »

Le fiacre qui les portait roulait comme un navire.

« Ça ne vaut point notre chambre », dit-elle.

Il répondit : « Oh ! non. » Mais il pensait à Mme Walter.

---

1. **La Trinité :** l'église de la Trinité a été construite de 1861 à 1867. La fiction se déroule en 1882.

IV

LA PLACE de la Trinité était presque déserte, sous un éclatant soleil de juillet. Une chaleur pesante écrasait Paris, comme si l'air de là-haut, alourdi, brûlé, était retombé sur la ville, de l'air épais et cuisant qui faisait mal dans la poitrine.

Les chutes d'eau, devant l'église, tombaient mollement. Elles semblaient fatiguées de couler, lasses et molles aussi, et le liquide du bassin où flottaient des feuilles et des bouts de papier avait l'air un peu verdâtre, épais et glauque.

Un chien, ayant sauté par-dessus le rebord de pierre, se baignait dans cette onde douteuse. Quelques personnes, assises sur les bancs du petit jardin rond qui contourne le portail, regardaient cette bête avec envie.

Du Roy tira sa montre. Il n'était encore que trois heures. Il avait trente minutes d'avance.

Il riait en pensant à ce rendez-vous. « Les églises lui sont bonnes à tous les usages, se disait-il. Elles la consolent d'avoir épousé un juif, lui donnent une attitude de protestation dans le monde politique, une allure comme il faut dans le monde distingué, et un abri pour ses rencontres galantes. Ce que c'est que l'habitude de se servir de la religion comme on se sert d'un en-tout-cas. S'il fait beau, c'est une canne ; s'il fait du soleil, c'est une ombrelle ; s'il pleut, c'est un parapluie, et, si on ne sort pas, on le laisse dans l'antichambre. Et elles sont des centaines comme ça, qui se fichent du bon Dieu comme d'une guigne, mais qui ne veulent pas qu'on en dise du mal et qui le prennent à l'occasion pour entremetteur. Si on leur proposait d'entrer dans un hôtel meublé, elles trouveraient ça une infamie, et il leur semble tout simple de filer l'amour au pied des autels. »

Il marchait lentement le long du bassin ; puis il regarda l'heure de nouveau à l'horloge du clocher, qui avançait de deux minutes sur sa montre. Elle indiquait trois heures cinq.

Il jugea qu'il serait encore mieux dedans ; et il entra.

Une fraîcheur de cave le saisit ; il l'aspira avec bonheur, puis il fit le tour de la nef pour bien connaître l'endroit.

Une autre marche régulière, interrompue parfois, puis recommençant, répondait, au fond du vaste monument, au bruit de ses

2090 pieds qui montait sonore sous la haute voûte. La curiosité lui vint de connaître ce promeneur. Il le chercha. C'était un gros homme chauve, qui allait le nez en l'air, le chapeau derrière le dos.

De place en place, une vieille femme agenouillée priait, la figure dans ses mains.

2095 Une sensation de solitude, de désert, de repos, saisissait l'esprit. La lumière, nuancée par les vitraux, était douce aux yeux.

Du Roy trouva qu'il faisait « rudement bon » là-dedans.

Il revint près de la porte, et regarda de nouveau sa montre. Il n'était encore que trois heures quinze. Il s'assit à l'entrée de l'allée 2100 principale, en regrettant qu'on ne pût pas fumer une cigarette. On entendait toujours, au bout de l'église, près du chœur, la promenade lente du gros monsieur.

Quelqu'un entra. Georges se retourna brusquement. C'était une femme du peuple, en jupe de laine, une pauvre femme, qui tomba à 2105 genoux près de la première chaise, et resta immobile, les doigts croisés, le regard au ciel, l'âme envolée dans la prière.

Du Roy la regardait avec intérêt, se demandant quel chagrin, quelle douleur, quel désespoir pouvaient broyer ce cœur infime. Elle crevait de misère ; c'était visible. Elle avait peut-être encore un mari 2110 qui la tuait de coups ou bien un enfant mourant.

Il murmurait mentalement : « Les pauvres êtres. Y en a-t-il qui souffrent pourtant. » Et une colère lui vint contre l'impitoyable nature. Puis il réfléchit que ces gueux croyaient au moins qu'on s'occupait d'eux là-haut et que leur état civil se trouvait inscrit sur 2115 les registres du ciel avec la balance de la dette et de l'avoir.

« Là-haut. » Où donc ?

Et Du Roy, que le silence de l'église poussait aux vastes rêves, jugeant d'une pensée la création, prononça, du bout des lèvres : « Comme c'est bête tout ça. »

2120 Un bruit de robe le fit tressaillir. C'était elle.

Il se leva, s'avança vivement. Elle ne lui tendit pas la main, et murmura, à voix basse :

« Je n'ai que peu d'instants. Il faut que je rentre, mettez-vous à genoux, près de moi, pour qu'on ne nous remarque pas. »

2125 Et elle s'avança dans la grande nef, cherchant un endroit convenable et sûr, en femme qui connaît bien la maison. Sa figure était cachée par un voile épais, et elle marchait à pas sourds qu'on entendait à peine.

Quand elle fut arrivée près du chœur, elle se retourna et marmotta, de ce ton toujours mystérieux qu'on garde dans les églises :

130 « Les bas-côtés vaudront mieux. On est trop en vue par ici. »

Elle salua le tabernacle du maître-autel d'une grande inclinaison de tête, renforcée d'une légère révérence, et elle tourna à droite, revint un peu vers l'entrée, puis, prenant une résolution, elle s'empara d'un prie-Dieu et s'agenouilla.

135 Georges prit possession du prie-Dieu voisin, et, dès qu'ils furent immobiles, dans l'attitude de l'oraison :

« Merci, merci, dit-il. Je vous adore. Je voudrais vous le dire toujours, vous raconter comment j'ai commencé à vous aimer, comment j'ai été séduit la première fois que je vous ai vue... Me permettrez-140 vous, un jour, de vider mon cœur, de vous exprimer tout cela ? »

Elle l'écoutait dans une attitude de méditation profonde, comme si elle n'eût rien entendu. Elle répondit entre ses doigts :

« Je suis folle de vous laisser me parler ainsi, folle d'être venue, folle de faire ce que je fais, de vous laisser croire que cette... cette... 145 cette aventure peut avoir une suite. Oubliez cela, il le faut, et ne m'en reparlez jamais. »

Elle attendit. Il cherchait une réponse, des mots décisifs, passionnés, mais ne pouvant joindre les gestes aux paroles, son action se trouvait paralysée.

2150 Il reprit :

« Je n'attends rien... je n'espère rien. Je vous aime. Quoi que vous fassiez, je vous le répéterai si souvent, avec tant de force et d'ardeur, que vous finirez bien par le comprendre. Je veux faire pénétrer en vous ma tendresse, vous la verser dans l'âme, mot par mot, 2155 heure par heure, jour par jour, de sorte qu'enfin elle vous imprègne comme une liqueur tombée goutte à goutte, qu'elle vous adoucisse, vous amollisse et vous force, plus tard, à me répondre : "Moi aussi je vous aime." »

Il sentait trembler son épaule contre lui et sa gorge palpiter ; et 2160 elle balbutia, très vite :

« Moi aussi, je vous aime. »

Il eut un sursaut, comme si un grand coup lui fût tombé sur la tête, et il soupira :

« Oh ! mon Dieu !... »

2165 Elle reprit, d'une voix haletante :

« Est-ce que je devrais vous dire cela ? Je me sens coupable et méprisable... moi... qui ai deux filles... mais je ne peux pas... je ne peux pas... Je n'aurais pas cru... je n'aurais jamais pensé... c'est plus fort... plus fort que moi. Écoutez... écoutez... je n'ai jamais aimé... que vous... je vous le jure. Et je vous aime depuis un an, en secret, dans le secret de mon cœur. Oh ! j'ai souffert, allez, et lutté, je ne peux plus, je vous aime... »

Elle pleurait dans ses doigts croisés sur son visage, et tout son corps frémissait, secoué par la violence de son émotion.

George murmura :

« Donnez-moi votre main, que je la touche, que je la presse... »

Elle ôta lentement sa main de sa figure. Il vit sa joue toute mouillée, et une goutte d'eau prête à tomber encore au bord des cils.

Il avait pris cette main, il la serrait :

« Oh ! comme je voudrais boire vos larmes. »

Elle dit d'une voix basse et brisée, qui ressemblait à un gémissement :

« N'abusez pas de moi... je me suis perdue ! »

Il eut envie de sourire. Comment aurait-il abusé d'elle en ce lieu ? Il posa sur son cœur la main qu'il tenait, en demandant : « Le sentez-vous battre ? » Car il était à bout de phrases passionnées.

Mais, depuis quelques instants, le pas régulier du promeneur se rapprochait. Il avait fait le tour des autels, et il redescendait, pour la seconde fois au moins, par la petite nef de droite. Quand Mme Walter l'entendit tout près du pilier qui la cachait, elle arracha ses doigts de l'étreinte de Georges, et, de nouveau, se couvrit la figure.

Et ils restèrent tous deux immobiles, agenouillés comme s'ils eussent adressé ensemble au ciel des supplications ardentes. Le gros monsieur passa près d'eux, leur jeta un regard indifférent, et s'éloigna vers le bas de l'église en tenant toujours son chapeau dans son dos.

Mais Du Roy, qui songeait à obtenir un rendez-vous ailleurs qu'à la Trinité, murmura :

« Où vous verrai-je demain ? »

Elle ne répondit pas. Elle semblait inanimée, changée en statue de la Prière.

Il reprit :

« Demain, voulez-vous que je vous retrouve au parc Monceau ? »

2205 Elle tourna vers lui sa face redécouverte, une face livide, crispée par une souffrance affreuse, et, d'une voix saccadée :

« Laissez-moi... laissez-moi, maintenant... allez-vous-en... allez-vous-en... seulement cinq minutes ; je souffre trop, près de vous... je veux prier... je ne peux pas... allez-vous-en... laissez-moi prier...

2210 seule... cinq minutes... je ne peux pas... laissez-moi implorer Dieu qu'il me pardonne... qu'il me sauve... laissez-moi... cinq minutes... »

Elle avait un visage tellement bouleversé, une figure si douloureuse, qu'il se leva sans dire un mot, puis après un peu d'hésitation, il demanda :

2215 « Je reviendrai tout à l'heure ? »

Elle fit un signe de tête, qui voulait dire : « Oui, tout à l'heure. » Et il remonta vers le chœur.

Alors, elle tenta de prier. Elle fit un effort d'invocation surhumaine pour appeler Dieu, et, le corps vibrant, l'âme éperdue, elle cria :

2220 « Pitié ! » vers le ciel.

Elle fermait ses yeux avec rage pour ne plus voir celui qui venait de s'en aller ! Elle le chassait de sa pensée, elle se débattait contre lui, mais au lieu de l'apparition céleste attendue dans la détresse de son cœur, elle apercevait toujours la moustache frisée du jeune homme.

2225 Depuis un an, elle luttait ainsi tous les jours, tous les soirs, contre cette obsession grandissante, contre cette image qui hantait ses rêves, qui hantait sa chair et troublait ses nuits. Elle se sentait prise comme une bête dans un filet, liée, jetée entre les bras de ce mâle qui l'avait vaincue, conquise, rien que par le poil de sa lèvre et par la

2230 couleur de ses yeux.

Et maintenant, dans cette église, tout près de Dieu, elle se sentait plus faible, plus abandonnée, plus perdue encore que chez elle. Elle ne pouvait plus prier, elle ne pouvait penser qu'à lui. Elle souffrait déjà qu'il se fût éloigné. Elle luttait cependant en désespérée, elle

2235 se défendait, appelait du secours de toute la force de son âme. Elle eût voulu mourir, plutôt que de tomber ainsi, elle qui n'avait point failli. Elle murmurait des paroles éperdues de supplication ; mais elle écoutait le pas de Georges s'affaiblir dans le lointain des voûtes.

Elle comprit que c'était fini, que la lutte était inutile ! Elle ne vou-

2240 lait pas céder pourtant ; et elle fut saisie par une de ces crises d'énervement qui jettent les femmes, palpitantes, hurlantes et tordues sur le sol. Elle tremblait de tous ses membres, sentant bien qu'elle allait tomber, se rouler entre les chaises en poussant des cris aigus.

Quelqu'un s'approchait d'une marche rapide. Elle tourna la tête.

2245 C'était un prêtre. Alors elle se leva, courut à lui en tendant ses mains jointes, et elle balbutia : « Oh ! sauvez-moi ! sauvez-moi ! »

Il s'arrêta, surpris :

« Qu'est-ce que vous désirez, madame ?

– Je veux que vous me sauviez. Ayez pitié de moi. Si vous ne venez

2250 pas à mon aide, je suis perdue. »

Il la regardait, se demandant si elle n'était pas folle. Il reprit :

« Que puis-je faire pour vous ? »

C'était un jeune homme, grand, un peu gras, aux joues pleines et tombantes, teintées de noir par la barbe rasée avec soin, un beau

2255 vicaire de ville, de quartier opulent, habitué aux riches pénitentes.

« Recevez ma confession, dit-elle, et conseillez-moi, soutenez-moi, dites-moi ce qu'il faut faire ! »

Il répondit :

« Je confesse tous les samedis, de trois heures à six heures. »

2260 Ayant saisi son bras, elle le serrait en répétant :

« Non ! non ! non ! tout de suite ! tout de suite ! Il le faut ! Il est là ! Dans cette église ! Il m'attend. »

Le prêtre demanda :

« Qui est-ce qui vous attend ?

2265 – Un homme... qui va me perdre... qui va me prendre, si vous ne me sauvez pas... Je ne peux plus le fuir... Je suis trop faible... trop faible... si faible... si faible !... »

Elle s'abattit à ses genoux, et sanglotant :

« Oh ! ayez pitié de moi, mon père ! Sauvez-moi, au nom de Dieu,

2270 sauvez-moi ! »

Elle le tenait par sa robe noire pour qu'il ne pût s'échapper ; et lui, inquiet, regardait de tous les côtés si quelque œil malveillant ou dévot ne voyait point cette femme tombée à ses pieds.

Comprenant, enfin, qu'il ne lui échapperait pas :

2275 « Relevez-vous, dit-il, j'ai justement sur moi la clef du confessionnal. » Et fouillant dans sa poche, il en tira un anneau garni de clefs, puis il en choisit une, et il se dirigea, d'un pas rapide, vers les petites cabanes de bois, sorte de boîtes aux ordures de l'âme, où les croyants vident leurs péchés.

280 Il entra par la porte du milieu qu'il referma sur lui, et Mme Walter, s'étant jetée dans l'étroite case d'à côté, balbutia avec ferveur, avec un élan passionné d'espérance :

« Bénissez-moi, mon père, parce que j'ai péché. »

Du Roy, ayant fait le tour du chœur, descendit la nef de gauche. Il
285 arrivait au milieu quand il rencontra le gros monsieur chauve, allant toujours de son pas tranquille, et il se demanda :

« Qu'est-ce que ce particulier-là peut bien faire ici ? »

Le promeneur aussi avait ralenti sa marche et regardait Georges avec un désir visible de lui parler. Quand il fut tout près, il salua, et
290 très poliment :

« Je vous demande pardon, monsieur, de vous déranger, mais pourriez-vous me dire à quelle époque a été construit ce monument ? »

Du Roy répondit :

« Ma foi, je n'en sais trop rien, je pense qu'il y a vingt ans, ou
295 vingt-cinq ans. C'est, d'ailleurs, la première fois que j'y entre.

— Moi aussi. Je ne l'avais jamais vu. »

Alors, le journaliste, qu'un intérêt gagnait, reprit :

« Il me semble que vous le visitez avec grand soin. Vous l'étudiez dans ses détails. »

300 L'autre, avec résignation :

« Je ne le visite pas, monsieur, j'attends ma femme qui m'a donné rendez-vous ici, et qui est fort en retard. »

Puis il se tut, et après quelques secondes :

« Il fait rudement chaud, dehors. »

305 Du Roy le considérait, lui trouvant une bonne tête, et, tout à coup, il s'imagina qu'il ressemblait à Forestier.

« Vous êtes de la province ? dit-il.

— Oui. Je suis de Rennes. Et vous, monsieur, c'est par curiosité que vous êtes entré dans cette église ?
310 — Non. J'attends une femme, moi. »

Et l'ayant salué, le journaliste s'éloigna, le sourire aux lèvres.

En approchant de la grande porte, il revit la pauvresse, toujours à genoux et priant toujours. Il pensa :

« Cristi ! elle a l'invocation tenace. » Il n'était plus ému, il ne la
315 plaignait plus.

Il passa, et, doucement, se mit à remonter la nef de droite pour retrouver Mme Walter.

Deuxième partie

Il guettait de loin la place où il l'avait laissée, s'étonnant de ne pas l'apercevoir. Il crut s'être trompé de pilier, alla jusqu'au dernier, et
2320 revint ensuite. Elle était donc partie ! Il demeurait surpris et furieux. Puis il s'imagina qu'elle le cherchait, et il refit le tour de l'église. Ne l'ayant point trouvée, il retourna s'asseoir sur la chaise qu'elle avait occupée, espérant qu'elle l'y rejoindrait. Et il attendit.

Bientôt un léger murmure de voix éveilla son attention. Il n'avait
2325 vu personne dans ce coin de l'église. D'où venait donc ce chuchotement ? Il se leva pour chercher, et il aperçut, dans la chapelle voisine, les portes du confessionnal. Un bout de robe sortait de l'une et traînait sur le pavé. Il s'approcha pour examiner la femme. Il la reconnut. Elle se confessait !...

2330 Il sentit un désir violent de la prendre par les épaules et de l'arracher de cette boîte. Puis il pensa : « Bah ! c'est le tour du curé, ce sera le mien demain. » Et il s'assit tranquillement en face des guichets de la pénitence, attendant son heure, et ricanant, à présent, de l'aventure.

Il attendit longtemps. Enfin, Mme Walter se releva, se retourna, le
2335 vit et vint à lui. Elle avait un visage froid et sévère.

« Monsieur, dit-elle, je vous prie de ne pas m'accompagner, de ne pas me suivre, et de ne plus venir, seul, chez moi. Vous ne seriez point reçu. Adieu ! »

Et elle s'en alla, d'une démarche digne.

2340 Il la laissa s'éloigner, car il avait pour principe de ne jamais forcer les événements. Puis comme le prêtre, un peu troublé, sortait à son tour de son réduit, il marcha droit à lui, et le regardant au fond des yeux, il lui grogna dans le nez :

« Si vous ne portiez point une jupe, vous, quelle paire de soufflets
2345 sur votre vilain museau. »

Puis il pivota sur ses talons et sortit de l'église en sifflotant.

Debout sous le portail, le gros monsieur, le chapeau sur la tête et les mains derrière le dos, las d'attendre, parcourait du regard la vaste place et toutes les rues qui s'y rejoignent.

2350 Quand Du Roy passa près de lui, ils se saluèrent.

Le journaliste, se trouvant libre, descendit à *La Vie française*. Dès l'entrée, il vit à la mine affairée des garçons qu'il se passait des choses anormales, et il entra brusquement dans le cabinet du directeur.

Le père Walter, debout, nerveux, dictait un article par phrases
2355 hachées, donnait, entre deux alinéas, des missions à ses reporters

qui l'entouraient, faisait des recommandations à Boisrenard, et déca-
chetait des lettres.

Quand Du Roy entra, le patron poussa un cri de joie :

« Ah ! quelle chance, voilà Bel-Ami ! »

Il s'arrêta net, un peu confus, et s'excusa :

« Je vous demande pardon de vous avoir appelé ainsi, je suis très
troublé par les circonstances. Et puis, j'entends ma femme et mes
filles vous nommer "Bel-Ami" du matin au soir, et je finis par en
prendre moi-même l'habitude. Vous ne m'en voulez pas ? »

Georges riait :

« Pas du tout. Ce surnom n'a rien qui me déplaise. »

Le père Walter reprit :

« Très bien, alors je vous baptise Bel-Ami comme tout le monde.
Eh bien ! voilà, nous avons de gros événements. Le ministère est
tombé sur un vote de trois cent dix voix contre cent deux. Nos
vacances sont encore remises, remises aux calendes grecques, et
nous voici au 28 juillet. L'Espagne se fâche pour le Maroc, c'est ce
qui a jeté bas Durand de l'Aine et ses acolytes. Nous sommes dans
le pétrin jusqu'au cou. Marrot est chargé de former un nouveau
cabinet. Il prend le général Boutin d'Acre à la Guerre et notre ami
Laroche-Mathieu aux Affaires étrangères. Il garde lui-même le portefeuille de l'Intérieur, avec la présidence du Conseil. Nous allons
devenir une feuille officieuse. Je fais l'article de tête, une simple
déclaration de principes, en traçant leur voie aux ministres[1]. »

Le bonhomme sourit et reprit :

« La voie qu'ils comptent suivre, bien entendu. Mais il me faudrait
quelque chose d'intéressant sur la question du Maroc, une actualité, une
chronique à effet, à sensation, je ne sais quoi ? Trouvez-moi ça, vous. »

Du Roy réfléchit une seconde puis répondit :

« J'ai votre affaire. Je vous donne une étude sur la situation politique
de toute notre colonie africaine, avec la Tunisie à gauche, l'Algérie au
milieu, et le Maroc à droite, l'histoire des races qui peuplent ce grand
territoire, et le récit d'une excursion sur la frontière marocaine jusqu'à
la grande oasis de Figuig où aucun Européen n'a pénétré et qui est la
cause du conflit actuel. Ça vous va-t-il ? »

---

1. **Le ministère [...] aux ministres :** l'exposé de Walter transpose l'« affaire tunisienne » (colère de l'Italie, retrait de Jules Ferry, arrivée de Gambetta).

Deuxième partie

Le père Walter s'écria :

« Admirable ! Et quel titre ?

– De Tunis à Tanger !

– Superbe. »

2395 Et Du Roy s'en alla fouiller dans la collection de *La Vie française* pour retrouver son premier article : « Les Mémoires d'un chasseur d'Afrique[1] », qui, débaptisé, retapé et modifié, ferait admirablement l'affaire, d'un bout à l'autre, puisqu'il y était question de politique coloniale, de la population algérienne et d'une excursion dans la 2400 province d'Oran.

En trois quarts d'heure, la chose fut refaite, rafistolée, mise au point, avec une saveur d'actualité et des louanges pour le nouveau cabinet.

Le directeur, ayant lu l'article, déclara :

2405 « C'est parfait... parfait... parfait. Vous êtes un homme précieux. Tous mes compliments. »

Et Du Roy rentra dîner, enchanté de sa journée, malgré l'échec de la Trinité, car il sentait bien la partie gagnée.

Sa femme, fiévreuse, l'attendait. Elle s'écria en le voyant :

2410 « Tu sais que Laroche est ministre des Affaires étrangères.

– Oui, je viens même de faire un article sur l'Algérie à ce sujet.

– Quoi donc ?

– Tu le connais, le premier que nous ayons écrit ensemble : "Les Mémoires d'un chasseur d'Afrique", revu et corrigé pour la 2415 circonstance. »

Elle sourit.

« Ah ! oui, mais ça va très bien. »

Puis après avoir songé quelques instants :

« J'y pense, cette suite que tu devais faire alors, et que tu as... lais-2420 sée en route. Nous pouvons nous y mettre à présent. Ça nous donnera une jolie série bien en situation. »

Il répondit en s'asseyant devant son potage :

« Parfaitement. Rien ne s'y oppose plus, maintenant que ce cocu de Forestier est trépassé. »

2425 Elle répliqua vivement d'un ton sec, blessé :

---

1. **Les mémoires d'un chasseur d'Afrique :** l'intérêt de Du Roy pour l'Afrique du Nord est celui de Maupassant, qui s'est manifesté dans *Au soleil*, recueil d'articles.

« Cette plaisanterie est plus que déplacée, et je te prie d'y mettre un terme. Voilà trop longtemps qu'elle dure. »

Il allait riposter avec ironie ; on lui apporta une dépêche contenant cette seule phrase, sans signature :

2430 « J'avais perdu la tête. Pardonnez-moi et venez demain, quatre heures, au parc Monceau. »

Il comprit, et, le cœur tout à coup plein de joie, il dit à sa femme, en glissant le papier bleu dans sa poche :

« Je ne le ferai plus, ma chérie. C'est bête. Je le reconnais. »

2435 Et il recommença à dîner.

Tout en mangeant, il se répétait ces quelques mots :

« J'avais perdu la tête, pardonnez-moi, et venez demain, quatre heures, au parc Monceau. » Donc elle cédait. Cela voulait dire : « Je me rends, je suis à vous, où vous voudrez, quand vous voudrez. »

2440 Il se mit à rire. Madeleine demanda :

« Qu'est-ce que tu as ?

– Pas grand-chose. Je pense à un curé que j'ai rencontré tantôt, et qui avait une bonne binette. »

Du Roy arriva juste à l'heure au rendez-vous du lendemain. Sur

2445 tous les bancs du parc étaient assis des bourgeois accablés par la chaleur, et des bonnes nonchalantes qui semblaient rêver pendant que les enfants se roulaient dans le sable des chemins.

Il trouva Mme Walter dans la petite ruine antique où coule une source. Elle faisait le tour du cirque étroit de colonnettes, d'un air

2450 inquiet et malheureux.

Aussitôt qu'il l'eut saluée :

« Comme il y a du monde dans ce jardin ! » dit-elle.

Il saisit l'occasion :

« Oui, c'est vrai ; voulez-vous venir autre part ?

2455 – Mais où ?

– N'importe où, dans une voiture, par exemple. Vous baisserez le store de votre côté, et vous serez bien à l'abri.

– Oui, j'aime mieux ça ; ici je meurs de peur.

– Eh bien, vous allez me retrouver dans cinq minutes à la porte qui

2460 donne sur le boulevard extérieur. J'y arriverai avec un fiacre. »

Et il partit en courant. Dès qu'elle l'eut rejoint et qu'elle eut bien voilé la vitre de son côté, elle demanda :

« Où avez-vous dit au cocher de nous conduire ? »

Georges répondit :

2465 « Ne vous occupez de rien, il est au courant. »

Il avait donné à l'homme l'adresse de son appartement de la rue de Constantinople.

Elle reprit :

« Vous ne vous figurez pas comme je souffre à cause de vous,
2470 comme je suis tourmentée et torturée. Hier, j'ai été dure, dans l'église, mais je voulais vous fuir à tout prix. J'ai tellement peur de me trouver seule avec vous. M'avez-vous pardonné ? »

Il lui serrait les mains :

« Oui, oui. Qu'est-ce que je ne vous pardonnerais pas, vous aimant
2475 comme je vous aime ? »

Elle le regardait d'un air suppliant.

« Écoutez, il faut me promettre de me respecter... de ne pas... de ne pas... autrement je ne pourrais plus vous revoir. »

Il ne répondit point d'abord ; il avait sous la moustache ce sourire
2480 fin qui troublait les femmes. Il finit par murmurer :

« Je suis votre esclave. »

Alors elle se mit à lui raconter comment elle s'était aperçue qu'elle l'aimait en apprenant qu'il allait épouser Madeleine Forestier. Elle donnait des détails, de petits détails de dates et de choses intimes.

2485 Soudain elle se tut. La voiture venait de s'arrêter. Du Roy ouvrit la portière.

« Où sommes-nous ? » dit-elle.

Il répondit :

« Descendez et entrez dans cette maison. Nous y serons plus
2490 tranquilles.

– Mais où sommes-nous ?

– Chez moi. C'est mon appartement de garçon que j'ai repris... pour quelques jours... pour avoir un coin où nous puissions nous voir. »

Elle s'était cramponnée au capiton du fiacre, épouvantée à l'idée
2495 de ce tête-à-tête, et elle balbutiait :

« Non, non, je ne veux pas ! Je ne veux pas ! »

Il prononça d'une voix énergique :

« Je vous jure de vous respecter. Venez. Vous voyez bien qu'on nous regarde, qu'on va se rassembler autour de nous. Dépêchez-
2500 vous... dépêchez-vous... descendez. »

Et il répéta :

« Je vous jure de vous respecter. »

Un marchand de vin sur sa porte les regardait d'un air curieux. Elle fut saisie de terreur et s'élança dans la maison.

2505 Elle allait monter l'escalier. Il la retint par le bras :

« C'est ici, au rez-de-chaussée. »

Et il la poussa dans son logis.

Dès qu'il eut refermé la porte, il la saisit comme une proie. Elle se débattait, luttait, bégayait :

2510 « Oh ! mon Dieu !... oh ! mon Dieu !... »

Il lui baisait le cou, les yeux, les lèvres avec emportement, sans qu'elle pût éviter ses caresses furieuses ; et tout en le repoussant, tout en fuyant sa bouche, elle lui rendait, malgré elle, ses baisers.

Tout d'un coup elle cessa de se débattre, et vaincue, résignée, se 2515 laissa dévêtir par lui. Il enlevait une à une, adroitement et vite, toutes les parties de son costume, avec des doigts légers de femme de chambre.

Elle lui avait arraché des mains son corsage pour se cacher la figure dedans, et elle demeurait debout, toute blanche, au milieu de 2520 ses robes abattues à ses pieds.

Il lui laissa ses bottines et l'emporta dans ses bras vers le lit. Alors, elle lui murmura à l'oreille, d'une voix brisée : « Je vous jure... je vous jure... que je n'ai jamais eu d'amant. » Comme une jeune fille aurait dit : « Je vous jure que je suis vierge. »

2525 Et il pensait : « Voilà ce qui m'est bien égal, par exemple. »

V

L'AUTOMNE était venu. Les Du Roy avaient passé à Paris tout l'été, menant une campagne énergique dans *La Vie française* en faveur du nouveau cabinet pendant les courtes vacances des députés.

Quoiqu'on fût seulement dans les premiers jours d'octobre, les Chambres allaient reprendre leurs séances, car les affaires du Maroc devenaient menaçantes.

Personne, au fond, ne croyait à une expédition vers Tanger, bien que, le jour de la séparation du Parlement, un député de la droite, le comte de Lambert-Sarrazin, dans un discours plein d'esprit, applaudi même par les centres, eût offert de parier et de donner en gage sa moustache, comme avait fait jadis un célèbre vice-roi des Indes, contre les favoris du chef du Conseil, que le nouveau cabinet ne se pourrait tenir d'imiter l'ancien et d'envoyer une armée à Tanger, en pendant à celle de Tunis, par amour de la symétrie, comme on met deux vases sur une cheminée. Il avait ajouté : « La terre d'Afrique est en effet une cheminée pour la France, messieurs, une cheminée qui brûle notre meilleur bois, une cheminée à grand tirage qu'on allume avec le papier de la Banque.

« Vous vous êtes offert la fantaisie artiste d'orner l'angle de gauche d'un bibelot tunisien qui vous coûte cher, vous verrez que M. Marrot va vouloir imiter son prédécesseur et orner l'angle de droite avec un bibelot marocain. »

Ce discours, demeuré célèbre, avait servi de thème à Du Roy pour dix articles sur la colonie algérienne, pour toute sa série interrompue lors de ses débuts au journal, et il avait soutenu énergiquement l'idée d'une expédition militaire, bien qu'il fût convaincu qu'elle n'aurait pas lieu. Il avait fait vibrer la corde patriotique et bombardé l'Espagne avec tout l'arsenal d'arguments méprisants qu'on emploie contre les peuples dont les intérêts sont contraires aux vôtres.

La Vie française avait gagné une importance considérable à ses attaches connues avec le pouvoir. Elle donnait, avant les feuilles les plus sérieuses, les nouvelles politiques, indiquait par des nuances les intentions des ministres, ses amis ; et tous les journaux de Paris et de la province cherchaient chez elle leurs informations. On la

₂₅₆₀ citait, on la redoutait, on commençait à la respecter. Ce n'était plus l'organe suspect d'un groupe de tripoteurs politiques, mais l'organe avoué du cabinet. Laroche-Mathieu était l'âme du journal et Du Roy son porte-voix. Le père Walter, député muet et directeur cauteleux, sachant s'effacer, s'occupait dans l'ombre, disait-on, d'une grosse
₂₅₆₅ affaire de mines de cuivre, au Maroc.

Le salon de Madeleine était devenu un centre influent, où se réunissaient chaque semaine plusieurs membres du cabinet. Le président du Conseil avait même dîné deux fois chez elle ; et les femmes des hommes d'État, qui hésitaient autrefois à franchir sa porte, se
₂₅₇₀ vantaient à présent d'être ses amies, lui faisant plus de visites qu'elles n'en recevaient d'elle.

Le ministre des Affaires étrangères régnait presque en maître dans la maison. Il y venait à toute heure, apportant des dépêches, des renseignements, des informations qu'il dictait soit au mari, soit à la
₂₅₇₅ femme, comme s'ils eussent été ses secrétaires.

Quand Du Roy, après le départ du ministre, demeurait seul en face de Madeleine, il s'emportait, avec des menaces dans la voix, et des insinuations perfides dans les paroles, contre les allures de ce médiocre parvenu.

₂₅₈₀ Mais elle haussait les épaules avec mépris, répétant :

« Fais-en autant que lui, toi. Deviens ministre ; et tu pourras faire ta tête. Jusque-là, tais-toi. »

Il frisait sa moustache en la regardant de côté.

« On ne sait pas de quoi je suis capable, disait-il, on l'apprendra
₂₅₈₅ peut-être, un jour. »

Elle répondait avec philosophie :

« Qui vivra, verra. »

Le matin de la rentrée des Chambres, la jeune femme, encore au lit, faisait mille recommandations à son mari, qui s'habillait afin d'al-
₂₅₉₀ ler déjeuner chez M. Laroche-Mathieu et de recevoir ses instructions avant la séance, pour l'article politique du lendemain dans *La Vie française*, cet article devant être une sorte de déclaration officieuse des projets réels du cabinet.

Madeleine disait :

₂₅₉₅ « Surtout n'oublie pas de lui demander si le général Belloncle est envoyé à Oran, comme il en est question. Cela aurait une grande signification. »

Georges, nerveux, répondit :

« Mais je sais aussi bien que toi ce que j'ai à faire. Fiche-moi la paix avec tes rabâchages. »

2600 Elle reprit tranquillement :

« Mon cher, tu oublies toujours la moitié des commissions dont je te charge pour le ministre. »

Il grogna :

« Il m'embête, ton ministre, à la fin ! C'est un serin. »

2605 Elle dit avec calme :

« Ce n'est pas plus mon ministre que le tien. Il t'est plus utile qu'à moi. »

Il s'était tourné un peu vers elle en ricanant :

« Pardon, il ne me fait pas la cour, à moi. »

2610 Elle déclara, lentement :

« À moi non plus, d'ailleurs ; mais il fait notre fortune. »

Il se tut, puis après quelques instants :

« Si j'avais à choisir parmi tes adorateurs, j'aimerais encore mieux cette vieille ganache de Vaudrec. Qu'est-ce qu'il devient, celui-là ? je

2615 ne l'ai pas vu depuis huit jours. »

Elle répliqua, sans s'émouvoir :

« Il est souffrant, il m'a écrit qu'il gardait même le lit avec une attaque de goutte. Tu devrais passer prendre de ses nouvelles. Tu sais qu'il t'aime beaucoup, et cela lui ferait plaisir. »

2620 Georges répondit :

« Oui, certainement, j'irai tantôt. »

Il avait achevé sa toilette, et, son chapeau sur la tête, il cherchait s'il n'avait rien négligé. N'ayant rien trouvé, il s'approcha du lit, embrassa sa femme sur le front :

2625 « À tantôt, ma chérie, je ne serai pas rentré avant sept heures au plus tôt. »

Et il sortit. M. Laroche-Mathieu l'attendait, car il déjeunait à dix heures ce jour-là, le Conseil devant se réunir à midi, avant la réouverture du Parlement.

2630 Dès qu'ils furent à table, seuls avec le secrétaire particulier du ministre, Mme Laroche-Mathieu n'ayant pas voulu changer l'heure de son repas, Du Roy parla de son article, il en indiqua la ligne, consultant ses notes griffonnées sur des cartes de visite ; puis quand il eut fini :

2635 « Voyez-vous quelque chose à modifier, mon cher ministre ?

248

– Fort peu, mon cher ami. Vous êtes peut-être un peu trop affirmatif dans l'affaire du Maroc. Parlez de l'expédition comme si elle devait avoir lieu, mais en laissant bien entendre qu'elle n'aura pas lieu et que vous n'y croyez pas le moins du monde. Faites que le public lise bien entre les lignes que nous n'irons pas nous fourrer dans cette aventure.

– Parfaitement. J'ai compris, et je me ferai bien comprendre. Ma femme m'a chargé de vous demander à ce sujet si le général Belloncle serait envoyé à Oran. Après ce que vous venez de dire, je conclus que non. »

L'homme d'État répondit :

« Non. »

Puis on causa de la session qui s'ouvrait. Laroche-Mathieu se mit à pérorer, préparant l'effet des phrases qu'il allait répandre sur ses collègues quelques heures plus tard. Il agitait sa main droite, levant en l'air tantôt sa fourchette, tantôt son couteau, tantôt une bouchée de pain, et sans regarder personne, s'adressant à l'Assemblée invisible, il expectorait son éloquence liquoreuse de beau garçon bien coiffé. Une très petite moustache roulée redressait sur sa lèvre deux pointes pareilles à des queues de scorpion, et ses cheveux huilés de brillantine, séparés au milieu du front, arrondissaient sur ses tempes deux bandeaux de bellâtre provincial. Il était un peu trop gras, un peu bouffi, bien que jeune ; le ventre tendait son gilet. Le secrétaire particulier mangeait et buvait tranquillement, accoutumé sans doute à ses douches de faconde ; mais Du Roy, que la jalousie du succès obtenu mordait au cœur, songeait : « Va donc, ganache ! Quels crétins que ces hommes politiques ! »

Et, comparant sa valeur à lui, à l'importance bavarde de ce ministre, il se disait : « Cristi, si j'avais seulement cent mille francs nets pour me présenter à la députation dans mon beau pays de Rouen, pour rouler dans la pâte de leur grosse malice mes braves Normands finauds et lourdauds, quel homme d'État je ferais, à côté de ces polissons imprévoyants. »

Jusqu'au café, M. Laroche-Mathieu parla, puis, ayant vu qu'il était tard, il sonna pour qu'on fît avancer son coupé, et, tendant la main au journaliste :

« C'est bien compris, mon cher ami ?

– Parfaitement, mon cher ministre, comptez sur moi. »

Deuxième partie

Et Du Roy s'en alla tout doucement vers le journal, pour commencer son article, car il n'avait rien à faire jusqu'à quatre heures. À quatre heures, il devait retrouver, rue de Constantinople, Mme de Marelle qu'il y voyait toujours régulièrement deux fois par semaine, le lundi et le vendredi.

Mais en rentrant de la rédaction, on lui remit une dépêche fermée ; elle était de Mme Walter, et disait :

« Il faut absolument que je te parle aujourd'hui. C'est très grave, très grave. Attends-moi à deux heures, rue de Constantinople. Je peux te rendre un grand service.

« Ton amie jusqu'à la mort,

« Virginie. »

Il jura : « Nom de Dieu ! quel crampon. » Et, saisi par un excès de mauvaise humeur, il ressortit aussitôt, trop irrité pour travailler.

Depuis six semaines il essayait de rompre avec elle sans parvenir à lasser son attachement acharné.

Elle avait eu, après sa chute, un accès de remords épouvantable, et, dans trois rendez-vous successifs, avait accablé son amant de reproches et de malédictions. Ennuyé de ces scènes, et déjà rassasié de cette femme mûre et dramatique, il s'était simplement éloigné, espérant que l'aventure serait finie de cette façon. Mais alors elle s'était accrochée à lui éperdument, se jetant dans cet amour comme on se jette dans une rivière avec une pierre au cou. Il s'était laissé reprendre, par faiblesse, par complaisance, par égards ; et elle l'avait emprisonné dans une passion effrénée et fatigante, elle l'avait persécuté de sa tendresse.

Elle voulait le voir tous les jours, l'appelait à tout moment par des télégrammes, pour des rencontres rapides au coin des rues, dans un magasin, dans un jardin public.

Elle lui répétait alors, en quelques phrases, toujours les mêmes, qu'elle l'adorait et l'idolâtrait, puis elle le quittait en lui jurant « qu'elle était bien heureuse de l'avoir vu ».

Elle se montrait tout autre qu'il ne l'avait rêvée, essayant de le séduire avec des grâces puériles, des enfantillages d'amour ridicules à son âge. Étant demeurée jusque-là strictement honnête, vierge de cœur, fermée à tout sentiment, ignorante de toute sensualité, ça

710 avait été tout d'un coup chez cette femme sage dont la quarantaine tranquille semblait un automne pâle après un été froid, ça avait été une sorte de printemps fané, plein de petites fleurs mal sorties et de bourgeons avortés, une étrange éclosion d'amour de fillette, d'amour tardif ardent et naïf, fait d'élans imprévus, de petits cris de seize
715 ans, de cajoleries embarrassantes, de grâces vieillies sans avoir été jeunes. Elle lui écrivait dix lettres en un jour, des lettres niaisement folles, d'un style bizarre, poétique et risible, orné comme celui des Indiens, plein de noms de bêtes et d'oiseaux.

Dès qu'ils étaient seuls, elle l'embrassait avec des gentillesses
720 lourdes de grosse gamine, des moues de lèvres un peu grotesques, des sauteries qui secouaient sa poitrine trop pesante sous l'étoffe du corsage. Il était surtout écœuré de l'entendre dire « Mon rat », « Mon chien », « Mon chat », « Mon bijou », « Mon oiseau bleu », « Mon trésor », et de la voir s'offrir à lui chaque fois avec une petite comédie
725 de pudeur enfantine, de petits mouvements de crainte qu'elle jugeait gentils, et de petits jeux de pensionnaire dépravée.

Elle demandait : « À qui cette bouche-là ? » Et quand il ne répondait pas tout de suite : « C'est à moi », – elle insistait jusqu'à le faire pâlir d'énervement.

730 Elle aurait dû sentir, lui semblait-il, qu'il faut, en amour, un tact, une adresse, une prudence et une justesse extrêmes, que s'étant donnée à lui, elle mûre, mère de famille, femme du monde, elle devait se livrer gravement, avec une sorte d'emportement contenu, sévère, avec des larmes peut-être, mais avec les larmes de Didon,
735 non plus avec celles de Juliette.

Elle lui répétait sans cesse :

« Comme je t'aime, mon petit ! M'aimes-tu autant, dis, mon bébé ? »

Il ne pouvait plus l'entendre prononcer « mon petit » ni « mon bébé » sans avoir envie de l'appeler « ma vieille ».

740 Elle lui disait :

« Quelle folie j'ai faite de te céder. Mais je ne le regrette pas. C'est si bon d'aimer. »

Tout cela semblait à Georges irritant dans cette bouche. Elle murmurait : « C'est si bon d'aimer » comme l'aurait fait une ingénue, au
745 théâtre.

Et puis elle l'exaspérait par la maladresse de sa caresse. Devenue soudain sensuelle sous le baiser de ce beau garçon qui avait si fort

allumé son sang, elle apportait dans son étreinte une ardeur inha-
bile et une application sérieuse qui donnaient à rire à Du Roy et le
2750 faisaient songer aux vieillards qui essaient d'apprendre à lire.

Et quand elle aurait dû le meurtrir dans ses bras, en le regardant
ardemment de cet œil profond et terrible qu'ont certaines femmes
défraîchies, superbes en leur dernier amour, quand elle aurait dû le
mordre de sa bouche muette et frissonnante en l'écrasant sous sa
2755 chair épaisse et chaude, fatiguée mais insatiable, elle se trémoussait
comme une gamine et zézayait pour être gracieuse :

« T'aime tant, mon petit. T'aime tant. Fais un beau m'amour à ta
petite femme ! »

Il avait alors une envie folle de jurer, de prendre son chapeau et
2760 de partir en tapant la porte.

Ils s'étaient vus souvent, dans les premiers temps, rue de
Constantinople, mais Du Roy, qui redoutait une rencontre avec
Mme de Marelle, trouvait mille prétextes maintenant pour se refuser
à ces rendez-vous.

2765 Il avait dû alors venir presque tous les jours chez elle, tantôt
déjeuner, tantôt dîner. Elle lui serrait la main sous la table, lui tendait sa bouche derrière les portes. Mais lui s'amusait surtout à jouer
avec Suzanne qui l'égayait par ses drôleries. Dans son corps de
poupée s'agitait un esprit agile et malin, imprévu et sournois, qui
2770 faisait toujours la parade comme une marionnette de foire. Elle se
moquait de tout et de tout le monde, avec un à-propos mordant.
Georges excitait sa verve, la poussait à l'ironie, et ils s'entendaient à
merveille.

Elle l'appelait à tout instant :
2775 « Écoutez, Bel-Ami. Venez ici, Bel-Ami. »

Il quittait aussitôt la maman pour courir à la fillette qui lui murmurait quelque méchanceté dans l'oreille, et ils riaient de tout leur cœur.

Cependant, dégoûté de l'amour de la mère, il en arrivait à une
insurmontable répugnance ; il ne pouvait plus la voir, ni l'entendre,
2780 ni penser à elle sans colère. Il cessa donc d'aller chez elle, de répondre
à ses lettres, et de céder à ses appels.

Elle comprit enfin qu'il ne l'aimait plus, et souffrit horriblement.
Mais elle s'acharna, elle l'épia, le suivit, l'attendit dans un fiacre aux
stores baissés, à la porte du journal, à la porte de sa maison, dans les
2785 rues où elle espérait qu'il passerait.

Il avait envie de la maltraiter, de l'injurier, de la frapper, de lui dire nettement : « Zut, j'en ai assez, vous m'embêtez. » Mais il gardait toujours quelques ménagements, à cause de *La Vie française* ; et il tâchait, à force de froideur, de duretés enveloppées d'égards et même de paroles rudes par moments, de lui faire comprendre qu'il fallait bien que cela finît.

Elle s'entêtait surtout à chercher des ruses pour l'attirer rue de Constantinople, et il tremblait sans cesse que les deux femmes ne se trouvassent, un jour, nez à nez, à la porte.

Son affection pour Mme de Marelle, au contraire, avait grandi pendant l'été. Il l'appelait son « gamin », et décidément elle lui plaisait. Leurs deux natures avaient des crochets pareils ; ils étaient bien, l'un et l'autre, de la race aventureuse des vagabonds de la vie, de ces vagabonds mondains qui ressemblent fort, sans s'en douter, aux bohèmes des grandes routes.

Ils avaient eu un été d'amour charmant, un été d'étudiants qui font la noce, s'échappant pour aller déjeuner ou dîner à Argenteuil, à Bougival, à Maisons, à Poissy, passant des heures dans un bateau à cueillir des fleurs le long des berges. Elle adorait les fritures de Seine, les gibelottes et les matelotes, les tonnelles des cabarets et les cris des canotiers. Il aimait partir avec elle, par un jour clair, sur l'impériale d'un train de banlieue et traverser, en disant des bêtises gaies, la vilaine campagne de Paris où bourgeonnent d'affreux chalets bourgeois.

Et quand il lui fallait rentrer pour dîner chez Mme Walter, il haïssait la vieille maîtresse acharnée, en souvenir de la jeune qu'il venait de quitter, et qui avait défloré ses désirs et moissonné son ardeur dans les herbes du bord de l'eau.

Il se croyait enfin à peu près délivré de la Patronne, à qui il avait exprimé d'une façon claire, presque brutale, sa résolution de rompre, quand il reçut au journal le télégramme l'appelant, à deux heures, rue de Constantinople.

Il le relisait en marchant : « Il faut absolument que je te parle aujourd'hui. C'est très grave, très grave. Attends-moi à deux heures rue de Constantinople. Je peux te rendre un grand service. Ton amie jusqu'à la mort. – Virginie. »

Il pensait : « Qu'est-ce qu'elle me veut encore, cette vieille chouette ? Je parie qu'elle n'a rien à me dire. Elle va me répéter

qu'elle m'adore. Pourtant il faut voir. Elle parle d'une chose très
2825 grave et d'un grand service, c'est peut-être vrai. Et Clotilde qui vient
à quatre heures. Il faut que j'expédie la première à trois heures au
plus tard. Sacristi ! pourvu qu'elles ne se rencontrent pas. Quelles
rosses de femmes ! »

Et il songea qu'en effet la sienne était la seule qui ne le tourmen-
2830 tait jamais. Elle vivait de son côté, et elle avait l'air de l'aimer beaucoup, aux heures destinées à l'amour, car elle n'admettait pas qu'on
dérangeât l'ordre immuable des occupations ordinaires de la vie.

Il allait, à pas lents, vers son logis de rendez-vous, s'excitant mentalement contre la Patronne :

2835 « Ah ! je vais la recevoir d'une jolie façon si elle n'a rien à me dire.
Le français de Cambronne sera académique auprès du mien. Je lui
déclare que je ne fiche plus les pieds chez elle, d'abord. »

Et il entra pour entendre Mme Walter.

Elle arriva presque aussitôt, et dès qu'elle l'eut aperçu :

2840 « Ah ! tu as reçu ma dépêche ! Quelle chance ! »

Il avait pris un visage méchant :

« Parbleu, je l'ai trouvée au journal, au moment où je partais pour
la Chambre. Qu'est-ce que tu me veux encore ? »

Elle avait relevé sa voilette pour l'embrasser, et elle s'approchait
2845 avec un air craintif et soumis de chienne souvent battue.

« Comme tu es cruel pour moi... Comme tu me parles durement...
Qu'est-ce que je t'ai fait ? Tu ne te figures pas comme je souffre par
toi ! »

Il grogna :

2850 « Tu ne vas pas recommencer ? »

Elle était debout tout près de lui, attendant un sourire, un geste
pour se jeter dans ses bras.

Elle murmura :

« Il ne fallait pas me prendre pour me traiter ainsi, il fallait me
2855 laisser sage et heureuse, comme j'étais. Te rappelles-tu ce que tu me
disais dans l'église, et comme tu m'as fait entrer de force dans cette
maison ? Et voilà maintenant comment tu me parles ! comment tu
me reçois ! Mon Dieu ! Mon Dieu ! que tu me fais mal ! »

Il frappa du pied, et, violemment :

2860 « Ah ! mais, zut ! En voilà assez. Je ne peux pas te voir une minute
sans entendre cette chanson-là. On dirait vraiment que je t'ai prise à

douze ans et que tu étais ignorante comme un ange. Non, ma chère, rétablissons les faits, il n'y a pas eu détournement de mineure. Tu t'es donnée à moi, en plein âge de raison. Je t'en remercie, je t'en suis absolument reconnaissant, mais je ne suis pas tenu d'être attaché à ta jupe jusqu'à la mort. Tu as un mari et j'ai une femme. Nous ne sommes libres ni l'un ni l'autre. Nous nous sommes offert un caprice, ni vu ni connu, c'est fini. »

Elle dit :

« Oh ! que tu es brutal ! que tu es grossier, que tu es infâme ! Non ! je n'étais plus une jeune fille, mais je n'avais jamais aimé, jamais failli... »

Il lui coupa la parole :

« Tu me l'as déjà répété vingt fois, je le sais. Mais tu avais eu deux enfants... je ne t'ai donc pas déflorée... »

Elle recula :

« Oh ! Georges, c'est indigne !... »

Et portant ses deux mains à sa poitrine, elle commença à suffoquer, avec des sanglots qui lui montaient à la gorge.

Quand il vit les larmes arriver, il prit son chapeau sur le coin de la cheminée :

« Ah ! tu vas pleurer ! Alors, bonsoir. C'est pour cette représentation-là que tu m'avais fait venir ? »

Elle fit un pas afin de lui barrer la route et, tirant vivement un mouchoir de sa poche, s'essuya les yeux d'un geste brusque. Sa voix s'affermit sous l'effort de sa volonté et elle dit interrompue par un chevrotement de douleur :

« Non... je suis venue pour... pour te donner une nouvelle... une nouvelle politique... pour te donner le moyen de gagner cinquante mille francs... ou même plus... si tu veux. »

Il demanda, adouci tout à coup :

« Comment ça ! Qu'est-ce que tu veux dire ?

– J'ai surpris par hasard, hier soir, quelques mots de mon mari et de Laroche. Ils ne se cachaient pas beaucoup devant moi, d'ailleurs. Mais Walter recommandait au ministre de ne pas te mettre dans le secret parce que tu dévoilerais tout. »

Du Roy avait reposé son chapeau sur une chaise. Il attendait, très attentif.

« Alors, qu'est-ce qu'il y a ?

– Ils vont s'emparer du Maroc ! »

Deuxième partie

2900 — Allons donc. J'ai déjeuné avec Laroche qui m'a presque dicté les intentions du cabinet.

— Non, mon chéri, ils t'ont joué parce qu'ils ont peur qu'on connaisse leur combinaison.

— Assieds-toi », dit Georges.

2905 Et il s'assit lui-même sur un fauteuil. Alors elle attira par terre un petit tabouret, et s'accroupit dessus, entre les jambes du jeune homme. Elle reprit, d'une voix câline :

« Comme je pense toujours à toi, je fais attention maintenant à tout ce qu'on chuchote autour de moi. »

2910 Et elle se mit, doucement, à lui expliquer comment elle avait deviné depuis quelque temps qu'on préparait quelque chose à son insu, qu'on se servait de lui en redoutant son concours.

Elle disait :

« Tu sais, quand on aime, on devient rusée. »

2915 Enfin, la veille, elle avait compris. C'était une grosse affaire, une très grosse affaire préparée dans l'ombre. Elle souriait maintenant, heureuse de son adresse ; elle s'exaltait, parlant en femme de financier, habituée à voir machiner les coups de bourse, les évolutions des valeurs, les accès de hausse et de baisse ruinant en deux heures
2920 de spéculation des milliers de petits bourgeois, de petits rentiers, qui ont placé leurs économies sur des fonds garantis par des noms d'hommes honorés, respectés, hommes politiques ou hommes de banque.

Elle répétait :

2925 « Oh ! c'est très fort ce qu'ils ont fait. Très fort. C'est Walter qui a tout mené d'ailleurs, et il s'y entend. Vraiment, c'est de premier ordre. »

Il s'impatientait de ces préparations.

« Voyons, dis vite.

— Eh bien, voilà. L'expédition de Tanger était décidée entre eux dès
2930 le jour où Laroche a pris les Affaires étrangères ; et, peu à peu, ils ont racheté tout l'emprunt du Maroc qui était tombé à soixante-quatre ou cinq francs. Ils l'ont racheté très habilement, par le moyen d'agents suspects, véreux, qui n'éveillaient aucune méfiance. Ils ont roulé même les Rothschild, qui s'étonnaient de voir toujours
2935 demander du marocain. On leur a répondu en nommant les intermédiaires, tous tarés, tous à la côte. Ça a tranquillisé la grande banque. Et puis maintenant on va faire l'expédition, et dès que nous serons

là-bas, l'État français garantira la dette. Nos amis auront gagné cinquante ou soixante millions[1]. Tu comprends l'affaire ? Tu comprends aussi comme on a peur de tout le monde, peur de la moindre indiscrétion. »

Elle avait appuyé sa tête sur le gilet du jeune homme, et les bras posés sur ses jambes, elle se serrait, se collait contre lui, sentant bien qu'elle l'intéressait à présent, prête à tout faire, à tout commettre, pour une caresse, pour un sourire.

Il demanda :

« Tu es bien sûre ? »

Elle répondit avec confiance :

« Oh ! je crois bien ! »

Il déclara :

« C'est très fort, en effet. Quant à ce salop de Laroche, en voilà un que je repincerai. Oh ! le gredin ! qu'il prenne garde à lui !... qu'il prenne garde à lui... Sa carcasse de ministre me restera entre les doigts ! »

Puis il se mit à réfléchir, et il murmura :

« Il faudrait pourtant profiter de ça.

– Tu peux encore acheter de l'emprunt, dit-elle. Il n'est qu'à soixante-douze francs. »

Il reprit :

« Oui, mais je n'ai pas d'argent disponible. »

Elle leva les yeux vers lui, des yeux pleins de supplication.

« J'y ai pensé, mon chat, et si tu étais bien gentil, bien gentil, si tu m'aimais un peu, tu me laisserais t'en prêter. »

Il répondit brusquement, presque durement :

« Quant à ça, non, par exemple. »

Elle murmura, d'une voix implorante :

« Écoute, il y a une chose que tu peux faire sans emprunter de l'argent. Je voulais en acheter pour dix mille francs de cet emprunt, moi, pour me créer une petite cassette. Eh bien, j'en prendrai pour vingt mille ! Tu te mets de moitié. Tu comprends bien que je ne vais pas rembourser ça à Walter. Il n'y a donc rien à payer pour le moment. Si

---

1. **Soixante millions :** cette malversation est réelle ; les obligations de la dette « tunisienne » sont passées de 303 francs, en 1878, à 506 francs, en 1884. Dans l'intervalle, la France avait garanti la dette du bey.

ça réussit, tu gagnes soixante-dix mille francs. Si ça ne réussit pas, tu me devras dix mille francs que tu me paieras à ton gré. »

Il dit encore :

2975 « Non, je n'aime guère ces combinaisons-là. »

Alors, elle raisonna pour le décider, elle lui prouva qu'il engageait en réalité dix mille francs sur parole, qu'il courait des risques, par conséquent, qu'elle ne lui avançait rien puisque les déboursés étaient faits par la Banque Walter.

2980 Elle lui démontra en outre que c'était lui qui avait mené, dans *La Vie française*, toute la campagne politique qui rendait possible cette affaire, qu'il serait bien naïf en n'en profitant pas.

Il hésitait encore. Elle ajouta :

« Mais songe donc qu'en vérité c'est Walter qui te les avance, ces 2985 dix mille francs, et que tu lui as rendu des services qui valent plus que ça.

– Eh bien, soit, dit-il. Je me mets de moitié avec toi. Si nous perdons, je te rembourserai dix mille francs. »

Elle fut si contente qu'elle se releva, saisit à deux mains sa tête et 2990 se mit à l'embrasser avidement.

Il ne se défendit point d'abord, puis comme elle s'enhardissait, l'étreignant et le dévorant de caresses, il songea que l'autre allait venir tout à l'heure et que s'il faiblissait il perdrait du temps, et laisserait aux bras de la vieille une ardeur qu'il valait mieux garder pour la jeune.

2995 Alors il la repoussa doucement.

« Voyons, sois sage », dit-il.

Elle le regarda avec des yeux désolés :

« Oh ! Georges, je ne peux même plus t'embrasser. »

Il répondit :

3000 « Non, pas aujourd'hui. J'ai un peu de migraine et cela me fait mal. »

Alors elle se rassit, docile, entre ses jambes. Elle demanda :

« Veux-tu venir dîner demain à la maison ? Quel plaisir tu me ferais ! »

Il hésita, puis n'osa point refuser.

3005 « Mais oui, certainement.

– Merci, mon chéri. »

Elle frottait lentement sa joue sur la poitrine du jeune homme, d'un mouvement câlin et régulier, et un de ses longs cheveux noirs se prit dans le gilet.

Elle s'en aperçut, et une idée folle lui traversa l'esprit, une de ces idées superstitieuses qui sont souvent toute la raison des femmes. Elle se mit à enrouler tout doucement ce cheveu autour d'un bouton. Puis elle en attacha un autre au bouton suivant, un autre encore à celui du dessus. À chaque bouton elle en nouait un.

Il allait les arracher tout à l'heure, en se levant. Il lui ferait mal, quel bonheur ! Et il emporterait quelque chose d'elle, sans le savoir, il emporterait une petite mèche de sa chevelure, dont il n'avait jamais demandé. C'était un lien par lequel elle l'attachait, un lien secret, invisible ! un talisman qu'elle laissait sur lui. Sans le vouloir, il penserait à elle, il rêverait d'elle, il l'aimerait un peu plus le lendemain.

Il dit tout à coup :

« Il va falloir que je te quitte parce qu'on m'attend à la Chambre pour la fin de la séance. Je ne puis manquer aujourd'hui. »

Elle soupira :

« Oh ! déjà. » Puis, résignée :

« Va, mon chéri, mais tu viendras dîner demain. »

Et, brusquement, elle s'écarta. Ce fut sur sa tête une douleur courte et vive comme si on lui eût piqué la peau avec des aiguilles. Son cœur battait ; elle était contente d'avoir souffert un peu par lui.

« Adieu ! » dit-elle.

Il la prit dans ses bras avec un sourire compatissant et lui baisa les yeux froidement.

Mais elle, affolée par ce contact, murmura encore une fois : « Déjà ! » Et son regard suppliant montrait la chambre dont la porte était ouverte.

Il l'éloigna de lui, et d'un ton pressé :

« Il faut que je me sauve, je vais arriver en retard. »

Alors elle lui tendit ses lèvres qu'il effleura à peine, et lui ayant donné son ombrelle qu'elle oubliait, il reprit :

« Allons, allons, dépêchons-nous, il est plus de trois heures. »

Elle sortit devant lui ; elle répétait :

« Demain, sept heures. »

Il répondit :

« Demain, sept heures. »

Ils se séparèrent. Elle tourna à droite, et lui à gauche.

Du Roy remonta jusqu'au boulevard extérieur. Puis, il redescendit le boulevard Malesherbes, qu'il se mit à suivre, à pas lents. En

passant devant un pâtissier, il aperçut des marrons glacés dans
une coupe de cristal, et il pensa : « Je vais en rapporter une livre
pour Clotilde. » Il acheta un sac de ces fruits sucrés qu'elle aimait
à la folie. À quatre heures, il était rentré pour attendre sa jeune
maîtresse.

Elle vint un peu en retard parce que son mari était arrivé pour
huit jours. Elle demanda :

« Peux-tu venir dîner demain ? Il serait enchanté de te voir.

– Non, je dîne chez le Patron. Nous avons un tas de combinaisons
politiques et financières qui nous occupent. »

Elle avait enlevé son chapeau. Elle ôtait maintenant son corsage
qui la serrait trop.

Il lui montra le sac sur la cheminée :

« Je t'ai apporté des marrons glacés. »

Elle battit des mains :

« Quelle chance ! comme tu es mignon. »

Elle les prit, en goûta un, et déclara :

« Ils sont délicieux. Je sens que je n'en laisserai pas un seul. »

Puis elle ajouta en regardant Georges avec une gaieté sensuelle :

« Tu caresses donc tous mes vices ? »

Elle mangeait lentement les marrons et jetait sans cesse un coup
d'œil au fond du sac pour voir s'il en restait toujours.

Elle dit :

« Tiens, assieds-toi dans le fauteuil, je vais m'accroupir entre tes
jambes pour grignoter mes bonbons.

Je serai très bien. »

Il sourit, s'assit, et la prit entre ses cuisses ouvertes comme il tenait
tout à l'heure Mme Walter.

Elle levait la tête vers lui pour lui parler, et disait, la bouche
pleine :

« Tu ne sais pas, mon chéri, j'ai rêvé de toi, j'ai rêvé que nous faisions un grand voyage, tous les deux, sur un chameau. Il avait deux
bosses, nous étions à cheval chacun sur une bosse, et nous traver-
sions le désert. Nous avions emporté des sandwiches dans un papier
et du vin dans une bouteille et nous faisions la dînette sur nos
bosses. Mais ça m'ennuyait parce que nous ne pouvions pas faire
autre chose, nous étions trop loin l'un de l'autre, et moi je voulais
descendre. »

Il répondit :

« Moi aussi je veux descendre. »

Il riait, s'amusant de l'histoire, il la poussait à dire des bêtises, à bavarder, à raconter tous ces enfantillages, toutes ces niaiseries tendres que débitent les amoureux. Ces gamineries, qu'il trouvait gentilles dans la bouche de Mme de Marelle, l'auraient exaspéré dans celle de Mme Walter.

Clotilde l'appelait aussi : « Mon chéri, mon petit, mon chat. » Ces mots lui semblaient doux et caressants. Dits par l'autre tout à l'heure, ils l'irritaient et l'écœuraient. Car les paroles d'amour, qui sont toujours les mêmes, prennent le goût des lèvres dont elles sortent.

Mais il pensait, tout en s'égayant de ces folies, aux soixante-dix mille francs qu'il allait gagner, et, brusquement, il arrêta, avec deux petits coups de doigt sur la tête, le verbiage de son amie :

« Écoute, ma chatte. Je vais te charger d'une commission pour ton mari. Dis-lui de ma part d'acheter, demain, pour dix mille francs d'emprunt du Maroc qui est à soixante-douze ; et je lui promets qu'il aura gagné de soixante à quatre-vingt mille francs avant trois mois. Recommande-lui le silence absolu. Dis-lui, de ma part, que l'expédition de Tanger est décidée et que l'État français va garantir la dette marocaine. Mais ne te coupe pas avec d'autres. C'est un secret d'État que je confie là. »

Elle l'écoutait, sérieuse. Elle murmura :

« Je te remercie. Je préviendrai mon mari dès ce soir. Tu peux compter sur lui ; il ne parlera pas. C'est un homme très sûr. Il n'y a aucun danger. »

Mais elle avait mangé tous les marrons. Elle écrasa le sac entre ses mains et le jeta dans la cheminée. Puis elle dit : « Allons nous coucher. » Et sans se lever elle commença à déboutonner le gilet de Georges.

Tout à coup elle s'arrêta, et tirant entre deux doigts un long cheveu pris dans une boutonnière, elle se mit à rire :

« Tiens. Tu as emporté un cheveu de Madeleine. En voilà un mari fidèle ! »

Puis, redevenue sérieuse, elle examina longuement sur sa main l'imperceptible fil qu'elle avait trouvé et elle murmura :

« Ce n'est pas de Madeleine, il est brun. »

Il sourit :

« Il vient probablement de la femme de chambre. »

3125 Mais elle inspectait le gilet avec une attention de policier, et elle cueillit un second cheveu enroulé autour d'un bouton ; puis elle en aperçut un troisième ; et, pâlie, tremblante un peu, elle s'écria :

« Oh ! tu as couché avec une femme qui t'a mis des cheveux à tous tes boutons. »

3130 Il s'étonnait, il balbutiait :

« Mais non. Tu es folle... »

Soudain il se rappela, comprit, se troubla d'abord, puis nia en ricanant, pas fâché au fond qu'elle le soupçonnât d'avoir des bonnes fortunes.

3135 Elle cherchait toujours et toujours trouvait des cheveux qu'elle déroulait d'un mouvement rapide et jetait ensuite sur le tapis.

Elle avait deviné, avec son instinct rusé de femme, et elle balbutiait, furieuse, rageant et prête à pleurer :

« Elle t'aime, celle-là... et elle a voulu te faire emporter quelque 3140 chose d'elle... Oh ! que tu es traître... »

Mais elle poussa un cri, un cri strident de joie nerveuse : « Oh !... oh !... c'est une vieille... voilà un cheveu blanc... Ah ! tu prends des vieilles femmes maintenant... Est-ce qu'elles te paient... dis... est-ce qu'elles te paient ?... Ah ! tu en es aux vieilles femmes... Alors tu n'as 3145 plus besoin de moi... garde l'autre... »

Elle se leva, courut à son corsage jeté sur une chaise et elle le remit rapidement.

Il voulait la retenir, honteux et balbutiant :

« Mais non... Clo... tu es stupide... je ne sais pas ce que c'est... 3150 écoute... reste... voyons... reste... »

Elle répétait :

« Garde ta vieille femme... garde-la... fais-toi faire une bague avec ses cheveux... avec ses cheveux blancs... Tu en as assez pour ça... »

Avec des gestes brusques et prompts elle s'était habillée, recoiffée 3155 et voilée ; et comme il voulait la saisir, elle lui lança, à toute volée, un soufflet par la figure. Pendant qu'il demeurait étourdi, elle ouvrit la porte et s'enfuit.

Dès qu'il fut seul, une rage furieuse le saisit contre cette vieille rosse de mère Walter. Ah ! il allait l'envoyer coucher, celle-là, et durement.

3160 Il bassina avec de l'eau sa joue rouge. Puis il sortit à son tour, en méditant sa vengeance. Cette fois il ne pardonnerait point. Ah ! mais non !

Il descendit jusqu'au boulevard, et, flânant, s'arrêta devant la boutique d'un bijoutier pour regarder un chronomètre dont il avait envie depuis longtemps, et qui valait dix-huit cents francs.

165   Il pensa, tout à coup, avec une secousse de joie au cœur : « Si je gagne mes soixante-dix mille francs, je pourrai me le payer. » Et il se mit à rêver à toutes les choses qu'il ferait avec ces soixante-dix mille francs.

D'abord il serait nommé député. Et puis il achèterait son chrono-
170 mètre, et puis il jouerait à la Bourse, et puis encore... et puis encore...

Il ne voulait pas entrer au journal, préférant causer avec Madeleine avant de revoir Walter et d'écrire son article ; et il se mit en route pour revenir chez lui.

Il atteignait la rue Drouot quand il s'arrêta net ; il avait oublié
175 de prendre des nouvelles du comte de Vaudrec, qui demeurait Chaussée-d'Antin. Il revint donc, flânant toujours, pensant à mille choses, dans une songerie heureuse, à des choses douces, à des choses bonnes, à la fortune prochaine et aussi à cette crapule de Laroche et à cette vieille teigne de Patronne. Il ne s'inquiétait point,
180 d'ailleurs, de la colère de Clotilde, sachant bien qu'elle pardonnait vite.

Quand il demanda au concierge de la maison où demeurait le comte de Vaudrec :

« Comment va M. de Vaudrec ? On m'a appris qu'il était souffrant,
185 ces jours derniers. »

L'homme répondit :

« M. le comte est très mal, monsieur. On croit qu'il ne passera pas la nuit, la goutte est remontée au cœur. »

Du Roy demeura tellement effaré qu'il ne savait plus ce qu'il
190 devait faire ! Vaudrec mourant ! Des idées confuses passaient en lui, nombreuses, troublantes, qu'il n'osait point s'avouer à lui-même.

Il balbutia : « Merci... je reviendrai... », sans comprendre ce qu'il disait.

Puis il sauta dans un fiacre et se fit conduire chez lui.

195   Sa femme était rentrée. Il pénétra dans sa chambre essoufflé et lui annonça tout de suite :

« Tu ne sais pas ? Vaudrec est mourant ! »

Elle était assise et lisait une lettre. Elle leva les yeux et trois fois de suite répéta :

Deuxième partie

3200 « Hein ? Tu dis ?... tu dis ?... tu dis ?...

– Je te dis que Vaudrec est mourant d'une attaque de goutte remontée au cœur. » Puis il ajouta : « Qu'est-ce que tu comptes faire ? »

Elle s'était dressée, livide, les joues secouées d'un tremblement
nerveux, puis elle se mit à pleurer affreusement, en cachant sa
3205 figure dans ses mains. Elle demeurait debout, secouée par des sanglots, déchirée par le chagrin.

Mais soudain elle dompta sa douleur, et, s'essuyant les yeux :

« J'y... j'y vais... ne t'occupe pas de moi... je ne sais pas à quelle
heure je reviendrai... ne m'attends point... »

3210 Il répondit :

« Très bien. Va. »

Ils se serrèrent la main, et elle partit si vite qu'elle oublia de prendre
ses gants.

Georges, ayant dîné seul, se mit à écrire son article. Il le fit exacte-
3215 ment selon les intentions du ministre, laissant entendre aux lecteurs
que l'expédition du Maroc n'aurait pas lieu. Puis il le porta au journal, causa quelques instants avec le Patron et repartit en fumant, le
cœur léger sans qu'il comprît pourquoi.

Sa femme n'était pas rentrée. Il se coucha et s'endormit.

3220 Madeleine revint vers minuit. Georges, réveillé brusquement,
s'était assis dans son lit.

Il demanda :

« Eh bien ? »

Il ne l'avait jamais vue si pâle et si émue. Elle murmura :

3225 « Il est mort.

– Ah ! Et... il ne t'a rien dit ?

– Rien. Il avait perdu connaissance quand je suis arrivée. »

Georges songeait. Des questions lui venaient aux lèvres qu'il
n'osait point faire.

3230 « Couche-toi », dit-il.

Elle se déshabilla rapidement, puis se glissa auprès de lui.

Il reprit :

« Avait-il des parents à son lit de mort ?

– Rien qu'un neveu.

3235 – Ah ! Le voyait-il souvent, ce neveu ?

– Jamais. Ils ne s'étaient point rencontrés depuis dix ans.

– Avait-il d'autres parents ?

264

– Non... Je ne crois pas.

– Alors... c'est ce neveu qui doit hériter ?

3240 – Je ne sais pas.

– Il était très riche, Vaudrec ?

– Oui, très riche.

– Sais-tu ce qu'il avait à peu près ?

– Non, pas au juste. Un ou deux millions, peut-être ? »

3245 Il ne dit plus rien. Elle souffla la bougie. Et ils demeurèrent étendus côte à côte dans la nuit, silencieux, éveillés et songeant.

Il n'avait plus envie de dormir. Il trouvait maigres maintenant les soixante-dix mille francs promis par Mme Walter. Soudain il crut que Madeleine pleurait. Il demanda pour s'en assurer :

3250 « Dors-tu ?

– Non. »

Elle avait la voix mouillée et tremblante. Il reprit :

« J'ai oublié de te dire tantôt que ton ministre nous a fichus dedans.

– Comment ça ? »

3255 Et il lui conta, tout au long, avec tous les détails, la combinaison préparée entre Laroche et Walter.

Quand il eut fini, elle demanda :

« Comment sais-tu ça ? »

Il répondit :

3260 « Tu me permettras de ne point te le dire. Tu as tes procédés d'information que je ne pénètre point. J'ai les miens que je désire garder. Je réponds en tout cas de l'exactitude de mes renseignements. »

Alors elle murmura :

« Oui, c'est possible... Je me doutais qu'ils faisaient quelque chose

3265 sans nous. »

Mais Georges que le sommeil ne gagnait pas, s'était rapproché de sa femme, et, doucement, il lui baisa l'oreille. Elle le repoussa avec vivacité :

« Je t'en prie, laisse-moi tranquille, n'est-ce pas ? Je ne suis point

3270 d'humeur à batifoler. »

Il se retourna, résigné, vers le mur, et, ayant fermé les yeux, il finit par s'endormir.

VI

L'ÉGLISE était tendue de noir, et, sur le portail, un grand écusson coiffé d'une couronne annonçait aux passants qu'on enterrait un gentilhomme.

La cérémonie venait de finir, les assistants s'en allaient lentement, défilant devant le cercueil et devant le neveu du comte de Vaudrec, qui serrait les mains et rendait les saluts.

Quand Georges Du Roy et sa femme furent sortis, ils se mirent à marcher côte à côte, pour rentrer chez eux. Ils se taisaient, préoccupés.

Enfin, Georges prononça, comme parlant à lui-même :

« Vraiment, c'est bien étonnant ! »

Madeleine demanda :

« Quoi donc, mon ami ?

– Que Vaudrec ne nous ait rien laissé ! »

Elle rougit brusquement, comme si un voile rose se fût étendu tout à coup sur sa peau blanche, en montant de la gorge au visage, et elle dit :

« Pourquoi nous aurait-il laissé quelque chose ? Il n'y avait aucune raison pour ça ! »

Puis, après quelques instants de silence, elle reprit :

« Il existe peut-être un testament chez un notaire. Nous ne saurions rien encore. »

Il réfléchit, puis murmura :

« Oui, c'est probable, car, enfin, c'était notre meilleur ami, à tous les deux. Il dînait deux fois par semaine à la maison, il venait à tout moment. Il était chez lui chez nous, tout à fait chez lui. Il t'aimait comme un père, et il n'avait pas de famille, pas d'enfants, pas de frères ni de sœurs, rien qu'un neveu, un neveu éloigné. Oui, il doit y avoir un testament. Je ne tiendrais pas à grand-chose, un souvenir, pour prouver qu'il a pensé à nous, qu'il nous aimait, qu'il reconnaissait l'affection que nous avions pour lui. Il nous devait bien une marque d'amitié. »

Elle dit, d'un air pensif et indifférent :

« C'est possible, en effet, qu'il y ait un testament. »

Comme ils rentraient chez eux, le domestique présenta une lettre à Madeleine. Elle l'ouvrit, puis la tendit à son mari.

Étude de Maître Lamaneur
Notaire
17, rue des Vosges

Madame,
J'ai l'honneur de vous prier de vouloir bien passer à mon étude, de deux heures à quatre heures, mardi, mercredi ou jeudi, pour affaire qui vous concerne.
Recevez, etc.
Lamaneur.

Georges avait rougi, à son tour :
« Ça doit être ça. C'est drôle que ce soit toi qu'il appelle, et non moi qui suis légalement le chef de famille. »
Elle ne répondit point d'abord, puis après une courte réflexion :
« Veux-tu que nous y allions tout à l'heure ?
– Oui, je veux bien. »
Ils se mirent en route dès qu'ils eurent déjeuné.
Lorsqu'ils entrèrent dans l'étude de maître Lamaneur, le premier clerc se leva avec un empressement marqué et les fit pénétrer chez son patron.
Le notaire était un petit homme tout rond, rond de partout. Sa tête avait l'air d'une boule clouée sur une autre boule que portaient deux jambes si petites, si courtes qu'elles ressemblaient aussi presque à des boules.
Il salua, indiqua des sièges, et dit en se tournant vers Madeleine :
« Madame, je vous ai appelée afin de vous donner connaissance du testament du comte de Vaudrec qui vous concerne. »
Georges ne put se tenir de murmurer :
« Je m'en étais douté. »
Le notaire ajouta :
« Je vais vous communiquer cette pièce, très courte d'ailleurs. »
Il atteignit un papier dans un carton devant lui, et lut :
« Je soussigné, Paul-Émile-Cyprien-Gontran, comte de Vaudrec, sain de corps et d'esprit, exprime ici mes dernières volontés.

« La mort pouvant nous emporter à tout moment, je veux prendre, en prévision de son atteinte, la précaution d'écrire mon testament qui sera déposé chez maître Lamaneur.

3345 « N'ayant pas d'héritiers directs, je lègue toute ma fortune, composée de valeurs de bourse pour six cent mille francs et de biens-fonds pour cinq cent mille francs environ, à Mme Claire-Madeleine Du Roy, sans aucune charge ou condition. Je la prie d'accepter ce don d'un ami mort, comme preuve d'une affection dévouée, profonde et

3350 respectueuse. »

Le notaire ajouta :

« C'est tout. Cette pièce est datée du mois d'août dernier et a remplacé un document de même nature, fait il y a deux ans, au nom de Mme Claire-Madeleine Forestier. J'ai ce premier testament qui pour-

3355 rait prouver, en cas de contestation de la part de la famille, que la volonté de M. le comte de Vaudrec n'a point varié. »

Madeleine, très pâle, regardait ses pieds. Georges, nerveux, roulait entre ses doigts le bout de sa moustache. Le notaire reprit, après un moment de silence :

3360 « Il est bien entendu, monsieur, que madame ne peut accepter ce legs sans votre consentement. »

Du Roy se leva, et, d'un ton sec :

« Je demande le temps de réfléchir. »

Le notaire, qui souriait, s'inclina, et d'une voix aimable :

3365 « Je comprends le scrupule qui vous fait hésiter, monsieur. Je dois ajouter que le neveu de M. de Vaudrec, qui a pris connaissance, ce matin même, des dernières intentions de son oncle, se déclare prêt à les respecter si on lui abandonne une somme de cent mille francs. À mon avis, le testament est inattaquable, mais un procès ferait du

3370 bruit qu'il vous conviendra peut-être d'éviter. Le monde a souvent des jugements malveillants. Dans tous les cas, pourrez-vous me faire connaître votre réponse sur tous les points avant samedi ? »

Georges s'inclina : « Oui, monsieur. » Puis il salua avec cérémonie, fit passer sa femme demeurée muette, et il sortit d'un air tellement

3375 roide que le notaire ne souriait plus.

Dès qu'ils furent rentrés chez eux, Du Roy ferma brusquement la porte, et, jetant son chapeau sur le lit :

« Tu as été la maîtresse de Vaudrec ? »

Madeleine, qui enlevait son voile, se retourna d'une secousse :

3380 « Moi ? Oh !

– Oui, toi. On ne laisse pas toute sa fortune à une femme, sans que... »

Elle était devenue tremblante et ne parvenait point à ôter les épingles qui retenaient le tissu transparent.

Après un moment de réflexion, elle balbutia, d'une voix agitée :

3385 « Voyons... voyons... tu es fou... tu es... tu es... Est-ce que toi-même... tout à l'heure... tu n'espérais pas... qu'il te laisserait quelque chose ? »

Georges restait debout, près d'elle, suivant toutes ses émotions, comme un magistrat qui cherche à surprendre les moindres

3390 défaillances d'un prévenu. Il prononça, en insistant sur chaque mot :

« Oui... il pouvait me laisser quelque chose, à moi... à moi, ton mari... à moi, son ami... entends-tu... mais pas à toi... à toi, son amie... à toi, ma femme. La distinction est capitale, essentielle, au point de vue des convenances... et de l'opinion publique. »

3395 Madeleine, à son tour, le regardait fixement, dans la transparence des yeux, d'une façon profonde et singulière, comme pour y lire quelque chose, comme pour y découvrir cet inconnu de l'être qu'on ne pénètre jamais et qu'on peut à peine entrevoir en des secondes rapides, en ces moments de non-garde, ou d'abandon, ou d'inatten-

3400 tion, qui sont comme des portes laissées entrouvertes sur les mystérieux dedans de l'esprit. Et elle articula lentement :

« Il me semble pourtant que si... qu'on eût trouvé au moins aussi étrange un legs de cette importance, de lui... à toi. »

Il demanda brusquement :

3405 « Pourquoi ça ? »

Elle dit :

« Parce que... »

Elle hésita, puis reprit :

« Parce que tu es mon mari... que tu ne le connais en somme que

3410 depuis peu... parce que je suis son amie depuis très longtemps... moi... parce que son premier testament, fait du vivant de Forestier, était déjà en ma faveur. »

Georges s'était mis à marcher à grands pas. Il déclara :

« Tu ne peux pas accepter ça. »

3415 Elle répondit avec indifférence :

« Parfaitement ; alors, ce n'est pas la peine d'attendre à samedi ; nous pouvons faire prévenir tout de suite maître Lamaneur. »

Deuxième partie

Il s'arrêta en face d'elle ; et ils demeurèrent de nouveau quelques instants les yeux dans les yeux, s'efforçant d'aller jusqu'à l'impéné-
3420 trable secret de leurs cœurs, de se sonder jusqu'au vif de la pensée. Ils tâchaient de se voir à nu la conscience en une interrogation ardente et muette : lutte intime de deux êtres qui, vivant côte à côte, s'ignorent toujours, se soupçonnent, se flairent, se guettent, mais ne se connaissent pas jusqu'au fond vaseux de l'âme.

3425 Et, brusquement, il lui murmura dans le visage, à voix basse :

« Allons, avoue que tu étais la maîtresse de Vaudrec. »

Elle haussa les épaules :

« Tu es stupide... Vaudrec avait beaucoup d'affection pour moi, beaucoup... mais rien de plus... jamais. »
3430 Il frappa du pied :

« Tu mens. Ce n'est pas possible. »

Elle répondit tranquillement :

« C'est comme ça, pourtant. »

Il se mit à marcher, puis, s'arrêtant encore :
3435 « Explique-moi, alors, pourquoi il te laisse toute sa fortune, à toi... »

Elle le fit avec un air nonchalant et désintéressé :

« C'est tout simple. Comme tu le disais tantôt, il n'avait que nous d'amis, ou plutôt que moi, car il m'a connue enfant. Ma mère était dame de compagnie chez des parents à lui. Il venait sans cesse ici,
3440 et, comme il n'avait pas d'héritiers naturels, il a pensé à moi. Qu'il ait eu un peu d'amour pour moi, c'est possible. Mais quelle est la femme qui n'a jamais été aimée ainsi ? Que cette tendresse cachée, secrète, ait mis mon nom sous sa plume quand il a pensé à prendre des dispositions dernières, pourquoi pas ? Il m'apportait des fleurs,
3445 chaque lundi. Tu ne t'en étonnais nullement et il ne t'en donnait point, à toi, n'est-ce pas ? Aujourd'hui, il me donne sa fortune par la même raison et parce qu'il n'a personne à qui l'offrir. Il serait, au contraire, extrêmement surprenant qu'il te l'eût laissée ? Pourquoi ? Que lui es-tu ? »

3450 Elle parlait avec tant de naturel et de tranquillité que Georges hésitait.

Il reprit :

« C'est égal, nous ne pouvons accepter cet héritage dans ces condi-tions. Ce serait d'un effet déplorable. Tout le monde croirait la chose,
3455 tout le monde en jaserait et rirait de moi. Les confrères sont déjà

270

trop disposés à me jalouser et à m'attaquer. Je dois avoir plus que personne le souci de mon honneur et le soin de ma réputation. Il m'est impossible d'admettre et de permettre que ma femme accepte un legs de cette nature d'un homme que la rumeur publique lui a déjà prêté pour amant. Forestier aurait peut-être toléré cela, lui, mais moi, non. »

Elle murmura avec douceur :

« Eh bien, mon ami, n'acceptons pas, ce sera un million de moins dans notre poche, voilà tout. »

Il marchait toujours, et il se mit à penser tout haut, parlant pour sa femme sans s'adresser à elle.

« Eh bien, oui... un million... tant pis... Il n'a pas compris en testant quelle faute de tact, quel oubli des convenances il commettait. Il n'a pas vu dans quelle position fausse, ridicule, il allait me mettre... Tout est affaire de nuances dans la vie... Il fallait qu'il m'en laissât la moitié, ça arrangeait tout. »

Il s'assit, croisa ses jambes et se mit à rouler le bout de ses moustaches, comme il faisait aux heures d'ennui, d'inquiétude et de réflexion difficile.

Madeleine prit une tapisserie à laquelle elle travaillait de temps en temps, et elle dit en choisissant ses laines :

« Moi, je n'ai qu'à me taire. C'est à toi de réfléchir. »

Il fut longtemps sans répondre, puis il prononça, en hésitant :

« Le monde ne comprendra jamais et que Vaudrec ait fait de toi son unique héritière et que j'aie admis cela, moi. Recevoir cette fortune de cette façon, ce serait avouer... avouer de ta part une liaison coupable, et de la mienne une complaisance infâme... Comprends-tu comment on interpréterait notre acceptation ? Il faudrait trouver un biais, un moyen adroit de pallier la chose. Il faudrait laisser entendre, par exemple, qu'il a partagé entre nous cette fortune, en donnant la moitié au mari, la moitié à la femme. »

Elle demanda :

« Je ne vois pas comment cela pourrait se faire, puisque le testament est formel. »

Il répondit :

« Oh ! c'est bien simple. Tu pourrais me laisser la moitié de l'héritage par donation entre vifs. Nous n'avons pas d'enfants, c'est donc possible. De cette façon, on fermerait la bouche à la malignité publique. »

Elle répliqua, un peu impatiente :

3495 « Je ne vois pas non plus comment on fermerait la bouche à la malignité publique, puisque l'acte est là, signé par Vaudrec. »

Il reprit avec colère :

« Avons-nous besoin de le montrer et de l'afficher sur les murs ? Tu es stupide, à la fin. Nous dirons que le comte de Vaudrec nous a 3500 laissé sa fortune par moitié... Voilà... Or, tu ne peux accepter ce legs sans mon autorisation. Je te la donne, à la seule condition d'un partage qui m'empêchera de devenir la risée du monde. »

Elle le regarda encore d'un regard perçant.

« Comme tu voudras. Je suis prête. »

3505 Alors il se leva et se remit à marcher. Il paraissait hésiter de nouveau et il évitait maintenant l'œil pénétrant de sa femme. Il disait :

« Non... décidément non... peut-être vaut-il mieux y renoncer tout à fait... c'est plus digne.. plus correct... plus honorable... Pourtant, de cette façon on n'aurait rien à supposer, absolument rien. Les gens les 3510 plus scrupuleux ne pourraient que s'incliner. »

Il s'arrêta devant Madeleine :

« Eh bien, si tu veux, ma chérie, je vais retourner tout seul chez maître Lamaneur pour le consulter et lui expliquer la chose. Je lui dirai mon scrupule, et j'ajouterai que nous nous sommes arrêtés à 3515 l'idée d'un partage, par convenance, pour qu'on ne puisse pas jaboter. Du moment que j'accepte la moitié de cet héritage, il est bien évident que personne n'a plus le droit de sourire. C'est dire hautement : "Ma femme accepte parce que j'accepte, moi, son mari, qui suis juge de ce qu'elle peut faire sans se compromettre." Autrement, 3520 ça aurait fait scandale. »

Madeleine murmura simplement :

« Comme tu voudras. »

Il commença à parler avec abondance : « Oui, c'est clair comme le jour avec cet arrangement de la séparation par moitié. Nous héritons 3525 d'un ami qui n'a pas voulu établir de différence entre nous, qui n'a pas voulu faire de distinction, qui n'a pas voulu avoir l'air de dire : "Je préfère l'un ou l'autre après ma mort comme je l'ai préféré dans ma vie." Il aimait mieux la femme, bien entendu, mais en laissant sa fortune à l'un comme à l'autre il a voulu exprimer nettement que 3530 sa préférence était toute platonique. Et sois certaine que, s'il y avait songé, c'est ce qu'il aurait fait. Il n'a pas réfléchi, il n'a pas prévu les conséquences. Comme tu le disais fort bien tout à l'heure, c'est à toi qu'il offrait des fleurs chaque semaine, c'est à toi qu'il a voulu laisser son dernier souvenir sans se rendre compte... »

3535 Elle l'arrêta avec une nuance d'irritation :

« C'est entendu. J'ai compris. Tu n'as pas besoin de tant d'explications. Va tout de suite chez le notaire. »

Il balbutia, rougissant :

« Tu as raison, j'y vais. »

3540 Il prit son chapeau, puis, au moment de sortir :

« Je vais tâcher d'arranger la difficulté du neveu pour cinquante mille francs, n'est-ce pas ? »

Elle répondit avec hauteur :

« Non. Donne-lui les cent mille francs qu'il demande. Et prends-les 3545 sur ma part, si tu veux. »

Il murmura, honteux soudain :

« Ah ! mais non, nous partagerons. En laissant cinquante mille francs chacun, il nous reste encore un million net. »

Puis il ajouta :

3550 « À tout à l'heure, ma petite Made. »

Et il alla expliquer au notaire la combinaison qu'il prétendit imaginée par sa femme.

Ils signèrent le lendemain une donation entre vifs de cinq cent mille francs que Madeleine Du Roy abandonnait à son mari.

3555 Puis, en sortant de l'étude, comme il faisait beau, Georges proposa de descendre à pied jusqu'aux boulevards. Il se montrait gentil, plein de soins, d'égards, de tendresse. Il riait, heureux de tout, tandis qu'elle demeurait songeuse et un peu sévère.

C'était un jour d'automne assez froid. La foule semblait pressée et 3560 marchait à pas rapides. Du Roy conduisit sa femme devant la boutique où il avait regardé si souvent le chronomètre désiré.

« Veux-tu que je t'offre un bijou ? » dit-il.

Elle murmura, avec indifférence :

« Comme il te plaira. »

3565 Ils entrèrent. Il demanda :

« Que préfères-tu, un collier, un bracelet, ou des boucles d'oreilles ? »

La vue des bibelots d'or et des pierres fines emportait sa froideur voulue, et elle parcourait d'un œil allumé et curieux les vitrines pleines de joyaux.

3570 Et soudain, émue par un désir :

« Voilà un bien joli bracelet. »

C'était une chaîne d'une forme bizarre, dont chaque anneau portait une pierre différente.

Georges demanda :

3575 « Combien ce bracelet ? »

Le joaillier répondit :

« Trois mille francs, monsieur.

– Si vous me le laissez à deux mille cinq, c'est une affaire entendue. »

L'homme hésita, puis répondit :

3580 « Non, monsieur, c'est impossible. »

Du Roy reprit :

« Tenez, vous ajouterez ce chronomètre pour quinze cents francs, cela fait quatre mille, que je paierai comptant. Est-ce dit ? Si vous ne voulez pas, je vais ailleurs. »

3585 Le bijoutier, perplexe, finit par accepter.

« Eh bien, soit, monsieur. »

Et le journaliste, après avoir donné son adresse, ajouta :

« Vous ferez graver sur le chronomètre mes initiales G.R.C., en lettres enlacées au-dessous d'une couronne de baron. »

3590 Madeleine, surprise, se mit à sourire. Et quand ils sortirent, elle prit son bras avec une certaine tendresse. Elle le trouvait vraiment adroit et fort. Maintenant qu'il avait des rentes, il lui fallait un titre, c'était juste.

Le marchand le saluait :

3595 « Vous pouvez compter sur moi, ce sera prêt pour jeudi, monsieur le baron. »

Ils passèrent devant le Vaudeville. On y jouait une pièce nouvelle.

« Si tu veux, dit-il, nous irons ce soir au théâtre, tâchons de trouver une loge. »

3600 Ils trouvèrent une loge et la prirent. Il ajouta :

« Si nous dînions au cabaret ?

– Oh ! oui, je veux bien. »

Il était heureux comme un souverain, et cherchait ce qu'ils pourraient bien faire encore.

3605 « Si nous allions chercher Mme de Marelle pour passer la soirée avec nous ? Son mari est ici, m'a-t-on dit. Je serai enchanté de lui serrer la main. »

Ils y allèrent. Georges, qui redoutait un peu la première rencontre avec sa maîtresse, n'était point fâché que sa femme fût présente pour éviter toute explication.

Mais Clotilde parut ne se souvenir de rien et força même son mari à accepter l'invitation.

Le dîner fut gai et la soirée charmante.

Georges et Madeleine rentrèrent fort tard. Le gaz était éteint. Pour éclairer les marches, le journaliste enflammait de temps en temps une allumette-bougie.

En arrivant sur le palier du premier étage, la flamme subite éclatant sous le frottement fit surgir dans la glace[1] leurs deux figures illuminées au milieu des ténèbres de l'escalier.

Ils avaient l'air de fantômes apparus et prêts à s'évanouir dans la nuit.

Du Roy leva la main pour bien éclairer leurs images, et il dit, avec un rire de triomphe :

« Voilà des millionnaires qui passent. »

---

1. **Glace :** cinquième apparition du thème du miroir.

VII

DEPUIS deux mois la conquête du Maroc était accomplie. La France, maîtresse de Tanger, possédait toute la côte africaine de la Méditerranée jusqu'à la régence de Tripoli, et elle avait garanti la dette du nouveau pays annexé.

On disait que deux ministres gagnaient là une vingtaine de millions, et on citait, presque tout haut, Laroche-Mathieu.

Quand à Walter, personne dans Paris n'ignorait qu'il avait fait coup double et encaissé de trente à quarante millions sur l'emprunt, et de huit à dix millions sur des mines de cuivre et de fer, ainsi que sur d'immenses terrains achetés pour rien avant la conquête et revendus le lendemain de l'occupation française à des compagnies de colonisation.

Il était devenu, en quelques jours, un des maîtres du monde, un de ces financiers omnipotents, plus forts que des rois, qui font courber les têtes, balbutier les bouches et sortir tout ce qu'il y a de bassesse, de lâcheté et d'envie au fond du cœur humain.

Il n'était plus le juif Walter, patron d'une banque louche, directeur d'un journal suspect, député soupçonné de tripotages véreux. Il était Monsieur Walter, le riche Israélite.

Il le voulut montrer.

Sachant la gêne du prince de Carlsbourg qui possédait un des plus beaux hôtels de la rue du Faubourg-Saint-Honoré, avec jardin sur les Champs-Élysées, il lui proposa d'acheter, en vingt-quatre heures, cet immeuble, avec ses meubles, sans changer de place un fauteuil. Il en offrait trois millions. Le prince, tenté par la somme, accepta.

Le lendemain, Walter s'installait dans son nouveau domicile.

Alors il eut une autre idée, une véritable idée de conquérant qui veut prendre Paris, une idée à la Bonaparte.

Toute la ville allait voir en ce moment un grand tableau du peintre hongrois Karl Marcowitch[1], exposé chez l'expert Jacques Lenoble, et représentant le Christ marchant sur les flots.

---

1. **Karl Marcowitch :** désigne un peintre hongrois, Munkásy Mihály, spécialiste de la peinture religieuse.

Les critiques d'art, enthousiasmés, déclaraient cette toile le plus magnifique chef-d'œuvre du siècle.

Walter l'acheta cinq cent mille francs et l'enleva, coupant ainsi du jour au lendemain le courant établi de la curiosité publique et forçant Paris entier à parler de lui pour l'envier, le blâmer ou l'approuver.

Puis, il fit annoncer par les journaux qu'il inviterait tous les gens connus dans la société parisienne à contempler, chez lui, un soir, l'œuvre magistrale du maître étranger, afin qu'on ne pût pas dire qu'il avait séquestré une œuvre d'art.

Sa maison serait ouverte. Y viendrait qui voudrait. Il suffirait de montrer à la porte la lettre de convocation.

Elle était rédigée ainsi : « Monsieur et Madame Walter vous prient de leur faire l'honneur de venir voir chez eux, le 30 décembre, de neuf heures à minuit, la toile de Karl Marcowitch : *Jésus marchant sur les flots*, éclairée à "la lumière électrique". »

Puis, en post-scriptum, en toutes petites lettres, on pouvait lire : « On dansera après minuit. »

Donc, ceux qui voudraient rester resteraient, et parmi ceux-là les Walter recruteraient leurs connaissances du lendemain.

Les autres regarderaient la toile, l'hôtel et les propriétaires, avec une curiosité mondaine, insolente ou indifférente, puis s'en iraient comme ils étaient venus. Et le père Walter savait bien qu'ils reviendraient, plus tard, comme ils étaient allés chez ses frères israélites devenus riches comme lui.

Il fallait d'abord qu'ils entrassent dans sa maison, tous les pannés titrés qu'on cite dans les feuilles ; et ils y entreraient pour voir la figure d'un homme qui a gagné cinquante millions en six semaines ; ils y entreraient aussi pour voir et compter ceux qui viendraient là ; ils y entreraient encore parce qu'il avait eu le bon goût et l'adresse de les appeler à admirer un tableau chrétien chez lui, fils d'Israël.

Il semblait leur dire : « Voyez, j'ai payé cinq cent mille francs le chef-d'œuvre religieux de Marcowitch, *Jésus marchant sur les flots*. Et ce chef-d'œuvre demeurera chez moi, sous mes yeux, toujours, dans la maison du juif Walter. »

Dans le monde, dans le monde des duchesses et du Jockey, on avait beaucoup discuté cette invitation qui n'engageait à rien, en somme. On irait là comme on allait voir des aquarelles chez

Deuxième partie

M. Petit[1]. Les Walter possédaient un chef-d'œuvre ; ils ouvraient leurs portes un soir pour que tout le monde pût l'admirer. Rien de mieux.

La Vie française, depuis quinze jours, faisait chaque matin un écho sur cette soirée du 30 décembre et s'efforçait d'allumer la curiosité publique.

Du Roy rageait du triomphe du Patron.

Il s'était cru riche avec les cinq cent mille francs extorqués à sa femme, et maintenant il se jugeait pauvre, affreusement pauvre, en comparant sa piètre fortune à la pluie de millions tombée autour de lui, sans qu'il eût su en rien ramasser.

Sa colère envieuse augmentait chaque jour. Il en voulait à tout le monde, aux Walter qu'il n'avait plus été voir chez eux, à sa femme qui, trompée par Laroche, lui avait déconseillé de prendre des fonds marocains, et il en voulait surtout au ministre qui l'avait joué, qui s'était servi de lui et qui dînait à sa table deux fois par semaine ; Georges lui servait de secrétaire, d'agent, de porte-plume, et quand il écrivait sous sa dictée, il se sentait des envies folles d'étrangler ce bellâtre triomphant. Comme ministre, Laroche avait le succès modeste, et pour garder son portefeuille, il ne laissait point deviner qu'il était gonflé d'or. Mais Du Roy le sentait, cet or, dans la parole plus hautaine de l'avocat parvenu, dans son geste plus insolent, dans ses affirmations plus hardies, dans sa confiance en lui complète.

Laroche régnait, maintenant, dans la maison Du Roy, ayant pris la place et les jours du comte de Vaudrec, et parlant aux domestiques ainsi qu'aurait fait un second maître.

Georges le tolérait en frémissant, comme un chien qui veut mordre et n'ose pas. Mais il était souvent dur et brutal pour Madeleine, qui haussait les épaules et le traitait en enfant maladroit. Elle s'étonnait d'ailleurs de sa constante mauvaise humeur et répétait :

« Je ne te comprends pas. Tu es toujours à te plaindre. Ta position est pourtant superbe. »

Il tournait le dos et ne répondait rien.

Il avait déclaré d'abord qu'il n'irait point à la fête du Patron, et qu'il ne voulait plus mettre les pieds chez ce sale juif.

---

1. **M. Petit :** Georges Petit, dans sa galerie de la rue de Sèze, initia le public mondain à la peinture moderne (aux impressionnistes, puis à Picasso et à Matisse).

Depuis deux mois, Mme Walter lui écrivait chaque jour pour le
3730 supplier de venir, de lui donner un rendez-vous où il lui plairait, afin
qu'elle lui remît, disait-elle, les soixante-dix mille francs qu'elle avait
gagnés pour lui.

Il ne répondait pas et jetait au feu ces lettres désespérées. Non pas
qu'il eût renoncé à recevoir sa part de leur bénéfice, mais il voulait
3735 l'affoler, la traiter par le mépris, la fouler aux pieds. Elle était trop
riche ! Il voulait se montrer fier.

Le jour même de l'exposition du tableau, comme Madeleine lui
représentait qu'il avait grand tort de n'y vouloir pas aller, il répondit :

« Fiche-moi la paix. Je reste chez moi. »
3740 Puis, après le dîner, il déclara tout à coup :

« Il vaut tout de même mieux subir cette corvée. Prépare-toi vite. »

Elle s'y attendait.

« Je serai prête dans un quart d'heure », dit-elle.

Il s'habilla en grognant, et même dans le fiacre il continua à
3745 expectorer sa bile.

La cour d'honneur de l'hôtel de Carlsbourg était illuminée par
quatre globes électriques qui avaient l'air de quatre petites lunes
bleuâtres, aux quatre coins. Un magnifique tapis descendait les
degrés du haut perron et, sur chacun, un homme en livrée restait
3750 roide comme une statue.

Du Roy murmura :

« En voilà de l'épate. »

Il levait les épaules, le cœur crispé de jalousie.

Sa femme lui dit :
3755 « Tais-toi donc et fais-en autant. »

Ils entrèrent et remirent leurs lourds vêtements de sortie aux
valets de pied qui s'avancèrent.

Plusieurs femmes étaient là avec leurs maris, se débarrassaient
aussi de leurs fourrures. On entendait murmurer : « C'est fort beau !
3760 fort beau ! »

Le vestibule énorme était tendu de tapisseries qui représentaient
l'aventure de Mars et de Vénus. À droite et à gauche partaient les
deux bras d'un escalier monumental, qui se rejoignaient au premier étage. La rampe était une merveille de fer forgé, dont la vieille
3765 dorure éteinte faisait courir une lueur discrète le long des marches
de marbre rouge.

Deuxième partie

À l'entrée des salons, deux petites filles, habillées l'une en folie rose, et l'autre en folie bleue, offraient des bouquets aux dames. On trouvait cela charmant.

Il y avait déjà foule dans les salons.

La plupart des femmes étaient en toilette de ville pour bien indiquer qu'elles venaient là comme elles allaient à toutes les expositions particulières. Celles qui comptaient rester au bal avaient les bras et la gorge nus.

Mme Walter, entourée d'amies, se tenait dans la seconde pièce, et répondait aux saluts des visiteurs.

Beaucoup ne la connaissaient point et se promenaient comme dans un musée, sans s'occuper des maîtres du logis.

Quand elle aperçut Du Roy, elle devint livide et fit un mouvement pour aller à lui. Puis elle demeura immobile, l'attendant. Il la salua avec cérémonie, tandis que Madeleine l'accablait de tendresses et de compliments. Alors Georges laissa sa femme auprès de la Patronne ; et il se perdit au milieu du public pour écouter les choses malveillantes qu'on devait dire, assurément.

Cinq salons se suivaient, tendus d'étoffes précieuses, de broderies italiennes ou de tapis d'Orient de nuances et de styles différents, et portant sur leurs murailles des tableaux de maîtres anciens. On s'arrêtait surtout pour admirer une petite pièce Louis XVI, une sorte de boudoir tout capitonné en soie à bouquets roses sur un fond bleu pâle. Les meubles bas, en bois doré, couverts d'étoffe pareille à celle des murs, étaient d'une admirable finesse.

Georges reconnaissait des gens célèbres, la duchesse de Terracine, le comte et la comtesse de Ravenel, le général prince d'Andremont, la toute belle marquise des Dunes, puis tous ceux et toutes celles qu'on voit aux premières représentations.

On le saisit par le bras et une voix jeune, une voix heureuse lui murmura dans l'oreille :

« Ah ! vous voilà enfin, méchant Bel-Ami. Pourquoi ne vous voit-on plus ? »

C'était Suzanne Walter le regardant avec ses yeux d'émail fin, sous le nuage frisé de ses cheveux blonds.

Il fut enchanté de la revoir et lui serra franchement la main. Puis s'excusant :

« Je n'ai pas pu. J'ai eu tant à faire, depuis deux mois, que je ne suis pas sorti. »

Elle reprit d'un air sérieux :

« C'est mal, très mal, très mal. Vous nous faites beaucoup de peine, car nous vous adorons, maman et moi. Quant à moi, je ne puis me passer de vous. Si vous n'êtes pas là, je m'ennuie à mourir. Vous voyez que je vous le dis carrément pour que vous n'ayez plus le droit de disparaître comme ça. Donnez-moi le bras, je vais vous montrer moi-même *Jésus marchant sur les flots*, c'est tout au fond, derrière la serre. Papa l'a mis là-bas afin qu'on soit obligé de passer partout. C'est étonnant, comme il fait le paon, papa, avec cet hôtel. »

Ils allaient doucement à travers la foule. On se retournait pour regarder ce beau garçon et cette ravissante poupée.

Un peintre connu prononça :

« Tiens ! Voilà un joli couple. Il est amusant comme tout. »

Georges pensait : « Si j'avais été vraiment fort, c'est celle-là que j'aurais épousée. C'était possible, pourtant. Comment n'y ai-je pas songé ? Comment me suis-je laissé aller à prendre l'autre ? Quelle folie ! On agit toujours trop vite, on ne réfléchit jamais assez. »

Et l'envie, l'envie amère, lui tombait dans l'âme goutte à goutte, comme un fiel qui corrompait toutes ses joies, rendait odieuse son existence.

Suzanne disait :

« Oh ! venez souvent, Bel-Ami, nous ferons des folies maintenant que papa est si riche. Nous nous amuserons comme des toqués. »

Il répondit, suivant toujours son idée :

« Oh ! vous allez vous marier maintenant. Vous épouserez quelque beau prince, un peu ruiné, et nous ne nous verrons plus guère. »

Elle s'écria avec franchise :

« Oh ! non, pas encore, je veux quelqu'un qui me plaise, qui me plaise beaucoup, qui me plaise tout à fait. Je suis assez riche pour deux. »

Il souriait d'un sourire ironique et hautain, et il se mit à lui nommer les gens qui passaient, des gens très nobles, qui avaient vendu leurs titres rouillés à des filles de financiers comme elle, et qui vivaient maintenant près ou loin de leurs femmes, mais libres, impudents, connus et respectés.

Il conclut :

« Je ne vous donne pas six mois pour vous laisser prendre à cet appât-là. Vous serez madame la Marquise, madame la Duchesse ou madame la Princesse, et vous me regarderez de très haut, mamz'elle. »

3845 Elle s'indignait, lui tapait sur le bras avec son éventail, jurait qu'elle ne se marierait que selon son cœur.

Il ricanait :

« Nous verrons bien, vous êtes trop riche. »

Elle lui dit :

3850 « Mais vous aussi, vous avez eu un héritage. »

Il fit un « Oh ! » de pitié :

« Parlons-en. À peine vingt mille livres de rentes. Ce n'est pas lourd par le temps présent.

— Mais votre femme a hérité également.

3855 — Oui. Un million à nous deux. Quarante mille de revenu. Nous ne pouvons même pas avoir une voiture à nous avec ça. »

Ils arrivaient au dernier salon, et en face d'eux s'ouvrait la serre, un large jardin d'hiver plein de grands arbres des pays chauds abritant des massifs de fleurs rares. En entrant sous cette verdure sombre

3860 où la lumière glissait comme une ondée d'argent, on respirait la fraîcheur tiède de la terre humide et un souffle lourd de parfums. C'était une étrange sensation douce, malsaine et charmante, de nature factice, énervante et molle. On marchait sur des tapis tout pareils à de la mousse entre deux épais massifs d'arbustes. Soudain

3865 Du Roy aperçut à sa gauche, sous un large dôme de palmiers, un vaste bassin de marbre blanc où l'on aurait pu se baigner et sur les bords duquel quatre grands cygnes en faïence de Delft laissaient tomber l'eau de leurs becs entrouverts.

Le fond du bassin était sablé de poudre d'or et l'on voyait nager

3870 dedans quelques énormes poissons rouges, bizarres monstres chinois aux yeux saillants, aux écailles bordées de bleu, sortes de mandarins des ondes qui rappelaient, errants et suspendus ainsi sur ce fond d'or, les étranges broderies de là-bas.

Le journaliste s'arrêta le cœur battant. Il se disait :

3875 « Voilà, voilà du luxe. Voilà les maisons où il faut vivre. D'autres y sont parvenus. Pourquoi n'y arriverais-je point ? » Il songeait aux moyens, n'en trouvait pas sur-le-champ, et s'irritait de son impuissance.

Sa compagne ne parlait plus, un peu songeuse. Il la regarda de côté et il pensa encore une fois : « Il suffisait pourtant d'épouser

3880 cette marionnette de chair. »

Mais Suzanne tout d'un coup parut se réveiller :

« Attention », dit-elle.

Elle poussa Georges à travers un groupe qui barrait leur chemin, et le fit brusquement tourner à droite.

Au milieu d'un bosquet de plantes singulières qui tendaient en l'air leurs feuilles tremblantes, ouvertes comme des mains aux doigts minces, on apercevait un homme immobile, debout sur la mer.

L'effet était surprenant. Le tableau, dont les côtés se trouvaient cachés dans les verdures mobiles, semblait un trou noir sur un lointain fantastique et saisissant.

Il fallait bien regarder pour comprendre. Le cadre coupait le milieu de la barque où se trouvaient les apôtres à peine éclairés par les rayons obliques d'une lanterne, dont l'un d'eux, assis sur le bordage, projetait toute la lumière sur Jésus qui s'en venait.

Le Christ avançait le pied sur une vague qu'on voyait se creuser, soumise, aplanie, caressante sous le pas divin qui la foulait. Tout était sombre autour de l'Homme-Dieu. Seules les étoiles brillaient au ciel.

Les figures des apôtres, dans la lueur vague du fanal porté par celui qui montrait le Seigneur, paraissaient convulsées par la surprise.

C'était bien là l'œuvre puissante et inattendue d'un maître, une de ces œuvres qui bouleversent la pensée et vous laissent du rêve pour des années.

Les gens qui regardaient cela demeuraient d'abord silencieux, puis s'en allaient, songeurs, et ne parlaient qu'ensuite de la valeur de la peinture.

Du Roy, l'ayant contemplée quelque temps, déclara :

« C'est chic de pouvoir se payer ces bibelots-là. »

Mais comme on le heurtait, en le poussant pour voir, il repartit, gardant toujours sous son bras la petite main de Suzanne qu'il serrait un peu.

Elle lui demanda :

« Voulez-vous boire un verre de champagne ? Allons au buffet. Nous y trouverons papa. »

Et ils retraversèrent lentement tous les salons où la foule grossissait, houleuse, chez elle, une foule élégante de fête publique.

Georges soudain crut entendre une voix prononcer :

Deuxième partie

« C'est Laroche et Mme Du Roy. » Ces paroles lui effleurèrent l'oreille
3920 comme ces bruits lointains qui courent dans le vent. D'où venaient-elles ?

Il chercha de tous les côtés, et il aperçut en effet sa femme qui passait, au bras du ministre. Ils causaient tout bas d'une façon intime en
souriant, et les yeux dans les yeux.

Il s'imagina remarquer qu'on chuchotait en les regardant, et il sen-
3925 tit en lui une envie brutale et stupide de sauter sur ces deux êtres et
de les assommer à coups de poing.

Elle le rendait ridicule. Il pensa à Forestier. On disait peut-être :
« Ce cocu de Du Roy. » Qui était-elle ? une petite parvenue assez
adroite, mais sans grands moyens, en vérité. On venait chez lui
3930 parce qu'on le redoutait, parce qu'on le sentait fort, mais on devait
parler sans gêne de ce petit ménage de journalistes. Jamais il n'irait
loin avec cette femme qui faisait sa maison toujours suspecte, qui
se compromettrait toujours, dont l'allure dénonçait l'intrigante. Elle
serait maintenant un boulet à son pied. Ah ! s'il avait deviné, s'il
3935 avait su ! Comme il aurait joué un peu plus large, plus fort ! Quelle
belle partie il aurait pu gagner avec la petite Suzanne pour enjeu !
Comment avait-il été assez aveugle pour ne pas comprendre ça ?

Ils arrivaient à la salle à manger, une immense pièce à colonnes de
marbre, aux murs tendus de vieux Gobelins.

3940 Walter aperçut son chroniqueur et s'élança pour lui prendre les
mains. Il était ivre de joie :

« Avez-vous tout vu ? Dis, Suzanne, lui as-tu tout montré ? Que de
monde, n'est-ce pas, Bel-Ami ? Avez-vous vu le prince de Guerche ?
Il est venu boire un verre de punch, tout à l'heure. »

3945 Puis il s'élança vers le sénateur Rissolin qui traînait sa femme
étourdie et ornée comme une boutique foraine.

Un monsieur saluait Suzanne, un grand garçon mince, à favoris
blonds, un peu chauve, avec cet air mondain qu'on reconnaît partout. Georges l'entendit nommer : le marquis de Cazolles, et il fut
3950 brusquement jaloux de cet homme. Depuis quand le connaissait-
elle ? Depuis sa fortune sans doute ? Il devinait un prétendant.

On le prit par le bras. C'était Norbert de Varenne. Le vieux poète promenait ses cheveux gras et son habit fatigué d'un air indifférent et las.

« Voilà ce qu'on appelle s'amuser, dit-il. Tout à l'heure on dansera ;
3955 et puis on se couchera ; et les petites filles seront contentes. Prenez
du champagne, il est excellent. »

Il se fit emplir un verre et, saluant Du Roy qui en avait pris un autre :
« Je bois à la revanche de l'esprit sur les millions. »

Puis il ajouta, d'une voix douce :

« Non pas qu'ils me gênent chez les autres ou que je leur en veuille. Mais je proteste par principe. »

Georges ne l'écoutait plus. Il cherchait Suzanne qui venait de disparaître avec le marquis de Cazolles, et quittant brusquement Norbert de Varenne, il se mit à la poursuite de la jeune fille.

Une cohue épaisse qui voulait boire l'arrêta. Comme il l'avait enfin franchie, il se trouva nez à nez avec le ménage de Marelle.

Il voyait toujours la femme ; mais il n'avait pas rencontré depuis longtemps le mari, qui lui saisit les deux mains :

« Que je vous remercie, mon cher, du conseil que vous m'avez fait donner par Clotilde. J'ai gagné près de cent mille francs avec l'emprunt marocain. C'est à vous que je les dois. On peut dire que vous êtes un ami précieux. »

Des hommes se retournaient pour regarder cette brunette élégante et jolie. Du Roy répondit :

« En échange de ce service, mon cher, je prends votre femme ou plutôt je lui offre mon bras. Il faut toujours séparer les époux. »

M. de Marelle s'inclina :

« C'est juste. Si je vous perds, nous nous retrouverons ici dans une heure.

– Parfaitement. »

Et les deux jeunes gens s'enfoncèrent dans la foule, suivis par le mari. Clotilde répétait :

« Quels veinards que ces Walter. Ce que c'est tout de même que d'avoir l'intelligence des affaires. »

Georges répondit :

« Bah ! Les hommes forts arrivent toujours, soit par un moyen, soit par un autre. »

Elle reprit :

« Voilà deux filles qui auront de vingt à trente millions chacune. Sans compter que Suzanne est jolie. »

Il ne dit rien. Sa propre pensée sortie d'une autre bouche l'irritait.

Elle n'avait pas encore vu *Jésus marchant sur les flots*. Il proposa de l'y conduire. Ils s'amusaient à dire du mal des gens, à se moquer des figures inconnues. Saint-Potin passa près d'eux, portant sur le

³⁹⁹⁵ revers de son habit des décorations nombreuses, ce qui les amusa beaucoup. Un ancien ambassadeur, venant derrière, montrait une brochette moins garnie.

Du Roy déclara :

« Quelle salade de société. »

⁴⁰⁰⁰ Boisrenard, qui lui serra la main, avait aussi orné sa boutonnière du ruban vert et jaune sorti le jour du duel.

La vicomtesse de Percemur, énorme et parée, causait avec un duc dans le petit boudoir Louis XVI.

Georges murmura :

⁴⁰⁰⁵ « Un tête-à-tête galant. »

Mais en traversant la serre, il revit sa femme assise près de Laroche-Mathieu, presque cachés tous deux derrière un bouquet de plantes. Ils semblaient dire :

« Nous nous sommes donné un rendez-vous ici, un rendez-vous ⁴⁰¹⁰ public. Car nous nous fichons de l'opinion. »

Mme de Marelle reconnut que ce Jésus de Karl Marcowitch était très étonnant ; et ils revinrent. Ils avaient perdu le mari.

Il demanda :

« Et Laurine, est-ce qu'elle m'en veut toujours ? »

⁴⁰¹⁵ – Oui, toujours autant. Elle refuse de te voir et s'en va quand on parle de toi. »

Il ne répondit rien. L'inimitié de cette fillette le chagrinait et lui pesait.

Suzanne les saisit au détour d'une porte, criant :

⁴⁰²⁰ « Ah ! vous voilà ! Eh bien, Bel-Ami, vous allez rester seul. J'enlève la belle Clotilde pour lui montrer ma chambre. »

Et les deux femmes s'en allèrent, d'un pas pressé, glissant à travers le monde, de ce mouvement onduleux, de ce mouvement de couleuvre qu'elles savent prendre dans les foules.

⁴⁰²⁵ Presque aussitôt une voix murmura : « Georges ! »

C'était Mme Walter. Elle reprit très bas : « Oh ! que vous êtes férocement cruel ! Que vous me faites souffrir inutilement. J'ai chargé Suzette d'emmener celle qui vous accompagnait afin de pouvoir vous dire un mot. Écoutez, il faut... que je vous parle ce soir... ou ⁴⁰³⁰ bien... ou bien... vous ne savez pas ce que je ferai. Allez dans la serre. Vous y trouverez une porte à gauche et vous sortirez dans le jardin. Suivez l'allée qui est en face. Tout au bout vous verrez une tonnelle.

Attendez-moi là dans dix minutes. Si vous ne voulez pas, je vous jure que je fais un scandale, ici, tout de suite ! »

Il répondit avec hauteur :

« Soit. J'y serai dans dix minutes à l'endroit que vous m'indiquez. »

Et ils se séparèrent. Mais Jacques Rival faillit le mettre en retard. Il l'avait pris par le bras et lui racontait un tas de choses avec l'air très exalté. Il venait sans doute du buffet. Enfin Du Roy le laissa aux mains de M. de Marelle retrouvé entre deux portes, et il s'enfuit. Il lui fallut encore prendre garde de n'être pas vu par sa femme et par Laroche. Il y parvint, car ils semblaient fort animés, et il se trouva dans le jardin.

L'air froid le saisit comme un bain de glace. Il pensa :

« Cristi, je vais attraper un rhume », et il mit son mouchoir à son cou en manière de cravate. Puis il suivit à pas lents l'allée, y voyant mal au sortir de la grande lumière des salons.

Il distinguait à sa droite et à sa gauche des arbustes sans feuilles dont les branches menues frémissaient. Des lueurs grises passaient dans ces ramures, des lueurs venues des fenêtres de l'hôtel. Il aperçut quelque chose de blanc, au milieu du chemin, devant lui, et Mme Walter, les bras nus, la gorge nue, balbutia d'une voix frémissante :

« Ah ! te voilà ? tu veux donc me tuer ? »

Il répondit tranquillement :

« Je t'en prie, pas de drame, n'est-ce pas, ou je fiche le camp tout de suite. »

Elle l'avait saisi par le cou, et, les lèvres tout près des lèvres, elle disait :

« Mais qu'est-ce que je t'ai fait ? Tu te conduis avec moi comme un misérable ! Qu'est-ce que je t'ai fait ? »

Il essayait de la repousser :

« Tu as entortillé tes cheveux à tous mes boutons la dernière fois que je t'ai vue, et ça a failli amener une rupture entre ma femme et moi. »

Elle demeura surprise, puis, faisant « non » de la tête :

« Oh ! ta femme s'en moque bien. C'est quelqu'une de tes maîtresses qui t'aura fait une scène.

– Je n'ai pas de maîtresses.

– Tais-toi donc ! Mais pourquoi ne viens-tu plus même me voir ? Pourquoi refuses-tu de dîner, rien qu'un jour par semaine, avec

moi ? C'est atroce ce que je souffre ; je t'aime à n'avoir plus une pensée qui ne soit pour toi, à ne pouvoir rien regarder sans te voir devant mes yeux, à ne plus oser prononcer un mot sans avoir peur de dire ton nom ! Tu ne comprends pas ça, toi ! Il me semble que
4075 je suis prise dans des griffes, nouée dans un sac, je ne sais pas. Ton souvenir, toujours présent, me serre la gorge, me déchire quelque chose là, dans la poitrine, sous le sein, me casse les jambes à ne plus me laisser la force de marcher. Et je reste comme une bête, toute la journée, sur une chaise, en pensant à toi. »

4080 Il la regardait avec étonnement. Ce n'était plus la grosse gamine folâtre qu'il avait connue, mais une femme éperdue, désespérée, capable de tout.

Un projet vague, cependant, naissait dans son esprit.

Il répondit :

4085 « Ma chère, l'amour n'est pas éternel. On se prend et on se quitte. Mais quand ça dure comme entre nous ça devient un boulet horrible. Je n'en veux plus. Voilà la vérité. Cependant, si tu sais devenir raisonnable, me recevoir et me traiter ainsi qu'un ami, je reviendrai comme autrefois. Te sens-tu capable de ça ? »

4090 Elle posa ses deux bras nus sur l'habit noir de Georges et murmura :

« Je suis capable de tout pour te voir.

— Alors, c'est convenu, dit-il, nous sommes amis, rien de plus. »

Elle balbutia :

« C'est convenu. » Puis tendant ses lèvres vers lui :

4095 « Encore un baiser... le dernier. »

Il refusa doucement.

« Non. Il faut tenir nos conventions. »

Elle se détourna en essuyant deux larmes, puis tirant de son corsage un paquet de papiers noués avec un ruban de soie rose, elle
4100 l'offrit à Du Roy : « Tiens. C'est ta part de bénéfice dans l'affaire du Maroc. J'étais si contente d'avoir gagné cela pour toi. Tiens, prends-le donc... »

Il voulait refuser :

« Non, je ne recevrai point cet argent ! »

4105 Alors elle se révolta.

« Ah ! tu ne me feras pas ça, maintenant. Il est à toi, rien qu'à toi. Si tu ne le prends point, je le jetterai dans un égout. Tu ne me feras pas cela, Georges ? »

Il reçut le petit paquet et le glissa dans sa poche.

4110 « Il faut rentrer, dit-il, tu vas attraper une fluxion de poitrine. »

Elle murmura :

« Tant mieux ! si je pouvais mourir. »

Elle lui prit une main, la baisa avec passion, avec rage, avec désespoir, et elle se sauva vers l'hôtel.

4115 Il revint doucement, en réfléchissant. Puis il rentra dans la serre, le front hautain, la lèvre souriante.

Sa femme et Laroche n'étaient plus là. La foule diminuait. Il devenait évident qu'on ne resterait pas au bal. Il aperçut Suzanne qui tenait le bras de sa sœur. Elles vinrent vers lui toutes les deux

4120 pour lui demander de danser le premier quadrille avec le comte de Latour-Yvelin.

Il s'étonna.

« Qu'est-ce encore que celui-là ? »

Suzanne répondit avec malice :

4125 « C'est un nouvel ami de ma sœur. »

Rose rougit et murmura :

« Tu es méchante, Suzette, ce monsieur n'est pas plus mon ami que le tien. »

L'autre souriait :

4130 « Je m'entends. »

Rose, fâchée, leur tourna le dos et s'éloigna.

Du Roy prit familièrement le coude de la jeune fille restée près de lui et de sa voix caressante :

« Écoutez, ma chère petite, me croyez-vous bien votre ami ?

4135 — Mais oui, Bel-Ami.

— Vous avez confiance en moi ?

— Tout à fait.

— Vous vous rappelez ce que je vous disais tantôt ?

— À propos de quoi ?

4140 — À propos de votre mariage, ou plutôt de l'homme que vous épouserez.

— Oui.

— Eh bien, voulez-vous me promettre une chose ?

— Oui, mais quoi ?

4145 — C'est de me consulter toutes les fois qu'on demandera votre main, et de n'accepter personne sans avoir pris mon avis.

– Oui, je veux bien.

– Et c'est un secret entre nous deux. Pas un mot de ça à votre père ni à votre mère.

4150 – Pas un mot.

– C'est juré ?

– C'est juré. »

Rival arrivait, l'air affairé :

« Mademoiselle, votre papa vous demande pour le bal. »

4155 Elle dit :

« Allons, Bel-Ami. »

Mais il refusa, décidé à partir tout de suite, voulant être seul pour penser. Trop de choses nouvelles venaient de pénétrer dans son esprit et il se mit à chercher sa femme. Au bout de quelque temps

4160 il l'aperçut qui buvait du chocolat, au buffet, avec deux messieurs inconnus. Elle leur présenta son mari, sans les nommer à lui.

Après quelques instants il demanda :

« Partons-nous ?

– Quand tu voudras. »

4165 Elle prit son bras et ils retraversèrent les salons où le public devenait rare.

Elle demanda :

« Où est la Patronne ? je voudrais lui dire adieu.

– C'est inutile. Elle essaierait de nous garder au bal et j'en ai assez.

4170 – C'est vrai, tu as raison. »

Tout le long de la route ils furent silencieux. Mais, aussitôt rentrés en leur chambre, Madeleine souriante lui dit, sans même ôter son voile :

« Tu ne sais pas, j'ai une surprise pour toi. »

Il grogna avec mauvaise humeur :

4175 « Quoi donc ?

– Devine.

– Je ne ferai pas cet effort.

– Eh bien, c'est après-demain le premier janvier.

– Oui.

4180 – C'est le moment des étrennes.

– Oui.

– Voici les tiennes, que Laroche m'a remises tout à l'heure. »

Elle lui présenta une petite boîte noire qui semblait un écrin à bijoux.

290

Il l'ouvrit avec indifférence et aperçut la croix de la Légion d'honneur[1].

Il devint un peu pâle, puis il sourit et déclara :

« J'aurais préféré dix millions. Cela ne lui coûte pas cher. »

Elle s'attendait à un transport de joie, et elle fut irritée de cette froideur.

« Tu es vraiment incroyable. Rien ne te satisfait maintenant. »

Il répondit tranquillement :

« Cet homme ne fait que payer sa dette. Et il me doit encore beaucoup. »

Elle fut étonnée de son accent, et reprit :

« C'est pourtant beau, à ton âge. »

Il déclara :

« Tout est relatif. Je pourrais avoir davantage, aujourd'hui. »

Il avait pris l'écrin, il le posa tout ouvert sur la cheminée, considéra quelques instants l'étoile brillante couchée dedans. Puis il le referma, et se mit au lit en haussant les épaules.

L'Officiel du 1er janvier annonça, en effet, la nomination de M. Prosper-Georges Du Roy, publiciste, au grade de chevalier de la Légion d'honneur, pour services exceptionnels. Le nom était écrit en deux mots, ce qui fit à Georges plus de plaisir que la décoration même.

Une heure après avoir lu cette nouvelle devenue publique, il reçut un mot de la Patronne qui le suppliait de venir dîner chez elle, le soir même, avec sa femme, pour fêter cette distinction. Il hésita quelques minutes, puis jetant au feu ce billet écrit en termes ambigus, il dit à Madeleine : « Nous dînerons ce soir chez les Walter. »

Elle fut étonnée.

« Tiens ! mais je croyais que tu ne voulais plus y mettre les pieds ? »

Il murmura seulement :

« J'ai changé d'avis. »

Quand ils arrivèrent, la Patronne était seule dans le petit boudoir Louis XVI adopté pour ses réceptions intimes. Vêtue de noir, elle

---

1. **Légion d'honneur :** les hommes politiques usaient – et usent encore – de leur influence pour distribuer des distinctions à leurs obligés. Pour sa part, Maupassant refusa toujours la Légion d'honneur.

avait poudré ses cheveux, ce qui la rendait charmante. Elle avait l'air,
4220 de loin, d'une vieille, de près, d'une jeune, et, quand on la regardait
bien, d'un joli piège pour les yeux.

« Vous êtes en deuil ? » demanda Madeleine.

Elle répondit tristement :

« Oui et non. Je n'ai perdu personne des miens. Mais je suis arri-
4225 vée à l'âge où on fait le deuil de sa vie. Je le porte aujourd'hui pour
l'inaugurer. Désormais je le porterai dans mon cœur. »

Du Roy pensa : « Ça tiendra-t-il, cette résolution-là ? »

Le dîner fut un peu morne. Seule Suzanne bavardait sans cesse.
Rose semblait préoccupée. On félicita beaucoup le journaliste.

4230 Le soir on s'en alla, errant et causant, par les salons et par la serre.
Comme Du Roy marchait derrière, avec la Patronne, elle le retint par
le bras.

« Écoutez, dit-elle à voix basse... Je ne vous parlerai plus de rien,
jamais... Mais venez me voir, Georges. Vous voyez que je ne vous
4235 tutoie plus. Il m'est impossible de vivre sans vous, impossible. C'est
une torture inimaginable. Je vous sens, je vous garde dans mes yeux,
dans mon cœur et dans ma chair tout le jour et toute la nuit. C'est
comme si vous m'aviez fait boire un poison qui me rongerait en
dedans. Je ne puis pas. Non. Je ne puis pas. Je veux bien n'être pour
4240 vous qu'une vieille femme. Je me suis mise en cheveux blancs pour
vous le montrer ; mais venez ici, venez de temps en temps, en ami. »

Elle lui avait pris la main et elle la serrait, la broyait, enfonçant ses
ongles dans sa chair.

Il répondit avec calme :

4245 « C'est entendu. Il est inutile de reparler de ça. Vous voyez bien
que je suis venu aujourd'hui, tout de suite, sur votre lettre. »

Walter, qui allait devant avec ses deux filles et Madeleine, attendit
Du Roy auprès du *Jésus marchant sur les flots*.

« Figurez-vous, dit-il en riant, que j'ai trouvé ma femme hier à
4250 genoux devant ce tableau comme dans une chapelle. Elle faisait là
ses dévotions. Ce que j'ai ri ! »

Mme Walter répliqua d'une voix ferme, d'une voix où vibrait une
exaltation secrète :

« C'est ce Christ-là qui sauvera mon âme. Il me donne du courage
4255 et de la force toutes les fois que je le regarde. »

Et, s'arrêtant en face du Dieu debout sur la mer, elle murmura :

« Comme il est beau ! Comme ils en ont peur et comme ils l'aiment, ces hommes ! Regardez donc sa tête, ses yeux, comme il est simple et surnaturel en même temps ! »

Suzanne s'écria :

« Mais il vous ressemble, Bel-Ami. Je suis sûre qu'il vous ressemble. Si vous aviez des favoris, ou bien s'il était rasé, vous seriez tout pareils tous les deux. Oh ! mais c'est frappant ! »

Elle voulut qu'il se mît debout à côté du tableau ; et tout le monde reconnut, en effet, que les deux figures se ressemblaient !

Chacun s'étonna. Walter trouva la chose bien singulière. Madeleine, en souriant, déclara que Jésus avait l'air plus viril.

Mme Walter demeurait immobile, contemplant d'un œil fixe le visage de son amant à côté du visage du Christ, ct ellc était devenue aussi blanche que ses cheveux blancs.

VIII

Pᴇɴᴅᴀɴᴛ le reste de l'hiver, les Du Roy allèrent souvent chez les Walter. Georges même y dînait seul à tout instant, Madeleine se disant fatiguée et préférant rester chez elle.

4275 Il avait adopté le vendredi comme jour fixe, et la Patronne n'invitait jamais personne ce soir-là ; il appartenait à Bel-Ami, rien qu'à lui. Après dîner, on jouait aux cartes, on donnait à manger aux poissons chinois, on vivait et on s'amusait en famille. Plusieurs fois, derrière une porte, derrière un massif de la serre, dans un coin sombre, Mme Walter avait saisi brusquement dans ses bras le jeune homme,
4280 et, le serrant de toute sa force sur sa poitrine, lui avait jeté dans l'oreille : « Je t'aime !... je t'aime !... je t'aime à en mourir ! » Mais toujours il l'avait repoussée froidement, en répondant d'un ton sec : « Si vous recommencez, je ne viendrai plus ici. »

Vers la fin de mars, on parla tout à coup du mariage des deux
4285 sœurs. Rose devait épouser disait-on, le comte de Latour-Yvelin, et Suzanne, le marquis de Cazolles. Ces deux hommes étaient devenus des familiers de la maison, de ces familiers à qui on accorde des faveurs spéciales, des prérogatives sensibles.

Georges et Suzanne vivaient dans une sorte d'intimité fraternelle
4290 et libre, bavardaient pendant des heures, se moquaient de tout le monde et semblaient se plaire beaucoup ensemble.

Jamais ils n'avaient reparlé du mariage possible de la jeune fille, ni des prétendants qui se présentaient.

Comme le Patron avait emmené Du Roy pour déjeuner, un matin,
4295 Mme Walter, après le repas, fut appelée pour répondre à un fournisseur. Et Georges dit à Suzanne : « Allons donner du pain aux poissons rouges. »

Ils prirent chacun sur la table un gros morceau de mie et s'en allèrent dans la serre.

4300 Tout le long de la vasque de marbre on laissait par terre des coussins afin qu'on pût se mettre à genoux autour du bassin, pour être plus près des bêtes nageantes. Les jeunes gens en prirent chacun un, côte à côte, et, penchés vers l'eau, commencèrent à jeter dedans des boulettes qu'ils roulaient entre leurs doigts. Les poissons, dès

4305 qu'ils les aperçurent, s'en vinrent, en remuant la queue, battant des nageoires, roulant leurs gros yeux saillants, tournant sur eux-mêmes, plongeant pour attraper la proie ronde qui s'enfonçait, et remontant aussitôt pour en demander une autre.

Ils avaient des mouvements drôles de la bouche, des élans brusques
4310 et rapides, une allure étrange de petits monstres ; et sur le sable d'or du fond ils se détachaient en rouge ardent, passant comme des flammes dans l'onde transparente, ou montrant, aussitôt qu'ils s'arrê-taient, le filet bleu qui bordait leurs écailles.

Georges et Suzanne voyaient leurs propres figures renversées dans
4315 l'eau, et ils souriaient à leurs images.

Tout à coup, il dit à voix basse :

« Ce n'est pas bien de me faire des cachotteries, Suzanne. »

Elle demanda :

« Quoi donc, Bel-Ami ?
4320 – Vous ne vous rappelez pas ce que vous m'avez promis, ici même, le soir de la fête ?

– Mais non !

– De me consulter toutes les fois qu'on demanderait votre main.

– Eh bien ?
4325 – Eh bien, on l'a demandée.

– Qui ça ?

– Vous le savez bien.

– Non. Je vous jure.

– Si, vous le savez ! Ce grand fat de marquis de Cazolles.
4330 – Il n'est pas fat, d'abord.

– C'est possible ! mais il est stupide ; ruiné par le jeu et usé par la noce. C'est vraiment un joli parti pour vous, si jolie, si fraîche, et si intelligente. »

Elle demanda en souriant :
4335 « Qu'est-ce que vous avez contre lui ?

– Moi ? Rien.

– Mais si. Il n'est pas tout ce que vous dites.

– Allons donc. C'est un sot et un intrigant. »

Elle se tourna un peu, cessant de regarder dans l'eau :
4340 « Voyons, qu'est-ce que vous avez ? »

Il prononça, comme si on lui eût arraché un secret du fond du cœur.

« J'ai... j'ai... j'ai que je suis jaloux de lui. »

Elle s'étonna modérément :

4345 « Vous ?

– Oui, moi !

– Tiens. Pourquoi ça ?

– Parce que je suis amoureux de vous, et vous le savez bien, méchante ! »

4350 Alors elle dit d'un ton sévère :

« Vous êtes fou, Bel-Ami ! »

Il reprit :

« Je le sais bien que je suis fou. Est-ce que je devrais vous avouer cela, moi, un homme marié, à vous, une jeune fille ? Je suis plus que 4355 fou, je suis coupable, presque misérable. Je n'ai pas d'espoir possible, et je perds la raison à cette pensée. Et quand j'entends dire que vous allez vous marier, j'ai des accès de fureur à tuer quelqu'un. Il faut me pardonner ça, Suzanne ! »

Il se tut. Les poissons à qui on ne jetait plus de pain demeuraient immo-4360 biles, rangés presque en lignes, pareils à des soldats anglais, et regardant les figures penchées de ces deux personnes qui ne s'occupaient plus d'eux.

La jeune fille murmura, moitié tristement, moitié gaiement :

« C'est dommage que vous soyez marié. Que voulez-vous ? On n'y 4365 peut rien. C'est fini ! »

Il se retourna brusquement vers elle, et il lui dit, tout près, dans la figure :

« Si j'étais libre, moi, m'épouseriez-vous ? »

Elle répondit, avec un accent sincère :

4370 « Oui, Bel-Ami, je vous épouserais, car vous me plaisez beaucoup plus que tous les autres. »

Il se leva, et balbutiant :

« Merci..., merci..., je vous en supplie, ne dites "oui" à personne ? Attendez encore un peu. Je vous en supplie ! Me le promettez-4375 vous ? »

Elle murmura, un peu troublée et sans comprendre ce qu'il voulait :

« Je vous le promets. »

Du Roy jeta dans l'eau le gros morceau de pain qu'il tenait encore 4380 aux mains, et il s'enfuit, comme s'il eût perdu la tête, sans dire adieu.

Tous les poissons se jetèrent avidement sur ce paquet de mie qui flottait n'ayant point été pétri par les doigts, et ils le dépecèrent de leurs bouches voraces. Ils l'entraînaient à l'autre bout du bassin, s'agitaient au-dessous, formant maintenant une grappe mouvante, une espèce de fleur animée et tournoyante, une fleur vivante, tombée à l'eau la tête en bas.

Suzanne, surprise, inquiète, se redressa, et s'en revint tout doucement. Le journaliste était parti.

Il rentra chez lui, fort calme, et comme Madeleine écrivait des lettres, il lui demanda :

« Dînes-tu vendredi chez les Walter ? Moi, j'irai. »

Elle hésita :

« Non. Je suis un peu souffrante. J'aime mieux rester ici. »

Il répondit :

« Comme il te plaira. Personne ne te force. »

Puis il reprit son chapeau et ressortit aussitôt.

Depuis longtemps il l'épiait, la surveillait et la suivait, sachant toutes ses démarches. L'heure qu'il attendait était enfin venue. Il ne s'était point trompé au ton dont elle avait répondu : « J'aime mieux rester ici. »

Il fut aimable pour elle pendant les jours qui suivirent. Il parut même gai, ce qui ne lui était plus ordinaire. Elle disait : « Voilà que tu redeviens gentil. »

Il s'habilla de bonne heure le vendredi pour faire quelques courses avant d'aller chez le Patron, affirmait-il.

Puis il partit vers six heures, après avoir embrassé sa femme, et il alla chercher un fiacre place Notre-Dame-de-Lorette.

Il dit au cocher :

« Vous vous arrêterez en face du numéro 17, rue Fontaine, et vous resterez là jusqu'à ce que je vous donne l'ordre de vous en aller. Vous me conduirez ensuite au restaurant du Coq-Faisan, rue Lafayette. »

La voiture se mit en route au trot lent du cheval, et Du Roy baissa les stores. Dès qu'il fut en face de sa porte, il ne la quitta plus des yeux. Après dix minutes d'attente, il vit sortir Madeleine qui remonta vers les boulevards extérieurs.

Aussitôt qu'elle fut loin, il passa la tête à la portière, et il cria :

« Allez. »

Deuxième partie

Le fiacre se remit en marche, et le déposa devant le Coq-Faisan,
4420 restaurant bourgeois connu dans le quartier. Georges entra dans
la salle commune, et mangea doucement, en regardant l'heure à
sa montre de temps en temps. À sept heures et demie, comme il
avait bu son café, pris deux verres de fine champagne et fumé, avec
lenteur, un bon cigare, il sortit, héla une autre voiture qui passait à
4425 vide, et se fit conduire rue La Rochefoucauld.

Il monta, sans rien demander au concierge, au troisième étage de
la maison qu'il avait indiquée, et quand une bonne lui eut ouvert :

« M. Guibert de Lorme est chez lui, n'est-ce pas ?

– Oui, monsieur. »

4430 On le fit pénétrer dans le salon, où il attendit quelques instants.
Puis un homme entra, grand, décoré, avec l'air militaire, et portant
des cheveux gris, bien qu'il fût jeune encore.

Du Roy le salua, puis lui dit :

« Comme je le prévoyais, monsieur le commissaire de police, ma
4435 femme dîne avec son amant dans le logement garni qu'ils ont loué
rue des Martyrs. »

Le magistrat s'inclina :

« Je suis à votre disposition, monsieur. »

Georges reprit :

4440 « Vous avez jusqu'à neuf heures, n'est-ce pas ? Cette limite passée,
vous ne pouvez plus pénétrer dans un domicile particulier pour y
constater un adultère.

– Non, monsieur, sept heures en hiver, neuf heures à partir du
31 mars. Nous sommes au 5 avril, nous avons donc jusqu'à neuf
4445 heures.

– Eh bien, monsieur le commissaire, j'ai une voiture en bas, nous
pouvons prendre les agents qui vous accompagneront, puis nous
attendrons un peu devant la porte. Plus nous arriverons tard, plus
nous avons de chance de bien les surprendre en flagrant délit.

4450 – Comme il vous plaira, monsieur. »

Le commissaire sortit, puis revint, vêtu d'un pardessus qui cachait
sa ceinture tricolore. Il s'effaça pour laisser passer Du Roy. Mais le
journaliste, dont l'esprit était préoccupé, refusait de sortir le premier,
et répétait : « Après vous... après vous. »

4455 Le magistrat prononça :

« Passez donc, monsieur, je suis chez moi. »

298

L'autre, aussitôt, franchit la porte en saluant

Ils allèrent d'abord au commissariat chercher trois agents en bourgeois qui attendaient, car Georges avait prévenu dans la journée que
4460 la surprise aurait lieu ce soir-là. Un des hommes monta sur le siège, à côté du cocher. Les deux autres entrèrent dans le fiacre, qui gagna la rue des Martyrs.

Du Roy disait :

« J'ai le plan de l'appartement. C'est au second. Nous trouverons
4465 d'abord un petit vestibule, puis la chambre à coucher. Les trois pièces se commandent. Aucune sortie ne peut faciliter la fuite. Il y a un serrurier un peu plus loin. Il se tiendra prêt à être réquisitionné par vous. »

Quand ils furent devant la maison indiquée, il n'était encore que
4470 huit heures un quart, et ils attendirent en silence pendant plus de vingt minutes. Mais lorsqu'il vit que les trois quarts allaient sonner, Georges dit : « Allons maintenant. » Et ils montèrent l'escalier sans s'occuper du portier, qui ne les remarqua point, d'ailleurs. Un des agents demeura dans la rue pour surveiller la sortie.

4475 Les quatre hommes s'arrêtèrent au second étage, et Du Roy colla d'abord son oreille contre la porte, puis son œil au trou de la serrure. Il n'entendit rien et ne vit rien. Il sonna.

Le commissaire dit à ses agents :

« Vous resterez ici, prêts à tout appel. »

4480 Et ils attendirent. Au bout de deux ou trois minutes Georges tira de nouveau le bouton du timbre plusieurs fois de suite. Ils perçurent un bruit au fond de l'appartement ; puis un pas léger s'approcha. Quelqu'un venait épier. Le journaliste alors frappa vivement avec son doigt plié contre le bois des panneaux.

4485 Une voix, une voix de femme, qu'on cherchait à déguiser, demanda :

« Qui est là ? »

L'officier municipal répondit :

« Ouvrez, au nom de la loi. »

4490 La voix répéta :

« Qui êtes-vous ?

– Je suis le commissaire de police. Ouvrez, ou je fais forcer la porte. »

La voix reprit :

« Que voulez-vous ? »

Deuxième partie

Et Du Roy dit :

« C'est moi. Il est inutile de chercher à nous échapper. »

Le pas léger, un pas de pieds nus, s'éloigna, puis revint au bout de quelques secondes.

Georges dit :

4500 « Si vous ne voulez pas ouvrir, nous enfonçons la porte. »

Il serrait la poignée de cuivre, et d'une épaule il poussait lentement. Comme on ne répondait plus, il donna tout à coup une secousse si violente et si vigoureuse que la vieille serrure de cette maison meublée céda. Les vis arrachées sortirent du bois et le jeune 4505 homme faillit tomber sur Madeleine qui se tenait debout dans l'antichambre, vêtue d'une chemise et d'un jupon, les cheveux défaits, les jambes dévêtues, une bougie à la main.

Il s'écria : « C'est elle, nous les tenons. » Et il se jeta dans l'appartement. Le commissaire ayant ôté son chapeau, le suivit. Et la jeune 4510 femme effarée s'en vint derrière eux en les éclairant.

Ils traversèrent une salle à manger dont la table non desservie montrait les restes du repas : des bouteilles à champagne vides, une terrine de foie gras ouverte, une carcasse de poulet et des morceaux de pain à moitié mangés. Deux assiettes posées sur le dressoir por-4515 taient des piles d'écailles d'huîtres.

La chambre semblait ravagée par une lutte. Une robe coiffait une chaise, une culotte d'homme restait à cheval sur le bras d'un fauteuil. Quatre bottines, deux grandes et deux petites, traînaient au pied du lit, tombées sur le flanc.

4520 C'était une chambre de maison garnie, aux meubles communs, où flottait cette odeur odieuse et fade des appartements d'hôtel, odeur émanée des rideaux, des matelas, des murs, des sièges, odeur de toutes les personnes qui avaient couché ou vécu, un jour ou six mois, dans ce logis public, et laissé là un peu de leur senteur, de 4525 cette senteur humaine qui, s'ajoutant à celle des devanciers, formait à la longue une puanteur confuse, douce et intolérable, la même dans tous ces lieux.

Une assiette à gâteaux, une bouteille de chartreuse et deux petits verres encore à moitié pleins encombraient la cheminée. Le sujet de 4530 la pendule de bronze était caché par un grand chapeau d'homme.

Le commissaire se retourna vivement, et regardant Madeleine dans les yeux :

« Vous êtes bien Mme Claire-Madeleine Du Roy, épouse légitime de M. Prosper-Georges Du Roy, publiciste, ici présent ? »

4535 Elle articula, d'une voix étranglée :

« Oui, monsieur.

– Que faites-vous ici ? »

Elle ne répondit pas.

Le magistrat reprit : « Que faites-vous ici ? Je vous trouve hors de
4540 chez vous, presque dévêtue dans un appartement meublé. Qu'êtes-vous venue y faire ? »

Il attendit quelques instants. Puis, comme elle gardait toujours le silence :

« Du moment que vous ne voulez pas l'avouer, madame, je vais
4545 être contraint de le constater. »

On voyait dans le lit la forme d'un corps caché sous le drap.

Le commissaire s'approcha et appela :

« Monsieur ? »

L'homme caché ne remua pas. Il paraissait tourner le dos, la tête
4550 enfoncée sous un oreiller.

L'officier toucha ce qui semblait être l'épaule, et répéta :
« Monsieur, ne me forcez pas, je vous prie, à des actes. »

Mais le corps voilé demeurait aussi immobile que s'il eût été mort.

Du Roy, qui s'était avancé vivement, saisit la couverture, la tira et,
4555 arrachant l'oreiller, découvrit la figure livide de M. Laroche-Mathieu.
Il se pencha vers lui et, frémissant de l'envie de le saisir au cou pour
l'étrangler, il lui dit, les dents serrées :

« Ayez donc au moins le courage de votre infamie. »

Le magistrat demanda encore :

4560 « Qui êtes-vous ? »

L'amant, éperdu, ne répondant pas, il reprit :

« Je suis commissaire de police et je vous somme de me dire votre nom ! »

Georges, qu'une colère bestiale faisait trembler, cria :

4565 « Mais répondez donc, lâche, ou je vais vous nommer, moi. »

Alors l'homme couché balbutia :

« Monsieur le commissaire, vous ne devez pas me laisser insulter par cet individu. Est-ce à vous ou à lui que j'ai affaire ? Est-ce à vous ou à lui que je dois répondre ? »

4570 Il paraissait n'avoir plus de salive dans la bouche.

L'officier répondit :

« C'est à moi, monsieur, à moi seul. Je vous demande qui vous êtes ? »

L'autre se tut. Il tenait le drap serré contre son cou et roulait des
4575 yeux effarés. Ses petites moustaches retroussées semblaient toutes
noires sur sa figure blême.

Le commissaire reprit :

« Vous ne voulez pas répondre ? Alors je serai forcé de vous arrêter. Dans tous les cas, levez-vous. Je vous interrogerai lorsque vous
4580 serez vêtu. »

Le corps s'agita dans le lit, et la tête murmura :

« Mais je ne peux pas devant vous. »

Le magistrat demanda :

« Pourquoi ça ? »
4585 L'autre balbutia :

« C'est que je suis... je suis... je suis tout nu. »

Du Roy se mit à ricaner, et ramassant une chemise tombée à terre,
il la jeta sur la couche en criant :

« Allons donc... levez-vous... Puisque vous vous êtes déshabillé
4590 devant ma femme, vous pouvez bien vous habiller devant moi. »

Puis il tourna le dos et revint vers la cheminée.

Madeleine avait retrouvé son sang-froid, et voyant tout perdu,
elle était prête à tout oser. Une audace de bravade faisait briller son
œil ; et, roulant un morceau de papier, elle alluma, comme pour une
4595 réception, les dix bougies des vilains candélabres posés au coin de
la cheminée. Puis elle s'adossa au marbre et tendant au feu mourant
un de ses pieds nus, qui soulevait par derrière son jupon à peine
arrêté sur les hanches, elle prit une cigarette dans un étui de papier
rose, l'enflamma et se mit à fumer.
4600 Le commissaire était revenu vers elle, attendant que son complice
fût debout.

Elle demanda avec insolence :

« Vous faites souvent ce métier-là, monsieur ? »

Il répondit gravement :
4605 « Le moins possible, madame. »

Elle lui souriait sous le nez :

« Je vous en félicite, ça n'est pas propre. »

Elle affectait de ne pas regarder, de ne pas voir son mari.

Mais le monsieur du lit s'habillait. Il avait passé son pantalon, chaussé ses bottines et il se rapprocha, en endossant son gilet.

L'officier de police se tourna vers lui :

« Maintenant, monsieur, voulez-vous me dire qui vous êtes ? »

L'autre ne répondit pas.

Le commissaire prononça :

« Je me vois forcé de vous arrêter. »

Alors l'homme s'écria brusquement :

« Ne me touchez pas. Je suis inviolable ! »

Du Roy s'élança vers lui, comme pour le terrasser, et il lui grogna dans la figure :

« Il y a flagrant délit... flagrant délit. Je peux vous faire arrêter, si je veux... oui, je le peux. »

Puis, d'un ton vibrant :

« Cet homme s'appelle Laroche-Mathieu, ministre des Affaires étrangères. »

Le commissaire de police recula stupéfait, et balbutiant :

« En vérité, monsieur, voulez-vous me dire qui vous êtes, à la fin ? »

L'homme se décida, et avec force :

« Pour une fois, ce misérable-là n'a point menti. Je me nomme, en effet, Laroche-Mathieu, ministre. »

Puis tendant le bras vers la poitrine de Georges, où apparaissait comme une lueur, un petit point rouge, il ajouta :

« Et le gredin que voici porte sur son habit la croix d'honneur que je lui ai donnée. »

Du Roy était devenu livide. D'un geste rapide, il arracha de sa boutonnière la courte flamme de ruban, et, la jetant dans la cheminée :

« Voilà ce que vaut une décoration qui vient de salops de votre espèce. »

Ils étaient face à face, les dents près des dents, exaspérés, les poings serrés, l'un maigre et la moustache au vent, l'autre gras et la moustache en croc.

Le commissaire passa vivement entre les deux et, les écartant avec ses mains :

« Messieurs, vous vous oubliez, vous manquez de dignité ! »

Ils se turent et se tournèrent les talons. Madeleine, immobile, fumait toujours, en souriant.

L'officier de police reprit :

« Monsieur le ministre, je vous ai surpris, seul avec Mme Du Roy, que voici, vous couché, elle presque nue. Vos vêtements étant jetés pêle-mêle à travers l'appartement, cela constitue un flagrant délit d'adultère. Vous ne pouvez nier l'évidence. Qu'avez-vous à répondre ? »

Laroche-Mathieu murmura :

« Je n'ai rien à dire, faites votre devoir. »

Le commissaire s'adressa à Madeleine :

« Avouez-vous, madame, que monsieur soit votre amant ? »

Elle prononça crânement :

« Je ne le nie pas, il est mon amant ! »

– Cela suffit. »

Puis le magistrat prit quelques notes sur l'état et la disposition du logis. Comme il finissait d'écrire, le ministre qui avait achevé de s'habiller et qui attendait, le paletot sur le bras, le chapeau à la main, demanda :

« Avez-vous encore besoin de moi, monsieur ? Que dois-je faire ? Puis-je me retirer ? »

Du Roy se retourna vers lui et souriant avec insolence :

« Pourquoi donc ? Nous avons fini. Vous pouvez vous recoucher, monsieur ; nous allons vous laisser seuls. »

Et posant le doigt sur le bras de l'officier de police :

« Retirons-nous, monsieur le commissaire, nous n'avons plus rien à faire en ce lieu. »

Un peu surpris, le magistrat le suivit ; mais, sur le seuil de la chambre, Georges s'arrêta pour le laisser passer. L'autre s'y refusait par cérémonie.

Du Roy insistait : « Passez donc, monsieur. » Le commissaire dit : « Après vous. » Alors le journaliste salua, et sur le ton d'une politesse ironique : « C'est votre tour, monsieur le commissaire de police. Je suis presque chez moi, ici. »

Puis il referma la porte doucement, avec un air de discrétion.

Une heure plus tard, Georges Du Roy entrait dans les bureaux de *La Vie française*.

M. Walter était déjà là, car il continuait à diriger et à surveiller avec sollicitude son journal qui avait pris une extension énorme et qui favorisait beaucoup les opérations grandissantes de sa banque.

685   Le directeur leva la tête et demanda :

« Tiens, vous voici ? Vous semblez tout drôle ! Pourquoi n'êtes vous pas venu dîner à la maison ? D'où sortez-vous donc ? »

Le jeune homme, qui était sûr de son effet, déclara, en pesant sur chaque mot :

690   « Je viens de jeter bas le ministre des Affaires étrangères. »

L'autre crut qu'il plaisantait.

« De jeter bas... Comment ?

– Je vais changer le cabinet. Voilà tout ! Il n'est pas trop tôt de chasser cette charogne. »

695   Le vieux, stupéfait, crut que son chroniqueur était gris. Il murmura :

« Voyons, vous déraisonnez.

– Pas du tout. Je viens de surprendre M. Laroche-Mathieu en flagrant délit d'adultère avec ma femme. Le commissaire de police a

700   constaté la chose. Le ministre est foutu. »

Walter, interdit, releva tout à fait ses lunettes sur son front et demanda :

« Vous ne vous moquez pas de moi ?

– Pas du tout. Je vais même faire un écho là-dessus.

705   – Mais alors que voulez-vous ?

– Jeter bas ce fripon, ce misérable, ce malfaiteur public ! »

Georges posa son chapeau sur un fauteuil, puis ajouta :

« Gare à ceux que je trouve sur mon chemin. Je ne pardonne jamais. »

710   Le directeur hésitait encore à comprendre. Il murmura :

« Mais... votre femme ?

– Ma demande en divorce sera faite dès demain matin. Je la renvoie à feu Forestier.

– Vous voulez divorcer ?

715   – Parbleu. J'étais ridicule. Mais il me fallait faire la bête pour les surprendre. Ça y est. Je suis maître de la situation. »

M. Walter n'en revenait pas ; et il regardait Du Roy avec des yeux effarés, pensant : « Bigre. Ç'est un gaillard bon à ménager. »

Georges reprit :

720   « Me voici libre... J'ai une certaine fortune. Je me présenterai aux élections au renouvellement d'octobre, dans mon pays où je suis fort connu. Je ne pouvais pas me poser ni me faire respecter avec cette

femme qui était suspecte à tout le monde. Elle m'avait pris comme un niais, elle m'avait enjôlé et capturé. Mais depuis que je savais son jeu, je la surveillais, la gredine. »

Il se mit à rire et ajouta :

« C'est ce pauvre Forestier qui était cocu... cocu sans s'en douter, confiant et tranquille. Me voici débarrassé de la teigne qu'il m'avait laissée. J'ai les mains déliées. Maintenant, j'irai loin. »

Il s'était mis à califourchon sur une chaise. Il répéta, comme s'il eût songé : « J'irai loin. »

Et le père Walter le regardait toujours de ses yeux découverts, ses lunettes restant relevées sur le front, et il se disait : « Oui, il ira loin, le gredin. »

Georges se releva :

« Je vais rédiger l'écho. Il faut le faire avec discrétion. Mais vous savez, il sera terrible pour le ministre. C'est un homme à la mer. On ne peut pas le repêcher. La Vie française n'a plus d'intérêt à le ménager. »

Le vieux hésita quelques instants, puis il en prit son parti :

« Faites, dit-il, tant pis pour ceux qui se fichent dans ces pétrins-là. »

IX

TROIS MOIS s'étaient écoulés. Le divorce[1] de Du Roy venait d'être prononcé. Sa femme avait repris son nom de Forestier, et comme les Walter devaient partir, le 15 juillet, pour Trouville, on décida de passer une journée à la campagne, avant de se séparer.

On choisit un jeudi, et on se mit en route dès neuf heures du matin, dans un grand landau de voyage à six places, attelé en poste à quatre chevaux.

On allait déjeuner à Saint-Germain, au pavillon Henri-IV. Bel-Ami avait demandé à être le seul homme de la partie, car il ne pouvait supporter la présence et la figure du marquis de Cazolles. Mais, au dernier moment, il fut décidé que le comte de Latour-Yvelin serait enlevé, au saut du lit. On l'avait prévenu la veille.

La voiture remonta au grand trot l'avenue des Champs-Élysées, puis traversa le Bois-de-Boulogne.

Il faisait un admirable temps d'été, pas trop chaud. Les hirondelles traçaient sur le bleu du ciel de grandes lignes courbes qu'on croyait voir encore quand elles étaient passées.

Les trois femmes se tenaient au fond du landau, la mère entre ses deux filles ; et les trois hommes, à reculons, Walter entre les deux invités.

On traversa la Seine, on contourna le Mont-Valérien, puis on gagna Bougival, pour longer ensuite la rivière jusqu'au Pecq.

Le comte de Latour-Yvelin, un homme un peu mûr à longs favoris légers, dont le moindre souffle d'air agitait les pointes, ce qui faisait dire à Du Roy : « Il obtient de jolis effets de vent dans sa barbe », contemplait Rose tendrement. Ils étaient fiancés depuis un mois.

Georges, fort pâle, regardait souvent Suzanne, qui était pâle aussi. Leurs yeux se rencontraient, semblaient se concerter, se comprendre, échanger secrètement une pensée, puis se fuyaient. Mme Walter était tranquille, heureuse.

---

1. **Divorce :** le flagrant délit d'adultère permettait d'accélérer une procédure de divorce. Celui-ci a été rétabli en 1884. Maupassant l'a évoqué dans plusieurs de ses *Chroniques*.

Deuxième partie

Le déjeuner fut long. Avant de repartir pour Paris, Georges proposa de faire un tour sur la terrasse.

On s'arrêta d'abord pour examiner la vue. Tout le monde se mit en ligne le long du mur et on s'extasia sur l'étendue de l'horizon. La Seine, au pied d'une longue colline, coulait vers Maisons-Laffitte, comme un immense serpent couché dans la verdure. À droite, sur le sommet de la côte, l'aqueduc de Marly projetait sur le ciel son profil énorme de chenille à grandes pattes, et Marly disparaissait, au-dessous, dans un épais bouquet d'arbres.

Par la plaine immense qui s'étendait en face, on voyait des villages, de place en place. Les pièces d'eau du Vésinet faisaient des taches nettes et propres dans la maigre verdure de la petite forêt. À gauche, tout au loin, on apercevait en l'air le clocher pointu de Sartrouville.

Walter déclara :

« On ne peut trouver nulle part au monde un semblable panorama. Il n'y en a pas un pareil en Suisse. »

Puis on se mit en marche doucement pour faire une promenade et jouir un peu de cette perspective.

Georges et Suzanne restèrent en arrière. Dès qu'ils furent écartés de quelques pas, il lui dit d'une voix basse et contenue :

« Suzanne, je vous adore. Je vous aime à en perdre la tête. »

Elle murmura :

« Moi aussi, Bel-Ami. »

Il reprit :

« Si je ne vous ai pas pour femme, je quitterai Paris et ce pays. »

Elle répondit :

« Essayez donc de me demander à papa. Peut-être qu'il voudra bien. »

Il eut un petit geste d'impatience :

« Non, je vous le répète pour la dixième fois, c'est inutile. On me fermera la porte de votre maison ; on m'expulsera du journal ; et nous ne pourrons plus même nous voir. Voilà le joli résultat auquel je suis certain d'arriver par une demande en règle. On vous a promise au marquis de Cazolles. On espère que vous finirez par dire : "Oui." Et on attend. »

Elle demanda :

« Qu'est-ce qu'il faut faire alors ? »

Il hésitait, la regardant de côté :

« M'aimez-vous assez pour commettre une folie ? »

₁₈₁₀ Elle répondit résolument :

« Oui.

– Une grande folie ?

– Oui.

– La plus grande des folies ?

₄₈₁₅ – Oui.

– Aurez-vous aussi assez de courage pour braver votre père et votre mère ?

– Oui.

– Bien vrai ?

₄₈₂₀ – Oui.

– Eh bien, il y a un moyen, un seul ! Il faut que la chose vienne de vous, et pas de moi. Vous êtes une enfant gâtée, on vous laisse tout dire, on ne s'étonnera pas trop d'une audace de plus de votre part. Écoutez donc. Ce soir, en rentrant, vous irez trouver votre maman, ₄₈₂₅ d'abord, votre maman toute seule. Et vous lui avouerez que vous voulez m'épouser. Elle aura une grosse émotion et une grosse colère... »

Suzanne l'interrompit :

« Oh ! maman voudra bien. »

₄₈₃₀ Il reprit vivement :

« Non. Vous ne la connaissez pas. Elle sera plus fâchée et plus furieuse que votre père. Vous verrez comme elle refusera. Mais vous tiendrez bon, vous ne céderez pas ; vous répéterez que vous voulez m'épouser, moi, seul, rien que moi. Le ferez-vous ?

₄₈₃₅ – Je le ferai.

– Et en sortant de chez votre mère, vous direz la même chose à votre père, d'un air très sérieux et très décidé.

– Oui, oui. Et puis ?

– Et puis, c'est là que ça devient grave. Si vous êtes résolue, bien ₄₈₄₀ résolue, bien, bien, bien résolue à être ma femme, ma chère, chère petite Suzanne... Je vous... je vous enlèverai ! »

Elle eut une grande secousse de joie et faillit battre des mains.

« Oh ! quel bonheur ! vous m'enlèverez ? Quand ça m'enlèverez-vous ? »

₄₈₄₅ Toute la vieille poésie des enlèvements nocturnes, des chaises de poste, des auberges, toutes les charmantes aventures des livres lui passèrent d'un coup dans l'esprit comme un songe enchanteur prêt à se réaliser.

Elle répéta :

« Quand ça m'enlèverez-vous ? »

4850 Il répondit très bas :

« Mais... ce soir... cette nuit. »

Elle demanda, frémissante :

« Et où irons-nous ?

– Ça, c'est mon secret. Réfléchissez à ce que vous faites. Songez bien

4855 qu'après cette fuite vous ne pourrez plus être que ma femme ! C'est
le seul moyen, mais il est... il est très dangereux... pour vous. »

Elle déclara :

« Je suis décidée... où vous retrouverai-je ?

– Vous pourrez sortir de l'hôtel, toute seule ?

4860 – Oui. Je sais ouvrir la petite porte.

– Eh bien, quand le concierge sera couché, vers minuit, venez me
rejoindre place de la Concorde. Vous me trouverez dans un fiacre
arrêté en face du ministère de la Marine.

– J'irai.

4865 – Bien vrai ?

– Bien vrai. »

Il lui prit la main et la serra :

« Oh ! que je vous aime ! Comme vous êtes bonne et brave ! Alors,
vous ne voulez pas épouser M. de Cazolles ?

4870 – Oh ! non.

– Votre père s'est beaucoup fâché quand vous avez dit non ?

– Je crois bien, il voulait me remettre au couvent.

– Vous voyez qu'il est nécessaire d'être énergique.

– Je le serai. »

4875 Elle regardait le vaste horizon, la tête pleine de cette idée d'enlèvement. Elle irait plus loin que là-bas... avec lui !... Elle serait enlevée !... Elle
était fière de ça ! Elle ne songeait guère à sa réputation, à ce qui pouvait
lui arriver d'infâme. Le savait-elle, même ? Le soupçonnait-elle ?

Mme Walter, se retournant, cria :

4880 « Mais viens donc, petite. Qu'est-ce que tu fais avec Bel-Ami ? »

Ils rejoignirent les autres. On parlait des bains de mer où on serait
bientôt.

Puis on revint par Chatou pour ne pas refaire la même route.

George ne disait plus rien. Il songeait : Donc, si cette petite avait

4885 un peu d'audace, il allait réussir, enfin ! Depuis trois mois, il l'enveloppait dans l'irrésistible filet de sa tendresse. Il la séduisait, la captivait, la conquérait. Il s'était fait aimer par elle, comme il savait se faire aimer. Il avait cueilli sans peine son âme légère de poupée.

Il avait obtenu d'abord qu'elle refusât M. de Cazolles. Il venait d'obtenir qu'elle s'enfuît avec lui. Car il n'y avait pas d'autre moyen.

Mme Walter, il le comprenait bien, ne consentirait jamais à lui donner sa fille. Elle l'aimait encore, elle l'aimerait toujours, avec une violence intraitable. Il la contenait par sa froideur calculée, mais il la sentait rongée par une passion impuissante et vorace. Jamais il ne pourrait la fléchir. Jamais elle n'admettrait qu'il prît Suzanne.

Mais une fois qu'il tiendrait la petite au loin, il traiterait de puissance à puissance, avec le père.

Pensant à tout cela, il répondait par phrases hachées aux choses qu'on lui disait et qu'il n'écoutait guère. Il parut revenir à lui lorsqu'il rentra dans Paris.

Suzanne aussi songeait ; et le grelot des quatre chevaux sonnait dans sa tête, lui faisait voir des grandes routes infinies sous des clairs de lune éternels, des forêts sombres traversées, des auberges au bord du chemin, et la hâte des hommes d'écurie à changer l'attelage, car tout le monde devine qu'ils sont poursuivis.

Quand le landau fut arrivé dans la cour de l'hôtel, on voulut retenir Georges à dîner. Il refusa et revint chez lui.

Après avoir un peu mangé, il mit de l'ordre dans ses papiers comme s'il allait faire un grand voyage. Il brûla des lettres compromettantes, en cacha d'autres, écrivit à quelques amis.

De temps en temps il regardait la pendule, en pensant : « Ça doit chauffer là-bas. » Et une inquiétude le mordait au cœur. S'il allait échouer ? Mais que pouvait-il craindre ? Il se tirerait toujours d'affaire ! Pourtant c'était une grosse partie qu'il jouait, ce soir-là !

Il ressortit vers onze heures, erra quelque temps, prit un fiacre et se fit arrêter place de la Concorde, le long des arcades du ministère de la Marine.

De temps en temps il enflammait une allumette pour regarder l'heure à sa montre. Quand il vit approcher minuit, son impatience devint fiévreuse. À tout moment il passait la tête à la portière pour regarder.

Une horloge lointaine sonna douze coups, puis une autre plus près, puis deux ensemble, puis une dernière très loin. Quand celle-là eut cessé de tinter, il pensa : « C'est fini. C'est raté. Elle ne viendra pas. »

Deuxième partie

Il était cependant résolu à demeurer jusqu'au jour.

4925 Dans ces cas-là il faut être patient.

Il entendit encore sonner le quart, puis la demie, puis les trois quarts ; et toutes les horloges répétèrent une heure comme elles avaient annoncé minuit. Il n'attendait plus, il restait, creusant sa pensée pour deviner ce qui avait pu arriver. Tout à coup une tête de

4930 femme passa par la portière et demanda :

« Êtes-vous là, Bel-Ami ? »

Il eut un sursaut et une suffocation.

« C'est vous, Suzanne ?

– Oui, c'est moi. »

4935 Il ne parvenait point à tourner la poignée assez vite, et répétait :

« Ah !... c'est vous... c'est vous... entrez. »

Elle entra et se laissa tomber contre lui. Il cria au cocher : « Allez ! »
Et le fiacre se mit en route.

Elle haletait, sans parler.

4940 Il demanda :

« Eh bien, comment ça s'est-il passé ? »

Alors elle murmura, presque défaillante :

« Oh ! ça a été terrible, chez maman surtout. »

Il était inquiet et frémissant.

4945 « Votre maman ? Qu'est-ce qu'elle a dit ? Contez-moi ça.

– Oh ! ça a été affreux. Je suis entrée chez elle et je lui ai récité ma petite affaire que j'avais bien préparée. Alors elle a pâli, puis elle a crié : "Jamais ! jamais !" Moi, j'ai pleuré, je me suis fâchée, j'ai juré que je n'épouserais que vous. J'ai cru qu'elle allait me battre. Elle est deve-

4950 nue comme folle ; elle a déclaré qu'on me renverrait au couvent, dès le lendemain. Je ne l'avais jamais vue comme ça, jamais ! Alors papa est arrivé en l'entendant débiter toutes ses sottises. Il ne s'est pas fâché tant qu'elle, mais il a déclaré que vous n'étiez pas un assez beau parti.

« Comme ils m'avaient mise en colère aussi, j'ai crié plus fort

4955 qu'eux. Et papa m'a dit de sortir avec un air dramatique qui ne lui allait pas du tout. C'est ce qui m'a décidée à me sauver avec vous. Me voilà, où allons-nous ? »

Il avait enlacé sa taille doucement ; et il écoutait de toutes ses oreilles, le cœur battant, une rancune haineuse s'éveillant en lui

4960 contre ces gens. Mais il la tenait, leur fille. Ils verraient, à présent.

Il répondit :

« Il est trop tard pour prendre le train ; cette voiture-là va donc nous conduire à Sèvres où nous passerons la nuit. Et demain nous partirons pour La Roche-Guyon. C'est un joli village, au bord de la Seine, entre Mantes et Bonnières. »

Elle murmura :

« C'est que je n'ai pas d'effets. Je n'ai rien. »

Il sourit, avec insouciance :

« Bah ! nous nous arrangerons là-bas. »

Le fiacre roulait le long des rues. Georges prit une main de la jeune fille et se mit à la baiser, lentement, avec respect. Il ne savait que lui raconter, n'étant guère accoutumé aux tendresses platoniques. Mais soudain il crut s'apercevoir qu'elle pleurait.

Il demanda, avec terreur :

« Qu'est-ce que vous avez, ma chère petite ? »

Elle répondit, d'une voix toute mouillée :

« C'est ma pauvre maman qui ne doit pas dormir à cette heure, si elle s'est aperçue de mon départ. »

Sa mère, en effet, ne dormait pas.

Aussitôt Suzanne sortie de sa chambre, Mme Walter était restée en face de son mari.

Elle demanda, éperdue, atterrée :

« Mon Dieu ! Qu'est-ce que cela veut dire ? »

Walter cria, furieux :

« Ça veut dire que cet intrigant l'a enjôlée. C'est lui qui a fait refuser Cazolles. Il trouve la dot bonne, parbleu ! »

Il se mit à marcher avec rage à travers l'appartement et reprit :

« Tu l'attirais sans cesse, aussi, toi, tu le flattais, tu le cajolais, tu n'avais pas assez de chatteries pour lui. C'était Bel-Ami par-ci, Bel-Ami par-là, du matin au soir. Te voilà payée. »

Elle murmura, livide :

« Moi ?... je l'attirais ! »

Il lui vociféra dans le nez :

« Oui, toi ! Vous êtes toutes folles de lui, la Marelle, Suzanne et les autres. Crois-tu que je ne voyais pas que tu ne pouvais point rester deux jours sans le faire venir ici ? »

Elle se dressa, tragique :

« Je ne vous permettrai pas de me parler ainsi. Vous oubliez que je n'ai pas été élevée, comme vous, dans une boutique. »

Deuxième partie

5000   Il demeura d'abord immobile et stupéfait, puis il lâcha un « Nom de Dieu » furibond, et il sortit en tapant la porte.

Dès qu'elle fut seule, elle alla, par instinct, vers la glace pour se regarder, comme pour voir si rien n'était changé en elle, tant ce qui arrivait lui paraissait impossible, monstrueux. Suzanne était amou-
5005   reuse de Bel-Ami ! et Bel-Ami voulait épouser Suzanne ! Non ! elle s'était trompée, ce n'était pas vrai. La fillette avait eu une toquade bien naturelle pour ce beau garçon, elle avait espéré qu'on le lui donnerait pour mari ; elle avait fait son petit coup de tête ! Mais lui ? lui ne pouvait pas être complice de ça ! Elle réfléchissait, troublée
5010   comme on l'est devant les grandes catastrophes. Non, Bel-Ami ne devait rien savoir de l'escapade de Suzanne.

Et elle songea longtemps à la perfidie et à l'innocence possibles de cet homme. Quel misérable, s'il avait préparé le coup ! Et qu'arrive-rait-il ? Que de dangers et de tourments elle prévoyait !

5015   S'il ne savait rien, tout pouvait s'arranger encore. On ferait un voyage avec Suzanne pendant six mois, et ce serait fini. Mais com-ment pourrait-elle le revoir, elle, ensuite ? Car elle l'aimait toujours. Cette passion était entrée en elle à la façon de ces pointes de flèche qu'on ne peut plus arracher.

5020   Vivre sans lui était impossible. Autant mourir. Sa pensée s'égarait dans ces angoisses et dans ces incertitudes. Une douleur commen-çait à poindre dans sa tête ; ses idées devenaient pénibles, troubles, lui faisaient mal. Elle s'énervait à chercher, s'exaspérait de ne pas savoir. Elle regarda sa pendule, il était une heure passée. Elle se dit :
5025   « Je ne veux pas rester ainsi, je deviens folle. Il faut que je sache. Je vais réveiller Suzanne pour l'interroger. »

Et elle s'en alla, déchaussée, pour ne pas faire de bruit, une bou-gie à la main, vers la chambre de sa fille. Elle l'ouvrit bien douce-ment, entra, regarda le lit. Il n'était pas défait. Elle ne comprit point
5030   d'abord, et pensa que la fillette discutait encore avec son père. Mais aussitôt un soupçon horrible l'effleura et elle courut chez son mari. Elle y arriva d'un élan ; blême et haletante. Il était couché et lisait encore.

Il demanda effaré :
5035   « Eh bien ! quoi ? Qu'est-ce que tu as ? »
Elle balbutiait :
« As-tu vu Suzanne ?

— Moi ? Non. Pourquoi ?

— Elle est... elle est... partie. Elle n'est pas dans sa chambre. »

Il sauta d'un bond sur le tapis, chaussa ses pantoufles et, sans cale-çon, la chemise au vent, il se précipita à son tour vers l'appartement de sa fille.

Dès qu'il l'eut vu, il ne conserva point de doute. Elle s'était enfuie.

Il tomba sur un fauteuil et posa sa lampe par terre devant lui.

Sa femme l'avait rejoint. Elle bégaya :

« Eh bien ? »

Il n'avait plus la force de répondre ; il n'avait plus de colère, il gémit :

« C'est fait, il la tient. Nous sommes perdus. »

Elle ne comprenait pas :

« Comment perdus ?

— Eh ! oui, parbleu. Il faut bien qu'il l'épouse maintenant. »

Elle poussa une sorte de cri de bête :

« Lui ! jamais ! Tu es donc fou ? »

Il répondit tristement :

« Ça ne sert à rien de hurler. Il l'a enlevée, il l'a déshonorée. Le mieux est encore de la lui donner. En s'y prenant bien, personne ne saura cette aventure. »

Elle répéta, secouée d'une émotion terrible :

« Jamais ! jamais il n'aura Suzanne ! Jamais je ne consentirai ! »

Walter murmura avec accablement :

« Mais il l'a. C'est fait. Et il la gardera et la cachera tant que nous n'aurons point cédé. Donc, pour éviter le scandale, il faut céder tout de suite. »

Sa femme, déchirée par une inavouable douleur, répéta :

« Non ! non. Jamais je ne consentirai ! »

Il reprit, s'impatientant :

« Mais il n'y a pas à discuter. Il le faut. Ah ! le gredin, comme il nous a joués... Il est fort tout de même. Nous aurions pu trouver beaucoup mieux comme position, mais pas comme intelligence et comme avenir. C'est un homme d'avenir. Il sera député et ministre. »

Mme Walter déclara, avec une énergie farouche :

« Jamais je ne lui laisserai épouser Suzanne... Tu entends... jamais ! »

Il finit par se fâcher et par prendre, en homme pratique, la défense de Bel-Ami.

Deuxième partie

« Mais, tais-toi donc... Je te répète qu'il le faut... qu'il le faut absolument. Et qui sait ? Peut-être ne le regretterons-nous pas. Avec les êtres de cette trempe là, on ne sait jamais ce qui peut arriver. Tu as vu comme il a jeté bas, en trois articles, ce niais de Laroche-Mathieu, et comme il l'a fait avec dignité, ce qui était rudement difficile dans sa situation de mari. Enfin nous verrons. Toujours est-il que nous sommes pris. Nous ne pouvons plus nous tirer de là. »

Elle avait envie de crier, de se rouler par terre, de s'arracher les cheveux. Elle prononça encore, d'une voix exaspérée :

« Il ne l'aura pas... Je... ne... veux... pas ! »

Walter se leva, ramassa sa lampe, reprit :

« Tiens, tu es stupide comme toutes les femmes. Vous n'agissez jamais que par passion. Vous ne savez pas vous plier aux circonstances... vous êtes stupides ! Moi, je te dis qu'il l'épousera... Il le faut. »

Et il sortit en traînant ses pantoufles. Il traversa, fantôme comique en chemise de nuit, le large corridor du vaste hôtel endormi, et rentra, sans bruit, dans sa chambre.

Mme Walter restait debout, déchirée par une intolérable douleur. Elle ne comprenait pas encore bien, d'ailleurs. Elle souffrait seulement. Puis il lui sembla qu'elle ne pourrait pas demeurer là, immobile, jusqu'au jour. Elle sentait en elle un besoin violent de se sauver, de courir devant elle, de s'en aller, de chercher de l'aide, d'être secourue.

Elle cherchait qui elle pourrait bien appeler à elle. Quel homme ! Elle n'en trouvait pas ! Un prêtre ! oui, un prêtre ! Elle se jetterait à ses pieds, lui avouerait tout, lui confesserait sa faute et son désespoir. Il comprendrait, lui, que ce misérable ne pouvait pas épouser Suzanne et il empêcherait cela.

Il lui fallait un prêtre tout de suite ! Mais où le trouver ? Où aller ? Pourtant elle ne pouvait rester ainsi.

Alors passa devant ses yeux, ainsi qu'une vision, l'image sereine de Jésus marchant sur les flots. Elle le vit comme elle le voyait en regardant le tableau. Donc il l'appelait. Il lui disait : « Venez à moi. Venez vous agenouiller à mes pieds. Je vous consolerai et je vous inspirerai ce qu'il faut faire. »

Elle prit sa bougie, sortit, et descendit pour gagner la serre. Le Jésus était tout au bout, dans un petit salon qu'on fermait par une porte vitrée afin que l'humidité des terres ne détériorât point la toile.

Cela faisait une sorte de chapelle dans une forêt d'arbres
singuliers.

Quand Mme Walter entra dans le jardin d'hiver, ne l'ayant jamais
vu que plein de lumière, elle demeura saisie devant sa profondeur
obscure. Les lourdes plantes des pays chauds épaississaient l'atmosphère de leur haleine pesante. Et les portes n'étant plus ouvertes,
l'air de ce bois étrange, enfermé sous un dôme de verre, entrait
dans la poitrine avec peine, étourdissait, grisait, faisait plaisir et mal,
donnait à la chair une sensation confuse de volupté énervante et de
mort.

La pauvre femme marchait doucement, émue par les ténèbres où
apparaissaient, à la lueur errante de sa bougie, des plantes extravagantes, avec des aspects de monstres, des apparences d'êtres, des
difformités bizarres.

Tout d'un coup, elle aperçut le Christ. Elle ouvrit la porte qui le
séparait d'elle, et tomba sur les genoux.

Elle le pria d'abord éperdument, balbutiant des mots d'amour, des
invocations passionnées et désespérées. Puis, l'ardeur de son appel
se calmant, elle leva les yeux vers lui, et demeura saisie d'angoisse. Il
ressemblait tellement à Bel-Ami, à la clarté tremblante de cette seule
lumière l'éclairant à peine et d'en bas, que ce n'était plus Dieu, c'était
son amant qui la regardait. C'étaient ses yeux, son front, l'expression
de son visage, son air froid et hautain !

Elle balbutiait : « Jésus ! – Jésus ! – Jésus ! » Et le mot « Georges »
lui venait aux lèvres. Tout à coup, elle pensa qu'à cette heure même,
Georges, peut-être, possédait sa fille. Il était seul avec elle, quelque
part, dans une chambre. Lui ! lui ! avec Suzanne !

Elle répétait : « Jésus !... Jésus ! » Mais elle pensait à eux... à sa fille
et à son amant ! Ils étaient seuls, dans une chambre... et c'était la
nuit. Elle les voyait. Elle les voyait si nettement qu'ils se dressaient
devant elle, à la place du tableau. Ils se souriaient. Ils s'embrassaient.
La chambre était sombre, le lit entrouvert. Elle se souleva pour aller
vers eux, pour prendre sa fille par les cheveux et l'arracher à cette
étreinte. Elle allait la saisir à la gorge, l'étrangler, sa fille qu'elle haïssait, sa fille qui se donnait à cet homme. Elle la touchait... ses mains
rencontrèrent la toile. Elle heurtait les pieds du Christ.

Elle poussa un grand cri et tomba sur le dos. Sa bougie, renversée,
s'éteignit.

Deuxième partie

Que se passa-t-il ensuite ? Elle rêva longtemps des choses étranges, effrayantes. Toujours Georges et Suzanne passaient devant ses yeux, enlacés, avec Jésus-Christ qui bénissait leur horrible amour.

Elle sentait vaguement qu'elle n'était point chez elle. Elle voulait se lever, fuir, elle ne le pouvait pas. Une torpeur l'avait envahie, qui liait ses membres et ne lui laissait que sa pensée en éveil, trouble cependant, torturée par des images affreuses, irréelles, fantastiques, perdue dans un songe malsain, le songe étrange et parfois mortel que font entrer dans les cerveaux humains les plantes endormeuses des pays chauds, aux formes bizarres et aux parfums épais.

Le jour venu, on ramassa Mme Walter, étendue sans connaissance, presque asphyxiée, devant *Jésus marchant sur les flots*. Elle fut si malade qu'on craignit pour sa vie. Elle ne reprit que le lendemain l'usage complet de sa raison. Alors, elle se mit à pleurer.

La disparition de Suzanne fut expliquée aux domestiques par un envoi brusque au couvent. Et M. Walter répondit à une longue lettre de Du Roy, en lui accordant la main de sa fille.

Bel-Ami avait jeté cette épître à la poste au moment de quitter Paris, car il l'avait préparée d'avance le soir de son départ. Il y disait, en termes respectueux, qu'il aimait depuis longtemps la jeune fille, que jamais aucun accord n'avait eu lieu entre eux, mais que la voyant venir à lui, en toute liberté, pour lui dire : « Je serai votre femme », il se jugeait autorisé à la garder, à la cacher même, jusqu'à ce qu'il eût obtenu une réponse des parents dont la volonté légale avait pour lui une valeur moindre que la volonté de sa fiancée.

Il demandait que M. Walter répondît poste restante, un ami devant lui faire parvenir la lettre.

Quand il eut obtenu ce qu'il voulait, il ramena Suzanne à Paris et la renvoya chez ses parents, s'abstenant lui-même de paraître avant quelque temps.

Ils avaient passé six jours au bord de la Seine, à La Roche-Guyon.

Jamais la jeune fille ne s'était tant amusée. Elle avait joué à la bergère. Comme il la faisait passer pour sa sœur, ils vivaient dans une intimité libre et chaste, une sorte de camaraderie amoureuse. Il jugeait habile de la respecter. Dès le lendemain de leur arrivée, elle acheta du linge et des vêtements de paysanne, et elle se mit à pêcher à la ligne, la tête couverte d'un immense chapeau de paille orné de fleurs des champs. Elle trouvait le pays délicieux. Il y avait là une vieille tour et un vieux château où l'on montrait d'admirables tapisseries.

Georges, vêtu d'une vareuse achetée toute faite chez un commerçant du pays, promenait Suzanne, soit à pied, le long des berges, soit en bateau. Ils s'embrassaient à tout moment, frémissants, elle innocente et lui prêt à succomber. Mais il savait être fort ; et quand il lui dit : « Nous retournerons à Paris demain, votre père m'accorde votre main », elle murmura naïvement : « Déjà, ça m'amusait tant d'être votre femme ! »

X

Il faisait sombre dans le petit appartement de la rue de
5200 Constantinople, car Georges Du Roy et Clotilde de Marelle s'étant
rencontrés sous la porte étaient entrés brusquement, et elle lui avait
dit, sans lui laisser le temps d'ouvrir les persiennes :

« Ainsi, tu épouses Suzanne Walter ? »

Il avoua avec douceur et ajouta :

5205 « Tu ne le savais pas ? »

Elle reprit, debout devant lui, furieuse, indignée :

« Tu épouses Suzanne Walter ! C'est trop fort ! c'est trop fort ! Voilà
trois mois que tu me cajoles pour me cacher ça. Tout le monde le
sait, excepté moi. C'est mon mari qui me l'a appris ! »

5210 Du Roy se mit à ricaner, un peu confus tout de même, et, ayant
posé son chapeau sur un coin de la cheminée, il s'assit dans un
fauteuil.

Elle le regardait bien en face, et elle dit d'une voix irritée et basse :

« Depuis que tu as quitté ta femme, tu préparais ce coup-là, et tu
5215 me gardais gentiment comme maîtresse, pour faire l'intérim ? Quel
gredin tu es ! »

Il demanda :

« Pourquoi ça ? J'avais une femme qui me trompait. Je l'ai surprise ;
j'ai obtenu le divorce, et j'en épouse une autre. Quoi de plus simple ? »

5220 Elle murmura, frémissante :

« Oh ! comme tu es roué et dangereux, toi ! »

Il se remit à sourire :

« Parbleu ! Les imbéciles et les niais sont toujours des dupes ! »

Mais elle suivait son idée :

5225 « Comme j'aurais dû te deviner dès le commencement. Mais non,
je ne pouvais pas croire que tu serais crapule comme ça. »

Il prit un air digne :

« Je te prie de faire attention aux mots que tu emploies. »

Elle se révolta contre cette indignation :

5230 « Quoi ! tu veux que je prenne des gants pour te parler maintenant ! Tu te conduis avec moi comme un gueux depuis que je te
connais, et tu prétends que je ne te le dise pas ? Tu trompes tout le

monde, tu exploites tout le monde, tu prends du plaisir et de l'argent partout, et tu veux que je te traite comme un honnête homme ? »

Il se leva, et la lèvre tremblante :

« Tais-toi, ou je te fais sortir d'ici. »

Elle balbutia :

« Sortir d'ici... Sortir d'ici... Tu me ferais sortir d'ici... toi... toi ?... »

Elle ne pouvait plus parler, tant elle suffoquait de colère, et brusquement, comme si la porte de sa fureur se fût brisée, elle éclata :

« Sortir d'ici ? Tu oublies donc que c'est moi qui l'ai payé, depuis le premier jour, ce logement-là ! Ah ! oui, tu l'as bien pris à ton compte de temps en temps. Mais qui est-ce qui l'a loué ?... C'est moi... Qui est-ce qui l'a gardé ?... C'est moi... Et tu veux me faire sortir d'ici. Tais-toi donc, vaurien ! Crois-tu que je ne sais pas comment tu as volé à Madeleine la moitié de l'héritage de Vaudrec ? Crois-tu que je ne sais pas comment tu as couché avec Suzanne pour la forcer à t'épouser... »

Il la saisit par les épaules et la secouant entre ses mains :

« Ne parle pas de celle-là ! Je te le défends ! »

Elle cria :

« Tu as couché avec, je le sais. »

Il eût accepté n'importe quoi, mais ce mensonge l'exaspérait. Les vérités qu'elle lui avait criées par le visage lui faisaient passer tout à l'heure des frissons de rage dans le cœur, mais cette fausseté sur cette petite fille qui allait devenir sa femme éveillait dans le creux de sa main un besoin furieux de frapper.

Il répéta :

« Tais-toi... prends garde... tais-toi... » Et il l'agitait comme on agite une branche pour en faire tomber les fruits.

Elle hurla, décoiffée, la bouche grande ouverte, les yeux fous :

« Tu as couché avec ! »

Il la lâcha et lui lança par la figure un tel soufflet qu'elle alla tomber contre le mur. Mais elle se retourna vers lui, et, soulevée sur ses poignets, vociféra encore une fois :

« Tu as couché avec ! »

Il se rua sur elle, et, la tenant sous lui, la frappa comme s'il tapait sur un homme.

Elle se tut soudain et se mit à gémir sous les coups. Elle ne remuait plus. Elle avait caché sa figure dans l'angle du parquet de la muraille, et elle poussait des cris plaintifs.

Il cessa de la battre et se redressa. Puis il fit quelques pas par la pièce pour reprendre son sang-froid ; et, une idée lui étant venue, il passa dans la chambre, emplit la cuvette d'eau froide, et se trempa la tête dedans. Ensuite il se lava les mains, et il revint voir ce qu'elle faisait en s'essuyant les doigts avec soin.

Elle n'avait point bougé. Elle restait étendue par terre, pleurant doucement.

Il demanda :

« Auras-tu bientôt fini de larmoyer ? »

Elle ne répondit pas. Alors il demeura debout au milieu de l'appartement, un peu gêné, un peu honteux en face de ce corps allongé devant lui.

Puis, tout à coup, il prit une résolution, et saisit son chapeau sur la cheminée :

« Bonsoir. Tu remettras la clef au concierge quand tu seras prête. Je n'attendrai pas ton bon plaisir. »

Il sortit, ferma la porte, pénétra chez le portier, et lui dit :

« Madame est restée. Elle s'en ira tout à l'heure. Vous direz au propriétaire que je donne congé pour le 1er octobre. Nous sommes au 16 août, je me trouve donc dans les limites. »

Et il s'en alla à grands pas, car il avait des courses pressées à faire pour les derniers achats de la corbeille.

Le mariage était fixé au 20 octobre, après la rentrée des Chambres. Il aurait lieu à l'église de la Madeleine. On en avait beaucoup jasé sans savoir au juste la vérité. Différentes histoires circulaient. On chuchotait qu'un enlèvement avait eu lieu, mais on n'était sûr de rien.

D'après les domestiques, Mme Walter, qui ne parlait plus à son futur gendre, s'était empoisonnée de colère le soir où cette union avait été décidée, après avoir fait conduire sa fille au couvent, à minuit.

On l'avait ramenée presque morte. Assurément, elle ne se remettrait jamais. Elle avait l'air maintenant d'une vieille femme ; ses cheveux devenaient tout gris : et elle tombait dans la dévotion, communiant tous les dimanches.

Dans les premiers jours de septembre, *La Vie française* annonça que le baron Du Roy de Cantel devenait son rédacteur en chef, M. Walter conservant le titre de directeur.

Alors on s'adjoignit un bataillon de chroniqueurs connus, d'écho tiers, de rédacteurs politiques, de critiques d'art et de théâtre, enlevés à force d'argent aux grands journaux, aux vieux journaux puissants et posés.

Les anciens journalistes, les journalistes graves et respectables ne haussaient plus les épaules en parlant de *La Vie française*. Le succès rapide et complet avait effacé la mésestime des écrivains sérieux pour les débuts de cette feuille.

Le mariage de son rédacteur en chef fut ce qu'on appelle un fait parisien, Georges Du Roy et les Walter ayant soulevé beaucoup de curiosité depuis quelque temps. Tous les gens qu'on cite dans les échos se promirent d'y aller.

Cet événement eut lieu par un jour clair d'automne.

Dès huit heures du matin, tout le personnel de la Madeleine[1], étendant sur les marches du haut perron de cette église qui domine la rue Royale un large tapis rouge, faisait arrêter les passants, annonçait au peuple de Paris qu'une grande cérémonie allait avoir lieu.

Les employés se rendant à leur bureau, les petites ouvrières, les garçons de magasin, s'arrêtaient, regardaient et songeaient vaguement aux gens riches qui dépensaient tant d'argent pour s'accoupler.

Vers dix heures, les curieux commencèrent à stationner. Ils demeuraient là quelques minutes, espérant que peut-être ça commencerait tout de suite, puis ils s'en allaient.

À onze heures, des détachements de sergents de ville arrivèrent et se mirent presque aussitôt à faire circuler la foule, car des attroupements se formaient à chaque instant.

Les premiers invités apparurent bientôt, ceux qui voulaient être bien placés pour tout voir. Ils prirent les chaises en bordure, le long de la nef centrale.

Peu à peu, il en venait d'autres, des femmes qui faisaient un bruit d'étoffes, un bruit de soie, des hommes sévères, presque tous chauves, marchant avec une correction mondaine, plus graves encore en ce lieu.

---

1. **La Madeleine :** c'est l'église mondaine de Paris à cette époque. Elle a été bâtie de 1764 à 1842. En 1806, après la suspension des travaux pendant la Révolution, Napoléon Ier décide de la terminer pour en faire le Temple de la Gloire. L'architecte Pierre Vignon lui donne extérieurement l'aspect d'un temple gréco-romain.

Deuxième partie

L'église s'emplissait lentement. Un flot de soleil entrait par l'immense porte ouverte éclairant les premiers rangs d'amis. Dans le chœur qui se mblait un peu sombre, l'autel couvert de cierges faisait une clarté jaune, humble et pâle en face du trou de lumière de la grande porte.

On se reconnaissait, on s'appelait d'un signe, on se réunissait par groupes. Les hommes de lettres, moins respectueux que les hommes du monde, causaient à mi-voix. On regardait les femmes.

Norbert de Varenne, qui cherchait un ami, aperçut Jacques Rival vers le milieu des lignes de chaises, et il le rejoignit.

« Eh bien, dit-il, l'avenir est aux malins ! » L'autre, qui n'était point envieux, répondit : « Tant mieux pour lui. Sa vie est faite. » Et ils se mirent à nommer les figures aperçues.

Rival demanda :

« Savez-vous ce qu'est devenue sa femme ? »

Le poète sourit :

« Oui et non. Elle vit très retirée, m'a-t-on dit, dans le quartier Montmartre. Mais... il y a un mais... je lis depuis quelque temps dans *La Plume* des articles politiques qui ressemblent terriblement à ceux de Forestier et de Du Roy. Ils sont d'un nommé Jean Le Dol, un jeune homme, beau garçon, intelligent, de la même race que notre ami Georges, et qui a fait la connaissance de son ancienne femme. D'où j'ai conclu qu'elle aimait les débutants et les aimerait éternellement. Elle est riche d'ailleurs. Vaudrec et Laroche-Mathieu n'ont pas été pour rien les assidus de la maison. »

Rival déclara :

« Elle n'est pas mal, cette petite Madeleine. Très fine et très rouée ! Elle doit être charmante au découvert. Mais, dites-moi, comment se fait-il que Du Roy se marie à l'église après un divorce prononcé ? »

Norbert de Varenne répondit :

« Il se marie à l'église parce que, pour l'Église, il n'était pas marié, la première fois.

– Comment ça ?

– Notre Bel-Ami, par indifférence ou par économie, avait jugé la mairie suffisante en épousant Madeleine Forestier. Il s'était donc passé de bénédiction ecclésiastique, ce qui constituait, pour notre Sainte Mère l'Église, un simple état de concubinage. Par conséquent, il arrive devant elle aujourd'hui en garçon, et elle lui prête toutes ses pompes, qui coûteront cher au père Walter. »

5380 La rumeur de la foule accrue grandissait sous la voûte. On entendait des voix qui parlaient presque haut. On se montrait des hommes célèbres, qui posaient, contents d'être vus, et gardant avec soin leur maintien adopté devant le public, habitués à se montrer ainsi dans toutes les fêtes dont ils étaient, leur semblait-il, les indispensables
5385 ornements, les bibelots d'art.

Rival reprit :

« Dites donc, mon cher, vous qui allez souvent chez le Patron, est-ce vrai que Mme Walter et Du Roy ne se parlent jamais plus ?

– Jamais. Elle ne voulait pas lui donner la petite. Mais il tenait le père
5390 par des cadavres découverts, paraît-il, des cadavres enterrés au Maroc. Il a donc menacé le vieux de révélations épouvantables. Walter s'est rappelé l'exemple de Laroche-Mathieu et il a cédé tout de suite. Mais la mère, entêtée comme toutes les femmes, a juré qu'elle n'adresserait plus la parole à son gendre. Ils sont rudement drôles, en face l'un de l'autre.
5395 Elle a l'air d'une statue, de la statue de la Vengeance, et il est fort gêné, lui, bien qu'il fasse bonne contenance, car il sait se gouverner, celui-là ! »

Des confrères venaient leur serrer la main. On entendait des bouts de conversations politiques. Et vague comme le bruit d'une mer lointaine, le grouillement du peuple amassé devant l'église entrait
5400 par la porte avec le soleil, montait sous la voûte, au-dessus de l'agitation plus discrète du public d'élite massé dans le temple.

Tout à coup le suisse frappa trois fois le pavé du bois de sa hallebarde. Toute l'assistance se retourna avec un long frou-frou de jupes et un remuement de chaises. Et la jeune femme apparut, au bras de
5405 son père, dans la vive lumière du portail.

Elle avait toujours l'air d'un joujou, d'un délicieux joujou blanc coiffé de fleurs d'oranger.

Elle demeura quelques instants sur le seuil, puis, quand elle fit son premier pas dans la nef, les orgues poussèrent un cri puissant,
5410 annoncèrent l'entrée de la mariée avec leur grande voix de métal.

Elle s'en venait, la tête baissée, mais point timide, vaguement émue, gentille, charmante, une miniature d'épousée. Les femmes souriaient et murmuraient en la regardant passer. Les hommes chuchotaient : « Exquise, adorable. » M. Walter marchait avec une
5415 dignité exagérée, un peu pâle, les lunettes d'aplomb sur le nez.

Derrière eux, quatre demoiselles d'honneur, toutes les quatre vêtues de rose et jolies toutes les quatre, formaient une cour à ce bijou de reine. Les garçons d'honneur, bien choisis, conformes au type, allaient d'un pas qui semblait réglé par un maître de ballet.

5420 Mme Walter les suivait, donnant le bras au père de son autre gendre, au marquis de Latour-Yvelin, âgé de soixante-douze ans. Elle ne marchait pas, elle se traînait, prête à s'évanouir à chacun de ses mouvements en avant. On sentait que ses pieds se collaient aux dalles, que ses jambes refusaient d'avancer, que son cœur battait dans sa
5425 poitrine comme une bête qui bondit pour s'échapper.

Elle était devenue maigre. Ses cheveux blancs faisaient paraître plus blême encore et plus creux son visage.

Elle regardait devant elle pour ne voir personne, pour ne songer, peut-être, qu'à ce qui la torturait.

5430 Puis Georges Du Roy parut avec une vieille dame inconnue. Il levait la tête sans détourner non plus ses yeux fixes, durs, sous ses sourcils un peu crispés. Sa moustache semblait irritée sur sa lèvre. On le trouvait fort beau garçon. Il avait l'allure fière, la taille fine, la jambe droite. Il portait bien son habit que tachait, comme une
5435 goutte de sang, le petit ruban rouge de la Légion d'honneur.

Puis venaient les parents, Rose avec le sénateur Rissolin. Elle était mariée depuis six semaines. Le comte de Latour-Yvelin accompagnait la vicomtesse de Percemur.

Enfin ce fut une procession bizarre des alliés ou amis de Du Roy
5440 qu'il avait présentés dans sa nouvelle famille, gens connus dans l'entremonde parisien qui sont tout de suite les intimes, et, à l'occasion, les cousins éloignés des riches parvenus, gentilshommes déclassés, ruinés, tachés, mariés parfois, ce qui est pis. C'étaient M. de Belvigne, le marquis de Banjolin, le comte et la comtesse de Ravenel, le duc de
5445 Ramorano, le prince de Kravalow, le chevalier Valréali, puis des invités de Walter, le prince de Guerche, le duc et la duchesse de Ferracine, la belle marquise des Dunes. Quelques parents de Mme Walter gardaient un air comme il faut de province, au milieu de ce défilé.

Et toujours les orgues chantaient, poussaient par l'énorme monu-
5450 ment les accents ronflants et rythmés de leurs gorges puissantes, qui crient au ciel la joie ou la douleur des hommes. On referma les grands battants de l'entrée, et, tout à coup, il fit sombre comme si on venait de mettre à la porte le soleil.

Maintenant Georges était agenouillé à côté de sa femme dans
5455 le chœur, en face de l'autel illuminé. Le nouvel évêque de Tanger,

crosse en main, mitre en tête, apparut, sortant de la sacristie, pour les unir au nom de l'Éternel.

Il posa les questions d'usage, échangea les anneaux, prononça les paroles qui lient comme des chaînes, et il adressa aux nouveaux époux une allocution chrétienne. Il parla de fidélité, longuement, en termes pompeux. C'était un gros homme de grande taille, un de ces beaux prélats chez qui le ventre est une majesté.

Un bruit de sanglots fit retourner quelques têtes. Mme Walter pleurait, la figure dans ses mains.

Elle avait dû céder. Qu'aurait-elle fait ? Mais depuis le jour où elle avait chassé de sa chambre sa fille revenue, en refusant de l'embrasser, depuis le jour où elle avait dit à voix très basse à Du Roy, qui la saluait avec cérémonie en reparaissant devant elle : « Vous êtes l'être le plus vil que je connaisse, ne me parlez jamais plus, car je ne vous répondrai point ! » elle souffrait une intolérable et inapaisable torture. Elle haïssait Suzanne d'une haine aiguë, faite de passion exaspérée et de jalousie déchirante, étrange jalousie de mère et de maîtresse, inavouable, féroce, brûlante comme une plaie vive.

Et voilà qu'un évêque les mariait, sa fille et son amant, dans une église, en face de deux mille personnes, et devant elle ! Et elle ne pouvait rien dire ? Elle ne pouvait pas empêcher cela ? Elle ne pouvait pas crier : « Mais il est à moi, cet homme, c'est mon amant. Cette union que vous bénissez est infâme. »

Plusieurs femmes, attendries, murmurèrent : « Comme la pauvre mère est émue. »

L'évêque déclamait : « Vous êtes parmi les heureux de la terre, parmi les plus riches et les plus respectés. Vous, monsieur, que votre talent élève au-dessus des autres, vous qui écrivez, qui enseignez, qui conseillez, qui dirigez le peuple, vous avez une belle mission à remplir, un bel exemple à donner... »

Du Roy l'écoutait, ivre d'orgueil. Un prélat de l'Église romaine lui parlait ainsi, à lui. Et il sentait, derrière son dos, une foule, une foule illustre venue pour lui. Il lui semblait qu'une force le poussait, le soulevait. Il devenait un des maîtres de la terre, lui, lui, le fils des deux pauvres paysans de Canteleu.

Il les vit tout à coup dans leur humble cabaret, au sommet de la côte, au-dessus de la grande vallée de Rouen, son père et sa mère, donnant à boire aux campagnards du pays. Il leur avait envoyé cinq

mille francs en héritant du comte de Vaudrec. Il allait maintenant
5495 leur en envoyer cinquante mille ; et ils achèteraient un petit bien. Ils
seraient contents, heureux.

L'évêque avait terminé sa harangue. Un prêtre vêtu d'une étole
dorée montait à l'autel. Et les orgues recommencèrent à célébrer la
gloire des nouveaux époux.

5500 Tantôt elles jetaient des clameurs prolongées, énormes, enflées
comme des vagues, si sonores et si puissantes, qu'il semblait qu'elles
dussent soulever et faire sauter le toit pour se répandre dans le ciel
bleu. Leur bruit vibrant emplissait toute l'église, faisait frissonner la
chair et les âmes. Puis tout à coup elles se calmaient ; et des notes
5505 fines, alertes, couraient dans l'air, effleuraient l'oreille comme des
souffles légers ; c'étaient de petits chants gracieux, menus, sautillants,
qui voletaient ainsi que des oiseaux ; et soudain, cette coquette musique
s'élargissait de nouveau, redevenant effrayante de force et d'ampleur,
comme si un grain de sable se métamorphosait en un monde.

5510 Puis des voix humaines s'élevèrent, passèrent au-dessus des
têtes inclinées. Vauri et Landeck, de l'Opéra, chantaient. L'encens
répandait une odeur fine de benjoin, et sur l'autel le sacrifice divin
s'accomplissait ; l'Homme-Dieu, à l'appel de son prêtre, descendait
sur la terre pour consacrer le triomphe du baron Georges Du Roy.

5515 Bel-Ami, à genoux à côté de Suzanne, avait baissé le front. Il se
sentait en ce moment presque croyant, presque religieux, plein de
reconnaissance pour la divinité qui l'avait ainsi favorisé, qui le traitait avec ces égards. Et sans savoir au juste à qui il s'adressait, il la
remerciait de son succès.

5520 Lorsque l'office fut terminé, il se redressa, et donnant le bras à
sa femme, il passa dans la sacristie. Alors commença l'interminable
défilé des assistants. Georges, affolé de joie, se croyait un roi qu'un
peuple venait acclamer. Il serrait des mains, balbutiait des mots qui
ne signifiaient rien, saluait, répondait aux compliments : « Vous êtes
5525 bien aimable. »

Soudain il aperçut Mme de Marelle ; et le souvenir de tous les
baisers qu'il lui avait donnés, qu'elle lui avait rendus, le souvenir de
toutes leurs caresses, de ses gentillesses, du son de sa voix, du goût
de ses lèvres, lui fit passer dans le sang le désir brusque de la reprendre.
5530 Elle était jolie, élégante, avec son air gamin et ses yeux vifs. Georges
pensait : « Quelle charmante maîtresse, tout de même. »

Elle s'approcha un peu timide, un peu inquiète, et lui tendit la main. Il la reçut dans la sienne et la garda. Alors il sentit l'appel discret de ses doigts de femme, la douce pression qui pardonne et reprend. Et lui-même il la serrait, cette petite main, comme pour dire : « Je t'aime toujours, je suis à toi ! »

Leurs yeux se rencontrèrent, souriants, brillants, pleins d'amour. Elle murmura de sa voix gracieuse : « À bientôt, monsieur. »

Il répondit gaiement : « À bientôt, madame. »

Et elle s'éloigna.

D'autres personnes se poussaient. La foule coulait devant lui comme un fleuve. Enfin elle s'éclaircit. Les derniers assistants partirent. Georges reprit le bras de Suzanne pour retraverser l'église.

Elle était pleine de monde, car chacun avait regagné sa place, afin de les voir passer ensemble. Il allait lentement, d'un pas calme, la tête haute, les yeux fixés sur la grande baie ensoleillée de la porte. Il sentait sur sa peau courir de longs frissons, ces frissons froids que donnent les immenses bonheurs. Il ne voyait personne. Il ne pensait qu'à lui.

Lorsqu'il parvint sur le seuil, il aperçut la foule amassée, une foule noire, bruissante, venue là pour lui, pour lui Georges Du Roy. Le peuple de Paris le contemplait et l'enviait.

Puis, relevant les yeux, il découvrit là-bas, derrière la place de la Concorde, la Chambre des députés. Et il lui sembla qu'il allait faire un bond du portique de la Madeleine au portique du Palais-Bourbon[1].

Il descendit avec lenteur les marches du haut perron entre deux haies de spectateurs. Mais il ne les voyait point ; sa pensée maintenant revenait en arrière, et devant ses yeux éblouis par l'éclatant soleil flottait l'image de Mme de Marelle rajustant en face de la glace les petits cheveux frisés de ses tempes, toujours défaits au sortir du lit.

---

1. **Palais-Bourbon :** on peut voir là un défi semblable à celui que Rastignac lance à Paris, « À nous deux, maintenant ! » à la fin du *Père Goriot*, de Balzac.

Estampe de Ferdinand Bac pour *Bel-Ami*,
Bibliothèque nationale de France, Paris.

POUR
APPROFONDIR

Clefs de lecture

L'incipit du roman

Première partie, chapitre I

*De « Quand la caissière... » (l. 1)
à « ... soldat tombé dans le civil. » (l. 125)*

p. 22 à 25

Compréhension

Présentation de Georges Duroy

- Relever le nom du héros, le lieu, et la date de l'action.
- Relever les détails qui renseignent sur le métier que faisait Duroy et sur sa vie passée.

Le changement de focalisation

- Repérer au début du texte la focalisation zéro (voir « Outils de lecture », p. 394), point de vue du narrateur omniscient, puis délimiter le glissement de cette focalisation zéro à la focalisation interne (œil de Duroy). Justifier ce choix.

Un homme démuni en proie à une obsession

- Relever les deux champs lexicaux qui interfèrent dans cet extrait, révélant ainsi le manque qui obsède Duroy pour satisfaire un désir immédiat que vous nommerez.

Analyse

Un séduisant prédateur

- Analyser la comparaison : « un de ces regards de joli garçon, qui s'étendent comme des coups d'épervier » (deuxième paragraphe).
- Mettre en relation cette comparaison avec le troisième paragraphe, puis avec le titre du roman, pour prévoir le comportement de Duroy avec les femmes.

Pour approfondir

▌ *Dominer pour réussir*

• Analyser le comportement de Duroy sur le trottoir et dans la rue.
• Interpréter ces indices pour les mettre en relation avec l'ascension du héros.

À *retenir* :

Cet incipit (voir « Outils de lecture », p. 395) est caractéristique du roman réaliste. Qui ? où ? et quand ? sont les questions auxquelles doit répondre d'entrée de jeu le narrateur pour donner à ses lecteurs « l'illusion de réel » défini par Maupassant dans la « Préface » de Pierre et Jean.*
Quand le narrateur commence son récit au milieu d'une vie (in medias res), comme ici, il lui faut souvent faire une rapide analepse (voir « Outils de lecture », p. 392), qui renseigne le lecteur sur le passé du personnage et donne une épaisseur au récit.

Du « Je est un autre » au double rêvé et parfait

Première partie, chapitre II
De « Il montait... » (l. 530)
à « ... il sonna. » (l. 567)

p. 37 à 38

Compréhension

▌ *Modes de focalisation et de discours rapportés*

• Délimiter le glissement des focalisations.
• Relever trois exemples de discours rapportés au style indirect (quatrième paragraphe), indirect libre et direct (septième paragraphe).

▌ *De la morosité à la joie*

• Relever les verbes qui décrivent la montée de l'escalier et les trois paliers ornés de miroirs, dont vous dégagerez la fonction.

Pour approfondir

Analyse

▌ La construction progressive d'un moi triomphant

- Commenter les transformations de l'image reflétée de Duroy dans son petit miroir et les trois grands miroirs de l'escalier des Forestier tout au long du roman (dans ce passage, puis dans la deuxième partie chapitre II, p. 200, et chapitre VI, p. 275). De quel ordre sont-elles ?

▌ Les atouts de l'arriviste Duroy

- Analyser les motifs de la jubilation progressive qui saisit Duroy et l'ambiguë formule : « Voilà une excellente invention. »

À retenir :

Le thème du double, qui apparaît souvent dans un miroir, est un motif cher à Maupassant (voir Le Horla). Dans Bel-Ami cependant, le miroir ne sert pas seulement à révéler ce double, mais aussi les transformations de Duroy, son épanouissement, de sa sordide chambre meublée à l'escalier des Forestier, dont les miroirs reflètent progressivement un « homme du monde », puis enfin des « millionnaires qui passent » (avec Madeleine). Cette glorieuse montée d'escalier préfigure donc l'éclatante réussite sociale du héros.

Une scène d'amour traitée avec ironie

Première partie, chapitre V,

De : « Tout à coup… » (l. 2451)
à « … je saurai bien la garder.» (l. 2486)

p. 90 à 91

Compréhension

▌ Une bonne comédienne

- Étudier le sens du « mouvement de pied… d'appel peut-être » de Mme de Marelle et du « comme si » du deuxième paragraphe.

Un amant courtois ridiculement décalé

- Chercher dans le troisième paragraphe l'effet comique produit par les verbes « remercier », « bénir » et « exprimer son amour reconnaissant » après cette conquête pour le moins brutale.

Un amant ahuri et comblé

- Étudier le septième paragraphe, constitué par un discours indirect libre : « Il en tenait une, une femme... ».
- Étudier ce que révèlent les cinq points d'exclamation, et quels traits du caractère de Duroy ils soulignent.
- Repérer, définir et commenter les différents registres utilisés dans cette scène de séduction rapide et brutale.

Analyse

Du ravissement naïf...

- Analyser, dans le dernier paragraphe, la conception toute livresque que se faisait Duroy de la façon de conquérir une « femme du monde [...] du vrai monde ». Dégager l'effet produit par le verbe « il s'était imaginé » introduisant le discours rapporté indirect.
- Analyser cette parodie de la « Carte du Tendre » de Mlle de Scudéry, qui révèle la conception de l'amour d'une précieuse du XVIIe siècle. Elle présente un parcours symbolique, fait de multiples et longs devoirs que le parfait amant doit rendre à l'aimée. Dresser la liste de ces devoirs selon Duroy.

... à la lucidité

- Analyser la stupéfaction grandissante de Duroy : pourquoi Clotilde n'est-elle pas une femme du « vrai monde » ?
- Analyser l'emploi du verbe « tenir » appliqué à Mme de Marelle, deux fois réitéré, qui révèle la position de Duroy à l'égard de toute femme (très éloignée de celle de l'amant précieux !)

Pour approfondir

À retenir :

Dans cet extrait, comme souvent, le romancier est très habile à passer d'un point de vue à un autre, à mêler les trois formes de discours rapportés, substrats ici de l'ironie du narrateur. Maupassant réécrit ici l'épisode du fiacre de Madame Bovary, *de Flaubert (troisième partie, chapitre I).*

Une promenade au bois de Boulogne

Première partie, chapitre VI

De « Duroy marchait lentement… » (l. 4100)
à « … de même ordre. » (l. 4151)

p. 135 à 136

Compréhension

▌ *Un journaliste au fait de tous les potins*

- Mettre en rapport la profession de « chef des Échos » de Duroy et le fait qu'il connaisse la vie privée et les malversations de tous les riches Parisiens.

▌ *Une vision cynique des « riches du monde »*

- Examiner les jugements oraux que prononce Duroy sur les « amazones » puis sur les cavaliers et qualifier sa vision des « riches du monde ».
- Relever, en sus de leur richesse mal acquise, la liste de leurs défauts.
- Dégager le champ lexical de l'argent sale, source de cette richesse.

Analyse

▌ *Le pessimisme de Bel-Ami*

- Interpréter la nature du rire de Duroy se réjouissant de « l'éternelle et profonde infamie de l'homme ».

▌ *Bel-Ami et la courtisane : une relation gémellaire*

- Analyser la considération manifestée par Duroy à la courtisane.
- Interpréter et commenter le « quelque chose de commun » précisé par « même race », « même âme », « avec des procédés… de même ordre ». Dire pour quelle raison cette découverte lui procure « un cœur chaud de satisfaction ».

Pour approfondir

> **À retenir :**
>
> *Par son ironie décapante, ce passage illustre, comme beaucoup d'autres, la vision pessimiste de Maupassant. Il dénonce l'« infamie de l'homme », celle du cynique Duroy, de la courtisane et de tous ces parvenus qui réussissent et se pavanent au bois de Boulogne grâce au commerce du sexe, à la corruption liée à l'argent et à des procédés illégaux et immoraux.*

De la lucidité au délire

Première partie, chapitre VII

De : « Il se mit à raisonner... » (l. 4550)
à « ... pour regarder dehors. » (l. 4575)

p. 147 à 148

Compréhension

▎ *Une introspection terrifiante*

- Repérer dans le deuxième paragraphe les trois termes qui montrent le crescendo de la peur.

▎ *Entrée dans la conscience de Duroy*

- Relever les deux fragments de discours directs dans les deux premiers paragraphes.
- Identifier ensuite, dans les deuxième et troisième paragraphes, les paroles de Duroy rapportées au style indirect libre. Spécifier la valeur des verbes au conditionnel (mode ou temps) et justifier.

Analyse

▎ *Le thème du double*

- Analyser tous les phénomènes qui contribuent à la perturbation des sens de Duroy, à son angoisse de ne pas se reconnaître dans sa glace.
- Noter les deux aspects de son visage qu'il ne reconnaît pas et les connotations attribuées à cette pâleur.

Pour approfondir

▌ *L'apparition du fantastique*

- Analyser comment le narrateur est parti d'un récit réaliste pour passer à un récit fantastique où Duroy voit son double gisant sur le lit.
- Chercher par quel procédé le narrateur va opérer pour écarter « l'étrange inquiétude » par un retour au réel.

> ### À retenir :
>
> *Dans ce texte, Maupassant franchit le passage du réalisme au fantastique :*
> « *Dans un univers qui est bien le nôtre se produit un événement qui ne peut s'expliquer par des lois de ce même monde familier [...] ou bien il s'agit d'une illusion des sens... ou bien il est partie intégrante de la réalité, mais alors cette réalité est régie par des lois inconnues de nous. Le fantastique occupe le temps de cette incertitude.* » *(Todorov,* Introduction à la littérature fantastique, *1976).*

Pour approfondir

Vision panoramique de la vallée de Rouen

Deuxième partie, chapitre I

De « Madeleine, fatiguée... » (l. 556)
à « ... chapelet verdoyant. » (l. 596)

p. 192 à 193

Compréhension

▌ *Le changement de focalisation*

- Repérer par quels regards passe la vision de Rouen.
- Observer le début des premier, deuxième et quatrième paragraphes. En déduire le point de vue adopté et la focalisation choisie pour regarder le panorama.
- Observer ensuite l'apparition de « on » remplaçant « ils » au quatrième paragraphe, en déduire le nouveau point de vue adopté, et le justifier.

▌ *Le panorama vu de la diligence*

• Relever dans le cinquième paragraphe les connecteurs (voir « Outils de lecture », p. 394). Montrer qu'ils localisent d'abord Rouen, ville gothique, puis Rouen, ville industrielle, par rapport à « la vallée et à son fleuve », qui est le thème-titre de cette description, ou hypéronyme (voir « Outils de lecture », « description », p. 394).

Analyse

▌ *Rouen, ville d'art et ville industrielle*

• Analyser la comparaison de Maupassant entre l'architecture égyptienne, l'architecture gothique et l'architecture industrielle de la fin du xixᵉ siècle : qu'ont-elles de commun ?

▌ *Le point de vue du narrateur sur la « modernité »*

• Dire la position du narrateur à l'égard de la « modernité » (notion apparue en France dans la seconde moitié du xixᵉ siècle pour désigner une évolution culturelle littéraire et artistique).

À retenir :

• *Ce passage présente la structure suivante, qui est la structure classique d'un texte descriptif : personnage(s) [Madeleine et Georges (= ils), remplacés ensuite par « on »] + notation d'une pause narrative (« Ils venaient de s'arrêter ») + verbe de perception (« regarde ») + mention d'un milieu favorable à la description (« endroit renommé pour la vue ») + objet à décrire (« l'immense vallée »).*

• *Les trois fonctions de ce passage sont celles de toute description réaliste :*
– mimer le réel (vue sur l'espace géographique et urbain) ;
– dispenser un savoir (architecture de la pyramide, des églises gothiques, des usines vers 1880) ;
– donner du sens grâce à des indices (célébration du travail humain à travers les siècles).

Pour approfondir

Madeleine vaincue par le charme de son mari

Deuxième partie, chapitre II

De « Madeleine s'appuya... » (l. 930)
à « ...vous éclairez la route.» (l. 969)

p. 202 à 203

Compréhension

▍ *Un couple de journalistes en symbiose*

- Repérer la complémentarité nécessaire pour la rédaction de l'article en dressant deux champs lexicaux : celui de l'attaque politique, qui intéresse Duroy, et celui du style, qui intéresse Madeleine (depuis « Elle avait des traits piquants... » à « ... affirmé »).

- Relever au début de chaque paragraphe les alternances régulières des noms ou prénoms, des pronoms personnels *(elle, il)*. Dans le dixième paragraphe (depuis : « Quand leur article... » à « ... leurs corps »), repérer l'emploi du pronom *ils*. Tirer une conclusion de ce jeu des pronoms.

▍ *L'évolution des rapports de force*

- Observer les positions respectives des deux protagonistes au début puis à la fin de cet extrait. Qui domine maintenant dans ce couple ?

Analyse

▍ *Complicité intellectuelle et sensuelle du couple*

- Commenter le « regard allumé » de Duroy et l'effet produit sur la femme libre et libérée que prétend être Madeleine.

- Analyser le dialogue final : l'ordre de Duroy (« dodo »), puis l'impératif de Madeleine (« Passez ») suivi de l'apostrophe « mon maître ».

- Nommer le ton, le registre sur lequel Madeleine prononce cette dernière réplique : de qui se moque cette femme si lucide ?

Pour approfondir

▎ Une domination contestée

- Expliquer pourquoi cette scène, qui paraît heureuse, préfigure le triomphe de Georges et la chute de Madeleine.

À retenir :

Maupassant donne ici une leçon de journalisme : cet extrait illustre le précepte selon lequel un bon journaliste doit respecter la classique alliance de la forme (le style) et du fond (le contenu).

Madeleine use d'un style brillant, de « traits piquants », « venimeux ». Duroy, lui, élabore un « plan de campagne » politique, lance une « attaque » et immisce des « sous-entendus ». Ainsi peuvent-ils se compléter et juger leur article « admirable ».

Une maîtresse passionnée et prête à tout

Deuxième partie, chapitre V

De « Et elle se mit, doucement... » (l. 2910) à « ... profiter de ça. » (l. 2956)

p. 256 à 257

p. 256 à 257

Pour approfondir

Compréhension

▎ Mme Walter trahit des secrets politico-financiers

- Repérer qui est désigné par les pronoms personnels sans référent :
  – *on* dans le premier paragraphe (« on préparait », « on se servait de lui ») ;
  – *ils* dans le sixième paragraphe (« ce qu'ils ont fait »).
  Dans quel paragraphe le pronom *ils* est-il clairement identifié ?
- Dire pourquoi Mme Walter élude les noms de Walter et de Laroche-Mathieu pour les remplacer par les pronoms *ils* et *on* (de « – Eh bien voilà... » à « indiscrétion. »).

Une révélation reportée pour plus de suspens

- Dire pourquoi les deux premières phrases du quatrième paragraphe (« Enfin, la veille... dans l'ombre. »), au style indirect libre, sont à mettre au compte de Duroy.

- Identifier, puis commenter et justifier le changement de focalisation et de point de vue qui suivent.

Analyse

La fausse dévote se démasque

- Dans « nos amis », chercher la valeur de l'adjectif possessif, dans lequel s'inclut Mme Walter.

- Analyser, dans le dixième paragraphe (« Elle avait... sourire. »), la raison pour laquelle elle trahit son mari, s'intéresse à la politique et aux malversations boursières.

- Relever le segment de phrase qui montre cependant sa lucidité. Dire comment le narrateur révèle qu'elle n'est ni une vraie chrétienne ni une femme du monde.

Une révélation importante

- Commenter les deux dernières répliques de Duroy : relever la vulgarité de son registre de langue, nommer ses réactions successives et montrer qu'elles ne seront pas sans effet dans l'avenir.

À retenir :

Le registre de langue vulgaire, fréquent dans les romans réalistes du XIXᵉ siècle, est adapté le plus souvent au milieu dont sont issus les personnages. Dans Bel-Ami, seul Duroy l'utilise. Il dévoile ainsi sa grossièreté naturelle, son ingratitude, son cynisme. Quant au narrateur, il utilise, lui, toujours une langue châtiée, élégamment classique.

Pour approfondir

Une jeune fille en fleurs cueillie par un gredin

Deuxième partie, chapitre VIII

De « Tout le long de la vasque... » (l. 4300)
à « Le journaliste était parti. » (l. 4388)

p. 294 à 297

Compréhension

Une étrange inquiétude

- Dresser le champ lexical qui fait de ces poissons chinois des « petits monstres ».

- Rassembler tous les mots ou expressions qui constituent le champ lexical du rouge et énumérer toutes les connotations qui lui sont associées.

- Observer les postures de Georges et de Suzanne qui se regardent, images inversées, dans l'eau, jusqu'au moment où, seule, Suzanne se redresse.

Une déclaration stéréotypée

- Relever dans cet extrait toutes les phrases montrant que la même déclaration d'amour, les mêmes comportements sont adoptés par Duroy pour séduire la mère et la fille (voir deuxième partie, chapitres III, p. 231-232, et VIII, p. 295-296).

Analyse

Un discours médiocre mais un séducteur efficace

- Analyser les raisons pour lesquelles Virginie et Suzanne se laissent séduire.

- Analyser la sincérité de la jeune fille. Comparez le ton de sa déclaration à celui de la déclaration de Georges.

- Expliquer les raisons qui poussent Duroy à s'enfuir.

Pour approfondir

Une jeune fille inquiète

- Analyser comment on est passé de l'union des deux jeunes gens à leur disjonction.
- Analyser le sentiment de malaise qu'éprouve Suzanne devant la voracité des poissons : l'assimile-t-elle inconsciemment à celle de Georges ?

À retenir :

Cette scène dont Georges sort triomphant, prêt à réaliser son projet (divorce avec Madeleine, rupture avec Mme Walter, mariage avec Suzanne), est importante pour l'action.

Elle est en outre originale. Maupassant a su y susciter le sentiment d'« étrange inquiétude » lié au genre fantastique, en mettant en scène des poissons voraces, et en créant une atmosphère finale lourde.

Volupté, jalousie et désir de mort

Deuxième partie, chapitre IX

De « Quand Mme Walter entra... » (l. 5116)
à « ... leur horrible amour. » (l. 5154)

p. 317 à 318

Compréhension

Une dévote éperdue d'amour

- Relever le champ lexical de la dévotion.
- Relever le champ lexical de la passion amoureuse.
- Mettre ces deux champs lexicaux en rapport.

Des hallucinations

- Relever les hallucinations à caractère érotique générées par Mme Walter dans les cinquième et sixième paragraphes.

Analyse

▌ Des plantes de serre à l'influence pernicieuse

- Analyser, dans les deux premiers paragraphes, comment l'atmosphère du jardin réagit sur le corps et l'esprit de Mme Walter.

▌ Une jalousie délirante

- Analyser les raisons qui amènent Mme Walter à des hallucinations :
  – où elle confond le portrait du Christ avec la personne de Georges Duroy ;
  – où elle imagine une scène érotique dont son amant et sa fille sont les acteurs, puis se voit étrangler Suzanne.
- Expliquer les sens possibles de son cri et de sa chute finale.

À retenir :

Maupassant, par l'outrance du registre pathétique et du délire de Mme Walter, dénonce ici implicitement la passion et ses ravages. C'est l'une des raisons pour lesquelles il invente et détaille cette scène sans incidence sur l'action. L'autre raison est que l'étude de la maladie mentale, qui génère des visions fantastiques, l'a toujours fasciné (voir Un fou ? *et* Le Horla).

L'apothéose

Deuxième partie, chapitre X

De « D'autres personnes se poussaient... »
(l. 5541) *à « au sortir du lit. »* (l. 5561)

p. 329

Compréhension

▌ Duroy, mégalomane acclamé

- Chercher dans ce passage tous les verbes dont le sujet est le pronom personnel « il » représentant Duroy. Formuler la raison de ce choix.
- Relever toutes les expressions désignant la foule. Que penser d'elle ?

Pour approfondir

Une faille ?

- Observer une faille chez ce mégalomane. De quoi – ou de qui – rêve-t-il à la sortie de son triomphe ? Outre l'orgueil, quel autre sentiment le héros éprouve-t-il ?

Analyse

Duroy, ivre d'orgueil

- Interpréter les phrases : « Il ne voyait personne. Il ne pensait qu'à lui. »

Le rêve de gloire se poursuit

- Interpréter le sens de la marche lente de Duroy, « les yeux levés vers la grande baie ensoleillée ».
- Interpréter l'image de l'avant-dernier paragraphe : « il allait faire un bond du portique de la Madeleine au portique du Palais-Bourbon ».
- Comparer brièvement le début (l'incipit) et la fin du roman.

Un indice pour la suite ?

- Analyser ce que présage, à la fin de la cérémonie, l'image de Clotilde « au sortir du lit ».

À retenir :

Dans tout roman, il existe une solidarité entre l'incipit et le dénouement. Dans Bel-Ami, l'incipit présente un jeune homme démuni et assoiffé de pouvoir, et le dénouement, un héros triomphant, ivre de désirs et rêvant de la députation.

Le roman se clôt donc sur une ouverture : Duroy va-t-il réussir ou échouer ? Au lecteur de jouer avec la « logique du récit » et « ses possibles narratifs » (Claude Brémond). Soit Duroy continue sa fulgurante ascension, soit il est brisé (par exemple, Suzanne, à « l'esprit malin et agile», trompée avec Clotilde, se venge, divorce, etc.).

supposons que vous adressez à un ami vos impressions,

Bel-Ami rédige un article avec Madeleine Forestier,
illustration de Ferdinand Bac pour l'édition de 1908.

Genre, action, personnages

Le genre

▌Qu'est qu'un genre ?

Aristote (384-322 av. J.-C.) avait opéré dans la *Poétique* un classement de textes regroupés selon quelques traits communs. Il avait ainsi défini trois genres : l'épopée, la poésie et le drame. Ils ont évolué depuis, et les trois principaux que nous connaissons aujourd'hui sont le roman, le théâtre et la poésie. On y a adjoint l'essai.

Un genre répond donc à un ensemble de règles qui peuvent orienter la compréhension du lecteur et lui faciliter une réception appréciative. Cependant, un auteur peut suivre scrupuleusement ces règles ou au contraire les transgresser. Ainsi, il est plus difficile actuellement de parler de genre tant les combinaisons se multiplient, chaque genre s'organisant en sous-genres. Dès Baudelaire, et au XXᵉ siècle, particulièrement sous la vogue du « Nouveau Roman », la transgression des genres est devenue un poncif de la « modernité ». Le lectorat se modifie sans cesse, et les auteurs et éditeurs s'adaptent à son attente.

▌Bel-Ami, *roman réaliste*

À sa parution, critiques et lecteurs reçoivent *Bel-Ami* comme un roman réaliste. En effet, le monde qu'il présente s'impose à eux comme une réalité. L'argent, la politique, le journalisme sont des thèmes déjà abordés par Balzac. Les personnages, qui incarnent certaines passions et certains vices, sont « vraisemblables », tant le romancier s'applique à leur donner un physique et un caractère propres. C'est aussi l'expérience de l'auteur, qui a vécu en tant que journaliste les dessous de « l'affaire tunisienne » et son malhonnête montage politico-financier, qui lui permet d'exposer « l'affaire marocaine » dans le roman.

▌Bel-Ami, *roman autobiographique*

Bel-Ami est bien une fiction et non un roman autobiographique. Pourtant, Maupassant dote son héros de sa prestance avantageuse, de sa belle moustache conquérante, de son goût pour les femmes, de ses angoisses aussi. De plus, ils ont des expériences communes : Normands montés à Paris, d'abord fonctionnaires sans éclat dans des ministères, leur talent de journaliste leur assurera ensuite la célébrité.

▌Bel-Ami, *roman de formation ou d'apprentissage*

Le thème de l'ascension sociale d'un jeune héros non dépourvu de charme est une composante essentielle de nombreux romans du XIXᵉ siècle. Ce sous-genre s'inscrit dans le droit-fil du roman picaresque, né en Espagne au XVIᵉ siècle, et dont s'était aussi inspiré Marivaux dans *Le Paysan parvenu* (1735). Les deux héros, Jacob et Georges, ont d'ailleurs beaucoup de traits communs, dont notamment une puissante volonté de parvenir par tous les moyens (séduction des femmes, cynisme, amoralité) et une grande facilité d'adaptation. Duroy certes est aidé par plusieurs guides : Forestier d'abord, puis sa femme Madeleine et Clotilde de Marelle, et enfin Virginie Walter. Mais il a très vite la maîtrise de son apparence extérieure, des codes mondains, et la facilité de s'exprimer dans les salons. Ce militaire, incapable de rédiger sans l'aide de Madeleine son premier article, devient rapidement un fin analyste de la situation politique. De mois en mois, parvenir grâce aux femmes lui paraît de plus en plus essentiel et facile. Il lui faudra abandonner « l'intrigante » Madeleine, qui devient « un boulet à son pied », pour conquérir la fille du « patron », une des plus riches héritières de Paris : ce mariage avec Suzanne est son « apothéose ». *Bel-Ami* se présente donc comme un roman d'apprentissage qui suit l'itinéraire conduisant un homme encore jeune à mettre ceux qui l'entourent au service de ses seuls intérêts.

Les registres

Au mélange des genres, *Bel-Ami* ajoute la variété des registres. Le terme *registres* peut prêter à confusion, car il désigne à la fois des catégories linguistiques, les registres de langue (vulgaire, courant, soutenu), et des mouvements de la sensibilité, que l'on appelait autrefois *tonalités*. « Les registres sont la manifestation par l'art du

Pour approfondir

langage de ces grandes catégories d'émotion et de mouvement de la sensibilité ». (*Bulletin officiel* du 12 juillet 2001).

▌ *Les registres de langue*

Comme Balzac et tous les romanciers réalistes, Maupassant s'est autorisé tous les mélanges de registres de langue. Duroy, malgré son baccalauréat manqué, manie plusieurs registres de langue. Au cours du dîner chez les Forestier, il est capable d'employer la langue orale, de « parler avec une certaine verve hâbleuse » utile dans les salons parisiens. En revanche, il ne maîtrise pas encore la langue écrite, puisqu'en rentrant chez lui il est incapable de rédiger ses souvenirs d'Afrique. Sous la direction de Madeleine Forestier, il apprendra rapidement, caméléon doué, à être un indispensable rédacteur à *La Vie française*. C'est cette facilité à manier les divers registres de langue qui permettra son éclatante réussite sociale. Cependant, l'emploi d'un registre de langue vulgaire, souvent présent dans ses monologues intérieurs directs ou indirects libres, et particulièrement remarquable à l'égard de Mme Walter, révèle sa nature profonde, dénuée de sens moral, de sensibilité : « Bigre, je crois qu'elle mord. » (p. 227) ; « Nom de Dieu ! Quel crampon. » (p. 250), puis : « Qu'est-ce qu'elle me veut encore, cette vieille chouette ?... Quelles rosses de femmes ! » (p. 253-254).

▌ *Les registres comme manifestations de la sensibilité*

Prenons maintenant le terme registre dans sa seconde acception. Les registres ont définis comme « ces attitudes qui correspondent à des façons fondamentales de ressentir [...] la joie, l'angoisse, l'indignation, l'admiration, la compassion, la méfiance, le doute, l'ironie... » (*Bulletin officiel* du 12 juillet 2001). Prenons des exemples dans *Bel- Ami*.

Sincère ou simulateur, Georges Duroy sait manifester sa sensibilité, atout dont il use pour conquérir les femmes ou s'en défaire. Quand il semble aimer Madeleine, il a des élans très brefs, très banals, mais lyriques : « Je t'adore, ma petite Made. » (p. 190). Ce registre lyrique manifeste aussi les très rares et sincères sentiments amoureux qu'il réserve à Clotilde de Marelle : « Je t'aime toujours, je suis à toi » (p. 329). Avec Suzanne, il sait feindre la passion en employant un registre tragique : « Et quand j'entends dire que vous voulez vous marier, j'ai des accès de fureur à tuer quelqu'un » (p. 296).

Dans ses scènes avec Virginie Walter, le registre ironique domine souvent. Lorsqu'elle se vante de sa vertu passée, de sa « sagesse », Duroy rétorque « On dirait vraiment que je t'ai prise à douze ans [...], il n'y a pas eu détournement de mineure. ». Il devient même cynique : « Tu t'es donnée à moi, en plein âge de raison [...] mais je ne suis tenu d'être attaché à ta jupe jusqu'à la mort. [...]. Nous nous sommes offert un caprice, ni vu, ni connu, c'est fini. » (p. 254-255).

Lors de l'agonie de Forestier et de la nuit qui précède son duel, Duroy manifeste son angoisse réelle et terrible en présence de la mort. « Demain à cette heure, je serai peut- être mort. Et son cœur se mit à battre furieusement » (p. 148).

Norbert de Varenne exprime tragiquement la misère de la condition humaine et l'horreur de la mort. Il a pris conscience de cette force qui, peu à peu, le domine, le broie : « Chaque pas m'approche d'elle, chaque mouvement, chaque souffle hâte son odieuse besogne. » (p. 131-132).

Les émotions intenses que ressent Mme Walter quand Georges l'abandonne relèvent, elles, du registre pathétique et même tragique (p. 316-318).

Le registre polémique met en avant les attitudes de combat et le conflit. Il est utilisé par les rivaux Duroy et Laroche-Mathieu lors du constat d'adultère, et par Clotilde de Marelle quand elle apprend le mariage de Duroy avec Suzanne (p. 320-321).

Maupassant, comme tous les romanciers réalistes, sait jouer de tous ces différents registres que nous avons distingués, et qui aident à accroître l'effet de réel.

Pour approfondir

Genre, action, personnages

L'action

▌ L'ordre narratif

L'histoire du roman s'analyse comme une transformation, comme la mise à jour d'une perturbation s'effectuant au sein d'une situation donnée. Toute histoire peut se ramener à une suite logique constituée de cinq étapes (schéma quinaire). Cette analyse formelle permet un accès plus facile à la lecture en incitant à commencer, à poursuivre et à finir le roman, et à mémoriser les étapes du déroulement de l'histoire. Le programme narratif de *Bel-Ami* est très simple, les séquences se succèdent les unes aux autres.

Situation initiale

Georges Duroy, 25 ans, obscur fils des tenanciers du cabaret de Canteleu, recalé au baccalauréat, ancien hussard, flâne sur les boulevards, sans argent, totalement disponible à tous les possibles (première partie, chapitre I).

Force transformatrice

Il rencontre Charles Forestier, ancien camarade de l'armée, qui lui propose de l'introduire au journal *La Vie française*, dont il est le rédacteur en chef (première partie, chapitres I et II). Georges obtient la sympathie de Madeleine Forestier, qui l'initie au style journalistique (première partie, chapitre III), puis devient rédacteur du journal (première partie, chapitres III et IV). Il fréquente des milieux aisés, guidé par Mme de Marelle, devenue sa maîtresse (première partie, chapitre V). Invité à dîner chez Mme Walter, la femme de son patron, à qui il plaît, il est nommé « chef des Échos » (première partie, chapitre VI). Son duel avec un journaliste médisant de *La Plume* fait de lui l'un des chroniqueurs de tête de *La Vie française* (première partie, chapitre VII). Il se rend à Nice pour assister Madeleine Forestier lors de l'agonie de son mari. À peine la cérémonie mortuaire achevée, il demande la jeune femme en mariage et regagne Paris (première partie, chapitre VIII).

Dynamique d'action

La mort de Forestier est la chance de Duroy. Le jeune arriviste va prendre sa place dans tous les domaines : il épouse la belle veuve talentueuse, qui le renomme Georges Du Roy de Cantel. Grâce à la plume de Madeleine, il est promu rédacteur politique au journal (deuxième partie, chapitre I). Mais ce mariage est rapidement gâché par l'obsessionnelle jalousie posthume qu'il se met à éprouver à l'égard du défunt Charles Forestier (deuxième partie, chapitre II). Par vengeance, jeu et intérêt, Bel-Ami séduit la dévote Mme Walter (deuxième partie, chapitres III et IV). Passionnée, celle-ci trahit son mari en révélant des secrets gouvernementaux et fait gagner soixante-dix mille francs à son amant. Georges use de combines politiques et boursières, qui font de lui un homme de pouvoir (deuxième partie, chapitre V). À la mort de Vaudrec, le vieil amant de Madeleine, il touche un héritage de 500 000 francs et se déclare baron. Durant la réception donnée à l'hôtel de Walter, Virginie lui remet les 70 000 francs acquis lors de la spéculation de l'affaire du Maroc. Georges reste ulcéré par le triomphe du financier Walter et du ministre Laroche-Mathieu, devenu l'amant de Madeleine. Il monte un plan dont la pièce maîtresse est Suzanne, magnifiquement dotée et qu'il veut épouser. Pour parvenir à ses fins, il rompt sa liaison avec Mme Walter (deuxième partie, chapitre VII).

Force équilibrante

Tout en restant un ami de la famille, Duroy fait à Suzanne une cour habile. Pour se débarrasser de Madeleine et de Laroche-Mattieu, il fait établir un constat d'adultère, et obtient le divorce. Walter abandonne le ministre, « foutu » par ce scandale (deuxième partie, chapitre VIII). Le séducteur enlève alors une Suzanne amusée et ravie. Face au déshonneur, malgré la farouche opposition de sa femme, au bord de la folie, Walter consent au mariage de sa fille avec cet homme « fort ». Plus séduit qu'irrité par ce machiavélisme, il nomme alors le baron Du Roy de Cantel au poste de rédacteur en chef de *La Vie française* (deuxième partie, chapitre IX).

Pour approfondir

Genre, action, personnages

Situation finale

Triomphant, Georges Du Roy de Cantel, à vingt-huit ans, épouse en l'église de la Madeleine sa très riche et très « jolie poupée de chair ». Il pense, non seulement au plaisir qui l'attend avec sa maîtresse, Mme de Marelle, mais plus encore à un avenir possible à la Chambre des députés (deuxième partie, chapitre X).

▌*Les lieux de l'histoire*

L'action se situe à Paris, lieu du pouvoir suprême dans les romans réalistes du XIXᵉ siècle. On peut distinguer trois lieux électifs dans Paris.

• Les grands boulevards, concentrés surtout au nord-ouest de la Seine, ont une extrême importance dans ce Paris contemporain d'Haussmann. Dans l'incipit, Duroy dirige ses pas vers l'église de la Madeleine (il y triomphera dans la clôture du roman) quand il rencontre Forestier. Il séduit Mme Walter dans l'église de la Trinité. Les locaux de *La Vie française* se situent boulevard Poissonnière, tout près des grands cafés *(Napolitain, Américain, Tortoni)* et des théâtres – en particulier les *Folies-Bergère*.

• La Seine est le lieu d'un court bonheur : Du Roy la contemple lors de son voyage de noces avec Madeleine ; il séjourne sur ses bords avec Suzanne, lors de son enlèvement.

• Sont aussi évoqués les espaces verts : le parc Monceau, le bois de Boulogne, où Madeleine et Georges connaissent leurs derniers instants de bonheur conjugal.

Le passage du Paris extérieur au Paris intérieur est hautement symbolique et marque, de résidence en résidence, l'ascension professionnelle et sociale de Duroy. Bureaucrate mal payé, il habite près de la gare des Batignolles, sur le boulevard extérieur, rue Boursault, dans une maison de six étages « peuplée par vingt petits ménages ouvriers et bourgeois ». L'escalier exhale une odeur de « fosse d'aisances », de « crasse », et sa chambre est sordide (première partie, chapitre III). Mme de Marelle paie ensuite à son amant, devenu chef des Échos, un discret « petit rez-de-chaussée de la rue de Constantinople » pour abriter leurs amours illicites (première partie, chapitre V). Il le conservera pour y dissimuler ses adultères.

Mari de Madeleine Forestier, rédacteur politique, Georges habite désormais dans son appartement, qui met « autour du corps quelque chose comme une caresse » (première partie, chapitre II). Invité par Mme Walter, Du Roy dîne souvent boulevard Malesherbes. Enfin, rédacteur en chef, Bel-Ami est reçu « à tout instant » chez son patron, le richissime banquier Walter, qui vient d'acheter pour trois millions l'hôtel de Carlsbourg, rue du Faubourg Saint Honoré. C'est « un hôtel de parvenu », très luxueux avec ses cinq salons illuminés et « tendus d'étoffes précieuses », son « jardin d'hiver plein de grands arbres des pays chauds », ses galeries de tableaux (deuxième partie, chapitre VII). C'est là que, en voie de divorcer, il courtise et séduit Suzanne.

La temporalité romanesque

Elle recouvre deux aspects :

– le temps de l'histoire, c'est-à-dire la suite des événements, des péripéties, mesurable en années, en jours, en heures... ;

– le temps de la narration, mesurable en pages et en lignes.

Le temps de l'histoire

Les référents internes, repérables dans le texte, sont les suivants. Duroy s'embarque en mai 1874 pour l'Algérie (première partie, chapitre III). Il y séjourne vingt-huit mois. Or, il est employé de bureau à Paris depuis six mois quand il rencontre Forestier. L'histoire commencerait donc en 1877. Le « jeune homme » aurait alors vingt-cinq ans environ, puisque, après avoir subi deux échecs au baccalauréat, il a effectué cinq années de service militaire.

Les référents externes, politiques, contemporains, induisent, eux, une chronologie différente, adoptée par Louis Forestier dans l'édition de *La Pléiade*. C'est pourquoi son édition – que nous suivons – fait débuter l'action le 28 juin 1880 et la fait terminer le 20 octobre 1882. Elle dure donc à peine deux ans et demi.

Pour approfondir

Genre, action, personnages

Le temps de la narration

Le rapport du temps de l'histoire et du temps de la narration sert à mesurer la vitesse du récit. Ici, temps de l'histoire et temps de la narration sont très proches, comme dans presque tous les romans réalistes. Les lecteurs de 1885 ont très présentes à la mémoire les entreprises coloniales au Tonkin et en Tunisie, ainsi que les récents scandales politiques et boursiers.

La première partie du roman s'étend sur huit mois et relate les apprentissages de Duroy, la deuxième relate une ascension fulgurante (un an et demi).

Première partie (du 28 juin 1880 à février 1881)		
I	28 juin 1880	Une rencontre inespérée pour Duroy et une invitation à dîner le lendemain chez les Forestier. La lenteur de la marche du jeune affamé peut indiquer l'écoulement du temps : quelques heures. Mais le temps est distendu par deux analepses (trois ans de vie parisienne pour Forestier et deux ans d'Afrique pour Duroy, à Paris depuis six mois), qui donnent de l'épaisseur à l'histoire. Ainsi est privilégié ce moment capital pour le héros.
II	Soirée du 29 juin	Début dans le monde, rite de passage réussi. Scène très importante : Duroy est présenté à tous les protagonistes du roman.
III	Fin de la soirée du 29 juin et 30 juin	Vertige de la page blanche. Article rédigé sous la dictée de Madeleine Forestier. Pages consacrées à montrer la compétence de Madeleine, le charme de Duroy mais aussi son incapacité actuelle à être un écrivain de talent.
IV	Du 1er au 30 juillet 1880	Désillusions : après le succès de l'article, œuvre de Madeleine, échec des chroniques de Duroy. L'été lui apprend à devenir un bon reporter. À la fièvre du rêve avorté des premiers jours de juillet succède un temps de latence nécessaire à l'apprentissage d'un métier non encore maîtrisé.

V	Septembre à décembre 1880	Liaison agréable avec Clotilde de Marelle. Stagnation de l'arriviste dans un temps imprécis.
VI	Janvier 1881	Aux trois mornes derniers mois de 1880 succède un mois plein et fastueux. Conseil judicieux de Madeleine : visite réussie chez Mme Walter. Invitation à dîner suivie de la nomination de chef des Échos à *La Vie française*. Accélération du temps : trois événements importants dans l'ascension de Bel-Ami : deux réceptions mondaines et un emploi au journal. Forestier malade, départ du couple pour le Midi.
VII	Février 1881	Un après-midi non daté mais une durée très précise. Le lendemain matin, duel entre Duroy et un journaliste de *La Plume*, qui l'accuse de servir les intérêts du groupe Walter. Contraste entre les notations temporelles très précises (de 8 h à midi, le déjeuner, l'après-midi, le soir et la très longue narration d'une nuit d'angoisse, le lever du jour, 7 h) et l'événement (le duel). À 9 h, une balle tirée en même temps par les deux adversaires y met une fin rapide et dérisoire : ils sont indemnes. Un déjeuner au restaurant suit à midi.
VIII	Fin février 1881	Départ de Duroy pour Cannes sur lettre de Madeleine. La date n'est pas précisée, mais la durée l'est : six jours (une première soirée, où Duroy veut fuir devant l'angoisse du malade, suivie, le lendemain, d'une promenade à Golfe-Juan et d'une nuit de veille avec Madeleine, achevée par la mort de Forestier, l'après-midi du surlendemain, et trois jours assez vagues qui se terminent par des démarches pour l'enterrement). Agonie, mort et enterrement de Forestier ; demande en mariage et départ de Duroy. Le narrateur insiste volontairement sur l'horreur de la mort (angoisse et décomposition) ainsi que sur le rite dérisoire de la cérémonie des funérailles. Demande en mariage de Madeleine. Départ de Georges.

Pour approfondir

357

Genre, action, personnages

		Deuxième partie (de février 1881 au 20 octobre 1882)
I	Fin février à mai 1881	Durée indéterminée pour arriver au « mariage-association », fixé en mai 1881. Mariage civil, suivi d'un voyage décevant en Normandie. Un couple de journalistes heureux, mais que la jalousie de Duroy commence vite à corroder.
II	Fin mai à juillet 1881	Pas de date précise. Duroy rédacteur, célèbre dans les groupes politiques alors que son couple se dégrade. Duroy se détache de sa femme : le narrateur met en lumière « le lent travail de la jalousie posthume ».
III	Fin juin à juillet 1881	Pas de date précise. Succès féminins de Bel-Ami : Clotilde, Madeleine, Virginie Walter, Suzanne. Jouissance latente de la séduction.
IV	28-29 juillet 1881	Soudaine accélération du temps : deux jours pour séduire dans une église, la Trinité, Mme Walter, riche dévote qui commet l'adultère.
V	Durée non précisée « L'automne était venu »	Le même jour imprécis : révélations de Mme Walter concernant l'affaire politique et financière du Maroc, prêt d'argent à Bel-Ami, las de cette maîtresse mûre. Crise de jalousie de Clotilde : nouvelle rupture. Mort du comte de Vaudrec.
VI	Pas de références temporelles précises Du 30 octobre au 30 décembre 1881	Enterrement du comte de Vaudrec, vieil amant de Madeleine. Par Georges, tractation et captation de la moitié de l'héritage laissé par le comte à Madeleine. Beaucoup de discours, de scènes qui donnent une illusion de réel, retardent le récit au profit d'une analyse du caractère des personnages à construire par le lecteur.
VII	Durée non précisée « depuis deux mois… » 30 décembre 1881 et 1er janvier 1882	Conquête du Maroc achevée. Spéculation réussie et gain pour Walter et Laroche-Mathieu. Le 30 décembre, soirée triomphale chez les Walter pour admirer le tableau : *Jésus marchant sur les flots*. Légion d'honneur donnée à un Du Roy furieux : Madeleine le trompe avec Laroche-Mathieu qui l'a berné. Passion désespérée de Mme Walter, entrée dans la folie. Plan élaboré par Du Roy : se faire inviter en ami par Mme Walter pour se faire aimer de sa fille Suzanne.

VIII	Fin de l'hiver à début avril 1882	Le 5 avril, le ministre et Madeleine pris en flagrant délit d'adultère par Du Roy. Laroche « jeté bas », abandonné par Walter qui comprend que Du Roy « ira loin ». Longs discours directs dans la scène d'adultère où Laroche-Mathieu révèle sa veulerie, et Madeleine, sa forte personnalité.
IX	« trois mois s'étaient écoulés » 15 juillet	Dans cette durée de trois mois interviennent des événements datés. Proposition de Georges à Suzanne : un enlèvement qui la déshonorera, et obligera son père à la marier. Adhésion de la jeune fille. Refus désespéré et entrée de Mme Walter dans le délire mais acceptation du père, qui a subi un chantage de Du Roy. Quelques dialogues rapides entre Georges et Suzanne, entre M. Walter et sa femme. Récit des événements, focalisation interne dominante et commentaires du narrateur.
X	20 octobre 1882 « trois mois après »	Dans la garçonnière, nouvelle rupture et scène violente avec Clotilde. Mariage avec Suzanne. Sur les marches de la Madeleine, triomphe du baron Georges Du Roy de Cantel, qui vise la députation. Reprise probable de la liaison avec Mme de Marelle.

Les personnages

Le personnage de roman

Un des éléments essentiels du genre romanesque est l'existence de ces destins d'exception incarnés dans les figures que sont les personnages et dont l'histoire littéraire offre beaucoup d'exemples : la princesse de Clèves, Emma Bovary, Julien Sorel, Bel-Ami, Swann, Bardamu... Les romanciers réalistes, en particulier, ont excellé à transformer leurs personnages en personnes. Stendhal, pour créer Julien Sorel, s'est inspiré d'une figure authentique : Antoine Berthet, héros d'un procès en 1828. Maupassant aurait pensé, pour peindre Duroy, à des contemporains tels Mazairoy, le baron de Vaux, Hervé de Maupassant et peut-être lui-même et, pour donner vie à Madeleine Forestier, à Léonie Léon, l'égérie de Gambetta.

Genre, action, personnages

L'existence des personnages du roman s'impose avec une telle force au lecteur qu'il finit par oublier qu'il ne s'agit que d'êtres de papier, de créations purement textuelles.

▌ La détermination qualitative du personnage

Le personnage est doté d'un certain nombre de caractéristiques qui lui sont prêtées de manière à le rendre vrai, ou du moins vraisemblable : c'est ce qu'on appelle l'*effet-personnage*. Le héros Georges Duroy est doté, dès l'incipit, d'un portrait : grand, blond châtain, cheveux frisés, yeux bleus, moustache retroussée, belle stature, belle prestance. Pour tous, il deviendra « Bel-Ami, » surnom que lui donne une adolescente émue par son charme. Il est aussi caractérisé par des traits psychologiques inquiétants, lisibles dans son comportement : son « regard d'épervier » en fait un prédateur, sa marche brutale, un individu prêt à broyer les autres pour arriver à ses fins. Son origine sociologique est révélée : c'est un ancien sous-officier militaire, jeune retraité, mal habillé, sans argent. La description du personnage sera complétée progressivement au cours du roman, soit par des énoncés narratifs, soit par la mise en scène de certains épisodes de l'action.

▌ La détermination fonctionnelle du personnage

Il convient de poursuivre la description qualitative, perspective traditionnelle, par la description fonctionnelle. Un personnage de roman ne se définit jamais seul, mais toujours par rapport à sa place dans le réseau des autres personnages : c'est ce qu'on appelle le système des personnages. Le personnage n'est que ce qu'il fait. Le linguiste Greimas (*Sémantique structurelle*, Larousse, 1966) l'analyse comme une force agissante – un actant – inscrit au sein d'une série de rapports, et définissant une sphère d'actions. Cet actant peut être une personne, mais aussi une idée, un désir, un sentiment, une valeur, voire un objet matériel. Greimas propose un modèle universel, une structure actancielle réduite à six actants, dont les relations peuvent servir à l'interprétation de tous les récits. Du rapport de ces actants entre eux, en équilibre ou en tension, et des modifications de ce rapport, dépendra la progression du récit. Le sujet quête un objet (un être aimé, un désir, de l'argent, le bonheur ou toute autre valeur, voire même un objet matériel…). Le destinateur le pousse à agir en faveur du destinataire (qui peut être le sujet lui-même). Quant aux adjuvants, ils aident le sujet, souvent en butte à des opposants.

Schéma actanciel de *Bel-Ami*

DESTINATEUR	OBJET	DESTINATAIRE
Une société dominée par une bourgeoisie affairiste, amorale et corrompue	Désir : éros, argent, pouvoir, gloire	Lui-même : égoïsme et arrivisme

ADJUVANTS	SUJET	OPPOSANTS
Charles Forestier Madeleine Forestier Clotilde de Marelle Mme Walter M. Walter Suzanne Walter Atouts de Duroy : charme, beauté, prestance, faculté d'adaptation, talent, amoralité	Georges Duroy, dit Bel-Ami	Origine sociale Pauvreté Laroche-Mathieu Madeleine Forestier Mme Walter

Un même personnage (ou autre actant) peut se charger de rôles actanciels différents. Ainsi, Madeleine Forestier et Mme Walter sont d'abord des adjuvants, puis deviennent des opposants à la quête de Duroy, qui les élimine. Jusqu'à la fin du quatrième chapitre de la deuxième partie, on peut en effet considérer que l'adjuvant essentiel de la carrière de Duroy est Madeleine Forestier. Mais celle-ci devient une force d'opposition à partir du moment où, maîtresse du ministre Laroche-Mathieu, elle laisse trahir son mari dans « l'affaire du Maroc », et plus encore quand elle est un obstacle à son désir d'épouser la jeune et riche Suzanne Walter. Mme Walter est d'abord un adjuvant, parce qu'elle aide Duroy dans sa carrière, lui révèle les magouilles de son mari et lui prête de l'argent. Puis, abandonnée par son amant qui la délaisse pour sa propre fille, elle devient folle de jalousie et s'oppose de toutes ses forces à l'odieux mariage qui doit couronner l'objet de quête de Duroy.

▌ *Les valeurs thématiques du personnage*

Les personnages articulent leur parcours autour de thèmes dominants. Ils se voient ainsi attribuer un rôle thématique, un groupe de traits qui les rattachent à un type inscrit dans le milieu social de cette fin du XIXᵉ siècle. Par exemple, Duroy est pauvre, ce qui nuit à son ambition. Or, dans *Bel-Ami*, la séduction des femmes et la possession de l'argent sont les deux leviers de la réussite du héros. Cet arriviste effréné et parfaitement amoral est obsédé par le calcul des sommes d'argent. Si le roman précise les réalités économiques d'une époque, et évoque la toute-puissance de l'argent, il présente aussi l'évolution très précise et chiffrée de l'avoir de Duroy. En deux ans et demi, ce « gredin », qui n'avait que trois francs quarante en poche, grâce à des indélicatesses qui deviennent de graves malversations, possède un avoir de 570 000 francs, juste avant son mariage avec Suzanne Walter, dotée de 20 à 30 millions. Il est d'abord entretenu par Mme de Marelle, qui paie sa garçonnière et ses sorties, puis épouse Madeleine, qu'il escroque de la moitié de l'héritage du comte de Vaudrec, soit 500 000 francs. Enfin, il spécule avec Mme Walter, qui lui fait gagner 70 000 francs.

Étudions à présent les relations qui existent entre *Bel-Ami* et les autres textes, ce qui fait que le roman est lié à toute une culture de référence.

Des liens unissent le personnage Duroy à certains héros des romans picaresques des XVIᵉ et XVIIᵉ siècles : *La Vie de Lazarillo de Tormes* (auteur inconnu, 1553) marque la naissance du héros picaresque misérable, errant en quête d'une situation honorable, mais qui échoue et reste un gueux. Duroy fait aussi des rêves de grandeur comme le célèbre Don Quichotte de Cervantès (1547-1616) mais, à l'inverse de ce personnage toujours défait, les siens réussissent.

Pour approfondir

Duroy emprunte aussi des traits à certains héros des romans didactiques du XVIIIe siècle, tel Jacob dans *Le Paysan parvenu* de Marivaux, jeune homme pauvre et beau qui accède à la réussite sociale en séduisant les femmes. Surtout, Duroy s'apparente à certains héros des romans réalistes du XIXe siècle comme Julien Sorel (Stendhal, *Le Rouge et le Noir*, 1830), Eugène de Rastignac et Lucien de Rubempré (Balzac, *Le Père Goriot*, 1835, et *Les Illusions perdues*, 1836-1843), ou Aristide Saccard (Zola, *L'Argent*, 1890), dont les leviers de l'ascension sociale sont aussi les femmes et l'argent. Tous ces héros sont des jeunes hommes pauvres qui montent à Paris pour assurer leur réussite sociale. Tous ont le même désir du pouvoir et utilisent les mêmes moyens pour y parvenir. Ils sont ambitieux, avides de gloire, centrés sur eux-mêmes. Ils connaissent un grand succès – durable ou provisoire – en séduisant des femmes riches et/ou d'un rang élevé qui les introduisent dans le grand monde. Enfin, le personnage de *Bel-Ami* est porteur des détestables valeurs sociales de cette fin de siècle qu'il incarne : l'expansion capitaliste, la divinisation de l'argent mesure de toutes choses, la corruption des mondes affairiste et politique. Cependant, elles ne sont pas à mettre au compte de son créateur : tout le talent de Maupassant consiste à faire sentir le cynisme de la société de son temps à travers celui de Bel-Ami.

Pour approfondir

L'œuvre : origines et prolongements

L'intertextualité ou réécriture

L'INTERTEXTUALITÉ est définie comme l'ensemble des relations avec d'autres textes se manifestant à l'intérieur d'un texte. En effet, tout texte se situe à la jonction de plusieurs autres dont il est à la fois la relecture, l'accentuation, la condensation, le déplacement et la profondeur. La réception de l'intertextualité dépend par ailleurs de la culture et de l'attitude du lecteur, qui peut par exemple lire *Boule de suif*, de Maupassant, à la lumière de la collaboration lors de la guerre franco-allemande de 1870, ou de Marie-Madeleine, la pécheresse au grand cœur de l'Évangile.

QUAND un auteur emprunte des éléments à des textes qu'il a écrits lui-même, on parle d'auto-textualité. Quand il reprend et transforme des textes précis écrits par d'autres auteurs, il s'agit d'intertextualité. Maupassant pratique donc auto-textualité et intertextualité dans *Bel-Ami*, paru en 1885.

L'auto-textualité dans Bel-Ami

▌Le portrait de Georges Duroy

Le personnage de Georges Duroy est une réécriture du capitaine Épivent, héros de la nouvelle *Le Lit 29*, de Maupassant, parue dans *Gil Blas* en 1884, et publiée dans *Contes et Nouvelles*, tome II, La Pléiade. Voici le portrait physique du capitaine Épivent : « Quand le capitaine Épivent passait, toutes les femmes se retournaient. Il présentait vraiment le type du bel officier de Hussards. Aussi paradait-il sans cesse, fier et préoccupé de sa cuisse, de sa taille, de sa moustache. Il les avait superbes d'ailleurs la moustache, la taille, la cuisse [...] La taille était mince comme s'il eût porté corset » ; il « cambrait sa taille, frisait sa moustache d'un geste familier ». Georges Duroy, lui, « portait beau par nature et par pause d'ancien sous-officier » ; il « cambre sa taille, frise sa moustache d'un geste militaire et familier ». Il est aussi « grand, bien fait, blond avec une moustache retroussée ». Épivent et Duroy ont encore d'autres traits communs : ils ont tous deux du succès auprès des femmes et méprisent les autres.

Les maris jaloux de leur ami mort

Le 6 novembre 1883, Maupassant fait paraître dans *Gil Bas* une nouvelle intitulée *Le Vengeur*. Monsieur Leuillet épouse Mathilde Souris, la veuve d'un ami dont il est amoureux depuis neuf ans. Le couple vit dans la plus cordiale intimité jusqu'à ce que Leuillet soit pris d'une jalousie insensée envers le premier mari de Mathilde. Il se moque du mort, l'insulte même, et force Mathilde à avouer qu'elle a trompé Souris : « Il avait si bien une tête de cocu, cet animal là ! ». Il lui demande le nom du jeune homme élu ; elle refuse de le nommer ; ils se battent. Elle a beau prétendre que c'était seulement un jeu coquin, il ne la croit pas. Mathilde pleure, « sentant tout son bonheur perdu par sa faute » et Leuillet garde « une haine inépuisable contre cette femme qui avait trompé l'autre, Souris ».

Bel-Ami (deuxième partie, chapitre II) propose une réécriture de cette nouvelle, avec une variante initiale : au journal, les collègues de Duroy se moquent de lui et l'appellent « Monsieur Forestier ». Chez lui, il a l'impression de chausser les pantoufles de feu Forestier, d'être victime d'une dépersonnalisation. Les amants de Madeleine – dont il tire cependant profit – blessent son orgueil de mâle, de propriétaire. Il est alors envahi par « cette irritation jalouse, rongeuse, invisible qui lui gâchait la vie. ». Il en vient à poser à Madeleine la même interrogation indiscrète : « L'as-tu fait cocu, ce pauvre Charles ? ». Il y a aussi une variante finale du *Vengeur* : Madeleine n'est pas la sotte Mathilde et refuse de répondre mais d'un tel ton que Duroy est « interdit, effaré ». Ce refus est-il un aveu ? Il en a la certitude : « il avait envie de la battre, de l'étrangler », « jaloux d'une étrange et poignante façon, où entrait subitement la haine contre Madeleine ». Dès lors, leur couple d'« associés » heureux est rompu. Duroy éprouve une jalousie aussi irrationnelle que celle de Leuillet et rend, comme lui, fort malheureuse son épouse.

Quelques thèmes du *Vengeur* sont donc repris dans l'hypertexte : curiosité perverse et voyeurisme, perte d'identité (le mari actuel se confond avec le mort trahi), aliénation, jalousie rétrospective, violences conjugales, amour devenu haine qui détruit le nouveau couple.

Pour approfondir

L'intertextualité dans Bel-Ami

MAUPASSANT pratique aussi l'intertextualité : il réécrit des scènes de son maître Flaubert, empruntées à *Madame Bovary*, ou de Zola, comme celle de la promenade au bois de Boulogne, empruntée à *La Curée*.

La scène érotique du fiacre

Lors de la sortie du roman *Madame Bovary*, cette scène érotique du fiacre (première partie, chapitre III) fut jugée scandaleuse. À la sortie de la cathédrale de Rouen, le clerc de notaire Léon arrête un fiacre, y fait monter Emma, donne au cocher l'ordre de « marcher où il veut », et ferme les stores. En six heures, le cocher reçoit trois injonctions : « Continuez », « Non, tout droit », et « Marchez donc ! ». Le cocher roule, épuisé, sans s'arrêter, jusqu'à six heures, stores tendus, sa diligence « plus close qu'un tombeau et ballottée comme un navire ». Le narrateur obéit à ses créatures : elles ont tiré les stores pour ne pas être vues, et le lecteur ne peut donc qu'imaginer.

Duroy et Mme de Marelle, eux, « enfermés dans une boîte noire », sentent monter en eux le désir. Duroy a « l'esprit paralysé par le désir impérieux de la saisir dans ses bras ». Quant à Clotilde, elle fait « un mouvement [de pied] d'impatience ou d'appel peut-être ». Duroy se jette sur elle ; elle cède. L'étreinte est intense mais fort brève. Alors que Flaubert ne fait nul commentaire sur ce qui se passe dans le fiacre pendant ces six heures, Maupassant, lui, insiste sur leur état : Clotilde « trébuche » à la descente du fiacre, Georges est « triomphant » bien qu'il n'ait pas eu le temps de faire ce qu'il croyait devoir faire, tel un amoureux de roman précieux : « la remercier, la bénir et lui exprimer son amour reconnaissant ». L'imitation, dans le texte de Maupassant, ne réside donc qu'à choisir un fiacre pour accueillir des ébats amoureux.

Proust traite également une scène d'amour dans un fiacre, où Odette et Swann font « cattleya ».

Pour approfondir

▎ La scène de tentation dans une église

Dans *Madame Bovary*, cette scène se passe dans la cathédrale de Rouen, alors que Mme Walter est séduite dans l'église de La Trinité, à Paris (deuxième partie, chapitre IV). Les deux femmes entrent dans l'église bien décidées à rompre avec leur séducteur. Emma Bovary donne un billet de rupture à Léon, et va longuement prier dans la chapelle de la Vierge. Léon est excédé par cette « fantaisie bigote ». Emma se relève, gorgée de vertu, et s'apprête à sortir de l'église avec Léon.

Dans *Bel-Ami*, Virginie Walter demande à Georges de s'installer sur un prie-dieu contigu au sien. Georges lui fait alors une longue déclaration d'amour à laquelle elle répond : « Moi aussi, je vous aime » et ordonne à son séducteur de s'éloigner. Puis elle entre en prière et court se confesser. Sûr de lui, Georges pense : « Bah ! c'est le tour du curé, demain ce sera le mien. ». Après un digne « Adieu » à Georges, Mme Walter sort de la Trinité, sévère

Dans les deux romans, durant toute la scène, les deux jeunes hommes sont harcelés par un suisse qui veut leur montrer les curiosités de l'église et leur soutirer un peu d'argent. Seule la fin de cette longue séquence est différente. Emma, vaincue, consentante, accepte de monter dans le fiacre, ce qui marque le début de sa perdition. Georges, congédié, insulte le confesseur et se rend à *La Vie française* « sans forcer les événements » et nullement inquiet. Le registre ironique domine aussi fortement les deux passages : la « bigoterie » des deux héroïnes cède bien vite à la puissance de leur sensualité, à la violence de leur désir. Ni la bonne Vierge, ni le bon curé ne leur viennent en aide pour y résister. La scène de *Bel-Ami* constitue presque un plagiat, tant elle imite le texte source.

▎ La description du panorama de la ville de Rouen

La description de ce panorama observé de la diligence, en haut de la côte de Canteleu (*Bel-Ami*, deuxième partie, chapitre I), est à la fois une réécriture d'un passage de *Madame Bovary*, de Flaubert (troisième partie, chapitre V), et de l'incipit d'« Un Normand », nouvelle

L'œuvre : origines et prolongements

des *Contes de la bécasse* (1883). Cependant, si le paysage décrit est le même, il existe un enjeu à l'étude de ces trois exemples.

L'intérêt des réécritures ne réside pas seulement dans l'imitation ou la transformation d'un thème, mais dans le traitement de la poétique, dans la manière dont le passage est réécrit.

Dans les exemples proposés, la poétique, la « fabrication » d'une description réaliste met en jeu des savoirs et des techniques, tels que les points de vue, l'étude du syntagme narratif, les trois fonctions de la description : distribuer des savoirs sur le monde, donner l'illusion de réalité, donner des indices – images (comparaisons, métaphores, symboles) – qui permettent de prévoir la suite du récit.

Étude de l'extrait de *Madame Bovary*, de Flaubert (1857), troisième partie, chapitre V

« Emma la connaissait d'un bout à l'autre ; elle savait qu'après un herbage il y avait un poteau, ensuite un orme, une grange ou une cahute de cantonnier ; quelquefois même, afin de se faire des surprises, elle fermait les yeux. Mais elle ne perdait jamais le sentiment net de la distance à parcourir.

Enfin, les maisons de briques se rapprochaient, la terre résonnait sous les roues, l'Hirondelle glissait entre des jardins où l'on apercevait, par une claire-voie, des statues, un vignot[1], des ifs taillés et une escarpolette. Puis, d'un seul coup d'œil, la ville apparaissait.

Descendant tout en amphithéâtre et noyée dans le brouillard, elle s'élargissait au delà des ponts, confusément. La pleine campagne remontait ensuite d'un mouvement monotone, jusqu'à toucher au loin la base indécise du ciel pâle. Ainsi vu d'en haut, le paysage tout entier avait l'air immobile comme une peinture ; les navires à l'ancre se tassaient dans un coin ; le fleuve arrondissait sa courbe au pied des collines vertes, et les îles, de forme oblongue, semblaient sur l'eau de grands poissons noirs arrêtés. Les cheminées des usines

---

1. **Vignot** : sorte de tertre, avec un sentier en hélice et couronné d'une treille, comme on en voyait en Normandie.

poussaient d'immenses panaches bruns qui s'envolaient par le bout. On entendait le ronflement des fonderies avec le carillon clair des églises qui se dressaient dans la brume. Les arbres des boulevards, sans feuilles, faisaient des broussailles violettes au milieu des maisons, et les toits, tout reluisants de pluie, miroitaient inégalement, selon la hauteur des quartiers. Parfois un coup de vent emportait les nuages vers la côte Sainte-Catherine, comme des flots aériens qui se brisaient en silence contre une falaise.

Quelque chose de vertigineux se dégageait pour elle de ces existences amassées, et son cœur s'en gonflait abondamment, comme si les cent vingt mille âmes qui palpitaient là lui eussent envoyé toutes à la fois la vapeur des passions qu'elle leur supposait. Son amour s'agrandissait devant l'espace, et s'emplissait de tumulte aux bourdonnements vagues qui montaient. Elle le reversait au dehors, sur les places, sur les promenades, sur les rues, et la vieille cité normande s'étalait à ses yeux comme une capitale démesurée, comme une Babylone où elle entrait. Elle se penchait des deux mains par le vasistas, en humant la brise ; les trois chevaux galopaient, les pierres grinçaient dans la boue, la diligence se balançait, et Hivert, de loin, hélait les carrioles sur la route, tandis que les bourgeois qui avaient passé la nuit au bois Guillaume descendaient la côte tranquillement, dans leur petite voiture de famille.

On s'arrêtait à la barrière ; Emma débouclait ses socques[1], mettait d'autres gants, rajustait son châle, et, vingt pas plus loin, elle sortait de l'Hirondelle. »

Le regard par lequel « la ville apparaissait » est celui d'Emma habituée à voir ce paysage lorsqu'elle se rend à Rouen dans l'*Hirondelle*. Emma aperçoit d'abord, avec une plongée de la route, les maisons des petits-bourgeois bien modestes, avec leurs minuscules jardins prétentieux (comme celui des Bovary) agrémentés d'un seul if et d'une seule statue de plâtre. Puis, la route remontant, après cet

---

1. **Socques :** gros sabots que l'on mettait par-dessus les chaussures pour les protéger.

Pour approfondir

univers rétréci, s'instaure, d'en haut, une vision panoramique. Tout y est vu, nommé, conformément à la description réaliste qui développe le thème-titre, « le paysage tout entier ». Elle détaille la rivière, les ponts, les collines, les îles, les usines, les navires, les toits. Cependant s'y glissent des joyaux, quelques comparaisons rares (« les mâts comme une forêt d'aiguilles », « les îles comme de grands poissons noirs arrêtés », « les nuages comme des flots aériens qui se brisent sur une falaise »). Et ce panorama de la vallée de la Seine et où se distingue Rouen, ville si agitée, paraît figé, malgré « les existences amassées » de « ces cent vingt mille âmes » : il a l'immobilité d'une toile. Dans le second paragraphe, le narrateur reprend une focalisation omnisciente pour tracer le paysage, reflet de l'état d'âme d'Emma. Il nous introduit dans la conscience de celle-ci : ses rêves, sa sensualité, sa passion transforment cette ville de province en une Babylone mythique où s'opèrent le dérèglement systématique de tous les sens et la luxure auxquels elle aspire.

Étude de l'incipit d'« Un Normand », extrait des *Contes de la bécasse*, de Maupassant (1883)

« Nous venions de sortir de Rouen et nous suivions au grand trot la route de Jumièges. La légère voiture filait, traversant les prairies, puis le cheval se mit au pas pour monter la côte de Canteleu. C'est là un des horizons les plus magnifiques qui soient au monde. Derrière nous Rouen, la ville aux églises, aux clochers gothiques, travaillés comme des bibelots d'ivoire ; en face, Saint-Sever, le faubourg aux manufactures, qui dresse ses mille cheminées fumantes sur le grand ciel vis-à-vis des mille clochetons sacrés de la vieille cité.

Ici la flèche de la Cathédrale, le plus haut sommet des monuments humains ; et là-bas, *la Pompe à feu, la Foudre*[1], sa rivale presque aussi démesurée, et qui passe d'un mètre la plus géante des Pyramides d'Égypte.

---

1. « La Foudre » : usine construite en 1885, l'année même de la parution de *Bel-Ami*.

Devant nous la Seine se déroulait, ondulante, semée d'îles, bordée à droite de blanches falaises que couronnait une forêt, à gauche des prairies immenses qu'une autre forêt limitait, là-bas, tout là-bas.

De place en place, de grands navires à l'ancre, le long des berges du grand fleuve ».

Après deux phrases de récit, il est adroit de camoufler la description qui suit pour ne pas lasser le lecteur : « Il s'agit d'éviter le piétinement descriptif par la disposition de l'objet décrit dans un plan chronologique ou spatial et à l'aide d'organisateurs (d'abord, ensuite..., à gauche, à droite...). » (J. M. Adam et A. Petitjean, *Le Texte descriptif*, Nathan-Université, 1989). *L'objet décrit* est un terme qui englobe tous les éléments retenus par la description. Ici, le panorama de la vallée dans lequel s'insère la ville de Rouen est décrit à l'aide d'un plan de texte spatial où les connecteurs de lieu abondent (« c'est là », « derrière nous », « ici », « devant nous », « de place en place », « là-bas, tout là-bas »). Pour Maupassant, qui s'inclut dans le « nous » des voyageurs, il s'agit de décrire Rouen, sa ville de prédilection, sous le double aspect qui le fascine : la ville sacrée, avec sa cathédrale gothique du XIIIᵉ siècle et ses églises, et la ville industrielle, avec ses usines, qu'il met sur un pied d'égalité. L'agnostique qu'est Maupassant célèbre la grandeur du travail humain et, après Baudelaire, plaide ainsi pour « la modernité » : l'enjeu est donc argumentatif. Dans ce court passage, les voyageurs de la diligence ne prennent pas – comme Emma – Rouen pour Babylone, lieu de la volupté, de la transgression, de la perdition, si convoité par l'héroïne de Flaubert !

Étude de l'extrait de *Bel-Ami*, deuxième partie, chapitre I

De « Madeleine, fatiguée... » (l. 556) à « ... chapelet verdoyant. » (l. 596), p. 192-193 (voir « clef de lecture » p. 338-339).

Bien que Georges ait invité sa femme à regarder « l'immense vallée » qui s'offre à elle (« Regarde »), la description est ici prise en charge par un « on » qui inclut Madeleine et Georges, les voyageurs, le narrateur et le lecteur. Le point de vue est omniscient. Le paysage est plus détaillé et avec une précision conforme à l'esthétique réaliste,

Pour approfondir

371

mais le narrateur met en œuvre la fonction poétique de la langue, les figures de rhétorique : les métaphores et surtout les comparaisons abondent. L'enjeu est le même que dans *Un Normand* : célébration du travail humain qui produit des chefs-d'œuvre industriels aussi grandioses que les monuments sacrés comme les pyramides d'Égypte ou les cathédrales gothiques. Il s'agit donc là encore d'un hymne à la modernité, mais l'écriture y est beaucoup plus travaillée.

Le panorama est aussi beaucoup plus complet dans ce passage où ne sont pas seulement décrites les *deux villes* de Rouen, mais aussi la Seine et sa vallée : « Là-bas, derrière la ville ouvrière, s'étendait une forêt de sapins ; et la Seine... », puis « des navires [...] traînés par des barques à vapeur », « des îles » que le narrateur se plaît à décrire, mêlant artistiquement les productions techniques des hommes aux beautés de la nature. Ce paysage n'est ici aucunement le reflet de l'état d'âme de Madeleine ou de Georges, absorbés dans ce « on » qui permet au seul narrateur omniscient de faire une description, certes poétique, mais dont le but est argumentatif. Il magnifie la grandeur de l'homme et la pérennité de ses réalisations au cours des siècles.

▌ *L'influence de* La Curée *de Zola sur Maupassant*

L'incipit de *La Curée* (1882) relate une promenade en calèche de Renée, la jeune épouse du grand financier Saccard, au bois de Boulogne, avec Maxime, son beau-fils. Au soleil couchant d'octobre, l'embarras des voitures est grand : le Tout-Paris est là. Suit une liste impressionnante des personnalités du grand monde qui s'offrent au regard. Renée, envahie de désirs sensuels, s'ennuie et aspire à la vie mouvementée d'une grande courtisane célèbre, qui passe fièrement.

On trouve dans *Bel-Ami* deux promenades au bois de Boulogne. Duroy s'y promène tout d'abord seul, un matin d'avril (première partie, chapitre VI, p. 135-136, voir « clef de lecture » p. 336-337). Il y rencontre les habitués, « tous les riches de ce monde ». Chef des Échos, il connaît toutes leurs turpitudes sexuelles ou financières, et les insulte tout haut. Il n'a de sympathie que pour une jeune et belle courtisane qui « étale son luxe crâne gagné sur ses draps », car ils sont, pense-t-il, tous deux de « la même race ». Dans la seconde promenade (deuxième partie, chapitre II, p. 209), au soleil couchant d'octobre, Georges et sa femme sont « dans l'hallucination du désir, dans l'attente de l'étreinte prochaine ». Une même sensualité diffuse, latente et intense, imprègne l'hypo-texte de l'extrait de Zola (1882) et l'hyper-texte de Maupassant (1885).

Un spécialiste de Zola, Alain Pagès, a exposé dans la revue *Pratiques* de 2000 un point de vue nouveau sur la corrélation profonde qui s'est établie entre les vingt romans de Zola et les quatre premiers (sur six) des romans de Maupassant. Il établit d'abord une relation de similitude : *Une vie* (1883) déroule une destinée féminine marquée par la solitude et l'échec, comme *L'Assommoir* (1877). La seconde relation est celle de la complémentarité : *Bel-Ami*, sur le journalisme, et *Mont-Oriol* (1887), sur les villes d'eau, complètent la liste des milieux explorés par Zola. Entre Zola et Maupassant existe aussi une troisième relation, celle sous-jacente de la concurrence : dans *L'Argent* (1890), Zola aborde de manière superficielle le journalisme parce que le sujet a été traité dans *Bel-Ami*, puis, après *Mont-Oriol*, abandonne un projet sur les villes d'eau.

▌ *Les prolongements de* **Bel-Ami** *dans l'univers de Proust*

La vie politique de la IIIe République est incarnée par deux personnages : Duroy et Walter, hommes corrompus mais puissants. Maupassant dépeint dans *Bel-Ami* une société en voie d'épanouissement qui préfigure la Belle Époque. Le Tout-Paris de 1885 que nous présente *Bel-Ami* est ainsi détaillé par un spécialiste de Maupassant, Roger Bismuth : « ducs et marquis authentiques mais ruinés, barons tant soient peu frelatés, nobles étrangers aux titres invérifiables, chevaliers d'industrie, banquiers véreux, parvenus et salués, oisifs vivant aux crochets de leurs femmes ou de leurs maîtresses, cocottes de haute volée qui paradent au bois en des calèches tirées par des alezans, et dont certaines figurent au palmarès de Lesbos, univers

Pour approfondir

des artistes et des demi- artistes, des mondaines et des demi-mondaines, prostituées qui hantent les promenoirs des *Folies-Bergères.* » (*Revue d'histoire littéraire de la France,* 1967).

Si Maupassant nous présente cette société à ses débuts, Proust en décrira le lent déclin. Dans *À la recherche du temps perdu* (1913-1928), la princesse de Guermantes – comme le baron Charlus – est issue de la vieille et authentique noblesse, qui est en train de se désagréger : cette classe est à son déclin. En revanche la bourgeoisie s'élève : Madame Verdurin, entourée dans son salon par des hommes éminents, des intellectuels et des artistes, est la future princesse de Guermantes ; la guerre de 1914 favorise sa réussite. Odette de Crécy, la demi-mondaine à la réputation douteuse, aux relations « coté Lesbos » avec Madame Verdurin, devient la femme de Swann et parvient à tenir son rang dans la haute société.

L'approche intertextuelle s'avère féconde pour mettre en lumière l'originalité d'un texte, pour construire des notions d'histoire littéraire et pour assurer une culture fondée sur des groupements de textes.

Genèse et diffusion de Bel-Ami

Le roman a été écrit assez vite. Commencée au cours de l'été 1884, sa rédaction est achevée à Cannes vers la fin du mois de février 1885, où Maupassant écrit à son éditeur Havard : « J'ai fini *Bel-Ami*. Je n'ai plus qu'à le relire et à retoucher les deux derniers chapitres. Avec six jours de travail, ce sera complètement terminé. Combien cela va-t-il fournir de pages ? J'ai, comme je vous l'ai dit, 430 feuilles de papier. » Il existe un seul manuscrit de *Bel-Ami*, conservé à la Pierpont Morgan Librairy de New York. On ne sait donc presque rien sur la genèse de l'œuvre.

Comme tous les écrivains réalistes, Maupassant bénéficie de l'alliance entre la littérature et le journalisme, qui lui assure la diffusion de ses écrits et le moyen de vivre correctement, un feuilleton pouvant avoir jusqu'à 100 000 lecteurs. *Bel-Ami* a donc paru en « pré-originales », dans le journal *Gil Blas*, du 6 avril au 30 mai 1885. Une annonce l'avait présenté ainsi : « *Gil Blas* publiera *Bel-Ami* de

Maupassant si aimé de nos lecteurs qui n'ont pas oublié *Une vie*, un de nos grands succès de l'an dernier », et était suivie d'un petit résumé : « *Bel-Ami* est l'histoire d'un garçon trouble et sans scrupules, un de ces hommes aimables et fort doués de toutes les qualités de grâce et de séduction nécessaires aux ambitieux. » L'édition originale paraît ensuite chez Havard, au début du mois de mai. Elle est annoncée à la Bibliographie de France, le 11 mai. Une traduction paraît dans *Messager de l'Europe* à Saint-Pétersbourg ; une autre est annoncée en langue scandinave. À Paris, 13 000 exemplaires sont vendus, malgré la mort de Victor Hugo (le 22 mai), coup fatal au plein succès de *Bel-Ami*, selon Maupassant.

George Sanders dans *The Private Affairs of Bel Ami*,
film d'Albert Lewin, 1947.

Jean Danet (Bel-Ami) et Renée Faure (Madeleine) dans *Bel-Ami*,
film de Louis Daquin, 1954.

L'œuvre : son courant, ses tendances

Les mouvements littéraires français du XIXe siècle

En HISTOIRE LITTÉRAIRE, on a substitué à l'expression rigide « école littéraire » la notion plus vivante de « mouvement littéraire », évocatrice d'un dynamisme intérieur qui permet à un écrivain d'évoluer au cours de sa vie et de ses œuvres. Ainsi, on peut affirmer que *Bel-Ami*, paru en 1885, est un roman naturaliste, mais non pas que Maupassant soit un romancier naturaliste : c'est une affirmation contestée par l'écrivain lui-même dans la « préface » de *Pierre et Jean* (1888). De même, Flaubert n'acceptait pas que Zola le considérât comme le « chef de file » du réalisme et du naturalisme.

Soulignons aussi une autre erreur à rectifier : le réalisme ne succède pas au romantisme, ni le naturalisme au réalisme. Il n'y a pas succession mais chevauchements constants, de 1830 à la fin du siècle, de quatre mouvements littéraires, romantisme, réalisme, naturalisme et symbolisme, dans la production des œuvres romanesques. Prenons quelques exemples : très peu de temps sépare *Madame Bovary* (1857) de Flaubert (dit réaliste) du chef-d'œuvre du romantisme engagé, *Les Misérables* (1862) d'Hugo, et de *Thérèse Raquin* (1857) de Zola, premier roman du chef de file du naturalisme. Maupassant est encore sous l'Influence du naturalisme lors de la rédaction de *Bel-Ami* (1885) alors que, en 1883, Huysmans a publié *À rebours,* premier roman symboliste français. Quant à Stendhal et à Balzac, romantisme et réalisme revendiquent leur appartenance !

Ces CHEVAUCHEMENTS ne doivent pas cependant nous empêcher de dégager les principes théoriques qui soutiennent ces différents mouvements, liés à l'essor des sciences et des techniques, au contexte politique et économique, et enfin à l'évolution de l'histoire des mentalités.

Le romantisme français au XIXe siècle

Né au début de la Restauration, régime catholique et conservateur, le romantisme français est un mouvement de renaissance religieuse et spirituelle. Héritier de Chateaubriand et du romantisme étranger, il subit l'influence de la Révolution de 1789 et se présente comme libéral, voire révolutionnaire. Présent tout au long du XIXᵉ siècle, le romantisme est donc plus un mouvement de la sensibilité qu'une « école littéraire ». Il affirme la primauté de l'émotion sur l'intellectualité.

Le roman romantique tente la synthèse de l'idéalisme et du réalisme. Au nom de la vérité, il a le goût de l'analyse exacte qui pourtant élève à la généralisation des types. Cette synthèse semble se réaliser dans les œuvres d'Honoré de Balzac (1793-1850), de George Sand (1803-1876) et de Victor Hugo (1802-1885). Le héros est un homme de cœur, sensible à la misère sociale qui sévit dans les villes et propice à la délinquance, au crime, à l'abandon des enfants, à l'asservissement de la femme. Les remèdes prônés sont la charité, la justice et l'amour.

Il reste une vision partagée par tous ces romanciers romantiques : l'art est une vérité choisie et idéalisée.

Le réalisme

La naissance du réalisme

Le réalisme est une réaction contre le romantisme qui donnait la première place au sentiment, à l'imagination, à l'insurrection du « moi ». Il signe au milieu du XIXᵉ siècle la disparition d'un roman marqué par le lyrisme stéréotypé et l'exaltation de l'imaginaire. Zola méprise ce genre de roman au point d'écrire : « Il n'y a eu que deux romanciers dans notre siècle : Stendhal et Balzac » (*Le Globe*, 8 février 1868).

Stendhal, malgré le caractère romantique de ses héros (Julien Sorel, Fabrice del Dongo et leur « amour fou », respectivement pour Madame de Rênal et Célia Conti), introduit une sorte de réalisme inconnu avant lui. Il ne cesse d'affirmer la prééminence des faits, des « petits faits vrais », les droits du réel, « l'âpre vérité ». Il conçoit le roman comme une chronique du temps présent. Mais même s'il donne une exacte représentation des mœurs contemporaines d'une société donnée, Stendhal étudie la manière dont, dans un monde de lâcheté et d'hypocrisie, ses héros peuvent se prouver que leur « ego » très fort peut résister à la médiocrité ambiante. Cependant Zola lui reprochera de « n'être qu'un psychologue, qu'un cerveau », d'avoir le « dédain du corps », de « faire silence sur les éléments physiologiques de l'homme et sur le rôle des milieux ambiants ».

Quant à Balzac, il a lui aussi créé des personnages romantiques : Madame de Mortsauf, héroïne du *Lys de la Vallée*, meurt d'un amour qui fut pur. Il est pourtant considéré comme le père fondateur du réalisme, et Zola le considère comme son maître. Il lui reconnaît une volonté de lucidité, d'explication et de discussion de la réalité historique et sociale de son temps, fondée sur une observation systématique.

Les grands principes du réalisme

En 1850, Champfleury utilise pour la première fois le terme de réalisme pour définir l'art du peintre Courbet, puis l'applique au roman.

Le roman du XIXe siècle tente une description encyclopédique du réel, et témoigne ainsi de l'importance nouvelle accordée aux forces matérielles. Sensibles aux doctrines économiques et politiques, les romanciers réalistes veulent révéler les mécanismes sociaux et les rapports de classes. Ils pensent aussi que le réel est préférable au romanesque, qu'ils peuvent avoir une imagination et une affectivité propres mais qu'il leur faut être objectifs. Ils ont donc une fascination pour la science et ses méthodes : une documentation précise, des dossiers, des détails vrais, même laids, voire sordides, sont pour eux les garants et la matière même de cette objectivité. Les « basses classes » sont représentées dans les romans.

Il est cependant important de noter que l'écriture reste pour eux objet d'art. Flaubert, parfois nommé chef de file des écoles réaliste et naturaliste, refuse de se laisser enfermer dans un mouvement : « Ce que je voudrais, c'est faire un livre sur rien. » Il dit ne rechercher que « l'humble vérité » et la perfection du style. Pourtant Zola le considère comme le modèle de ces écoles dont il est le théoricien :

Pour approfondir

« Le premier caractère du roman naturaliste dont *Madame Bovary* est le type est la reproduction exacte de la vie, l'absence du héros, la disparition du romancier derrière l'action qu'il raconte. » (*Les Romanciers naturalistes*, 1881).

Le naturalisme

Bien qu'entre le réalisme et le naturalisme, les sciences aient fait des progrès considérables, en particulier la physiologie, le naturalisme apparaît souvent comme un prolongement du réalisme. C'est pourquoi certains critiques préfèrent fondre les deux mouvements sous le nom de *naturalismes*.

Zola expose ses théories dans *Le Roman expérimental* (1880) : « Comme la science, le roman est le maître du monde... la nature est son domaine. » Il s'applique donc à la découverte minutieuse des faits, jusqu'à leur conférer une intention et une portée scientifiques. Son œuvre prend une dimension expérimentale. Mais malgré sa documentation précise, son talent pour décrire, Zola ne peut – heureusement – échapper à ses obsessions personnelles et aux fantasmes collectifs.

Par des métaphores filées, ses romans transforment les données du réel en évocations épiques. Par exemple, la mine de *Germinal* (1885) devient « le Voreux » ou « le Dieu Capital accroupi », et la locomotive de *La Bête humaine* (1890) devient « la Lison », une belle femme. D'ailleurs, dès 1865, en conclusion de son compte-rendu de *Germinie Lacerteux* d'Édouard et Jules Goncourt (1865), Zola avait loué l'originalité de l'œuvre d'art et affirmé qu'elle était « un coin de la création vue à travers un tempérament ».

Jusqu'en 1880, avec la parution de *Boule de suif*, Maupassant est emporté dans la mouvance naturaliste, notamment dans *Bel-Ami*. Mais quelques années plus tard seulement, il récuse la doctrine naturaliste dans la « Préface » de *Pierre et Jean* (1888). À toute la vérité, rien que la vérité, est substituée une exigence de vraisemblance et de cohérence, une « illusion » complète du vrai : « Les Réalistes de talent devraient s'appeler plutôt des Illusionnistes » ; « Faire vrai consiste à donner l'illusion complète du réel, suivant la logique ordinaire des faits et non les transcrire servilement dans le pêle-mêle de leur succession ». Ses deux derniers romans, *Mont-Oriol* (1887) et *Notre cœur* (1890), ne peuvent pas être qualifiés de réalistes.

Les romanciers français symbolistes et décadents

MAUPASSANT n'est pas le seul écrivain à contester les positions de Zola. Le plus connu pour sa rupture avec le naturalisme est Huysmans (1848-1907). Quelques mois avant que Maupassant ne publie *Bel-Ami*, Huysmans fait paraître *À rebours* (1884), roman qui se signale par la très grande préciosité du style et s'adresse à un public très cultivé. Son héros, Des Esseintes, incarne l'insatisfaction de vivre, la lassitude d'y remédier, le dandysme et ses échecs, la déréliction absolue et tragique. Il incarne les idées des écrivains qui se sont nommés « décadents », et qui annoncent le mouvement symboliste. Ancien naturaliste militant, qui avait participé aux « Soirées de Médan », Huysmans s'explique dans la « Préface » d'*À rebours*, parue en 1903 : « Le naturalisme s'essoufflait à tourner la meule dans le même sens. La somme d'observations que chacun avait emmagasinée, en les prenant sur soi-même et sur les autres, commençait à s'épuiser. »

Le symbolisme s'instaure donc dans les années 1880. La France rejette l'esprit positiviste en art comme en littérature et redécouvre l'œuvre de Baudelaire. Les philosophes, les artistes et les écrivains s'intéressent à l'écriture artiste, au mystère, à la curiosité métaphysique. Pour les symbolistes, notre monde n'est pas réductible à la matière, il est d'abord fait des représentations que nous en avons, des signes que nous en recevons. À la limite, il n'est qu'apparences vaines.

Pour approfondir

Vers le bac

SUJET 1

Objets d'étude : les mouvements et l'histoire littéraire ; le roman et ses personnages.
Corpus bac : l'ascension sociale du jeune homme pauvre et ambitieux dans les romans réalistes du XIXᵉ siècle. Ressemblances et différences des trois arrivistes.

TEXTE 1

Stendhal, *Le Rouge et le Noir* (1830), première partie, chapitre X

Julien Sorel, fils d'un pauvre charpentier, est précepteur chez le maire de Verrières, Monsieur de Rênal. Il est devenu l'amant de sa femme. Il vient d'avoir une scène avec lui, dont il est sorti vainqueur. Pour méditer, Julien part dans la montagne.

« Julien prenait haleine un instant à l'ombre de ces grandes roches et puis se remettait à monter. Bientôt par un étroit sentier à peine marqué et qui sert seulement aux gardiens des chèvres, il se trouva sur un roc immense, et bien sûr d'être séparé de tous les hommes. Cette position physique le fit sourire, elle lui peignait celle qu'il brûlait d'atteindre au moral. L'air pur de ces montagnes élevées communiqua la sérénité et même la joie à son âme. Le maire de Verrières était bien toujours, à ses yeux, le représentant de tous les riches et de tous les insolents de la terre ; mais Julien sentait que la haine qui venait de l'agiter, malgré la violence de ses mouvements, n'avait rien de personnel. S'il eût cessé de voir M. de Rênal, en huit jours, il l'eût oublié, lui, son château, ses enfants, ses chiens et toute sa famille.

« Je l'ai forcé, je ne sais comment, à faire le plus grand sacrifice. Quoi ! plus de cinquante écus par an !¹ un instant avant, je m'étais

---

1. En faisant croire à l'avare Monsieur de Rênal que Valenod le voulait comme précepteur de ses propres enfants, Julien a obtenu une augmentation de cinquante écus par an.

tiré du plus grand danger[1]. Voilà deux victoires en un jour : la seconde est sans mérite, il faudrait en deviner le comment. Mais à demain les pénibles recherches. »

Julien, debout sur son grand rocher, regardait le ciel, embrasé par un soleil d'août. Les cigales chantaient dans le champ au-dessous du rocher ; quand elles se taisaient, tout était silence autour de lui. Il voyait à ses pieds vingt lieues du pays. Quelque épervier parti des grandes roches au-dessus de sa tête était aperçu par lui, de temps en temps, décrivant en silence ses cercles immenses. L'œil de Julien suivait machinalement l'oiseau de proie. Ses mouvements tranquilles et puissants le frappaient, il enviait cette force, il enviait cet isolement. C'était la destinée de Napoléon, serait-ce un jour la sienne ? »

TEXTE 2

Balzac, *Le père Goriot* (1835), chapitre I

Le père Goriot présente un jeune noble provincial pauvre, Eugène de Rastignac. Celui-ci, avide de parvenir, reçoit une leçon d'arrivisme de sa cousine, la vicomtesse de Beauséant.

« – Eh bien, monsieur de Rastignac, traitez ce monde comme il mérite de l'être. Vous voulez parvenir, je vous aiderai. Vous sonderez combien est profonde la corruption féminine, vous toiserez la largeur de la misérable vanité des hommes. Quoique j'aie bien lu dans ce livre du monde, il y avait des pages qui cependant m'étaient inconnues. Maintenant je sais tout. Plus froidement vous calculerez, plus avant vous irez. Frappez sans pitié, vous serez craint. N'acceptez les hommes et les femmes que comme des chevaux de poste que vous laisserez crever à chaque relais, vous arriverez ainsi au faîte de vos désirs. Voyez-vous, vous ne serez rien ici si vous n'avez pas une femme qui s'intéresse à vous. Il vous la faut jeune, riche et élégante. Mais si vous avez un sentiment vrai, cachez-le comme un trésor ; ne le laissez jamais soupçonner, vous seriez perdu. Vous ne seriez plus le bourreau, vous deviendriez la victime. Si jamais vous aimez,

---

1. Grâce à l'intervention de Madame de Rênal, Julien a échappé au danger qu'il aurait encouru si Monsieur de Rênal, royaliste, avait découvert, caché dans la paillasse qu'il inspectait, le portrait de Napoléon.

gardez bien votre secret ! ne le livrez pas avant d'avoir bien su à qui vous ouvrirez votre cœur. Pour préserver cet amour qui n'existe pas encore, apprenez à vous méfier de ce monde-ci. »

TEXTE 3

Maupassant, **Bel-Ami** (1885), deuxième partie, chapitre VIII, de « Georges posa son chapeau sur un fauteuil… » (l. 4707) à la fin du chapitre, p. 305-306

SUJET

a. Question préliminaire (sur 4 points)

Dans ces trois textes, trois jeunes hommes pauvres et ambitieux veulent « parvenir » dans la société. Dégagez le statut social recherché et les moyens que les héros doivent mettre en œuvre pour réaliser leur projet.

b. Travaux d'écriture (sur 16 points) – au choix

Sujet 1. Commentaire.

Vous ferez le commentaire de l'extrait de *Bel-Ami* (texte 3).

Vous montrerez comment Duroy arrive à convaincre et à persuader Walter d'abandonner le complice de ses malversations politiques et financières, le ministre Laroche-Mathieu, en le livrant à la plume « terrible » du rédacteur en chef qu'il est devenu.

Sujet 2. Dissertation.

Commentez cette affirmation de Maupassant dans la préface de *Pierre et Jean* (1888) : « Le réaliste, s'il est artiste, cherchera non pas à nous montrer la photographie banale de la vie mais à nous en donner la vision plus complète, plus probante que la réalité même. »

Sujet 3. Écriture d'invention.

Au sortir de son entrevue avec Walter, Duroy a immédiatement rédigé le « terrible article » destiné à abattre Laroche-

Mathieu. Il décide d'écrire à ses parents, qu'il n'a pas revus depuis son voyage en Normandie, pour les mettre au courant de son divorce, de sa réussite professionnelle et financière dont témoigne l'argent qu'il leur adresse. Il leur dévoile les projets qu'il va mettre en œuvre sous peu.

SUJET 2

Objets d'étude : le narratif ; le réalisme et le naturalisme ; le roman et ses personnages.
Corpus Bac : la spéculation[1], son mécanisme et ses méfaits dans trois romans réalistes du XIXᵉ siècle.

TEXTE 1

▌ Balzac, *César Birotteau* (1837)

César Birotteau est un artisan parfumeur intègre et compétent. Il veut s'enrichir davantage grâce à la spéculation immobilière, et expose ici à sa femme l'affaire qu'il compte faire. Celle-ci est très réticente : les emprunts que doit souscrire César l'affolent.

« Voici : Roguin m'a proposé une spéculation si sûre qu'il s'y met avec Ragon, avec ton oncle Pillerault et deux autres de ses clients. Nous allons acheter aux environs de la Madeleine des terrains que, suivant les calculs de Roguin, nous aurons pour le quart de la valeur à laquelle ils doivent arriver d'ici à trois ans, époque à laquelle les baux étant expirés, nous deviendrons maîtres d'exploiter. Nous sommes tous les six par portions convenues. Moi, je fournis trois cent mille francs afin d'y être pour trois huitièmes. Si quelqu'un de nous a besoin d'argent, Roguin lui en trouvera sur sa part en l'hypothéquant. Pour tenir la queue de la poêle et savoir comment frira le poisson, j'ai voulu être propriétaire en nom pour la moitié

---

1. **Spéculation :** opération financière ou commerciale qui consiste à profiter des fluctuations naturelles du marché (cours des valeurs et des marchandises, prix des biens immeubles) pour réaliser un bénéfice.

Vers le bac

qui sera commune entre Pillerault et moi, le bonhomme Ragon et moi. Roguin sera sous le nom d'un Monsieur Charles Claparon, mon copropriétaire, qui donnera, comme moi, une contre-lettre à ses associés. Les actes d'acquisition se font par promesses de vente sous seing privé jusqu'à ce que nous soyons maîtres de tous les terrains. Roguin examinera quels sont les contrats qui devront être réalisés, car il n'est pas sûr que nous puissions nous dispenser de l'enregistrement et en rejeter les droits sur ceux à qui nous revendrons en détail, mais ce serait trop long à t'expliquer. Les terrains payés, nous n'aurons qu'à nous croiser les bras, et dans trois ans d'ici nous serons riches d'un million. »

TEXTE 2

Maupassant, **Bel-Ami** (1885), deuxième partie, chapitre V, de « Et elle se mit, doucement, à lui expliquer… » (l. 2910) à « … tu me laisserais t'en prêter. » (l. 2963), p. 256-257

Pour s'attacher Duroy qui la délaisse, Madame Walter trahit les secrets financiers et politiques de son mari et du ministre Laroche-Mathieu.

TEXTE 3

Zola, **L'Argent**, 1890

Malgré le récent et désastreux krach[1] de la Banque L'Union générale qui a eu lieu en 1882, le banquier Saccard fait à sa sœur l'éloge de la spéculation.

« "Des obligations[2], des obligations ! mais jamais !… Que voulez-vous fiche avec des obligations ? C'est de la matière morte… Comprenez donc que dans la spéculation, le jeu est le rouage central, le cœur même, dans une vaste affaire comme la nôtre. Oui, il appelle le sang, il le prend partout par petits ruisseaux, l'amasse, le renvoie en fleuves dans tous les sens, établit une énorme circulation d'argent,

1. **Krach :** effondrement des cours de la Bourse, débâcle financière.
2. **Obligation :** titre d'emprunt dont la valeur de remboursement ou le taux d'intérêt, parfois l'un et l'autre, sont liés à un indice de référence. Ce titre négociable est remis par une société ou une collectivité à ceux qui lui prêtent des capitaux.

qui est la vie même des grandes affaires. Sans lui, les grands mouvements de capitaux, les grands travaux civilisateurs qui en résultent sont radicalement impossibles. C'est comme pour les sociétés anonymes, a-t-on assez crié contre elles, a-t-on assez répété qu'elles étaient des tripots et des coupe-gorge ! La vérité est que, sans elles, nous n'aurions ni les chemins de fer, ni aucune des énormes entreprises modernes, qui ont renouvelé le monde ; car pas une fortune n'aurait suffi à les mener à bien, de même que pas un individu, ni même un groupe d'individus n'aurait voulu en courir les risques. Les risques, tout est là, et la grandeur du but aussi. Il faut un projet vaste, dont l'ampleur saisisse l'imagination ; il faut l'espoir d'un gain considérable, d'un coup de loterie qui décuple la mise de fonds, quand elle ne l'emporte pas ; et alors les passions s'allument, la vie afflue, chacun apporte son argent, vous pouvez repétrir la terre. Quel mal voyez-vous là ? Les risques courus sont volontaires, répartis sur un nombre infini de personnes, inégaux et limités selon la fortune et l'audace de chacun. On perd, mais on gagne, on espère un bon numéro, mais on doit s'attendre toujours à en tirer un mauvais, et l'humanité n'a pas de rêve plus entêté ni plus ardent, tenter le hasard, obtenir tout de son caprice, être roi, être dieu !" »

SUJET

a. Question préliminaire (sur 4 points)

Quels sont les différents points de vue exposés sur les méfaits et les bienfaits de la spéculation ? Vous vous appuierez sur des références précises aux textes.

b. Travaux d'écriture (sur 16 points) – au choix

Sujet 1. Commentaire.

Vous ferez le commentaire du texte 2.

Vous montrerez que la passion folle de la vieille maîtresse n'altère ni sa lucidité de femme de financier, ni la connaissance qu'elle a de la soif d'argent de son amant, ni sa propre habileté à argumenter.

Sujet 2. Dissertation.

Commentez et discutez cette assertion de Maupassant fortement ému par « l'affaire tunisienne » de 1880 – qu'il nommera « l'affaire du Maroc » dans *Bel-Ami* en 1885 – : « l'immense catastrophe de ces temps derniers prouve que la probité est en train de disparaître. Voler dix sous est toujours voler, mais faire disparaître des millions n'est pas voler. » (*Le Gaulois*, 14 février 1881).

Vous exposerez ensuite votre point de vue sur des « affaires » contemporaines scandaleuses que vous a révélées la presse.

Sujet 3. Écriture d'invention.

Duroy est outré d'avoir été tenu à l'écart de « l'affaire marocaine » et d'être exclu des énormes bénéfices qui en résulteront pour le financier Walter et le ministre Laroche-Mathieu.

Développez le discours intérieur qu'il ébauche sur-le-champ pour que « la carcasse du ministre lui reste entre les doigts ».

Vous commencerez par un verbe introducteur à la 3e personne du singulier et au passé simple. Puis deux possibilités au choix :
– soit Duroy se parle : il utilise la 1re personne du singulier et le présent d'énonciation ;
– soit le narrateur continue au style indirect libre (3e personne du singulier et application de la règle de concordance des temps).

Documentation et compléments d'analyse sur :
www.petitsclassiqueslarousse.com

Vers le bac

Objets d'étude : le narratif ;
le réalisme, le naturalisme ; le roman
et ses personnages.

L'incipit de *Bel-Ami* (1885), première partie,
chapitre I, de « **Et une colère l'envahissait
contre ces gens…** » à « **… comme pour
constater la sécheresse de son palais.** », p. 8-9.

Sujet : quelles sont les caractéristiques et la fonction de ce passage de l'incipit de Bel-Ami ?

RAPPEL

Une lecture analytique peut suivre les étapes suivantes :
I. Mise en situation du passage, puis lecture à haute voix
II. Projet de lecture
III. Composition du passage
IV. Analyse du passage
**V. Conclusion – remarques à rassembler un jour d'oral en
fonction de la question posée.**

I. Situation du passage

Le soir du 28 juin, accablé par la chaleur, Duroy, assoiffé et sans
argent, se dirige vers la Madeleine. Furieux, il insulte intérieurement
les clients riches attablés à la terrasse d'un grand café du boulevard.

II. Projet de lecture

*Un incipit qui caractérise les traits psychologiques du héros et son appé-
tit de jouissance*

Au début de cet incipit *in medias res*, le narrateur a présenté un
ancien sous-officier de trente ans, « joli garçon », portant beau

comme un militaire, dont les regards d'épervier fascinent toutes les femmes. Grâce à sa beauté et à son charme, il sera le « Bel-Ami » des dames. Il s'agit maintenant d'étudier son comportement agressif sur le trottoir parisien, sa rage contre les riches, et de plonger dans son monologue intérieur afin de préciser les traits caractéristiques de son immoralité, qui vont lui permettre d'accéder au brillant avenir dont il a soif.

Le sens métaphorique de la présence constante de sa soif inextinguible est à construire.

III. Composition du passage

1. De la révolte contre les nantis parisiens à l'évocation nostalgique des deux heureuses années passées en Afrique du Nord.

2. Plongée dans ce passé heureux où le sous-officier Duroy, doué d'un certain pouvoir sur les Algériens, pouvait, sans aucune contrainte, assouvir ses désirs et ses pulsions cruelles.

3. Un Paris qui s'avère hostile au brillant avenir rêvé par Duroy.

IV. Analyse du passage

1. Colère de Duroy, assoiffé, en manque d'argent et d'alcool

Incapable de s'offrir une bière, Duroy, avec colère, profère à mi-voix dans un registre grossier des insultes aux consommateurs attablés qu'il suppose être de riches bourgeois. Ces insultes sont d'abord murmurées dans un court discours direct : « Les cochons ! ». Ce vocabulaire trivial est en contradiction avec la gestuelle de Duroy qui « se dandine avec grâce ». Le narrateur est ironique par rapport à ce personnage ambigu, violent, mais qui paraît séduisant : grâce extérieure et vilenie intérieure le caractérisent.

Dans la phrase suivante, on note le passage au discours indirect libre, sans verbe introducteur de parole, que Duroy s'adresse à lui-même. Tant le contenu que la forme (désir de « tordre le cou »... comme il faisait aux volailles... ») trahissent ses appétits et sa brutalité. Cet anti-héros n'est pas animé par une révolte idéologique vis-à-vis des nantis mais par l'envie, faute de pouvoir leur ressembler, de les détrousser, voire de les tuer.

2. La barbarie d'un militaire en Afrique

L'analepse, qui révèle la période des deux années précédentes vécues en Algérie (Maupassant parle de l'Afrique, mais il s'agit de l'occupation de l'Algérie, où l'auteur s'est rendu) par le sous-officier Georges Duroy, est introduite d'une manière assez subtile. Elle s'intègre naturellement à la présente exaspération de Duroy, à qui la métaphore figée « tordre le cou » afin de tuer un homme rappelle le souvenir d'actes qu'il a accomplis naguère en Algérie : tuer trois Arabes pour voler « vingt poules, deux moutons et de l'or ».

Le terme léger d'« escapade », c'est-à-dire de frasque, de fredaine, employé par Duroy pour évoquer une expédition criminelle, est une nouvelle marque de l'ironie du narrateur à l'égard de son personnage qu'il désavoue fortement. Né de ces atroces forfaits, le rire « qui dura six mois » condamne non seulement Duroy mais aussi la IIIe République française, qui n'a pas su protéger les Arabes qu'elle a soumis et punir le militaire criminel.

Maupassant dénonce avec virulence la gestion de la colonisation en Algérie dans l'antiphrase « l'Arabe étant considéré comme la proie naturelle du soldat... ». Il est en effet scandaleux selon lui de considérer un Arabe comme une « proie naturelle » comme le fait son personnage, abaissé par cette pensée au rang d'un animal, d'un rapace. D'ailleurs le regard de Duroy est présenté, dès l'incipit, comme semblable à celui d'un « épervier » (métaphore souvent employée). Ainsi ce personnage est-il déconsidéré par le narrateur grâce à une constante ironie.

3. Paris naguère rêvé et aujourd'hui hostile à Duroy

L'oxymore « marauder gentiment » pour désigner des assassinats et des vols scandaleux est une nouvelle trace d'ironie : l'adverbe « gentiment » est ridiculement désavoué par le comportement guerrier : « sabre au côté et revolver au poing ». Cette antiphrase signale, chez Duroy, l'absence totale de principes d'éthique, lorsqu'il est « en liberté » en Afrique, loin des lois de « justice civile », de la « fraternité » appliquées en France.

Le narrateur fait ensuite pénétrer le lecteur dans la conscience de Duroy par un nouveau monologue intérieur au style indirect libre où le personnage expose ses regrets du bon temps passé dans l'armée. De nombreux signes d'exclamation soulignent son émotion devant ce séjour idyllique de deux ans où il pouvait donner libre cours à toutes ses pulsions illicites !

La « sécheresse du palais » indique une fois de plus la soif constante de Duroy due à son manque d'argent. Elle n'est pas seulement douleur du corps mais soif intarissable de tous ses désirs : argent, volupté, pouvoir, gloire.

V. Conclusion

Cette plongée dans le passé militaire et dans la conscience de Duroy annonce les traits dominants de ce personnage : l'égotisme (suprématie du moi comme valeur essentielle chez un individu), qui se traduit par l'absence de respect envers ses semblables, par l'appétence de la jouissance pouvant aller jusqu'au vol et à l'assassinat, par le cynisme, la cruauté, l'immoralité totale. La soif intarissable de Duroy est métaphorique de l'avidité de ses violents désirs.

En dévalorisant par l'ironie – marque de sa présence dans le texte – les comportements de sa créature et les discours intérieurs qu'elle se tient le plus souvent au style indirect libre, dans un registre de langue familier, Maupassant peint ici un anti-héros, qui incarne la brutalité, la cruauté, le racisme et l'égoïsme, et dénonce à travers lui la société contemporaine aux valeurs perdues.

• *Vous avez lu cette année, en lecture cursive,* Le Lys dans la vallée, *de Balzac. Comparez la conception de l'amour de Félix de Vandenesse et celle de Georges Duroy, et leurs rapports avec les femmes. Quelles conclusions pouvez-vous en tirer sur le genre réaliste ?*

• *Étudiez la vision de la colonisation et de la société affairiste sous la IIIᵉ République dans* Bel-Ami.

• *Dans la première partie de votre interrogation orale, vous avez étudié la page liminaire. Quelles remarques textuelles précises vous permettent de nommer le genre et le ou les registres auxquels se rattache ce début d'incipit ?*

Documentation et compléments d'analyse sur :
www.petitsclassiqueslarousse.com

Vers le bac

393

Outils de lecture

Analepse
Retour en arrière dans un récit.
Exemple : « Et il se rappelait
ses deux années d'Afrique,
la façon dont il rançonnait
les Arabes dans les petits
postes du Sud. »

Axiologique
Voir **Indices de la présence
du narrateur**.

Clôture
Dernier chapitre – ou dernière
phrase – d'un roman.

Connecteur
Appelé aussi « mot-outil »,
« mot de liaison ». Ce terme
englobe des conjonctions
de coordination ou
de subordination,
des locutions conjonctives,
enfin tous les organisateurs
textuels qui contribuent
à structurer un texte. Il existe
des connecteurs spatiaux,
temporels, logiques.

Description
Désigne un type de texte qui
évoque la réalité concrète.
Elle est repérable par
son organisation : le texte
descriptif se développe
en détaillant les aspects
de l'objet décrit (appelé aussi
thème-titre, ou hypéronyme)
en une liste de noms avec
leurs expansions, et grâce
à des connecteurs spatiaux.
La description a trois fonctions :
distribuer des savoirs, mimer
le réel, et donner un point
de vue subjectif. Lorsqu'elle

concerne un personnage
humain, on l'appelle portrait.

Discours rapporté
Ou « mode de citation ».
Façon dont les propos
d'un énonciateur sont
rapportés dans un texte. Il y a
trois modes de citation :
– le discours (ou style) direct :
« Forestier demanda : *"Où
vas-tu ?"* Duroy répondit :
*« Nulle part, je fais un tour avant
de rentrer. »* ;
– le discours (ou style)
indirect : « il se disait *qu'avec
les quatre vingt francs il pourrait*
(futur du passé ou conditionnel
– temps de concordance) *se
procurer, en location, un costume
de soirée pour le lendemain.* » ;
– le discours indirect
libre : « Forestier lui parla
de sa maladie [...] lui raconta
les consultations [...]. *On lui
ordonnait de passer l'hiver dans
le midi ; mais le pouvait-il ?
Il était marié et journaliste, dans
une belle situation.* »

Focalisation
Ou « point de vue ». Position
du narrateur par rapport
à l'objet vu.
• Focalisation zéro :
le narrateur semble absent
du texte. Le récit semble
donc se dérouler de lui-
même. Narrateur et lecteur
perçoivent la totalité du monde
romanesque. Exemple :
« Quand Duroy lui eût rendu
la monnaie de sa pièce

de cent sous, Georges sortit
du restaurant. »
• Focalisation interne :
le narrateur (comme
le lecteur) voit avec les yeux
d'un personnage ; il y a
restriction de champ. Exemple :
« Duroy, surpris, le regardait.
Il était bien changé, bien mûri.
Il avait maintenant une allure,
un costume d'homme posé, sûr
de lui, et un ventre d'homme
qui dîne bien. »
Cependant, le personnage
peut, par moments, reprendre
le point de vue du narrateur
et jouir d'une focalisation
illimitée.
• Focalisation externe : C'est
l'« œil de la caméra ».

Fonction poétique
Elle consiste en un double jeu :
– jeu sur le signifié (production
d'images : comparaison,
métaphore…) ;
– jeu sur le signifiant (sonorités
et rythmes).

Incipit
Ouverture d'un récit, début ou
premier chapitre d'un roman.

Indices de la présence
du narrateur
Ce sont les marques
de sa subjectivité, inscrites
dans le texte :
– les noms et adjectifs qui
expriment un jugement
de valeur, une réaction émotive
du narrateur ;
– les métaphores originales ;
– les modalisateurs ;

– les commentaires internes
au texte, à l'imparfait ;
– les commentaires externes
au texte.

Intertextualité
Désigne la présence objective
d'un texte dans un autre, sous
différentes formes : allusions,
références, plagiat… Exemple :
« Souvenirs d'un chasseur
d'Afrique » (hypertexte), début
de l'article de Madeleine
Forestier, semble constituer
un pastiche d'une nouvelle
de Maupassant lui-même,
Marroca (hypotexte).

Horizon d'attente
Modèles implicites de formes
et de contenus que la culture
d'une époque ou d'un milieu
façonne.

Hypertextualité
L'hypertexte se présente
comme le développement,
la transformation d'un texte
premier, appelé hypotexte.

Métaphore
Figure comparant deux
termes ou deux réalités sans
que la comparaison soit
exprimée explicitement.
Exemple : « Mathieu-Laroche,
*ce champignon de nature
douteuse*, comme il en pousse
par centaines sur le fumier
du suffrage universel. »

Métonymie
Figure consistant à utiliser
un mot pour un autre qui lui est
associé par contiguïté.

Outils de lecture

Narrateur
Sauf dans l'autobiographie, il est distinct de l'auteur. Dans un récit, c'est « un être de papier » qui raconte, décrit. Dans *Bel-Ami*, il est extérieur au texte. Cependant on trouve toujours des indices de sa subjectivité.

Question oratoire
Fausse question, posée pour interpeller le destinataire.

Substitut du nom
Pronom ou groupe nominal qui remplace un nom déjà mentionné dans le texte : M. Walter, il, le patron du journal, le banquier, le père de Suzanne…

Synecdoque
Figure particulière de la métonymie qui consiste à désigner la partie pour le tout : « la flèche » pour désigner la cathédrale, « la cheminée » pour l'usine…

Système d'énonciation
– **de récit :** le repérage (de qui s'agit-il, quand, où…) se fait par rapport à l'énoncé lui-même (le moment, le lieu qui sont déterminés par le récit) ; il est présenté comme coupé de la situation d'énonciation ;
– **de discours :** le repérage se fait par rapport à la situation d'énonciation, le moment et le lieu où se situe l'énonciateur, ce dernier coïncidant avec la 1re personne. Les deux systèmes peuvent coexister dans le même texte.

Bibliographie et filmographie

Éditions

- Robert Bismuth, *Quelques Problèmes de création littéraire dans Bel-Ami*, Revue d'histoire littéraire en France, LXVII, n° 3, 1967.
- Jean-Louis Bory, *Bel-Ami*, Folio, 1973.
- Philippe Bonnefis, *Bel-Ami*, Albin Michel, « Le Livre de poche », 1983.
- Louis Forestier, *Romans*, Gallimard, « La Pléiade », tome II, 1987.
- Jean-Michel Adam, *Le Texte descriptif*, Nathan, 1989.
- Colette Becker, *Lire le réalisme et le naturalisme*, Dunod, Dumas, Saint-Étienne, 1992.
- Jean-Philippe Miraux, *Le Personnage de roman*, Nathan Université, 1997.
- Henri Mitterand, *Initiation à la narratologie*, Cours magistral à l'Université nouvelle, Paris-III, EUD.

Thèses

- Gérard Delaisement, *Maupassant, chroniqueur*, Lille, thèse, 1954. *Genèse, originalité et destinée de « Bel-Ami »*, 1954.
- André Vial, *Maupassant et l'art du roman*, Nizet, Paris, 1954.
- Marianne Bury, *Écriture et vision du monde*, 1990.

Sur Maupassant

- Charles Castella, *Structures romanesques et vision sociale chez Maupassant*, L'Âge d'homme, Paris, 1972.
- Micheline Besnard-Coursodon, *Étude thématique et structurale de l'œuvre de Maupassant*, Nizet, « Le piège », 1973.
- Marianne Bury, *La Poétique de Maupassant*, SEDES, 1979.

Filmographie

- Willi Forst, *Bel-Ami*, Allemagne, 1939.
- Albert Lewin, *The Private Affairs of Bel Ami*, États-Unis, 1947.
- Louis Daquin, *Bel-Ami*, 1954.
- Pierre Cardinal, *Bel-Ami*, 1982.

Crédits photographiques

N

Direction de la collection : Yves GARNIER et Line KAROUBI

Direction éditoriale : Line KAROUBI

Édition : Clémence CORNU

Lecture-correction : service Lecture-correction LAROUSSE

Recherche iconographique : Agnès CALVO

Direction artistique : Uli MEINDL

Couverture et maquette intérieure : Serge CORTESI, Sylvie SÉNÉCHAL,
Uli MEINDL

Responsable de fabrication : Marlène DELBEKEN

448.843F

Photocomposition : CGI
Impression : Liberdúplex (Espagne)
Dépôt légal : Janvier 2008 - 301489
N° Projet : 11007567 - Avril 2008